N&K

»Das Unerwartete« ist eine Sammlung von Erzählungen, die über die Zwänge nachdenkt, mit denen wir uns alle, je nach Umstand unserer Geburt, unseres Charakters und unseres Geschlechts konfrontiert sehen. Fein abgestimmt auf die Nuancen unseres sozialen und psychischen Selbst zeigt Joyce Carol Oates erneut, warum sie nach wie vor eine unserer berühmtesten und wichtigsten Literatinnen ist.

Joyce Carol Oates wurde 1938 in Lockport, New York geboren. Sie zählt zu den bedeutendsten amerikanischen Autorinnen der Gegenwart. Für ihre zahlreichen Romane und Erzählungen wurde sie mehrfach ausgezeichnet, unter anderem mit dem National Book Award. 2019 erhielt sie den Jerusalem Prize. Joyce Carol Oates lebt in Princeton, New Jersey, wo sie Literatur unterrichtet.

Silvia Morawetz übersetzt seit über 35 Jahren aus dem Englischen, unter anderem Anne Sexton, Paul Harding und Steven Bloom. Für ihre Arbeit wurde sie mehrfach mit Stipendien des Literarischen Colloquiums Berlin, des Landes Baden-Württemberg und des Landes Niedersachsen ausgezeichnet.

Joyce Carol Oates

Das Unerwartete

Erzählungen

Aus dem amerikanischen Englisch
von Silvia Morawetz

NAGEL UND KIMCHE

Die Originalausgabe erschien 2021 unter dem Titel
The (Other) You bei Ecco, New York.

1. Auflage 2023

Ungekürzte Taschenbuchausgabe bei NAGEL UND KIMCHE

Umschlaggestaltung von wilhelm typo grafisch, Zürich
Umschlagabbildung von Ini Neumann
Gesetzt aus der Centennial
von Pinkuin Satz und Datentechnik, Berlin
Druck und Bindung von CPI books GmbH, Leck
Printed in Germany
ISBN 978-3-312-01284-8
www.nagel-kimche.ch

Klimaneutral
Druckprodukt
ClimatePartner.com/15109-2009-1001

MIX
Papier
FSC FSC® C083411

Für Bobby Friedman

Inhalt

1.

2.

I.

Das (andere) Du

Eine Buchhandlung gekauft. Hauptsächlich Secondhandbücher.

Nie herausgekommen aus deiner Heimatstadt am Eriekanal im Norden von New York.

Nie herausgewollt, weil? – du hier Familie hast, Verwandte. Freunde aus der Highschoolzeit. Ein Haus gefunden hast, nur drei Straßen von dem Haus entfernt, in dem du aufgewachsen bist.

Tatsache ist, du hast das Stipendium, das du für ein Entkommen gebraucht hättest, nicht erhalten.

Also hast du, als du mit dem Community College fertig warst, geheiratet. Den Ersten, den du zu lieben glaubtest, und den Ersten natürlich, der dich zu lieben behauptete. Und ihr, du und dein Mann, habt South Main Books gekauft, wo du als Schulkind fasziniert so viele Stunden verbracht hast.

Der betagte Eigentümer hatte bei seinem Tod eine Unmenge gebrauchter Bücher hinterlassen. Wasserfleckig, angeschmutzt. Bei Bränden angesengt. Haufenweise Bücher, auf Metallregalen aufgereiht und mit Etiketten in Druckschrift – KRIMI, SCIENCE-FICTION, UNTERHALTUNG, KLASSIKER, GESCHICHTE, MILITÄRGE-

SCHICHTE, RATGEBER, KINDERLITERATUR – versehen. Schwankende Bücherstalagmiten, die vom Boden in die Höhe wuchsen, noch gesichtet und einsortiert werden mussten. Und im höhlenartigen Untergeschoss ein riesiger Friedhof von Taschenbüchern, die in Abfallbehältern vor sich hin schimmelten.

Trotzdem gab es Liebe an so einem Ort. Ein Universum der Bücher. Ein Universum der Menschen. Außer dass Bücher, im Gegensatz zu Menschen, Bestand hatten. Ein Buch konnte man in der Hand halten, wie man einen Menschen nicht in der Hand halten konnte. Die Seiten eines Buchs konnte man umblättern – man konnte *lesen*.

Beim *Lesen* trat man in eine andere Zeit ein, in die Zeit des Buchs, zwangsläufig eine Zeit, die bereits vergangen war – eine Parallelzeit. Es fühlte sich an, als täte man etwas Subversives, Heimliches – wie Träumen, nur dass es der Traum eines anderen war, nicht der eigene. Man konnte eins werden mit den Sätzen, die wie ein schmaler Wasserlauf über Steine flossen – sich kräuselnd, durchsichtig. Man konnte eins werden mit dem Fremden, der das Buch geschrieben hatte und der nicht *du* war.

Du hast mit großen Augen geschaut, gebannt. Denn auf den Rücken der Bücher, selbst der billigsten Taschenbücher, war jeweils ein Name aufgedruckt.

Ein Buch ist etwas, was man in der Hand hält. Was ein Buch *ist*, lässt sich nicht so leicht fassen.

Alle haben vorausgesagt, du würdest im ersten Jahr pleitegehen. Dann haben sie dir zwei Jahre gegeben. Drei Jahre? Fünf? Abwarten.

Wenn du morgens die Hintertür von South Main Books aufschließt, sieht du jedes Mal in den Schatten die Geistergestalt des Mädchens, das die Seiten eines Buchs umblättert – dich erschrocken anschaut, noch während es sich verflüchtigt.

Ja. Ich liebe Bücher. Sie lesen, nicht welche schreiben. Ich wollte nie Schriftstellerin sein, das überlasse ich anderen, die mutiger und unbekümmerter sind.

Tatsache ist, du wolltest Schriftstellerin werden, so lange du zurückdenken kannst. Eine Dichterin. Geschichten erzählen. Du wolltest deinen Namen auf einem Buchrücken sehen.

Du wolltest dieses Buch dann in den Händen halten. Wolltest es aufschlagen, zu den ersten Seiten blättern … *Nur ich konnte das geschrieben haben. Hier ist mein wahres Ich!*

Als du anfingst, konntest du noch nicht einmal lesen. Du fingst mit Buntstiften an, mit Ausmalbüchern. Deine Lieblingsfarben bei den Malkreiden waren gebrannte Umbra, Scharlachrot, Violett. Du fingst damit an, dass du Comics aus der Zeitung mit der Hand auf Pauspapier nachgezogen hast. In der Grundschule hast du dir Märchen ausgedacht und sie illustriert.

Geschichten von sprechenden Tieren. Geschichten über Weltraumreisen. Über Werwölfe und Vampire. Schauergeschichten in der Nachfolge von Edgar Allan Poe, H.P. Lovecraft. In der Mittelschule komplizierte Kriminalgeschichten in der Nachfolge von Ellery Queen.

Du hast Gedichte und selbst erdachte Geschichten in Schülerzeitungen veröffentlicht. In der Lokalzeitung, in der es am Sonntag immer eine Lyrikkolumne gab. Schon in jungen Jahren hast du in diesen verführerischen Abgrund geblickt, und der Abgrund hat zurückgeblickt. Tief in dich hinein.

Dein Herz machte stets einen Sprung beim Anblick des Schaufensters, in dem sich schimmernd das Licht spiegelte, dahinter die ausliegenden Bücher. SOUTH MAIN BOOKS NEU- UND GEBRAUCHTARTIKEL. SCHAUEN SIE SICH UNVERBINDLICH UM.

Nach dem Kauf der Buchhandlung hast du nie wieder eine Zeile geschrieben. Keine Zeit! – hast du gesagt. Der Tag hat nicht genug Stunden.

Vielleicht war es ja ein Fehler, du hast es eingeräumt. Eine (schwächelnde) Buchhandlung kaufen. In einer (schwächelnden) Konjunktur. Wie Kinder bekommen, was du (auch) hast. Wie heiraten (dito). Vielleicht ist es ein Fehler, aber du möchtest es probieren, möchtest wissen, wie das ist; wenn man jung ist, glaubt man, man hätte noch genügend Zeit, seine Meinung zu ändern. Glaubt man.

Nicht eine Gedichtzeile geschrieben. Seit Jahren nicht.

Ach – die Poesie floss aus dir heraus, wie Wildblumen aus den (leeren) Augenhöhlen eines Schädels im Wald sprießen. Gedichtzeilen, strahlend wie Regentropfen. Schmelzende Eiszapfen. Der hohe Triller eines Vogels. Wie die Liebe, ein Mysterium. Wie das Wort *Mysterium* selbst – so nahe an *Misere.* Sich verlieben, die Liebe verlieren. Und sich erneut verlieben. Alles mit demselben Mann, der in einer Heizkörperfabrik in Niagara Falls arbeiten musste, damit du deine gottverdammte Buchhandlung (wie er mit liebevoller Gereiztheit immer sagte) haben konntest, deine erste Liebe.

Bergeweise Bücher, es waren so viele. Eine Planierraupe müsste her, um im Keller Ordnung zu schaffen. Man müsste eine Gasmaske tragen bei den vielen Pilzsporen. Scherzte Gerard.

(Nur: Scherze, gibt es so was? Was bedeutet Lachen insgeheim?)

Einmal im Herbst hast du die Innenräume frisch gestrichen: taubenblau. Die Decke cremeweiß, ordentlich. Schimmernde Sonnen, Monde und Sterne aus gehämmertem Zinn an der (dreieinhalb Meter hohen) Decke. Porträts klassischer Schriftsteller und Dichter an den Wänden: Virginia Woolf, James Joyce, Franz Kafka, Ernest Hemingway, Robert Frost, Emily Dickinson, Walt Whitman. Die alten Götter, die gedankenverloren auf dich herabblicken, gütig. Du hast einheimische Künstler eingeladen, ihre Werke an deinen Wänden auszustellen. Plastiken im Schaufenster.

Du warst täglich bis 18:00 Uhr ständig im Laden. Nach Gerards Tod hattest du donnerstags und freitags noch länger geöffnet, es gab ja keinen Grund, schnell nach Hause zu gehen. Du hast Dichterlesungen im Laden eingeführt, vor Highschoolschülern, dem Community College.

Du hast Kaffee ausgeschenkt. Kekse, Brownies, selbst gebacken nachts, wenn du sowieso nicht schlafen konntest, das leere Haus, kein Mann, keine Kinder, noch Stunden hin, bevor es Sinn hatte, die gottverdammte Buchhandlung zu öffnen, und wenn du es dann getan hast, war dein Laden der erste, der in der Main Street aufhatte.

In den Wintermonaten Lampen eingeschaltet. Plötzliche Wärme von Licht in der Düsternis. Die geisterhafte Mädchengestalt, beim Abwenden überrascht, hält ein Buch umklammert, das kein Erwachsener sie hätte sehen lassen, wenn er es gewusst hätte …

Mit vierundvierzig hast du es schließlich gewagt, eigene Verse vorzulesen. Zum Abschluss eines der Dichtung von Frauen gewidmeten Abends. Eine bereits veröffentlichte Dichterin vom Community College, einige andere einheimische Dichterinnen, dann du, die sich zögernd erhebt und mit leiser Stimme hastig aus einem Bündel getippter Gedichte vorträgt. Der Applaus ließ dich zusammenfahren, verängstigt sahst du mit großen Augen auf.

Warst du nackt, zur Schau gestellt? Warum, wieso hast du das getan?

Deine Kunden, deine Freunde. Nachbarn. Erstaunt, dass du Gedichte geschrieben hast. Erstaunt, dass du all die Jahre als Erwachsene so getarnt unter ihnen gelebt hast. Sie applaudieren dir, die Augen leuchtend vor Zuneigung zu dir. Die Buchhandlung (wieder) zum Leben erweckt, dieser Mittelpunkt einer lose verbundenen Gruppe von Frauen und Männern im Herzen der aussterbenden Stadtmitte von Yewville, da überrascht es vielleicht nicht, dass du, die den Kunden jahrelang Gedichtbände ans Herz gelegt hat, dich auch als Dichterin entpuppst.

Die Frauen umarmen dich, vergießen deinetwegen Tränen. Wie tapfer du seit Gerards Tod gewesen bist! Den Laden offengehalten, allein. Die viele Arbeit, die du hineingesteckt hast, allein. Sie machen zu viel Aufhebens um dich, denkst du beklommen. Freunde eben.

Aber jetzt kann nichts mehr passieren. Deine Eltern leben nicht mehr. Dein Ehemann ist gestorben. Deine Kinder, die nicht aus Yewville weggezogen sind, kommen nur selten in den Laden zu ihrer peinlichen Mutter mit dem grauen Pferdeschwanz in Overall und einem T-Shirt, auf dem das Porträt einer leicht dämonischen Emily Dickinson prangt.

Zu spät für Poesie, für den langen Atem, den man für Gedichte braucht, die Buchhandlung ist jetzt dein Leben. Was von deinem Leben bleibt. Nicht die Absicht, dich zur Ruhe zu setzen – niemals.

Auf keinen Fall. Ein neuer Besitzer des Grundstücks würde als Erstes unser Inventar auf den Müll werfen, das Gebäude abreißen und etwas anderes als eine Buchhandlung hier bauen. Dazu wird es nicht kommen, versprochen.

***

Eigentlich aber – hattest du Kinder. Sie kamen aus deinem erstaunten Leib. Blut leuchtete auf ihrer makellosen Haut, kobaltblaue Augen öffneten sich verwundert. *Wer bist du? Was ist das? Wo komme ich her? Was geschieht mit uns?*

Ich bin nicht wie sie, diese Kinderlose.

Du bist in dem Glauben aufgewachsen: Kinder sind ein Segen. Kinder geben dem Leben Sinn. Wenn das Leben an sich keinen Sinn hat, mit Kindern bekommt es einen. Mit einer Familie bekommt es einen. Die Existenz selbst ist der Sinn. Du schenkst Leben, du erhältst Leben aufrecht. Du gibst diesem Leben Nahrung, wieder und wieder. Du wagst nicht, damit aufzuhören, denn dann würde dein eigenes Leben aufhören. Du stellst keine Fragen.

Du bedauerst die, die keine Kinder bekommen haben. Dieses andere Ich, die Frau, die du zu deiner Erleichterung nicht geworden bist, ist zu bedauern – *kinderlos*. Du ahnst, das gehörte zu ihrem Plan, aus Yewville rauszukommen – *kinderlos* zu bleiben, zu sein. Sie hätte Bücher schreiben, Karriere machen können, doch was ist das, verglichen mit dem, was du geschafft hast? – Kinder, ein Ehemann, eine Buchhandlung, die in ihrer Gemeinde geliebt wird.

Noch mehr jedoch verachtest du die, die keine Kinder haben, weil sie sich vor den Schrecknissen des Lebens gedrückt haben.

Dein erstes Kind war kaum geboren, da hast du, noch im Krankenhaus, bereits verstanden – *oh, Gott. Dieses Geschenk, das mir gemacht worden ist, ich muss es am Leben erhalten.*

Dein (junger) Ehemann, der im Krankenhaus deine Hand ergriff. An deinem Krankenbett. Sich die tränennassen Augen wischte, in der Panik des Begreifens – *wir haben Verantwortung, sind »Eltern«.*

Beide wusstet ihr: So lange das Kind atmet, lebt ihr in Angst, dass dieses Atmen aufhört. Ihr betet, dass ihr als Erste sterbt. Insgeheim betet ihr, dass ihr als Erste sterbt. Euer Kind zu überleben, allein schon die Vorstellung ist euch unerträglich.

Dieser Satz gilt für euer ganzes Leben. Es ist euer lebenslänglich.

Die junge Frau, die unbedingt aus Yewville rauskommen und Schriftstellerin werden wollte – irgendwo, irgendwie: Sie hat nie erlebt, wie man die Hand aufs Herz legt, wenn das Telefon spätabends läutet. Hat nie erlebt, dass jemand aus der Familie bei einem aberwitzigen Unfall starb, vor seiner Zeit. Du bedauerst *sie.* Du beneidest sie *nicht.*

Ihr seid getrennte Wege gegangen. Total naiv, unwissend.

Mit achtzehn unruhig auf die zentrale Abschlussprüfung vorbereitet. Fest entschlossen, gut abzuschneiden. Dich auszuzeichnen. Dich von zu Hause loszureißen, wie man vielleicht Würfel mit Schwung auf eine Tischplatte wirft.

Doch an dem strahlenden verschneiten Morgen der Prüfung warst du zerstreut, warst hundemüde. Du hattest in der Nacht kaum mehr als ein, zwei Stunden geschlafen. Dein Vater war spät heimgekommen, sein Schritt schwer auf der Treppe. Deine Mutter hatte in scharfem Ton mit ihm gesprochen und er in scharfem Ton mit ihr. Türen waren zugemacht worden. Dahinter gedämpfte Stimmen. Und in dem Durcheinander noch dein pochendes Herz. In dem Durcheinander noch deine Besorgnis wegen der Zukunft. *Lieber Gott, hilf mir. Ich werde in alle Ewigkeit ein guter Mensch sein, wenn …*

Seit der Grundschule hattest du immer gute Noten bekommen. Vor allem in Englisch, Geschichte, Biologie. In Mathe warst du nicht so stark. In Mathe hast du zu schnell die Flinte ins Korn geworfen, hast mit flatternden Lidern auf Probleme gestarrt, dich blind gestellt. Schließlich hieß es ja, Mädchen seien nicht so gut in Mathe. Mädchen sollten sich keine Sorgen machen, wenn sie nicht ganz so begabt in Mathe seien wie Jungen. In Naturwissenschaften überhaupt. *Für ein Mädchen ist das eine gute Leistung. Kein Grund, so viel von sich zu verlangen.*

Benommen, mit Halsschmerzen. Anfallartigem Husten. Dein Gleichgewicht war gestört, als gingst du über das Deck eines stampfenden Schiffs. Blicktest verständnislos auf manche Prüfungsfragen. Die Wörter wirbelten herum, verworren wie Knoten. Dein ganzes weiteres Leben hing von deinem Abschneiden ab: zwei Stunden an einem Januarmorgen und du im vierten Jahr an der Yewville High, achtzehn Jahre alt.

Du bist in Panik geraten, hast geschwitzt, gezittert. Hast deinen streitenden Eltern die Schuld gegeben. Deinen Lehrern, die dich zwar immer mochten, aber (vielleicht) nicht ernst nahmen. Sie lobten deine Gedichte und Kurzgeschichten, aber so, wie Erwachsene kleine Kinder loben. Ohne sie zu lesen, vielleicht. Mit Sicherheit, ohne zu wissen, wer du bist.

Zuletzt hast du dir selbst die Schuld gegeben. Denn wer kam sonst dafür infrage?

Du hast es immer so gehalten, Prüfungsfragen schnell zu beantworten. Die Fragen zu beantworten, bei denen du die Antwort wusstest und dir auch sicher warst, damit du Zeit für die anderen, schwierigeren hattest. Dieses Mal aber lief dir die Zeit davon. Du hast gezaudert, gezögert, das Zutrauen zu dir verloren. Bist die letzten Aufgaben im Eiltempo durchgegangen. Mit dröhnenden Kopfschmerzen. Wenige Tage später wurde bei dir eine

Bronchitis diagnostiziert, die dich, mal stärker, mal weniger stark, dann sechs Wochen lang plagte. Mutlos und vernichtet hast du den Prüfungsraum verlassen. Hast dich tags darauf und noch tagelang mit Gedanken an Selbstmord gequält. Hast dich gehasst, verabscheut. Mit dem Schlimmsten gerechnet. Dir gut zugeredet, dich mit deinem Versagen abzufinden – mit der Niederlage. Voraussichtlich hattest du bei der Prüfung nicht so gut abgeschnitten wie erhofft, damit musstest du vernünftigerweise rechnen.

Und so war es auch: Deine Punktzahl lag zwar über dem Durchschnitt, war aber nicht außergewöhnlich. Andere aus deiner Klasse, die dir bestimmt nicht überlegen waren, hatten mehr Punkte erreicht. Für dich war es blamabel und ärgerlich, ungerecht, aber nicht zu ändern. Du hattest deine Chance – an diesem Vormittag. Und der war nun Vergangenheit.

Eine deiner besten Freundinnen ging mit einem Stipendium des Landes an die Cornell, du aber bliebst in Yewville. Deine Freundin hatte nie bessere Noten als du, bei der Prüfung aber – irgendwie – gut abgeschnitten. Du hast ihr gratuliert, hast dich für sie gefreut. (Für dich nicht. Für dich hast du dich nie gefreut. Für Sandra schon.)

Du hast schließlich Kurse am Community College belegt. Du fühltest dich deinen dortigen Lehrern zwar überlegen, musstest sie aber, es blieb dir nichts anderes übrig, zufriedenstellen. Um gute Noten zu bekommen, musstest du sie zufriedenstellen. Ihnen schmeicheln. Du hofftest, an ein vierjähriges College oder an eine Universität wechseln zu können, doch dazu kam es nicht. Viele deiner Hoffnungen haben sich nicht erfüllt. Selbst wenn du ein Stipendium für eine Universität bekommen hättest, hättest du womöglich in Yewville bleiben und deine Mutter, als die Ehe deiner Eltern gescheitert war, unterstützen müssen; später, als sie an Krebs erkrankte, hättest du dich um sie kümmern, hättest häusliche Pflichten eines Erwachsenen übernehmen müssen. Du wärst ohne eigenes Zutun eine derer geworden, die mit zwanzig erwachsen waren und denen die Welt nicht mehr so offenstand, wie du es als Achtzehnjährige geglaubt hattest.

Du bist in Yewville geblieben. Nagenden Gram im Herzen.

Doch nein: keineswegs. Du hast dich nicht gegrämt, du warst dankbar, dass du gebraucht wurdest. Geliebt hast und geliebt wurdest. Du hast schließlich geheiratet, wie es deine Cousinen und deine Freundinnen in den Jahren nach der Highschool auch taten. Und ihr, du und dein Mann, habt eine Anzahlung für South Main Books geleistet, ihr habt eine Hypothek aufgenommen und euer Leben für die nächsten dreißig Jahre verpfändet, wie Gerard sagte.

Aber die Prüfung! Der Vormittag dieser Prüfung! Nachts wach gelegen, daran erinnerst du dich. Im Lebensmittelladen einen Wagen geschoben – daran erinnerst du dich. Bücher einsortiert, einen Ausverkauf auf die Beine gestellt. Einen Gedichtband durchgeblättert, der gerade neu herausgekommen war, daran erinnerst du dich. Deine Haut fiebrig, empfindlich bei jeder Berührung. Das Schlucken tat weh, war unangenehm. Die anderen im

Klassenraum, Reihe um Reihe deiner Schulkameraden, heute Fremde für dich, erbitterte Konkurrenten. Finstere Mienen, ernst, entschlossen. Denn nur Schüler mit halbwegs realistischer Hoffnung auf ein gutes Ergebnis machten sich überhaupt die Mühe, die umfangreiche Prüfung abzulegen. Du hattest immer zu den Besten deiner Klasse gehört, und trotzdem ist es für dich letztlich nicht gut ausgegangen.

Die andere, das Mädchen, das du hättest sein sollen, hatte in der Prüfung sehr gut abgeschnitten. Hatte zum oberen einen Prozent aller Highschoolschüler gehört, die an dem Tag im Bundesstaat New York die Abschlussprüfung abgelegt hatten. Sie war danach an eine erstklassige Universität gegangen. Hatte genau die Fächer studiert, die du zu studieren gehofft hattest: Literatur, Philosophie, Psychologie. Ihre ausgezeichneten kritischen Aufsätze und ihre dichterischen und literarischen Arbeiten hatten ihr Lob eingetragen. Ihre Professoren hatten sie ermutigt. Niemand hatte sie demotiviert. Ihre Eltern hatten sich nicht gestritten, ihr Vater war kein Alkoholiker gewesen, der die Familie im Stich ließ, als bei seiner Frau Brustkrebs dritten Grades diagnostiziert worden war. Sie hatte keine familiären Verpflichtungen. Sie kannte es nicht, das grauenhafte Warten darauf, dass ihre Mutter den Infusionsraum des Krankenhauses verlassen durfte und sie ihr die Krankenhaustreppe hinunterhelfen konnte, dabei gegen den Würgereiz ankämpfen musste, den der Chemikaliengeruch der Haut, des Haars auslöste. Diese andere, sie wusste nichts von der Angst, schwanger zu sein, wenn es kein günstiger Zeitpunkt für eine Schwangerschaft war.

Sie weinte nicht in den Armen eines Mannes, damit er sie heiratete, auch wenn er (vermutete sie) sie so wenig liebte wie im Grunde sie ihn. Frei wie ein Kind in einer Stadt, die nicht Yewville war, wo sie so sicher in der Falle saß wie ein Insekt in einem fein gewebten Spinnennetz, begann diese andere schon als Studentin ernsthaft zu schreiben: Gedichte, Kurzgeschichten, einen Roman. Mit der Zeit nahmen verständnisvolle Erwachsene sie ernst. Sie hatte nicht einmal gewusst, dass die anderen sie als sehr ehrgeizig wahrnahmen, als vom Glück begünstigt. Sie selbst hatte sich ja nicht überragender gefunden als einige ihrer Freundinnen, besonders dich; sie ist ja *du*.

Du denkst nie an sie. Jahrelang nicht.

Du bist glücklich in Yewville, in dem Leben, das du nicht als *stecken geblieben* ansiehst. Denn Glück wird hier anders gemessen, als stillerer Zufluss zu einem dahineilenden Strom; das Leben fließt hier zwar langsamer als an dem breiten dahineilenden Strom, hat vielleicht aber mehr Tiefe. (Möchtest du glauben.)

Und nun, mit vierundvierzig, hast du dich wieder dem Schreiben zugewandt, in bescheidenem Maße. Das andere Mädchen, inzwischen zu einer Frau herangewachsen, einer »bekannten« Persönlichkeit, ist natürlich nicht bescheiden gewesen – sie hat viele Bücher veröffentlicht, hat Preise erhalten. Sie ist in Sprachen übersetzt worden, von denen du noch nie gehört hast. Du beneidest sie jedoch nicht. Du denkst überhaupt nicht an sie. Würdest du dein Leben gegen ihres eintauschen? Dich gegen sie eintauschen? Natürlich nicht.

Du hättest keinen anderen Mann als Gerard heiraten

mögen. Gerard konntest du aber nur in Yewville bekommen, deinem Geburtsort. Und von Gerard deine Kinder. Ohne Gerard in deinem Leben gäbe es keine Kinder in deinem Leben. Dann gäbe es deine Kinder nicht.

Jedenfalls bist du nun Witwe. Bist so etwas wie ein Held – eine Heldin – für die Frauen der Stadt, die deines Alters und die jüngeren. Du bist berühmt dafür, großzügig mit deiner Zeit zu sein, nicht aber mit Geld. (Du verfügst nicht über Geld im Überfluss.)

Du hast bei der Gründung einer lokalen Literaturzeitschrift geholfen. Hast jüngere Leser ermutigt, die in die Buchhandlung kommen. Dein Körper ist weicher geworden, ist erschlafft. Früher warst du muskulös und schlank wie ein Rennpferd, deine Nerven angespannt, jetzt bist du plüschig, umarmst gern und lässt dich gern umarmen. Trägst locker sitzende Pullover und Jeans, Kaftane, Jeansjacken, Sandalen. Deine erwachsenen Kinder verdrehen die Augen bei deinem Anblick, dein Haar silbergrau, straff aus dem Gesicht genommen und zu einem schaukelnden Pferdeschwanz gebunden. Deine Haut ist gerötet. Oft fühlst du dich fiebrig. Das ist Begeisterung fürs Leben, meinst du. Für das Überraschende, für die unerwartete *Lebendigkeit* des Lebens. Du bist keine Schönheit, man sieht dir dein Alter an. Feine Falten durchziehen kreuz und quer dein Gesicht. Zwischen den Augen eine senkrechte Falte, als Rahmen um den Mund Lächelfalten. Gott sei Dank hast du dir aus Geld nie etwas gemacht. Das ist würdelos und beschämend. Deine Verwandten schütteln den Kopf, prophezeien hinter deinem Rücken nach wie vor, dass du mit deiner Buchhandlung bankrottgehen wirst. Es wundert einen nicht, dass du im mittleren Alter keine ausreichende Krankenversicherung hast.

Aus Stolz und aus Zufriedenheit mit dem Leben, das du hast, denkst du nicht an das andere Leben jenseits von Yewville. An das Mädchen, das seinen Füller zur Hand nahm und die Prüfungsaufgaben mit Zuversicht und Intelligenz anging. Das Mädchen, das es schaffte, gelassen zu bleiben. Dessen Eltern ihm am Abend vor dem wichtigsten Morgen seines Lebens nicht durch Streit den Schlaf geraubt hatten. Das Mädchen ohne Halsschmerzen und quälenden Husten.

Schüttel ruhig verärgert, eigentlich froh den Kopf, frag mich nicht, was für eine alberne Frage. *Natürlich bin ich glücklich. Ich habe alles, was ich will. Was fehlt mir denn im Leben? Absolut nichts.*

Die Freundinnen

Die Freundinnen hatten sich zum Lunch im Purple Onion Café verabredet, wie sie es seit fast zwanzig Jahren häufig taten. Wie üblich kam Francine, die sieben Monate älter war, als Erste und sicherte ihnen ihren Lieblingstisch, draußen auf der Terrasse in der am weitesten von der Straße entfernten Ecke. Dort konnte sie Sylvie sehen, wenn sie kam, bevor Sylvie sie sah.

Es war gerade zwölf. Das nach umfangreicher Renovierung erst kürzlich wiedereröffnete vegetarische Restaurant füllte sich an diesem milden Septembertag rasch mit Gästen.

Nicht weil sie die jeweils beste Freundin der anderen gewesen wären, obwohl – das ja – sie sich seit der Montessori-Vorschule kannten, in die sie mit vier gekommen waren, sondern weil jede für die andere wichtig war: Diese Tatsache, wenn es eine war, schweißte die Frauen zusammen. Enger, als es sie an Schwestern band! – weil es aus freien Stücken geschah, was bei Schwestern nicht der Fall war. Enger, als es sie an Ehemänner band, denen ja nicht zu trauen war. Und enger als an Kinder, das versteht sich von selbst, denn Kinder müssen (von ihren Müttern) vor den Grundwahrheiten des Lebens beschützt werden.

Heute war Francine nach ihrer Operation in der vorherigen Woche zum ersten Mal allein Auto gefahren. Es war nur ein kleiner Eingriff gewesen (schickte sie schnell nach), durchgeführt in der ambulanten Frauenklinik, aber sie erholte sich gut – sie hatte danach Schmerzen gehabt, Übelkeit, Schlaflosigkeit, ihre Zeitwahrnehmung war seltsamerweise etwas gestört gewesen: Minuten zogen sich mit nervtötender Langsamkeit hin wie eine Straße giftiger Ameisen, während ganze Tage vorbeiflogen wie leere Güterwaggons eines endlos dahinratternden Zuges.

Francine lächelte beim Gedanken daran, dass sie diese eigenartige Empfindung Sylvie gegenüber erwähnen würde, der einzigen unter ihren Bekannten, die ihren beißenden Humor verstand und zu würdigen wusste. Francines Mann würde wie üblich ratlos die Brauen heben, falls er es überhaupt gehört hatte, und ihre Kinder würden einfach die Augen verdrehen – oh, Mom! Bitte. Jede Äußerung, mit der Francine als eigenständiges Individuum wahrgenommen zu werden beanspruchte, war demütigend für ihre Familie, als hätte sie sich unvermittelt die Kleider vom Leib gerissen und gerufen: Seht mich an!

Doch mit Sylvie war alles anders. Was Francine, obwohl unausgesprochen, wichtig war, war ihrer Freundin ebenfalls wichtig. Wenn Francine nachts wach lag und über ihr Leben nachsann, das ihr so rätselhaft vorkam wie Graffiti an einer Mauer, konnte sie sich mit Sylvie vergleichen und war augenblicklich erleichtert. Denn wenn sie mit ihrer lieben Freundin darüber sprechen konnte,

konnte es so schlimm nicht sein. Francine hatte erst dann wirklich etwas erlebt, wenn sie es in eine unterhaltsame kleine Geschichte für Sylvie verwandelt hatte, die danach vermutlich ausrief: Oh, genau dasselbe habe ich auch gedacht.

Doch wo war Sylvie? Ihre Freundin hatte sich bereits acht Minuten verspätet.

Nadia, die stadtbekannte Besitzerin des Purple Onion, kam mit zwei Speisekarten an Francines Tisch. Empfohlene Spezialitäten des Tages, Wassermelonengazpacho, Grünkohl-Cranberry-Salat, Tofu vom Grill mit balinesischem Sambal, Portobello und Brie, glutenfreies Nussbrot, Mangosaft, Bengal-Eistee ... Überrascht stellte Francine fest, dass sich die angeblich neue Speisekarte des Purple Onion kaum von der alten unterschied, wie sie sich entsann, und die Tagesspezialitäten waren im Wesentlichen auch die gleichen. Sogar Nadia selbst, die, hieß es, bei der Explosion verletzt und vom Stress und den Ausgaben für die Renovierung des Cafés traumatisiert worden war, sah nicht wesentlich anders aus als in Francines Erinnerung: eine reizlose, aber freundlich dreinschauende Frau mittleren Alters mit langem, offen getragenem grauem Haar, einem Lächeln, das ihr Zahnfleisch entblößte; mit ihrer unaufdringlichen und zugleich resoluten Art hatte sie sich über die Jahre die Zuneigung ihrer Gäste erworben. »Kommt Ihre Freundin heute?«, erkundigte sich Nadia, und Francine antwortete: »Selbstverständlich.« Am liebsten, denn die Frage ärgerte sie, hätte sie noch gesagt: Warum wäre ich sonst hier?

Francine würde in der Öffentlichkeit nicht allein zu

Mittag essen, wenn es sich vermeiden ließ. Selbst mit einem fesselnden Buch wäre die Aussicht doch zu öde.

Mit heldenhafter Tapferkeit hatte sich das Purple Onion wieder aufgerappelt, nachdem im Herbst des vorigen Jahres genau auf dieser Terrasse ein Sprengsatz zur Explosion gebracht worden war, gebastelt von einem neunzehnjährigen Jugendlichen, den die Presse später als »gestört« bezeichnete. Der junge Mann, der die hiesige Highschool abgeschlossen hatte, arbeitslos war und bei seiner geschiedenen Mutter lebte, hatte nach einer im Internet gefundenen Anleitung – »Wie man für unter dreißig Dollar eine Bombe baut« – einen primitiven Sprengsatz hergestellt. Zum Glück hatte die Bombe nicht richtig gezündet und weniger Schaden angerichtet, als vom Selbstmordattentäter beabsichtigt: Außer ihm selbst waren drei weitere Personen umgekommen und neun verletzt worden, darunter die Besitzerin des Lokals; der Innenraum des Cafés war teilweise, die Terrasse etwa zur Hälfte zerstört worden, da die Bombe nur in eine Richtung detoniert war. Hätte der Sprengsatz seine volle Wirkung erreicht, hätte es nach Einschätzung der Behörden fünfundzwanzig Tote geben können … Mit Genugtuung sah Francine, dass die Reihe der Holzapfelbäume, die den Parkplatz säumte, keinen Schaden genommen hatte. Ihre Augen füllten sich mit Tränen bei der Erinnerung daran, wie schön diese Bäume waren, wenn sie im Frühjahr blühten.

Eine entsetzliche Tat, sinnlos, abscheulich. Der Name des Jungen war Lasky – Howard oder Harold. Francines Tochter, die im dritten Highschooljahr war, glaubte ihn zu kennen oder gekannt zu haben – eine »Null«, ein »Loser«. Lasky war in schwarzem Nylonhoodie und mit schwarzer Sonnenbrille zum Purple Onion gekommen, hatte sich angeblich an einen Tisch auf der Terrasse gesetzt und die selbst gebaute Bombe in einer Tragetasche mit dem Logo einer Biosupermarktkette, die seiner Mutter gehörte, transportiert. Sein Laptop verriet, dass er Websites islamistischer Selbstmordattentäter besucht hatte. In seinem Zimmer fand sich nur ein lapidarer Zettel.

Ich bin nicht polittisch. Ich hab das für mic gemacht.

Die Kommentare in den sozialen Medien folgten schnell und waren mitleidlos. »Polittisch! Für mic gemacht!« Wer waren Laskys Lehrer gewesen? Wie hatte jemand, der so fehlerhaft schrieb, eine Highschool abschließen können, die sich rühmte, so viele Absolventen ans College zu schicken?

Im Falle eines Bombenanschlags, dachte Francine, blieb dieser Teil der Terrasse, die am weitesten von der Straße entfernte Ecke, vielleicht wieder verschont …

»Franny, hallo! Entschuldige die Verspätung.«

Sylvie war im Anmarsch auf die mit offenen Augen träumende Francine, beugte sich herab und streifte mit den Lippen über ihre Wange, eine überstürzte und oberflächliche Begrüßung, und dann saß Sylvie Francine an dem kleinen runden Tisch gegenüber und legte die Stirn in Falten über der zu großen, in roten Hanf gebundenen Speisekarte, als verdiente nichts ihre ungeteilte Aufmerksamkeit mehr. Mit ihrer theatralisch kehligen

Stimme sagte Sylvie zweierlei, fast gleichzeitig: »Das Gazpacho sieht gut aus, oder hatte ich das beim letzten Mal und fand es ganz schlecht?«, und: »Hast du schon bestellt?«

Ob sie schon bestellt hatte? Francine war empört, gekränkt. »Natürlich nicht, ich habe auf dich gewartet, Sylvie.«

»Entschuldige. Ich bin aufgehalten worden, es ging nicht anders.«

Aufgehalten worden, ging nicht anders. Auch das war oberflächlich und keine originelle Begründung.

Sylvies flinke grüne Äuglein überflogen die Speisekarte, die sie mittlerweile doch so gut kennen musste wie ihr eigenes Gesicht. Grünkohl, glutenfrei, Portobello, gebratener Tofu aus heimischem Anbau, Mehrkornbrot, Zitronengras, Vollkornreis und Joghurt … Streng genommen ernährte sich zwar keine der Freundinnen vegetarisch, Vegetarismus war jedoch eine löbliche Einstellung und stand diffus für Zukunft, für eine Epoche des jugendlichen Idealismus, die sie überdauern würde.

Doch Francine war gekränkt. Ihre beste Freundin hatte sie, seit sie hereingerauscht war, kaum eines Blickes gewürdigt und sich nicht nach ihrem Befinden erkundigt, hatte ihr nicht, was Francine im umgekehrten Fall längst getan hätte, versichert, sie sehe gut aus – sogar bemerkenswert gut in Anbetracht dessen, dass sie vor noch nicht einmal einer Woche eine Operation durchgestanden hatte. (Nur ein kleiner Eingriff, darauf hatte Francine großen Wert gelegt, als sie es Sylvie am Telefon schilderte, und auch nicht unter Vollnarkose, sondern nur mit lokaler Betäubung – »Du weißt schon, Dämmerschlaf heißt das bei denen.«)

Und noch etwas war sonderbar – in den Wochen, seit Francine sie zuletzt gesehen hatte, war Sylvie von ihrem wunderschönen dunkel getönten Haar wieder zu ihrer früheren Farbe zurückgekehrt, einem stumpfen, von Grau durchzogenen Braun; Sylvie hatte monatelang mit der Entscheidung gehadert, ihrem Haar wieder zu dem glänzenden satten Mahagoni zu verhelfen, das es in ihrer Kinderzeit besaß. Erst jetzt hatte sie, warum auch immer und ohne es Francine gegenüber auch nur zu erwähnen, die Tönung herauswachsen lassen und sah so unattraktiv aus, wie Francine sie gar nicht kannte, hatte etwas Verquollenes um Augen und Mund, als hätte sie nicht gut geschlafen. Sylvies für gewöhnlich makelloses Make-up war in Hast aufgelegt, ihre Haut bleich wie Sauermilch. (Hatte Sylvie Probleme in ihrer Ehe? fragte sich Francine schaudernd. Mit einem der Kinder oder mit allen Kindern? Sylvie hatte ihr nur selten anvertraut, dass in ihrer Familie, um die Francine sie immer beneidet hatte, nicht alles zum Besten stand. Die Frauen hatten im Abstand von einem Jahr geheiratet, mit Anfang zwanzig, und ungefähr zur gleichen Zeit ihr erstes Kind bekommen, wie Spiegelbilder.) Es ängstigte Francine, war auf eine Art aber auch Balsam für ihre Seele, dass ihre Freundin, immer so viel glamouröser als sie und selbstsicher obendrein, im Moment nicht ganz so schick aussah, nicht ganz so jung.

Als sie schließlich Sylvies ungeteilte Aufmerksamkeit hatte, murmelte Francine mit skeptischem Lächeln:

»Dein Haar!«, als frage sie nach dem Grund, und Sylvie verzog das Gesicht und sagte: »Ja, ich weiß, ich hatte heute Vormittag keine Zeit, etwas mit meinen Haaren zu machen, die Spitzen sind alle gespalten. Ich sehe schrecklich aus.«

»Aber wieso lässt du es wieder grau werden?«

»Wieder? Immer noch, meinst du wohl.«

Doch Sylvie war darauf bedacht, eine Kellnerin auf sich aufmerksam zu machen, und hörte gar nicht richtig zu. Sie hatte sich entschieden, was sie essen wollte, und wollte die Bestellung aufgeben, denn sie hatte am Nachmittag wenig Zeit, es war einer dieser Tage, eine dieser Wochen. Von ihrer Zeit gehe so viel für ihre Kinder drauf, klagte sie, und so viel für ihren Ehemann, und sah Francine immer noch nicht an, sondern nur in ihre Richtung und ihr nicht ins Gesicht, sodass Francine verärgert dachte, zwanzig Jahre wären vielleicht lang genug, die Freundschaft hätte sich erschöpft, wäre verschlissen wie ein zu lange benutztes Rollhandtuch; es war Zeit, dass Francine sich eine neue beste Freundin suchte. Zu oft hatte sie nachts wach gelegen und über ihr Leben nachgedacht, darüber, welchen Sinn es haben könnte, wenn es überhaupt einen hatte, und erwartungsvoll an Sylvie gedacht, als könnte die ihr den Sinn ihres Lebens beschaffen oder auf eine Art sogar der Sinn sein; denn Francine hatte es stets so empfunden, dass Sylvie nicht nur ihre beste Freundin, sondern auf eine Art das Symbol für Freundschaft an sich war – für ihr Geheimnis. Francine hatte ihren Mann sogar oft mit Sylvies Mann verglichen und ihre Kinder mit Sylvies Kindern. Sie hatte das zwar immer für sich behalten und der Freundin gegenüber nur angedeutet, aber mit dem dritten Kind hatte sie Sylvie nachgeeifert, die mit fünfunddreißig ein drittes bekommen hatte; sonst hätte Francine nicht mit sechsunddreißigeinhalb noch Donnie zur Welt gebracht. So spät noch einmal schwanger zu werden, fand Francine schon bei Sylvie gewagt und mutig und bei sich selbst leichtsinnig und (womöglich) einen Fehler.

Sie bestellten bei einer Kellnerin in Purple-Onion-T-Shirt, Jeans und Sandalen, die ihre Tochter hätte sein können und sie mit »Ma'am« ansprach. Grünkohl mit Cranberrys für Sylvie, Portobello und Brie für Francine, vielleicht auch Portobello und Brie für Sylvie und Grünkohl mit Cranberrys für Francine. Endlich erkundigte sich Sylvie nach Francines Befinden, wie sie sich fühle – mit so aufgesetztem Lächeln allerdings, dass man merkte, wirklich wissen wollte sie es nicht. Francine lachte ein bisschen zu laut und sagte: »Na ja, ich bin noch da.«

Ich lebe noch, hätte sie auch sagen können. Doch was war daran komisch?

Sylvie drängte sie zwar nicht, ausführlicher zu berichten, doch Francine hörte sich sagen, sie fühle sich seit dem Eingriff ein wenig »seltsam« – »desorientiert« –, als vergehe die Zeit sehr, sehr langsam – »wie eine Straße vergifteter Ameisen« –, dann wieder rauschten ganze Tage nur so vorbei – »wie leere Güterwaggons«. Sylvie war von der Bemerkung offenbar nicht beeindruckt oder hatte sie nicht einmal gehört, denn sie sagte nicht mit schmerzlichem Lächeln: »Oh, ich weiß genau, wie du dich fühlst!« Ohne ausdrücklich dazu aufgefordert worden zu sein, sagte Francine, sie habe in ihrem ganzen Leben noch nie so ein Empfinden von »Auflösung« – von »Zerfall« – gehabt wie bei der Betäubung; es war, als breche jedes einzelne Neuron in ihrem Gehirn von den anderen ab wie Reiskörner, die ihr durch die Finger rinnen und zu Boden fallen. Der Anästhesist habe mit ihr gescherzt und gespöttelt, sie angewiesen, von hundert rückwärts zu zählen, als fordere er sie zum Wachbleiben heraus; er hatte sie sogar verhöhnt, indem er bezweifelte, dass sie bis neunzig käme, bevor sie einschlief, und Francine hatte sich vor dem Mann gefürchtet und ihn verabscheut. Sylvie rief aber nicht: »So ein Mistkerl, du solltest ihn anzeigen!«, wie Francine es erwartet hätte, sondern sagte vielmehr zerstreut: »Also wirklich, Franny! Ganz so war es bestimmt nicht.«

War es bestimmt nicht? Wie konnte Sylvie so etwas sagen?

Die Kellnerin brachte ihnen Eistee, an dessen Bestellung Francine sich gar nicht erinnerte. Sie zitterte und bebte. Wie konnte ihre beste Freundin sie emotional so im Stich lassen!

Weil du nicht lebendig bist, schoss es Francine auf einmal durch den Kopf. Sylvie schämt sich für dich, sie weiß nicht mehr, wie sie mit dir sprechen soll.

Das würde so vieles erklären, was andernfalls unerklärlich wäre.

Wenn Francine, daran musste sie jetzt denken, von ihrer geliebten Großmutter träumte, die starb, als sie elf war, schien die nicht zu begreifen, dass ihr etwas widerfahren war, was sie unwiderruflich von anderen trennte;

in Francines Träumen war ihre Großmutter stumm und lächelte Francine mit einem unergründlich wehmütigen Ausdruck zu, den ihre Enkelin zu ihren Lebzeiten nie bei ihr gesehen hatte. Da hatte Francine instinktiv gewusst, dass sie den veränderten Zustand ihrer Großmutter in ihrem Traum nicht anerkennen durfte – nur, dass etwas Grundsätzliches, Schreckliches mit ihrer Großmutter geschehen war, das sie von anderen unterschied.

So wollte Francine es auch halten, als sie erwachsen war: Sie musste andere vor den sie betreffenden offensichtlichen Wahrheiten schützen.

Die Kellnerin brachte das Essen. Sehr hübsch auf Tellern in leuchtenden Farben angeordnet und mit frischen Petersilienstängeln und Kapuzinerkresseblüten garniert. Francine hob die Gabel, brachte es aber nicht über sich, schon zu essen. Auch wenn Sylvie sich seltsam benahm, mit gezückter Gabel auf ihren Grünkohl-Cranberry-Salat schaute, als zitierte sie den Appetit herbei, musste Francine ihrer Freundin erst noch gestehen, dass ihr vor etwas graute, was sie nicht beschreiben konnte – nicht zu benennen wusste.

»Als wären, wenn ich plötzlich aufsehe oder mich umschaue – keine Ahnung, warum – alle – jeder, den ich kenne und an dem mir etwas liegt – nicht mehr da.« Francine hielt inne, wischte sich über die Augen. Ihr stockte die Stimme, der Augenblick war vorbei. »Einfach verschwunden.«

Dazu wusste die erstarrte Sylvie nichts zu sagen.

Als hätte Francine sie an etwas erinnert, was sie beinahe vergessen hätte, stand Sylvie plötzlich auf und murmelte eine Entschuldigung – sie müsse einen Anruf erledigen, einen Termin verlegen, und sie müsse die Toilette aufsuchen, die sich im Restaurant befand.

»Natürlich. Natürlich, lass dir Zeit, Sylvie«, sagte Francine beinahe fröhlich. »Ich gehe nirgendwohin.«

Lächelnd sah Francine der Freundin nach, während Sylvie davonhastete, ohne sich noch einmal umzudrehen.

Francine nahm sich eine Gabel Grünkohl von Sylvies Teller, denn die hatte fast ihr ganzes Essen stehen gelassen. Es war eine Gewohnheit der Freundinnen, ein alter Brauch – sich das Essen teilen. Nur zum Kosten.

Doch der Grünkohl war bitter und fast nicht zu kauen. Dafür braucht man ja Zähne wie eine Ziege, dachte Francine. (Mit der Bemerkung würde sie Sylvie, wenn sie wiederkam, zum Lachen bringen.)

In dem Augenblick fiel Francines Blick auf eine ausgefallen gekleidete Gestalt, die nicht weit entfernt an einem Tisch saß – ein junger Mann oder Junge, auffallend so gekleidet, dass er dem Selbstmordattentäter Lasky ähnelte. Er trug einen dunklen Hoodie, eine dunkel getönte Brille, die ihm schief auf der Nase saß, und eine zerknitterte dunkle Hose.

Mit entsetztem, frostigem Blick sah Francine auf diesen Menschen. Sollte das ein Scherz sein? Ein dummer Schabernack, ausgeheckt von halbwüchsigen Jungs? (Bestimmt war irgendwo in der Nähe noch ein Komplize.) Falls ja, war das nicht komisch. Unschuldige waren bei dem Anschlag vor einem Jahr ums Leben gekommen, genau hier. Und viele verletzt und fürs Leben traumatisiert.

Und doch saß dort eine dreiste Kopie des Selbstmordattentäters, eine Tragetasche dicht neben den Füßen. Biosupermarkt! Genauso eine hatte Francine im Kofferraum des Autos liegen. Man sollte glauben, in der Tasche befände sich eine tickende Bombe – war es das? Die Augen des Jungen waren hinter den dunklen Gläsern der schief auf seiner Nase sitzenden Brille nicht zu sehen. Die Haut seines Gesichts war teigig-blass, unrein. Er wirkte nervös, schwitzte erkennbar; seine linke Wange zuckte. Er war groß, schlaksig, untergewichtig – so würde man von ihm sagen. Er hatte sich ungeschickt den Kopf kahl rasiert; die Kapuze verbarg es. Andere Terrassengäste sahen skeptisch zu ihm hinüber, waren aber eher belustigt als beleidigt oder aufgebracht. Offenbar hatte Nadia ihm den Tisch gegeben, als wäre alles in bester Ordnung, denn vor ihm lag, unaufgeschlagen und mit der Vorderseite nach unten, eine hanfrote Speisekarte.

Da wurde es Francine klar – die Explosion hatte noch nicht stattgefunden.

Das war die Erklärung. Es hatte, wie auch immer, eine Zeitverwerfung gegeben. Oder Francine war zur falschen Zeit (aus der Narkose?) aufgewacht.

Wie gelähmt saß sie da. Ein Gefühl des Entsetzens übermannte sie. Der Selbstmordattentäter saß an einem Tisch in der Nähe – wahrscheinlich in den Sekunden direkt vor der Detonation. Kein Wunder, dass Howard Lasky so aufgeregt wirkte, dass seine Wange zuckte. Und Sylvie war ins Restaurant verschwunden und befand sich in Lebensgefahr, denn die Bombe hatte bei der Explosion den Großteil des Innenraums dem Erdboden gleichgemacht, und mindestens ein Opfer, eine Frau, war in dem herabfallenden brennenden Schutt auf der Damentoilette ums Leben gekommen.

Francines Herz pochte schnell. Was tun? Was tun? Bemerkte denn außer ihr niemand den dunkel gekleideten Bombenleger und hatte Angst vor ihm? Auch wenn Howard Lasky – bis jetzt – ein Unbekannter war, warum hatte Nadia ein so verdächtiges Individuum, einen so abstrus gekleideten Jugendlichen allein an einen Tisch auf der Terrasse des Restaurants gesetzt? Hatte Francine noch Zeit, Sylvie nachzulaufen und sie in Sicherheit zu bringen? Oder wusste Sylvie etwas, was Francine nicht wusste, und war bereits geflohen, hatte sich in Sicherheit gebracht und Francine zurückgelassen?

Sie schaffte es aber nicht rechtzeitig zu Sylvie – jetzt nicht mehr. Sie brachte es nicht fertig, am Tisch des Selbstmordattentäters vorbeizugehen – so dicht an der Explosion! Sie konnte auch nicht in Panik wegrennen und die Aufmerksamkeit anderer Gäste – die würden sich wundern und sie für verrückt halten – auf sich lenken, mitten durch eine Reihe niedriger immergrüner Büsche stürzen und schluchzend auf den Parkplatz taumeln … Der ohrenbetäubende Knall der Detonation, die Entsetzens- und Angstschreie wären ihr Ende.

Und so tat Francine nichts. Was auch immer geschehen würde, es war schon zu spät: Sogar dieser trübsinnige Gedanke, *es war schon zu spät*, kam Francine nicht zum ersten Mal, sondern war ihr so vertraut wie der Anblick der Speisekarte des Purple Onion, wie das Gefühl, wenn sie sie in der Hand hielt, wie die Aufzählung der

Spezialitäten. Sie stocherte mit der Gabel noch einmal in Sylvies Salat, eine schwesterlich-intime Geste, die Sylvie zum Lächeln bringen würde, sollte sie zufällig gerade an den Tisch zurückkommen und sehen, was Francine tat.

Der blutige Kopf

Im lauschigen Innenhof des Hôtel de l'Abbaye in der Rue Cassette in Paris saß die Amerikanerin allein an einem kleinen schmiedeeisernen Tisch beim Frühstück. Sie überflog die europäische Ausgabe der *New York Times*, die hier, ohne die verschwenderischen ganzseitigen Reklameseiten, kaum wiederzuerkennen war; sie verfasste Postkarten an Familie und Freunde zu Hause, auch wenn sie einsah, dass Postkarten inzwischen passé waren, altmodische Gesten aus vordigitaler Zeit, auf die ihre jungen Enkel, im Banne des *Textens,* nur einen kurzen skeptischen Blick werfen würden.

Es war früh am Morgen, noch nicht einmal Viertel nach sieben, und weniger als die Hälfte der Tische war besetzt. Ein Springbrunnen in der Mitte des Hofes machte die tröstlichen Geräusche eines langsam pumpenden Herzens: ruhig und erholsam und (doch) vielversprechend. Die Amerikanerin saß um diese Stunde als Einzige unbegleitet in dem Hof, was ihr Selbstgefühl steigerte und sie in freudige Erregung versetzte.

An diesem Vormittag wollte sie ins Musée d'Orsay; sie wollte nicht durch die Räume mit den eleganten hohen Decken hasten und sich nicht zumuten, unbedingt jedes ausgestellte Kunstwerk zu betrachten. Vielleicht ging sie am nächsten Tag ja noch mal hin oder in ein anderes, kleineres Museum – der Reiseführer verzeichnete etliche kleinere, darunter das hochinteressante Musée Picasso. Später würde sie ohne bestimmtes Ziel an der Seine entlangschlendern, ihre Freiheit in der lässigen Schönheit von Paris im Herbst genießen; am Abend würde sie in einem neuen, mit einem Michelin-Stern ausgezeichneten Restaurant in der Nähe des Hotels gemütlich essen, das ihr Freunde empfohlen hatten, weil dort eine hoch angesehene Frau aus Südfrankreich am Herd stand.

Sie war eine attraktive Frau fortgeschrittenen mittleren Alters mit verblasstem blondem Haar und einem Lächeln, das sie in der Öffentlichkeit keine Mühe kostete; sie war stets freundlich zu Servicepersonal – eigentlich zu allen, denen sie begegnete. Sie trug ein weißes Leinenjackett und eine weiße Leinenhose mit perfekter Bügelfalte, eine mehrreihige Perlenkette; auf ihrem Kopf saß ein modischer Strohhut mit breiter Krempe. An den Füßen trug sie ihre bequemsten Schuhe mit kleinem Absatz.

Der Name der Amerikanerin war nicht »Isabel Archer«, hatte aber so viel Ähnlichkeit mit diesem klassischen Namen, dass die Frau sich nun insgeheim als Nachfahrin der naiven, hochherzigen Heldin von Henry James sah, als eine, die für sich die Tragödie von Isabel Archers eingeengtem Leben abgewendet hatte.

Es war der pure Zufall. Für die meisten Frauen. Der Zufall der Zeit, der Generationen. Ob sie frei leben konnten oder nicht. Bei Isabel Archer, die von Henry James verehrt wurde, hatte es sich um eine *Dame* gehandelt, zwangsläufig. Im 21. Jahrhundert musste eine Frau jedoch keine *Dame* mehr sein.

Die Amerikanerin machte sich Notizen in ihrem Parisführer, als sie auf Gäste an anderen Tischen aufmerksam wurde, die zu einem Zimmer im dritten Stock des Hotels hinaufsahen und dann den Blick abwendeten; sie hörte einen schaurigen erstickten Schrei und sah, als sie sich verwundert umwandte, in einem geöffneten Fenster einen Mann, der *Hilfe! Helfen Sie mir!* schrie – unverkennbar auf Englisch. Der Mann war offenbar nur halb bekleidet; zumindest war das, was die Amerikanerin von seiner Brust und seinem Bauch sah, unbedeckt. Unbeholfen hatte der Mann etwas Weißes um sich gewickelt – ein Laken, ein Handtuch, hatte aber auch etwas Weißes um den Kopf. *Hilfe! Helfen Sie mir …* Oh, der Arme, was hatte er nur? Warum interessierte das keinen? Die Amerikanerin wollte der in elegantem Schwarz gekleideten Hotelangestellten, die diskret an der Hofseite gestanden hatte, ein Zeichen geben, sie war aber nirgends zu sehen, und auch der Kellner, der den Gästen den Kaffee ausgeschenkt hatte, war verschwunden.

Die Amerikanerin wollte sich nicht einmischen, das wollte sie auf keinen Fall. Der Gedanke *Mein Vormittag verspricht so schön zu werden, den kann ich nicht drangeben: Das werde ich nicht* ging ihr durch den Kopf. Wäre sie doch nur ein paar Minuten früher aus dem Hof geschlüpft …

Doch der Mann im dritten Stock rief weiter verzweifelt um Hilfe. Rief es nun sogar direkt *ihr* zu, denn die anderen sahen versteinert weg. Warum war immer *sie verantwortlich*? Sie konnte den Mann nicht ignorieren, wie die anderen es taten; er sprach Englisch, war ohne Zweifel Amerikaner wie sie selbst und hatte offenbar niemanden, der sich sonst seiner annehmen konnte.

Instinktiv griff die Amerikanerin nach ihrer Handtasche, in der sich ihr Pass, ihre Kreditkarten, Bargeld und ein für einen Tag ausreichender Vorrat von Kosmetiktüchern befanden, und eilte zum Hof hinaus, der auf drei Seiten von Hotelmauern umgeben war und sich auf der vierten zu einer kleinen Lobby hin öffnete. Die Rezeption war verwaist – obwohl sie mehrmals läutete, kam niemand von hinten aus dem Büro nach vorn. Oh, wo hielten sich alle versteckt? Warum half denn niemand? Obwohl sie wusste, dass es dauern würde, bis der anheimelnd kleine Fahrstuhl, in dem nicht mehr als drei Erwachsene gleichzeitig Platz fanden, unten ankam, vergeudete sie kostbare Zeit damit, darauf zu warten, gab es nach einer Weile aber auf und lief die mit Teppich bespannten Stufen hinauf in den zweiten und den dritten Stock, wo sie, nun außer Atem, still in sich hineinweinte: *Mein Vormittag! Mein schöner Vormittag!*

Im Etagenflur überlegte die Amerikanerin, wo sich das Zimmer des Mannes befinden mochte, das ja auf den Hof in der Hotelmitte hinausging und daher nicht am Rand liegen konnte, stolperte also aufs Geratewohl in die vermutete Richtung und sah, dass am entfernten Ende des Flurs eine Tür offen stand, obwohl das Schild NE PAS DÉRANGER über dem Türknauf hing.

Der verzweifelte Mann war wenigstens so klug gewesen, seine Tür offen zu lassen! Wenn ihm jemand zu Hilfe kommen sollte.

Zögernd und in Erwartung von etwas Entsetzlichem ging die Amerikanerin in das Zimmer hinein und sah erstaunt einen nackten Mann fortgeschrittenen mittleren Alters, der, etwas übergewichtig und mit silbergrau schimmerndem Haar auf Brust und Bauch, schwer blutend und benommen vornüber gebeugt auf dem Bett saß. Um den Kopf hatte er ein weißes Handtuch gewunden, durch das jedoch Blut sickerte und ihm auf den Hals, die fleischigen Schultern und in die glänzenden Brusthaare floss. Sein Gesicht war eine grelle Maske in Rot, aus der aufgerissene, vor Angst glasig weite Augen leuchteten. *Gott sei Dank – helfen Sie mir – schauen Sie, ob Sie die Blutung stillen können.* Der Ton seiner Stimme war verzweifelt und vorwurfsvoll, als hätte er bereits übermäßig lange darauf gewartet, dass die Amerikanerin zu ihm heraufgestiegen kam, und wäre am Ende seiner Geduld angelangt.

Keine Chance, mir bleibt nichts anderes übrig, dachte die Amerikanerin, trotz des weißen Leinenjacketts und der weißen Leinenhose blieb ihr nichts anderes übrig, als dem Verzweifelten zu Hilfe zu kommen, der sonst offenbar niemanden hatte, der ihm helfen konnte, und ihr nun mit Worten, so schnell wie ein bergab rasendes Auto, erklären wollte, dass er einen Unfall im Badezimmer gehabt habe, auf den Bodenfliesen ausgerutscht und bei seinem schweren Sturz mit dem Kopf auf der Toilettenschüssel aufgeschlagen sei, wonach er sich minutenlang nicht habe bewegen können, womöglich sogar das Bewusstsein verloren habe, das wisse er nicht genau, es sei alles so schnell gegangen, sich dann unter großen Mühen habe aufrappeln können, nachdem er sich zuerst umgedreht, dann am Waschbecken festgehalten und hochgezogen habe, halb wahnsinnig vor Schreck und Schmerz, und, als er sich im Spiegel gesehen habe, das blutende Loch in seinem Kopf, am Scheitel, nach einem Handtuch gegriffen habe in der Hoffnung, die Blutung stoppen zu können, die Blutung habe aber nicht aufgehört, zumindest sei er sich nicht sicher, ob sie aufgehört habe, er könne die Wunde nicht sehen, könnte sie vielleicht – einmal nachschauen? Ihm helfen – ihm sagen, ob das Bluten aufgehört habe?

Natürlich tat die Amerikanerin dem Mann den Gefallen, um den er sie gebeten hatte. Behutsam entfernte sie das blutgetränkte Handtuch von seinem Kopf und sah mit einem plötzlichen Schwächegefühl eine offenbar tiefe Wunde in seinem Schädel oder jedenfalls eine Wunde, die stark blutete, sein silbergraues Haar in einem brutalen Rot getönt hatte; sogar jetzt lief ihm noch Blut auf die Schultern. *Hier! Nehmen Sie das*, sagte er und drückte ihr das flauschige weiße Badehandtuch in die Hand, das er sich unbeholfen um den Leib gewickelt hatte und das erst stellenweise Blutflecken aufwies.

Dieses Handtuch war jedoch zu groß, und die Amerikanerin holte forsch wie eine Krankenschwester ein zweites kleineres Handtuch aus dem Badezimmer, um es dem Mann sorgfältig wie einen Turban um den Kopf zu wickeln, denn es durfte sich nicht lösen und herunterfallen, und das gelang ihr auch, allerdings ohne große

Hilfe durch den aufgeregten Mann, der ihr weiter in ungläubigem Ton schilderte, wie der Unfall passiert war – *ihm*, dem so etwas noch nie passiert war. Es lag an dem verfluchten Badezimmer, der rutschigen Wanne, der zu kleinen Badematte, und es sei so schnell gegangen, dass er sich mit blutendem Kopf auf dem Boden wiederfand, und niemand da, den er herbeirufen, der ihm helfen konnte, er sei allein gewesen in diesem verfluchten Bad, und als er ins Zimmer gewankt sei und an der Rezeption anrufen wollte, funktionierte das verfluchte Telefon nicht, oder er hatte keine Ahnung, wie er es bedienen musste, und so sei ihm nichts anderes übrig geblieben, als zu dem verfluchten Fenster zu wanken und in den Hof hinunterzurufen, sich zur Schau zu stellen ... Und eine ganze Weile sei niemand gekommen, obwohl er gesehen hatte, dass *sie* zu ihm heraufsah – ihn offenbar gehört hatte, aber nicht gleich reagierte, wie er geglaubt hatte. Aber – *Gott sei Dank sind Sie da!*

Die Amerikanerin war immer noch erschrocken, ihr Herz raste alarmierend, denn der Anblick des stark blutenden, auf dem Bett zusammengesackten nackten Mannes hatte sie im ersten Augenblick geängstigt. Anscheinend befand sich der verzweifelte Mann aber nicht in großer Gefahr; soweit die Frau es feststellen konnte, schwächte sich die Blutung ab, und sein Schädel war (bestimmt) nicht gebrochen; die Wunde an der Kopfhaut war wohl weniger tief, als es den Anschein hatte, denn starkes Bluten war sogar bei oberflächlichen Kopfwunden normal, wie der Verletzte ihr versicherte, der sich mit der Materie auszukennen schien und den Begriff *vasku-*

larisiert verwendete, am Schädel befanden sich nämlich wesentlich mehr kleine Blutgefäße als irgendwo sonst im menschlichen Körper, die hier zudem alle dicht unter der Haut lagen. Aus dem Grund, sagte der Mann, brauche er auch keinen Arzt aufzusuchen, nicht in ein Krankenhaus zu gehen; in wenigen Minuten, da war er sich sicher, würde es ihm wieder gut gehen.

Die ganze Zeit, die der Mann sprach, versuchte die Amerikanerin, tief und ruhig zu atmen und nicht im Strudel der mit vorwurfsvollem Unterton hastig hervorgestoßenen Worte unterzugehen, denn der Mann hatte etwas an sich, so ungestüm und kraftvoll wie ein bergab rasendes Auto, das in seinem Sog vielleicht ein anderes mit sich zieht, wie der Aufwind ein Stück Papier hochreißt; als es ihr gelang, den Strom seiner Worte zu unterbrechen, sagte sie, sie sei so schnell gekommen, wie sie konnte, sie habe erst kostbare Zeit beim Warten auf den Fahrstuhl verloren, bevor sie beschlossen habe, die Treppe hinaufzulaufen; und der Mann verfluchte den Fahrstuhl: *Warum bauen die in Europa so kleine Fahrstühle, sind die hier alle Zwerge?* Und fügte, der vorwurfsvolle Ton jetzt durch einen Anflug von Humor gemildert, denn das war wohl übertrieben, hinzu: *Wenn Sie auf das verfluchte Ding gewartet hätten, wäre ich jetzt tot.*

Nach und nach schwand die Furcht der Amerikanerin. Sie war an sich nicht schnell erregbar und geriet im Beisein anderer, die schnell aufbrausten oder überdreht waren, in Verwirrung; hielt sie mehr Abstand, glaubte sie solche Menschen mäßigen oder zumindest lenken zu können, in ihrem Dunstkreis jedoch verlor sie schon bald den Faden ihrer eigenen Gedankengänge und erlag den ihren. Der Verletzte war auch sichtlich gefasster, weniger erregt, da die Frau ihm den blutenden Kopf mit einem Handtuch in der richtigen Größe verbunden, einen beruhigend festen Druckverband angelegt hatte; er war angeschlagen, konnte sich jedoch logisch und stringent äußern wie jemand, der sich in einer Notlage wieder in den Griff bekommen hatte, und betrachtete sie nun mit einem Ausdruck von ungläubiger Skepsis, gereizt, aber auch erheitert; ein Mann, daran gewöhnt, Anweisungen zu erteilen, die befolgt wurden, aber auch einer, der es nicht gewohnt war, auf diese Weise außer Gefecht gesetzt, seiner Mittel beraubt zu sein und in so drastischer Zurschaustellung maskuliner Hilflosigkeit von anderen abhängig. Die Amerikanerin befand, dass er nun wieder (halbwegs) hergestellt war und sie ihn für einen Augenblick allein auf dem Bett sitzen lassen konnte, ging ins Badezimmer, holte in warmes Wasser getauchte Waschlappen und noch mehr Handtücher; sie würde das Blut von seinem Hals abwaschen, einem dicken, muskulösen Hals, beunruhigend rot in der schräg durchs Fenster einfallenden Morgensonne, würde ihm das Blut vom Rücken abwaschen, von der Brust, den Oberarmen, denn sie wollte es nicht darauf ankommen lassen, dass der Mann in seinem Zustand noch einmal unter die Dusche stieg, wie er es mit gespielter Tapferkeit vorschlug.

Er müsse einen Arzt aufsuchen, sagte sie ihm. Sie werde veranlassen, dass ein Krankenwagen sie beide ins Krankenhaus brachte.

Aber – *Nein. Keinen Arzt. Kein Krankenhaus.* Der

Mann beharrte darauf, noch zehn Minuten, dann gehe es ihm wieder gut, er habe nicht die Absicht, in Paris ein Krankenhaus aufzusuchen. *Non.*

Die Frau widersprach: Natürlich müsse er. Die Wunde an seinem Kopf müsse genäht werden …

Nein. Auf keinen Fall. Nicht hier ins Krankenhaus, die sprechen doch alle Französisch.

Das sei doch lächerlich, rief die Frau. Er habe sich schwer verletzt! Er hätte sterben können. Sie werde die Hotelrezeption verständigen, dass er medizinische Behandlung benötige; sie könnten einen Krankenwagen oder zumindest ein Taxi rufen, in der nächstgelegenen Notfallambulanz könnte er untersucht, eine Röntgenaufnahme seines Kopfes gemacht werden, denn was, wenn er sich den Schädel gebrochen hatte, außerdem musste die Wunde noch gründlicher gereinigt, desinfiziert werden, um einer Entzündung vorzubeugen. Die Wunde musste richtig genäht werden, damit sie heilen konnte und nicht weiterblutete …

Der Mann lehnte trotzdem ab. Ausgeschlossen, dass er hier in Paris in ein Krankenhaus ging. Es war der erlittene *Schock* – der Unfall. Ein bisschen Blut bringe ihn nicht gleich um, als Kind habe er schlimmere Kopfverletzungen gehabt, es sei doch bekannt, dass Kopfwunden fürchterlich bluten, aber schnell wieder heilen, so *vaskularisiert*, wie sie sind. Er müsse sich jetzt dringend anziehen, müsse raus aus diesem Dreckloch, diesem Chaos, schauen Sie sich das Bett an, schauen Sie sich die Handtücher an, müsse hinuntergehen in den Hof, diesen großartigen Platz mit dem Springbrunnen, und frühstücken – Croissants, Marmelade. Er sei ja auch deswegen ausgerutscht, weil er verflucht großen *Hunger* habe.

Die Frau wollte sich nicht auf einen Streit mit dem Mann einlassen, der würde ihn nur aufregen, und sie würde ihm seine Wünsche in Bezug auf Arzt, Krankenhaus, Wundennähen wahrscheinlich nicht ausreden können; jetzt, wo er sich wieder kräftiger fühlte und der Schreck des Sturzes verblasste, würde er nicht einwilligen. Daher bat die Frau den Mann eindringlich, wenigstens ins Bad zu kommen, damit sie ihn gründlicher säubern könne, sonst könne er sich nicht anziehen und bekäme Blutflecke auf seine saubere Kleidung. Er habe auch Blut an den Haaren kleben, das ausgespült werden müsse, bevor es trocknete und nicht mehr zu entfernen war.

Die Frau war nervös vor Verzweiflung. Und großer Erleichterung. Ihr Herz schlug so schnell, dass sie fürchtete, sie würde am Ende noch umkippen.

Sie sei ganz weiß im Gesicht, sagte der Mann mit plötzlicher Sorge. Vielleicht setze sie sich lieber …

Nein, setzen würde sie sich später. Sie würde mit ihm zusammen zu Ende frühstücken. Jetzt musste sie das restliche Blut abwaschen, damit niemand es sah.

Beängstigend viel Blut in der Bettwäsche, sah die Frau entsetzt. Die Rezeption musste darauf aufmerksam gemacht werden. Ein Hausmädchen, das nichtsahnend das Zimmer betrat, könnte einen fürchterlichen Schreck bekommen und glauben, es wäre jemand ermordet worden.

Der Mann war vollauf damit beschäftigt, aus dem Bett auf die Beine zu kommen, was einige Anstrengung kostete. Früher war er sichtlich kräftiger gewesen, seines Körpers sicherer und in besserer Kondition, es fiel ihm nicht leicht, sich einzugestehen, dass er in diesem Körper nicht mehr zu Hause war, auch wenn er derselbe war wie immer (war er das?). Er hätte vielleicht wirklich nicht einmal aufrecht stehen können, wenn die Frau nicht den Arm um seine umfängliche Taille gelegt und ihn festgehalten hätte. Er keuchte, lachte aber auch oder machte das Geräusch eines gewissen ungläubigen Lachens, eines Lachens, das besagte: *Wie konnte das passieren, wieso mir, so etwas ist mir in meinem ganzen Leben noch nicht passiert, im Grunde ist es doch aber nichts, lächerlich, so viel Aufhebens darum zu machen.* Im Bad ließ die Frau heißes Wasser ins Waschbecken einlaufen und wusch dem Mann, der gehorsam vor ihr stand und es geduldig ertrug, mit der herrlich duftenden Seife den Hals, er warf ab und zu im Spiegel einen verstohlenen Blick auf sich, lächelte verzagt, zuckte zusammen, gestattete der Frau, ihn zu waschen, als wollte er sie bei Laune halten, als nähme er die neuerliche übereifrige Fürsorglichkeit um ihretwillen hin. Er beugte sich zwar vor, wenn sie es verlangte, um es leichter für sie zu machen, nahm ihr die Haarbürste aus der Hand, fuhr sich durch das silbergraue Haar, das zerzaust und wild war, und staunte über das, was er von der Wunde im Spiegel erhaschen konnte, pfiff leise, als wäre die Wunde eine ganz ordentliche Leistung.

Als die Frau sanft die Wunde abtupfte, zuckte er allerdings zusammen. Dass das bloß nicht wieder zu bluten anfängt, mahnte er – *Bitte!*

Von innen sah das Badezimmer aus wie – wie hieß das französische Wort? – ein *abattoir*. Der unpraktische weiß gekachelte Boden blutverschmiert, Blut auch am Rand der Badewanne aus altem, gelb gewordenem Marmor und auf dem zweilagigen Duschvorhang mit einer praktischen Innenseite aus Plastik und einer unpraktischen äußeren Lage aus einem weißen Spitzengewebe, weiter auf dem Waschbecken und dem Waschtisch; alles hatte der Verletzte, als er mit den Armen ruderte, mit Blut beschmiert. Die Frau ertrug es nicht, das Bad, das ein armes Zimmermädchen später reinigen musste, in so entsetzlichem Zustand zu hinterlassen, und wischte mit Kosmetiktüchern und Toilettenpapier über die Flecke, während der Verletzte sich weiter im Spiegel ansah, die Wunde auf seinem Scheitel begutachten wollte, jetzt mit so etwas wie Stolz, und sich das gewellte silberweiße Haar, das am Oberkopf schon licht, sonst aber überall noch voll war, zu Ende bürstete.

Der Mann war kräftig gebaut und genau genommen bereits im ausgehenden mittleren Alter, früher vielleicht einmal Sportler oder jedenfalls ein Mann, der sich aus freien Stücken und aus Eitelkeit länger als die meisten fit hielt. Die Frau bewunderte seinen Körper, stellte sie fest; so viel robuster als ihr eigener, so viel stabiler, ähnelte er den Statuen griechischer Krieger, die sie in Museen gesehen hatte, breitschultriger Männer mit lockigen Bärten und einer breiten, förmlich mit Pelz bedeckten Brust, muskulösen Armen, Schultern und Beinen, gefertigt aus feinstem altem Marmor. Die Frau war so dankbar gewesen, unglaublich erleichtert, dass der Mann, den sie in dem Hotelzimmer gefunden hatte, nicht ernsthaft verletzt war! – nicht tödlich verwundet. *Diesen Augenblick niemals vergessen, es hätte auch ganz anders ausgehen können.*

Der Mann, dem es nun besser ging und der wieder zu Kräften gekommen war, nahm kaum Notiz von der Gemütslage der Frau. Nackt stapfte er souverän in sein Zimmer zurück und suchte sich aus einer Kommodenschublade Unterwäsche heraus; als er in ein Paar Shorts stieg und auf einem Bein balancierte, musste die Frau ihn stützen; es waren marineblaue Spandexshorts, die seinen trommelartigen Bauch fast zu fest umspannten. Den Oberkörper zwängte er in ein schon häufig gewaschenes Unterhemd, durch das kurze, krause Brusthaare sprossen wie die Federn eines kleinen Tierchens.

Würden Sie mir ein Hemd heraussuchen, meine Liebe?, fragte der Mann mit merkwürdiger Demut. *Bitte.*

Als traute es sich ein törichter Mann nach dem Debakel des Unfalls nicht zu, selbst ein Hemd auszuwählen.

Die Frau äugte in den Schrank und zog ein langärmeliges Baumwollhemd mit einem kleinen geometrischen Muster hervor, Dunkelblau auf Weiß, ein Hemd, wie es kein amerikanischer Tourist an einem milden Septembertag in Paris tragen würde, aber eines, das seinem Träger ein gewisses Ansehen verschaffte. Ein Hemd, wie ein Pariser Akademiker – ein Anwalt, Arzt, Professor – es tragen würde. Der Mann war dankbar für ihre Wahl, denn das Hemd war eins seiner Lieblingsstücke und entsprach seinem Selbstbild als würdevollem und kompetentem Menschen, der es zu etwas gebracht hatte, zu

Ansehen und Wohlstand, auch wenn es sich (in Wahrheit) um denselben Mann handelte, der, es war noch keine Stunde her, schmachvoll auf dem Fliesenboden eines Badezimmers ausgeglitten war, sich den Kopf an der Toilettenschüssel aufgeschlagen und einen Schock erlitten hatte, der sehr wohl hätte sterben können, in welchem Falle er an diesem Morgen tot gewesen wäre und sich sein Lieblingshemd nicht hätte zuknöpfen können, und die Amerikanerin, die unten im Hof Anstreichungen in ihrem Reiseführer machte, hätte nicht (mehr) erfahren, was sie in Zimmer 341 des Hôtel de l'Abbaye erwartete.

Während er sich anzog und sich die Schuhe zuschnürte, schilderte der Mann der Frau ein weiteres Mal, was ihm zugestoßen war, denn es war schon bemerkenswert – ein Unfall, eine verrückte Sache; etwas Vergleichbares war ihm noch nie passiert und würde ihm auch nie wieder passieren. Sein Ton war freundlich und nachdenklich; die Frau war sich darüber im Klaren, dass der Vorfall im Badezimmer des französischen Hotels schon bald zu einer Anekdote gerinnen würde, zu einer der Anekdoten, die der Mann von seiner Reise mitbrachte und mit der er andere beeindrucken, erschrecken, unterhalten konnte, dazu bringen konnte, sich um ihn zu sorgen, auch wenn er diese Sorge mit seiner Leutseligkeit konterkarierte, sie zum Lächeln bringen konnte, denn es war nichts Tragisches geschehen, kein Schädelbruch, kein plötzlicher, unabwendbarer Tod, nur ein komischer Unfall auf nassem Boden, ein bloßer *Ausrutscher*, wie der Mann es nennen würde.

Die Frau war so erleichtert zu sehen, dass der Mann

so kurze Zeit nach dem Unfall wieder frohen Mutes war, dass sie vor ihn hintrat und ihn küsste, ihn in die Arme schloss, wie eine Mutter ein schwieriges Kind in die Arme schließen mag, um es zu beruhigen, es mit der Geste allerdings auch schalt und ermahnte, was das Kind verstand oder eben auch nicht; und der Mann dankte ihr noch einmal überschwänglich dafür, dass sie ihm das Leben gerettet habe, wie er sagte, ihm geholfen habe, als er hilflos war, ihr Frühstück stehen gelassen habe, um ihm zu Hilfe zu kommen, und küsste umgekehrt sie, wenngleich zerstreut, denn er hatte anderes im Kopf und inzwischen auch großen Hunger und freute sich auf die *New York Times* unten im Hof, auf ein Körbchen mit Croissants und diese Marmeladen in den winzigen Gläsern.

Erst als der Mann so weit war, dass er das Hotelzimmer verlassen konnte, fiel der Frau auf, dass sie selbst derangiert aussah und sich das Haar kämmen musste; zu ihrem Entsetzen entdeckte sie nun auch, dass ihre weiße Leinenjacke und die Hose mit der perfekten Bügelfalte mit Blut beschmiert waren und sie sich also umziehen musste; der Mann blätterte in dem Reiseführer, den die Frau auf sein Zimmer mitgebracht hatte, und sagte ihr, was er diesen Vormittag besichtigen wolle: nicht das Musée d'Orsay, sondern das Musée Picasso.

Das Picasso-Museum habe er noch nie besichtigt, sagte er. Jedes Mal, wenn er nach Paris gekommen sei, habe er es sehen wollen, aber nie getan.

Die Frau erhob Einspruch, ihres Wissens hatten sie sich doch auf das Orsay geeinigt, worauf der Mann sagte, nein, es sei das Picasso gewesen. Als sie tags zuvor in den Reiseführer geschaut hatten, hätten sie sich dafür entschieden.

Die Frau protestierte matt, aber vergeblich – es war immer vergeblich. Selbst wenn sie im Recht war, was sie im Augenblick nicht mit absoluter Gewissheit sagen konnte, da der Mann steif und fest behauptete, *er* sei im Recht, würde er murren und schmollen, müsste er nachgeben, und hätte trotz der großartigen Kunst und der außergewöhnlichen Anlage keine Freude an dem Museum; besser, wenn sie ins Picasso gingen, das auch viel kleiner war und dem Mann nicht so viel abverlangen würde wie das übervolle Orsay. Und das Picasso war ja zweifellos auch vorzüglich. Die Frau würde im Museumsshop Postkarten kaufen, die sie nach Hause schicken konnte, und das würde zweifellos vollkommen genügen, es spielte im Grunde ja keine Rolle, was auf den Postkarten abgebildet war, da die kleinen Enkel sie sich sowieso nur flüchtig oder vielleicht gar nicht anschauen würden.

Als sie zuletzt durch den nur schwach beleuchteten Flur zu der mit Teppich bespannten Treppe gingen, schob sie ihren Arm unter den des Mannes, nicht um ihn zu stützen oder zu führen oder diese Aufgaben zumindest nicht erkennbar wahrzunehmen, sondern aus großer Erleichterung, einer Erleichterung, die wie eine Woge in ihr anschwoll und die den ganzen Tag über noch öfter aufstieg, lange nachdem der Mann (mehr oder weniger) bereits vergessen hatte, was der Grund für die Erleichterung im Hôtel de l'Abbaye in der Rue Cassette in Paris gewesen sein könnte.

Wo bist du?

Der Mann hatte sich angewöhnt, von irgendwo im Haus nach der Frau zu rufen. War sie oben, war er unten, war sie unten, war er oben, und wenn sie antwortete: »Ja? Was ist?«, rief er, als hätte er sie nicht gehört, im Ton strapazierter Geduld weiter: »Hallo? Hallo? Wo steckst du?« Ihr blieb also nichts übrig, als zu ihm zu laufen, wo immer er auch war, ob unten, oben, im Keller oder draußen auf der Terrasse, im Garten hinter dem Haus oder auf der Zufahrt. »Ja?«, rief sie bemüht ruhig. »Was ist?« Worauf er sich die Hand ans Ohr hielt und es ihr mitteilte – eine Beschwerde, Bemerkung, Beobachtung, Mahnung, Frage; dann, später, rief er mit neuer Dringlichkeit: »Hallo? Hallo? Wo steckst du denn?«, und sie rief zurück: »Ja? Was ist denn?«, um herauszufinden, wo er gerade war. Und er rief weiter nach ihr, hörte sie nicht; zu Hause, wo es nur die Frau zu hören gab, trug er sein Hörgerät nicht gern, hatte darüber geklagt, dass ihm von einem der kleinen schneckenförmigen Geräte aus Plastik das Ohr wehtäte, das feine Innenohr sei gerötet, habe sogar geblutet, und rief deshalb gereizt: »Hallo? Wo steckst du denn?«, denn die Frau war immerzu irgendwo außerhalb seiner Hörweite, er wusste nie, wo zum Teufel sie gerade war oder was sie tat; manchmal brachte ihn ihre bloße Existenz auf die Palme; bis sie schließlich nachgab und ihn atemlos suchen lief, und wenn er sie sah, sagte er vorwurfsvoll: »Wo hast du denn gesteckt? Ich mache mir Sorgen um dich, wenn du nicht antwortest.« Und sie sagte lachend, um Lachen bemüht, auch wenn das alles nicht komisch war: »Ich war doch die ganze Zeit hier!«, und er gab zurück: »Nein, warst du nicht. Warst du nicht. *Ich* war hier, und du warst *nicht* hier.« Und später, nach seinem Mittagessen und vor seinem Mittagsschläfchen, es sei denn, es war vor seinem Mittagsschläfchen und nach seinem Mittagessen, hörte die Frau ihren Mann rufen: »Hallo? Hallo? Wo steckst du?«, und da kam ihr der Gedanke: *Nein, ich verstecke mich vor ihm.* So etwas Kindisches würde sie aber nicht tun. Sie stellte sich stattdessen an die Treppe, legte die Hände vor den Mund und rief: »Ich bin hier. Ich bin immer hier. Wo sollte ich sonst sein?«, doch der Mann hörte es nicht und rief weiter: »Hallo? Hallo? Wo bist du?«, und zuletzt schrie sie: »Was willst du? – Ich habe es dir schon gesagt, ich bin *hier.*« Doch der Mann hörte es nicht und rief weiter: »Hallo? Hallo? Wo bist du – hallo?«, und weil der Mann so verärgert und ängstlich klang, gab sie schließlich doch nach, geriet auf der Treppe nach unten aber ins Stolpern und stürzte, stürzte schwer, brach sich das Genick und starb Knall auf Fall unten an der Treppe, während der Mann in einem der Zimmer im Erdgeschoss oder vielleicht auch im Keller oder auf der Terrasse hinter dem Haus zunehmend ungeduldig und verärgert rief: »Hallo? Hallo? Wo bist du?«

Der Riss

M__ war ein gewissenhaftes Mädchen und überzeugt davon, ihr werde dereinst ein Unglück widerfahren. Weshalb sie schon in jungen Jahren begann, dem vorzubeugen.

Als Erstes gab sie sich viel Mühe, auf dem Schulweg nie auf Risse im Pflaster zu treten, bis ein älteres Mädchen sie wissen ließ, dass man, um Unglück abzuwenden, gerade auf die Risse treten müsse. Deshalb achtete sie von nun an darauf, auf so viele Risse zu treten wie möglich, doch eines Tages vertrat sie sich auf dem Heimweg von der Schule auf einem besonders tiefen Riss im Gehweg den Fuß, stürzte, konnte nur noch mit Schmerzen weitergehen und musste von der Mutter einer Klassenkameradin, die angeblich mit ihrer Mutter befreundet war, nach Hause gefahren werden. Die mitfühlende Mutter schien zu wissen, wo das Mädchen wohnte, fand sich aber nicht zurecht in den Einbahnstraßen und Straßensperrungen, die nach einem im Vorjahr versuchten Bombenanschlag in dem Wohngebiet eingerichtet worden waren, und fuhr das Mädchen schließlich an die Rückseite des Hauses statt nach vorn. »Ich würde dir ja hinaufhelfen, Liebes, aber hier kann ich nirgends parken. Schaffst du es allein?«

Natürlich sagte M__ *Ja*. Sie war zehn, nicht fünf, und wusste genau, wie man auf der Rückseite in den Wohnblock hineinkam, in dem sie wohnte, durch die unterirdische Parkgarage nämlich. Der Sicherheitsdienst kontrollierte zwar Autos, winkte Schulkinder aber ohne Weiteres durch. Der Schmerz in ihrem Knöchel pochte, aber (noch) nicht unerträglich.

Das, wurde M__ im Nachhinein klar, war nicht der erste falsche Schritt des Tages, erwies sich aber als der folgenreichste: das Betreten des Gebäudes von der Rückseite.

Humpelnd stieg das Mädchen in die Parkgarage hinab, die viel größer war als in ihrer Erinnerung. Wenn ihre Eltern das Auto abstellten, taten sie es auf dem ihnen zugewiesenen Platz (11E) in der Nähe der Fahrstühle; das Mädchen hatte nur eine ungefähre Vorstellung von der Größe dieses unterirdischen Raums, der nur teilweise mit Autos gefüllt war. Der Geruch von feuchtem Beton kitzelte sie in der Nase, und ihr wurde mulmig, als ihr einfiel, woran sie im Beisein ihrer Eltern nie gedacht hatte: In der Parkgarage befand sie sich *unter der Erde.*

Sie fand die Parkfläche 11E nicht, schaffte es trotz inzwischen geschwollenem Knöchel aber, zu einer Treppe zu humpeln, die in einer Richtung zu den Waschmaschinen und in der anderen zu den Fahrstühlen führte; leider war der Fahrstuhl, den ihre Eltern stets benutzten, außer Betrieb; an seiner Tür war ein Schild befestigt: IN REPARATUR. Ihr blieb also nichts anderes übrig, als den Lastenaufzug zu nehmen.

Noch nie in ihrem Leben hatte M__ den Lastenaufzug

betreten. Weder mit Mami noch mit Daddy, da war sie sich sicher.

Im Lastenaufzug standen mehrere andere Passagiere, die M__ irgendwie bekannt vorkamen, deren Namen sie aber nicht kannte. Ein pummeliges, ungefähr fünfzehn Jahre altes Mädchen mit einem glänzenden, ihm bis auf die Augenbrauen fallenden Pony registrierte M__s geschwollenen Knöchel voller Mitgefühl. Sie fragte, in welchen Stock M__ wolle, sie werde für sie auf den Knopf drücken. *Den elften, danke*, sagte M__.

Andere im Aufzug wollten in die drei, sieben, zwölf, fünfzehn.

Dem Mädchen kam der Gedanke, auf einer dieser Etagen oder überhaupt irgendwo im Gebäude auszusteigen, wäre wie der Eintritt in ein neues unbekanntes *Leben*. Doch sie war zu jung und zu ängstlich, so einen Gedanken bis auf die nächste logische Ebene zu verfolgen.

Der Lastenaufzug war mindestens doppelt so groß wie der übliche Fahrstuhl, sein Boden zerkratzt und fleckig. Eine Wand war mit einer öligen Plane bedeckt. In seinem Innern roch es unangenehm nach dicht gedrängt stehenden Menschen, verbrauchter Luft und Schmutz. Ein Mitfahrer war ein großer, schlaksiger Junge mit unreiner Gesichtshaut, der abseits von den anderen stand und mit grobknochigen Händen ein Fahrrad festhielt. Und da war eine Frau mit rotem Gesicht, die M__ böse ansah, als habe sie etwas gegen unbegleitete Kinder in der Öffentlichkeit. Das pummelige Mädchen jedoch drängte sich M__ förmlich auf mit seiner Freundlichkeit. Sie fragte, ob M__ »Molly« heiße (hieß sie nicht, auch wenn ihr richtiger Name »Molly« sehr nahekam und sie deshalb eine Korrektur für überflüssig hielt) und wie es M__s Mutter nach der Operation gehe. Ging es ihr allmählich besser?

Entgeistert starrte M__ das pummelige Mädchen an. Sie hatte keine Ahnung, was sie auf diese Fragen antworten sollte. Hatte ihre Mutter eine Operation gehabt, von der man ihr nichts gesagt hatte? Oder verwechselte das pummelige Mädchen sie mit jemand anderem, der auch im elften Stock wohnte? »Das ist das Gute, wenn man noch klein ist, beunruhigende Dinge werden zu deinem Schutz von dir ferngehalten. Als ich noch klein war, ist einmal unser Hund Lulu verschwunden, und lange Zeit sagten meine Eltern, wenn ich nach ihr rief oder sie suchen ging, Lulu ›schlafe‹ ganz in Ruhe und wolle nicht geweckt werden, oder Lulu sei ›auf Besuch‹ bei Oma, bis ich, als ich älter war, eines Tages schließlich sagte: ›Lulu ist tot, nicht wahr?‹, und sie mich auslachten und sagten, sie hätten sich schon gefragt, wie lange ich brauche, bis ich es begreife. Denn Lulu war auf der Straße von einem Lkw überfahren worden und gestorben, und sie haben es drei Jahre vor mir verheimlicht.« Das pummelige Mädchen lachte so bitter, dass es M__ kalt den Rücken hinunterlief, denn sie hatte gewollt, dass Lulu irgendwo anders lebte.

Das pummelige Mädchen ließ nicht locker. »Wenn deine Mutter eine Operation gehabt hätte, würden sie es dir wahrscheinlich nicht sagen. Und wenn sie gestorben wäre, würden sie sagen: ›Deine Mama ist fortgegangen‹ –, irgendwohin. Du wirst schon sehen, Molly.«

M__ war entsetzt zu hören, wie sachlich und nüchtern

diese schrecklichen Dinge ausgesprochen wurden. Sogar der Name *Molly* klang aus dem Munde des Mädchens mit dem glänzenden Pony nun wie Hohn. Es war also doch nicht ihre Freundin, sondern eine von denen, vor denen M__s Mutter sie gewarnt hatte.

M__s Mutter hatte ihr oft eingeschärft, auf dem Schulweg nicht mit Fremden zu sprechen, nicht in den Fahrstuhl einzusteigen, wenn »verdächtige« Personen darin standen, und schon gar nicht, wenn es nur eine Person und die ein »Mann oder ein Junge« war. Normalerweise war das kein Problem, denn wenn M__ zur Schule ging, war sie umgeben von anderen Schülern aus ihrem Haus, Kindern unterschiedlicher Klassen und Altersstufen, doch heute war sie zu unüblicher Zeit, mit gerötetem und geschwollenem Knöchel und nicht durch den Vordereingang gekommen, sondern durch die Parkgarage, und hatte niemanden aus der Schule gesehen. Ihr war nichts übrig geblieben, als unbegleitet in den Lastenaufzug einzusteigen. Alles das wollte sie ihrer Mutter erklären und hoffte, nicht ausgeschimpft zu werden.

Zum Glück waren die meisten anderen Fahrgäste bis zum elften Stock schon ausgestiegen. Hier half das pummelige Mädchen M__ hinaus, obwohl es selbst noch weiter nach oben fahren musste. »Bist du dir sicher, dass du es zu eurer Wohnung schaffst, Molly?«, fragte das Mädchen, und M__ sagte mit fester Stimme: *Ja.* Sie war sich sicher.

Was für eine Erleichterung! Die Aufzugtür glitt zu, und das lächelnde pummelige Mädchen mit dem glänzenden Pony wurde hinweggezaubert.

Doch die Tür zur Wohnung 11E befand sich nicht dort, wo sie nach M__s Erinnerung war. Sonst konnte sie sie schon beim Aussteigen aus dem Fahrstuhl sehen. In ihrer Verwirrung dachte M__ nicht daran, dass sie ja den *Lastenaufzug* und nicht den normalen Fahrstuhl in den elften Stock genommen hatte und also an einer ihr unbekannten Stelle herausgekommen war.

Hier war die Innenbeleuchtung schwächer und weniger zuverlässig. Der graublaue Teppichbelag unter ihren Füßen war körnig, als wäre Schmutz oder Sand darübergezogen worden. Und *zitterte* das Gebäude? Bei stürmischem Wind spürte man manchmal tatsächlich, wie das Gebäude erschauerte und schwankte; der Vater des Mädchens hatte gesagt, das Haus sei »modernisiert« worden, um einem Erdbeben standzuhalten, sofern das nicht zu stark ausfiele.

Was wäre denn *zu stark*?, hatte das Mädchen ängstlich wissen wollen.

Das merken wir dann schon, hatte der Vater des Mädchens fröhlich gesagt.

Mit dem geschwollenen Knöchel, in dem der Schmerz pochte wie ein schwerer Vorwurf, hinkte das Mädchen vorbei an den Türen von 11J und 11G. *Wie dumm, wie dumm*, auf dem Gehweg auf einen so tiefen Riss zu treten! Sie hoffte, ihre Mutter würde sie nicht dafür ausschimpfen, dass sie *dumm* war, wie sie es manchmal tat.

Aber nein: Sie würde ihrer Mama leidtun, wenn die sah, wie schwer sie sich verletzt hatte, wie rot und geschwollen ihr (linker) Knöchel war, während der rechte die normale Größe hatte. M__ traten brennende Tränen in die Augen bei dem Gedanken daran, dass ihre Mutter zu sehen bekam, dass sie sich verletzt und den Schmerz auf dem Heimweg stoisch ertragen hatte. *Mama gibt dir da, wo es wehtut, mal einen Kuss, dann wird es wieder gut. Arme Kleine!*

Schließlich kam M__ bei 11E an. Bei den Nachbarn fand anscheinend gerade eine Party statt, eine tragbare Garderobe stand im Korridor, beladen mit Mänteln und Jacken; eine Tür stand auf, von innen drangen Stimmen heraus. Gerahmte MoMA-Poster bekannter Kunstwerke von Picasso, Braque, Klee, Kandinsky und Munch hingen an den Wänden, die Reproduktionen jedoch grell, kitschig und überhaupt nicht schön, vergleichbar dem Gekritzel im Kunstunterricht, an dem sich mit Buntstiften und Malkreide zu versuchen das Mädchen ebenfalls aufgefordert worden war.

Das war eine Überraschung – die Tür zu 11E stand offen. Die Party fand in *ihrer Wohnung* statt …

Ihre Eltern hatten anscheinend eine Party geplant, ohne es ihr zu sagen. Zu Weihnachten veranstalteten sie oft einen sogenannten *Tag der offenen Tür.* Es konnte auch am Neujahrstag sein, zu Thanksgiving oder Ostern. (Hatte das Mädchen heute Geburtstag? Konnte es eine Überraschungsparty zu ihrem elften Geburtstag sein? Sie war sich sicher, heute war *nicht* ihr Geburtstag.)

Auf der überfüllten Garderobe hingen Stoffmäntel in verschiedenen Farben, Nylonjacken, ein einzelner Pelzmantel in Fuchsfarbe, Jacken aus Leder und Wildleder. Verstreut dazwischen Kinderkleidung. Auf so überraschende wie verwunderliche Weise ähnelten die Sachen Lebewesen, die keinen Kopf hatten – *enthauptet* waren.

Ent-haup-tet, dieses neue Wort hatte das Mädchen erst kürzlich entdeckt. Schön war es nicht, aber eindrucksvoll, ein Wort, das man bei so rätselhaften Vorkommnissen laut flüstern konnte: *ent-haup-tet.*

Aus der Wohnung tönten Stimmen, feierlich murmelnd wie ein Wasserfall. Einzelne Worte waren nicht auszumachen, nur Geräusche. Ein Säugling weinte und quengelte. Jemand beruhigte ihn. Eine leise Musik spielte – Klaviermusik: Verblüfft erkannte M__ ihr eigenes zaghaftes Spiel, das offenbar ohne ihr Wissen aufgenommen worden war. Das luftige kleine Rondo des Kindes Mozart, das M__ zu spielen versucht hatte, eine Hausaufgabe aus ihrem Lehrbuch, wochenlang immer wieder aufgegeben von ihrer Lehrerin, Mrs. F__, die *Gut, sehr gut, üb weiter* zu ihr gesagt hatte. Ängstlich stand M__ in der Küche in Erwartung des vertrauten Dis, bei dem sie meist danebengriff und ein D anschlug, und tatsächlich, zu ihrem Leidwesen erklang die falsche Note, für jedermann hörbar, und torkelte wie eine betrunkene Motte in der Luft.

Aber warum hatten ihre Eltern so etwas nur aufgezeichnet? Das Rondo von Mozart? M__ hatte noch mehrmonatiges Üben vor sich, bevor das Stück auch nur ansatzweise so klingen würde wie die reizende Komposition, die Mozart mit zehn hingeworfen hatte.

In der Wohnung schien sich eine beträchtliche Zuhörerschaft versammelt zu haben. Einige saßen, die meisten standen. Auf dem Fußboden hockten etliche Kinder im Indianerstil. (Klassenkameraden aus M__s erster Stunde als Fünftklässler? Ihre verehrte Lehrerin Ms. T__?) Von der Küchentür aus sah das Mädchen einige wenige Gesichter ihr bekannter Erwachsener, Verwandte, Nachbarn. Die Gesichter waren abgewendet, sie konnte sie nicht deutlich erkennen.

Wie seltsam! An den Wohnzimmerwänden hingen Buntstiftzeichnungen und -bilder, die M__ in der vierten und fünften Klasse gemacht und stolz mit nach Hause genommen hatte, um sie ihren Eltern zu zeigen. Mindestens zwanzig dieser kindlichen Versuche, ordentlich mit durchsichtigem Klebeband an der Wand befestigt wie eine ernsthafte Ausstellung. *Peinlich.*

Auf den Arbeitsflächen in der Küche standen leere Styroporbehälter, leere Flaschen, Coke, Selterswasser, Wein und Schnaps. Ein Geruch von verbranntem Käse, als wäre etwas hastig im Ofen erhitzt worden, und im Spülbecken schwarze Krümel von Angebranntem, die sich auflösen würden, wenn man das Wasser aufdrehte. Deckel von Bierflaschen und zerdrückte Servietten auf dem Fliesenboden.

M__ näherte sich der Wohnzimmertür, um besser zu hören. Das holprige Mozart-Rondo war vorüber – Gott sei Dank! Eine verlegene Stille entstand. Dann sagte eine Frau etwas, und M__ erkannte die glockenhelle Stimme ihrer Mutter, eine schöne Stimme, außer wenn sie ungeduldig oder verärgert war. »Danke, dass ihr gekommen seid! Vielen herzlichen Dank. Liebe, noble Freunde, eure Anwesenheit – in dieser tragischen Stunde – ist sehr tröstlich, wir sind euch sehr dankbar. Wie ihr seht, sind wir fast überwältigt von Schmerz – werden ihn aber *be-*

wältigen –, denn mehr können wir nicht tun, Gott hat uns nicht stärker gemacht, als wir sind. An alle unter euch, die unsere geliebte liebe, hübsche Tochter kannten – danke für euer Mitgefühl und dafür, dass ihr euch heute in diesem untröstlichen Haushalt eingefunden habt. Danke, dass ihr *für uns da seid.* Und dass ihr so fantastisches, köstliches Essen mitgebracht habt. Man stelle sich vor, so unerwartet – eine *Trauerfeier.* Wir haben unser kleines Mädchen sehr geliebt, aber wie ihr es mit eigenen Ohren eben vernommen habt und beim Anblick ihrer ›Kunstwerke‹ an den Wänden mit eigenen Augen beurteilen könnt, war M__ kein besonders begabtes Kind. Sie war nicht einmal ›hübsch‹ – außer für ihre Eltern. Sie war kein ›Engel‹ – durchaus nicht! Sie hat sich *bemüht* – anrührend bei jemandem, der noch so jung ist –, hat viele Wesenszüge der Frühreife erkennen lassen, aber nicht das ›Talent‹, das sie einlöst, ihre Lehrer haben es frappierend genau bestätigt. Sie war als Kind kein Durchschnitt, sondern vielmehr eine Zwei – manchmal eine Zwei plus, manchmal eine Zwei minus. Ein Dutzend Mal haben wir tagsüber einer zum anderen gesagt, es sei doch *herzzerreißend*, wie sehr dieses Kind *sich bemüht.*«

Protest wurde laut, Stimmen erhoben Einspruch gegen die Worte der Mutter, obwohl diese wohlüberlegt und abgewogen waren: »M__ war genauso ›talentiert‹ und ›hübsch‹ wie jedes andere Kind ihres Alters, du gehst zu hart mit ihr ins Gericht. Sie war erst *elf* –«

»Erst *zehn.* Sie war noch nicht mal ganz *elf.*«

»Erst *zehn.* Ein Jahr noch oder zwei, sie wäre größer geworden, sie hätte sich entwickelt …«

»… wäre *herangereift*. Gott, ja! Das wäre ja als Nächstes gekommen. Das arme Kind, geistig noch so unreif, aber körperlich heranzureifen, das heißt sexuell. Mit diesem süßen, schlichten Gesicht und dann in neun Monaten *Brüste bekommen* … Zumindest das ist ihr erspart geblieben, und ihren Eltern.«

»Ich hatte gemeint, geistig entwickelt. In mancher Hinsicht war M__ ein bemerkenswertes Kind, ich glaube, ihr habt sie unterschätzt.«

»Oh, vielen Dank. Das ist sehr nett von euch. Vielleicht habt ihr recht, und wir sind zu streng mit M__ gewesen, voreingenommen, wie es liebende Eltern häufig sind, wir waren aber auch nicht kurzsichtig, gaben uns nicht wie so viele Eltern in Amerika Illusionen hin. Und was Don euch gesagt hat, stimmt ja, unser kleines Mädchen, sie wird uns *schrecklich fehlen* –«

In dem Augenblick brach es aus M__s Vater gequält heraus: »Das wird sie! Es ist zweiundsiebzig Stunden her, dass wir sie verloren haben. Es zerreißt einem das Herz, ihr kleines Zimmer zu sehen, das Bett und die Kuscheltiere, die wir noch nicht fortgeräumt haben, und zu begreifen, dass sie nicht wiederkommt.

Es war ja, wie viele von euch wissen, nicht ›geplant‹, dass wir sie bekommen …«

Der Vater begann zu schluchzen. Ein anderer Erwachsener mischte sich ein.

»Ach, Don«, sagte er herzlich, »es verläuft doch nie etwas nach ›Plan‹. Anders gesagt, ›wie oft schlägt fehl der beste Plan bei Mensch und Mäusen‹ …«

Nervöses Lachen. Ein Kind quengelte, wollte nach

Hause gebracht werden. Mit fester, kräftiger Stimme meldete sich wieder die Mutter zu Wort.

»– trotzdem war M__ ein *willkommenes* Kind. Als sie erst einmal da war und wir sahen, dass sie keine Missgeburt war, waren wir ganz begeistert von ihr. Regelrecht *vernarrt.*«

»– so hübsch, mit roten Locken und blauen Augen –«

»– mit graublauen Augen und mausgrauem Haar –«

»– einer Neigung zum Zeichnen und zur Musik –«

»– ein liebes Kind, manchmal. Aber *geschrien* hat sie –«

»– und ein richtiger Unglücksrabe! Gott.«

Verdutztes Lachen ertönte. Trauergäste, die nicht damit gerechnet hatten zu lachen, lachten unwillkürlich doch.

Nicht verächtlich, sondern liebevoll, dachte M__.

In der Tür stehend, das Gewicht auf das gesunde rechte Bein verlagert, da in ihrem (linken) Knöchel der Schmerz pochte. Durch das Summen in ihren Ohren hindurch hatte sie zugehört. Mit hoffnungsvollem Lächeln darauf gewartet, bemerkt zu werden. Oh, von irgendwem! Vor allem jedoch von ihrer Mutter, die sie mehr verehrte, als sie Ms. T__ je verehrt hatte.

M__s Mutter würde sich jetzt jeden Augenblick umschauen und sie sehen, einen leisen Schrei ausstoßen und losrennen, sie in die Arme schließen und in Tränen ausbrechen. Denn es hatte einen schrecklichen Irrtum gegeben, und M__ zu sehen würde diesen Irrtum korrigieren.

M__ wartete darauf, dass das geschah, und verstand

zugleich, dass das nicht geschehen konnte. Denn es war zu spät.

Sie war in den Lastenaufzug gestiegen, hatte es gewagt, den Wohnblock von der Rückseite aus zu betreten, wo Kinder, erst recht unbegleitete, nie hineingingen. In dem Augenblick war es bereits zu spät.

In dem Augenblick, in dem sie auf den Riss getreten war, war es bereits zu spät.

In dem Augenblick, bevor sie auf den Riss getreten war, war es bereits zu spät.

»– Klage, unbedingt! Du hast recht. ›Totschlag‹ – › grobe Fahrlässigkeit‹ – unser Anwalt setzt für den Anfang fünfundfünfzig Millionen an. Die Unverschämtheit dieser Gauner, eine defekte Fahrstuhltür nicht zu sichern –«

»– den Schacht *offen* stehen zu lassen – ein Albtraum –«

»– wenn Kinder in dem Gebäude wohnen –«

»– wenn ein Unglücksrabe in dem Gebäude wohnt –«

»– in dem Alter, noch so jung, das arme Ding hatte ja kein Urteilsvermögen – immer hat sie sich genau für das Falsche entschieden –«

»– in eine Banane zu beißen, sie konnte *ersticken* – hatte schon Mühe, den Bissen Blattspinat hinunterzubringen, der sich (irgendwie) zwischen ihren Backenzähnen verklemmt hatte –«

»– ja, es ist komisch – allerdings auch traurig, tragisch – herzzerreißend – frappierend, dass ein intelligentes Kind so schlechte Entscheidungen treffen konnte – und das so häufig –«

»– ja, stimmt – ›intelligent‹ – M__ war ›intelligent‹ –«

»– aber vom Pech verfolgt. Es war erblich veranlagt –«

»– von ihrem Hochstuhl gefallen, auf der Treppe gestürzt –«

»– sich den Kopf aufgeschlagen, den Knöchel verknackst – den Fuß verrenkt –«

»– in einen *Riss* gefallen, der einen Zoll tief war – einen zolltiefen Riss, um den jedes andere Kind herumgegangen wäre –«

»– aber der Fahrstuhlschacht, wie hat sie das fertiggebracht? – die Tür aufzudrücken – im elften Stock –«

»– die verfluchte Tür brauchte man nicht *aufzudrücken.* Die ging einfach auf – haben die Leute gesagt –«

Und so weiter und so fort – eine Litanei der Erinnerungen, der M__, die sich fast nicht traute zu atmen, zuhörte.

Ich! Sie erinnern sich an *mich.*

Aber niemand sah M__ in der Tür. Niemand schaute auch nur in ihre Richtung. Jemand aus der Verwandtschaft ihrer Mutter hatte zwei große Obstkuchen mitgebracht, die auf dem Kaffeetisch mit der Glasplatte im Wohnzimmer standen; mit einem silbernen Messer wurde der Kuchen in Stücke geschnitten und diese Stücke auf Papptellern herumgereicht. Der Himmel vor den Fenstern war inzwischen dunkler geworden. Bald brach die Dämmerung herein. Und bald wurde es *Nacht.*

Leise machte M__ kehrt und wich zurück. Wollte schnell fort, bevor die ersten Gäste aufbrachen. Dass eins der Mädchen aus ihrer ersten Stunde sie sah, davor graute ihr besonders. Oder zwei oder drei. Dass Verwandte sie sahen. Und Daddy und Mami. Dass ihre Blicke zu ihr hinglitten. *Ach. Du.*

Als sie durch die Küche humpelte, blieb M__ kurz stehen und nahm sich in einer weißen Papierserviette ein Stück kalte Pizza mit, denn sie hatte großen Hunger bekommen.

Ging aus der Wohnung, schloss die Tür. Folgte dem Korridor, bog um die Ecke, um zwei Ecken. Der Lastenaufzug, sie wird ihn finden.

Warten auf Kizer

Smith, der auf der Außenterrasse des Purple Onion Cafés auf seinen Freund Kizer wartet, wird langsam unruhig.

Sie waren an diesem Freitag, dem 9. Juni, um 13:00 Uhr zum Mittagessen verabredet. Smith ist sich sicher. Es ist aber bereits 13:26.

Er schaut noch einmal auf seinem Handy nach: keine E-Mail von Kizer, kein Anruf. Will Kizer anrufen, aber *der Teilnehmer ist vorübergehend nicht erreichbar* – am anderen Ende nicht einmal ein Klingelton.

Schon zwei-, wenn nicht gar dreimal ist die blutjung aussehende Kellnerin mit dem raspelkurzen Haar zu ihm gekommen und hat mit enervierend freundlichem Lächeln gefragt: *Entschuldigung, Sir, möchten Sie schon etwas trinken, während Sie warten?* Smith bringt sie mit einem bösen Blick zum Schweigen. Danke, nein! Er möchte lieber auf seinen Freund warten.

So macht Smith es immer, er kommt etwas zeitiger und sichert sich einen Tisch auf der Außenterrasse des Cafés mit Blick zum Eingang, damit er die Gäste beobachten kann, ohne dass sie ihn beobachten können; außerdem möchte Smith seinen Freund Kizer sehen können, bevor der ihn sieht.

Ein winziger Vorteil. Schwer zu begründen, aber nicht von der Hand zu weisen.

Smith schaut noch einmal auf sein Handy. Nichts.

Sich so zu verspäten, sieht Kizer nicht ähnlich. In den vielen Jahren, die sie sich zum Mittagessen treffen (oder manchmal vorher auf eine Runde Squash in der Sporthalle der Universität), in den vielen Jahren ihrer Freundschaft, die vor Jahrzehnten in der Grundschule begann, ist Kizer nie mehr als zehn, fünfzehn Minuten zu spät gekommen.

Doch, einmal ist Kizer zu Smiths Betrübnis gar nicht erschienen. (Ein Sterbefall in der Familie? – Er erinnert sich nur dunkel.)

Smith verlässt seinen Tisch und wendet sich an die Betreiberin des Lokals, die die Gäste auf der Terrasse platziert: Hat sein Freund für ihn angerufen? – Das Handy scheint nicht zu funktionieren, und der Freund ist schon eine halbe Stunde über die Zeit …

»Meinen Sie Nate Kizer? Nein, Mr. Kizer hat heute nicht angerufen.«

»Kizer, Sie kennen ihn?« Smith ist überrascht.

»Nein, *persönlich* kenne ich ihn nicht«, sagt die Frau. »Ich weiß über Mr. Kizer nur, dass er manchmal hier zu Mittag isst.«

»Mit mir, meinen Sie – Nate Kizer isst mit *mir* zu Mittag.«

»Ja, Sir. Aber auch mit anderen Begleitern.«

Begleitern. Was soll das heißen?

Die große, strähnchenblonde Lokalbesitzerin in dem langen bäuerlichen Quiltwickelrock strahlt Smith an und merkt nicht, wie tief ihn diese Auskunft getroffen hat.

Lächerlich! Warum sollte es Smith etwas ausmachen, dass sein Freund auch mit anderen im Purple Onion zu Mittag isst, nicht bloß mit ihm? Das macht Smith natürlich nicht das Geringste aus.

Er isst ja auch mit anderen Leuten zu Mittag. Ab und zu. Im Klub der Fakultät an der Universität.

»Die anderen Begleiter, sind das Männer? Frauen?«, fragt Smith, ganz unschuldige Neugier.

»Männer, meistens.« Die Betreiberin des Lokals strahlt schon weniger, als überlegte sie, ob sie vielleicht zu viel gesagt habe.

»Männer! Verstehe.« Smith hätte offenbar lieber gehört, dass Kizer mit Frauen im Purple Onion zu Mittag isst.

»Aber – manchmal mit Frauen, sagten Sie?«

Genau genommen hatte die Lokalbetreiberin das nicht gesagt. »Na ja, schon eine Weile nicht mehr. Ja, ich glaube, schon eine Weile nicht mehr. Entschuldigen Sie mich, Sir –« Die überdimensionalen Speisekarten an die Brust gedrückt, möchte die Lokalbetreiberin neue Gäste empfangen.

Ich habe es wieder getan, denkt Smith. Bei einem unbesonnenen Wortwechsel mit einer Fremden seine Unsicherheit offenbart, sein existenzielles Unbehagen, seine schamlose Neugier auf das Leben anderer, das ihn doch gar nichts angeht – er weiß.

Geknickt wendet er sich ab. Kehrt an seinen Tisch zurück, als jemand ihn am Arm antippt, und da ist ein

Mann, ein Fremder mit einer oliv getönten Brille, der allein an einem anderen Tisch sitzt. »Entschuldigen Sie? Haben Sie über Nate Kizer gesprochen? Ich habe es unfreiwillig mitgehört.«

2.

Wo zum Teufel ist Kizer? Smith, ein sehr friedlicher Mensch, der höchst selten die Geduld verliert, wird langsam ärgerlich.

Es ist 13:38 Uhr. Kizer ist fast vierzig Minuten über die Zeit. Zum mindestens dritten Mal schaut Smith auf sein Handy: keine Nachrichten. Nachdem er wieder versucht hat, Kizer auf dessen Handy anzurufen. Nicht mal ein Klingelton. *Der Teilnehmer ist vorübergehend nicht erreichbar.*

Hartnäckig will Smith jedoch kein trostloses Mittagessen für sich bestellen, allein essen und gehen. Nein. Er hat sich ein Buch mitgebracht, *Eine Anthologie der Zeit* – ein Taschenbuch, voller Eselsohren, das er auf dem Campus aufgelesen hat; ein in den Ruhestand gehender Professor (Philosophie) räumt sein Büro, stapelweise Bücher, einst gewissenhaft gelesen und mit Anstreichungen und Randnotizen versehen, »gelehrt« – jetzt auf einem Tisch im stark frequentierten Foyer abgelegt.

Doch Smith kann sich auf bloße Worte nicht konzentrieren. Guckt wieder auf das verfluchte Handy, das er wie einen Talisman umklammert.

(Schaut Smith wie praktisch alle seine Bekannten mittlerweile auch ständig wie unter Zwang aufs Handy? Gut, dass seine Familie davon nichts weiß. Schimpft er doch selber, wenn Trevor mit seinen fünfzehn oben in seinem Zimmer so viel Zeit mit Videospielen im Netz verbringt …)

Smith muss ja auf den Gedanken kommen, dass zwischen ihm und Kizer etwas vorgefallen ist, was er vielleicht nicht bemerkt hat. Langjährige Freundschaften können strapaziös werden, heikel. Er forscht in seinem Gedächtnis, ob Kizer, als sie sich zuletzt gesehen haben – hier im Purple Onion vor einigen Wochen –, sich irgendwie seltsam benommen hat. Smith ist nichts aufgefallen.

Kann dich nicht leiden. Fühlt sich dir unterlegen. Nachdem du ihm das Leben gerettet hast. Keine gute Tat bleibt ungestraft.

Es stimmt, überflüssig zu erwähnen, dass Matt Smith Nate Kizer, als sie Kinder waren, das Leben gerettet hat. Smith denkt nur selten an den Vorfall, vermutet aber, dass Kizer es häufig tut.

Einem anderen das Leben retten. Wie das auf das eigene Leben zurückwirkt.

Smith überlegt: Hat sich sein Leben geändert, als er elf war? Wurde es von Zuversicht erfüllt, wohingegen das Leben seines Freunds von Angst und Unsicherheit erfüllt worden sein musste? Von Schuldgefühlen.

In den letzten Jahren verabreden sich Smith und Kizer zum Mittagessen im Purple Onion Café, einem relativ neuen Lokal, das auf halbem Wege zwischen Smiths Büro an der Universität und Kizers Praxis im Ärztehaus liegt. Erste Wahl ist das Restaurant für beide nicht, es hat aber moderate Preise, ist unprätentiös, auf »Bio«-

Gerichte spezialisiert, und bei schönem Wetter kann man im Freien sitzen.

Gut ist auch, dass es keine Schanklizenz hat.

Heute ist Smith mit dem Auto gekommen. Wahrscheinlich wird Kizer das auch tun. Es ist noch nicht lange her, dass sie beide mit dem Rad oder zu Fuß kamen oder sogar zum Mittagessen joggten. Zwischen ihnen bestand eine unterschwellige Konkurrenz: Wer macht es sich leichter, indem er mit dem Auto fährt?

Er hat zwar um die Mitte herum etwas zugelegt und wird beim Treppensteigen zuweilen kurzatmig, insgesamt aber hält Smith sich für sportlicher als Kizer. Für größer als Kizer, für ein kleines bisschen schlanker, fitter. Nüchterner. Er neigt weniger zum Grübeln, ist nicht so nachtragend. Das glaubt er schon.

Smiths Ehe, Smiths Kinder: im Ganzen zufriedenstellender als Kizers. Eventuell ist Kizers Karriere imposanter.

Wie (identische) Zwillinge, in gewisser Hinsicht. In solchen Beziehungen ist einer unweigerlich der *dominierende, stärkere* Zwilling.

Lass uns nächste Woche Squash spielen, will Smith Kizer vorschlagen. Seltsam, das letzte Spiel der beiden Männer ist Monate her …

Smith hat sich angewöhnt, ein paar Minuten zeitiger ins Purple Onion zu kommen. Auf die Weise ist der Vorteil bei ihm. Er lässt sich einen Ecktisch geben, der durch ein Glyzinienspalier vom Gehweg abgeschirmt ist, und nimmt stets ein Buch mit, senkt den Blick, als läse er, während er die Gäste an anderen Tischen und die Neuankömmlinge am Eingang beobachtet. In dem Tagtraum, dem er sich gewöhnlich hingibt, sind die Fremden splitternackt und ihm ausgeliefert … Er kopuliert wild mit den (attraktiven) Frauen, die seine Avancen nie zurückweisen; die Männer überwältigt und demütigt er. (*So* ist Matt Smith natürlich gar nicht, sondern manierlich wie kein Zweiter, ein echter Gentleman, schämt sich sogar, wenn sich herausstellt, dass er Fremde doch kennt, als Freundinnen seiner Frau, Mütter der Freunde seiner Kinder; die unanständigen Fantasien sind dann wie weggeblasen.)

Und ihm liegt daran, Kizer zu sehen, bevor der ihn sehen kann – wer weiß schon, warum.

Verdankt mir sein Leben. Wie keinem anderen auf der Welt. Jeden Herzschlag, jeden Atemzug – das muss er anerkennen.

Beide im Abstand von wenigen Monaten/Meilen in San Rafael, Kalifornien, geboren. Grundschule, Oberschule. Freunde, Rivalen. Kizer war drei Jahre nacheinander Schachmeister im Schulbezirk, Smith jedoch wurde im dritten Jahr der Highschool zum Jahrgangssprecher gewählt; Kizer kam nur noch gerade so ins Leichtathletikteam, Smith denkt aber immer noch mit einem Lächeln an die unglaubliche Saison des Softballteams der Schule zurück, in der er, bis dato nur ein leidlicher Spieler, einen spielentscheidenden Homerun hinlegte – und die widerwillige Bewunderung des Trainers Fenner erwarb.

Wohl wahr, als Jungen fühlten sich beide zu denselben Mädchen hingezogen. Ebenso wahr, die Mädchen hätten Kizer vielleicht eher gewählt, wäre der nicht zu schüchtern und zu unbeholfen im Umgang mit anderen gewesen, um das zu seinem Vorteil zu nutzen.

Wer hatte sich zuerst *verliebt*? – Das bleibt unklar.

Kizer hatte die Highschool als Drittbester von vierhundertzweiundzwanzig ihrer Klassenstufe abgeschlossen, Smith als Zwölfter, hatte aber ein Stipendium bekommen, das die gesamte Studiengebühr an der University of California in Santa Cruz abdeckte, wohingegen Kizers Stipendium nur für einen Teil der Gebühren in Stanford reichte.

Im College hatten sie den Kontakt verloren, zumindest weitgehend. Mit Ende zwanzig waren sie jedoch nach San Rafael zurückgekehrt, hatten im Abstand von wenigen Monaten beide geheiratet, Familien gegründet, sich in ihren Berufen etabliert. Rein zufällig wurden beide Vater von je drei Kindern: Mädchen-Mädchen-Junge (Smith), Junge-Junge-Mädchen (Kizer).

Auf kurze Entfernung sahen sich die Frauen von Smith und Kizer – fast – zum Verwechseln ähnlich, seltsamerweise, zumindest empfindet Smith es so, sind Lisa (Smith) und Emma (Kizer) trotz des Drängens ihrer Männer nie so recht miteinander warm geworden.

Wenn Smith Lisa nach dem Grund dafür fragt, zuckt sie nur mit den Achseln und beteuert, sie könne Kizers Frau *ganz gut* leiden; wahrscheinlich antwortet Emma ähnlich, wenn Kizer sie nach Lisa fragt.

In einer von Smiths (heimlichen) Fantasien ist Kizer in Lisa verliebt, was ihm den Atem verschlägt und ihn erregt, aber auch demütigt und schwächt; Smith hingegen findet Kizers Frau Emma merkwürdig unattraktiv, und er wiederum ist ihr gleichgültig, falls sie ihn nicht sogar ablehnt und er sich das nicht bloß einbildet. *Sie ist eifersüchtig, klar. Der beste Freund ihres Mannes, dem er sein Leben verdankt.*

Mit neunundvierzig ist Smith über die Rivalitäten Halbwüchsiger hinaus und vergleicht sich nicht mehr mit Kizer: Frau, Kinder, Karriere. Haus, Autos. Mag sein, dass Kizer besser aussieht als Smith, wie er ja auch an der Highschool der bessere Schüler gewesen ist, dafür ist Smith, wie er glaubt, körperlich in besserer Verfassung, auch wenn er im vorigen Jahr mit Ischias zu kämpfen hatte und deshalb beim Squash kürzergetreten ist. Trotzdem ist er bei besserer Gesundheit als Kizer, der seit seiner Kindheit an Asthma leidet. Und zweifellos der stärkere Schwimmer von beiden, weswegen ja auch Smith, als sie mit elf im Ferienlager der Pfadfinder waren und ihr Kanu im vom Regen angeschwollenen San Manuel River kenterte, Kizer (mit letzter Kraft) zurück zum Kanu ziehen konnte, an dem sich die beiden mageren, vor Kälte und Angst schlotternden Jungen festhielten, bis Hilfe kam.

Mir das Leben gerettet! Oh, Gott, ich danke dir.

Gesagt hat Kizer das so nie.

Warum, kann Smith verstehen. Manche Erinnerungen sind so traumatisch, dass es das Klügste ist, sie zu vergessen. Amnesie wie eine sandgestrahlte Mauer.

Dennoch: Smith kommt sich manchmal vor wie gefangen in einem Traum, den er nicht (ganz) als solchen erkennt und in dem er noch einmal zu seinem um sich schlagenden Freund schwimmen, aber auch das gekenterte Kanu nicht loslassen will; dann will er Kizer etwas erklären, das sehr wichtig und zugleich verworren ist und das beide unbedingt begreifen müssen, sodass Smith der Kopf wehtut von einer Kraftanstrengung, die aber *aus dem rätselhaften Traum herrührt, eine nervliche, muskuläre Anstrengung* ist. Noch mit unbeholfen am Gaumen klebender Zunge bringt er stockend und holprig Worte hervor.

Dein Name wird aufgerufen. Du wendest dich um, und es bist du – und doch nicht du.

Würde Smith im realen Leben solchen Unsinn daherstammeln, würde Kizer still in sich hineinlachen, wie es seine Art ist, würde sich schütteln vor Lachen, als leide er Schmerzen. Denn über die Jahre und Jahrzehnte war es Kizer, der aus Smith mit seinen existenziellen Kämpfen immer wieder die Luft herausgelassen hat. Wenn Smith sich zu ernst nimmt, kann er sich darauf verlassen, dass Kizer den Ballon zum Platzen bringt.

Großer Gott. Was tust du, wenn Kizer etwas passiert ist?

Smith will nachdenken. Wagt es nicht.

Vor ihm steht ein Kellner und fragt, möchte er etwas trinken, während er auf seinen Freund wartet? – Smith äugt zu einem großen, schlaksigen jungen Mann hinauf, zotteliger dünner Bart, Dreadlocks, die ihm über den halben Rücken hinabreichen. Ein *Weißer?* Ein Speisekellner mit (ungewaschenen, fettigen) *Dreadlocks*?

Verfluchtes Purple Onion, das Verrückte beschäftigt. Auf Hippie macht, auf gesundes, »glutenfreies« Essen. Smith blickt um sich und sieht die Kellnerin mit dem raspelkurzen Haar – oder war das ein anderes Mittagessen?

Im Purple Onion wird aber kein *Alkohol* ausgeschenkt. Dreadlocks muss also eins ihrer Biogebräue meinen – Karotten-Avocado-Joghurt-Smoothie, Granatapfel-Limone-Schorle, »Grüner Rausch« (Grünkohl, Spinat, Brokkoli, verflüssigte Algen). Das nächste Mal wird Smith darauf bestehen, dass er und Kizer woandershin gehen.

Smith dankt dem Kellner, lehnt aber ab. Er will mit der Bestellung auf seinen Freund warten.

Widmet sich wieder seinem Buch, liest eine mit gelbem Leuchtstift markierte Passage – *Zeit ist eine Illusion, in der wir uns an die Vergangenheit »erinnern«, nicht jedoch an die Zukunft. Wie die Quantenphysik gezeigt hat* –, kann sich aber nicht konzentrieren wegen der vollkommen untypischen Verspätung Kizers, der auch nicht angerufen oder gesimst hat, vielleicht ist Smiths Handy kaputt, weswegen Kizer ihn, läge ein Notfall vor, gar nicht erreichen würde. Ja, das muss es sein! Smith schiebt den Stuhl zurück, eilt zu der Betreiberin des Restaurants, schildert die Situation und fragt, ob es sein kann, dass sein Freund angerufen hat und derjenige, der im Lokal an den Apparat gegangen ist, ihm draußen auf der Terrasse die Nachricht nur nicht übermittelt hat …

Die Frau hört ihm mit mitfühlend gehobenen Brauen zu. Doch nein. »Mr. Kizer hat heute nicht angerufen, da bin ich mir sicher.«

»Sie kennen meinen Freund namentlich?« Smith ist verblüfft, denn er (da ist er sich sicher) hat ihn (bisher) nicht erwähnt.

3.

Als er an seinen Tisch zurückgeht, spürt Smith, dass ihn jemand am Arm antippt.

»Entschuldigen Sie? Haben Sie gerade von Nate Kizer gesprochen? Ich habe es unfreiwillig mitgehört.«

Smith ist irritiert: Hier ist jemand, den er mit Sicherheit noch nie zuvor gesehen hat, der ihm aber bekannt vorkommt.

Ein Fremder, Ende vierzig vielleicht, mit oliv getönter Brille, der Smith neugierig und fragend beäugt.

»J-ja. ›Nate Kizer‹. Wir essen heute zusammen zu Mittag.«

»*Wir* essen heute zusammen zu Mittag, Nate und ich.«

Bemühtes Lächeln. Ungläubige, misstrauische Blicke.

Wie kann das sein?, denkt Smith. *Dafür gibt es sicher eine ganz einfache Erklärung. Eine Verwechslung.*

»Dafür gibt es sicher eine Erklärung. Eine Verwechslung«, presst der Fremde langsam und durch zusammengebissene Zähne hervor.

So etwas sollte man nicht überbewerten, würde man meinen. Doch zwischen Smith und dem Mann mit der oliv getönten Brille breitet sich eine feindselige, misstrauische Stimmung aus.

Reserviert sagt Smith: »Wenn heute Freitag ist, der 9. Juni, ist es keine Verwechslung. Kizer und ich essen heute zusammen zu Mittag, wir waren um 13:00 verabredet.«

»*Wir* waren um 13:00 verabredet, Kizer und ich.«

Verblüfft starren die beiden Männer einander an.

Der andere, der Fremde, sieht Smith, umklammert sein Handy. Bestimmt hat er ebenfalls vergeblich versucht, Kizer anzurufen.

»Vielleicht ein Scherz? Oder –«

»– Kizer hat etwas verwechselt.«

»– er möchte, dass wir uns kennenlernen?«

Nein! Das kann er nicht glauben. Kizer hätte Smith Bescheid gesagt, wenn er noch jemanden zu ihrem Essen eingeladen hätte.

Der Mann, der ihn auf dem Weg zurück zum Tisch einfach so am Arm berührt und angehalten hat, kommt Smith beunruhigend bekannt vor. Seine Stimme ist näselnd und klingt wie Smiths eigene Stimme, wenn seine Nase verstopft ist; sein Gebaren ist linkisch, als wären seine Extremitäten schlecht koordiniert oder als hätte er Rückenschmerzen. Sein nicht sonderlich ansehnliches Gesicht ist asymmetrisch, als verliefe ein ungleichmäßiger Riss mitten hindurch und als hätte sich die eine Hälfte wieder gesetzt, wie nach einer Erdverschiebung.

Sein (strohiges, ergrauendes blondes) Haar weicht an der Stirn scharf zurück, seine funkelnden Augen scheinen tief in den Höhlen zu sitzen. Im Gegensatz zu Smith, der ein frisches Hemd mit kleinem Karomuster, eine Kakihose und Turnschuhe in noch halbwegs gutem Zustand trägt, hat der andere ein x-beliebiges, nicht einmal frisches Hemd an, eine am Knie bereits durchgescheuerte Jeans und Sandalen, die knochige weiße Zehen entblößen. Seine Stirn ist gefurcht und zeigt Spuren oder Narben einer Pubertätsakne. Sein Mund ist zu einem asymmetrischen Grinsen verzogen, das (vermutet Smith) ein verborgenes Unbehagen kaschiert.

»Und Sie sind –?«

»Matt Smith.«

»*Matt* Smith? Tja – ich heiße *Matthew.*«

Sie starren einander an. Kneifen die Augen halb zu. Soll das ein Witz sein?

»Aha! Und wie lautet Ihr zweiter Vorname?« – (Matt) Smith wappnet sich.

»Maynard. Und Ihrer?«

»Maynard.«

»Sie scherzen. Oder?«

»*Sie* scherzen. Oder?«

Jäh ansteigende Streitsucht der Männer. Adrenalinschübe. Einer ist offensichtlich ein Betrüger, aber – welcher?

»Nein, ich scherze nicht. Wenn Sie einen Ausweis sehen möchten …«

»Wenn *Sie* einen Ausweis sehen möchten …«

Jetzt fällt es (Matt) Smith ein: Die oliv getönte Brille mit dem Metallrahmen, die der andere aufhat, ist beinahe identisch mit einer Brille, die er einmal besessen, aber durch die Zweistärkenbrille mit dem schwarzen Kunststoffrand ersetzt hat, die er jetzt trägt.

Ein heftiger Schwindel überkommt Smith, das heißt (Matt) Smith. Als begänne die Terrasse unter ihm zu schwanken. (Ein Erdbeben? In San Rafael nicht unbekannt.) So etwas ist ihm schon einmal passiert, fällt ihm ein. Da hat er auch überlebt. Oder war das ein Traum und nicht real? Ist *das* jetzt ein Traum und nicht real?

Ein Name wird genannt, es ist dein Name. Du wendest dich um, du gehst – du selbst bist es, obwohl nicht (buchstäblich) du. Vor Neugier auf den anderen Mann wird er ganz schwach, ganz elend.

Als er den Ausdruck von (Matt) Smiths Gesicht sieht, zieht (Matthew) Smith einen Stuhl unter seinem Tisch hervor. »Hey, Mann – Sie sehen etwas blass aus. Setzen Sie sich lieber.«

»Ich – ich glaube nicht, dass –«

»Doch. Wäre besser.«

(Matthew) Smith ist schroff, aggressiv. (Matt) Smith empfindet regelrecht Abscheu vor dem Mann, spürt ihn bis in die Magengrube. Genauso hat er sich als Junge oft gefühlt, wenn er mit älteren, dominanteren Jungen konfrontiert war. Und am liebsten gerufen hätte: *Verschwindet! Lasst mich in Ruhe! Rührt mich nicht an!* Doch (Matt) Smith setzt sich an den Tisch wie geheißen.

Schnell steht fest: Beide, (Matt) Smith und (Matthew) Smith, leben in San Rafael, (Matt) Smith in der Buena Vista Street und (Matthew) Smith in der Solano Street; beide wurden am 24. Juli 1969 in San Rafael geboren; die Namen ihrer Eltern lauten identisch – Cameron und Joellen Smith.

Ein Zufall? Nicht sehr wahrscheinlich.

Und dennoch – was sonst, wenn nicht Zufall?

In seinem Schock, seiner Verwirrung hat (Matt) Smith trotzdem Zeit für kleinliche Zufriedenheit – die Buena Vista ist eine wesentlich elegantere Straße als die Solano, hier sind die Häuser teurer, die Nachbarschaft ruhiger. Wer immer dieser (Matthew) Smith ist oder zu sein vorgibt, er ist weniger wohlhabend als (Matt) Smith und bringt außerdem mehr Kilos auf die Waage, hat Hängebäckchen.

»Dann sind wir wohl verwandt? Irgendwie …«

»Vermutlich. Ja.«

»Allerdings – habe ich noch nie von Ihnen gehört …«

»– und ich noch nie von *Ihnen.*«

»Großer Gott« – leise zwischen den Zähnen hervorgestoßen.

Während (Matthew) Smith spricht, fliegen (Matt) Smiths Blicke zu den anderen Tischen auf der Terrasse. Er sucht Halt. (*Bewegt* sich der Boden? Nein.) Da ist die Betreiberin des Lokals in ihrem auffälligen Wickelrock, da ist der (weiße) junge Mann mit dem spärlichen Bart und den ihm über den Rücken rieselnden Dreadlocks. Es ist ein warmer, milder Junitag, der diesige Himmel wie ein verschmiertes Aquarell. *Sfumato* – ist das der Fachbegriff? Grotesk, dass die anderen Speisegäste, überwiegend Frauen, so gesellig miteinander plaudern, ohne (Matt) Smith und (Matthew) Smith in ihrer Mitte zu bemerken, die jeder so perplex sind über die Existenz des anderen wie über das Erscheinen eines Basilisken. Die sich verstohlen beäugen, fasziniert und abgestoßen.

(Matt) Smith will etwas sagen, muss sich räuspern. »Tja. Wie groß sind die Chancen …«

(Matthew) Smith hustet, lacht. »… ein verdammter Zufall …«

Verlegenheit macht sich zwischen ihnen breit. Sie genieren sich plötzlich.

»Glauben Sie …«

»Glauben *Sie* ...«

»Irgend etwas – Genetisches ...«

»Waisen, aus derselben Familie? Adoptiert –«

»Ich bin aber nicht – adoptiert ...«

»*Ich* auch nicht. Nicht dass ich wüsste jedenfalls ...«

»*Ich* wüsste ebenso wenig. Ich *weiß* es.«

Die Männer sind aufgeregt, atemlos. Sie wollen lachen, und doch fühlen sie sich bedroht und gefährdet. (Matt) Smith beunruhigt, dass es womöglich um Einschüchterung geht, der Aggressivere und weniger Zivilisierte gewinnt bei diesem Kampf.

Doch nein, das kann nicht sein. Nicht auf der Terrasse des Purple Onion.

(Matt) Smith fällt auf, dass (Matthew) Smith beim Warten auf Kizer eine Zeitschrift gelesen hat – sieht aus wie der *Scientific American*. (Auch das ist ein merkwürdiger Zufall, denn (Matt) Smith hatte den *Scientific American* bereits vor Jahren als aufgeweckter Junge an der Highschool abonniert. Hat das Abonnement aber längst auslaufen lassen.) Als er merkt, dass (Matt) Smith die Zeitschrift gesehen hat, sagt (Matthew) Smith mit verlegenem Achselzucken: »Es ist doch paradox, dass wir Objekte – Dinge und einer den andern – mit eigenen Augen ›sehen‹, unter dem Mikroskop aber eine völlig andere Mikrorealität in Vergrößerung. Welche ist ›real‹? Ist eine ›realer‹ als die andere?«

Hoho, dieser (Matthew) Smith hat intellektuelle Ambitionen! (Matt) Smith hasst ihn umso mehr.

»Wir sehen, was wir sehen wollen.«

»Wir sehen, was man uns zu sehen sagt.«

»Was man uns sagt, das wollen wir sehen – und sehen es dann auch.«

(Matt) Smith und (Matthew) Smith lachen verhalten. Blicken zaghaft einer den anderen an.

(Matt) Smith räumt es ein: »Menschen sind voreingenommen gegen alles, was noch nicht erforscht ist, das ist natürlich. Und glauben an das, was wir für eine allgemeine Erfahrung halten. Wir müssen unterdrücken – zensieren –, was unserem Verständnis von Wirklichkeit widerspricht. Sonst –«

»Natürlich! Sonst.«

Eine Pause tritt ein. Die Männer bedenken sich. (Matt) Smith findet die Situation immer noch nervtötend, spürt aber inzwischen, dass er sie, ja, meistern, in den Griff kriegen und sogar noch eine Anekdote herausschlagen kann, die Kizer sehr unterhaltsam finden wird, wenn (Matt) Smith ihm davon berichtet.

Nicht sehr höflich, sondern vielmehr grob, schnippt (Matthew) Smith mit den Fingern nach dem Kellner mit den Dreadlocks, der die ganze Zeit in ihrer Nähe geblieben ist in der Hoffnung, dass die Männer schließlich doch etwas bei ihm bestellen. »Hey! Sie da. Was zu trinken für uns beide.«

(Matt) Smith bestellt eine Granatapfelschorle, ohne große Begeisterung zwar, aber die Schorlen sind wohl noch die genießbarsten Getränke im Purple Onion. (Matthew) Smith bestellt sich eine Bloody Mary.

»Bloody Mary? Das steht hier nicht auf der Karte.«

»Natürlich steht Bloody Mary drauf. Warum kämen wir sonst hierher? Fragen Sie Kizer.«

»Kizer trinkt zum Mittagessen keinen Alkohol …«

»Aber sicher tut er das. Und Alkohol steht auf der Karte.« (Matthew) Smith wendet sich an den Kellner mit den Dreadlocks, der höflich lacht, als hätte (Matthew) Smith etwas Witziges gesagt. Tatsächlich, auf dem Tisch liegt eine Liste der alkoholischen Getränke.

Alkohol im Purple Onion Café? Seit wann? (Matt) Smith ist verblüfft.

»Seit der Wiedereröffnung. Nach dem Umbau. Wenn Sie in San Rafael leben, müssen Sie doch gehört haben, dass ein Selbstmordattentäter vorigen Herbst hier eine selbst gebaute Bombe zur Explosion gebracht hat.«

Davon hat (Matt) Smith nichts gehört. Oder vielmehr, (Matt) Smith hat davon gehört, aber – »Das war bloß ein lächerliches Gerücht, Matthew. Es ist nicht passiert.«

Sein Herz tut einen kleinen Stolperer. Er hat den anderen *Matthew* genannt.

»Aber sicher ist es passiert.«

»Nein. *Ist es nicht.*«

»Hören Sie, ich lebe in dieser Stadt. Der Anschlag war groß in den Nachrichten. Es sind drei Menschen ums Leben gekommen, außerdem der Attentäter, ein Teenager. Das halbe Restaurant ist eingestürzt, sie mussten neu bauen. Es hat gerade erst – wann war das? – im März wieder aufgemacht. Ich habe mit Kizer zusammen zu Mittag gegessen, wir haben auf der Terrasse gesessen und darüber gesprochen, wie seltsam es ist, hier zu essen – wo Menschen gestorben sind …«

Mittagessen mit Kizer? Hier? Umbau? (Matt) Smith zweifelt daran.

»An der Glyzinie können Sie es erkennen, dass nichts beschädigt worden ist. An den Bäumen da auf dem Parkplatz … Das Lokal ist neu gestrichen worden, glaub ich, und es wurden ein paar Veränderungen vorgenommen, aber – kein …« (Matt) Smith gerät ins Stammeln, so widersinnig ist das. Ein Selbstmordattentat! Im Purple Onion! »Jemand hat einen üblen Streich gespielt, eine Bombendrohung ging ein, die sich aber als Falschmeldung erwies. Das Café wurde evakuiert, Kizer und ich wollten uns sogar an dem Tag hier zum Mittagessen treffen, aber das Gebiet war abgesperrt. Falsche Bombendrohungen gingen an dem Tag auch an der Highschool und am Krankenhaus ein …«

»Diese Bombendrohungen«, erwidert (Matthew) Smith, »kamen *nach* der Bombe im Purple Onion. Hier ist wirklich eine explodiert. Ein Jugendlicher aus dem Viertel, Highschoolabbrecher, hatte zu Hause eine Bombe gebaut und kam mit der hier anspaziert.«

Nein, nein! Nicht annähernd hat hier so etwas stattgefunden. (Matt) Smith lacht frustriert. Er will trotz der Sturheit des anderen gelassen bleiben, wie er es als rational denkender Mensch einen Großteil seines Lebens hatte tun müssen. »Es war ein Dummejungenstreich, mit dem Schüler einen ihrer Klassenkameraden an der Highschool in Schwierigkeiten bringen wollten. Der arme Junge, ein unschuldiges Kind, war in einem fort schikaniert worden …« (Matt) Smiths Stimme zittert bei der Erinnerung an die furchtbaren Tage, als Lisa ihn im Büro anrief und am Telefon schluchzte: *Trevor will nicht in die Schule gehen. Er hat sich im Bad eingeschlossen, ich habe so Angst, dass er sich etwas antun will ... Komm doch bitte nach Hause!*

(Matthew) Smith besteht weiter darauf, dass hier, aber ja, ein Selbstmordattentat stattgefunden habe. Er fragt bei dem Kellner mit den Dreadlocks nach, der nervös lächelnd das Gesicht verzieht, doch, er glaube schon, im vorigen Jahr, bevor er nach San Rafael gezogen sei und hier angefangen habe, ja, da hieß es, es habe ein Selbstmordattentat gegeben. Hier.

(Matt) Smith schüttelt den Kopf. Lächerlich! Sein Gesicht ist rot vor Empörung, aber er wird den Teufel tun und diese törichte Unterhaltung fortsetzen.

(Matthew) Smith ist ein beschädigter Mensch, das ist klar. Einer von denen, die noch auf einem Thema herumreiten, wenn klar ist, dass andere das nicht wollen. Da er sich bestätigt fühlt, schlägt (Matthew) Smith befriedigt einen neuen Kurs ein und senkt die (näselnde, unerträgliche) Stimme, damit es wie Verständnis und Mitgefühl klingt.

»Ich weiß, Matt – Sie wollen nicht daran denken. Das ist Ihr gutes Recht. Ist nur *natürlich.* Sie und Ihre Frau – würde ich meinen – wer immer sie ist – möchten das lieber *nicht.*« Doch indem er die Worte *Ihre Frau* ausgesprochen hat, ist (Matthew) Smith zu weit gegangen.

»Und Sie? Haben Sie eine Frau?«, höhnt (Matt) Smith.

Er bringt es beinahe nicht über sich, das derbe asymmetrische Gesicht (Matthew) Smiths anzusehen. Die wässrigen Augen hinter der beschmierten oliv getönten Brille zur Kenntnis zu nehmen.

»Ich habe eine Ex-Frau.«

»Ah, verstehe. *Ex.*«

»Sie verstehen gar nichts.« Jetzt bebt (Matthew) Smiths Stimme vor Entrüstung. Er schaut mit wütendem Lächeln auf die Terrasse. (Wo zum Teufel bleibt sein Getränk? Wie lange warten sie schon?)

Die nächste Frage müsste die nach dem Namen der *Ex-Frau* sein. Doch diese Frage stellt (Matt) Smith vorerst noch nicht.

4.

Verflucht, Kizer! Eine Dreiviertelstunde zu spät.

Und nicht angerufen, keine Entschuldigung.

Zumindest hat der Kellner mit den Dreadlocks ihnen die Getränke gebracht: Bloody Mary für beide.

(Matt) Smith erinnert sich nicht daran, eine bestellt zu haben, aber hey, das ist in Ordnung. Tomatensaft für das leibliche Wohl, Wodka für die Zuversicht.

»Wir könnten ebenso gut das Essen bestellen, was meinen Sie?« – (Matthew) Smith trinkt einen großen Schluck des neonroten Getränks.

Er wartet nicht ab, dass (Matt) Smith mit ihm trinkt. Bringt keinen Trinkspruch auf ihr so kurioses Kennenlernen aus. (Matt) Smith fühlt sich ein bisschen abgelehnt von dem bramarbasierenden anderen Mann in dem zerknitterten Nullachtfünfzehn-Hemd, wo er doch aus Prinzip täglich ein frisch gebügeltes Hemd, häufig mit kleinem Karomuster, anzieht.

So hässliche alte Sandalen, wie (Matthew) Smith sie trägt, würde (Matt) Smith niemals anziehen! Er würde auch niemals hässliche krumme Zehen und verfärbte Fußnägel entblößen. Seine Kinder, Teenager, würden sich für ihn zu Tode schämen. Seine Frau würde zurückzucken vor Entsetzen und Abscheu. Außerdem ist (Matt) Smith es sich auch selbst schuldig: seinem männlichen Stolz.

Als sein Blick noch einmal auf die winzigen Aknenarben auf (Matthew) Smiths Stirn fällt, gibt es (Matt) Smith einen Stich vor Zufriedenheit. *Ihm* sind solche kleinen Demütigungen an der Highschool, wo die äußerliche Erscheinung so wichtig ist, erspart geblieben.

»Ja. Bestellen wir was. Wenn Kizer auftaucht …«

»… wird er überrascht sein, uns zu sehen.«

(Matthew) Smith schnippt noch einmal mit dem Finger, ruft den Kellner herbei. Gibt seine Bestellung auf, während (Matt) Smith irritiert die Speisekarte studiert, auf der neue Gerichte stehen, die nicht alle als *Bio, aus regionalen Produkten, glutenfrei* beworben werden.

(Matthew) Smith hat sich einen Hamburger bestellt, halb durch. Mit Pommes. (Matt) Smith hat seit Jahren keinen Hamburger mehr gegessen, meidet rotes Fleisch, ist in Versuchung, sich seinem Begleiter anzuschließen, entscheidet sich jedoch dagegen; ein Teller kalter Lachs ist wohl besser.

(Matthew) Smith sagt, das letzte Mal mit Kizer zu Mittag gegessen habe er vor zwei Wochen, zuvor haben sie eine Runde Squash gespielt. *Er* habe allerdings nicht so gut gespielt wie sonst, der Ischias habe sich wieder gemeldet, deshalb habe Kizer gewonnen, allerdings nur knapp.

Es gibt (Matt) Smith einen Stich vor Eifersucht. Sehen (Matthew) Smith und Kizer sich so häufig? Im Abstand von zwei Wochen? Für (Matt) Smith hat Kizer nur alle vier, fünf Wochen Zeit. Und Squash haben sie schon monatelang nicht mehr gespielt.

Spontan möchte er (Matthew) Smith anvertrauen, dass er sich manchmal durchaus fragt, ob Kizer ein so enger Freund ist, wie er glauben möchte. Ob (Matt) Smith überhaupt Freunde hat.

Manchmal, fällt ihm ein, teilt Kizer ihm mit, dass er diese Woche kein gemeinsames Mittagessen schafft, es auf nächste Woche verschieben muss, dass seine Pläne sich geändert haben und er absagen muss ... Doch vielleicht lügt (Matthew) Smith ihn an? Die von der oliv getönten Brille verdeckten Augen und die tückische Näselstimme haben doch etwas Unaufrichtiges.

Dann läutet (Matthew) Smiths Telefon. (Matt) Smith fürchtet prompt, dass der Anruf von Kizer ist.

Ihn ruft er an. Den anderen. Nicht mich ...

Doch (Matthew) Smith runzelt die Stirn beim Zuhören – der Anruf scheint belanglos zu sein oder eine falsche Nummer.

(Matthew) Smith steckt das Handy ein. (Matt) Smith hat seines bereits in der Hemdtasche verstaut.

(Matthew) Smith sagt, früher habe Kizer sich niemals verspätet, erst neuerdings. (Matt) Smith widerspricht: Kizer komme nie zu spät.

»Na ja, seit dem – Missverständnis – mit meiner Frau –

oder was immer das war – ist Kizer nicht mehr so zuverlässig.«

»Missverständnis? Mit – wem? Wer ist Ihre Frau?« (Matt) Smiths Herz schlägt hektisch.

»Meine Frau? Lisa.«

»Lisa! Sie meinen aber nicht – Lisa Finch.«

(Matthew) Smith zuckt mit den Achseln und verzieht das Gesicht. Wenn das ein Scherz sein soll, kann er nur müde lächeln.

»Ja, klar – Lisa Finch.«

»Aber – das kann nicht sein. Oder doch?«

Schweigen. Keiner kann dem anderen in die Augen sehen.

»Lisa Finch – aus Petaluma.«

»Petaluma? Nein, ich glaube nicht. Sacramento.«

»Gut, ja – geboren in Sacramento. Aber ihre Eltern zogen nach Petaluma, als sie zwei war.«

»Fünf, glaube ich. Als sie fünf war.«

»*Zwei.* Das weiß ich genau.«

Abermals Schweigen. Atemlos.

Schließlich sagt (Matthew) Smith gleichmütig: »Eigentlich sprechen wir ja über Kizer. Der – seit einem ›Missverständnis‹ mit meiner Frau – damals meiner Frau, noch nicht *Ex* – nicht mehr so zuverlässig ist. Wir sind aber trotzdem noch Freunde – klar. Wir beide sind der älteste Freund des jeweils anderen.«

»Moment. Was war dieses ›Missverständnis‹?«

»Wissen Sie das denn immer noch nicht?«

»Was weiß ich ›noch‹ nicht?«

Sie fixieren einander eine kurze Weile, bevor sie

begreifen – *diese Person ist ich. Und dennoch – nicht ich.*

Zum Glück, denn es löst die Spannung, bringt der Kellner mit den Dreadlocks ihnen das Essen, sein Blick wandert von einem zum anderen und wieder zurück.

Außerdem sind ihre Gläser leer oder doch fast. (Matthew) Smith bestellt sich noch eine Bloody Mary. (Matt) Smith zögert, bestellt sich dann noch eine Bloody Mary.

»Ja, es ist noch früh am Tage. Aber einer mehr schadet nicht.«

»Das Vernünftigste, was Sie bisher gesagt haben.«

(Matthew) Smith lacht und entblößt dabei unansehnlich große fleckige Zähne.

Er hat eine Zahnspange getragen, seine Zähne gepflegt, denkt (Matt) Smith. Seine Eltern haben ihn geliebt und waren mit ihm regelmäßig beim Zahnarzt.

»Wie ich sehe, ist Ihr Haar dünner geworden«, sagt (Matthew) Smith mit hinterhältig feinem Lächeln, worauf (Matt) Smith wie der gewandte Pingpongspieler, der er als Kind war, prompt in mitfühlendem Ton retourniert: »Und wie ich sehe, haben Sie Hautprobleme gehabt. Karzinome?«

(Matthew) Smith zuckt zusammen. (Ist es so offensichtlich?) Er gibt es zu, ja, er hat sich vor ein paar Monaten in der Praxis eines Dermatologen mehrere kleine Hautkarzinome an Stirn und Wangen entfernen lassen. *Kein größerer Eingriff.*

»Bei einem Dermatologen? Bei wem denn?«

»Dr. Friedland. Eine Frau.«

»Friedland! Das ist keine Dermatologin, sie ist unsere Hausärztin.«

»*Ihre*, mag sein. *Meine* Dermatologin.«

Sie sind wieder auf der Hut, verstummen, essen. (Matt) Smith ist ein wenig benommen – so früh am Tage schon Wodka ... Er hat bemerkt und es missbilligt, wie durstig (Matthew) Smith trinkt. Der Mann ist auf dem besten Wege, Alkoholiker zu werden.

»Sie sagten, der Name Ihrer Frau – *Ex*-Frau – sei Lisa Finch?«

(Matthew) Smith kaut achselzuckend weiter. Falten umrahmen seinen Mund wie kleine Risse. Er will sich zu dem Thema nicht weiter äußern, das ist klar, aber (Matt) Smith kann nicht widerstehen.

Mit merkwürdiger Zärtlichkeit sagt er: »Ich dachte, Sie – wir – hätten sie geliebt – Lisa geliebt.«

(Matthew) Smith lacht nachsichtig. »›Liebe‹ – na ja, ist eine Frage der Perspektive.«

»Was soll das heißen?«

»Dass wir jemanden nur in dem Maße lieben, in dem wir ihn nicht kennen. Danach kommt die Liebe unter die Räder und vergeht.«

(Matt) Smith protestiert: »Ich – ich bin mir sicher – ich liebe meine Frau sehr ...«

(Matthew) Smith hustet, lacht. Räuspert sich.

»Wie gesagt, eine Frage der Perspektive. Es hängt davon ab, ob man den Gegenstand mit bloßem Auge betrachtet oder durch ein Mikroskop.«

»Aber was ist denn schiefgelaufen? Mit Ihnen und Ihrer Lisa ...«

»Matt, warum interessiert Sie das? Wenn Sie das von, nun ja, Ihrer Frau und Kizer nicht wissen …«

»Meiner Frau und Kizer? Was soll das wieder heißen?«

(Matt) Smith zögert. Sein forscheres Ich hätte ausrufen wollen: *Was, zum Teufel, soll das wieder heißen!*

Seltsam hochtrabend oder verstockt teilt (Matthew) Smith (Matt) Smith mit, er sei besser dran, wenn er es nicht wisse.

»Ich will aber wissen – was es auch sei, das mir anscheinend entgangen ist …«

»Schauen Sie, wir sind nicht ein und derselbe. Wir sind nicht identisch. Was für mich gilt, muss nicht unbedingt auch für Sie gelten. Ich kann Ihnen nur sagen, was ich weiß – vermutet habe. Schon jahrelang hatte ich bei Lisa und Kizer einen Verdacht. Der verträumte Ausdruck, den sie hatte, wenn sie ihn ansah, von ihm sprach. Wie abwesend sie manchmal plötzlich wirkte, wenn ich sie berührte, als wollte sie meine Hand abschütteln, traute sich aber nicht. Die Art, wie sie vor mir zurückwich und zitterte. Andere Male wieder fragte sie mich nach dem Unfall mit dem Kanu, wie knapp ich wirklich dem Ertrinken entronnen sei und wie mein Freund Nate Kizer mich ›gerettet‹ habe.« (Matthew) Kizer verstummt sinnierend. »Die vielen Male, die sie ganz niedergeschlagen war, in Tränen ausbrach …«

»Nate Kizer hat *Sie* gerettet? Aber – das kann nicht sein … Ich war es, der *ihn* gerettet hat.«

Ein langes Schweigen legt sich über die Männer, wie Dunst. Ein kühler Dunst, der (Matt) Smith erschauern lässt.

Denn er erinnert sich noch lebhaft: der vom Regen angeschwollene Fluss; das Wasser, in das er sein Paddel eintauchte, dicker, als Wasser sein sollte; ein schreiender Junge, Panik … dann, in dahinschießendem Wasser, das viel kälter war, als er es erwartet hatte …

»Ich war derjenige, der *ihn* gerettet hat. Ich – ich habe Nate Kizer das Leben gerettet, als wir elf Jahre alt waren …«

(Matthew) Smith zuckt mit den Achseln. Als sagte er *Okay, und wenn schon.*

»Ich – wüsste nicht, dass Nate mir je erzählt hätte, er habe jemandem das Leben gerettet. Ich meine – wenn es so wäre, hätte er es mir erzählt …« (Matt) Smith hört sich stammeln, ihm versagt die Stimme. (Matthew) Smith erinnert sich eindeutig an eine ganz andere Episode. Sie sitzen zwar nur ein paar Handbreit voneinander entfernt an dem schmiedeeisernen Tisch auf der Terrasse, doch es ist, als läge ein Abgrund zwischen ihnen.

»Und meine Frau – Lisa – ist jemand ganz anderes als ihre Frau. *Ex*-Frau. Wir sind jeder der beste Freund des anderen – oder doch beinahe. Wir haben keine Geheimnisse voreinander.« Obwohl es stimmt, wie (Matt) Smith zugeben muss, dass Lisa manchmal, wenn ihre Migräne übermächtig wird, nicht möchte, dass er sie berührt oder auch nur anspricht.

Lächerlich zu unterstellen, wie (Matthew) Smith es offenbar tut, dass Kizer eine längere Liebesbeziehung zu Lisa unterhalten hat. Nein.

Das mag in (Matthew) Smiths eigener Ehe der Fall gewesen sein. Weshalb sie endete.

»Meine Lisa liebt – liebt keinen anderen Mann, da bin ich mir sicher.«

(Matt) Smith lacht abschätzig, als wäre das der Beweis.

(Matthew) Smith hält sein Bloody-Mary-Glas (Matt) Smith hin, stößt freundlich, falls es nicht höhnisch ist, mit dessen Glas an.

»Auf uns. Scheiß auf *die.*«

Prahlerisch lässt (Matthew) Smith (Matt) Smith wissen, dass er das College an der University of California in Irvine schon im ersten Semester wieder geschmissen und auch die Highschool nur knapp geschafft habe – »Zu viel Gras! Himmel! Ich hatte bloß noch Dunstschwaden im Kopf.« Doch dazu lacht (Matthew) Smith nachsichtig. Besser, als sich mit fünfzehn aufzuhängen, was die andere Möglichkeit gewesen wäre, als er nicht darüber hinwegkam, dass Fenner, der Coach, ihn nicht ins Softballteam der unteren Jahrgänge aufnahm, als er es mit Softball probieren wollte, und ihm das vor den anderen sagte, der gemeine Mistkerl, der nicht zu wissen schien, wie empfindlich ein Junge mit fünfzehn ist, erst recht ein Fünfzehnjähriger mit Akne. Weshalb er fast die ganze Highschool hindurch bekifft war. Kizer war der einzige Freund, der Mitleid mit ihm hatte, ehrlich. Sich einfach aufzuhängen, hatte er aber nicht den Mumm, genauso wenig wie er auf dem Fluss, als er in Panik das Kanu zum Kentern gebracht hatte, den Mumm gehabt hatte, einfach ans Ufer zu schwimmen, und Kizer, der ihn retten wollte, beinahe dabei ertrunken wäre, Himmel! Das kann er nie wiedergutmachen, das wird er bis zu seinem Sterbetag nicht vergessen.

Ans College sei er dann wieder gegangen. An die San José State. Kontakt zu Kizer habe er keinen mehr gehabt, bis er wieder nach San Rafael gezogen sei und ein neues Leben angefangen oder es jedenfalls versucht habe.

»Das Merkwürdige war, sie kannten sich schon am College. Ich meine, als sie am College waren, obwohl sie nicht an dasselbe gingen. Kizer und Lisa. Sie haben – wissen Sie …« (Matthew) Smith macht eine grobe obszöne Geste der Art, wie (Matt) Smith sie seit Jahrzehnten nicht mehr gesehen hat.

»Und das wissen Sie – woher?« (Matt) Smith ist abgestoßen.

»Sie hat es mir gesagt. Als es mit uns vorbei war. Sie hat Salz in meine Wunden gestreut, ein richtiges Aas eben.«

(Matt) Smith lacht. Dieser (Matthew) Smith ist so vulgär.

(Matthew) Smith starrt (Matt) Smith nachdenklich an. »Sie glauben nicht, dass sie – ›Ihre‹ Lisa – nicht jahrelang immer wieder mit Kizer gevögelt hat? Wirklich? Und das wissen Sie woher?

»Das würdige ich keiner Antwort.«

»Na, schön für Sie! Würde – einem wie mir fehlt das bedauerlicherweise.« (Matthew) Smith lacht.

In Wahrheit fiebert (Matt) Smith vor Neugier. Vor sexueller Begierde beinahe. Aber, verflucht, *diesen Köder schluckt er nicht.*

Die Männer beschließen, gleichzeitig, wie es scheint, einen anderen Kurs einzuschlagen: Kinder.

»Sie haben Kinder, Matt? Wie viele?

»Ja! Zwei Mädchen, einen Jungen.« (Matt) Smith lächelt stolz. Ein Daddy, der von seinen Kindern verehrt wird. »Und Sie?«

»Keine.«

»*Keine*? Nicht – einmal eines?«

»Nicht einmal eines.«

»Ach – das ist sehr schade ...«

Eine Verlegenheitsäußerung. (Matt) Smith plagt die Neugier, er zögert jedoch, aufs Geratewohl weiterzufragen, denn vielleicht sind (Matthew) oder seine Frau ja unfruchtbar ...

»Man könnte sagen ›minus eins‹. Eine Fehlgeburt.« (Matthew) Smith sagt es so tonlos, dass es kaum zu verstehen ist.

»Hey, tut mir leid ...« (Matt) Smith ist verblüfft.

»Wieso denn? Es ist so lange her. Gut möglich, dass wir damals andere waren.«

(Matt) Smith denkt nach. Schlägt (Matthew) Smith diesen trotzigen Ton an, um sein Bedauern zu bemänteln, oder sind seine Worte Ausdruck einer höchst ärgerlichen Selbstgefälligkeit, und es fehlte nur noch, dass er gekichert hätte?

Ihm fällt ein, dass Lisa doch ebenfalls eine Fehlgeburt hatte – oder? Sie waren damals noch nicht lange verheiratet ...

»Zumindest hat Lisa das behauptet. Ehrlich gesagt«, (Matthew) Smith prustet vor Lachen, »hatte ich damals den Verdacht, dass sie eine Abtreibung hatte. In der Frauenklinik, heimlich.«

»Wann war das?«

»Wann? Was spielt das für eine Rolle? Könnte ein, zwei Jahre nach unserer Hochzeit gewesen sein.«

(Matt) Smith hat das Empfinden von Kälte. Von Grauen. (Matthew) Smiths Lachen ist unpassend, grotesk. (Matt) Smith macht ein tiefernstes Gesicht, er wird sich nicht von der Stimmung des anderen anstecken lassen. Wenn Lisa ihr erstes Kind verloren hätte, wäre Constance nicht geboren worden … Ihre Tochter, jetzt an der USC im letzten Highschooljahr.

(Matt) Smith liebt seine Tochter Constance. Er möchte vor (Matthew) Smith prahlen: *Von der Liebe einer wunderschönen Tochter, davon wissen Sie armer Mistkerl nichts.*

»Die zweite Schwangerschaft oder was immer es war«, fährt (Matthew) Smith gleichmütig fort, »sollte beendet werden, da waren wir uns beide einig. Die Welt ist ein ›entsetzlicher Lebensort‹ – ›es leben schon zu viele Menschen auf dem Planeten‹ –, außerdem war ich in Vorbereitung auf eine ›Verringerung des Personalbestands‹ schon nach San José versetzt worden. In unserer Branche gibt es ein Sprichwort – *San José, scheiden tut weh.* Und wir kamen nicht allzu gut miteinander aus, schon damals. Dann«, sagte (Matthew) Smith grinsend, »hat das freche Stück behauptet, ich hätte sie mit Druck zu der Abtreibung gezwungen – sogar zu mehreren –, und sie hätte in Wirklichkeit Kinder haben wollen.« (Matthew) Smith prustet vor freudlosem Lachen.

»Moment. Ich versteh nicht …«

»*Ich* schon. Von einem Ehemann wird nur verlangt, Verständnis zu haben.«

Was das heißen soll, will (Matt) Smith gar nicht wissen. Schnell, wie ein Junge im Ferienlager der Pfadfinder sich ein Handtuch rafft und den Körper bedeckt, sagte er:

»*Meine* Frau – meine Lisa – wollte von Anfang an Kinder. Lisa hat kleine Kinder schon immer geliebt. Sie hat mit Puppen gespielt – hat sie gesagt. Wir, sie und ich, lieben unsere Kinder. Lisa ist eine wunderbare Mutter gewesen. Ich kann mir nicht vorstellen, wie unser Leben ohne unsere Kinder verlaufen wäre ...« Diese Worte plumpsen, hört (Matt) Smith, wie Dominosteine auf den Tisch.

»Sie können es sich nicht vorstellen? Wirklich?« (Matthew) Smith kichert nun ganz unverhohlen. »Ich kann mir nicht vorstellen, wie mein Leben mit Kindern verlaufen wäre, die einem wie ein Klotz am Bein hängen.«

(Matt) Smith widerspricht. »Kinder *hängen einem doch nicht wie ein Klotz am Bein, sie geben einem Auftrieb.*

Seine Worte klingen hohl, unaufrichtig. Verbissen klammert er sich an seinen Text: »Wenn man niedergeschlagen ist, am Wert des Lebens zweifelt, braucht man sich bloß seine Kinder anzuschauen und weiß es wieder: Sie sind der Grund dafür, dass man auf der Welt ist.«

Als diese Worte aus ihm herausströmen, spürt (Matt) Smith, wie sein Mund taub wird, seine Kehle und seine Lungen, als atmete er Äther ein.

Ironischerweise nickt (Matthew) Smith ernst. Als hätte er so etwas Tiefgründiges noch nie gehört.

»›Wenn man niedergeschlagen ist, am Wert des Lebens zweifelt, braucht man sich bloß seine Kinder anzuschauen und sieht das Geschenk, das einem gemacht worden ist …‹ Das klingt sogar noch schöner, Matt. Da möchte ich gleich alles, wovon ich überzeugt bin oder was ich glauben wollte, noch einmal überdenken. Vielleicht hätte ich meine Frau dazu bringen sollen, Kinder haben zu wollen.«

Beim Anblick der erstaunten großen Augen (Matt) Smiths bricht (Matthew) Smith in Gelächter aus.

Die Hängebäckchen, der dicke Bauch, die Speckfalten um die Mitte. Wie zum Teufel konnte (Matthew) Smith, noch keine fünfzig, sich so gehen lassen? Eine Schande!

»Sie sind abscheulich«, sagt (Matt) Smith kalt. »Sie ziehen alles Anständige in den Schmutz. Sie haben sich Ihr ganzes Leben verpfuschen lassen von – einer Feigheit, begangen, als sie elf Jahre alt waren.«

»Was wissen Sie schon über mich? Einen Dreck wissen Sie.«

»Und *Sie* wissen einen Dreck über mich.«

Die Männer sind von ihrem Wortwechsel so in Anspruch genommen, dass sie zu essen aufgehört haben. Beide zittern vor Empörung.

Oh, wo ist *Kizer*? Kizer wüsste, was in dieser verfahrenen Situation zu tun wäre, und würde ein salomonisches Urteil fällen. (Matt) Smith weiß, dass Kizer sich für *ihn* aussprechen würde, er weiß es einfach.

Ein heikler Moment, in dem beide drauf und dran sind, vom Tisch aufzuspringen, entsetzt und angewidert Abstand vom anderen zu nehmen und zu gehen – es sei denn, der Gedanke kommt (Matt) Smith unvermittelt, so plötzlich wie der kleine gelbe Schmetterling, der an seinem Kopf vorüberfliegt, es gelingt ihm, (Matthew) Smith zum Lachen zu bringen, sogar gegen dessen Willen: »Was haben ein Atheist und ein Legastheniker gemeinsam?«

Ein Witz seines Vaters. Der alte Herr hielt viel vom Lachen, von Scherzen – *Das beste Heilmittel für ein gebrochenes Herz ist ein gebrochener Musikknochen.*

(Matthew) Smith legt die Stirn in Falten. Verzieht den Mund. »›Was ein Atheist und ein Legastheniker gemeinsam haben?‹ – Woher soll ich das wissen?«

5.

In einem Ton, der besagen soll *Achtung, ein Witz, bitte gleich lachen*, fragt (Matt) Smith (Matthew) Smith: »Was haben ein Atheist und ein Legastheniker gemeinsam?«

(Matthew) Smith legt die Stirn in Falten, als wäre das eine tiefgründige, sehr wichtige Frage.

»Sie bleiben die ganze Nacht über auf und grübeln, ob es Leben nach dem Tode gibt?«

(Matt) Smith lacht nachsichtig. »Nein. Sie haben es verdreht. ›Sie bleiben die ganze Nacht auf und grübeln, ob es Nebel nach dem Tode gibt.‹« Er wartet darauf, dass (Matthew) Smith lacht, doch der lacht nicht, schaut nur weiter ratlos und verärgert. »Der Witz beruht darauf, dass *Nebel* gesagt wird, wenn man *Leben* nach dem Tode erwartet.«

»Warum sollte man denn auf ein Leben nach dem Tode warten? Was soll daran komisch sein? Ich fand Dads Witze immer qualvoll witzlos.«

»Dads Witze waren sehr komisch. Wir haben alle gelacht.«

»Was soll das heißen, *wir* haben alle gelacht? Ich habe nicht gelacht.«

»Doch. Und ich auch.«

»Ich habe nicht gelacht.«

Eine Pause entsteht. Beide Männer sind erregt, keiner bringt es über sich, den anderen anzusehen.

»Jedenfalls ist der Alte tot. *Das* lässt sich nicht leugnen.«

(Matthew) Smith sagt es mit solcher Bitterkeit, dass (Matt) Smith nicht darauf eingeht. Für ihn war sein Vater *Dad*, für diesen unglücklichen Menschen war sein Vater *der Alte*.

Der eine: gesegnet. Der andere: verwünscht.

»Das einzige Gescheite, was Mom getan hat, war zu gehen. Einfach sich berappeln, ihre Sachen zusammenpacken und gehen.«

»Wann war das?« – (Matt) Smith ist schockiert.

»Als ich an der San José State war. Ich hätte mehr Zeit mit ihr verbringen, ihr gegen ihn beistehen sollen, aber – ich glaub ...« (Matthew) Smith zuckt matt mit den Achseln.

»*Meine* Mutter lebt noch. In einem Altenheim in der Castille Avenue.«

(Matt) Smith sagt es zaghaft. (Lebt seine Mutter noch? Sie baut stetig ab. Verliert das Gedächtnis, wie sein Vater es verloren hatte. Er muss sie bald einmal besuchen, bevor es zu spät ist.)

»*Meine* Mutter lebt auch noch. Glaube ich.«

»Wann haben Sie sie zuletzt besucht?« – (Matt) Smith ist skeptisch.

»Schon – eine Weile nicht.«

Eine Pause entsteht. (Matt) Smith fühlt sich in seiner Empörung bestätigt.

»Für uns hat sich das Leben anscheinend in verschiedene Richtungen entwickelt.«

Dieser Behauptung – unverblümt, vorwurfsvoll und wehmütig zugleich – hat (Matthew) Smith nichts entgegenzusetzen.

Kurz darauf räuspert er sich und sagt unvermittelt, als sei es ihm gerade erst eingefallen: »Thor.«

»›Thor‹ –?«

»Unser Hund. Ein großer, sehr schöner Deutscher Schäferhund.«

Mit aufschießendem Schmerz erinnert sich (Matt) Smith. Silver – (so hieß der Familienhund, nicht »Thor«) – war ein Schäferhund-Husky-Mischling mit einem Fell, das in zahlreichen Farben changierte, und mit intelligenten Augen, die einem Kind bis auf den Grund der Seele schauten. Durch (Matt) Smiths Kindheit hindurch war Silver ihm ein treuer Begleiter, ein Beschützer.

»›Silver.‹ Ja.«

Im Innersten getroffen bei der Erinnerung. Eine Woge aus Liebe und Verlust, Bedauern und Mitleid. Dass so ein schönes und selbstloses, von Liebe für ihn durchdrungenes Wesen, ein so sanftmütiges Tier, aus seinem Leben verschwunden sein soll …

Er muss es gestehen, es brach ihm das Herz, als Silver starb. Er weiß noch, dass Kizer Silver ebenfalls geliebt hat, beide hatten sie geweint, als der schöne, in die Jahre gekommene Hund an Nierenversagen starb.

»... nie darüber hinweggekommen ...«

»... so wunderschön und liebevoll ...«

»... bedingungslose Liebe ...«

(Matt) Smith ist tief bewegt. Seine Entrüstung und sein Zorn über (Matthew) Smith verblassen. Als wäre in einem geschlossenen stickigen Raum ein Fenster aufgestoßen worden, denkt er jetzt, dass Lisa eine Wochenbettdepression gehabt haben dürfte, die damals nicht erkannt wurde. Als sie ihm vorwarf, sie genötigt zu haben, Kinder zu bekommen, insgesamt drei, während er doch gewusst haben muss, dass sie psychisch instabil war ...

Doch (Matt) Smith hatte es nicht gewusst. *Nicht.*

(Matthew) Smith wischt sich über die Augen und sagt: »Kizer hat Thor ebenfalls geliebt. Deswegen habe ich ihm das mit Lisa verziehen. Einerseits wollte ich ihn umbringen, doch dann wurde mir klar, dass ich beide verlieren würde, meine Frau und meinen besten Freund. Und mittlerweile war es zwischen ihnen schon wieder aus, und Lisa war nach Santa Monica gezogen. Und Kizer und ich stehen uns seitdem so nahe wie nie.«

Es gibt (Matt) Smith abermals einen Stich vor Eifersucht. Doch – nein: Warum sollte er eifersüchtig auf (Matthew) Smith sein, dessen Ehe mit einer Scheidung endete? Der im mittleren Alter ohne den Trost, Kinder zu haben, auskommen muss? Im sich einstellenden Alter?

Nein. Nicht Eifersucht. Mitleid. Mitgefühl.

(Matt) Smith berührt den anderen am Handgelenk,

ohne zu wissen, was er tut. Irgendwie kommt die Geste ihm jedoch passend vor.

Geht ihr Mittagessen zu Ende? Die Männer schauen auf die Uhr: 14:15. Kizer ist nicht gekommen.

Wo ist Kizer? Die Neugier rumort in ihrem Leib wie etwas Wütendes, Lebendiges.

Ihre Teller mit den halb gegessenen Gerichten werden abgetragen. Die geleerten Bloody-Mary-Gläser abgeräumt. (Matt) Smith bestellt sich einen Cappuccino, und (Matthew) Smith bestellt sich Kaffee, in den er Zucker schaufelt, Sahne schüttet.

Ein warmer, milder Juninachmittag. Lavendelblaue Glyzinien in voller Blüte, Kästen mit Ringelblumen, Kapuzinerkresse und Geranien säumen das Terrassencafé und den Parkplatz. Noch immer ist die Freifläche mit Mittagsgästen gefüllt, vorwiegend Frauen. (Matt) Smith blickt sich mit seltsamem Lächeln auf der Terrasse um. Stimmt, Kizer ist nicht gekommen. Und doch …

Mit gesenkter Stimme, als spräche er mit einem Mitverschwörer, sagt (Matthew) Smith zu (Matt) Smith: »Wissen Sie noch, dass Sie als Kind glaubten, die Sternbilder wären – Insekten?«

»Der Große Wagen ist die Gottesanbeterin. Die Plejaden sind eine Halskette, so zart wie Spitze – das heißt, Läuse.«

(Matthew) Smith lacht glucksend. »Käfer, Rüsselkäfer, große Schaben – überall am Himmel.«

Genaue nächtliche Kontrollen, stundenlang; Jahre ist es her. Warum hat das sonst niemand bemerkt? Ist die Menschheit zu feige, sich diesem Wissen zu stellen?

Nachdenklich sagt (Matt) Smith: »Wir brauchen das Gefühl, dass es einen Schöpfer gibt und dass dieser Schöpfer uns nach seinem Ebenbild geschaffen hat. Die Vorstellung, dass der Schöpfer ein riesiger Käfer ist, konnten wir nicht ertragen.«

Noch nie hat er diesen Gedanken so deutlich ausgesprochen. Nicht einmal vor Kizer, als sie wie manches Mal über verworrene philosophische Themen sprachen.

Als legten sie das letzte Teil eines Puzzles an seinen Platz. Oder – das vorletzte.

(Matthew) Smith tippt auf die Zeitschrift unter seinem Arm, als wäre die aus irgendeinem Grund wichtig geworden: »Darwin sagt: ›Gott muss Käfer geliebt haben. Er hat so viele davon geschaffen.‹«

»Das hat Darwin gesagt?« – Es verstimmt (Matt) Smith für einen Augenblick, dass der ungebildete, unintelligente und *unzivilisiertere* Smith etwas weiß, was ihm unbekannt ist.

Ein Schatten fällt über den Tisch wie in einem expressionistischen Film. Beide Smiths blicken auf, ziehen die Augen zusammen.

»Entschuldigen Sie?« – An ihrem Tisch steht, hoch aufragend, ein Mann mittleren Alters mit grobporiger Haut und zerzaustem Haar, ein Fremder. Sein Gesicht ist böse zugerichtet, Stirn und Wangen fleckig, von Narbengewebe gerötet. Ist das ein Obdachloser, ein Bettler, der sich mit Gewalt Zutritt auf die Terrasse verschafft hat, durch die Glyzinien eingedrungen ist, am richtigen Eingang vorbei? (Matt) Smith hat aus den Augenwinkeln wahrgenommen, dass die derangierte Gestalt, von den meisten anderen Gästen zurückgewiesen, ignoriert, über die Terrasse näher gekommen ist; nur noch einen Moment, dann wird ein Kellner herbeieilen und ihn auf Anweisung der finster dreinschauenden Betreiberin des Lokals aus dem Purple Onion Café hinausbegleiten. Vielleicht kommt der Derangierte um diese Tageszeit häufig vom Parkplatz des Restaurants hierher und hofft, ein paar Dollar zu ergattern, bevor er entdeckt und zum Gehen aufgefordert wird. Jetzt allerdings scheint er gezielt auf (Matt) Smith und (Matthew) Smith zuzusteuern und fixiert sie mit dem starren angedeuteten Lächeln eines Gelähmten. Das sandfarbene, ergrauende Haar ist bis auf fettige Strähnen, die ihm über das längliche Gesicht fallen, fast gänzlich zurückgewichen. Er trägt schmutzstarrende Kleider, aufs Geratewohl zusammengewürfelt, und verströmt den stechenden Geruch ungewaschenen, kleinmütigen Fleisches. Hinter der stark verschmierten Brille blinzeln Augen, fiebrig vor hektischer Erregung.

Begeistert teilt er (Matt) Smith und (Matthew) Smith mit, sie kämen ihm bekannt vor. »Könnten wir verwandt sein? – Meine Familie hat in der Gegend gelebt.«

Als blendete sie die grobporige Haut, zucken (Matt) Smith und (Matthew) Smith vor dem Ungekämmten zurück.

(Matt) Smith greift nach der Rechnung und sagt schnell: »Nein. Ich glaube nicht.«

»*Ich* glaube nicht«, sagt (Matthew) Smith und zieht hastig seine Brieftasche hervor. »Und außerdem ist das Mittagessen vorüber.«

6.

»Tja.«

»Tja.«

»Der Mistkerl hat sich nicht blicken lassen.«

Es ist 14:23. (Matt) Smith und (Matthew) Smith schicken sich an, das Purple Onion Café zu verlassen. Sie sind beide erschöpft, beschwingt. Tief bewegt und verwirrt, als wären sie hochgehoben und jeder in ein rotierendes Fass geworfen worden.

Jeder der beiden möchte rasch vom anderen loskommen.

Mit einem ahnungsvollen Ächzer zeigt (Matthew) Smith es (Matt) Smith. »Schauen Sie.«

»Großer Gott.«

Ein derangierter Obdachloser ist auf der Terrasse des Purple Onion Cafés zwischen den plaudernden Frauen aufgetaucht, die nach Kräften über ihn hinwegsehen, als er sich an ihren Tischen vorbeischlängelt, stehen bleibt und sich über sie beugt, ein arthritischer Raubvogel, der um Almosen bettelt. Sein Gesicht ist verwüstet. Der längliche Schädel ist fast völlig kahl, schwer gezeichnet und schimmert gräulich blau. Die Haut an Händen und Unterarmen hat einen Stich ins Gelbliche, wie Ölrückstände auf Wasser. Sein Körper gemahnt an einen abgerutschten oder eingestürzten Berg mit den dünnen Armen, dem breiten Rumpf, dem herabhängenden Bauch. Seine Äuglein funkeln vor boshafter Heiterkeit.

(Matthew) Smith pfeift leise durch seine großen Zähne.

»*Der* hat die Karzinome nicht rechtzeitig behandeln lassen, der arme Mistkerl.«

(Matt) Smith und (Matthew) Smith beobachten den derangierten Fremden, der auf sie zusteuert. Sie erspäht, ungläubig schaut, sich am Hals kratzt. Die Neugier steht ihm ins gefurchte Gesicht geschrieben wie unbändiger Hunger.

»Entschuldigung? Hey – kennen Sie mich?«

»Nein …«

»N-Nein.«

Doch der Fremde schaut so sehnsüchtig, dass weder (Matt) Smith noch (Matthew) Smith es über sich bringen, ihn fortzuschicken, und so setzt er sich zu ihnen.

Er heißt, stellt sich heraus – *Maynard.*

Nachname – *Smith.*

Dieser Name, es ist lächerlich, aber unvermeidbar, (Matt) Smith und (Matthew) Smith müssen lachen.

Widerwillig stellen sie sich (Maynard) Smith vor – *(Matt) Smith, (Matthew) Smith.* Hände werden nicht gereicht, denn weder (Matt) Smith noch (Matthew) Smith mögen (Maynard) Smiths (schmutzige) Hand anfassen.

(Maynard) Smith wirkt desorientiert wie jemand, der eine weite Strecke gereist ist. Er sei neunundvierzig Jahre alt, berichtet er den Männern, habe keine Familie und in San Rafael keine Wohnung, aber ein Bett in einem Resozialisierungszentrum in San Francisco in der Nähe des Amts für Bewährungshilfe.

Bewährung. Nach der *Bewährung* erkundigen sie sich noch, aber nicht gleich.

(Matt) Smith fragt (Maynard) Smith rundheraus: Wartet er auch auf Kizer?

(Maynard) Smith fährt zusammen, entblößt die Zähne. Seine Stimme ist ein kehliges Grummeln: »Kizer! Wieso fragen Sie nach *dem*?«

»Warten Sie auf ihn? Wir ja.«

(Maynard) Smith blickt von einem zum anderen. Verunstaltetes Gesicht, eingesunkene Augen. Angeschlagene und fleckige Zähne. Seine Nasenlöcher sind gebläht, riesig. Sein Atem riecht wie das Grab. Er starrt sie an, als müsste er diesen Witz verstehen, könnte es aber nicht ganz.

»Sie wissen, dass er – dass heute – sein Todestag ist – wie der Geburtstag, bloß wenn man stirbt …«

»Todestag? Kizers? Kizer ist tot?« – (Matthew) Smith kann es nicht glauben.

»Jahrestag ist das Wort. Das ich gemeint habe. Heute – 9. Juni. Ich hab das Datum auf einer Zeitung gesehen.«

»Aber – Kizer ist nicht …«

»… nicht tot. Ist er *nicht.*«

(Maynard) Smith ist offenbar schwerhörig oder hört es nicht, wenn andere widersprechen, nimmt nicht wahr, wenn sie erschrecken. Er teilt ihnen mit, er sei heute zum ersten Mal seit neunzehn Jahren wieder in San Rafael, sei erst vor zwei Tagen aus San Quentin entlassen worden. Sein Gelächter zerreißt die Ohren, ja die Luft wie lautstark geschaufelter Kies. Reibt sich die blutunterlaufenen Augen mit den Fäusten, als wollte er sie eindrücken.

»Er hat mich provoziert – verfluchter Kizer. Es stand Kizer oder ich. Sie haben es ›Mord mit bedingtem Vorsatz‹ genannt, aber ich weiß es besser – *er* wusste es besser. Wenn ich nicht getan hätte, was ich tat, wäre ich jetzt tot. Und *er* säße hier.« (Maynard) Smith hält inne, atmet bebend tief ein. Seine gemeinen Äuglein huschen hin und her, suchen etwas zu essen, zu trinken. Doch der Tisch ist abgeräumt bis auf die Rechnung, die weder (Matt) Smith noch (Matthew) Smith angerührt haben.

»Ich bin jetzt also allein, habe keinen Freund, keine Familie – nichts außer meinem Leben.« Das Wort *Leben* spricht (Maynard) Smith aus, wie man das Wort *Wurm* aussprechen mag.

(Matt) Smith und (Matthew) Smith sehen einander kurz an, versuchen aufzunehmen, was diese Erscheinung ihnen mitgeteilt hat.

Kizer ist *tot*? Heute, am 9. Juni, ist Kizers *Todestag*?

Als er merkt, dass (Matt) Smith und (Matthew) Smith wie vor den Kopf geschlagen sind, spricht (Maynard) Smith barsch und mit grausamer Befriedigung weiter. Seine großen dunklen Nasenlöcher weiten und ziehen sich bei jedem seiner Atemzüge zusammen, sein ganzes Wesen verströmt den Hauch des Grabes. Er hebt beim Sprechen eine kleine Scheibe Gurke und einen Stängel Petersilie auf, die der unachtsame Kellner auf dem Tisch liegen gelassen hat, und schiebt sie sich in den Mund.

»Verfluchter Schatten über meinem Leben. Seit unserer Kindheit. Was immer ich getan habe, alles hat sich zum Schlechten gewendet. Das Kainsmal auf meiner Stirn. Wie oft ich es erklärt habe, erklären wollte. Ich hatte nicht die Kraft, mich selbst zu retten. Das musste *er* tun. Das war unser Geheimnis. Ich war kein kräftiger

Schwimmer, eigentlich sogar ein lausiger. Ich hatte keine Muskeln an den Armen. Meine Beine waren dünn. Ich bin in Panik geraten. Hab mich ans Kanu geklammert, er musste meine Finger mit Gewalt herunterziehen. Ich war gelähmt … Wie oft ich es erklärt habe, und niemand glaubt mir. Ich war es nicht, der das Kanu zum Kentern gebracht hat. *Er* war's.«

Mairead

1.

Nachdem der Professor endlich seinen Abschied von der Universität genommen hatte, tüftelte er detaillierte Pläne für Reisen in die europäischen Städte aus, die er vor vierzig Jahren als junger Fulbright-Stipendiat zum ersten Mal besucht hatte. Von den vielen Städten, in die ihn sein Leben und seine Forschungen geführt hatten – darunter Madrid, Barcelona, Toledo, Palermo und Rom –, war es die mittelalterliche Stadt Mairead in Norditalien, von der er am häufigsten geträumt hatte; denn dort hatte er in einem wenig beachteten Flügel des Maireader Antikenmuseums die Entdeckung gemacht, die zum Grundstein seiner Laufbahn als angesehener Historiker und Übersetzer werden sollte.

In der aus über zwanzigtausend Bänden bestehenden Bibliothek des Professors befand sich unter seinen absoluten Lieblingsbüchern, die er gleich neben dem Schreibtisch aufbewahrte, ein abgegriffenes Buch voller Eselsohren, der *Blue Guide to Northern Italy*, erstmals erschienen 1969. Die sechzehn Mairead gewidmeten Seiten des Buchs hatten besonders viele Eselsohren und waren voller Anmerkungen in der kleinen, klaren Handschrift des Professors – das Gemurmel eines Liebenden. Dort hinein warf er manchmal einen Blick, wenn er bei der Arbeit feststeckte oder nicht recht in Schwung kam. Denn Mairead war Erinnerung und Verheißung zugleich – das Archiv seiner Jugend, in die er eines Tages zurückkehren würde.

***

»Denk es dir als zweite Hochzeitsreise.«

Der Professor machte es seiner Frau auf die für ihn typische Weise schmackhaft, mit Wehmut und Nachdruck. Von seinem Fachbereich bekam er als Geschenk zur Emeritierung zwei Tickets in der Businessclass zu einem Reiseziel seiner Wahl, die Kollegen des Professors wussten um seine tiefe Verbundenheit mit Mairead und seinen Wunsch, die Stadt noch einmal zu besuchen.

Er hatte während seiner akademischen Laufbahn Sabbaticals gehabt, die sich jedoch gewöhnlich auf ein Semester beschränkten und in eine Zeit fielen, in der er nur schwer von zu Hause wegkam – die Kinder schulpflichtig, die Frau selbst berufstätig. Nun aber waren beide im Ruhestand. Seine Frau war allerdings nicht so begeistert, in dieser Zeit eine Reise zu machen, und wollte lieber zu Hause bei den Enkeln bleiben; vor allem konnte sie einer Reise nach Norditalien wenig abgewinnen, in eine Stadt, in der der Professor jung gewesen war, vor seiner Heirat, den Kindern und den Enkeln, und von der sie den größten Teil ihres Ehelebens so viel gehört hatte.

Der Professor ließ aber nicht locker und las ihr so lange aus dem *Blue Guide* über die Universität von Mairead vor, gegründet 1390 – eine der ältesten Universitäten Europas; über die Basilica di Santo Clemente, fast ebenso alt; über den Palast und den Garten der Könige von Mairead, das Königliche Observatorium und das Antikenmuseum, über die Promenade längs des herrlichen Po – bis seine Frau schließlich lachen musste, sich die Augen wischte, den Professor auf die bärtige Wange küsste und sagte, ja, natürlich werde sie ihn begleiten: »Ich kann dich ja schlecht allein fahren lassen.«

Allein wäre der Professor nicht nach Mairead gereist, das wussten beide. Die Zeiten, in denen er allein auf Reisen ging, waren vorüber, was keiner von beiden gern laut ausgesprochen hätte.

Die Reise begann auf dem kakofonen John F. Kennedy Airport mit einem Nachtflug nach Rom, von wo aus der Professor und seine Frau mit einer zweiten, kleineren Maschine nach Turin weiterflogen und dann mit einem Mietwagen nach Mairead fuhren. Während des Flugs über den Atlantik konnte der Professor nicht schlafen; ringsum schlummerte alles, er aber blieb wach, machte sich weiter Notizen in dem *Blue Guide to Northern Italy* und plante Ausflüge ins gebirgige Umland nördlich von Mairead. Ganze drei Wochen würden der Professor und seine Frau in Italien verbringen, die ambitionierteste Reise ihrer fast vierzig Jahre bestehenden Ehe.

Als der Morgen nahte, blickte der Professor aus dem Fenster neben seinem Sitzplatz und wartete ungeduldig darauf, dass der Himmel im Osten heller wurde. Auch wenn der Philosoph David Hume überzeugend darlegt, dass die Sonne keinen Grund dafür hat, zwangsläufig jeden Morgen »aufzugehen«, tritt das Wunder dennoch ein, unabhängig von der Vernunft oder den Erwartungen des Menschen. Und wie seltsam es war, auf dreißigtausend Fuß über der Erde von dem riesigen Düsenflugzeug so rasch ostwärts befördert zu werden! Niemand schien dieses Wunder zu honorieren, ja noch nicht einmal zu beachten. Wer wie der Professor wach geblieben war, den beschäftigten andere Dinge, namentlich der Frühstücksservice, der gerade begann. Der Professor heftete den Blick auf den hinter den Tragflächen sichtbaren Horizont: »Als schaute man in die Zukunft, in den Schlund der Zeit selbst.« Mit dem Aussprechen dieser feierlichen Worte überraschte der Professor sich selbst.

»Müsste das nicht die Vergangenheit sein?«, fragte die Frau, beugte sich herüber und spähte neben dem Professor ebenfalls aus dem Fenster in das stärker werdende Licht, das schon bald blendend hell werden würde. Die Frau war die praktisch Denkende des Paares. Den Professor zog es zu Abstraktionen hin, die Frau zum Buchstäblichen, zu dem, was auf der Hand lag. »Da die Sonne ja im Osten aufgeht«, fügte sie stur hinzu.

Der Professor dachte jedoch anders: »Es ist die Zukunft, da sie vor uns liegt.«

»Aber in Europa ist es später. Ganz gleich, wie spät es hier im Flugzeug ist, dort ist es später – früher. Dort ist die Vergangenheit. Wir sind die Gegenwart.«

»*Wir* sind die Gegenwart, natürlich. Vor uns, in Europa,

liegt die Zukunft, in die wir reisen; hinter uns, in Amerika, liegt die Vergangenheit, aus der wir kommen.«

»Nein. Das glaube ich nicht. Wenn ...«

Der Professor war verwirrt und aufgebracht über seine Frau, die ihm ständig bei Dingen widersprach, die außerhalb ihres Begriffsvermögens lagen, und das sogar in Gesellschaft; eine Angewohnheit, die sie bereits in jungen Jahren entwickelt hatte, als wollte sie hervorheben, dass sie mehr war als bloß eine gut aussehende junge Frau ohne besondere intellektuelle Fähigkeiten. Zugegeben, intelligent war sie – unter den Frauen der Kollegen des Professors eine der intelligentesten. Sie hatte die familiäre Welt der Haushaltsführung, des Kinderkriegens und -aufziehens gemeistert, während der Professor es in der Welt der Metaphysik zur Meisterschaft gebracht hatte; unter seinen zahlreichen preisgekrönten Übersetzungen befanden sich Essays über das Wesen der Zeit bei Eco, Borges und Calvino. Welcher Seite sich der Professor bei einem Thema auch verschreiben mochte, die Frau fühlte sich bemüßigt, sich der entgegengesetzten Seite zu verschreiben. Manchmal verlor die Frau mitten in ihren Kabbeleien unvermittelt das Interesse und ließ die Sache auf sich beruhen.

Ungefähr wie beim Liebesakt, nahm der Professor an. Dafür war er dankbar, fühlte sich seltsam geschmeichelt.

2.

In Mairead hatte der Professor für sie das Grand Palace gebucht, das luxuriöseste Hotel der Stadt, vom *Blue Guide* mit drei Sternen gewürdigt. Doch als sie mit dem Mietwagen vorfuhren, stellte der Professor entsetzt fest, dass die elegante Granitfassade des Gebäudes aus dem 19. Jahrhundert hinter einem Baugerüst verborgen war und dass der Platz vor dem Hotel, einst wunderbar gepflegt, jetzt einen verwahrlosten Anblick bot: Gras spross durch Risse im Kopfsteinpflaster, und Abfall wehte im Wind wie groteske Gedanken. An das Hotel angeschlossen war ein nur mäßig besuchtes Café, davor regengepeitschte Schirme über Tischen mit rostigen Tischplatten.

Eine Familie beleibter Personen in sommerlicher Touristenkleidung trat aus dem Hoteleingang, verteilte sich über die ganze Breite der Stufen und stieg wie ein langsamer Lavastrom die Treppe herab; der Professor und seine Frau waren genötigt, zur Seite zu treten und sie vorbeizulassen. Wer von der Familie die Erwachsenen und wer die Kinder waren, war nicht ganz klar, standen Letztere den Ersteren in den Körpermaßen doch kaum nach. Sie lachten pöbelhaft hämisch und hätten den Professor angerempelt, wäre er nicht ausgewichen und hätte seine Frau mit erhobenem Arm geschützt – »Entschuldigung!« Doch die Kinder prusteten vor Lachen und stoben an dem Professor und seiner Frau vorbei, ohne sie zu registrieren. Auch die korpulenten Erwachsenen, die ärgerlich langsam die Treppe herabstiegen, nahmen sie nicht zur Kenntnis und schnatterten in einer Sprache, die weder Italienisch war noch sonst eine, die der Professor erkannt hätte.

Die Frau des Professors war erschrocken. Sie hatte die Kinder genau in Augenschein genommen – was für brutale, nichtssagende Gesichter! Ihr graute davor, dass ihre Enkelkinder heranwuchsen und sie vergaßen. Zwischen Kleinkindalter und ungefähr zehn sind Kinder bezaubernd und dankbar, wenn sie von Großeltern verhätschelt werden; danach werden sie unberechenbar und unbegreiflich. Im Geiste sah die Frau des Professors, dass ihre Enkelkinder zu Grobianen geworden waren, die sich ungeduldig an ihren Großeltern vorbeidrängten und sie keines Blickes würdigten.

»Alles in Ordnung, Liebes? Nimm meinen Arm.«

»Natürlich ist alles in Ordnung! Sei nicht albern.« Doch die Frau nahm den ihr dargebotenen Arm, dankbar für den Beistand.

Sie zitterte, war desorientiert. Zwei Flüge hatten ihre gewohnte Kraft und ihren Optimismus aufgezehrt. Im Mietwagen war der Professor eingenickt, sie aber war jeden Augenblick wach gewesen.

Ich stehe das durch und bringe ihn sicher wieder nach Hause. Ich bringe Geschenke für alle mit …

Beim Einchecken ins Mairead Grand Palace stellte der Professor erleichtert fest, dass sich die Innenräume seit seinem letzten Besuch nicht einschneidend verändert hatten. Zumindest hatte es auf den ersten Blick den Anschein. Er erinnerte sich an ein üppiges Foyer mit einer vergoldeten Kuppeldecke, weinroten Samtsesseln und Sitzbänken, Möbeln aus Mahagoni; an einen alten

Marmorboden und einen funkelnden Springbrunnen mit Nymphen in seiner Mitte; an ein elegantes Café hinter üppigen Farnen und japanischen Lackschirmen, in dem am späten Nachmittag und Abend ein Streichquartett spielte. Bei genauerem Hinsehen merkte der Professor nun, dass die weinroten Sessel und Polsterbänke Kopien der Originale waren, aus derberem Material; der Marmorboden war durch eine Marmornachbildung mit Plastikschimmer ersetzt worden; die Farne waren immer noch üppig, aber künstlich. Café und Springbrunnen waren verschwunden. Die prachtvolle Kuppeldecke war verschwunden, und aus der abgehängten Decke, die sie ersetzte, ertönte keine wohltuende klassische Musik von Vivaldi, Brahms oder Beethoven, sondern greller Poprock.

»Wenigstens haben sie unsere Reservierung«, sagte der Professor fröhlich zu seiner Frau, die sich mit gequälter Miene die Ohren zuhielt. »Unser Zimmer ist sicher ruhig.«

Ihr Zimmer im achten Stock, der obersten Etage des Hotels, war tatsächlich ruhig, von einer unnatürlich wirkenden Stille wie in einem Museum oder einem Mausoleum; ein Raum, in dem die Zeit glücklicherweise zum Stillstand gekommen war. Beide, der Professor und seine Frau, waren sehr müde von ihrer langen Reise, er aber folgte ihr nicht sofort ins Bett, sondern stand am Fenster und sah hinaus, suchte nach Orientierungspunkten in der dunkler werdenden Stadt. Anfangs fiel es ihm schwer, sich zurechtzufinden – was war aus der Universität, dem Antikenmuseum, dem Königlichen Observatorium geworden? –, doch dann sah er die Basilika mit dem hohen leuchtenden Kreuz und den Königlichen Palast, der ebenfalls beleuchtet war, und dort schemenhaft den Fluss – den Po; und die flackernden Lichter an der Promenade. Seine Augen füllten sich mit Tränen. Er hätte nicht gewollt, dass seine Frau sähe, wie gerührt er war; von den beiden war sie die Emotionale und er der Rationale; es würde sie nur verwirren, wenn sie merkte, dass er sich aus keinem erkennbaren Grund die Augen wischte.

Sie ist hier, irgendwo. Agustina!

Wie eine Flut drängten die Qualen und Sehnsüchte seines alten, in Mairead verlorenen Lebens an den Professor heran. Der als junger Fulbright-Stipendiat nach Italien gekommen war, ins berühmte Mairead, und gewusst hatte, dass sich sein Leben unwiderruflich verändern würde. Der am frühen Morgen zum Antikenmuseum geradelt war, wo man ihm im Fachbereich Spezialsammlungen für seine Arbeit einen separaten Leseplatz zur Verfügung gestellt hatte; der dafür dankbar gewesen war, dass man ihm kostbare Dokumente aus der Sammlung anvertraut hatte, und der eine aus dem 12. Jahrhundert stammende italienische Aristoteles-Auslegung übersetzte, aus der, später durchgesehen und weiterentwickelt, seine erste Publikation werden sollte. Die Liebenswürdigkeit von Ricardo Albano, dem Direktor der Spezialsammlungen, der ihn mehrere Male zum Mittagessen in ein elegantes Restaurant unweit der Universität und an einem denkwürdigen Abend zum Essen in sein wunderschönes altes Stadthaus in der Viale di Pignoli eingeladen und den jungen Amerikaner seiner Frau und seiner Tochter vorgestellt hatte.

Agustina. Ein junges Mädchen von sechzehn, mit dem er bei ihrer ersten – und einzigen Begegnung – nur eine gemurmelte Begrüßung gewechselt hatte. Wie das Mädchen sich geniert hatte, als es von seinem vornehmen Vater mit dem amerikanischen Gast bekannt gemacht worden war; ein Schulmädchen, das in seiner Schuluniform noch nicht einmal aussah wie sechzehn, mit blassem oliv getöntem Teint, ausweichenden dunklen Augen und ungewöhnlich dichten Brauen.

Wie lächerlich. Im Grunde glaubte er an so etwas nicht – *Liebe auf den ersten Blick.*

Wie oft war er nach Schließung des Museums an dem Haus in der Viale vorbeigeschlendert. Hatte sich eingeredet, er mache – nur – einen Spaziergang, wolle sich die Beine vertreten. Den Kopf freikriegen. Hatte nach oben geschaut und in einem Fenster im Obergeschoss des vornehmen Hauses ein Gesicht erblickt – nur flüchtig, ein Gesicht, das Schockwellen durch seinen Körper sandte.

Sich vor Liebe verzehrt: *liebeskrank.* Sich zur Ordnung gerufen: *nicht doch. Lächerlich.*

Natürlich war es lächerlich gewesen. Mit vierundzwanzig war er viel zu alt für ein Schulmädchen von sechzehn, das (seiner Erinnerung nach) auch noch jünger aussah. Wie zum Beweis dieser Lächerlichkeit unternahm der Professor in den darauffolgenden Jahren keinen Versuch, mit der Tochter von Dr. Albano in Verbindung zu treten, nicht einmal in Erfahrung zu bringen, was aus ihr geworden war. Mit Dr. Albano hatte er zwar viele Jahre lang noch Briefe gewechselt, sich aber nie getraut, nach persönlichen Dingen zu fragen. Fünfzehn Jahre vor seiner

Rückkehr nach Mairead war ihre Korrespondenz schließlich eingeschlafen. Der Professor hatte nie erfahren, aus welchem Grund, und auch keine Nachforschungen angestellt. Bestimmt, so hatte er es sich zurechtgelegt, befand sich Dr. Albano inzwischen bereits im Ruhestand. Wahrscheinlich war der Ältere gesundheitlich angeschlagen, lebte womöglich gar nicht mehr.

Obwohl die Frau des Professors viele Schilderungen aus seiner privilegierten Zeit als Fulbright-Wissenschaftler in Mairead gehört hatte und mit dem Namen Albano vertraut war, hatte ihr Mann ihr nie von seiner Schwärmerei für Dr. Albanos Tochter erzählt. Den Namen *Agustina* hatte sie nie gehört und würde ihn vermutlich auch nie hören.

***

Unvermittelt vom Geräusch eines Presslufthammers auf dem Platz vor dem Hotel geweckt, begann der Morgen mit einem Schock.

Der Professor und seine Frau standen notgedrungen zeitiger auf, als sie gewollt hätten, denn zu Hause in den Staaten war es noch nicht ganz zwei Uhr nachts. Der Professor hatte seine Armbanduhr tags zuvor schon auf die neue Zeit umgestellt. Die Frau ihre noch nicht.

Sie erschauerte, denn sie hatte geträumt, in einem undichten Kahn auf einem Fluss ausgesetzt worden zu sein, und zwar allein, was das Schlimmste daran war; allein und verloren in der Fremde ohne ihren Mann zu sein, war eine der uneingestandenen Ängste der Frau.

Der Professor hatte einen ähnlichen Traum gehabt, in dem er gezwungen war, sich auf dem Rücken ins Wasser zu legen, in einer Art klumpigem Bett, über das ständig kaltes Wasser rieselte wie bei einer raffinierten Foltermethode.

Er wies seine Frau darauf hin, dass manche Träume (bloß) auf nervöse Zuckungen zurückzuführen sind, die nicht mehr Aussagekraft haben als optische Täuschungen. Ein Traum sei nicht *real*, auch wenn die damit einhergehenden neurologischen Prozesse *wirklich* stattfinden.

»›Real‹ – ›wirklich‹, was macht das für einen Unterschied, wenn man hilflos und verängstigt ist?«, wandte die Frau ein.

Ihre Träume waren kurze, erschreckende Visionen gewesen – (eigentlich wie Wasser, das über ihr Gehirn rieselt) –, aus denen sie in panischer Angst aufgewacht war. Sie war sich sicher, die leisen Schreie eines Bootsführers gehört zu haben. Eines großen schlaksigen Mannes mit einer Stange wie ein venezianischer Gondoliere. Der Professor lachte über dieses kuriose Detail. Bei seiner geliebten Gattin musste er immer mit den versponnensten Vorstellungen rechnen, die eine Spannung auflösten. »Und wie romantisch, meine Liebe! Ein venezianischer Gondoliere in unserem Hotelzimmer!«

Die Frau schrak bei dieser Bemerkung zurück, denn der Professor war häufig herablassend, als wäre sie ein kluges Kind, das man aber nicht ganz ernst nehmen musste. Sie erwog, ihm zu erzählen, dass sie allein an diesem fremden Ort gewesen war, ohne ihn, der beängstigendste Teil ihrer Träume, verwarf den Gedanken aber.

»Solange du bei mir bist, gehe ich nicht verloren. Deshalb – bleib bitte immer in meiner Sichtweite!«

Die Frau lächelte gewinnend, wie sie es vor langer Zeit gelernt hatte.

Der Professor drückte ihr beteuernd die Finger.

Ihm stand das Wohnhaus der Albanos in der Viale di Pignoli vor Augen. An einem Fenster ein Gesicht von geisterhafter Schönheit, das ihn erwartete.

***

Als sie aus dem Mairead Grand Palace ins Freie traten, spülte die helle Sonne die Erinnerungen an die Nacht fort. Das Café mit den schmutzigen Sonnenschirmen hatte noch nicht geöffnet und sah nicht mehr so heruntergekommen aus wie am Abend zuvor; die Straßenhändler hatten ihre Verkaufsstände noch nicht geöffnet, es liefen noch keine Touristen herum; der Platz mit dem Kopfsteinpflaster schimmerte, als hätte es über Nacht ein Gewitter gegeben.

Eine kurze Häuserzeile vom Hotel entfernt war die Promenade praktisch menschenleer, der Fluss aber funkelte im Licht.

Am frühen Abend, sagte der Professor, würde halb Mairead am Fluss entlangschlendern: Pärchen, Familien, Freunde, Arm in Arm wie Liebespaare … Vor vierzig Jahren hatte ihm die Einsamkeit zu schaffen gemacht. Das Verlangen nach der jungen Tochter seines verehrten Mentors, für das er sich geschämt hatte. (Auch wenn kein Mensch davon wusste, weder damals noch in den folgenden Jahren.) Auf der Promenade wurde der Professor immer aufgeregter und sprach in einem fort, strich sich das bärtige Kinn, und seine Augen blickten unruhig hin und her, als suchte er ein bekanntes Gesicht.

Im Gegensatz zu ihm konnte die Frau keine Fremdsprachen. Ein paar italienische Wendungen erkannte sie und konnte sich in sorgfältig artikuliertem Englisch – notdürftig – verständlich machen, mehr war es nicht. Sie fühlte sich entmündigt, ein wenig benommen. Es sah ihr gar nicht ähnlich, sich so schwer an den Arm des Professors zu hängen, als fürchtete sie, er könnte von ihr fortgetrieben werden. Gab es insgeheim einen besonderen Grund für seine Aufregung? Was erwartete er in Mairead? Die Stadt kam der Frau des Professors nicht so schön vor, wie er sie geschildert hatte.

Er hält Ausschau nach – wem? Irgendwem.

Wohin sie auch blickte, überall hatten die uralten Mauern Risse und waren mit Graffiti in grellen Farben verschandelt. Schon allein solche Zeichen von Vandalismus zu sehen, war ein Schock, als schrie einem jemand ins Gesicht. An der Promenade waren hier und da Disteln durch das zerborstene Pflaster gebrochen; wie in einem Dschungel ringelten sich Weinreben schlangengleich über Mauern und Geländer, stellenweise verdorrt und abgerissen. Von einst an den Mauern gewachsenen und inzwischen abgefallenen Reben waren skelettartige Abdrücke wie fragend ausgestreckte Zeigefinger geblieben.

Den *Blue Guide* in der Hand, blieb der Professor häufig stehen und las etwas nach. Die Frau gab sich Mühe, bei diesen häufigen Zwischenstopps nicht ungeduldig zu werden. Die Seiten des Buchs waren mit Anmerkungen in der Handschrift des Professors versehen, viele dieser Notizen aber inzwischen verblasst. Außerdem stutzte der Professor häufig über Diskrepanzen zwischen Reiseführer und der Stadt, wie sie sich ihnen darbot. Sehr peinlich, seine Angewohnheit, Fremde anzuhalten und sie, mit dem Zeigefinger auf die Karte im Buch tippend, auszufragen: »Hier soll doch eigentlich das Kriegerdenkmal sein, genau an der Stelle. Aber es ist nicht da. Wissen Sie, wo es ist?«

Die Fremden, die der Professor auf diese Weise ansprach, wollten ihm meist behilflich sein, der Frau war allerdings nicht klar, ob sie ihn verstanden. Ob seine Gewandtheit im umgangssprachlichen Italienisch, auf die er lange stolz gewesen war, seit damals, als er es beherrschte, gelitten hatte?

»Vielleicht solltest du Englisch mit ihnen sprechen. Das könnte einfacher sein.«

»Natürlich nicht! Es sind Italiener, sie sprechen *Italienisch.*«

»Einige werden Englisch können ...«

»Nein. Die Mehrzahl nicht. Nicht in Mairead.«

Beim Frühstück im Hotel hatte der Professor einen Spaziergang geplant, der sie in eines der historischen Viertel der Stadt führen würde, zur Universität, zum Antikenmuseum und schließlich zu der eleganten Viale di Pignoli. Doch schon nach wenigen Minuten war klar, dass Mairead keine wohlhabende Stadt mehr war: Verwahrloste Gebäude säumten einen Großteil der Promenade, Bootshäuser, bedeckt mit Graffiti, Sliprampen, die außer

Betrieb waren; von den zahlreichen im *Blue Guide* aufgeführten Restaurants und Cafés waren nur noch wenige übrig, und die waren nicht geöffnet. Der Professor wollte unbedingt in einem Zweisternerestaurant in der Nähe des Antikenmuseums, in das Dr. Albano ihn einmal ausgeführt hatte, zu Mittag essen, das Ripetta gab es aber wohl nicht mehr, es sei denn (nahm der Professor an), es hatte den Besitzer gewechselt und hieß jetzt anders …

Sie überquerten breite, windgepeitschte Piazze mit kunstvollen, aber stillgelegten Springbrunnen in der Mitte, die, von Blättern verstopft, verfielen. Unkraut und Disteln sprossen schamlos an den Rändern der zersprungenen und höckerigen Pflastersteine. Sogar hohe Bäume waren ihres Laubs entblößt, als habe früh der Herbst begonnen. Der Professor wollte trotzdem unbedingt die Sehenswürdigkeiten aus dem Reiseführer aufsuchen, die er sich zu Hause im Arbeitszimmer angestrichen hatte: die Königliche Waffenkammer, Plätze, auf denen Krieger- und Heldenstatuen aufragten – Löwen, Adler, Elefanten, Generäle auf Pferden mit wilder Miene, das Schwert hoch erhoben. Ein zweiter Spaziergang entlang des Po, wo man (seiner Erinnerung nach) Kanus hatte mieten können und wo private Segelboote, Jachten, Motorboote geankert hatten – jetzt deutlich weniger. Und da – war das die Via degli Apostoli? –, oder waren sie irgendwo falsch abgebogen …

Wenn der Professor mit der Frau sprach oder ihr aus dem Reiseführer vorlas, hörte sie nur zeitweilig zu, denn sie hatte sich seit Langem angewöhnt, seinen Ausführungen nur noch sporadisch zu lauschen, vermittelte ihr Mann doch häufig den Eindruck, Selbstgespräche zu führen, fertige Floskeln aufzusagen oder laut nachzudenken; er wollte sie an seiner Seite, weil er ein Publikum brauchte, auf seine Bemerkungen eingehen sollte sie eigentlich aber nicht, und schon gar nicht sollte sie ihn durch Fragen oder Meinungsäußerungen unterbrechen. Strich er sich mit gerunzelter Stirn und zusammengekniffenen Augen den borstigen Bart, fand die Frau ihn aufgeblasen und liebenswert zugleich; häufig floss sie förmlich über vor Liebe zu ihm, ein Empfinden, das sie ohne jede Vorankündigung überkommen konnte; sprach er kurz darauf einen Passanten an und fragte nach dem Weg, ohne zu merken, dass der Betreffende irritiert war von seinem Italienisch, ärgerte sie sich über ihn. Übermäßig um ihn besorgt und zugleich ihm gegenüber sehr kritisch, von ihm fasziniert und zugleich (manchmal, offen gesagt) über ihn aufgebracht – niemand sonst erzeugte so widersprüchliche Gefühle in ihr.

Natürlich – ich liebe ihn. Daran wird sich nichts ändern.

Zu Hause, in ihrer Universitätsstadt, stand der Professor im Ruf, ein Exzentriker zu sein, nicht ganz verdient, fand die Frau.

Seine Kollegen und Studierenden bewunderten ihn als den fachlich besten Vertreter seines Lehrbereichs, auch wenn sie ihn mit einer gewissen (zärtlichen) Skepsis und Nachsicht betrachteten. Vor allem jüngeren Fakultätsmitgliedern fiel auf, dass der Professor zuweilen recht zerstreut war; er verwechselte ihre Namen und schien nicht zu hören, was sie ihm mit großem Eifer vortrugen, um Eindruck auf ihn zu machen. Den jungen Frauen im Fachbereich begegnete er sehr liebenswürdig, nahm sie (offenbar) aber weniger ernst als die Männer. Er war jedoch ein Füllhorn des Wissens und der Weisheit; er schien alles zu wissen, was es auf seinem Gebiet zu wissen gab, zumindest bis zum Stand von vor zehn oder fünfzehn Jahren, und er konnte lange Passagen aus den Grundlagentexten in den jeweiligen Originalsprachen auswendig vortragen. Er war unermüdlich in seinem Bemühen, Jüngeren auf ihrem Berufsweg voranzuhelfen – seine Empfehlungsschreiben galten als Meisterwerke der Großzügigkeit und Gelehrsamkeit. Außenstehende Dritte amüsierten sich darüber, dass der Professor im Winter eine Mütze aus schwarzem Krimmer trug, derbe graue Wollsocken mit Sandalen und Sportjacketts aus Tweed mit Ellbogenbesätzen aus gelbem Leder. Er war nicht gut aussehend im konventionellen Sinn, sondern eher das, was man »markant« nennen würde – »schulmeisterlich«. Sein Haar war noch voll, aber zu einem silbrigen Weiß verblasst; seine ergrauten Augenbrauen waren borstig und hätten ihn beim Sehen behindert, würde die umsichtige Frau sie nicht regelmäßig stutzen, wie sie ihm ja auch mit einer feinen Schere Bart und Schnurrbart stutzte und die feineren Härchen in seinen Ohren und der Nase kürzte.

Lächerlich, so viel Aufhebens um das Aussehen zu machen, schimpfte der Professor unangenehm berührt, die Frau bestand aber darauf, denn sie ertrug es nicht, wenn jemand über ihren lieben Mann lachte, es sei denn, es war sie selbst.

3·

Nach dem Mittagessen (nicht im Ripetta, das es wohl tatsächlich nicht mehr gab) erlebte der Professor einen herben Schock: Das historische Viertel von Mairead, von dem Teile bis ins 11. Jahrhundert zurückgingen, war stark verändert. Ganze Straßenzüge mit stattlichen alten Gebäuden (darunter der südliche Ausläufer des Campus der Universität) waren niedergerissen und durch hässliche Zweckbauten im Stil des Brutalismus sowie – die schlimmsten urbanen Schandflecke – mehrgeschossige Parkhäuser aus Sichtbeton ersetzt worden. Auf dem Gelände des Königlichen Observatoriums, dem der *Blue Guide* zwei Sterne verliehen hatte und an das sich der Professor deutlich erinnerte, befand sich ein ungepflegter Fußballplatz, auf dem Jungen in Schultrikots unter hyänenhaftem Gebrüll herumliefen. Die Basilica di Santo Clemente, das berühmteste Wahrzeichen Maireads, lag nicht, wie auf der Karte eingezeichnet, in direkter Nachbarschaft zur Casa di Russie und ihren eleganten Außenanlagen, sondern mehrere Straßen entfernt in einem belebten Geschäftsviertel. Und zu ihrer Enttäuschung war trotz des stolzen Eintrittspreises von acht Euro nur ein Teil der Basilika für Besucher zugänglich, und dieser Teil beherbergte nicht die großen Kunstwerke von Bernini und Michelangelo, die der Professor voller Vorfreude zum ersten Mal seit vierzig Jahren wiedersehen wollte und an die er sich erinnerte wie an einen unvergesslichen Traum.

Im Innern des prachtvollen Baus, in dem die Luft

stand, zitterte die Frau des Professors vor Kälte. Sie war nur Kirchen von viel kleineren Dimensionen gewöhnt – protestantische Dorfkirchen in Neuengland, in einfachster Holzrahmenbauweise errichtet. Hier in der Basilica di Santo Clemente, deren vorchristliche Fundamente auf einem angeblich der Hera gewidmeten heidnischen Tempel aus dem 9. Jahrhundert ruhten, waren die Maßstäbe schwindelerregend verzerrt. Man sollte seiner eigenen Bedeutung innewerden, als käme es Gott auf dich als beseeltes Wesen an, als besäßest du tatsächlich eine Seele; doch in einem Raum dieser Dimension fühlte man gar nichts, glich einer labilen Luftblase auf aufgewühlter See. Zu ihrer Verblüffung fühlte sich die Frau des Professors gezwungen, den Hals zu recken und hoch hinauf zu den leuchtenden Gestalten – Menschen, Engel – in den Buntglasfenstern zu blicken, die sich anschickten, wie riesige Raubvögel auf die knienden Gläubigen herabzustoßen.

In welche Richtung, fragte sich die Frau, soll man *beten*? Oder soll man die Augen schließen und innerlich beten?

An einem Seitenaltar, vor dem ein paar dicke Wachskerzen brannten, hing ein einfaches, etwa anderthalb Meter hohes Holzkreuz, an dem der schauerlich gestaltete Christus, dem Tode nahe oder bereits tot, an durch die Hände und Füße getriebenen Nägeln hing, die beunruhigend realistisch aussahen. Ein roter Firnis glänzte wie frisches Blut. Dies war *Jesus – der Christus* im Todeskampf, vor dem Triumph seiner Auferstehung.

»Kreuzigungsszenen finde ich eigentlich nicht so

schön«, beklagte sich die Frau mit gesenkter Stimme bei ihrem Mann.

Der Professor lachte. Was sollte man auf so eine Bemerkung erwidern, obwohl die Frau mit dem zum Zeichen katholischer Demut übers Haar gebreiteten schwarzen Spitzenschal als echte Gottesdienstbesucherin durchgegangen wäre.

»Ich meine – Leiden und Tod sollten *privat* sein. Finde ich jedenfalls.«

Der Professor küsste die Frau auf die Wange. Wie sonst auf diese Bemerkung einer so praktischen Frau reagieren?

Für fünf Euro zusätzlich konnten Besucher den Kreuzgang der Basilika besichtigen, den der Professor als heitere schöne Stätte mit einem grünen Garten im Innern in Erinnerung hatte; heute jedoch sabotierten die lauten Stimmen von Arbeitern, die Beschädigungen reparierten, die Heiterkeit des Orts.

»Ach, müssen die so *laut* reden!«, klagte die Frau und hielt sich die Ohren zu.

Lange konnten sie deshalb nicht bleiben. Der Professor schwor sich, noch einmal allein wiederzukommen und im Kreuzgang zu meditieren, wie er es vor Jahren getan hatte.

Jetzt fiel es ihm ein: Er hatte sich in dem Kreuzgang mit Agustina getroffen. Hatte gewagt, ihre Hand zu nehmen, sie hochgehoben und die Handfläche geküsst – sie hatte gezappelt und gekichert wie ein Kind, und sie war ja auch ein Kind, wie er nun von Nahem sah … Doch nein. Das war nicht geschehen.

Natürlich war nichts dergleichen je geschehen. Er hatte sich in dem Kreuzgang schamlos Fantasien über Dr. Albanos Tochter hingegeben, aber Agustina hatte sich weder dort noch anderswo in Mairead mit ihm getroffen.

»Bitte! Ich halte es hier nicht aus. Es ist so laut, diese schrecklichen Männer lachen über uns.«

Die Arbeiter lachten gewiss nicht über sie. Sie nahmen sie ja kaum wahr, ein amerikanisches Paar, Touristen. Sahen sie einmal in ihre Richtung, gingen die Blicke durch sie hindurch wie durch Gespenster.

Wieder auf der lärmenden Straße, fiel dem Professor ein, dass er vergessen hatte, im Kreuzgang ein Gebet zu sprechen. Die gewaltige Basilika machte Dinge wie bloßen Glauben oder Unglauben nebensächlich. *Ich danke dir, Gott! Oder – ist es Jesus?* Er fühlte, wie sich Tatkraft in ihm regte. Vor Jahren, als junger Mann an der Schwelle seines Lebens, war er häufig mit einem Buch in den Kreuzgang gekommen und hatte in dieser stillen heiligen Stätte gelesen, um so kostbarer, weil sie nichts mit *ihm* zu tun hatte – er war kein Katholik, kein Italiener, sondern Gast in dieser magischen Welt, in der sogar Skepsis zerfiel wie ein nasses Papiertaschentuch.

Auch wenn sie nur teilweise zugänglich gewesen war, hatte die Basilika beide erschöpft. Sie wären liebend gern ins Mairead Grand Palace zurückgegangen und hätten sich ein bisschen hingelegt, was ihnen zu Hause in Ardmore, Pennsylvania, nicht in den Sinn käme. Der Professor jedoch wollte nichts davon hören, um diese Tagesstunde einer Schwäche nachzugeben, als wäre er ein alter Mann, was er nun gewiss nicht war. Und so setzten sie sich bloß auf einen Cappuccino in ein Straßencafé, damit der Professor noch einmal den *Blue Guide* konsultieren konnte. Nach einigem Überlegen hatte er einen komplizierten »schönen« Spazierweg zur Universität ausgetüftelt, der sich allerdings keineswegs als »schön« erwies, sondern sie nötigte, tückische Straßen zu überqueren, durch die sich ein unaufhörlicher Strom von Fahrzeugen in allen Größen, von Motorrollern bis hin zu Bussen, die Abgase ausstießen, ergoss und der sie zu einem Straßenmarkt führte, auf dem nur wenige Verkaufsstände aufgebaut waren, die kitschige Souvenirs und Kunsthandwerk, welkes Gemüse und Blumen feilboten. Hier verstand der Professor die Lockrufe der Händler nicht; wenn es Italienisch war, dann ein neuer italienischer Dialekt, der in seinen Ohren so fremd klang, wie die Personen, die ihn sprachen, in seinen Augen ja ebenfalls neu und fremd waren, Menschen mit dunkeloliv getönter Haut und stumpfen sinnlichen Gesichtern, anscheinend keine gebürtigen Italiener.

»Warum um alles in der Welt sind wir *hier*?«, fragte die Frau gereizt.

»Weil der *Blue Guide* uns hergeführt hat. Der Markt ist eine der ›wesentlichen Sehenswürdigkeiten‹.«

Die Frau starrte auf Stapel von kleinen Käfigen, in denen bunt gefiederte Vögel ununterbrochen zirpten vor Angst, und auf größere Käfige, in denen sich matt gefiederte Hühner schicksalsergeben kaum regten. Ein Quieken ertönte, das einem das Blut in den Adern gefrieren ließ – ein Schwein? Ein Ferkel? Die Frau musste tief

Luft holen, schloss die Augen und wandte sich ab. Ein Geruch von Tieren in Panik, scharf, kotig, zwickte ihr in der Nase.

»Ah! Das war früher eine Hinrichtungsstätte«, sagte der Professor mit Blick auf den Reiseführer, »der ganze freie Platz. ›Die bevorzugten Hinrichtungsarten waren Hängen, Ausweiden und Vierteilen, Enthaupten‹ …«

Die Frau sah erschrocken zu Boden. Rissiges Pflaster, keine blutgetränkte Erde. Der Anblick blieb ihr erspart.

»Wann waren denn die letzten Hinrichtungen in Mairead?«, fragte die Frau in der Annahme, der Professor würde sagen *Das ist Hunderte Jahre her*, doch er sagte, aus dem *Blue Guide* vorlesend: »Neunzehnhundertdreiundvierzig – Winter – ›Vergeltungsmaßnahmen der Faschisten gegen den Widerstand in Mairead‹ – vollstreckt durch den Strang und ein Erschießungskommando.« Nach kurzer Pause fuhr er fort: »›Die jüngsten Hingerichteten waren Kinder von elf, zwölf Jahren …‹«

»Oh, Moment! Waren es Italiener, die da gemordet haben, oder Deutsche?«

»Möglicherweise – Deutsche. Vielleicht aber auch nicht …«

»Italien hat sich doch zuletzt gegen die Nazis gewendet – nicht?« Die Frau sagte es zaghaft, denn sie fürchtete, der Professor mit seinem überlegenen Wissen werde sie belächeln. »Die Italiener waren eigentlich nie – wie die Deutschen – ein brutales und barbarisches Volk – Antisemiten …«

Der Professor hatte etwas im *Blue Guide* entdeckt, das ihn ablenkte.

»Verflucht! Wir haben einen Fehler gemacht. Wir hätten schon an der Via di Monti links abbiegen müssen …«

Nach weiteren zwanzig Minuten Fußmarsch (steil bergauf) waren sie an dem imposanten mittelalterlichen Bogen angelangt, der den Eingang zur Universität Mairead bezeichnete – nur um festzustellen, dass der größte Campus seit einem *bombardamento terroristico* in der Vorwoche für Besucher geschlossen war. »Ein ›Terroranschlag‹! Ich hatte keine Ahnung …« Der Professor war erstaunt. (Warum hatte ihn niemand darauf aufmerksam gemacht? Die Fluglinie, bei der er die Tickets gebucht hatte? Das Hotel? Warum hatte er in den Nachrichten keine Meldung gesehen?) Es war doch, unverkennbar, etwas Entsetzliches geschehen: Sie sahen ein halb eingefallenes Gebäude, Schutthaufen, einen umgestürzten Baum.

Die Frau des Professors drückte sich ein Papiertaschentuch vor Nase und Mund. Oh, was war das für ein *Geruch*? Trocken, säuerlich – versengtes Haar? Verbrannte Kleidung, Knochen? Entsetzlich.

Sieben Menschen waren bei dem Anschlag getötet und viele mehr verwundet worden, erfuhr der Professor von einem Passanten, den er danach fragte.

Und wurden die Terroristen verhaftet?, fragte der Professor.

Und wer waren die Terroristen?

Der junge Mann, anscheinend ein Student der Universität, mit einem schweren Rucksack beladen, war, nachdem er widerwillig die AirPods aus den Ohren gezogen hatte, nicht sonderlich mitteilsam oder freundlich – anders als die Studenten, die der Professor in seiner Zeit als Fulbright-Wissenschaftler erlebt hatte.

Das zu wissen, steht uns zu dem Zeitpunkt nicht zu, murmelte der junge Mann. Fast grob schob er sich an dem Professor vorbei, wollte unbedingt von ihm wegkommen.

»Was hat er gesagt? Konntest du es verstehen?«

»Ja – und nein. Ich bin mir nicht sicher.«

»Hat er Italienisch gesprochen?«

»Glaub schon – ja.«

»Du *glaubst* es?«

Seit dem Flug über den Atlantik rauschten Worte nur am Professor vorbei, auch wenn er sich auf sie konzentrieren wollte. Wasser rieselte ihm lähmend übers Gehirn.

»Vielleicht hat er dich für einen Journalisten gehalten. Für einen Amerikaner …«

»*Ich habe Italienisch mit ihm gesprochen, wie ein Italiener es getan hätte.* Bitte, wechseln wir das Thema.«

Die Frau nahm es als Zurechtweisung. Na schön – hielt sie eben für den Rest des Nachmittags den Mund. Sollte der Professor doch Selbstgespräche führen, wenn ihm das besser gefiel.

Trotzdem hoffte er weiter, das Antikenmuseum besuchen zu können.

Das größte Hindernis war der abgesperrte Campus: Als er andere Zugangswege ausprobierte, verlief er sich binnen Kurzem in Sackgassen hinter den Gebäuden. Vierzig Minuten später war das Paar dem Museum nicht näher gekommen als zu Beginn, soweit der Professor das beurteilen konnte.

Warum gingen sie nicht am Vormittag noch einmal her?, schlug die Frau vor, um Geduld bemüht. »Du wirst dich überhitzen. Es ist nicht gut für dich, wenn du so reizbar bist.«

»Meine Liebe, ich bin nicht *reizbar*. Ich bin gereizt – und das vollkommen zu Recht.«

Der Professor ging weiter. Die Frau konnte ihm folgen oder nicht – ganz wie sie wollte. Er war sehr aufgebracht über sie.

Der Professor war schon den ganzen Tag so empfindlich, bis ins Innerste erweicht wie eine überreife Melone. Schnitte ihn jemand mit dem Messer auf, dachte er, würde sein weiches Fleisch auslaufen wie eine klebrige Flüssigkeit.

Er wollte unbedingt noch einmal in den großen Lesesaal des Museums gehen – und schauen, ob einige (weibliche) Bibliothekare, an die er sich erinnerte und die so liebenswürdig zu dem jungen amerikanischen Gast gewesen waren, noch dort arbeiteten. Er wollte unbedingt noch einmal an seinen Arbeitsplatz in der Bibliothek gehen, wo er viele Stunden verbracht hatte, gefesselt von den kostbaren Manuskripten, die er gelesen und übersetzt hatte, als tauchte er in die Mysterien seiner eigenen Seele ein.

Am meisten sehnte er sich natürlich danach, noch einmal die Viale di Pignoli zu sehen, in der Dr. Albano und seine Familie in einem ehrwürdigen Stadthaus mit Aussicht auf einen kleinen Park lebten oder gelebt hatten. Er hatte zwar den Kontakt zu Dr. Albano verloren, hatte er zu seiner Frau gesagt, würde aber, wenn er den Mut aufbrachte, vielleicht an dessen Tür läuten. »Im schlimmsten Fall leben die Albanos eben nicht mehr dort.«

»›Im schlimmsten‹? Nein. Ich kann mir denken, was am ›schlimmsten‹ wäre.«

»Was soll das heißen? Bitte sprich nicht in Rätseln, du weißt doch, wie viel Mairead mir bedeutet.«

So wehmütig das klang, eine leichte Verärgerung schwang dennoch mit. Die Frau lenkte sofort ein. »Es sollte kein Rätsel sein, ich meinte nur – am ›schlimmsten‹ wäre, wenn die Albanos zu Hause sind, aber sehr betagt und krank. Und sich nicht an dich erinnern. *Das* wäre am schlimmsten.«

Der Professor lachte, obwohl die Frau nichts Komisches gesagt hatte. Er hatte dasselbe in den Wochen vor der Reise mehr als einmal auch gedacht.

Dass Agustina vierzig Jahre später nicht mehr in ihrem Vaterhaus leben würde, war ihm klar – wäre es so, wäre das wahrscheinlich eine Katastrophe.

Das Schulmädchen Agustina, eine Frau in mittleren Jahren? Undenkbar.

Das konnte er sich nicht vorstellen. Die schmale Taille, die kleinen, aber deutlich erkennbaren Brüste, das feine Gesicht, die ausweichenden Augen mit den dunklen Wimpern ... Mit geschlossenen Augen sah er schmerzlich erregt, dass die wunderschönen Augen des Mädchen *ihn* fixierten.

Dunkle Augen, die bei bestimmtem Licht – bei Kerzenschein, am Tisch beim Abendessen – rotbraun glühten.

Die Frau des Professors wusste nichts von Agustina. Der Professor erfreute sich an allem, was er vor der Frau geheim halten konnte, meist unwesentliche Kleinigkeiten, ihm aber so kostbar wie das Kleingeld in seinen Taschen, das er sich, wenn ihm danach war, durch die Finger rieseln lassen konnte.

Trotzdem, dies war Italien. Norditalien. Nicht weit von der schweizerischen Grenze entfernt. Ihm waren sehr attraktive Frauen in Mairead aufgefallen – mittleren Alters, sogar noch ältere. Wohlhabend, gut gekleidet, kultiviert. Wenn sie außer Haus gingen, trugen sie stilvolle Kleidung, hochhackige Schuhe. Dunkel getönte Designerbrillen, die etwas Glamouröses ausstrahlen, schützten ihre Augen vor dem grellen Sonnenlicht. Agustina wäre so eine Frau geworden, da war er sich sicher.

Frauen anderer Ethnien reiften weniger ansehnlich, fand der Professor. Seit ihrer Ankunft in Mairead stach es ihm ins Auge wie Grießkörnchen.

Wie die beleibte Familie, die am Tag zuvor die Steintreppe des Mairead Grand Palace herabgestiegen war. Der Professor hatte sie auf der Promenade erspäht und auch in der Basilika, er war sich sicher, zum Glück aber nur von Weitem. Wo waren diese anderen her? So viele? Waren es Gastarbeiter? Geflüchtete? Nordafrika? Syrien? Allerdings sahen sie wie Touristen aus, nicht wie Arbeiter. Ihre Kleidung war primitiv und geschmacklos, aber keine Arbeits-, sondern Freizeitkleidung. Echte italienische Schönheit stand beim Professor in hohem Ansehen, auch wenn er nicht genau hätte sagen können, worin sie bestand.

Und nun folgte noch eine herbe Überraschung: Die Viale di Pignoli war keine schöne piniengesäumte Straße mehr, der Großteil der prächtigen alten Bäume gefällt, die ehemals ehrwürdigen Häuser nun schäbig. Der Professor entsann sich üppiger Gärten und gepflegter Rasen, doch auch die waren verschwunden. Den Park gab es nicht mehr. Graffitibeschmierte Mauern und Laternenpfähle. Zu seinem Verdruss wusste der Professor nicht einmal mehr genau, welches Haus den Albanos gehörte, denn was er jetzt sah, war von entmutigender Einförmigkeit: verwitterte Sandsteinfassaden, Fenster mit engen Gittern, durch die ein trübes Licht fiel, Ziegeldächer, die aussahen, als wären sie undicht.

»Ich – ich glaube, das ist ihr Haus. Hier.«

Das Herz des Professors pochte unsinnig. *Ach, lächerlich! Du bist Großvater. Dieser Teil deines Lebens ist lange vorbei.*

»Na, dann los – läute. Worauf wartest du?«

Die Frau des Professors hatte sich mit seiner Enttäuschung abgefunden und fand es am klügsten, wenn sie das hinter sich brachten und zur nächsten Sehenswürdigkeit weiterwanderten, die sie laut dem verfluchten Reiseführer *keinesfalls verpassen* durften.

Zögerlich stand der Professor vor der Haustür. An den dunklen Achatton des Anstrichs meinte er sich zu erinnern, brachte es aber trotzdem nicht fertig, auf die Klingel zu drücken. Die Frau wartete geduldig, und er stand da wie gelähmt und begann zu schwitzen, als hätte er zu Mittag zu viel Fleisch gegessen.

»Soll ich für dich läuten?«, sagte die Frau ausnahmsweise einmal sanft.

»Nein. Natürlich nicht.«

Kühn, sich innerlich wappnend, drückte der Professor auf den Klingelknopf. Ertönte im Haus ein Geräusch oder nicht? Es tat sich jedenfalls nichts.

Er läutete ein zweites und ein drittes Mal – keine Reaktion. Schweiß glänzte auf seiner gefurchten Stirn. Er war ganz schwach vor Erleichterung.

»Ah! Sieh mal.« Die Frau spähte durch einen rostigen, von Efeu überwachsenen Eisenzaun neben dem Vordereingang. Dahinter befand sich ein verwilderter Garten – ein Durcheinander von Gestrüpp, Gras und Weinreben. Mrs. Albano hatte hier früher Rosen gezogen, wie der Professor noch genau zu wissen meinte; zwischen dem dschungelartig üppigen Grün prangten überall Inseln mit purpurroten, gelben und weißen Rosen. Schlangengleich wand sich der Wein, schien sich fast zu rekeln. In den unteren Ästen wuchernder Bäume hockten rabenartige Vögel mit schiefergrau schillerndem Gefieder, stechend hellen Augen, eispickelscharfen Schnäbeln. Als das Paar in den Garten spähte, schlugen die Wächtervögel kämpferisch mit den breiten Flügeln und stießen empörte heisere Schreckensschreie aus.

»Vielleicht ist das die Erklärung: Hier wohnt niemand mehr.«

Als der Professor hierzu schwieg, hatte die Frau einen brauchbaren Einfall: »Wenn du morgen ins Museum gehst, kannst du dich nach Dr. Albano erkundigen. Wenn er nicht da ist, können sie dich mit ihm in Verbindung bringen. Sofern –«

Sofern er noch lebt. Sie verstummte. Der Professor schwieg auch hierzu.

Die Vögel schlugen weiter aus den Bäumen Alarm, und das Paar wandte sich zum Gehen. Der Professor klappte den *Blue Guide* für den Augenblick zu und schob ihn sich in die Tasche.

Er wollte weiter unbeschwert Konversation mit der Frau machen, empfand jedoch eine grausige Furcht. Denn – was sollte er nun tun? War er nicht den ganzen Weg ins mittelalterliche Mairead gereist, um Agustina aufzuspüren? Die vollkommene Lächerlichkeit seiner Suche war ihm zwar bewusst, doch er musste sich eingestehen, dass er die Tausende von Meilen, wie in den zurückliegenden vierzig Jahren viele Tausend Male in der Fantasie, nur gereist war, um einen Blick auf das schemenhafte Gesicht an einem Fenster im Obergeschoss eines Hauses zu werfen, das sich als verwaist entpuppte.

4.

»Der ist hoffnungslos veraltet. Ich wünschte, du würdest einen neuen Reiseführer kaufen und das blöde Ding entsorgen.«

»Es ist nicht *veraltet.* Die anderen Reiseführer haben alle nicht so viele wissenschaftliche Informationen. Und hier stehen meine Notizen drin.«

»Deine Notizen! Kannst du das Gekritzel überhaupt lesen?«

»Natürlich kann ich das. Ich sehe dieses ›Gekritzel‹ gestochen scharf.«

Der Frau war aufgefallen, dass ihr Mann Schecks

und Kreditkartenabrechnungen neuerdings mit einem unleserlichen Krakel unterschrieb. Diesen Krakel, kaum mehr als eine unwirsche Wellenlinie, konnte bestimmt niemand entziffern, auch wenn Ladeninhabern und Kellnern nichts anderes übrig blieb, als ihn zu akzeptieren.

Tags darauf machten sich der Professor und seine Frau nach dem Frühstück noch einmal auf den Weg zum Antikenmuseum. Die Frau hatte darauf bestanden, dass der Professor die vom Hotel zur Verfügung gestellte Touristenkarte zurate zog, nicht nur seinen geliebten *Blue Guide*, wodurch das Paar das Museum mit akzeptablem Zeitaufwand fand, auch wenn es sogar mit dem Plan des Hotels weiter entfernt war, als es hätte sein sollen, in einer Gegend des historischen Viertels, an die sich der Professor nicht erinnerte.

Dann stellte sich zu ihrer Überraschung heraus, dass es sich bei der angesteuerten Sehenswürdigkeit doch nicht um das Museum handelte, sondern um die Königlichen Gärten, die sie im Anschluss hatten besuchen wollen. Aus irgendeinem Grund war ihre jeweilige Lage auf den beiden Karten vertauscht. Es hätte der Frau gefallen, wenn ihr Mann so getan hätte, als hätte er sie zuerst in die Königlichen Gärten lotsen wollen, nicht ins Museum, der Professor lachte aber bloß und gab zu, ja, vielleicht war er ja irgendwo falsch abgebogen: »Aber das macht doch nichts, Liebes. Die Königlichen Gärten sind einer der Toptouristenorte mit Stern.«

Der Eingang zu den Gärten war noch ein Stück weit entfernt – eine Viertelmeile mindestens. Graffitibeschmierte Schilder führten sie an einem hohen schmiedeeisernen

Zaun in einen ungepflegten, mit Abfall übersäten Teil des Parks. (Überhaupt war der viele Müll in Mairead eine Überraschung, daran erinnerte sich der Professor gar nicht.) Schließlich standen sie vor einem drei Meter hohen schmiedeeisernen Tor, das nicht nur verschlossen, sondern mit einem Vorhängeschloss gesichert und überdies zentimetertief in die Erde abgesunken war, als sei es seit Jahren nicht geöffnet worden. Disteln wuchsen ringsherum in üppiger Fülle.

Die Frau des Professors stieß einen leisen enttäuschten Schrei aus. »Ach, wir sind so weit gelaufen! Die Sonne brennt so heiß … Gibt es noch einen Eingang?«

Der Professor schaute in den *Blue Guide.* Und entnahm ihm, dass dies der richtige Eingang war, sogar der einzige in die Königlichen Gärten.

»Leider nicht. Die Schilder haben uns hierhergeführt.«

»Hallo? Ist da jemand?« – Die Frau spähte durch das Tor, hielt sich zum Schutz vor der grellen Sonne die Hände vor die Augen.

Offenbar war da niemand. Keine Eintrittskartenverkäufer, kein Wachpersonal. Keine anderen Besucher.

Sie mussten sich damit begnügen, an dem hohen Zaun entlangzugehen und, so gut es ging, ins Innere der Gärten zu spähen, zweifellos eines der Wunder Maireads, zumindest früher einmal. Entworfen nach dem Vorbild der großen Gartenanlagen im kaiserlichen Forum Romanum, wenn auch nicht deren Dimension erreichend, hatte man diese hier verwildern lassen, sodass sie jetzt überwuchert waren von einer Orgie ungewöhnlich großer Blumen in leuchtenden Farben und mit Blüten, groß wie Radkappen. Riesige vielblättrige rote Rosen wuchsen in übermäßiger Zahl wie auf einem fauvistischen Gemälde. Einige der größeren Pflanzen und Sträucher waren seltsam asymmetrisch. Die Pinien, der typische Baum der Region, sahen missgestaltet und verkrüppelt aus. Und mitten in dem Unkraut standen einige der römischen Statuen, die vormals im historischen Viertel der Stadt aufgestellt gewesen waren. (Zumindest nahm der Professor an, dass es sich um die ursprünglichen Marmorstatuen in ihrem natürlichen Verfallszustand handelte und nicht lediglich um Kopien, obwohl etliche umgestürzt und praktisch unter dem Dschungel der Vegetation begraben waren.)

Die Frau schrie entsetzt auf beim Anblick eines gestürzten weißen Leibs ohne Kopf, der muskulöse Torso wie im Todeskampf in ihre und des Professors Richtung gedreht.

»Was ist das? Was ist das? Oh, mein Gott – was ist das?«

Sah sie denn nicht, dass das eine Statue war? Weißer Marmor, wenn auch stark verwittert? Kopflos, wie so viele Statuen im antiken Rom.

»Liebling, hab keine Angst! Es ist nur eine Statue.«

»Eine Statue … Aber warum? Wieso hier?«

Der Professor drückte der Frau die Hand, die kalt war.

»Ich nehme an, man hat sie vergessen«, sagte der Professor bescheiden.

In seinen Seminaren und Vorlesungen, bei seinen Gesprächen mit Studierenden vermittelte der Professor sein Wissen mit Ruhe und Maß, und er schien wirklich alles zu wissen, was man auf seinem Gebiet wissen konnte.

In Mairead musste er einsehen, dass er nur sehr wenig wusste und dass das, was er zu wissen geglaubt hatte, vermutlich eine Illusion war.

Da die Frau ihn bestürzt ansah, fügte er hinzu: »Ich meine – die Zeit ist darüber hinweggegangen. Über all die Statuen hier, die uns unbezahlbar erscheinen, ist die Zeit hinweggegangen.«

»Was willst du damit sagen – ›ist die Zeit hinweggegangen‹? Die ›Zeit‹ ist kein Mensch – sie kann nicht *hinweggehen.* Hör auf, so zu reden, das macht mir Angst.«

»*Du* machst mir Angst, wenn du alles so wörtlich nimmst. Hör *du* doch auf.«

Der Streit war dem Paar auf dem Rückweg ins historische Viertel auf den Fersen wie ein Trupp Harpyien.

Die Frau wollte ins Hotel zurück und sich ausruhen. Der Professor wollte weitergehen, denn sein eigentliches Ziel an diesem Tag war das Antikenmuseum.

»Ich könnte allein gehen, Liebes. Und du gehst zurück ins Hotel.«

»Du gehst nirgendwo allein hin! Nein.« Die Frau klammerte sich panisch an den Arm des Professors.

Der Professor zog mehrmals den *Blue Guide* zurate, der sie wieder in die richtige Richtung führen sollte. Die kunstlose, leichter lesbare Karte aus dem Hotel war anscheinend nicht mehr da, denn beide fanden sie in ihren Taschen nicht mehr.

»Du hattest sie zuletzt. Ich hab sie in deiner Hand gesehen.«

»*Du* hattest sie zuletzt. Du hast sie absichtlich verloren.«

»Warum ›absichtlich‹?«

»Weil du sie ablehnst, denn es ist ja nicht der verfluchte *Blue Guide.*«

In stummem Groll gingen sie weiter. Die Harpyien des Streits waren ihnen noch eine ganze Weile auf den Fersen.

Wehmütig sagte der Professor: »Ich frage mich, ob ich einen Fehler gemacht habe. Ich habe mit dieser Reise zu lange gewartet.«

»Sei nicht albern«, erwiderte die Frau hastig. »Natürlich hast du keinen ›Fehler gemacht‹. Wann hättest du zuletzt einen ›Fehler gemacht‹?« Sie lachte. Wischte sich die Augen und umklammerte seinen Arm so fest, dass es wehtat.

5.

Auf einem freien Platz neben dem Museum standen Verkaufsbuden. Die Gegend war wesentlich belebter, als der Professor sie in Erinnerung hatte. Straßenmusiker, Bettler. Spärlich bekleidete junge Frauen mit grellem Make-up, sinnlichen Gesichtern. Pantomimen mit weißen Clownsgesichtern und breiten roten Mündern. Universitätsstudenten waren hier offenbar in der Minderheit, und viele davon waren überdies nicht auf den ersten Blick als Italiener zu erkennen. Als der Professor und seine Frau sich dem Museum näherten, rief sie: »Da sind sie wieder! Die aggressiven Kinder.«

Kurz vor ihnen ging die Familie der beleibten kleinen

Personen, die an ihrem ersten Abend die Treppe vom Mairead Grand Palace herabgekommen war. Der Professor hatte diese Gestalten (ganz wie Menschen kamen sie ihm nicht vor) tags zuvor kurz auf der Promenade und sogar in der Basilika gesehen, der Frau aber nichts gesagt und gehofft, sie hätte sie nicht gesehen. (Die Frau hatte einige der Gestalten [ganz wie Menschen kamen sie ihr nicht vor] in der Basilika von ferne gesehen, Frauen, die es geschafft hatten, ohne Kopfbedeckung, mit bloßen Armen und in Shorts, die ihre fleischigen Leiber straff umspannten, hineinzukommen, was eigentlich nicht gestattet war. Sie selbst befolgte die am Ticketschalter gut sichtbar aushängenden und im Reiseführer erwähnten Vorschriften und trug einen schwarzen Spitzenschal auf dem Kopf, den sie extra für diesen Zweck in den Koffer gepackt hatte, einen ihr bis unters Knie reichenden Rock und ein Shirt mit langen Ärmeln. Sie war sehr aufgebracht über die ignoranten Touristen, die sich nicht an die Vorschriften hielten.)

Erwachsene, Halbwüchsige, Kinder? Man konnte sie kaum auseinanderhalten. Leere, brutale Gesichter, stumpfsinnige Augen, deren Ausdruck im Nu höhnisch werden konnte. »Aber es sind doch keine ›Kinder‹ – oder?«

Die Frau wollte nicht hinstarren. *Sie* war höflich und zivilisiert – *sie* starrte Fremde nicht an, wie grob die auch sein mochten.

Doch die Kinder waren nun mal plump und unbeholfen wie Zwerge, die zu untypischer Größe herangewachsen waren. Die Kinder unterschieden sich nur durch ihr Betragen von den Erwachsenen: Sie rannten, schubsten einer den anderen, schnatterten wie Affen. Die Erwachsenen bewegten sich steif, als wären bei ihnen Gehirn und Glieder schlecht koordiniert. Ihre Münder schienen an Scharnieren in der unteren Gesichtshälfte zu hängen wie die Münder der Puppen von Bauchrednern. Und was war das eigentlich für eine derbe Sprache, die sie sprachen? Harte Konsonanten, Grunzlaute. Kein melodisch fließendes Italienisch. Kein Spanisch und mit Sicherheit kein Französisch. Was für Ermahnungen die Erwachsenen den Kindern auch zuriefen, sie überhörten alle. Das Kindergeschrei war laut und fröhlich. Solche Laute würden Ringer ausstoßen, dachte der Professor, wenn sie ihre Gegner zu Boden befördern und ihnen das Rückgrat brechen wollten.

»Lass uns ins Museum gehen. Dahin kommen sie uns nicht nach …«

Er hatte das Museum kaum betreten, da wurde der Professor ganz schwach vor Sehnsucht nach der Vergangenheit. Ach, das herrliche helle Deckenmosaik! Er erinnerte sich. Ein Schaukasten mit Artefakten aus der griechischen Antike. Eine nach unten führende Wendeltreppe – er war sie viele Male hinabgestiegen. (Sein Arbeitsplatz war im Erdgeschoss des Museums gewesen, ein geheimnisvoller Bereich, in dem sich junge Wissenschaftler aus dem Ausland in der kleinen Gemeinschaft einer geistesverwandten Randgruppe wiederfanden.) Als sich der Professor (auf Italienisch) einer Angestellten an der Auskunft als ehemaliger Fulbright-Wissenschaftler vorstellte, der mit Dr. Ricardo Albano gearbeitet hatte, und fragte, ob der noch Direktor der Spezialsammlung sei, erwiderte die Frau mit breitem Lächeln, ja, Dr. Albano sei an seinem Platz am oberen Ende der Treppe ... Der Professor war sich nicht sicher, was die Frau mit dieser merkwürdigen Antwort sagen wollte, doch als er und seine Frau die knarrende Treppe hinaufstiegen, wartete Dr. Albano zu seinem Erstaunen auf dem Absatz im ersten Stock, als habe er mit ihnen gerechnet. Der berühmte Gelehrte stand da und streckte lächelnd die rechte Hand aus, wie man sich aufstellen mag, um einen Freund zu begrüßen. Nicht viel, und man hätte Albano in herzlichem Ton *Ciao, come stai, mio caro amico!* sagen hören.

Ricardo Albano war etliche Zentimeter kleiner als in der Erinnerung des Professors; er hatte abgenommen, erheblich, trug als würdiger Herr jedoch wie immer einen dunklen, auf drei Knöpfe schließenden Anzug mit Weste, ein weißes Baumwollhemd und goldene Manschettenknöpfe. Sein einst sehr feines Gesicht hatte tiefe Falten, das einst volle Haar war dünner geworden und ergraut. In den dicken Gläsern seiner Brille spiegelte sich das Licht eines in der Nähe befindlichen Fensters, sodass seine freundlichen Augen verdunkelt waren.

»Dr. Albano! Das ist ein – das ist so –«

Vom Treppensteigen noch außer Atem, streckte der Professor die Hand zum Gruß aus. Irgendetwas stimmte nicht mit dem Gesicht des Mannes: Der Ausdruck war sympathisch, geduldig, das Lächeln war ihm vertraut, doch der Blick war nicht auf das Gesicht des Professors gerichtet. Er ging vielmehr über die Schulter des Professors hinweg zu einem Winkel der Zimmerdecke.

»Aber, Dr. Albano – was ist?«

Der Professor schrak zurück vor Entsetzen und Ekel. Was hatte er da berührt? Was war das für eine Hand? Konnte das *Wachs* sein? *Ricardo Albano* war kein lebendiger Mensch, sondern eine Puppe, von ferne täuschend lebensecht, von Nahem jedoch erkennbar nur eine Nachbildung des Mannes.

»Oh, Gott! Er – ist nicht – real«, stammelte die Frau, »es ist eine Puppe. Sieh dir die Augen an.«

»Aber – das kann nicht sein … Warum sollte man so etwas tun …?«

Andere Touristen hielten die lebensgroße Gestalt auf dem Treppenabsatz mit dem Schildchen DR. RICARDO ALBANO nicht für abstoßend oder beunruhigend, noch nicht einmal für die Darstellung eines einst geschätzten Mannes, sondern vielmehr für ein Kuriosum, das sie fotografieren mussten. Unter Ausrufen des Entzückens drängten sie am Professor und seiner Frau vorbei. Kein Begriff davon, wer *Ricardo Albano* war, aber begierig danach, ein Foto von ihm zu machen. Eine Gruppe junger Studierender aus Asien posierte mit der Figur und machte mit iPhones Selfies.

Der verdutzte Professor brauchte einen Augenblick, um zu verarbeiten, was er hier vor sich hatte. Einerseits begriff er, dass hier sein ehemaliger Mentor in einer kunstvollen Kopie, nicht als lebendiges Wesen, vor ihm stand, andererseits hätte er zu gern geglaubt, dass es tatsächlich sein Mentor war, der im Museum auf ihn wartete und ihn und seine Frau bestimmt zum Abendessen einladen würde. Das Gesicht war irritierend realistisch, als wäre es mit einer Chemikalie einbalsamiert worden: die Wangen unnatürlich prall, was ihnen ein jugendliches Aussehen verlieh, auch wenn die Augen hinter den spiegelnden Brillengläsern glasig wirkten – und ja wirklich aus Glas waren.

Auf einer Messingplakette an der Wand lasen der Professor und seine Frau, dass es sich bei der Gestalt nicht um eine Skulptur, sondern um den »mumifizierten« echten Körper des langjährigen Direktors der Spezialsammlung des Antikenmuseums der Universität Mairead, Ricardo Albano, handele. Die »Mumifizierung«, von einem namhaften italienischen Künstler ausgeführt, war zum Andenken an einen der größten Gelehrten der Universität in Auftrag gegeben worden.

Die Frau lachte und sagte, die Gestalt sei zwar sehr lebensecht, habe *sie* aber nicht täuschen können.

Der Professor lachte erschüttert. Er konnte es nicht leugnen – er hatte sich täuschen lassen. Die zaghafte, so realistische Art und Weise, in der der mumifizierte Albano auf dem Treppenabsatz stand, eine Hand leicht ausgestreckt, das verbindliche Lächeln, freundlich und unaufdringlich zugleich, die sanften Augen mit ihrem glasigen Schimmer. Aber wie grauenhaft, dass man den *echten Körper* des Verstorbenen in eine Puppe verwandelt und an diesem öffentlichen Ort aufgestellt hatte. Warum hatte die Familie Albano die Erlaubnis für so ein Schauspiel gegeben? Hatte Albano selbst sie vor seinem Tode gegeben?

Schaulustige Touristen stiegen weiter die Treppe hinauf, schrien auf und machten auf dem Treppenabsatz

Fotos. Nur wenige erklommen noch das nächste Stockwerk und wollten sich die Dauerausstellung antiker griechischer und römischer Artefakte ansehen. Nur wenige machten sich die Mühe, die Plakette zu lesen, auf der Ricardo Albanos Verdienste und Ehrungen aufgeführt waren. Und nun war der Professor benommen und hatte keine Kraft zum Weitergehen mehr.

Zum Glück traf seine Frau die Entscheidung für ihn. »Genug für heute. *Basta.*«

Während sie, aufs Geländer gestützt, hinabstiegen, bahnten sich noch mehr Touristen aufwärts den Weg. Der Professor wollte nicht daran denken, dass sein verehrter alter Mentor für die Universität zum profitablen Ausstellungsstück geworden war; denn als Eintritt ins Museum musste man fünf Euro zahlen.

Ein entsetzliches Schauspiel, dachte der Professor. Hoffentlich tat seine Universität nicht dasselbe mit ihm, wenn er starb.

***

Am nächsten Morgen fiel dem Professor auf, dass er beim hastigen Verlassen des Museums vergessen hatte, an seinem alten Arbeitsplatz im Erdgeschoss des Seitenflügels vorbeizuschauen.

Ein andermal, dachte er. Aber nicht jetzt.

6.

»Hier – das Königliche Aquarium.«

»Oh! Was ist das für ein Geruch …«

Die riesigen Wasserbehälter erzeugten ein grünliches Leuchten im dunklen Inneren des Aquariums. Ablagerungen bedeckten die Wände der Glasbecken, allerdings nicht gleichmäßig, sodass man stellenweise doch etwas erkannte: bärtige Gesichter riesiger trister Fische, leuchtende, ins Nichts starrende Stielaugen oder Gesichter ohne Augen; Reihen sägeförmiger Zähne in höhlenartigen Mäulern; Meeresgetier, das aus durchscheinendem Gedärm zu bestehen schien, aus langen verschlungenen Eingeweiden mit kürzesten Köpfen und winzigen Kiemen; schaurig-schöne Schuppen in Farben wie Sonnenuntergänge am Mittelmeer oder wie reflektierende Monde. Es gab Meerestiere in Kugelform, an denen schlauchartige Ranken mit Saugnäpfen hafteten, und es gab Meerestiere, die knöcherne Stacheln waren, oder sternförmige Muscheln von Basketballgröße. Manche Tiere glitten elegant dahin, manche bewegten sich zuckend fort, manche trippelten am trüben Grund des Beckens entlang und zogen Schmutzwolken hinter sich her. Die Haupttätigkeit des Lebens im Becken war Fressen – das heißt, hirnloses Verschlingen; wer nicht fraß, wurde gefressen. Die meisten Wasserbecken waren zur Erleichterung der Frau jedoch leer – keine Veranlassung, ängstlich hineinzusehen und nach dem Grauen zu suchen, das dort lebte.

Auf einem Hof befanden sich unter freiem Himmel Teiche mit Springbrunnen, in denen das trübe Wasser noch halbwegs zirkulierte, doch auch hier waren einige von aggressiv wirkendem leuchtend grünem Seetang verstopft und dünsteten einen stinkigen Geruch aus. Große Karpfen stießen im Wasser nach oben, als sie die Schatten von Besuchern über sich hinwegziehen sahen, schlugen um sich, gierten nach Futter. Die Frau wich erschrocken zurück. Dieser orange getüpfelte *Koan*, so groß wie eine ausgewachsene Katze, wollte der sie angreifen?

Der Professor lachte über ihre Angst – »*Koi*, Liebes. Nicht *Koan.*«

»›Keu‹ – was?«

Als der Professor weiter herzlich über sie lachte, stieß die Frau seine Hand weg. *Ich hasse dich. Ich kann es nicht erwarten, dass wir beide tot sind.*

Doch nein, die Frau war nur übernächtigt. Sie meinte keine einzige Silbe dessen, was sie gedacht hatte. Nacht für Nacht quälte sie das Wasser, das über ihren lang hingestreckten gelähmten Körper rieselte, quälten sie die Fremden, die besorgt nach ihr riefen. Sie wünschte sich nichts mehr, als den Professor zu bitten, das Mairead-Abenteuer abzubrechen und nach Venedig zu fliegen. Oder, noch besser, gleich nach Hause, wo ihre Enkelkinder sie erwarteten, ihre liebevolle *Granma.*

»Keu – was soll das heißen?«

»Koi, so heißen die exotischen Fische, Liebes. Nicht *Koan.*«

»*Koi* – natürlich. Habe ich doch gesagt. Sie sind abscheulich – so ordinär und hungrig. Können wir bald gehen? Hier stinkt es so nach – *Fisch.*«

Wie der *Tod*, diese Fische. Zumindest der Geruch.

Der Professor hatte seiner Frau schon vor Jahren von den Besuchen im Königlichen Aquarium erzählt, wo in einigen Wasserbecken die herrlichsten tropischen Fische zu bestaunen waren, manche groß wie die aggressiven Koi, andere wiederum kleiner als Elritzen. Alle Farben des Regenbogens – so viel leuchtende Schönheit! Das Geräusch rieselnden Wassers war, seiner Erinnerung nach, beruhigend gewesen. Faulige Gerüche hatte es damals nicht gegeben, nicht dass er wüsste.

Um zum Ausgang des Aquariums zu kommen, musste man durch den schwach beleuchteten Innenraum zurückgehen, in dem man sich vorkam wie in einem riesigen Mausoleum. Nach ihnen waren keine weiteren Besucher gekommen, man sah auch kein Sicherheitspersonal. In dem am übelsten riechenden Behälter trieben Fischleiber mit starr aufgerissenen Augen und mit Kiemen, die zu atmen schienen, es aber nicht taten, leblos auf dem Wasser.

Dem Paar blieb nichts anderes übrig, als dicht an hervorquellenden Glubschaugen, die an das beschmierte Glas eines Behälters gepresst waren, vorbeizugehen. Die Augen ohne Höhlen, nur starr glotzend.

Vor dem Gebäude erlitt die Frau einen Schwächeanfall. Sie solle den Kopf herabhängen lassen, um den Blutfluss ins Gehirn anzuregen, so komme sie wieder zu Kräften, sagte der Professor. Ein bisschen half es.

»Zwing mich nicht, in das Aquarium zu gehen«, flehte die Frau, »wo die Tiere sich nur endlos gegenseitig fressen. Bitte.«

»Wir haben es gerade besucht, Liebes. Wir waren eben dort. Es wird dir gleich wieder gut gehen.«

»Sie haben sonst nichts zu tun, als sich gegenseitig aufzufressen, daran liegt es. Im Aquarium und im Ozean. Das ist das Entsetzliche daran. Aber wir müssen uns das nicht ansehen. Bitte.«

Der Professor lachte nachsichtig und versicherte es seiner Frau: Nein. Sie würden nie wieder einen Fuß ins Königliche Aquarium setzen.

Es wurde im *Blue Guide* abgehakt. Wie alle wichtigen Sehenswürdigkeiten von Mairead dort abgehakt wurden.

***

Doch es gab eine angenehme Überraschung: In seinem Exemplar des *Blue Guide* hatten zwei Blätter aneinandergeklebt. Er hatte die Seiten mit der Beschreibung des Königlichen Vogelparks nie durchgesehen, sie enthielten keine pedantischen Notizen. *Mairead-Besucher sollten sich eine der größten Attraktionen von Norditalien nicht entgehen lassen …*

Laut dem Reiseführer grenzte der Königliche Vogelpark an die Königlichen Gärten, die das Paar tags zuvor besucht hatte oder hatte besuchen wollen. Als sie ihre Schritte noch einmal dorthin lenkten, entdeckten der Professor und seine Frau zufällig und früher als erwartet neben einem heruntergekommenen Sportplatz einen Wegweiser zum Königlichen Vogelpark.

Im Gegensatz zu den Königlichen Gärten war der Königliche Vogelpark offenbar für Besucher geöffnet.

Er war zwar umgeben von einem drei Meter hohen schmiedeeisernen Zaun, doch der war stellenweise kaputt und löchrig; das Tor hing nicht mehr fest in den Angeln. Es war niemand da: Kein Ticketverkäufer und kein Sicherheitspersonal, auch andere Besucher waren nicht in Sicht. Überwachsene Kieswege führten auf ein etliche Morgen großes morastiges Feld, auf dem eine Fülle tropisch aussehender Blumen und Pflanzen gedieh, wimmelnd von Schmetterlingen, Bienen, Wespen und Mücken. Bäume standen noch, obwohl ihre Wurzeln verdorrt waren, die Äste kahl. Auf den Wegen lagen Überreste verlassener Vogelnester, manche noch gefüllt mit zerbrochenen Eiern oder, wie es schien, winzigen Kükenkadavern. Vogelschreie durchbohrten die Luft – die Frau des Professors hatte das Gefühl, jemand steche mit Eispickeln auf ihre Ohren ein. Singvögel sahen sie nirgends – überhaupt keine kleineren Arten. Wohin das Auge auch schaute, überall hockten plumpe große Vögel (Krähen, Raben, Falken, Geier) auf Baumästen oder flogen aufgeregt auf. Das ihnen hingeworfene Futter bestand aus groben Knochenstücken, Knorpeln, rohem Fleisch.

Heißhungrig fraßen die Vögel das Futter vom Boden, hieben mit ihren Schnäbeln aufeinander ein, kreischten. Die kleinsten Vögel waren Grackeln mit langem, stumpf zulaufendem Schwanz, die größten waren Geier. Vögel zerrten mit Schnäbeln und Klauen an Talgstreifen, legten beim Schlucken die Köpfe schräg. Schon nach wenigen Minuten war die Frau so mitgenommen, dass sie den Vogelpark nur zu gern verlassen hätte, der Professor aber wollte unbedingt einem der Wege ins sumpfige Innere folgen.

Auf den unteren Ästen einer kahlen Pinie saßen schiefergraue Vögel, groß wie Raben – dieselbe Spezies, die dem Paar tags zuvor am früheren Haus der Albanos aufgefallen war. Unter diesen unansehnlichen Vögeln befand sich einer, der kleiner und schmaler war als die anderen, weniger hässlich, mit seidig schillerndem Gefieder und Augen, die von innen heraus leuchteten. Der Vogel strahlte etwas sehr Wachsames aus, als nähme er das Paar wahr. Sein Gefieder leuchtete feurig blau, der Kopf war zum Professor hin geneigt.

Wie seltsam, dachte die Frau. Als erkenne der Vogel ihren Mann wieder …

Gebannt stolperte der Professor vorwärts. Im Gegensatz zu den anderen, heiser krächzenden Vögeln gurrte dieser schmale Vogel lockend. Er hob und senkte suggestiv die Flügel, hob die Krallenfüße vom Ast und setzte sie wieder auf wie bei einem rituellen Tanz. Seine hellen Augen fixierten den Professor, der, ohne es zu bemerken, den Weg verlassen hatte und über sumpfigen Boden schritt, auf dem er mit den Kreppsohlen seiner Schuhe einsank.

Bist du es? Agustina?

Liebes. Mein Liebling …

Erinnerst du dich an mich? Ich bin alt geworden …

Zur Verwunderung seiner Frau redete der Professor auf Italienisch, für sie unverständlich und beschämend, in flehentlichem Ton auf den Vogel ein.

Auf einen Vogel! Italienisch! Und gestikulierte dazu.

Die Frau hatte entsetzliche Angst, dass ihrem Mann etwas zustoßen könnte, so weit weg von zu Hause …

Im letzten Jahr hatte er »Episoden« gehabt – eine oder zwei bloß. (Ihres Wissens zumindest.) Keine Schlaganfälle oder vielmehr keine echten Schlaganfälle. Ohnmachten, die wenige Sekunden dauerten. Seiner Schilderung nach verlor er nicht das Bewusstsein, sondern war benommen, beduselt. *Eine Verödung. Das steht uns allen bevor. Irgendwann, irgendwo.* Der Professor war in solchen Augenblicken ganz still, während ihm das Blut aus dem Gehirn floss und die Knie wacklig wurden, die Beine ihn kaum noch tragen konnten und sein Herz dumpf schlug wie eine Faust an eine geschlossene Tür. Dann ging der Augenblick vorbei, oder vielleicht nicht ganz.

Du! Du bist es, Agustina – nicht wahr?

Aber was ist mit dir geschehen? Mit mir? Mit unserem Leben?

Er sah es deutlich: Der schmale, schiefergraue Vogel mit dem schillernden Gefieder hatte die wunderschönen dunklen Augen Agustinas, von einem feurig glühenden Licht erleuchtet. Sie starrten ihn kühn und herausfordernd an. *Ja, ich bin es. Aber du – was ist mit dir geschehen?*

Agustina erkannte ihn also. Sie hatte ihn schon damals wahrgenommen – die Qual seines Verlangens nach ihr. Als er gehofft hatte, mit ihr sprechen zu können, ihr außer Hörweite ihrer Eltern einen verfänglichen kleinen Scherz ins Ohr zu flüstern, vielleicht sogar mit der Hand über ihren bloßen Arm streichen zu können, das Aufrichten des weichen Flaums zu spüren und wie sie sich hastig dann von ihm abgewendet hatte. Und in einen anderen Teil des Hauses geflohen war.

Dennoch hatte sie ihn Tage später an ihrem Fenster erwartet. Das blasse Gesicht am Fenster, er hatte es nie vergessen.

Was du mit mir getan hast – tun wolltest … Ich konnte die Schande nicht ertragen.

Er hielt sich die Hand an sein gutes Ohr. Was sagte Agustina? Sein Herz schlug schnell vor Unruhe, Widerspruch.

Ich – habe nichts getan. Ich habe dich geliebt und hätte dir niemals wehgetan …

»Leonard, bitte! Hör auf damit.«

Seine Frau sagte es mit schneidender Stimme, verzweifelt. Sie zupfte ihn am Ärmel, wollte ihn zurückhalten, doch er schlug ihre Hand weg, wie er es vielleicht bei einer Fliege tun würde. Näherte sich in seiner Erregung dem Stamm des Baumes, auf dem die rabenartigen Vögel krächzten und die unschönen Flügel schüttelten.

Das kleinere Tier war jetzt ebenfalls aufgeregt und gurrte nicht mehr, sondern stieß krächzende Schreie aus wie die anderen. Ein Vogelweibchen, dachte die Frau angesichts seiner Angst und Aufgeregtheit. Die Augen stechend hell. Seidiges schiefergraues Gefieder. Der Vogel flatterte in Panik zu einem höheren Ast, unerreichbar für den Professor, und schied eine blasse weiche Flüssigkeit aus, die glitzernd den Stamm hinabrann und dem Professor auf den Kopf und die Schultern spritzte. Grünlich weißer Vogelkot bedeckte einen großen Teil der unteren Äste und überkrustete den Boden.

»Leonard, bitte! Hörst du mich?«, flehte die Frau den Professor an, auf den Weg zurückzukommen. Er aber redete stur weiter auf Italienisch auf den kleinsten Vogel ein und schlug, um ihm zu schmeicheln und ihn zu locken, auf die Vogelexkremente auf seinem Kopf, den Händen und Kleidern. Die mit der milchig weißen Flüssigkeit bespritzte Brille saß ihm schief im Gesicht. Die Frau zerrte verzweifelt an ihm, hielt seine fliegenden Hände fest, ihn selbst. Der größte Vogel, fast so groß wie ein Falke, stieß aufgebracht auf sie herab, hackte dem Professor mit seinem scharfen Schnabel auf den Kopf, schlug eine blutende Wunde. Die Frau schrie. In dem Handgemenge fiel die Brille des Professors auf die sumpfige Erde, doch die Frau riss sie hoch, bevor sie zerbrach.

Es gelang ihr, ihren Mann von den kreischenden Vögeln fortzuziehen und ihn, den Arm um seine Taille geschlungen, wegzuführen. Sämtliche Sinne der Frau waren geschärft und wach, sie verstand, dass sie angegriffen und bedroht wurde. Verstand, dass sie ihren Mann schützen musste, dass sein Leben auf dem Spiel stand. Wie durch ein Wunder verlor der aufgelöste Mann nicht das Gleichgewicht und fiel in den Sumpf, wo die Vögel womöglich über ihn hergefallen wären und ihm die Augen ausgepickt hätten.

Schließlich hatten sie wieder festeren Boden unter den Füßen und waren aus dem Albtraum des Vogelparks heraus. Die Frau weinte vor Schrecken und Erleichterung, betupfte mit einem Papiertaschentuch den blutenden Schädel des Professors, der gehorsam, ohne zu protestieren, den Kopf vor ihr senkte.

Die Frau winkte ein Taxi herbei, das sie ins Hotel bringen sollte, weil der Professor in seinem Zustand so weit nicht gehen konnte.

Im Hotel wohlbehalten in ihrem Zimmer im achten Stock angelangt, kleidete die Frau des Professors den Erschöpften aus. Wusch ihm im Badezimmer das besudelte Haar, das Gesicht und die Hände, führte ihn danach zu ihrem Bett, zog eine Decke über ihn und betete, er möge schlafen und schlafen, so lange wie sein gelähmtes Hirn brauchte, auch wenn sie das Abendessen versäumten, wofür der Professor heute ein vom *Blue Guide* empfohlenes Dreisternerestaurant geplant hatte.

Selbst auch zu schlafen versuchte die Frau gar nicht erst. Sie fragte sich, ob sie auf der Reise überhaupt noch einmal schlafen würde.

Sie grübelte – *wenn er nun zusammenbricht oder stirbt. In dieser abscheulichen Stadt. Was tue ich dann!*

Veranlasse, dass der Leichnam nach Hause überführt wird. Die Kinder würden ihren Vater noch ein letztes Mal sehen wollen.

Doch nein. In seinem Letzten Willen hatte Leonard verfügt, eingeäschert zu werden.

Trifft in dem Falle die Frau alle Vorkehrungen, oder trifft jemand aus dem Mairead Grand Palace die Vorkehrungen für sie, gegen eine Gebühr? Und wäre ihr dann gestattet, die Asche nach Hause zu überführen, in einem angemessenen Behältnis?

Die Vorstellung, in den USA durch den Zoll zu gehen. Und die Asche ihres Mannes deklarieren zu müssen. Die Urne dem Zollbeamten vorzeigen zu müssen (wenn es eine Urne war). (Und was ist da in die Asche gemischt? Könnte das Kokain sein?) Die Frau – die Witwe – wird festgenommen, weinend von der Flughafenpolizei fortgebracht, während Mitreisende sie neugierig und mitleidig anstarren, voller Abscheu.

7.

Eine der schönsten Unternehmungen in Mairead ist laut *Blue Guide*, kurz vor Sonnenuntergang eine Fahrt mit der Gondel zu machen, an der Promenade entlang. Das will sich der Professor nicht entgehen lassen.

Am nächsten Tag reisen sie morgens aus Mairead ab, früher als geplant. Die Fahrt auf dem Fluss will der Professor aber nicht versäumen.

Sir! Madam! – ruft ein aggressiver Gondoliere ihnen in einem Englisch mit starkem Akzent zu, was den Professor besonders aufbringt, da er fälschlicherweise offenbar für einen gewöhnlichen amerikanischen Touristen gehalten wird. *Nur fünf Euro. Schnell, bevor es dimmert.*

Dimmert? – soll wohl *dämmert* bedeuten.

Die auf dem Wasser schaukelnde Gondel glänzt seidig schwarz wie ein polierter Schuh. Schlichter als die legendären Gondeln von Venedig, wie ja auch der Gondoliere kein Kostüm trägt, sondern ein weißes Musselinhemd und eine hellbraune Hose. Sein Haar ist pechschwarz und changiert leicht, ist mit Gel fest an seinen Kopf geklebt wie eine Perücke; um den Hals hat er ein purpurrotes Tuch geschlungen.

Das Paar schlendert die Promenade entlang, und der Gondoliere ruft, sie sollen bei ihm einsteigen, er ist ihnen behilflich, aber – *Schnell. Schon bald dimmert.*

Die Frau des Professors erschauert. Obwohl die Luft an diesem Spätnachmittag in Mairead sehr warm ist, dunstig-feucht. Sie tritt einen Schritt zurück, als der Professor sie erwartungsvoll ansieht. »Ich – ich glaub nicht. Nicht jetzt. Nein.« Mit einem Mal bekommt sie schlecht Luft.

Der Professor hat im *Blue Guide* gelesen, der Blick auf den Königlichen Palast und die anderen historischen Gebäude sei vom Fluss aus »spektakulär«. Ein Erlebnis, das man sich *nicht entgehen lassen* darf.

Doch die Frau sträubt sich, sie hat Angst.

»Aber warum denn nicht, Liebling? Wir sind doch schon zusammen Boot gefahren. Die Strömung ist nicht stark. Es sind andere Boote in der Nähe, uns kann doch nichts passieren …« Der Professor sagt es mit Geduld, er ist entschlossen, sich an ihrem letzten Abend in Mairead nicht über seine Frau aufzuregen. Von seinem Kollaps im Königlichen Vogelpark tags zuvor hat er sich vollständig erholt; soweit seine Frau es feststellen kann, hat er die demütigende Begegnung mit dem rabenartigen Vogel mit dem seidigen Gefieder vergessen. Falls er sich über die Spritzer von grünlich weißem Vogelkot auf seinen Kleidern gewundert hat, die sich nicht ausbürsten lassen, hat er seiner Frau nichts davon gesagt, und sie wird diskret dafür sorgen, dass die Kleider gereinigt werden, wenn sie wieder zu Hause sind.

Heute jedenfalls, den *Blue Guide* in der Hand, ist der Professor wieder lebhaft und beschwingt; dass es der

Vorabend ihrer (vorzeitigen) Abreise aus Mairead ist, erleichtert ihn (vermutet die Frau) ebenso wie sie.

Mit gesenkter Stimme debattieren sie über die Gondelfahrt. Seine Ratlosigkeit bei ihrem Widerstreben und ihre Heftigkeit nehmen sich nichts; sie braucht sich nicht zu erklären oder zu rechtfertigen, betont sie. »Ich will einfach nicht in diese ›Gondel‹ steigen. Ich will keine Flussfahrt *im Dimmer* machen.«

Der Professor gibt zu bedenken, wie weit sie gereist sind bis Mairead und dass es der Abend vor ihrer Abfahrt ist. Die Frau gibt zu bedenken, dass sie nicht einmal wissen, ob der Gondoliere eine Lizenz hat: »Es könnte sonst wer sein. Ein Krimineller.«

Der Professor lacht. Er will nicht ernsthaft ungehalten werden. »Liebling, du sagst so alberne Dinge.«

»Hör auf. Lach mich nicht aus. Ich gehe ins Hotel zurück. Ich fahre nach Hause – allein. Ich brauche dich nicht.«

»Aber – was um alles in der Welt redest du da?«

»Ich brauche dich nicht. Habe ich nie getan.«

Die Frau atmet seltsam. Sie japst, bekommt nicht richtig Luft. Es ist feucht, heiß. Riecht kotig. Denn (natürlich) ist der Fluss, auf dem das Licht schimmert und schillert wie Schuppen großer schöner Fische, von der weiter stromaufwärts befindlichen Industrie belastet.

Die Frau erträgt nicht, dass der Gondoliere sie so gierig anstarrt. Inzwischen kennt sie den hungrigen Blick von Fremden und fürchtet ihn. Drückt sich die Hände auf die Augen, vor denen es flimmert. Gekränkt von ihren Worten, sagt der Professor, sie könne ja ins Hotel zurückgehen, wenn sie das möchte, er aber werde in die verfluchte Gondel einsteigen und sich Mairead vom Fluss aus ansehen, die einzige Möglichkeit, die Stadt richtig zu würdigen.

»Nein!«, ruft die Frau. »Nein.«

Zuletzt bringt sie es aber doch nicht fertig, ihn allein zu lassen. Ihre Furcht vor dem Fluss ist kleiner als ihre Furcht davor, ihn dem Fluss preiszugeben und von ihm preisgegeben zu werden. Sie fände allein auch nicht zum Hotel zurück, obwohl es nur wenige Straßenzüge bis dorthin sind. Bebend ergreift sie den Arm ihres Mannes. Wenn es denn sein muss, schon gut. Es besteht keine Gefahr. Liebevoll hält er ihre Hand. Dreht die Handfläche nach oben und küsst die klamme kalte Haut, was er – seit wie vielen Jahren nicht mehr getan hat? Haben sie so etwas in ihrer langen Ehe nicht schon viele Male getan? Sich gemeinsam auf eine Reise begeben, mit treuherziger Begeisterung, mit Naivität, fehlgeleitet vielleicht, ein Irrtum, nie ganz so wunderschön, wie sie es sich im Voraus erhofft hatten, die Sache aber dennoch wert, wie sie im Nachhinein beide feststellen werden? Warum sollte ausgerechnet diese vierzigminütige Fahrt auf dem Po anders sein als ihre früheren Abenteuer? *Warum* benimmt sich die Frau ausgerechnet am Vorabend ihrer Abreise aus Mairead so unvernünftig?

»Liebling, komm.«

Der beflissene Gondoliere hilft dem in die Jahre gekommenen Paar in die wie ein polierter Schuh seidig glänzende Gondel. Noch ehe sie richtig auf dem harten Brett sitzen, auf dem ihnen das Gesäß wehtut, stößt der

Gondoliere das Boot mit hinreißend langen Schlägen, unter denen sich das Wasser kräuselt, plätschert, spritzt, bereits vom Ufer ab. Binnen Kurzem sind sie weit hinausgefahren auf den Fluss, der breiter ist, auf dem es windiger ist, als sie gedacht hätten. Und kälter. Sie entfernen sich rasch vom Ufer und blicken nun auf die Fassade des Königlichen Palasts, blassgolden im schwindenden Licht. Aus diesem Blickwinkel sieht der Palast alt und erhaben aus, wie gealtertes Elfenbein. Aus seinen vielen Fenstern blitzt messerscharf das Licht. Nichts bewegt sich, nicht an einem der Fenster und nicht an der Steintreppe zur Promenade – die Promenade selbst ist jetzt verlassen. Wo sind die anderen Fußgänger hin? Die Sonne ist ja noch gar nicht untergegangen. Der Himmel zeigt sich in einem heiteren, verblassenden Hellorange, ein prachtvolles Aquarell, das rasch in der Dämmerung vergeht.

»Oh! Es ist wunderschön«, sagte die Frau tief bewegt. Sie beginnt zu weinen, Tränen fließen ihr aus den Augen, obwohl sie (hätte sie gesagt) keine Tränen mehr in sich hat, nicht in diesem Leben. Der Professor küsst sie sanft auf die Wange, drückt ihre schmalen Finger: »Habe ich es dir nicht versprochen, Liebes? Warum zweifelst du immer an mir?«

Attentat

Attentat. Ein pochender Laut, hart wie Axthiebe. Erstmals aus dem tockenden Heizkörper an mein Ohr gedrungen. Mit offenem Mund aufgewacht, innen wund und schwärend nach dem, was man mit ihm gemacht hatte, nachdem ich in diesem grauenhaften Haus unter Drogen gesetzt wurde und einschlief.

Dann hoffnungsvolles Wispern – *Attentat. Attentat!*

Das Zimmer, das mir im Saint Clement House zugewiesen wurde, war der erste Affront. Unverzeihlich. Der Raum, das Bett, ein Bett mit klumpiger muffiger Matratze, in einer oberen Etage des Hauses. Treppen steigen müssen. Mit den geschwollenen Knöcheln, bei dem Gewicht. Gejapst wie ein Hund. Durch den verwinkelten Korridor irren müssen wie eine Ratte durch ein Labyrinth. In meinem Alter eine Zumutung. *Prädiabetes* hieß die Diagnose. *Bluthochdruck.* Das als Schlafplatz zugewiesen bekommen, unter einem verdammten Dach, niedrige Decke, keine Privatsphäre. Musste mir eine trostlose tröpfelnde Toilette mit Fremden teilen, das war nicht anständig, nicht gerecht.

Saint Clement House, wo Bewohner die Angestellten sind und die Angestellten Bewohner. Hier gibt einer auf den anderen acht, hieß es. Arrogante Mistkerle, alle miteinander. Es gibt (bezahlte) Krankenschwestern, Schwesternhelfer, Wärter, aber nicht viele, und so mussten wir uns bei Bedarf alle gegenseitig behilflich sein. Dr. Shumacher ist der Psychologe des Hauses, aber Dr. S. wohnt nicht im Haus und bleibt nicht länger als nötig, denn der Mistkerl ist uns um spätestens fünf Uhr nachmittags los und geht seiner Wege. Ich sollte Dr. S. gleichgestellt sein (da ich gebildet bin), wurde aber wegen meines Geschlechts (weiblich) um meine Bestimmung gebracht. Außerdem unbestätigte Feinde in der Regierung. Nach der Entlassung aus dem »Krankenhaus«, wo man mich (gegen meinen Willen) acht Monate festgehalten hat. Für die Rückkehr in ein normales Leben auf noch nicht fähig erkannt und daher zur Unterbringung in einer *Einrichtung zur Wiedereingliederung* verurteilt, wie der (lachhafte) Name lautet. *Wiederausgliederung* kommt eher hin. Und hier die größte Zumutung, ein Mansardenzimmer im fünften Stock zugewiesen kriegen, ich, die ich mit dreiundfünfzig alt genug bin, die Großmutter der meisten Bewohner zu sein. Und weder Junkie noch Säufer. Auch nicht gaga wie manche. Keine dreckige Schlampe – wohl kaum. Aber genötigt, mit derart verkrüppelten Exemplaren der Spezies Mensch zusammenzuleben, um ein Dach über dem Kopf und etwas zu essen zu haben, bis ich wieder so weit hergestellt bin, dass ich allein leben und für mich selbst sorgen kann.

Meine einzige Freundin lebt nicht hier. Meine einzige Freundin, wie eine Schwester, kenne ich seit der Grundschule an der St. Agatha, sie heißt Priss Reents, ist genauso alt und stämmig wie ich und mit einem braven ehrlichen Gesicht wie roher Brotteig. Wenn ich halbwegs wieder hergestellt sei, hat Priss Reents gesagt, könne ich bei ihr wohnen, in einem Zimmer ihres Hauses, wenn ich ein paar Dollar die Woche für die Miete und die Ausgaben beisteuern könne. Es ist doch sehr überraschend: Priss Reents ist Putzfrau für den P. M. persönlich, das glaubt man nicht – und doch ist es so, seit dreißig Jahren arbeitet sie für dieselbe Reinigungsfirma, der die Residenz des P. M. am Queen's Square übertragen ist. Aber wenn man die Frau fragt, wie der P. M. so ist, blinzelt sie und stammelt herum und weiß nichts zu sagen.

Ich krieg den kaum zu Gesicht, überhaupt die alle da.

Eine dumme Frau, nicht wie *ich*.

Tja, dass Priss Reents in der Residenz des P. M. putzt, und das schon seit vielen Jahren, wusste ich ja, hatte mir aber nichts weiter dabei gedacht, bis ich neulich so aufwachte, benommen, mit Schluckbeschwerden, ohne auf Anhieb zu wissen, wo ich eigentlich bin. Das Tocken im Heizkörper – *Attentat.*

Ich mag den Klang dieses Worts – *Attentat*!

Nicht *Totschläger* – nicht *Mörder.* Das sind banale Wörter. Nicht einmal *Scharfrichter.* (Obwohl ich diesem Wort langsam etwas abgewinnen kann.)

Attentat. Scharfrichter. Im Dienste des Anstands und der Gerechtigkeit.

Die Zumutung meines Zimmers im fünften Stock und das Essen, das wir hier in der *weiter ausgliedernden Wiedereingliederung* bekommen. Den einen Morgen kalte klebrige Haferflocken, und als ich einen Mundvoll auf meinen Löffel spie, sah ich angewidert ein verschrumpeltes Stück Fleisch.

Dein eigenes Herz – vernahm ich ein Wispern, ein Lachen.

Ein *Attentat* kam mit trotzdem noch eine ganze Weile nicht in den Sinn. Ich habe seit damals kein Zeitgefühl mehr, aber es dürfte gut einen Monat her sein. Was mit dem Tocken anfing, im Traum, und aus dem Traum herauswuchs, wie eine Kartoffel in feuchter Erde auskeimt – *Attentat.*

Irgendwie kam mir der Gedanke, dass ich dem arroganten Mistkerl von P. M. den Kopf absäbeln würde. Das war meine Bestimmung, nicht das andere – Dr. S. zu werden und Herr und Gebieter über die Geistesschwachen, die Süchtigen und die Schlampen, denn um diese Laufbahn wurde ich gebracht. Doch darum würde man mich nicht bringen, ich würde in die Geschichte eingehen wie die Jüdin Judith mit ihrem Triumph über Holofernes.

Attentat. Attentat! Es hat gedauert, bis ich es kapiert und akzeptiert habe, genauso lange, wie wenn man in der Lotterie gewonnen hat und das nicht zu glauben wagt: *Ich habe – gewonnen? Ich – die Gewinnerin?*

Es fehlte nicht viel, dass ich die Massen vorm TV applaudieren hörte.

Ein arroganter Dreckskerl war das, der P. M., das sah man im Fernsehen genau. Junggeselle war er – nie geheiratet. Nicht schlimmer als jeder andere in jeder anderen »politischen Partei«, aber der P. M. hat das Sagen und verdient es, dass ihm der verdammte Schädel abgesäbelt wird. Da passt es, dass genau die ihn absäbeln sollte, die seine schmutzige Toilette geschrubbt hat.

Verstehen Sie, niemand nimmt Notiz von uns. Das ist unsere Rache.

Eine kleine gedrungene Frau mittleren Alters wie Priss Reents/ich geht unsichtbar durch die Welt. Mit Ballenzehen, Krampfadern, geschwollenen Knöcheln: sie/ich. Gerät treppauf außer Atem: sie/ich. Wir geraten sogar treppab außer Atem. Keine eins sechzig, hundertsiebzig Pfund. Seit Jahrzehnten hat uns kein Mensch mehr eines Blickes gewürdigt. Kein Mann und kein Junge, so lange wir zurückdenken können. Wir verdienen Respekt wie jeder von Ihnen, bekommen aber keinen verfluchten Respekt von Ihnen, ergo – zum Teufel mit Ihnen.

Das ist sogar unsere Stärke. Ein *Attentäter* in Gestalt einer Putzfrau mittleren Alters, hochrot und keuchend auf der Treppe, Brüste wie Ballons und bis zur Taille herabgesunken, dickliche Oberschenkel und Gesäßbacken in einer Uniform – wer würde das vermuten?

Was, bist du bescheuert, Mann? Die Kuh? Das ist die Putzfrau, Herrgott, Mann. Lass sie durch.

So ähnlich war es, sickerte an dem Vormittag durch. Ich hatte schlau ein halbes Dutzend Schlaftabletten zermörsert und in Reents' Kaffee aufgelöst, den die Frau mit Milch und Zucker so verlängert, dass es nicht mal mehr Kaffee ist, sondern ein ekelhaftes Zuckergebräu. Und mir wollen die weismachen, ich hätte einen Prädiabetes.

Deshalb konnte ich ohne Weiteres Priss Reents' Uniform anziehen, als sie tief und fest schlief und mit offenem Mund schnarchte. Und, ungelogen, in die Polyesterhose mit dem Gummizug passte ich rein wie eine Faust in den Handschuh. Ich ging ohne Weiteres als Priss Reents durch, die mir ähnelt wie eine Zwillingsschwester. Sogar ein Wachmann, wäre er auf die Idee gekommen, mich wirklich anzusehen, hätte geglaubt, Priss Reents vor sich zu haben und nicht mich, denn ihr Ausweisfoto war an meinem bis zur Taille abgesackten Busen angeheftet, und so ein Ausweisfoto hätte er sich aus Abneigung gegen so einen Busen auch kein zweites Mal angesehen. Außerdem hatte Priss Reents immer eine geschmacklose Strickmütze auf, unter der sie ihr dünner werdendes Haar versteckte, und die passte mir auch. *Alles klar, Ma'am. Gehen Sie durch.*

Sieht ein Mann einen flüchtig an und ist man Priss Reents/ich, sind seine Augen glasig vor Langeweile. Er *sieht* nicht einen Augenblick hin.

Glatt durch die Kontrolle durch. Genau wie geplant. Einen fahrbaren Staubsauger mitgeschleppt, Wischmopp und Eimer, eine Stofftasche, pickepackevoll mit Lappen, Bürsten und Putzmaterial. Durch harmlose Fragen, die ich Priss Reents stellte, hatte ich herausgefunden, welcher Korridor zu den Privaträumen des P. M. führte, und dort deponierte ich die Putzsachen und machte mich in den protzigen Räumen auf die Suche nach dem verdammten Mistkerl, den ich so glühend hasste, als hätte der P. M. mich, wie in dem Traum in der vergangenen Nacht, ins Gesicht beleidigt, wie ich es von so vielen anderen erlebt habe. Sie wären genauso perplex wie ich, wie schnell ich mit meinen geschwollenen Knöcheln vorankam. Wodurch mir, als ich das Ereignis im Nachhinein noch einmal Revue passieren ließ, klar wurde, dass der Ausgang des *Attentats* vorherbestimmt war wie der letzte Zug bei einer Partie Schach, nur dass der *Attentäter* bis ganz zum Schluss nicht identifiziert worden ist. Und ich fragte mich, ob sie sich in dem Falle zuerst auf andere als Attentäter kapriziert hatten, die sich allerdings als untauglich erwiesen, sodass sie sich auf mich festlegten, weil sie wussten, ich wäre keine Enttäuschung. Denn gewusst haben müssen sie ja von mir – von meinem früheren Leben, meiner Ausbildung, die zu nichts geführt hatte, von meinem scharfen Verstand, stumpf geworden durch jede Menge Enttäuschungen, von denen nicht eine meine Schuld war. Im Schlafzimmer des Mannes stand der P. M. in Socken (schwarze Seide) vor einem dreiteiligen Spiegel und knöpfte sich mit finsterem Blick ein frisch gebügeltes weißes Frackhemd aus Baumwolle zu, arglos mit dem Rücken zur Tür, denn Priss Reents hätte nie gewagt, irgendein Zimmer der Residenz zu betreten, ohne vorher unterwürfig anzuklopfen, und wenn nicht geklopft wurde, konnte niemand stören; und wenn kein Fremder störte, konnte es nicht plötzlich von hinten eins auf den Kopf geben, so geschwind in den Halbschatten des Spiegels hastend, dass die Zielperson keine Chance hatte, auch nur Luft zu holen, dem harten Schlag mit der vom Kaminsims gegriffenen Zinnvase auszuweichen, die den zerbrechlichen Schädel gehörig knacken ließ. *Du weißt, was du zu tun hast, wenn du es tust* – hatte die Stimme aus dem Heizkörper verlauten lassen, und so war es, in der Küche gleich nebenan hingen schicke scharfe Messer an einer Magnettafel, und ich griff mir das mit dem doppelten Wellenschliff und war die nächste halbe Stunde oder länger damit beschäftigt, dem verfluchten P. M., der kraftlos auf einem schicken hochflorigen Teppich lag, den Kopf abzusäbeln. Der »Berufspolitiker« (als der er bekannt war) hatte in unserem Land so viele Feinde, dass Unzählige über meine Tat jubeln und mir für meinen Patriotismus danken würden. Einen (lebendigen) Kopf von einem (lebendigen) Körper abzutrennen, ist kein Klacks und sehr blutig und ermüdend, wie Sie sich denken können, doch der P. M. war tief bewusstlos nach dem Schlag auf seinen Schädel und hatte wenig entgegenzusetzen.

Der Kopf (wie ich ihn nannte) war mein, sobald er säuberlich vom Körper abgetrennt war. Er war größer, als Sie annehmen würden, und er war schwerer. Sehr blutig auch, mit Adern und Sehnen und zappelnden Nerven, aus denen es nonstop über den ausgefransten Hals tropfte. Die Gesichtshaut war derb und wurde dunkler wie vor Unmut. Die Augen waren halb geschlossen, die Lider erschlafft wie bei einem Trinker. Und das Haar, dünn und angegraut und nicht hübsch silbrig-weiß, wie man es bei öffentlichen Auftritten des P. M. zu sehen gewohnt war – ein Haarteil, das er (offensichtlich) am Kopf befestigte, wenn er seine Räumlichkeiten verließ.

»Dir fehlt dein Haarteil, was, Mäuschen?«, sprach ungewollt der Scherzbold aus meinem Mund.

Wurde das ein neuer Zug an mir – solche neckischen Reden? Denn in der Gegenwart von Männern kannte ich so was von mir gar nicht, das kann ich bezeugen.

Der Kopf war für eine Antwort zu verdattert. Von den

Augen war das linke fast völlig in der Tiefe seiner Höhle versunken, während das rechte sich alle Mühe gab, mich im Blick zu behalten und zu begreifen, was hier vor sich ging. Schließlich war der P. M. nicht in diese Position in der Regierung gelangt, wäre er nicht scharfsinnig gewesen. Aus Freundlichkeit ebenso wie aus Bosheit stöberte ich das Haarteil im angrenzenden Schlafzimmer auf, setzte es auf den nahezu kahlen Schädel und zog es gerade, so gut es ging, denn noch im enthaupteten Zustand war der P. M. ein Frauentyp.

Man möchte fast lächeln, wenn man merkt, wie eitel ein Mann noch in so einem Augenblick ist.

Bald darauf verließ ich die Räume des P. M., zog Staubsauger, Wischmopp, Eimer und Stofftasche hinter mir her. Und darin, mit Plastik umwickelt, damit das Blut nicht durchsickerte, der Kopf. Mit einem Schuss Desinfektionsmittel, das in der Nase zwickte.

Wenn man die Residenz des P. M. verlässt, wird man nicht genau untersucht. Es werden nur Vorkehrungen dagegen getroffen, dass jemand eine tödliche Waffe mit in die Residenz hineinnehmen kann, und wenn man geht, geschieht das durch eine andere Tür.

Es war aber immer noch früh – noch vor acht. Hätten die ihren Verstand eingeschaltet, hätten sie vielleicht überlegt, warum die Putzfrau schon so früh wieder geht, sie schenkten ihr aber nicht mehr Beachtung als einer Fliege, die summt, damit man sie hinauslässt.

Von Priss Reents wusste ich, dass die glänzende schwarze Limousine, die den P. M. durch die Stadt zum Capitol brachte, nicht vor halb neun vorfuhr, deswegen würde man den Verstorbenen bis dahin auch nicht vermissen.

Über den kopflosen Körper hatte ich die Quiltdecke von dem zerwühlten Bett gebreitet. *Kopflos* ist ein Körper nur von geringem Interesse und unterscheidet sich nicht von anderen seines Geschlechts, wie ich fand.

Mit Priss Reents' Schuhen mit der Gummisohle an den Füßen, ihr Ausweisfoto vom Busen entfernt, in einer Polyester-Grobstrickjacke in einem ungewöhnlichen Lavendelblau, die nichts ähnelte, was Priss Reents besaß, und ohne die geschmacklose Strickmütze fuhr ich mit der Straßenbahnlinie Land's End bis zur Endstation. Da gibt es eine Stelle, die ich zwar seit Jahren nicht mehr besucht habe, aber einmal gut kannte, noch hinter der hölzernen Promenade am Strand, an einem nicht mehr stark frequentierten Abschnitt; hier würde der Kopf nicht gleich gefunden werden. Mein Plan war, ihn in dem groben feuchten Sand zu vergraben, und das sorgfältig, denn dieses Detail des *Attentats* auszutüfteln, blieb offenbar an mir hängen; so ist es ja oft, ein Klugscheißer sagt einem, was man tun soll, liefert aber keine vollständige Anweisung, sodass man den Rest selbst beibringen muss. Frauen kennen das, es hat mich nicht überrascht. Der Kopf verstand mein Vorhaben, denn das rechte Auge war bang auf mich geheftet. Schrecklich blutunterlaufen zwar, hatte es mich scharf im Blick. *Lass mich nicht im Stich* – bettelte es.

Unsinn! Solchen Unsinn hörte ich mir nicht an. Im Leben hatte der P. M. etwas Liebedienerisches an sich gehabt, wie häufig gesagt wurde. Durch und durch ein richtiger Mistkerl, dieser P. M. Ein Viertel schottisches Blut in sich, hieß es. Einer der Schlauen, der *seinen Willen bekam*, wenn man nicht aufpasste.

Ich versteckte den Kopf also an einem sicheren Ort hinter einem verschlossenen Verkaufsstand. Samt Einkaufstasche, aber die war so schmuddelig, dass sie nicht einmal in den Augen völlig Verzweifelter einen Diebstahl lohnte. Da ich inzwischen tüchtig Hunger hatte, ging ich auf die Promenade eine Kleinigkeit essen, kam zurück, und da war der Kopf in der Tasche, das Gesicht hochrot und missmutig; das linke Auge trieb ziellos, das rechte jedoch blinzelte anklagend im harten Licht der Ozeanküste. *Lass mich nicht im Stich. Bitte! Dein Geheimnis ist bei mir sicher – ich verrate ihnen nicht, was du getan hast.*

Und, ganz kläglich: *Vergrab mich nicht wie Müll, ich bitte dich.*

Am meisten fürchtete der Kopf, lebendig begraben zu werden. Ich hatte Mitleid mit ihm, denn ich konnte ja nachvollziehen, wie man sich in solchen Augenblicken fühlt.

In ein paar Tagen triffst du eine Entscheidung, dachte ich. Bis dahin richtet der Kopf keinen Schaden an. Wir sind an einer geschützten Stelle, wo niemand etwas hört, und fliehen kann er (natürlich) auch nicht. Ich legte ihn auf eine Servierplatte, auf ein Wasserbett, damit er feucht blieb, wie man eine sukkulente Pflanze feucht hält, nachdem die Blutung nun aufgehört hatte oder doch fast. Setzte dem Schädel noch das silberne Haarteil auf, ohne das sich der Kopf nicht gerne blicken lässt.

Schon bald hatte der Kopf etwas richtig Anheimelndes.

Wie nach langen Jahren ein Ehemann. (Ich hatte einmal einen Mann, ich glaub, daran erinnere ich mich. Aber nicht der jetzige Mann und nicht ich als Ehefrau, daran erinnere ich mich nicht.) *Bitte hab Mitleid mit mir. Bitte hab mich lieb. Vergrab mich nicht* – wispert der Kopf mutig.

Und: *Küss mich auf den Mund! Ich liebe dich. Bitte.*

Doch über diese Bitte kann ich nur lachen. Ich werde dich nicht *auf den Mund küssen* oder gar irgendjemandes verfluchten Mund. Wenn du es genau wissen willst, überlege ich, wo ich dich begraben soll. Weiter draußen auf dem Kiesstrand, aber so tief, dass die Möwen dich nicht riechen und ausbuddeln und Rabatz machen. Nein, dafür bin ich zu klug. Tatsache ist, ich sitze einfach hier und habe ein Heim, ich denke nach, und wenn ich damit fertig bin, weiß ich genauer, was ich tun will, und von dir, mein Mann, lasse ich mir gar nichts sagen, und von keinem, nie wieder.

2.

Sünder in der Hand eines zornigen Gottes

I.

Das mit der Gesichtsmaske zum Beispiel.

Gut – bloß eine Halbmaske, aus grüner Gaze, wie Mediziner sie tragen.

Keine *Vollmaske* – das wäre albern.

Luce hatte schon vor den Hochwassern, Erdrutschen und Feuersbrünsten der letzten Jahre (manchmal) eine Gazemaske aufgesetzt. Nicht in der Öffentlichkeit! Nur zu Hause.

Wenn sie meinte, der Wind rieche »komisch« – rieche »anders, als er soll«.

Besonders der von Süden. Von den Industriestädten weiter südlich. Hazelton-on-Hudson im Dutchess County liegt zweihundert Meilen nördlich von New York City, was bedeutet, fast genauso weit entfernt wie von den Industriestädten Rahway, Elizabeth, Edison, Newark, New Jersey und noch weniger weit entfernt von dem berüchtigten Kraftwerk in Wawayanda, New York, mit seinen majestätischen weißen Wolken aus giftigem Rauch, erkennbar, abhängig von der Windrichtung, sogar für die Einwohner von Vedders Hill, die den Himmel mit dem Fernglas absuchen und auf (mit bloßem Auge sichtbare) Luftverschmutzung achten, wenn die im Hudson Valley mit der Luftqualitätsüberwachung beauftragte Stelle Alarmstufe Rot für die Countys Ulster und Dutchess ausgegeben hat.

Luce setzt die Maske, erworben in einer Sanitätshandlung in Kingston, schnell ab, wenn Andrew unerwartet nach Hause kommt, denn ihr Mann missbilligt ihre *Überreaktionen* und ihr *Katastrophengedöns*, wie er es nennt.

(Ist das überhaupt ein Wort – *Katastrophengedöns*? Andrew möchte es ins Komische ziehen, das ist Luce klar, er greift auf Sprechblasenrhetorik zurück, um den Spott abzumildern, weil er eindeutig verärgert ist; *Katastrophengedöns* erkennt immerhin aber an, dass die (mit Sicherheit) drohende Katastrophe sehr real ist.)

Heute trägt Luce die Maske nicht. (Obwohl der Wind aus dem Süden wirklich *komisch* riecht, *nicht, wie er soll.* Und der Boden riecht nah beim Haus wieder übel, genau genommen dieses Frühjahr noch mehr.) Luce hat die Stelle mit dem Fernglas abgesucht und nichts über Gebühr Beunruhigendes gefunden, abgesehen davon, dass die Instandsetzungsarbeiten auf dem höher gelegenen Abschnitt des Vedders Hill Way, wo es letztens einen Erdrutsch gab, ins Stocken geraten sind. Hässliche gelbe Baufahrzeuge waren links und rechts auf der schmalen Straße abgestellt, eine Beleidigung fürs Auge.

Und ein Geschwader Düsenjets von der Militärbasis in Fort Drummond fliegt mit ohrenbetäubendem Lärm am Himmel entlang und reißt ihn auf.

Ihre Geige! Luce läuft in ihr Zimmer und holt sie,

schnell, bevor Andrew wiederkommt, sie hat das Instrument seit Wochen nicht in der Hand gehalten, möchte es plötzlich zu gern aufnehmen, sich ans Kinn schmiegen, den Bogen schwingen – ein paar Minuten der Bach-Partita, die sie sich als Musikstudentin an der Columbia zum ersten Mal erarbeitet hat, der Vergessenheit entreißen, nichts ist köstlicher, tröstlicher, ihr Spiel ist natürlich nicht mehr wie früher, aber auch nicht annähernd so schlecht, wie sie befürchtet hatte.

2.

»Geben wir eine Dinnerparty. Es ist so lange her.«

»Gott, ja! Aber dann mal Tempo.«

Das ist ein Witz. Ein harmloser, auf Andrews Witzeskala. Trotzdem zuckt Luce zusammen. Denn vielleicht ist das kein bisschen komisch. Luce hasst diesen Humor ihres Mannes, in so unsicheren Zeiten im Leben von ihnen allen.

In der Ferne, jenseits von Vedders Hill, grollender Donner.

Sie muss gleich an das Gepolter der Kegel denken, mit denen die dämonischen alten Zwerge in Rip Van Winkles Sage über niederländische Siedler spielen. Oberhalb von Hazelton-on-Hudson leben die nämlich in dem Gebiet, das früher Kaatskill-Berge genannt wurde, den heutigen Catskills; in einer früheren Variation des Themas, in der Hazelton-on-Hudson als niederländisches Dorf Vedders erscheint, war es vermutlich Schauplatz der Geschichte von Rip Van Winkles Verzauberung vor über zweihundertfünfzig Jahren, die beinahe tödlich ausgegangen wäre.

3.

Es ist nicht so, dass sie *alt* wären. Dem Kalender nach nicht. Im Grunde nicht. Die meisten von ihnen zumindest nicht. Edith Danvers zum Beispiel, Luce' Kollegin am Bard College, eine der wenigen Nachbarn, die sie am Vedders Hill Way noch haben, bei der vor Kurzem ein Dickdarmkrebs dritten Grades diagnostiziert wurde, ist erst einundfünfzig – genauso alt wie Luce. Und Roy Whalen, Anwalt und Andrews Freund schon seit dem Studium in Yale, als Schwimmer ehemaliger Olympiateilnehmer und langjähriger Bewohner von Hazelton-on-Hudson, der an einer sich verschlechternden Spinalkanalstenose leidet, ist erst siebenundfünfzig. Todd Jameson, Andrews Tennispartner, Mitbegründer von Dutchess County Greenpeace, im vergangenen Jahr von einer rätselhaften Autoimmunerkrankung befallen, die gewisse Symptome mit Lupus gemeinsam hatte, (offenbar) aber kein Lupus war, er ist gerade mal sechzig – jugendliche sechzig. Heddi Conyer, Luce' beste Freundin im Kleinen Kammerorchester Hazelton, bei der vor Kurzem Morbus Crohn festgestellt wurde, ist erst sechsundfünfzig. Lionel Friedman war nicht *alt* – jugendliche vierundsechzig. (Es sind meist sogar ungewöhnlich gesunde junge Männer, Schwimmer und Taucher, die an der tödlich verlaufenden *Naegleria fowleri* erkranken, bei der Amöben das Gehirn angreifen. Andere aus der gleichen Generation wie die Stantons, Bekannte aus der Gegend um Hazelton-on-Hudson und Red Hook seit Mitte der Achtzigerjahre, berichten von Divertikulitis, Magenkrebs, Bauchspeicheldrüsenkrebs, Lungenkrebs (bei jemandem, der seit siebenunddreißig Jahren nicht mehr geraucht hatte), Leukämie und Lymphomen, von Nierenversagen, Herzversagen, Gelenkentzündungen und neurologischen »Ausfällen«, sogar Schlaganfall – in so (relativ) jungen Jahren! Und da ist die neuste schockierende Nachricht von Jack Gatz, langjähriger Distriktstaatsanwalt von Dutchess County und der beste Spieler in Andrews Pokerrunde, bei dem in der vorigen Woche eine präsenile frontotemporale Demenz festgestellt wurde – mit neunundfünfzig.

»Wenn es mit Jack bergab geht, geht es für uns andere beim Poker zwar bergauf«, sagt Andrew, »macht aber nicht mehr so viel Spaß.«

»Das will ich nicht hoffen!«, erwidert Luce bestürzt. »Und ich hoffe, das hast du Jack so nicht gesagt.«

Mit der Pose eines Schauspielers, für den das Drehbuch die perfekte Replik bereithält, sagt Andrew: »Das war ein Scherz, Liebling. Jack hat ihn selbst gemacht, als er es uns vorige Woche erzählt hat.«

Nach dieser Abfuhr zieht sich Luce betreten lachend zurück.

In der Ehe wie beim Tennis ist ein Spieler zwangsläufig dem anderen überlegen.

Nach fast dreißig Jahren als verheiratete Frau ist Luce nie ganz sicher, wie sie die Äußerungen ihres Mannes verstehen und wie sie seinen Gesichtsausdruck deuten soll. *Verachtet er ihre Beschränktheit, bemitleidet er sie wegen ihrer Naivität, rührt ihn ihr gutes Herz?*

Oder alles zusammen oder nichts davon?

***

Vor dreißig Jahren hatten sie sich auf der Treppe der Butler Library der Columbia-Universität kennengelernt.

Sie war vorsichtig die vereisten Stufen hinabgestiegen und trotzdem ausgeglitten, war mit dem Fuß umgeknickt und wäre gestürzt, hätte ein junger Mann, der gerade die Treppe heraufkam, nicht schnell nach ihrem Arm gegriffen und sie am Ellbogen in der Senkrechten gehalten – *Hoppla! Aufpassen.*

Vor Überraschung und Dankbarkeit hob Luce den Blick, die Augen waren in dem kalten, feuchten Wind – (der Hudson war nur wenige Straßenzüge weiter im Westen, von da, wo sie standen, aber nicht zu sehen) – von Tränen trüb. Die kräftige Hand, die sie am Ellbogen hielt, ließ nicht gleich wieder los.

Dreißig Jahre. Das Leben hatte für sie entschieden.

Ein verschlungener, schwindelerregender und (anscheinend) doch zwangsläufiger Weg von damals zu jetzt, wo die ernüchterte Frau vor dem Ausdruck klammheimlichen Triumphs auf dem Gesicht des Mannes zurückweicht – *Hoppla! Aufpassen.*

4.

Anfangs hieß es – *Wer aus unserem Kreis stirbt zuerst?*

Dann – *Wer ist der Nächste?*

Dann – *Frag nicht.*

Luce liegt nachts wach und denkt an ihre kranken Freunde in Hazelton-on-Hudson. Daneben, ihr den Rücken zukehrend, liegt Andrew im seligen Tiefschlaf der Ahnungslosen.

Luce macht sich Sorgen um Heddi, die wie sie Geige spielt, noch mehr Sorgen aber macht sie sich um die arme Edith Danvers, denn (überlegt sie) bei Dickdarmkrebs besteht eher Lebensgefahr als bei Morbus Crohn, den man mit Medikamenten in Schach halten, wenn nicht gar heilen kann; außerdem gehen Edith und sie seit Langem gemeinsam zum Yoga, und sie ist ihre Kollegin (Assistentin) im anglistischen Fachbereich des College. Edith ist Luce' Vertraute in puncto Ehemänner, Ehe und Kinder und begleitet sie zu Code-Pink-Protesten in Manhattan. Seit der Krebsdiagnose quält Edith die Angst, ihr Mann werde sie »nie wieder berühren«, muss sie doch nicht nur eine langwierige Chemotherapie durchstehen, sondern auch einen Kolotomiebeutel tragen – eine Eröffnung, bei der Luce vor Empörung zittert. (Und dabei Luce' ureigenste Angst, denn auch sie hat schon den flüchtigen Ausdruck von Ekel, von Abscheu in Andrews Gesicht gesehen, wenn sie nicht ganz so strahlt, wenn sie niesen muss, ungekämmt ist, reizlos. Wenn sie so alt aussieht, wie sie *ist.*) (Sie schaut schnell weg, wenn sie das sieht.)

Mehr Mitgefühl bringt Andrew für den großspurigen Jack Gatz auf, den er immer – unumwunden – bewundert hat, ist Jack Gatz in ihrem Freundeskreis in Hazelton doch der mit der herausragenden Karriere. Das Haus der Gatz' – Glas, Stein, Rotholz, brüniertes Kupfer, *im Stile von Frank Lloyd Wright*, wie die vage Angabe lautet – war das spektakulärste Haus von Vedders Hill, ja ganz Hazelton-on-Hudson, bis die Feuersbrunst im vorigen Herbst einen schmählichen Geröllhaufen daraus machte.

Nein, denkt Luce. Es ist nicht so, als wären sie und ihre Freunde *alt*. Oder als gäben sie nicht auf sich acht – ihre Krankenversicherungen decken ein generöses Spektrum von Mammografien und Prostatascreenings, Koloskopien, Elektrokardiogrammen und Echokardiogrammen, Biopsien, Computertomografien und Magnetresonanztomografien ab … Roy Whalen hat sich in der Mayo Clinic eine ganze Woche lang auf Herz und Nieren untersuchen lassen, Todd Jameson an der Johns Hopkins. Pete Scully, erster Geiger und Dirigent des Kleinen Kammerorchesters, geht angeblich dreimal pro Woche zur Dialyse ins Dialysezentrum von Kingston. Und ihre Freundin Samantha Plummer hat bereits einen Termin für die komplizierteste und teuerste medizinische Behandlung überhaupt – eine Stammzellentransplantation samt einer Batterie von Chemotherapien, gefolgt von einer Quarantäne in keimfreier Isolation, für die sie mindestens sechs Wochen ein dafür eingerichtetes Apartment an der Sloan-Kettering-Klinik in Manhattan beziehen wird.

Ringsherum brechen ihre Freunde und Nachbarn zusammen! – und tun es den sich absenkenden Straßen von

Vedders Hill nach, den Schlammlawinen, Springfluten und Verpuffungen der letzten Jahre. Früher hielt man es für normal, dass Dürren, Orkane, Tornados, sintflutartiger Regen und katastrophale Schneestürme die Staaten im Westen und an der Küste betrafen, heute aber suchen solche Wetterextreme sogar schon Dutchess County heim.

5.

»›Gott, der euch noch über dem Abgrund der Hölle hält, gerade so, wie etwa eine Spinne oder ein abscheuliches Insekt über dem Feuer gehalten wird, dieser Gott verabscheut euch und ist schrecklich erzürnt: Sein Zorn gegen euch brennt wie Feuer; er betrachtet euch als Leute, die nichts anderes verdient haben, als in den feurigen Pfuhl geworfen zu werden.‹«

Andrew ist sehr unterhaltsam, und Andrew macht einen frösteln, wenn er die Stimme des puritanischen Predigers Jonathan Edwards aus dem 18. Jahrhundert heraufbeschwört, der die Gemeinden mit seiner berüchtigten Predigt »Die Sünder in der Hand eines zornigen Gottes« in Angst und Schrecken versetzt haben soll. (Andrew Stanton unterrichtet an keinem College und keiner Universität, sondern firmiert als Privatgelehrter; sein berühmtes Buch ist das mit dem Pulitzerpreis ausgezeichnete *Geistesgeschichte Amerikas von der puritanischen »Stadt auf einem Berge« bis zur »Großartigen Gesellschaft«.)*

Andrew ist (halb ernst gemeint) der Ansicht, im 21.

Jahrhundert sei nicht die Hölle Verdammnis, sondern das Fehlen einer ausreichenden Krankenversicherung.

»Wir sind Spinnen, die das Schicksal über dem Höllenfeuer baumeln lässt und die beim geringsten Missgeschick in ewiges Leid stürzen – am Leben gehalten von Apparaten, die wir eventuell sogar ›aus eigener Tasche‹ bezahlen müssen.«

Andrews Zuhörer lachen beklommen. Mag sein, es ist scherzhaft gemeint – oder zumindest nicht ganz ernst –, aber das ist der Albtraum, vor dem es allen in Amerika graut.

Gebildete und aufgeklärte Menschen, die einen zornigen Gott nicht fürchten und keinen Jesus Christus brauchen, der sie vor diesem Gott errettet. Die aber sehr wohl die Tyrannei der Arztrechnungen fürchten, während ihre Beschwerden und Erkrankungen schon zunehmen.

»Je mehr Tests, desto mehr Diagnosen. Je mehr Diagnosen, desto mehr Krankheiten und ›Leiden‹. Je mehr Krankheiten und ›Leiden‹, desto mehr Behandlung. Je mehr Behandlung, desto mehr Hospitalisierung, und je mehr Hospitalisierung, desto mehr Arztrechnungen.«

Oh, Andrew Stanton ist sehr komisch. Luce lacht mit den anderen und zuckt zusammen.

Was unsere Strafe ist, wissen wir, was aber war unsere Sünde?

6.

Die Ausplünderung der einen Erde, die uns gegeben worden ist, natürlich.

7.

War Erde ihr früher ein Trost, beginnt sie sie heute zu fürchten.

Draußen grelle, blendende Sonne. Verzweifeltes Bedürfnis, *nach draußen* zu gehen.

Mit einer Gartenschaufel gräbt Luce in schwerer dunkler Erde, die sie durch jahrelanges Kompostieren selbst hergestellt hat, die aber jetzt einen seltsamen Geruch verströmt, kotig-faulig, als wimmelte es darin von mikroskopisch kleinem infektiösem *Leben.*

Erderwärmung, denkt Luce. Ihre Nackenhaare richten sich auf. Temperaturen von unter null, die infektiöses Leben früher abgetötet haben, können für längere Zeiträume in diesem Teil Nordamerikas nicht mehr garantiert werden.

Wenn sie Handschuhe anzieht?, überlegt Luce. Die Erde nicht mehr mit bloßen Händen anfasst …?

Ihre Maske? Über die Andrew sich lustig gemacht hat, sie sieht ja auch albern an ihr aus (Luce gibt es zu), sollte sie *die* aufsetzen?

An Depression Erkrankten wird Gartenarbeit empfohlen, Musik.

Lesen nicht so sehr, Schreiben schon gar nicht, denn

geistige Tätigkeiten regen das *Denken* an. Keine gute Idee.

Ein Gefühl von Verzweiflung wie die Sandflöhe, die ihr an den Beinen hochkrabbelten, eine äußerst unschöne Erinnerung an die lange zurückliegende Kindheit.

Sie wird, beschließt sie, heute Vormittag gar nicht im Freien arbeiten.

8.

»Luce, Liebling! Wenn du schon angefangen hast, die Gäste zu unserem Essen einzuladen, denk an Lionel Friedman und –« (den Namen der Frau vergessen haben und sich darauf verlassen, dass Luce den Namen beisteuert, und tatsächlich, Luce murmelt *Irina*, wie sie es inzwischen perfekt beherrscht, wenn sie ihren Mann informiert, ohne seinen Gedankengang zu stören) – »Es ist wirklich schon lange her, dass wir sie gesehen haben, glaub ich.«

»Ja. Ist es.«

»Ich hab Lionel immer gemocht – er ist sehr beeindruckend, auch wenn er manchmal ein bisschen wichtigtut. Und – wie heißt sie noch –«

»– Irina –«

»– sehr klug, wie ich mich erinnere. Und eine gute Köchin. Wir schulden ihnen ein Essen, nicht? – Ich erinnere mich dunkel.«

»Ja, glaub schon. Ich glaube, du hast recht.«

»Na dann – lade sie bitte ein.«

»J-ja. Mach ich.«

Andrew so früh am Morgen zu verärgern, war nicht nötig. Wenn er doch gerade in sein Arbeitszimmer gehen und den Vormittag über dort arbeiten will.

Es ist nur so, Lionel Friedman ist vor acht Monaten gestorben, und Andrew hat es offenbar vergessen. Und Andrew hat es offenbar nicht nur vergessen, sondern, Luce graut davor, er zieht ihre Antworten auch häufig in Zweifel, wenn sie ihn an etwas erinnert, was er vergessen hat, reagiert argwöhnisch, gereizt, als hätte sie das aus Hinterhältigkeit vor ihm geheim gehalten – *Warum um alles in der Welt hast du mir nichts gesagt?*

Luce möchte auch nicht gezwungen sein, ihrem Mann die grässlichen Details von Lionels Tod (noch einmal) zu schildern, die seltene und unbekannte infektiöse Hirnhautentzündung, über die die New York Times im Wissenschaftsteil eine Meldung unter der grellen Überschrift *Zunahme der Fälle von gehirnfressenden Amöben in den USA auf langsam steigende Temperaturen zurückgeführt* gebracht hatte.

9.

Wagen sie es? Nach so langer Zeit? Nicht ein einziger Auftritt des Kleinen Kammerorchesters Hazelton in der (verheerenden) Saison 2018/19; und das *Kleine Quartett*, wie sie sich nennen, vier Musiker, Orchestermitglieder, ist schon – wie lange? Fünf, sechs Monate? – nicht mehr zum Spielen zusammengekommen, während sie sich früher alle zwei oder drei Wochen und manchmal noch öfter getroffen haben.

Pete Scully, erster Geiger des kleinen Orchesters. Luce Stanton, Geige. Tyler Flinn, Cello. Heddi Conyer, Bratsche. Alles Amateure, für die eine Laufbahn als Berufsmusiker unerreichbar gewesen war, jeder andere Berufsweg aber, wie erfolgversprechend auch immer, nur zweite Wahl.

Luce und Heddi sind sich einig: Das *Kleine Quartett* muss bei der Dinnerparty der Stantons spielen. Vor Jahren gab es regelmäßig solche Hausmusikabende, die doch allen gefielen, warum sie nicht wieder aufnehmen?

Das *Kleine Quartett* hatte jahrelang an verschiedenen Streichquartetten von Schubert gearbeitet. Am meisten abverlangt hatte ihnen das letzte, das vorzüglichste, die Nr. 14 in d-Moll, *Der Tod und das Mädchen*. Für ein kleines Publikum hatten sie in Privathäusern oft weniger fordernde Quartette von Dvořák, Borodin oder Brahms gespielt, bei dem anspruchsvollen, emotional aufreibenden Stück von Schubert aber nie die Könnerschaft erreicht, bei deren Vorführung vor Zuhörern sie sich selbst wohlgefühlt hätten. Jetzt aber, Heddi sagt es mit kurzem Auflachen, »läuft uns vielleicht die Zeit davon«.

Luce lässt sich nicht anmerken, dass sie die hingeworfene Bemerkung gehört hat. Sie erschauert und lacht – »*Wagen* wir es? In letzter Zeit ist so viel passiert …«

»Genau deswegen. *Wir* müssen das Heft wieder in die Hand nehmen.«

»Scully war krank …«

»*Ich* war krank. Aber jetzt bin ich wieder bei Kräften, und Pete ist es, glaub ich, auch.«

Luce hört das Zittern in der Stimme ihrer Freundin. Sie möchte nichts in Zweifel ziehen, was immer Heddi auch sagt, jetzt noch nicht.

»Ich hab Ty angerufen und ihn und Glenda zu dem Essen eingeladen, und es klang, als sei er – na ja, überrascht, meine Stimme zu hören. Vielleicht dachte er, ich wäre bei der Feuersbrunst umgekommen.«

Diese skurrile Bemerkung übergeht nun Heddi.

»Und, hat er Ja gesagt?«

»Zur Dinnerparty, ja, und als ich davon anfing, für die Gäste ein bisschen zu musizieren, hat er nach kurzem Zögern gesagt: ›Ach, zum Teufel! *Ja.*‹«

»Ty, wie er leibt und lebt. Ich mag Ty sehr. Was ist mit Pete?«

»Oh, sicher – *ja.*«

»Wir können heute anfangen zu üben, du und ich. Heute Abend!«

»Heute Abend? Wirklich?«

»Ja. Komm zu mir. Es wird Andrew gar nicht stören. Er sieht nach dem Abendessen bis Mitternacht MSNBC und CNN, das *kann* ich einfach nicht. Nicht mehr! Komm bitte, dann verschaffen wir uns einen kleinen Vorsprung vor den Männern.«

»Aber – Schubert? *Der Tod ...?*«

»Wir haben noch drei Wochen und zwei Tage. Das kriegen wir hin.«

»Meinst du?«

»Ja.«

Atemlos lachen sie beide, Luce Stanton und Heddi Conyer. Wie Mädchen, die sich Hand in Hand auf einem hohen Sprungturm bereit machen, in das trübe Wasser hinabzuspringen.

»Gott, du hast mir gefehlt. Unsere Abende haben mir gefehlt. Ich höre kaum noch klassische Musik. Keine Ahnung, was mit mir passiert ist.«

»Mit uns allen! Ich weiß es auch nicht.«

»Ich lese nicht einmal mehr Bücher. Ich meine – richtige. Als ich im Krankenhaus war und später zu Hause, wollte ich *Anna Karenina* wieder lesen und – *konnte* es einfach nicht. Als wäre der Teil meines Hirns eingetrocknet. Fünf oder zehn Minuten auf einem Bildschirm ›lesen‹, für mehr reicht es meistens nicht.«

»*Der Tod und das Mädchen*, das kennen wir doch. Wir haben es eigentlich schon einstudiert und können zusammen üben. Bevor wir uns alle zur Probe treffen. Wir können uns die Aufnahme mit dem Takács-Quartett anhören. Das hab ich Dutzende Male gehört, und es bricht mir jedes Mal das Herz.«

»Gott, ja! Mir auch.«

Spontan schließt Heddi Luce in die Arme. Ihre Freundin ist so schmal geworden, stellt Luce erschrocken fest, die Haut elfenbeinblass und papierdünn, aber Heddi hält Luce ganz fest, ihr Atem ist warm auf Luce' Gesicht. Plötzliche Freude fährt wie ein Stromstoß durch die Körper der Frauen.

10.

Ob Erde, Wasser oder Luft – sie sind *verseucht.*

Irgendetwas vergiftet sie. Dringt in ihre Lunge ein, ins Mark ihrer Knochen.

Gehirnfressende Amöben. Oder fleischfressende Bakterien. Luce will nicht daran denken.

Herrgott, Liebling. Kein Katastrophengedöns!

Als sie 1986 von West 78th Street und Columbus Avenue in New York nach Hazelton-on-Hudson gezogen waren, war die Luft im Hudson Valley sauberer, der Himmel von einem strahlenderen und klareren Blau gewesen – da ist Luce sich sicher. Die Weißeichen und Birken warfen ihr Laub nicht verfrüht ab, im heißen September. Der Wind trug noch keinen unerträglichen chemischen Gestank heran, und der Boden in Vedders Hill war fester und hatte mehr Nährstoffe. Schlammlawinen waren unbekannt, Feuersbrünste erst recht. Übermäßig viele Pollen waren ein wesentlich ernsteres Problem als das Schwinden der Ozonschicht. Es gab durchaus schon Berichte über sauren Regen in den Adirondacks, und der Hudson River war stark belastet, nicht anders als der Ontario- und der Eriesee weiter nördlich, die Medien machten aber kein Aufhebens davon, und soziale Medien, das Mittel zum Schüren der Empörung, gab es noch nicht. Alle Welt segelte, fuhr mit dem Kanu oder dem Kajak auf dem Hudson herum. Angelte! Der stahlgraue Fluss bewahrte sich seine Schönheit.

Was haben wir getan, was haben wir getan?

Was haben wir versäumt?

Nachts bekam sie Schwierigkeiten beim Atmen. Mit Mitte vierzig. Wenn sie auf dem Rücken lag, war die Beklommenheit am größten, als hockte etwas auf ihrer Brust. Doch wenn sie auf der Seite lag, schlug ihr Herz so unangenehm.

Nachts wusste sie nicht mehr recht, wer sie war. Dass sie verheiratet war, dass ein fühlendes Wesen neben ihr schlief, ein *Ehemann*, war nur schwer zu begreifen.

Flüchtig rieselte der Schlaf über ihr Hirn wie flaches Wasser über Gestein. Sie wollte im Wasser gehen – verlor das Gleichgewicht, stolperte –, schrak auf, mit panisch pochendem Herzen.

Der tiefe Atem des Ehemannes, wie Atem von jemandem, der reines Dasein geworden war – namenlos, ihr unbekannt.

Sie musste sich sputen, um mit ihm mitzuhalten – wer immer *er* war.

Ihr Beschützer. Der ihr Überlegene. Zwar nicht ihr Vater, verschmolz er im Schlaf manchmal mit ihrem Vater.

Sie hatte große Angst davor, dass der Mann sie verlassen würde. Angst, ihn zu verlieren.

Rief sich ins Gedächtnis, wie sie auf den vereisten Stufen der Bibliothek ausgeglitten war, sich den Knöchel verrenkt hatte, schwer gestürzt war und sich den Kopf aufgeschlagen hatte. Glänzendes kastanienbraunes Haar, nass von Blut. Wer immer er war, der Mann, der Ehemann in spe, er bückte sich und schöpfte ihr talgiges Hirn mit den Händen.

Lachen, denn das muss man. Alle geistigen Erzeugnisse – der gesamte Schubert, Mozart, Beethoven – alles *Menschliche* – ist bloß empfindliche Hirnmasse, umhüllt von einem Schädel, der zerbrechen kann.

In einem Sieb würde manches vom Gehirn durchsickern. Das meiste nicht, und das bedeutete – was genau?

Das, was nicht talgig ist, nicht suppig – das ist die Seele. Knorrig wie Nüsse. Unsterblich.

Aus dem Schlaf auffahren. (War das Schlafapnoe?) (Luce hatte Angst davor, dass sie Dutzende Male in der Nacht einschlief und aufschrak, wie es bei ihrem Vater im letzten Jahrzehnt seines Lebens gewesen war. Schädlich für Herz und Gehirn, solche Aussetzer im Schlaf.)

Noch schlimmer: Ein Traum stellte sich immer wieder ein, in dem sich Luce mit anderen Frauen, Mädchen in einem stickigen Bunker befand. Ihr Alter war unklar. Sogar ihr Name. Sie und die anderen trugen irgendeine unförmige Militärkleidung und mussten alle zusammen in ungemachten Betten schlafen, mussten sich Gasmasken übers Gesicht ziehen, wenn Sirenen sie aus dem Schlaf rissen – Luce' Gasmaske, stellte sich heraus, bestand jedoch aus festem Gummi und hatte keine Öffnungen für Nase und Mund, grässlich.

Sie zappelte, wollte schreien. »Luce! Liebling! Um Gottes willen, wach auf!« Andrew rüttelte sie, beunruhigt und verärgert.

Ein anderes Mal wachte Luce keuchend und schluchzend davon auf, dass sie sich das Laken bis übers Gesicht gezogen hatte als Maske, die die giftige, durch einen Abzug in den Raum eindringende Luft filtern sollte.

»Du musst dich in den Griff kriegen«, sagte Andrew mürrisch. »Dieses *Katastrophengedöns* macht uns beide fix und fertig.«

Luce schlug vor, woanders zu schlafen, doch davon wollte Andrew nichts hören. Sie schliefen in den letzten Jahren zwar nur noch selten miteinander, es konnte jedoch immer sein, dass es dazu kam, und darauf wollte der Mann in seiner Eitelkeit nicht verzichten.

Eines heißen Morgens im September wurden sie vor Tagesanbruch dann beide von knisternder Hitze und Sirenen geweckt, keinem Traum, sondern einer Feuersbrunst, die oberhalb ihres Hauses am Vedders Hill wütete, wo es nach wochenlanger Dürre trocken war wie Zunder. Rauch, erstickender weißer Rauch, Schreie von Nachbarn, nebenan ein hysterisch bellender Hund. In der schmalen Privatstraße, der Gegend mit dem renommiertesten Grund im Dutchess County, konnten Feuerwehren und Rettungsfahrzeuge kaum manövrieren; die von der Anhöhe fliehenden Bewohner waren gezwungen, ihre Fahrzeuge zurückzulassen und zu Fuß herunterzukommen. Die Stantons griffen nach Kleidern, Schuhen und angefeuchteten Handtüchern, die sie sich vor die entgeisterten Gesichter hielten. Flohen zu Fuß vor dem Feuer und liefen wie Flüchtlinge eine halbe Meile nach Hazelton hinein und kamen fünf Tage später zurück, als Vedders Hill für Zivilisten wieder freigegeben wurde. Sie fanden eine verwüstete Landschaft vor – über die Hälfte der Häuser am Hang war bis auf den Erdboden niedergebrannt, andere hingegen, darunter ihr eigenes, standen schaurigerweise noch und waren, abgesehen von rauchverschmierten Fassaden und geborstenen Fenstern, kaum in Mitleidenschaft gezogen.

»Oh, Gott! Warum sind wir verschont geblieben!« – Luce bricht in Tränen aus, übermannt von Schuld- und Schamgefühlen.

Andrew, der die Verheerungen ringsum mit finsterer Miene betrachtete, das Gesicht aschfahl, die Augen blutunterlaufen, hatte es wohl nicht gleich gehört. Dann sagte er ohne seine sonstige ironische Jovialität: »*Wir* sind verschont geblieben? So siehst du das?«

Die Frage schwebte in der beißenden Luft zwischen ihnen. Luce dachte: *Wir werden krank sein vor Schuldgefühlen. Niemand wird uns verzeihen.*

Man hatte ihnen erlaubt, von Feuerwehrmännern begleitet und mit feuchten Handtüchern vor dem Gesicht durchs Haus zu gehen und ein paar lebensnotwendige Dinge zu holen – Andrews Laptop, Notizbücher, Scheckbücher und Finanzunterlagen; Luce' Geige, Stundenpläne, schriftliche Arbeiten von Studierenden. Der Brandgeruch umgab sie wie Nebel und hielt sich noch über Monate. (Ist er je ganz verschwunden? Oder haben sie sich einfach daran gewöhnt und bemerken ihn nicht mehr, wie sie ja auch nicht mehr bemerken, dass die Häuser ihrer Nachbarn in Schutt und Asche liegen, der Anblick sie zumindest nicht mehr erschüttert?)

Über dem Hudson ein grauer Dunst wie ein hockendes Tier. Dahinter jedoch ein widernatürlich keramikblauer Himmel. Zu einem jungen Feuerwehrmann mit ausdruckslosem Gesicht sagte Andrew, in der christlichen Theologie sei es ein Zeichen der Erlösung, dass die Geretteten im Himmel auf die Verdammten in der Hölle hinabschauen könnten – der Scherz ging aber in einem Hustenanfall unter.

In Vedders Hill regte sich sogar an windstillen Hochsommertagen meist noch ein Lüftchen und trug sicherlich dazu bei, die Gerüche nach und nach zu vertreiben. Luce fasste Mut, es war nicht nötig, dass sie und Andrew über einen Umzug nachdachten, noch nicht; sogar Nachbarn mit stärker beschädigten Häusern schworen, neu aufzubauen, »nicht aufzugeben« – »den Hill nicht zu verlassen«. Andere verkündeten zuversichtlich, sie hätten die Absicht, ihr Haus »wieder aufzubauen« – es »sich zurückzuholen«. Grund und Boden war hier schon immer absurd teuer gewesen, jetzt würde er angemessener bewertet werden, die Steuern würden gesenkt werden müssen, die Übernahme einer Bürgschaft für eine neue Schule für Dutchess County war dieses Jahr ausgeschlossen …

Am Bard College wurde der Unterricht für zwei Wochen ausgesetzt. In ihrem Ausweichquartier in einem Marriott Inn in Poughkeepsie, wo sie mit anderen vom Hill Evakuierten untergebracht waren, fand Luce kein Ruhe. Sie konnte es nicht erwarten, mit dem Putzen und den Reparaturen anzufangen; in wechselnden Teams meist Fremder ging sie zu Einsätzen im Bürgerhaus von Hazelton, wo Lebensmittel und Kleidung verteilt wurden, fuhr Personen, die kein Auto besaßen, in Krankenhäuser und Kliniken. Besonders geschickt war sie im Umgang mit den Älteren, die für jede erwiesene Freundlichkeit dankbar waren und ihre Hände umfassten, als wäre sie keine Frau mittleren Alters mit einem Hang zur Melancholie, sondern ein junger, vor Kraft und Plänen strotzender Mensch mit strahlendem Lächeln. Das tat so gut, in den Unterkünften wurde sie *gesehen*! – denn nicht einmal ihre Studierenden schienen sie wahrzunehmen, und ihre (erwachsenen) Kinder gaben sich keine Mühe mehr. Es bereitete ihr sogar eine makabre Freude – nein, es war ihr ein Fest! –, in ihrem Haus zu putzen, Wände abzuwaschen, staubzusaugen – einfache Haushaltstätigkeiten, seit Jahren auf Andrews Geheiß Putzfrauen aus Guatemala überlassen. Und *die* Gelegenheit, schäbiges altes Zeug zu entsorgen – Möbel, Kunst von lokalen Künstlern, die nicht mehr lebten, seit Jahrzehnten ungelesene Bücher –, ohne dass Andrew es erfuhr; denn ihr Mann, von der Evakuierung erschöpft, völlig entnervt, dachte nicht daran, einmal im Haus vorbeizuschauen, noch nicht. In der Zeit nach der Feuersbrunst wurden neue Freundschaften unter den freiwilligen Helfern geschlossen; wie Streichhölzer, gleichzeitig im Dunkeln angezündet, fanden Menschen einander wieder, die sich seit Jahren aus den Augen verloren hatten. (Sogar Mitspieler aus dem Kleinen Orchester Hazelton, die einander längst als selbstverständlich betrachtet oder sogar eine Abneigung gegen jemanden gefasst hatten. Was für eine Freude, sich zu begrüßen und zu umarmen!) Es gefiel Luce, dass alle, die man auf dem Hill sah, Gazemasken trugen und dass Andrew, wenn er das wüsste, ihr jedenfalls kein *Katastrophengedöns* hätte vorwerfen können.

Schon bald konnten sie ihr Haus wieder in Besitz nehmen. Sogar die Fenster waren blitzblank – Luce hatte sie selbst geputzt. Mit einem Ausdruck echten Stolzes lobte

Andrew seine Frau: »Das hast du großartig gemacht, Liebling!« – und merkte nicht, dass alles fehlte, wodurch es vorher unaufgeräumt und überladen ausgesehen hatte.

Erleichtert zog er sich in sein Arbeitszimmer mit der spektakulären, jetzt allerdings beeinträchtigten Aussicht auf die Catskills und den Hudson zurück, schloss leise, aber fest die Tür hinter sich wie immer, nahm seine Arbeit wieder auf. Seinen Laptop hatte er nach Poughkeepsie mitgenommen, aber nur wenige der Bücher, die er brauchte, und war, aus seiner Routine gerissen, aus dem Rhythmus gekommen und gereizt, nun aber konnte er wieder in die Arbeit eintauchen und sich von seiner Umgebung absentieren. Wichtig war nur, scherzte er, dass der Hill wieder Strom und WLAN hatte.

Mit der Zeit wurden auch die Donnerstagspokerrunden der Überlebenden wieder aufgenommen.

II.

Seit dem Tag fällt Luce jedoch auf, dass Andrew beim Treppensteigen manchmal außer Atem gerät. Und bei ihren Wanderungen stürmt er nicht mehr so oft voraus wie früher, schlägt auch seltener vor, dass er und Luce auf ihren Lieblingsstrecken in den Catskills wandern. Zwar ist er stolz darauf, dreimal den New-York-Marathon absolviert zu haben, und spricht immer erregt von dem Erlebnis, doch Luce hat den Eindruck, Andrew ginge nicht mal mehr auf dem flachen Weg längs des Hudson zum Joggen.

Kürzlich, sie kommt gerade von einer abendlichen Probe des *Kleinen Quartetts* in Hazelton zurück und hat die Haustür leise aufgeschlossen, um Andrew nicht zu stören, wird sie durch eine Tür zufällig Augenzeugin, wie ihr Mann von seinem Schreibtisch aufsteht, aber unsicher aufsteht. Ah, Andrew hat das Gleichgewicht verloren! – einen verdutzten Ausdruck im hübschen großen Gesicht.

Gleich, nur Sekunden später, fängt er sich wieder. Hat wieder alles im Griff, kein Grund, panisch mit den Armen zu rudern.

Luce ist aus seinem Blickfeld verschwunden. Gleich darauf wird sie ihn fröhlich rufen, ihm mitteilen, dass sie wieder zu Hause ist, und Andrew wird freundlich erwidern: »Und, wie war die Probe, Liebling?« – ohne ihre Antwort abzuwarten, nur um festzuhalten, ja, Luce ist wieder *zu Hause*, wie Andrew *zu Hause* ist. Obwohl es sein kann (glaubt Luce), dass sich die Erde unter ihrem *Zuhause* bewegt.

Es ist ihr aber nichts Verstörendes aufgefallen, nicht dass sie wüsste.

Vergiss, was du gesehen hast – es ist nicht passiert.

12.

Beim Aufwachen ein prickelndes Gefühl von – ist es *Hoffnung*?

Allmählich kehrt ihre frühere Begeisterung zurück. Regungen von Neugier, Vorfreude. Sie bereitet sich auf die Dinnerparty vor. Probt mit ihren lieben Musikerfreunden das Schubert-Quartett.

Stimmt schon, ihr Spiel ist seit ihrem letzten Zusammentreffen ein bisschen eingerostet. Scully ist anscheinend verärgert über Luce, wie ein Musiklehrer verärgert über einen Starschüler sein mag. Tyler gerät schnell außer Atem, und Heddi vergisst ständig, ihr verfluchtes Handy auszuschalten. Sich für *Der Tod und das Mädchen* zu entscheiden, war (vielleicht) blauäugig, warum hatten sie nicht etwas Einfacheres genommen?

Aber die Entgeisterung und die Gereiztheit früherer Tage sind weg, jetzt erträgt jeder die Fehler des anderen. Scullys schlechte Laune, Tylers Selbstekel, Luce' und Heddis ängstliches Zittern. Jetzt sehen sie den anderen Patzer nach wie jeder sich selbst.

Hört mal, wir sind Amateure. Finden wir uns damit ab, okay?

Luce ist voller Hoffnung. Noch können sie einander sehr wohl überraschen, das spürt sie.

Und Andrew? Er hat Luce auch überrascht.

Sie hat online auf ihrem Konto entdeckt, dass ihr Mann offenbar zwanzigtausend Dollar aus seinem privaten Sparkonto auf ihr gemeinsames Konto überwiesen und an mehrere Nothilfefonds des Dutchess County Geld gespendet hat, ohne es ihr zu sagen. Luce ist schockiert – und beeindruckt. (Als Lehrbeauftragte am College verfügt sie nach Steuern nicht mal über so eine Summe pro Semester. Zum Glück sind Andrews Bücher Bestseller und gehen auch später im Taschenbuch noch gut.)

Luce denkt mit neuer Zärtlichkeit an ihren Mann. Sein

Gesundheitszustand hat ihr Sorge bereitet. Sein Atem – häufig beschleunigt. Bluthochdruck? Herzbeschwerden? Andrew behält gesundheitliche Beschwerden so lange für sich, vermutet Luce, bis er es nicht mehr kann.

Sie wird ihn pflegen, begreift sie. Zweifellos wird sie ihn überleben, vielleicht genau deswegen.

Das ist die Bestimmung, zu der sie geboren wurde … Kann das sein?

Besessen durchsucht sie Websites nach den neuesten Daten zu Luft-, Boden- und Wasserverschmutzung im Hudson Valley. Es wäre ihr nicht recht, wüsste Andrew, wie stark ihre Zwänge geworden sind – wie anfällig sie ist für *Katastrophengedöns*: Langzeitwirkungen von Pestiziden, Zusatzstoffen und Hormonen auf das menschliche Gehirn; organische Lebensmittel vs. Erzeugnisse aus industrieller Landwirtschaft; grafische Darstellung der Giftstoffbelastung von Fisch und Meeresfrüchten. Empört liest Luce bei der Verbraucherorganisation *Consumer Reports*, dass Fisch häufig falsch etikettiert wird – Torpedobarsch (stark mit Quecksilber belastet) als Heilbutt verkauft, Farmlachs aus dem Atlantik verkauft als wilder Pazifiklachs, Buntbarsch als Seezunge ausgegeben. Schwertfisch hat Luce schon seit zehn Jahren keinen mehr gekauft – er steckt voller Quecksilber. Sie schlägt einen ironischen Ton an, keinen klagenden, denn Andrew kann Jammern und Klagen nicht leiden: »Es sieht so aus, als wäre alles, was wir essen, und die Luft, die wir atmen, ›toxisch‹.«

»Ja, klar!«, bestätigt Andrew mit Verve. Als habe er zugehört.

13.

Andrew ist ganz von der Auswahl der Weine für die Party beansprucht, das ist seine Hauptaufgabe neben dem Besorgen einiger guter Käse in dem Delikatessengeschäft in der Stadt. Vieles von dem, was Luce ausspricht, ganz gleich, wie sorgsam sie auf ihren Ton achtet, darauf, nicht zu klagen, keinen *cri de cœur* von sich zu geben, geht an Andrew vorbei. Aber schön, dass Luce seinen Rat befolgt hat und die Kristallweingläser, die meist mit einem Kalkrand aus der Spülmaschine kommen, von Hand (nach) gespült hat.

»Wird langsam Zeit, mal wieder eine Festlichkeit auf dem Hill! Als wären wir alle gestorben und in unterschiedlichen Kreisen der Hölle gelandet, die sich nicht überschneiden.«

Als die ersten Gäste in ihrem Haus eintreffen, merken die Stantons, dass die Freunde ihnen mehr gefehlt haben, als ihnen selbst bewusst war. Luce bricht in Tränen aus, sogar Andrew ist gerührt. Es hagelt Freudenrufe, Händeschütteln, Umarmungen. Sie sind schon so viele Jahre befreundet. Erst waren sie frisch verheiratete Ehepaare, junge Eltern, dann Eltern mittleren Alters, heute Großeltern – die meisten.

Zwei (frisch) verwitwete Frauen, ein (frisch) verwitweter Mann. Ken Jacobs, in seiner Jugend ein verwegener Chemiker, in der Forschung tätig, der schon vor dreißig Jahren vor der Erderwärmung gewarnt hatte und immer noch Artikel zu dem Thema verfasst. Clive Turner, der schon zu Beginn der Amtszeit Obamas, lange bevor Trump auf der politischen Bühne erschien, düster das Wiedererstarken der Bewegung weißer Amerikaner vorausgesagt hatte. Jacqueline La Port, Dichterin/Feministin/Anarchistin, jetzt durch Multiple Sklerose an den Rollstuhl gefesselt, aber wunderschön und tapfer in einem fließenden scharlachroten Sari. Ben Ferenzi und Dannie Kozdoi, von ihren jeweiligen Ehefrauen geschieden und heute miteinander verheiratet. Noch eine Witwe und eine Geschiedene. Ein angesehener Musikwissenschaftler vom Bard College, den Luce gar nicht eingeladen hat, soweit sie sich erinnert; ein emeritierter Professor, bei dem sie sich sogar sicher war, er wäre im vorigen Jahr gestorben, erscheint im Nadelstreifenanzug und geht an einem Rollator, stockend, aber guter Dinge und mit einer Flasche Champagner für seine Gastgeber: »Hallo, Freunde! Komm ich zu spät oder zu früh?«

Am Vedders Hill zu parken, ist schwierig, und die meisten Fahrer lassen ihre Passagiere aussteigen und parken ein Stück entfernt. Glenda Fynn setzt Tyler am Fuß des kiesbestreuten Zufahrtswegs ab, und er kommt munter herangehumpelt, eine Hand auf einen Stock gestützt, in der anderen den Cellokasten, der ihm gegen den Oberschenkel schlägt.

Rollstühle, Rollatoren, Gehstöcke. Kleine Strickmützen auf kahlen Köpfen. Ein Trüppchen Kranker in chemotherapeutischer Behandlung, von denen Luce bei zweien total überrascht ist – bei Edith Danvers hatte sie es natürlich gewusst, nicht allerdings bei Sallie Klein und Gordon Jelinsky. Jack Gatz schaut verdutzt mit seinen blauen Augen und lächelt breit, murmelt seinem Gastgeber aber zu: »Was machen die vielen Leute hier bei unserem Pokerabend?«

Und da ist Gregory Cardman, einer von Andrews Marathonfreunden, glänzende Schädelplatte, nicht ein Haar am Kopf, keine Augenbrauen, keine Wimpern – bis aufs Skelett abgemagert, der Druck, mit dem er Andrew die Hand reicht, aber fest.

»Allmächtiger! Wie lange ist das her?«

»Greg – stimmt's? *Ja.*«

Händeschütteln, Umarmungen. Küsse.

Wangenküsse. Dicke Schmatzer auf den Mund.

»… ja, manchmal fühlen wir uns auf dem Hill sehr einsam. Ein ›Überlebendensyndrom‹ gibt es, ja, das gibt es. Es ist uns unbehaglich, dass wir aus einem bestimmten Grund ausgewählt wurden, dass unser Haus stehen blieb, während so viele unserer Nachbarn ihr Zuhause verloren haben. *In Wahrheit* glauben wir aber nicht, wir wären aus einem bestimmten Grund ausgewählt worden – denn wer oder was würde das tun, ›auswählen‹? Wir leben nicht mehr im Neuengland der Puritaner – wir glauben nicht an einen Gott des Zorns. Man begreift aber, wie Menschen abergläubisch werden – einen Sinn in dem Chaos finden wollen. Der Mensch hat eine starke Sehnsucht danach, sich das Leben als ›vorherbestimmt‹ vorzustellen – einem ›Zweck‹ dienend. Niemand möchte glauben, dass unser Leben davon abhängt, wie die Würfel zufällig fallen.«

»… aber fallen die Würfel *zufällig*? Gibt es keine statistische Vorhersagbarkeit? Wenn man über genügend Daten verfügt, würde ein Algorithmus nicht – irgendetwas – vorhersagen?«

Noch wichtiger, was für eine Welt werden die jüngeren Generationen erben?

Gespräche über die Kinder. Die Enkel. Überheblich. Wehmütig.

Schön, einige Kinder sind Aktivisten. Einige Enkel auch. Pro Reglementierung von Waffenbesitz. Ökologie, Umwelt. »Tierbefreiung«. Andere Enkel wieder sind, offen gestanden, weniger engagiert. Manche Enkel sind kaum des Lesens und Schreibens kundig. Videospiele, Handys, nonstop in den sozialen Medien.

»Dampfen« – E-Zigaretten.

»›Dampfen‹ – was genau ist das?«, fragt Andrew mit einem Anflug von Hohn.

Muss ich das ernst nehmen? Das ist doch nur eine Phase, oder?

Luce hat eine Zwanzigjährige vom College als Hilfe bei der Party angeheuert. Glattes langes Haar, blond, Oversize-T-Shirt, Jeans. Geht gewandt zwischen ihnen hin und her, eine flinke silberne Elritze zwischen größeren, sich gemächlicher bewegenden Fischen.

»Oh! Seht mal ...«

Hinter den Bergen ein betörend schöner blutroter Sonnenuntergang wie ein Netz geplatzter Kapillaren.

***

Nachdem es sich nervös für eine halbe Stunde in ein Zimmer im hinteren Teil des Hauses zurückgezogen hat, erscheint das *Kleine Quartett* auf der Terrasse, die glänzenden Instrumente parat.

Geige. Geige. Bratsche. Cello.

Aufmunternder Applaus. (Einige Gäste reden und lachen allerdings weiter. Nicht alle hören so gut.) Luce steigt die Hitze ins Gesicht. Was hat sie sich bloß dabei gedacht, einen *Musikabend* vorzubereiten?

Für einen Auftritt vor den engsten Freunden braucht man eine gewisse *Chuzpe*. Viel schwieriger als ein öffentliches Konzert.

»Ich vergesse immer wieder, wie klein eine Geige ist!«, ruft Audrey Jameson töricht aus.

»Ja! Filigran, wie Spielzeug.«

Die Musiker haben Platz genommen. Auf ein knappes Nicken Pete Scullys hin setzt unvermittelt die Musik ein. Die vertrauten Noten im Auftakt von *Der Tod und das Mädchen*, so eindringlich, es scheint, als wären die Musiker selbst überrascht. Denn was für ein feines Gefäß: Musik! Auf dem verwüsteten Hügel, mit dem die halbe Landschaft verschwunden ist, und der Himmel hinter den Bergen ein Feuerball.

Der *Allegro*-Satz klingt anfangs noch wackelig, doch die Musiker gewinnen Festigkeit, als sie weiterdrängen wie Ruderer in einem Boot auf bewegtem Wasser, hören einer den anderen genau, ohne hinzusehen, entschlossen, das vom schnellsten Ruderer vorgegebene Tempo zu halten.

Luce ist benommen, wie betäubt. Ihre Finger bewegen sich wie aus eigenem Antrieb – ihre Hand führt den Bogen, ihr Arm fährt ständig auf und ab. Auch wenn jede Faser ihres Seins sie mahnt – *nein!* –, blickt sie kurz zu Scully und erkennt im hageren Gesicht des Geigers einen

Ausdruck leidenschaftlicher Konzentration, unverhüllt wie sexuelle Qualen. Oder meint ihn zu erkennen. Sie ist fassungslos, abgelenkt – *nein. Zeig uns nicht dieses Gesicht. Was denkst du dir!*

Sie kommt sich bloßgestellt vor, ausgeweidet. Als sei das Leid dieses Mannes ihr eigenes.

Doch trotz eines vernehmlichen Stockens von Luce' Bogen, eines Fehlers – oder zweier – des Cellos und von der Bratsche verpatzter Noten kommt der fulminante erste Satz von *Der Tod und das Mädchen* zum Ende. Kein Triumph, aber auch kein Unglück. Die heftigen Stimmungswechsel haben das verkrampfte Spiel der Musiker überdeckt. Erleichterung macht sich unter den Versammelten breit. Tyler wischt sich mit einem weißen Stofftaschentuch den Schweiß vom Gesicht. Heddi schaut von der Seite mit angedeutetem Verschwörerlächeln zu Luce herüber. *So weit, so gut!* Scully blickt nach vorn gebeugt mit gerunzelter Stirn auf die Musik auf dem Notenständer und knirscht mit den Zähnen.

Er nickt erneut, und der zweite Satz, *Andante*, beginnt, anmutiger als der erste. Zumindest sind die Instrumente beisammen. In Schulmädchenpose heftet Luce den Blick auf die Takte vor sich, will sich auf keinen Fall ablenken lassen. Sie hat keine Angst, ist nicht verlegen, es begeistert sie, mit ihren Musikfreunden Schubert zu spielen. Das schimmernde kleine Instrument in ihren Händen ist der schönste Gegenstand, den sie sich vorstellen kann, und er ist in ihren Besitz gelangt – in ihren! Das Geschenk einer in sie vernarrten Großmutter, und das bedeutet Verantwortung. Luce hält die Geige, die vor Leben vibriert, fest in beiden Händen, begibt sich in die Musik hinein, drückt sich die Geige an die Brust. *O Gott. Dafür leben wir. Gibt es etwas anderes?* Als das musikalische Thema Kraft gewinnt, ertönt – unvermittelt, unsanft – ein jäher Hustenanfall, von einem der Gäste in der ersten Reihe; verfluchte Husterei, die Musiker wollen sie überhören, wer, zum Teufel, ist das? Schließlich schleicht der Unglückliche davon und hustet woanders, als hustete er sich die Seele aus dem Leib, während der Satz taumelnd endet. *Verflucht.*

Scully ist wütend. Er würdigt dieses Publikum keines Blickes. Tyler ist ebenfalls errötet vor Ärger und schnäuzt sich geräuschvoll in das blütenweiße Taschentuch, das sich für Luce ausnimmt wie die Flagge der Kapitulation. Heddi sieht aus, als bräche sie gleich in Tränen aus, und macht sich an ihrem Instrument zu schaffen wie an einem Kind, wenn es quengelt.

Während der kurzen Unterbrechung sieht sich Luce suchend nach Andrew um – wo ist Andrew? –, denn für einen Augenblick fürchtet sie, ihr Mann hätte sie im Stich gelassen, er und der Mann mit den nichtssagenden blauen Augen, Jack Gatz, hätten sich fortgeschlichen und spielten in Andrews Arbeitszimmer Poker ... Doch dann sieht Luce ihn am Rand des Kreises auf einer Fußbank sitzen, beinahe außerhalb ihres Gesichtsfeldes. Andrew hat ein Glas Rotwein in der Hand, aus dem er ständig trinkt. Das sieht ihm gar nicht ähnlich. Sie hofft, dass er mit den Gedanken nicht fortgeschlichen ist, dass sie sich in den Augen ihres Mannes nicht erniedrigt hat bei dieser tollkühnen, wenngleich unabsichtlichen Zurschaustellung. Es kommt ihr verdächtig vor, dass Andrew sich nicht sonderlich darum bemüht, den Blick seiner Frau einzufangen, sie zu ermutigen. *Hey! Ich liebe dich.*

Mit dem harten – »dämonischen« – *Scherzo* fährt das Quartett fort. Es ist ein atemloser Satz, der die Aufmerksamkeit der Zuhörer fesselt, bis – leider – schrilles Geschrei von Vögeln ertönt. In der Dämmerung kreisende Habichte. Sie stoßen herab, lassen sich mit ausgebreiteten Flügeln nieder und fangen ihre (kreischende) Beute in der Luft dicht über dem Boden oder auf der Erde, lenken die Zuhörer und dadurch auch die Musiker ab. Wenigstens ist das *Scherzo* nur kurz, der Schaden ist gering.

Vereinzelt spendet das Publikum sogar Applaus, gibt den Musikern nickend zu verstehen, dass es *auf ihrer Seite* ist, nicht auf der der Vögel.

Es ist nicht mehr ganz das *Kleine Quartett* aus ihrer Frühzeit, als sie noch bei Kräften waren. Alle Musiker damals in den Zwanzigern! Sogar Tyler, der älteste von ihnen. Knisternde erotische Spannung zwischen ihnen, intensiv, total faszinierend und erregend, wenngleich (Luce' Erinnerung nach) schwer fassbar und dadurch unsagbar. War sie sexuell bezaubert von dem gebieterischen Scully, oder zog es sie gefühlsmäßig zu dem feineren Tyler hin? War sie vielleicht vernarrt in Heddi Conyer, den schönsten Menschen mit einem Gesicht voller Sommersprossen, den sie je aus der Nähe gesehen hatte? Oder war es die Musik, die sie spielten oder zu spielen sich mühten? Als stiegen sie zusammen auf einen Berg, mit einer Rettungsleine verbunden, jeder auf die anderen angewiesen? War wirklich diese Geige Luce' (heimliches) Leben, in ihre

Hände gegeben? War es, wie diese Geige sich anfühlte, wie sie roch, war es ihre *Seiendheit*? Die Klänge, die die Saiten der Musiker gemeinsam hervorbrachten, ein herzergreifendes Schwellen, ein Pulsieren, tief im Innern und wirklich unsagbar. Wie glücklich sie einander gemacht hatten, wie oft freilich auch ärgerlich, wütend! Wie Geschwister, die miteinander um Dominanz, um Klarheit ringen. Bittere Eifersucht. Ekstatische Euphorie.

Jetzt schwingt Luce den kürzlich neu besaiteten Bogen, eine neue Frau, in mancher Hinsicht (möchte sie glauben) eine jüngere, weniger abhängige. Sie wird die anderen überleben, sie weiß es. Wird ihren Mann überleben. Das ist ihre Bestimmung, sie muss sie hinnehmen – die sich steigernde Intensität der schubertschen Musik sagt es ihr.

Tyler hat den Kopf gesenkt, auch er kniet sich in die Musik, hineingezogen von ihrer fliegenden Dynamik. Scully, der langjährige Konzertmeister des Kleinen Kammerorchesters, von dem es heißt, er sträube sich, seine Stelle freizumachen trotz seiner Erkrankung, spielt jetzt weniger aggressiv, als wäre er gewillt, der neben ihm sitzenden Geige nachzugeben; als hätte die Dialyse, die er dreimal pro Woche über sich ergehen lässt, ihm etwas von dem genommen, was er einmal war, ihm aber auch etwas gegeben – kristalline Transparenz, ihm, der früher so schwer zu fassen war, undurchschaubar. Heddi mit den blassen Sommersprossen ist ebenfalls verändert: eine Unterströmung von Leidenschaft, vielleicht Wut, in den lieblichen Tönen der Bratsche, die früher zögerlich gespielt wurde, als meinte die Musikerin, der Musik nicht würdig zu sein.

Auch Luce, nach übereinstimmender Ansicht die schwächste der vier, die impulsivste, undiszipliniertete und unzuverlässigste, dem *Kleinen Quartett* jedoch treuer ergeben als alle anderen, wird von der Musik hin- und hergeworfen wie von Wellen, die auf sie zurasen und sie verschlingen wollen; doch sie lässt sich nicht unterkriegen, sie hält stand, das Kinn erhoben, ihr Herz schlägt ruhig beim Wogen des Adrenalins; riskant allerdings, denkt sie, so ausgesetzt dem Schrecken der Sterblichkeit, *Der Tod und das Mädchen* ist jedoch Ergebung in den Schrecken – diese Ergebung beängstigender als der Schrecken selbst, denn sie ist endgültig.

Der Schrecken der Schönheit, denkt Luce. Wie der Schrecken der Sterblichkeit – das verbindet uns.

Sie nähern sich gerade dem Ende des *Presto*, jagen in Stromschnellen vorwärts, abwärts, manische Intensität, wild fliegende Noten in einer Tarantella, da gerät das *Kleine Quartett* auf einmal wieder ins Taumeln, jemand hat einen Takt verpatzt, eine entscheidende Note, es holpert, wankt am Rande des Abgrunds – doch es bleibt keine Zeit, solchen Patzern nachzulauschen, ein Zögern der Bratsche oder des Cellos, denn die letzten Takte der Musik rasen auf sie zu, ragen majestätisch und unnachgiebig vor ihnen auf wie sich schließende Blütenblätter aus Stahl – Vollendung!

Die Bogen der Musiker sind zur Ruhe gekommen. Schuberts Quartett Nr. 14 in d-Moll ist geschafft.

Und dann – Stille …

Das kleine Publikum ist überwältigt. In dem verblüfften Schweigen hustet jemand oder lacht – pure Verlegenheit, die Nerven. *Scully, Tyler, Heddi, Luce* – diese Sterblichen, diese im Triumph leuchtenden Gesichter, haben für das Publikum gespielt, als ginge es um ihr Leben … »Bravo!« Andrew Stanton ist auf den Beinen und führt mit einem Ausdruck von echter Überraschung, Erleichterung und Freude den Applaus an, und kurz darauf stimmen die anderen ein.

Bravo! Bravo! Die Gäste, die mühelos stehen können, nicht durch Gelenkarthritis oder schlimme Knie davon abgehalten werden, erheben sich zu Ehren des *Kleinen Quartetts*. Luce hält Tränen zurück, Heddi wischt sich das Gesicht an ihrem seidig glänzenden schwarzen Shirt ab. Tyler ergreift die Hände beider Frauen mit seinen Händen und drückt ihnen einen feuchten Kuss auf die Handfläche. Scullys Nasenflügel zucken vor olympischer Verachtung, sein Gesicht ist aschfahl, aber auch triumphierend. *Seht ihr, ihr Mistkerle? Noch bin ich nicht tot.*

Noch mehr *Bravo!*-Rufe – so lebhaften Applaus hat das *Kleine Quartett* noch nach keinem Auftritt bekommen.

Doch hinter den Musikern hat sich der Himmel stetig verdunkelt. Wetterleuchten, wie Feuer. Ohrenbetäubende Donnerschläge wie (spöttischer) Applaus von Riesenhänden.

Binnen Sekunden zieht ein Sturm von Nordosten heran. Dumpfes Rumpeln rollt über den Himmel wie das Geräusch von Kegeln. Vedders Hill selbst scheint zu beben.

»Ach herrje, kommt das zu uns? Noch ein Erdrutsch?«

»*Wenn*, würden wir das ja merken.«

14.

Im dem verglasten Haus der Stantons ist ein farbenfrohes indianisches Tischtuch über den langen Speisetisch aus Eiche gebreitet. LED-Kerzen leuchten, ihre Flammen zittern. Jetzt schlägt Regen gegen die Fenster. Regen wie eine eisenharte Wand. Es donnert immer noch – dann ein ohrenbetäubender Knall. Blitze wie zuckendes Stroboskoplicht, die das Hirn lähmen. Gäste halten sich die Ohren zu. Halten sich die Augen zu. Sie lachen, obwohl auch sie sich ängstigen. Sie sind kalkweiß, erschrocken. Einige sind nicht sicher, wo sie sich gerade befinden – wohin man sie gebracht hat. Aber da kommt ihnen ihr leutseliger Gastgeber Andrew Stanton mit einer Weinflasche in jeder Hand – »Chardonnay? Weiß?« – zu Hilfe.

Von Gefühlen überwältigt, ist Luce in die Küche geflohen, die Geige fest in den Händen, als wollte sie sie vor starrenden Blicken schützen. Sie hat sich entblößt, glaubt sie – ihr Inneres zur Schau gestellt, vielleicht auch ihren Körper, unbekleidet, nackt. Wenn Andrew genau zugehört hat, weiß er es. Alle, die zugehört haben, müssen es wissen. Und da ist Scully, dicht hinter ihr. Scully – hat es gewagt, Luce in die Küche nachzugehen! Er trinkt heute Abend nichts, hat er angekündigt. Er möchte Eis für seine gottverdammte Diät-Coke.

Ohne seinen Blick zu erwidern, lässt Luce Eiswürfel in Scullys Glas fallen. »Danke, Luce« – Scully berührt sie sacht am Handgelenk.

Luce weicht zurück. Möchte die Augen des Konzertmeisters, trüb, blutunterlaufen, auf sie geheftet mit dem

Ausdruck von Verlangen, den sie von früher kennt, nicht sehen – den Blick, den sie nie wieder im Gesicht eines Mannes zu sehen geglaubt hatte.

Nein, nein! – nie mehr. Geh weg.

Du bist der Tod, aber ich bin nicht das Mädchen. Nein.

Trotzdem brennt die Berührung des Mannes auf ihrer Haut. Der Funke dieser Berührung wird in Luce' Herz noch lange glimmen.

15.

In blendend greller Sonne. Mit der grünen Gazemaske, an den Händen neu gekaufte Gartenhandschuhe. Sie gräbt die Gartenabfälle aus dem vorigen Jahr ein, hat Paletten mit Petunien, Stiefmütterchen und Rudbeckien gekauft, die sie in die feuchte Erde setzen will.

Aber der Geruch, übel. Nach dem starken Regen am Abend zuvor ist er schlimmer denn je, ein Pesthauch, der wie Äther vom Boden aufsteigt.

Fleischfressende Amöben, fleischfressende Bakterien, die sich in der Erde vermehren, wenn die sich erwärmt.

Durch die Maske ist Luce aber wohl geschützt, und erst recht ist sie geschützt durch die Handschuhe, die dick sind und schwer, nicht aus Stoff (der sich abnutzen kann), sondern aus einer Art Weichgummi.

Vom Geruch abgesehen ist Luce eigentlich sehr froh. Sie lächelt, denkt – *was für ein Triumph!* Das *Kleine Quartett* hat gestern Abend alle überrascht, vor allem aber hat es sich selbst überrascht.

Als Nächstes wollen sie sich vielleicht an ein spätes Beethoven-Quartett heranwagen.

Warum nicht? – hat Heddi zu bedenken gegeben. Die Zeit wird knapp.

»Hal-lo!«, ruft Andrew Luce unerwartet von der Seitentür des Hauses zu.

Es ist ungewöhnlich, dass Andrew sich um diese Tagesstunde ins Freie traut. Im Allgemeinen sitzt er spätestens um acht in seinem spektakulären Arbeitszimmer am Schreibtisch, umgeben von drei schweren Bücherwänden, und starrt auf einen Computerbildschirm, der ebenfalls auf ihn starrt. Und – Überraschung! – Andrew hat selbst eine grüne Gazemaske auf. Die hat er offenbar in der Stadt gekauft, ohne es Luce zu erzählen. Im Scherz, es sei denn, es ist mehr als bloß ein Scherz. Luce starrt zu ihrem Mann hin, lächelt unsicher. Macht Andrew sich über sie lustig, oder, er riecht ja die faulige Erde dicht vor ihrem Haus, erkennt er schließlich an, dass irgendetwas ganz und gar nicht ist, wie es sein sollte?

Er kommt zu Luce in den verwüsteten Garten herüber. Seine Maske sitzt schief, was ihm ein ironisches, saloppes Aussehen verleiht.

Das halbe Gesicht verdeckt, sind sie einander aufreizend fremd geworden. Die Augen sind irgendwie anders. Ehepaar, Mann, Frau? Durch die Gazemaske sind ihre Stimmen gedämpft. Ihr Benehmen wird possenhaft, wie das von Pantomimen. Sie fangen an zu lachen, sind aufgedreht. Vielleicht sind sie noch betrunken nach dem festlichen Abend gestern, der für die robusteren Gäste erst nach Mitternacht endete.

»Oh, Liebling!«

Luce richtet Andrew die Gesichtsmaske, wie sie ihm ja auch oft einen verdrehten Hemdkragen richtet oder eine Strähne des ergrauenden sandblonden Haars wieder an ihren Platz schiebt. Sie achtet darauf, bei ihrem dünnhäutigen Mann nicht zu vertraulich zu werden, ihn nicht zu kränken, möchte ihn aber davor bewahren, töricht auszusehen.

Können Masken sich *küssen*? Erwartet wird es nicht, aber es geht, natürlich.

Hospiz und Honigmond

»Hospiz.«

Ist das Wort erst einmal laut ausgesprochen, kommt es zu einer seismischen Verschiebung. Man spürt es.

Wie ein (sehr kurzer) Faden durch das Nadelöhr, rasch hinein und rasch hinaus.

Sogar die Luft wird dünn, stählern.

Am Rande des Gesichtsfelds eine sofortige Abdunklung. Während die Penumbra zu schrumpfen beginnt.

Mit der Zeit wird sie zum Tunnel. Wird ständig kleiner, schmaler. Bis das verbliebene Licht so klein ist, dass es in zwei Händen Platz findet. Und dann wird es ausgelöscht.

Denn mit dem Wort »Hospiz«, laut ausgesprochen, wird es zumindest anerkannt – *es gibt keine Hoffnung.*

Keine Hoffnung. Diese Worte sind obszön, unaussprechlich. *Ohne Hoffnung* sein heißt ohne Zukunft sein. Schlimmer noch, anerkennen, dass man selbst keine Zukunft hat – »aufgegeben« hat.

Daher hört das Wort *Hospiz*, wird es zum ersten Mal laut ausgesprochen – behutsam, vorsichtig, von einem Palliativmediziner –, vermutlich keiner von euch beiden. Und wenn doch, kommt bei euch nicht an, dass ihr es gehört habt.

Ein schwaches Summen in den Ohren, ein Klingeln in den Ohren wie von einem fernen Alarm, einem Alarm in einem verschlossenen Raum. Mehr nicht.

Denn wenn ihr es nicht hört, wurde es vielleicht (noch) nicht ausgesprochen.

Denn wenn keiner von euch beiden es hört, wird es vielleicht niemals ausgesprochen.

Mit den Tagen, die vergehen, kommt es irgendwie aber doch dazu, dass das Wort *Hospiz* häufiger ausgesprochen wird.

Und irgendwie kommt es dazu, dass dein Mann, zu seiner eigenen Überraschung, von seinen *letzten Tagen* spricht.

Ich glaub, das könnten meine letzten Tage sein, so etwa.

Regelrecht scheu. Am Telefon eines Morgens, noch sehr früh, als er wie immer anruft, gleich nachdem der Onkologe seine Runde durchs Krankenhaus gemacht hat und bei ihm war.

Am Telefon, damit er dein Gesicht nicht sehen muss. Und du nicht seines.

Eine neue Scheu wie die allererste Scheu des Anfangs. Wenn man nach einer Möglichkeit sucht, *ich liebe dich* zu sagen.

Manche können das nicht aussprechen: *Ich liebe dich.*

Dein Mann konnte es aber, und du konntest es auch – irgendwie: *Ich liebe dich.*

Jahre später ist es nun: *Ich glaube, das könnten meine letzten Tage sein.*

Du hörst die Worte am Telefon klar und deutlich, unwiderruflich, behauptest aber (trotzdem), du hättest sie nicht gehört. Nein!

Doch das hast du, ja. Musst du. Denn die Wände des Badezimmers wanken taumelig um dich herum, das Blut sackt dir aus dem Kopf, du wirst schwach, sinkst auf die Knie, stammelst wie ein verängstigtes Kind – *Was? Was sagst du? Das ist albern, sag nicht so was, was um alles in der Welt meinst du – »Letzten Tage«* …

Du erhebst schrill die Stimme. Möchtest das Handy von dir schleudern.

Denn das erträgst du nicht. Das ist undenkbar. Nichts, zu diesem Zeitpunkt, zu wissen von der unendlichen Sahara, die dich hinter all dem erwartet, was du nicht ertragen kannst und was trotzdem ertragen werden muss, und zwar von dir.

Es widerstrebt dir jedes Mal, bei jedem Schritt auf dem Weg.

Der Aufstieg ist steil. Ein Widerstreben ist nur natürlich. Oder du, wenn du schon einräumst, dass der Aufstieg steil ist, tröstest dich: Das ist nur vorübergehend. Das Plateau, das Flachland, an das du gewöhnt bist, das dich erwartet, euch beide, ihr kehrt dahin zurück. Bald schon.

Bis eines Tages, zu einer Stunde. Es ist immer eines Tages, zu einer Stunde.

Als du selbst von *Hospiz* zu sprechen beginnst.

Anfangs scheust du davor zurück, gerätst ins Stocken. Deine Kehle fühlt sich an wie von tödlichen Metallfeilen aufgerissen.

Nach und nach lernst du, die zwei Silben klar und deutlich auszusprechen, tapfer: *Hos piz.*

Bald darauf sprichst du (deutlich, wohlüberlegt) diese Worte: *unser Hospiz.*

Und bald legst du deine Versprechungen schriftlich nieder. Erklärst vor dir selbst wie vor Gott, ein förmlicher Entscheid:

Es ist meine Hoffnung: Ich mache aus unserem Hospiz einen Honigmond.

Ich verspreche, es meinem Mann so angenehm zu machen wie nur menschenmöglich.

Ihn glücklich zu machen. Uns beide glücklich zu machen.

Ihm jeden Wunsch zu erfüllen, was es auch sei, sofern es möglich ist.

Als Erstes: eine neue Umgebung für ihn. NICHT das Krebszentrum.

Sobald er sich stabilisiert hat. Unser Hospiz wird bei uns zu Hause sein.

Er liebt unser Zuhause! – das vom Morgenlicht durchflutete Atrium.

Die Bäume rings ums Haus verkürzen zwar den Horizont, aber der Himmel ist immer zu sehen – Flottillen bildhauerisch gestalteter Wolken.

Dein Mann kann auf dem Sofa liegen und auf die Baumreihe blicken und in den Himmel.

Bequem auf dem Sofa, Kissen unter dem Kopf, die Füße (in warmen Socken) hochgelagert.

Oder, das ist wahrscheinlicher, dein Mann kann in einem (geliehenen) Krankenhausbett liegen, so eingestellt, dass er mühelos aus dem Fenster schauen kann. Ein paar Möbel müssen weggerückt werden, aber das lässt sich machen. Und du kannst neben ihm liegen, wie du es im Krankenhaus getan hast.

Hände halten. Natürlich werdet ihr euch an den Händen halten. Seine Hände sind immer noch warm – kräftig. Drückst du ihm die Finger, erwidern sie den Druck jedes Mal.

Wie seine Lippen, wenn er geküsst wird, den Kuss stets erwidern.

Du wirst neben deinem Mann schlafen und ihn in den Armen halten, die dich neulich überrascht haben, keine starken Arme, genau genommen eher schwache, und trotzdem dazu gebracht werden können, sich zu benehmen, als wären sie stark.

Samen auf der Terrasse aus Rotholz vor dem Fenster verstreuen. Nicht den gewöhnlichen Samen, sondern den teureren Samen für »Wildvögel«, den dein Mann kauft.

Faszinierend, die Vögel zu beobachten. Sich Zeit nehmen, unabgelenkt wirklich einmal Vögel beobachten …

Und der Ehemann liebt Musik! In seinen wachen Stunden wirst du ihn in der schönsten Musik baden.

Hände halten. Die Finger ineinander verschränkt. Solange es nicht unbequem für ihn ist, wirst du neben ihm im Bett liegen, ihn halten und mit ihm gemeinsam Beethovens Ode an die Freude *hören, Rachmaninows* Vesper.

Zusammen einschlafen. Sogar tagsüber. Dein Kopf auf dem Kissen neben seinem.

Aus den Bücherregalen im Haus Kunstbücher heraussuchen, seine Lieblingskünstler, Bücher aus den Regalen mit den Fotobänden – Bruce Davidson, Edward Weston,

Diane Arbus, Eliot Porter. Langsam umblättern, zusammen staunen.

Seine Lieblingsgerichte ... Ja, du wirst es versuchen!

Wenn er stabilisiert ist und zu Hause, bekommt er vielleicht wieder Appetit. Wenn du es bist, die das Essen für ihn zubereitet, bekommt er wieder Appetit.

Selbstverständlich besucht ihn die Familie. Verwandte, Freunde. Alte Freunde aus der Mittelschule, die er seit fünfzig Jahren nicht gesehen hat. Ein paar Überraschungen für ihn – du wirst es in die Wege leiten.

Es wird nicht nur ein Hospiz, es wird unser Hospiz. *Nicht traurig, sondern fröhlich, ein Honigmond.*

Ihr werdet dort glücklich sein, in eurem Zuhause. Für euch beide werden die letzten Tage ein Honigmond sein. Du versprichst es!

In Wahrheit ist es nicht annähernd so. Wie konntest du dir einbilden, es könnte so werden!

Hospiz, ja. *Honigmond*, nein.

Unter Wasser

Bei der dichten Bebauung des alten innerstädtischen Campus der Landesuniversität, bei dem Labyrinth im Innern der Hochhäuser aus Porenbeton, in denen sich unterhalb der Pitt Street South noch die Ebenen A, B und C verbergen, ist es kein Wunder, dass der Handyempfang hier dürftig bis nicht vorhanden ist; und daher verlässt du an den freudlosen Donnerstagen, wenn du dich in die Stadt aufmachst und unter die Erde hinabsteigst zu Ebene C von Haus G (Geisteswissenschaften), um in einem mit Neonröhren beleuchteten fensterlosen Raum zu unterrichten, in dem fünfundzwanzig verhärmte, aufs Geratewohl asymmetrisch und planlos angeordnete Plastikstühle stehen, das Mobilfunknetz oder, vielmehr, wirst daraus hinauskomplimentiert oder davon ausgeschlossen und schwimmst mehrere Stunden in einem »Unterwasserelement« wie ein Tiefseetaucher, darauf angewiesen, dass er aus einer unsichtbaren Quelle mit Luft versorgt wird, in der man gerade noch, auch wenn sie (mit Sicherheit) sauerstoffarm ist, atmen, gerade noch leben kann. Und auch wenn du nach deinen drei Stunden Unterricht und vor deiner Sprechstunde (Ebene C) dein Handy vielleicht mit dem WLAN der Universität verbinden oder, noch lieber, aus dem Haus G ins Freie gehen und in einen Park in der Nähe rennen möchtest, wo dein Handy zum Leben erwacht wie ein reanimiertes Herz, bleibst du aus Trägheit meistens doch im Gebäude G, gehst nur zu einem Café auf Ebene A hinauf, wo du an einem Tisch sitzt und auf eine Porenbetonmauer blickst, behängt mit heiteren, auf Hochglanzpapier gedruckten Reproduktionen Pariser Cafészenen von Toulouse-Lautrec, und Papiere vor dir ausbreitest in der Hoffnung, ungestört zu bleiben, bis du in deinem Unterrichtsraum zwei Stockwerke tiefer erwartet wirst. In dem hell erleuchteten Café sitzen Studierende an langen Resopaltischen, über Laptops gebeugt, konzentrierter Blick, gerunzelte Stirn und pergamentgraue Haut; und auch wenn du die beinahe reglosen Gestalten nicht anstarren willst, drängt sich dir der Gedanke auf, dass sie das Gebäude nur selten verlassen, denn wenn du am Donnerstag kommst, siehst du sie oder andere, die ihnen genau gleichen, jedes Mal in derselben Haltung an den langen Tischen, über Laptops gebeugt; und auch wenn du Gastwissenschaftlerin am College für Kunst und Wissenschaft bist mit allem, was das an Rang (und Vergänglichkeit) mit sich bringt, zieht es dich ebenfalls dorthin, in das Café, das im Grunde keines ist, sondern (bloß) der neonhell erleuchtete Abschnitt eines fensterlosen Porenbetonkorridors, widernatürlich behängt mit Pariser Szenen einer längst vergangenen Ära und ausgestattet mit brummenden Warenautomaten, überquellenden Abfallbehältern und rückgeführter Luft, die hoch oben in der Wand aus schwachbrüstigen Lüftungsschlitzen sickert. Ab und zu wirst du im Pariser Café (wie es im Haus G genannt wird, obwohl es kein Café ist und mit seinen Getränke- und Speisenautomaten nichts Pariserisches an sich hat) von anderen Besuchern erkannt, die ja, gut möglich, »deine« Studierenden sein können, wie du »ihre« Professorin bist, ihr grüßt euch auch, du und sie, aber verhalten, mit verlegenem Lächeln, denn es ist schwierig, eure Beziehung außerhalb des Raumes nachzuweisen, in dem die Klasse beisammensitzt, als wären seine vier Wände eine Art Hülle zum Verbergen der eigenen Nacktheit, und darum kehrst du wie ein Tierchen, das sich eingerichtet hat in seinem unterirdischen Bau, auch wenn sein Augenlicht nachlässt, seine Lunge schrumpft, sein Herz immer schwächer schlägt, an denselben Tisch, auf denselben Stuhl, zu denselben Automaten zurück, drückst die Finger fest auf die Schläfen, um den Ansturm der Clusterkopfschmerzen abzuwenden, schaust auf die Uhr und überschlägst, wie viele Minuten du hierbleiben kannst, auf neutralem Terrain, bevor du in den dir zugewiesenen fensterlosen Raum auf Ebene C hinabsteigen musst.

Und hier überkommt dich plötzlich der Drang, deinen Mann anzurufen, mit dem du schon eine Weile nicht mehr gesprochen hast. Warum das so ist, warum ihr schon eine Weile nicht miteinander gesprochen habt, ist nicht klar. Ihr, du und er, seid offenbar getrennt, doch ein Grund dafür ist, zumindest aus deiner Sicht, nicht erkennbar. Die Sehnsucht nach dem abwesenden Ehemann ist so beständig wie ein Herzschlag, aber wie ein Herzschlag, den man nicht beachtet, bemerkt, würdigt; nur die Abweichung fällt auf; das Beständige gerät leicht in

Vergessenheit; und so ziehst du mit zittrigen Fingern das Handy aus deiner Leinentasche, möchtest mit einem Mal so gern die Stimme deines Mannes hören, die wie keine andere Stimme ist; es kommt dir komisch vor, unfassbar, dass ihr euch, vielleicht aus Stolz (seinem oder deinem? Du weißt es nicht), auseinandergelebt haben sollt, ein Missverständnis oder ein Zerwürfnis nicht bereinigen konntet; doch als du gerade nach dem Handy greifst, fällt dir ein, dass das Pariser Café unterirdisch liegt, was du vergessen hattest, und dass das Handy keinen Empfang hat; wenn du deinen Mann anrufen willst, weist dich der Apparat sofort zurecht – *Teilnehmer nicht erreichbar*.

Verzweifelt, unfähig zu begreifen, warum du dich nicht mehr bemüht hast, mit deinem Mann zu sprechen, unsicher, wo sich dein Mann befindet oder warum er von dir getrennt ist, in einer anderen Stadt vielleicht oder auf Reisen, auch in einer Unterwasserzone ohne Handyempfang, unfähig zu begreifen, wie du zulassen konntest, dass dieses Auseinanderleben euch getrennt hat, warum du dein Leben mit allen möglichen Zerstreuungen und Abschweifungen, Ablenkungen und Nichtigkeiten angefüllt hast, als wäre Zeit ein riesiger leerer windgepeitschter Raum, eine freudlose Plaza zwischen Porenbetonhochhäusern, die gefüllt werden muss, auf jede erdenkliche Weise vollgestopft werden muss, mit Plastikstühlen, so leicht, dass Windstöße sie scharrend umherschieben, mit langen Resopaltischen, an denen reglose Gestalten sitzen und sich über grau flimmernde rechteckige Bildschirme krümmen; bist du erfüllt von dem Verlangen, ihm zu sagen: *Ich liebe dich, wo bist du, ich möchte dich unbedingt sehen, möchte mit dir sprechen, möchte dich halten, dich küssen, dich trösten, und ich möchte von dir getröstet werden, aber – wo bist du?* Und die Sehnsucht ist so groß, der Herzschlag so stark, dass sie dich die tiefste Wahrheit deines Lebens erkennen lassen, die du noch nicht bis ins Letzte verstanden hattest, diese Einsicht sieht man dir jetzt wohl am Gesicht an, kein Wunder, dass Fremde zu dir herschauen, überrascht, beunruhigt, mitleidig; manche wenden den Blick schnell wieder ab, peinlich berührt von so ungezügelter Sehnsucht, und manche können den Blick nicht abwenden, denn es ist, als hieltest du dir eine brennende Kerze vors Gesicht, mit einer Hand geschützt, als die flackernde Kerze durch die sich drängelnde Menge getragen wird; geschützt vor dem kühlen Luftzug aus den Lüftungsschlitzen oben an der Wand in labyrinthischen Korridoren, die unaussprechliche Sehnsüchte wecken, Bedauern, Reue, lebhaft rot wie die Quecksilbersäule in einem Thermometer. Du musst es also eingestehen, ja, der Mann, der dein Ehemann ist, hat dich aufgebrochen, ist in dein Innerstes, dein privatestes Ich eingedrungen, wie man mit einem scharfen Werkzeug in eine Melone eindringt; er hat dir die Glieder zerbrochen, hat Hals und Rückgrat in Stücke geschlagen, deine Seele hat er aufgebrochen, wie man ein Ei aufbricht; die unerwartete Wonne solches Entzweigehens, der verschüttete Dotter, das Hochgefühl, wie man es schließlich – endlich! – empfindet, wenn man die heikelsten Arterien an den Armen mit einem Werkzeug, scharf genug für die Aufgabe, öffnet.

Mittlerweile bist du zu dem einen Fahrstuhl gestolpert,

der sich aufreizend langsam bewegt und vor dem stets eine Traube unwirscher Menschen steht, darunter mindestens eine Person im Rollstuhl; alle warten stumm, resigniert; du aber hast nicht resigniert, denn du möchtest unbedingt die Stimme deines Mannes hören, möchtest unbedingt hinaus aus dieser unterirdischen Höhle und verlierst die Geduld, steigst atemlos die Treppe hinauf ins Erdgeschoss von Haus G und trittst durch eine Drehtür in die bleiche graue winterliche Stadtluft; eilst durch eine vom Verkehr verstopfte Straße, fängst an zu rennen, willst nur noch in den Park, rennst das letzte Stück des Wegs, schlängelst dich zwischen Fußgängern hindurch, die dir verblüffte und verärgerte Blicke zuwerfen – eine erwachsene Frau, die in der Öffentlichkeit rennt, warum? –, dir nachsehen, als du keuchend unbeirrt vorbeiläufst, schließlich zu dem kleinen Stadtpark abbiegst, der nach feuchter Erde und beißenden Abgasen riecht, und dort beginnt – auf einmal, wie eine Offenbarung – das Handy, das du fest umklammerst, zu vibrieren vor Leben wie ein reanimiertes Herz, und eine Flut von E-Mails strömt herein, du bist wieder im Netz, hebst gerade ungeduldig das Handy hoch, um deinen Mann anzurufen, als dir wieder einfällt, dass dein Mann ja nicht mehr lebt, natürlich, dein Mann ist gestorben, ist nicht mehr, dein Mann ist im April des vorigen Jahres gestorben, in deinen Armen, und jetzt ist es Januar des neuen Jahres.

Das ist es. Es ist nicht rätselhaft – warum dein Mann schweigt und warum er sich von dir entfernt hat. Er ist gestorben, er ist tot.

In dem wintertrüben kleinen Park, in dem du mit einem nutzlosen Handy auf einem Weg stehst, rauscht das lähmende Wissen vom Scheitel bis zu den Zehenspitzen durch dich hindurch, eine gewaltige Welle, die dich so ausbrennt, wie sie dich auslöscht.

Der Ort des Glücks

Professor! Hallo.

Weiße Wintertage, Sonne auf frisch gefallenem Schnee. Du bist an den Ort des Glücks gekommen, denn es ist Donnerstagnachmittag.

Eine Woche vorbei, und du bist immer noch da. Du trägst dein Geheimnis immer bei dir und so auch an den Ort des Glücks.

So nah am Herzen, dass niemand es sieht.

***

Kein glückliches Jahr. Keine glückliche Zeit. Nicht in der Weltgeschichte und nicht im persönlichen Leben vieler.

Wie vielen mag es gehen wie dir? Die mittlerweile das Dunkel dem Tageslicht vorziehen. Die süße Vergessenheit des Schlafs dem unwirtlichen Wachzustand.

Dennoch: im holzgetäfelten Seminarraum im fünften Stock von North Hall. Oben am Ende der ausgetretenen glatten Holztreppe, wo man von einem Bleiglasfenster auf ein paar Wacholderbäume sieht. Kiefernäste erzittern im Wind und blitzen vor schmelzendem Schnee. Der *Ort des Glücks.*

Hier herrscht eine optimistische Atmosphäre, leicht wie Helium. Ihr lacht häufig, du und die rings um den glänzenden Tisch verteilten Studierenden.

Warum lacht ihr so viel?, hast du dich gefragt.

Generell gilt wohl: Je ernster die Themen, desto wahrscheinlicher ist ein Lachen.

Je stärker die Anspannung, desto mehr Lachen.

Je mehr auf dem Spiel steht, desto mehr Lachen.

Der *Ort des Glücks* ist der Trost. Das Versprechen.

Morgens aufwachen, verblüfft, dass man *noch da* ist. Die entscheidende Tatsache deines jetzigen Lebens.

***

Schon beim ersten Kennenlernen der Klasse hast du sie bemerkt: *Ana.*

Von den zwölf Studierenden im Workshop Literarisches Schreiben ist es *Ana*, die Abstand von den anderen hält. Von dir.

Wenn sie lachen, lacht Ana nicht – nicht oft.

Wenn sie Fragen beantworten, die du ihnen stellst, wenn sie einer dem anderen im Überschwang ins Wort fallen wie übereinanderpurzelnde Hundewelpen – sitzt Ana da und schweigt. Manchmal allerdings schaut sie mit einem leisen (melancholischen) Lächeln zu.

Oder sie richtet den Blick auf die Fensterfront, die ein geisterhaftes Licht auf ihr Gesicht zurückwirft, und starrt ins Leere – blind für ihre Umgebung.

Hängt ihren Gedanken nach. Die dich nichts angehen.

Du hast den Impuls, dich über den Tisch zu beugen,

Ana am Handgelenk zu berühren. Ihr zuzulächeln, zu fragen: *Ana, stimmt etwas nicht?*

Doch was würdest du dich trauen, diese junge Frau, die Abstand von ihren Kommilitonen hält, zu fragen? *Beunruhigt Sie etwas? Sind Sie unglücklich? Mit den Gedanken woanders? Gelangweilt?* – Das geht nicht. Eine der anderen aus dem Seminar könnte Ana beiseitenehmen und so etwas fragen, aber du, die Erwachsene im Raum, die Lehrkraft, hast nicht das Recht dazu und würdest von diesem Recht, wenn du es denn hättest, auch nicht Gebrauch machen. Noch weniger solltest du Ana am Handgelenk berühren.

Es ist ein besonders schmales Handgelenk. Das Handgelenk eines Kindes. Wie leicht das bricht! Das Gesicht der jungen Frau ist feinknochig, blass, glatt wie Porzellan, ihre Augen sind wunderschön, mit dichten Wimpern, aber irgendwie überschattet, ausweichend.

Die dünne Goldkette mit kleinem Kreuz aus Gold an Anas schlankem Hals ist dir aufgefallen.

Das kleine Kreuz hängt wohl genau in der Mulde unter Anas Kehle, damit es ebenso deutlich erkennbar und (nachdem du es bemerkt hast) auffällig ist wie dein eigenes.

(Wie nennt man das? – *Drosselgrube*. Eine körperliche Besonderheit, die mit Dünnheit korreliert, gilt im Allgemeinen als vererbt.)

Ana ist wirklich eine sehr zierliche junge Frau. Bei flüchtigem Hinsehen würde man sie eher für vierzehn als für achtzehn halten und schwerlich überhaupt für *eine Frau*.

Sie wiegt nicht mal hundert Pfund. Nicht größer als eins fünfundfünfzig. Du siehst, es ist dir bis jetzt noch gar nicht aufgefallen, dass sie lose sitzende Kleidung trägt, einen formlosen Pullover, mehrere Nummern zu groß, und dir kommt ungewollt, flüchtig der Gedanke, dass sie überaus *dünn* sein muss. Ihre reservierte Art lässt sie noch unscheinbarer wirken. *Als würde sie sich zusammenziehen, verschwinden. Keinen Schatten werfen.*

Wie anfällig Ana wirkt! – Sie anschauen und spüren, dass du sie beschützen musst, ist eins.

Denn, vermutest du, bestimmt würden viele sie gern ausnutzen.

Wenn die anderen mit dem Leichtsinn intelligenter Heranwachsender von »Religion« – »Glaube an eine höhere Macht« – sprechen und ihre Weisheiten schwingen wie Messer, sitzt Ana ganz still an ihrem Tischende, die Augen niedergeschlagen. Berührt das Kreuz an ihrem Hals.

Warum macht sie nicht den Mund auf, greift nicht ein? Verteidigt ihren Glauben, wenn sie einen hat?

Ja. Was ich hier trage, ist das Symbol für einen Glauben an eine höhere Macht. Was ist es für dich?

Die Diskussion hat sich aus der Hausaufgabe für diese Woche ergeben, einer Kurzgeschichte von Flannery O'Connor, durchtränkt von christlicher Symbolik und dem Mysterium der Eucharistie, und Ana hat wie die anderen die Geschichte schriftlich analysiert.

Doch sie bleibt stumm und regt sich nicht, bis die Diskussion schließlich in eine andere Richtung umschwenkt.

Schaut kurz zu dir her, mit einem Ausdruck von – ist es Vorwurf? Gekränktheit? –, nur für einen Augenblick.

***

Die *schlaflose Nacht* ist der Gegensatz zum *Ort des Glücks*.

Während der *Ort des Glücks* ausdrücklich dafür eingerichtet und leider zeitlich begrenzt ist, da wissenschaftliche Kurse immer ein Ende haben, hat die *schlaflose Nacht* kein natürliches Ende.

Kann man nachts nicht schlafen, verlängert sich die Nacht einfach in den nächsten Tag unter greller Sonne.

***

Ob sie eine Geflüchtete ist, hast du dich gefragt, denn im mündlichen Englisch gerät sie ins Stocken, macht Fehler. *Ob sie ein Opfer ist*, hast du nicht überlegen wollen. *Hat man ihr wehgetan? Woher rührt der Kummer in ihrem Gesicht? Warum ist sie so anders als die anderen?*

Anas Gesicht, das klüger ist, als es ihrem Alter entspricht. (Das deutest du bestimmt nicht falsch.)

Oh, warum *lächelt* sie nicht? Warum sträubt sie allein sich gegen den *Ort des Glücks*?

In siebenundzwanzig Jahren Lehrtätigkeit sind dir – bestimmt – etliche *Anas* begegnet.

Dir ist allerdings keine erinnerlich. Nicht eine. Und warum sollte das auch so sein, Studierende sind im Leben von Lehrenden nicht von Dauer. An dieser Situation ist nichts unklar. Ana hat dem Kurs entsprechend gearbeitet, hat ihre Arbeiten immer pünktlich abgegeben. Du hast keinen Grund, sie zu einem Gespräch zu bitten, gar keinen.

Anas Zurückhaltung (Weigerung?), aufs Stichwort so zu lächeln, wie andere es mühelos tun – das ist ein kleines Rätsel.

Ist es dein Stolz, der verletzt worden ist? Eigentlich bedeutet Stolz dir doch wenig.

Über die (unabsichtliche) Tyrannei der Gruppe bist du dir im Klaren. Jeder Gruppe, ganz gleich, wie sympathisch und wohlmeinend sie ist.

Dass alle in der Gruppe lachen, lächeln, den anderen zustimmen oder höflich oder aber kokett »nicht zustimmen«. Die (unabsichtliche) Tyrannei des Klassenraums, die noch der liberalste Dozent unweigerlich ausübt. *Behaltet mich im Blick. Behaltet das Vorankommen der Klasse im Blick. Kein Schweigen! Kein Rückzug ins Innere – das ist hier keine Zenmeditation. Eine kleine Klasse ist wie ein Boot, alle rudern mit. Wir alle sind für das Vorwärtskommen verantwortlich. Wir bewegen uns alle in dieselbe Richtung. Wir nehmen die wahr (einige von uns deutlich), die nicht mitrudern. Die ihre Ruder eingezogen haben.*

Vielleicht hat Ana nicht ganz verstanden, dass mit der Anmeldung zu einem kleinen Seminar eine gewisse Verpflichtung zur Mitarbeit einhergeht. Dazu, Fragen zu beantworten und selbst welche zu stellen. Zu »diskutieren«. Ein Workshop ist keine Vorlesung, die Studierenden sind nicht zum Mitschreiben gehalten. Vielleicht war es ebenso eine Fehleinschätzung Anas, sich zu einem Kurs anzumelden, an dem sie (das ist offensichtlich) so wenig Interesse hat, wie es eine Fehleinschätzung deinerseits war, ihre Anmeldung, eine von siebzig für einen Workshop mit zwölf Plätzen, zu akzeptieren.

Warum hast du Ana Fallas ausgewählt? Eine Studienanfängerin ohne bisherige Erfahrung im kreativen Schreiben? Irgendetwas an der von Ana eingereichten Textprobe muss dir zugesagt haben, der flüchtige Einblick ins häusliche Leben von Hispanoamerikanern vielleicht, durch den sie sich von anderen, die lediglich gut, konventionell waren, unterschied.

Obwohl sich nun zeigt, dass Anas Arbeiten nicht ganz so sind. Sorgfältig, abgewogen, ja. Grammatisch ohne Fehl und Tadel, aber – nichts, was Aufmerksamkeit erheischt.

Als wollte Ana sich in eine der *anderen* verwandeln – aus der Mehrheit der Weißen.

Es könnte sein, dass die Universität Ana einschüchtert – durch ihre Größe, ihren Ruf. Durch die Kommilitonen im Schreibkurs. Sie ist eine von nur zwei Studienanfängerinnen, die andere ist Shan aus Peking, ein herausragendes Wunderkind, das einen Abschluss in Neurowissenschaften machen möchte.

Die anderen sind älter als Ana, erfahrener. Sie sind im vierten Collegejahr, betreiben eigenständige Forschung. Die meisten sind Amerikaner, und die Ausnahmen, wie Shan, Ansar (Pakistaner) und Colin (Brite), haben bereits in den Vereinigten Staaten studiert und sind anscheinend viel gereist. Ana ist die einzige hispanoamerikanische

Studentin im Kurs und (vermutest du) vielleicht die Erste in ihrer Familie, die ein College besucht.

Nimmt Ana dich wahr, dein Interesse an ihr? Manchmal denkst du: *ja.* Noch öfter denkst du: *nein. Überhaupt nicht.*

Ich kann nicht.

Oder: *Ich glaube nicht, dass ich das kann.*

Mit zweiundzwanzig hattest du schreckliche Angst davor, deine erste Klasse zu unterrichten.

Englischer Aufsatz. Eine große Universität in einer Großstadt. Ein Abendkurs.

Über ein Vierteljahrhundert her und doch – in lebhafter Erinnerung!

Du hattest noch nie unterrichtet. Du hattest einen Master in Englisch, warst aber nie (wie die meisten deiner Freunde aus der Studienzeit und wie dein Mann) Lehrassistent. Heute staunst du darüber, dass der Leiter eines anglistischen Fachbereichs an einer ziemlich angesehenen Universität dich als Lehrkraft eingestellt hat, obwohl du keinerlei Unterrichtserfahrung mitbringst – noch nicht einmal vor einer Klasse gestanden hast. (Der Mann sagte hinterher, ihn hätten deine schriftlichen Arbeiten beeindruckt, die er in landesweit erscheinenden Publikationen gesehen hatte. Sagte, seiner Erfahrung nach lerne man das Unterrichten am besten, indem man es tue, wie man das Fahrradfahren lernt und Sex.)

Es war aufregend gewesen, zahlreichen anderen Bewerbern, die bereits Erfahrung hatten und älter waren als du, vorgezogen zu werden, weniger aufregend allerdings, über den tatsächlichen Unterricht nachzudenken. Mit zweiundzwanzig warst du nicht viel älter, sondern im Grunde sogar jünger als viele deiner an der Abendschule der Universität eingeschriebenen Studierenden.

Englischer Aufsatz! Der an Universitäten am häufigsten unterrichtete Kurs, neben Englisch als Förderunterricht und Mathe.

Dein Mann, damals selbst noch jung, gerade mal dreißig, wollte dir die Angst nehmen. Wollte dich ermutigen, dich necken. *Keine Bange. Ich kann dich auf meinen Füßen in den Klassenraum mitnehmen.*

Eine so alberne Idee, dass du gelacht hattest. Tränen in den Augen vor Angst, und trotzdem hast du gelacht, dein Mann besaß die Gabe, dich zu beruhigen.

Zwischen deinem Mann und dir damals – viel Lachen.

Du glaubst, du lebst ewig. Es bleibt immer so. Du denkst nicht nach – ja, du denkst nicht nach.

Dein Mann hatte einen Doktortitel in Anglistik. Er war Assistenzprofessor an einer anderen Universität in der Nähe, war mehrere Jahre als Lehrer sehr erfolgreich gewesen. Er hatte sanft mit dir gesprochen: Was sollte denn schiefgehen, wenn du dich auf deine erste Stunde vorbereitet hast?

Was schiefgehen konnte? Alles!

Sie hören mir nicht zu. Sie merken, dass ich zu jung bin – noch unerfahren. Sie lachen höhnisch. Einige gehen einfach hinaus …

Dein Mann hat dich davon überzeugt, dass diese Befürchtungen grundlos sind. Lächerlich. Studierende an der Universität verlassen nicht einfach den Unterricht.

Und schon gar nicht verlassen ältere Studierende einen Unterricht, für den sie Studiengebühren bezahlt haben – für sie sei das eine ernste Sache und kein Spaß.

Damals, vor so langer Zeit, saßen dreißig Studierende im Raum. Dreißig! Viel zu viele für einen Kurs im Aufsatzschreiben. Für dich dreißig Fremde. Dir ist bei der Vorstellung buchstäblich der Schweiß ausgebrochen. Die Aussicht, einen Klassenraum zu betreten, war überwältigend. Ein Albtraum.

Tagelang hast du geübt, was du zur Begrüßung sagen willst – *Hallo! Das ist der Kurs Englisch zur Einführung, und ich heiße* –, hast gehofft, dass du nicht ins Stammeln gerätst und gut zu verstehen bist. Tagelang hast du dir den Kopf zerbrochen – was ziehst du nur an?

Am entscheidenden Abend hat dein Mann dich zur Uni gefahren. Er hat dich nicht *auf seinen Füßen in den Klassenraum mitgenommen*, dich aber zu dem dir zugeteilten Raum im Erdgeschoss eines alten roten Backsteingebäudes begleitet. (Hat er dich geküsst, als Glücksbringer? Deine Wange mit den Lippen berührt?) Du sahst inzwischen atemlos deine künftigen Studierenden nichtsahnend an dir vorübergehen.

Wünsch mir Glück.

Ich liebe dich!

Und als du das Klassenzimmer betratst, deinen Platz hinter dem Podium vor einer schwarzen Wandtafel einnahmst und dich einer Gruppe Fremder vorstelltest, die dich mit einem Interesse anblickten, wie du es bei Fremden noch nie gefunden hattest – wurdest du dir unerwartet und erstaunt deines *Glücks* bewusst.

Du wusstest, du warst am richtigen Platz, genau zur richtigen Zeit.

Du nimmst ihre Abwesenheit deutlich wahr.

An diesem Tag, einem sehr verregneten, kalten Tag fehlt Ana im Workshop.

Unwillig, mit dem Unterricht zu beginnen, wartest du noch eine kurze Weile. (Denn andere Studierende kommen zu spät.) Als schließlich klar ist, dass Ana nicht kommt, fängst du an.

Dir ist aufgefallen, dass Ana jede Woche am selben Platz des Tisches sitzt. Sie kommt extra früh, um ihn sich zu sichern. So ein (unflexibles?) Verhalten ist das Kennzeichen eines schüchternen Menschen, der in seinem Leben schon genug Unruhe hatte und jetzt Planbarkeit und Routine möchte, eines Menschen, der seine Gefühle lieber zügelt und weiß, dass Gefühle wie eine innere Blutung sind, nicht ewig anhalten, und dass sie verhängnisvoll sein können.

Die anderen haben Anas Platz am (entfernteren) Ende des Tisches aus Takt frei gelassen. Niemand würde sich auf ihren Stuhl setzen, genauso wenig, wie jemand den Stuhl mit Beschlag belegen würde, auf dem gewöhnlich die Lehrkraft sitzt.

Allerdings bringt niemand Anas Fehlen zur Sprache. Sie hat so wenig Eindruck auf die Klasse gemacht, dass niemand auf den Gedanken kommt, laut zu fragen: *Hey, wo ist Ana?*

Du fragst nach einem Freiwilligen, der Ana die Aufgabe für die nächste Woche zukommen lässt. Zuerst meldet sich niemand. Dann hebt eine junge Frau die Hand: *Klar. Sie wohnt bei mir im Wohnheim, glaub ich.*

Du könntest Ana selbst eine E-Mail oder eine SMS schicken. Es wäre dir allerdings lieber, wenn jemand aus dem Workshop seine Hilfe anböte, eine persönliche Beziehung zu Ana herstellte, wie oberflächlich auch immer.

***

An dem Abend schickt Ana dir eine E-Mail und entschuldigt sich für ihr Fehlen.

Grippe, Krankenstation, entschuldigen Sie bitte mein Fehlen. Reiche die versäumte Arbeit nach.

***

Lächerlich, wie *erleichtert* du bist.

Du lächelst, dein Herz erfüllt von – was? Hoffnung. Hoffnung wie ein Heliumballon.

Als Ana in den Workshop zurückkommt, sagst du zu ihr: *Sie haben uns gefehlt, Ana.*

In gewissem Sinne wahr. Sie hat *dir* gefehlt.

Selbstverständlich hat Ana die Hausaufgabe erledigt: den aufgegebenen Teil in der Anthologie gelesen und den wöchentlichen Prosatext geschrieben. Sie ist zwar nicht die fantasievollste Schreiberin, aber die gewissenhafteste Studentin.

Bis jetzt hat sie in dem Semester gute Arbeit geleistet, brauchbare Arbeit. Sie schreibt sorgfältig, in einem klar formulierten Englisch und für jemanden, der sich beim Sprechen schwertut, überraschend fehlerfrei. Ist das die Äußerung eines zusammengepressten Mundes? Vielleicht möchte Ana schreien.

Du wirst sie ermutigen, freier zu schreiben. Aus dem Herzen.

Du wirst ihr sagen – wirst vielmehr der Klasse sagen – *Schreibt, was sich für euch wie das Leben anfühlt. Es braucht nicht wahr zu sein – euer Schreiben macht es wahr.*

Ana verzieht abgelenkt das Gesicht, schaut auf den Tisch. Ihr ist klar, dass du (indirekt) Kritik an ihrer Arbeit übst, über die die anderen höflich gesprochen haben, aber nicht viel zu sagen wussten. Ihrem zur Schau gestellten Gleichmut zum Trotz ist Ana hochsensibel.

Du hast deine Studierenden angehalten, nicht einfach eine Lebenserinnerung zu schreiben, sondern eine fiktionalisierte Lebenserinnerung. Du möchtest wirklich (!) nicht, dass diese jungen Leute sich die Pulsadern aufschneiden und zur Unterhaltung anderer Blut vergießen, möchtest aber auch nicht, dass sie ironische, gekünstelte Texte verfassen, angelehnt an die meistgelesenen Schriftsteller ihrer Epoche – denn das können sie nicht, und erst recht könnten sie es nicht überzeugend.

Andere aus der Klasse greifen das Thema begeistert auf. *Schreibt, was sich für euch wie das Leben anfühlt.*

Ana nimmt ihr Prosastück von dir entgegen. Ihre Augen weichen deinen aus und stellen keinen Kontakt her.

Du hattest geschrieben – *Vielversprechend. Aber das hätte jeder schreiben können. Was hat »Ana« zu sagen?*

Außerhalb des Seminarraums, der für dich der *Ort*

des Glücks ist, grübelst du über deine Besessenheit von dieser Studentin. Gestehst dir zum ersten Mal ein, dass es das ist – *Besessenheit*.

Sagst dir, die *Besessenheit* werde, da du sie dir nun eingestanden hast, allmählich nachlassen.

***

In der siebten Semesterwoche, lange nach der Zeit, als du noch dachtest, jeder Studierende sei fähig, dich zu überraschen, gibt Ana eine Arbeit ab, die stark von ihrer früheren verhaltenen Prosa abweicht.

Aufgegeben war ein dramatischer Monolog. Nicht mehr als ein, zwei Seiten. Im Stil von Lebenserinnerungen.

Anas Text ist packend und tief empfunden. Ganz und gar nicht vorsichtig – ein kühner Versuch einer im Bewusstseinsstrom wiedergegebenen Rede, gehalten (anscheinend) von der heranwachsenden Tochter (guatemaltekischer?) (illegaler?) Einwanderer, die in einem albtraumhaften Auffanglager an der texanischen Grenze in Laredo gestrandet sind.

Die anderen jungen Autoren horchen auf. Ana soll den Monolog laut vorlesen, verlangen sie.

Oh, ich – ich kann nicht …

Nein, stammelt sie, heftig errötend, doch die anderen bestehen darauf.

***

Aus einem Prosapoem Anas:

Ich dachte, der Eukalyptus wäre in Brand geraten, ich hatte es gesehen und rannte schreiend weg. Und – Jahre später lachen sie über mich und sagen, nein, das sei nicht mir passiert, sondern meiner kleinen Schwester.

Und wenn ich mich daran erinnere, dass mein kleiner Bruder mit Fäusten von meinem Vater geschlagen wurde, sagen sie, nein, nicht bloß mein Bruder, ich auch. Sie lachen aber nicht.

In der Pflegefamilie gibt es drei Mädchen namens Mya.

Die Taten, die bei einer Mya begangen wurden, werden auch bei den anderen begangen.

Wir kennen deinen Namen nicht, dein Gesicht aber werden wir immer erkennen.

***

Erstaunlich und wunderbar – Ana schreibt jetzt mit so viel Leidenschaft.

Weniger vorsichtig, weniger zurückhaltend. Wunderbar auch, dass sie mit ihren Arbeiten die begeisterte und bewundernde Zustimmung anderer findet.

Das ist keine konventionelle »Literatur« – es gibt nur wenige »Personen« – »Beschreibung«, »Schauplatz« – knapp gehalten. Alles ist traumartig, stakkatohaft.

In Bruchstücken wird erkennbar, dass ein Mädchen namens »Mya« bei einer oder mehr Pflegefamilien im Südwesten gelebt hat. Albuquerque, Tucson. In dem

Haus leben (illegale?) Einwanderer aus Mittelamerika. Es muss Schmiergeld gezahlt werden. Man hofft auf Visa, auf Greencards. Es gibt Messer, Waffen. Brutale Schläge, wenn Schulden nicht beglichen werden. Schießereien, Verwundungen, blutgetränkte Matratzen. Eine grässliche Szene in einer Notaufnahme, in der ein achtzehnjähriges Mädchen verblutet und stirbt, und eine lakonische Szene in einem Leichenschauhaus, in der eine von Drogen benebelte Frau ihren von ihr getrennt lebenden und schwer misshandelten Mann zu identifizieren versucht. Sich vor der Polizei versteckt, Mülltonnen nach Essbarem durchsucht. In Läden stiehlt. Unerwartete Brutalität in der Pflegefamilie und unerwartete Freundlichkeit.

Obdachlose Kinder, Jugendliche. Ein Mädchen auf der Suche nach einer jüngeren Schwester, die in eine Pflegefamilie gebracht worden ist.

Es ging nicht anders. Meine Mutter glaubte, mein Vater würde sie töten, wenn sie nicht verschwand.

... anfangs waren drei Myas in der Pflegefamilie. Dann waren es zwei Myas. Dann war es eine Mya.

Dann keine.

***

Du hast große Angst, du bist zu weit gegangen. Deine schüchterne, zögerliche Studentin hat begonnen zu schreiben, was sich wie Leben anfühlt – hat die Zurückhaltung abgelegt.

Stimmt schon, du warst erfolgreich – als Lehrkraft. Aber es ist ein bedenklicher Erfolg – (vielleicht). Als hättest du eine Muschel aufgebrochen, das pulsierende Leben der schutzlosen Molluske in ihrem Innern den Blicken preisgegeben.

Einer der fantasievollsten Schreiber in der Klasse, ein Student namens Philip mit Astrophysik als Hauptfach, dessen Lieblingsschriftsteller Borges, Calvino und Cortázar sind, nennt Anas Poesie *schön und schrecklich, wie ein Möbiusband.*

Ana ist tief bewegt von diesen Worten. Dir ist nicht entgangen, dass Philip im Laufe der Wochen immer wieder von der Seite zu Ana hingesehen hat; jetzt wendet sie ihm das Gesicht zu.

Anas Prosa findet im Workshop große Beachtung. Ihre Sätze, ganze Passagen – eine ungestüm vorwärtstreibende Sprache. Sie wird gelobt für ihre sparsamen elliptischen Dialoge, die so tief im Text verborgen sind, dass es auch innere Monologe sein könnten, die gar nicht gesprochen werden.

Zu dem brisanten Stoff mag niemand etwas sagen. Verzweifelte Menschen, häusliche Gewalt, die Andeutung sexueller Übergriffe. *Drei Mädchen namens Mya in der Pflegefamilie.*

Bei aller Bewunderung sind die anderen beklommen. Es gehört sich nicht – verletzt ein unausgesprochenes Tabu –, danach zu fragen, ob ein Text auf persönlicher Erfahrung beruht, zumindest, wenn er so drastisch ist. Und du hast den Studierenden den Unterschied zwischen aufgeschriebenen Erinnerungen und *fiktionalisierten*

Lebenserinnerungen ja ausführlich erklärt. Nicht einmal die sind als »Autobiografie«, sondern poetischer und impressionistischer aufzufassen, nicht wortwörtlich und vollständig.

Am Ende der Diskussion ist Ana errötet vor Freude. Sofern es nicht Aufregung und Schrecken ist. So konzentriert, so bei der Sache hast du sie im Workshop noch nie gesehen.

Sie am Handgelenk zu berühren, würdest du dich jetzt nicht trauen, ihre glühend heiße Haut würde dir die Finger versengen.

***

Als du am Donnerstag darauf in den Seminarraum kommst, ist Ana nicht da.

Alle warten auf ihr Erscheinen. Der Platz, an dem sie normalerweise sitzt, bliebt leer. Doch sie kommt nicht.

Du bist tief bestürzt. Bestimmt bereut Ana, wie du befürchtet hast, was sie vor der Klasse preisgegeben hat, bereut, dass sie sich zu dieser Offenheit hat verleiten lassen.

Was sie geschrieben hat, hat sie geschrieben, und das lässt sich nun nicht zurücknehmen.

Es tut mir so leid, Ana. Verzeih mir.

So eine Mail schreibst du aber nicht. Auf keinen Fall!

Von deinem Mann hast du gelernt, Studierenden nicht deine Emotionen aufzudrängen. Dir nicht anzumaßen, du wüsstest, was sie denken und fühlen, denn was sie denken und fühlen, findet (nur) in deinem Kopf statt, es sei denn, sie erzählten es dir, und das wäre wirklich ungewöhnlich.

Du bist die Erwachsene. Du bist der Profi. Du musst dich durchsetzen.

***

Und dann läuft Ana dir in einem Geschäft in der Nähe der Universität rein zufällig über den Weg.

Es ist wirklich *rein zufällig.* Du bist Ana wirklich *nicht gefolgt.*

Und dir fällt auf, zum wiederholten Male – wie einsam sie aussieht. Wie schmächtig, wie anfällig.

In einem zu großen Wintermantel, der ihr fast zu den Knöcheln reicht und abgetragen aussieht.

Ihr Gesicht ist gerötet von der Kälte, ihre Augen verblüfft und feucht. Feine Schatten wie blaue Flecken auf der makellosen Haut, unter den Augen.

Ana würde, merkst du, (vermutlich) zwar lieber nicht Guten Tag sagen, doch ihr könnt euch nicht aus dem Weg gehen. Du grüßt sie mit einem freundlichen Lächeln, wie du es bei jedem Studierenden tätest, übergehst ihre Nervosität; sie stammelt: *Hallo, Professor.*

Ist verlegen. Trotzdem schafft sie es, ihre Lehrerin anzulächeln.

Sie rechtfertigt sich und sagt, sie habe dir schreiben wollen, erklären wollen, warum sie noch einmal eine Stunde ausfallen lassen musste; es habe einen Notfall in der Familie gegeben, sie habe am Telefon Zeit für Verwandte aufwenden müssen. Sie haspelt es in so stockendem Englisch heraus, dass du dich beinahe fragst, ob sie die Wahrheit sagt. Der Ausdruck echten Entsetzens auf ihrem Gesicht sagt dir aber, dass es wohl zumindest ein Teil der Wahrheit ist.

Wenn das eine Geschichte wäre … denkst du. Du würdest Ana einladen, einen Kaffee mit dir zu trinken, vielleicht würdet ihr euch während des leichten Schneefalls beim Gehen unterhalten. Und Ana würde dir schließlich direkt sagen, was sie, wie du glaubst, dir in ihrem Schreiben indirekt sagt. Sie würde sich als vom Missbrauch Betroffene zu erkennen geben, in einer kaputten und zerrütteten Familie. Als traumatisiertes Kind, das Rat benötigt, Schutz …

Doch das geschieht nicht. Wird nicht geschehen. Denn es ist keine Geschichte und ist keine Literatur. Es ist das wirkliche Leben, das sich nicht einfach so deinen Fantasien fügt.

Der Augenblick ist vorbei. Du gehst weiter. Du siehst Ana nicht nach und sie, da bist du dir sicher, dir auch nicht.

Stimmt schon, du bist sehr einsam. Doch deine Einsamkeit ist die einer Erwachsenen. Keine fremde junge Frau kann sie lindern.

Du erinnerst dich noch an den Schock und die darauffolgende Wehmut, als der erste Kurs deiner Lehrtätigkeit zu Ende ging.

Du hattest sogar geweint … *Solche wunderbaren Studierenden bekomme ich nie wieder.*

Sie waren dir mit der Zeit vorgekommen wie eine

Familie. Selbst diejenigen, die am Rand blieben, sich weniger stark beteiligten als andere, die zerstreuten, die lästigen, die mit den seltsamen Macken, alle waren sie dir ans Herz gewachsen – und ihr Lächeln beim Abschied, ihr Händedruck am Ende der letzten Stunde waren niederschmetternd, ein großer Verlust.

Gelacht hatte dein Mann nicht über dich, nicht direkt. Aber dir versichert: *Doch. Wirst du.*

Siebenundzwanzig Jahre her.

***

So plötzlich, wie es anfing, endet das Semester.

Der letzte Workshop in dem holzgetäfelten Seminarraum oben an der ausgetretenen Holztreppe von North Hall.

Anschließend die »Lektürewoche« – zwischen Unterrichtsschluss und Prüfungsbeginn. Im Verlauf dieser Woche siehst du die Studierenden einzeln in deinem Büro.

Nach den Gesprächen, die manchmal anstrengend sind, siehst du die Mehrzahl von ihnen wahrscheinlich nie wieder.

Nach so viel Nähe unvermittelt Distanz. So ist es in der Lehre – ein Semester folgt aufs andere.

Professor! Hallo …

Ana steht in der Tür zu deinem Büro. Begleitet von zwei nervös lächelnden Erwachsenen – den Eltern?

Damit hast du nicht gerechnet. Bist perplex. Du hattest gedacht – was hattest du gedacht?

Ein Mädchen, verloren, missbraucht. Eine Waise.

Zwar zittert Ana vor Nervosität, hat aber ihre Eltern mitgebracht und stellt sie dir vor – *Elena und Carlos Fallas.* Anas Stolz in diesem Augenblick, ihr begeistertes Gesicht, die glänzenden Augen, die Art und Weise, wie sie ihre Eltern bei den Händen fasst und drängt, mit in dein Büro zu kommen – es ist sehr bewegend, du bist beinahe zu Tränen gerührt.

Anas Eltern sind so *jung.* Vor allem die Mutter, ebenso groß wie ihre Tochter und ebenso zierlich, mit wunderschönen dunklen Augen. Die Eltern sprechend stockend und mit starkem Akzent auf Englisch mit dir. Sie sind auf Besuch aus San Diego gekommen. Haben viel von *dir* gehört.

Durch das Dröhnen in deinen Ohren vernimmst du, dass Ana von ihrem Lieblingskurs spricht, ihrer Schreibklasse, davon, dass du ihr geholfen hast zu schreiben, *als hinge ihr Leben davon ab.*

Dass du ihr gesagt hast: *Es muss nicht wahr sein, dein Schreiben macht es wahr.*

Ana ist außer Atem, beweist Mut. Für deine schüchternste Studentin ist es eine große Leistung, ihre Eltern mitzubringen und sie dir vorzustellen. Wie lange hat Ana diese Worte geübt, sich auf diese Begegnung vorbereitet …

Es ist doch ein unglaubliches Bild! Unwirklich. Wie konntest du Ana Fallas so falsch einschätzen? Ihr scheinbar mangelndes Interesse am Seminar und an dir … ihren bekümmerten Ausdruck, ihre Isolation …

Hattest du es denn falsch gedeutet, und Ana sagt jetzt

nicht die volle Wahrheit? Sondern spielt ihren Eltern etwas vor? Und dir?

Die Schwermut war nicht vorgetäuscht. Der Kummer in ihren Augen. Und doch – steht hier eine ganz andere Ana, sie lacht, als sie unauffällig das Englisch ihrer Eltern verbessert, ist lebhaft, glücklich, strahlt.

Ana hat sich das Haar zu glatten schwarzen Zöpfen geflochten. Hat sich die Fingernägel korallenrot lackiert. Trägt keine schlabberige Kleidung, sondern gut aussehende farbenfrohe Sachen in der für ihren zierlichen Körper perfekten Größe. Das kleine goldene Kreuz glänzt an ihrem Hals. Ana ist sehr hübsch, und sie wird von ihren Eltern bewundert. Sie ist kein missbrauchtes Kind und ganz bestimmt nicht Waise.

Erstaunlich, du hörst – *Meine Lieblingsprofessorin.*

Du willst dir das Erstaunen auf keinen Fall anmerken lassen. Willst trotz des Dröhnens in deinen Ohren etwas sagen. Willst Anas erwartungsvollen Eltern versichern, dass ihre Tochter eine ausgezeichnete Studentin gewesen ist. Eine vielversprechende Schriftstellerin. Wie nur wenige junge Schriftsteller ist Ana fähig, aus Kritik zu lernen – konstruktiver Kritik. Ihre Fantasie ist produktiv, anscheinend grenzenlos. Du bist aufgekratzt, als wärst du betrunken. Die Wörter fließen dir über die Lippen, du bist unverschämt. Du wirst alles sagen, um diese Menschen zu erfreuen, willst sie nur glücklich machen, ihnen die Befangenheit in deiner Gegenwart nehmen.

Du wirst es nicht zugeben – *Ich habe Ihre Tochter völlig falsch eingeschätzt. Ich schäme mich …*

Sie ist nicht der Mensch, für den ich sie gehalten habe. Sie sind nicht die Menschen. Verzeihen Sie!

Anas Eltern haben dir ein hübsch verpacktes kleines Geschenk mitgebracht. Dir wird mulmig, hoffentlich ist es nicht teuer. (Bei der Größe? Könnte eine kleine Uhr sein. Eine Armbanduhr.) Du bringst es nicht übers Herz, ihre Großzügigkeit abzulehnen, allerdings gilt es als Verstoß gegen die wissenschaftliche Ethik, zumindest an dieser Universität, Geschenke von den Eltern der Studierenden anzunehmen, auch kleine.

Die Karte von Ana nimmst du dankend an. Das Geschenk reichst du später an die Sekretärin des Fachbereichs weiter.

Anas Eltern sind jetzt nicht mehr so nervös. Sie sagen dir, wie stolz sie auf ihre Tochter sind, die Erste in ihrer Familie, die für vier Jahre ein College besucht. Dankbar sind für das Stipendium, mit dem sie hierherkommen konnte – auch wenn es sehr weit weg ist von zu Hause. Sich geehrt fühlen, dich kennenzulernen.

Als sie gehen, stehst du in der Tür zu deinem Büro und siehst ihnen nach, noch immer ungläubig und benommen. *So falsch eingeschätzt. Wie konnte das …*

Das kleine Geschenk lässt du vorläufig auf dem Schreibtisch liegen. Die Karte von Ana machst du auf. *Danke, Professor, Sie haben mir den Schlüssel zu meinem Leben gegeben …*

***

Und dann, später am Abend, kommst du nach Hause.

Ein kleiner Schreck – die Tür ist nicht abgeschlossen.

Am Türknauf drehen, und sie geht auf. Nicht das erste Mal seit dem Tod deines Mannes. Es ist achtlos, sich so zu verhalten, über Stunden fort und das Haus nicht abgeschlossen und nicht beleuchtet.

Du bist achtlos mit deinem Leben geworden. Gleichgültig.

Betrittst ein leeres Haus, aus dem sich aller Sinn verflüchtigt hat.

Früher war es mal ein *Ort des Glücks*. Das kommt dir heute wie ein schlechter Scherz vor.

Jeder Raum des Hauses ist ein Ort der Verbannung. Die meisten Zimmer meidest du, bleibst in Bewegung. Schwierig, einen Platz zum Hinsetzen zu finden, einen Platz, an dem du bequem sitzt. Fast augenblicklich erfasst dich Unruhe, Bangigkeit. Deine Finger klammern sich an die Mulde an deiner Kehle, du hast Mühe beim Atmen.

Wie viele Monate ist er jetzt nicht mehr da. Noch immer kannst du es nicht – richtig – zulassen, das Wort – *tot*.

Früher hast du einmal ganz genau gewusst, wie viele Wochen, Tage. Auf die Stunde genau.

Doch das Haus ist noch genauso verlassen. Dieser Ort, aus dem das Glück verschwunden ist wie Wasser, das in der Erde versickert.

Du wolltest deinem Mann erklären, wie du ihm so vieles erklären willst, denn er ist geduldig, urteilt nicht – dass du dich in Bezug auf Ana geirrt hast, so lange. Hartnäckig an deiner falschen Wahrnehmung festgehalten hast, an dem *Schmerz*. Du wolltest ihm, und konntest es nicht, erklären, warum Ana dir so viel bedeutet hat. Und warum alles so geendet hat, wie es geendet hat.

Es ängstigt dich, in dem leeren, unbeleuchteten Haus – *Was ist dir noch alles entgangen, was doch klar auf der Hand liegt? Worin hast du dich sonst noch geirrt?*

Vergessenheit der Nacht

Kein Grund, Worte darüber zu verlieren. In gegenseitigem Einvernehmen, kein Wort davon, kein Gerede, nicht ansprechen und erst recht keine komplizenhafte Berührung; scheuten instinktiv von nun an den Tag, das heißt das *Licht* – das *Tageslicht.* Denn ihnen blieb ja der Trost, die Wohltat, die Vergessenheit der *Nacht*, die durch ihre ausgedörrten Adern strömte und ihr Herz, das schrumpelig geworden war wie Pflaumen, schneller schlagen ließ.

Wie bei einem inversen Tropismus zogen sie sich aus dem grellen *Tageslicht* zurück. Unabhängig voneinander ersehnten sie mit fast sinnlichem Verlangen die *Nacht*.

Tagsüber außerdem zu viel Lärm, Unruhe. Man sah viel zu klar und deutlich und zu weit in alle Richtungen. *Tageslicht* war schonungslos, roh, vulgär. *Tageslicht* war zermürbend.

Tagsüber zu viele Kinder. Kinder auf Fahrrädern. Geschrei, Lachen. Im 7-Eleven, auf dem Parkplatz des Drogeriemarkts, auf den Stufen der Zweigbibliothek – herumlungernde Teenager. Die Frau eilte mit abgewandtem Blick an ihnen vorbei wie ein Artist auf einem Hochseil ohne Netz.

Und hinterher, zusammengesackt im Auto, erstickt

schluchzend vor Wut auf sich selbst – *Nein. Schluss. Man wird dich sehen, bemitleiden. Schluss jetzt.*

Rings um das zersiedelte Englewood Park und vor allem an seinem südöstlichen Zipfel, dem Softballfeld, überall – Krater, denen man ausweichen musste. Es war trügerisch, bei *Tageslicht* bestimmte Straßen und Verkehrswege entlangzufahren. Weiter als bis zu dem beigegelben Backsteingebäude der Florence-Howe-Mittelschule in der Riverdale und dem roten Backsteingebäude der Mt. Olive High School an der North Main. Bei *Tageslicht* ragten diese (gewöhnlichen, schauderhaften) Gebäude wahnsinnig in die Höhe und verdeckten den Himmel. Nie (wieder) Northway Mall mitsamt der dorthin führenden Straßen. Ohne sich erst besprechen zu müssen, wussten beide: Bei *Tageslicht* war keine dieser Strecken mehr möglich.

Bei *Nacht* konnte man überallhin fahren. Oder nirgendwohin.

Tageslicht war nun in allen Teilen der Stadtlandschaft eine Ursache für überlastete Augen, für schmerzende Augen, für häufiges Blinzeln, für Sehanomalien infolge von übermäßig brennendem Tränenfluss. Anfallartiges fast völliges Erblinden bei hellem Sonnenschein, dann bei weniger hellem Sonnenschein, dann bei trübem Tageslicht, zuletzt immer, unabhängig von der Stärke des *Tageslichts*.

Zermürbende Kopfschmerzen – Clusterkopfschmerzen, Migräne. Als habe ein Axthieb den Schädel gespalten und das feuchte zitternde wehrlose Gehirn freigelegt.

Eine Sonnenbrille half vorübergehend, zu Anfang. Die Frau kaufte sich vom Arzt verordnete schicke graurosa Brillengläser von der Art, die als »fototrop« bezeichnet wird – was bedeutet, dass sich das Glas je nach Sonnenhelligkeit eindunkelt. Der Mann kaufte sich vom Arzt verordnete oliv getönte Brillengläser, ebenfalls »fototrop«.

Trotz dieser Brillen wurden ihre Augen immer lichtempfindlicher. Und so trugen beide schon bald Brillen mit so dunklen Gläsern, dass ihre Augen vollkommen verborgen waren wie die Augen von Blinden; die Brillenfassungen waren groß, bedeckten ein Drittel des Gesichts, wie es bei den Gesichtern der Schuldigen der Fall ist, die sich inkognito unter uns bewegen möchten.

Wagten sie sich bei *Tageslicht* aus dem Haus, war es, so verkleidet, nicht verwunderlich, dass Bekannte sie nicht erkannten (oder so taten). Dass Bekannte oder ehemalige Bekannte vielleicht kurz zu ihnen herschauten, ohne sie wirklich zu sehen, als wären sie, ob jeder für sich oder zusammen, unsichtbar geworden.

Es war nicht verwunderlich und niemandem vorzuwerfen, wenn Freunde/Bekannte/Nachbarn dem Paar nicht tapfer zulächelten – *Oh, hallo! Wie geht es euch! Wir haben an euch gedacht und wollten schon anrufen …*

Trost kam erst mit der Dunkelheit. Wenn die Dunkelheit dem süßen Vergessen der *Nacht* wich.

***

Was immer geschehen war, wie immer es geschehen war in dem Schlafzimmer oben im Spätwinter des Jahres, es war nachts geschehen.

Geschehen war, so sprachen sie davon. Vergangenheitsform.

Wie Regen, Hagel, tropfende Dachtraufen. Erdbeben. Höhere Gewalt.

Das in der Nacht Geschehene wurde jedoch erst am Morgen entdeckt – »Kurz nach sieben. In unserer Familie sind wir alle Frühaufsteher.«

Zu dem Zeitpunkt musste man davon ausgehen, dass das Geschehene, das sich nicht mehr rückgängig oder ungeschehen machen ließ, ungefähr acht, neun Stunden zuvor geschehen war. Was so viel hieß wie zwischen zehn und elf Uhr abends am vorherigen Kalendertag.

Die ganze (lange) Nacht hindurch von den Erwachsenen im Haushalt unbemerkt.

Eine herbe Überraschung, beim Frühstück. Das Erdbeben, zum Frühstück.

Es war die Frau, die es entdeckt hatte. Natürlich war es die Frau. Denn es ging auf halb acht zu, und von oben kein Geräusch, keine Schritte, auch nicht von der Treppe. Es war die Frau, die hinaufgerufen hatte. Die Frau, die hinaufgegangen war, nachsehen.

»Das Frühstück war immer unsere schönste Zeit …«

Nie wieder Frühstück, ausgeschlossen selbst die Möglichkeit, allein schon das Wort *Frühstück* eine Obszönität, die man nicht einmal mehr murmelnd aussprechen konnte.

Genau genommen löste jede bei *Tageslicht* ins Auge gefasste Mahlzeit wahrscheinlich Übelkeit, Atemlosigkeit, Würgereize aus. Appetitlosigkeit und *Tageslicht* fielen nach und nach zusammen – bloßer Essensgeruch schon ekelerregend.

Das *Tageslicht* selbst ekelerregend. Trügerisch.

Trost fanden sie nur noch, wenn sie *tagsüber* schliefen und sich erst nach Anbruch der Dunkelheit aufrappelten, schlaftrunken und aufgequollen wie Zecken, die sich an Blut gütlich getan haben, ohne immer zu wissen, wo sie waren, wie spät es war oder wo der andere steckte, denn der Konsum von Alkohol (in ihrem Fall Weißwein; in seinem Whisky) sowie Barbituraten (»Einschlafhilfen«) war zum Hauptmittel der Selbstmedikation geworden.

Beim Wachwerden fanden sie sich in dem so kurios wie grausam Herrenschlafzimmer genannten Raum wieder, das sich mit seiner Größe und der edlen Ausstattung (samt angrenzendem Badezimmer) abhob von anderen, lediglich dem Schlafen dienenden Räumen des Hauses, von denen es mehrere gab, darunter der Raum oben, der nicht mehr als »Schlafzimmer«, ja nicht einmal mehr als »Zimmer« genutzt wurde. Taumelig und unwillig wurden sie im Herrenschlafzimmer wach, das bald die Gerüche eines Krankenzimmers zu verströmen begann, obwohl weder der Mann noch die Frau (worauf sie bestanden hätten) *krank* waren. Die Bettwäsche jetzt nur selten gewechselt, während das Bett früher regelmäßig, ja gewissenhaft jeden Montag mit frisch gewaschenen feinen Baumwolllaken und farblich dazu passenden Bett- und Kissenbezügen bezogen worden war. Der gesteppte grüne Bettüberwurf jetzt schmuddelig, mit rätselhaften Flecken wie von Essen, Blut und Erbrochenem besudelt, zu sehen nur bei Lampenlicht, einem im Gegensatz zum gemeinen schonungslosen Licht bei Tag versöhnlichen Licht. Das Bettzeug feucht von verschwitzten Träumen, die Laken zerwühlt von zuckenden Beinen, die Kissenhüllen klitschig unter Köpfen, aus denen Scham und Angst sickerten wie Schleim. In dem immerwährenden Zwielicht lagen verschiedenste Socken, T-Shirts, Unterwäsche – *seine* – auf dem Boden; *ihre*, zwar ebenfalls getragen und verschmutzt, wurden jedoch nie mit der gleichen spöttischen und verächtlichem Nonchalance (dachte die Frau, wenn sie ihren Mann heimlich beobachtete) einfach auf den Boden geworfen.

Ihre schmutzigen Sachen wanderten in einem Reflex von Anstand und Schamgefühl in einen Wäschekorb im Bad. *Ihre* Handtücher, zwar chronisch feucht, angeschmutzt, ausgefranst, wurden trotzdem im Bad ordentlich über Handtuchhalter gebreitet, wohingegen *seine* eher auf einem Haufen auf dem Boden landeten und mit einem Tritt in eine Ecke befördert wurden.

Wie ein (kleiner, klitschiger) Leichnam, so etwa. Ein überfahrenes Tier vielleicht. An den Straßenrand geworfen.

Dennoch war das Benehmen des Mannes nicht ungehörig. Sauberkeit, Anstand, auch nur der Anschein von Sauberkeit und Anstand, käme es darauf an?

Und falls die Frau die hingeworfene Wäsche ihres Mannes aufhob, mit angehaltenem Atem unters Bett griff und eine schmutzstarrende Socke hervorzog, falls sie den Berg muffiger Handtücher im Bad aufklaubte, käme es auf diese Selbsterniedrigung der braven Hausherrin an?

Natürlich nicht.

***

Es kam darauf an, am Tage zu schlafen. Nicht ganz leicht, einen ganzen Tag lang zu schlafen.

Vor allem in den grässlichen vor Licht strotzenden Monaten: April, Mai. Gipfel des grauenhaften *Tageslichts*: 21. Juni.

Was in dem Zimmer oben in den Monaten der Schneeschmelze, der tropfenden Dachtraufen und gewittrigen Himmel auch geschehen war, war nun offenbar wenigstens abgeschlossen und blieb so. *Das war's dann* – mochte die Frau böse frohlockend sagen. Denn es war ein Versprechen von Endgültigkeit, das Schlimmste, das geschehen konnte und ja auch geschehen war, hatte die Macht, die Zeit anzuhalten, oder hätte sie haben können. Doch – die Zeit war nicht stehen geblieben.

Die Zeit war nicht die Spur stehen geblieben. Sehr witzig, sich einzubilden, es gäbe ein Ding – die Zeit –, das aus freien Stücken *stehen blieb.*

Stattdessen wich der ausgehende winterliche März nach und nach der wärmeren Jahreszeit. Der schmutzige Schnee, die tropfenden Eiszapfen – verschwanden. Die fest gefrorene Erde taute, frische kleine Triebe kamen zum Vorschein, die Frau bestaunte ungläubig – was mochte das sein? – ein paar verstreute *Schneeglöckchen*, die in klarem Weiß neben den Rückständen des Winters hinten an der Garagentür blühten ... Wie die Hirngeschädigten den Schlag des Vorschlaghammers nicht begreifen, der ihr Gehirn geschädigt hat, konnten die Frau und der Mann diesen atemberaubenden Verrat nicht fassen – eine neue Jahreszeit?

War im Spätwinter bei bedecktem Himmel ein betäubter Schlaf wie in schwarzem Morast noch möglich, so wurde dieser Schlaf, sogar mit Selbstmedikation, in einer Zeit obszön heller Himmel schwieriger. Acht Stunden schlafen war eine Aufgabe. Neun, zehn Stunden war Wunschdenken. Elf Stunden ein seltener Triumph.

In gegenseitigem Einvernehmen sahen beide davon ab, ein halbes Dutzend klobiger weißer Barbiturate zu schlucken oder gar mehr. Sahen davon ab, das Wissen um das Obszöne vollends auszumerzen. Kein Wort, kein Gerede, sie schraken instinktiv vor dieser Arznei für den Schmerz und die Vergessenheit der *Nacht* zurück.

Jemand muss sich erinnern. Wenn da niemand ist …

Bei zu frühem Wachwerden pochte das Herz vor Abscheu und Entsetzen. Wenn durch die feinen Ritzen der Jalousie noch das Licht des Spätnachmittags drang.

Sie wurden fest zugezogen, die Jalousien, zum Schutz vor einsickerndem Licht. Fest, in allen Fenstern des Hauses, nicht nur im Herrenschlafzimmer. Eine rigorose Dichtigkeit, als der Mann die Jalousien neu einstellte, um sie noch *fester* zuzuziehen. Die Frau wimmerte, als zöge der Mann etwas um ihren Hals zu, noch *fester* – aber vergebens, der Mann hörte nicht. Das *Tageslicht* war der Feind, und der Mann würde ihn besiegen. Einzelne Lamellen der Jalousien gingen dabei kaputt und mussten mit Klebeband geflickt werden.

Eine Art radioaktives Licht sickerte ins Haus ein, ein Gift, keine Frage. Die Frau gewöhnte sich an, die übergroße sehr dunkle Brille im Haus zu tragen, in den (obszönen) Tagesstunden, in denen der Schlaf sich nicht einstellen wollte und sie wie ein verstümmeltes Tier bei Ebbe auf einem vermüllten Strand ausgesetzt liegen ließ. Die winzig kleinen Lichtpünktchen verfluchend, die durch die bis auf die Fensterstöcke herabgezogenen Jalousien schimmerten, stapfte der Mann von einem Zimmer zum anderen und nagelte Tücher vor die Fenster, die dunkelsten, die er auftreiben konnte, die größten Badehandtücher, um das verhasste Licht draußen zu halten.

Hämmern! – der Mann tat es zu gern. (War diese Neigung neu? Die Lust, den Klauenhammer am Holzgriff zu fassen, war es mit Sicherheit. Nachdem er sich von seiner Arbeit bei Tag verabschiedet hat und in der strapaziöseren Arbeit der Vergessenheit der *Nacht* aufgeht, hat der Mann noch Kraftreserven.) Die Frau wand sich vor Pein, hielt sich die Ohren zu. Schmerz schoss unter ihrer Schädeldecke hin und her wie Blitze. So eine Wut im Hämmern des Mannes, die Frau fürchtete, er würde mit dem Klauenhammer auf ihren Kopf einschlagen, wenn er Nägel in die Wände trieb und eine Decke oder ein Handtuch befestigte. Der Mann ging methodisch vor, präzise. Präzision ist eine Sonderform von Wut.

Ja, ich bin diejenige, die Schuld hat. Du bist schuldlos.

Eines Tages aber war der Mann aus einem entfernten Raum zu hören, rief: »Hilfe! Hilf mir!«, seine Stimme schallte durchs Haus wie etwas, was vor panischer Angst summend und taumelnd an Wände schlug.

Die Frau blieb starr stehen, wo sie war. Soll heißen, wo die Frau war, blieb sie starr stehen.

Soll heißen, genau genommen blieb die Frau nicht *starr stehen*, obwohl sie zitterte vor Kälte, einer Art chronischer feucht-klammer Kälte, die sich in ihren Knochen eingenistet hatte wie eine tückische Leukämie; sie erwog vielmehr für einen ekstatischen flüchtigen Augenblick, sich den Luxus zu gönnen und den Hilferuf ihres Mannes zu überhören; ihre Ausrede wäre, dass sie weit weg in einem anderen Zimmer war oder gerade den Wasserhahn aufgedreht hatte, oder aber sie war in der Garage, in der das *Tageslicht* nicht blendete. Nur ein Augenblick, ein kostbarer Moment der Freiheit, dann – »Ja? Was ist? Wo bist –« Die Frau eilte hinauf in ein Zimmer, in dem der Mann barfuß und in heikler Lage auf einem Stuhl stand, in einer Hand den Klauenhammer, mit der anderen an den Fensterrahmen geklammert, um einen Sturz abzuwenden, das Gesicht knallrot und das an der Stirn scharf zurückweichende Haar in wütenden Strähnen gesträubt.

»Hilf mir! Allmächtiger, steh nicht rum …«

Natürlich eilte die Frau dem Mann zu Hilfe, stützte die zitternden Beine (so dünn! die Muskeln ganz verkümmert), um die Sturzgefahr zu senken, während er seine Arbeit wieder aufnahm und noch ein Tuch vor noch ein Fenster nagelte; sie bot dem Mann auch die (magere, schmale) Schulter, auf die er sich beim Abstieg vom Stuhl schwer stützte.

»Danke! Was würde ich nur ohne dich machen, Liebling« – eine Bemerkung, so trostlos scherzhaft, dass die Frau sich einen Totenschädel vorstellen konnte, zwischen dessen zusammengebissenen Zähnen diese Worte hervorkamen.

***

Die (freudige) Überraschung war: Jeder von ihnen stellte fest, wie stark sie das, was (gemeinhin, leichtfertig) *Trauma* genannt wurde, zusammengeschweißt hatte. Kein Entrinnen aus dem Ehejoch? – fragten sich beide.

»Wir haben uns«, sagte die Frau probehalber zuversichtlich und mit einem Hoffnungsschauer.

»Wir haben uns«, gab der Mann mit einem Schreckensschauer zurück.

Vergessenheit der Nacht. Kein Grund, Worte darüber zu verlieren, so wenig, wie Sumpftiere über den Sumpf sprechen müssen, in dem sie mit ihren Gefährten leben.

Bald zeigte sich, dass sogar im flirrenden Höllenlicht des Sommers ein ganz neues Leben möglich war, nach Anbruch der Dunkelheit.

Allein schon im Herrenschlafzimmer unendlich viele Fernsehangebote. Die ganze Palette der Kabelkanäle, einschließlich der in spanischer Sprache. Filme streamen, DVDs. Ein neues Gerät mit Flachbildschirm, das an seinem Platz zu schweben schien, mattschwarz, wenn er nicht lief, elegant und gut aussehend, größer als der Flachbildapparat im Erdgeschoss, an dem sie nicht mehr fernsahen, nie. Auf leichten Druck ihrer Finger auf die Laptoptastaturen das ubiquitäre Internet, »soziale Medien« – unendlich viele Zerstreuungen, die alle miteinander sofort intensive Aufmerksamkeit forderten.

***

Schlaflose Stunden. Augen, die nicht zugehen wollen. Gehirne, die nicht abschalten können. Hier die Hausmittel dagegen.

Mahlzeiten, vor dem Fernseher eingenommen, lösten die Mahlzeiten in der Küche ab, im Esszimmer – Räume, in denen sich Beklemmung breitgemacht hatte wie übler modriger Gestank. Mahlzeiten, an die Haustür geliefert oder in der Mikrowelle aufgetaut, lösten die Mahlzeiten ab, die (liebevoll, langwierig) aus »frischen« Zutaten in der Küche zubereitet worden waren. (Mit Verwunderung und Verdruss dachte die Frau an die Jahre zurück, in denen das mindestens ein Drittel ihres Leben ausgemacht hatte. Was um alles in der Welt war der Sinn dieser Scharade gewesen? Hatte sie einen geheimnisvollen Ritus vollzogen – *Mutter, der Nahrungslieferant? Der gute Geist des Hauses, die Streitschlichterin, stets ein Lächeln auf den Lippen?* Auf nichts davon, stellte sich heraus, kam es an. Das war doch aberwitzig, das hatte sie nicht geahnt.)

Keiner hatte noch groß *Appetit.* Der *Appetit* war zum Problem geworden. Hat man erst einmal *den Appetit verloren*, verliert man das Verständnis dafür, was *Appetit* ist oder war. (Doch was sollte *verloren* in dem Zusammenhang überhaupt bedeuten? Das Verlorene, *wo* war es denn hin? Es kann keine Kategorie gänzlichen *Verlorenseins* geben. Und wie konnte ein Instinkt, so elementar und zugleich so abstrakt wie *Appetit*, überhaupt *verloren gehen*? Das Paar, ob mit oder ohne *Appetit*, stellte jedoch fest, dass Zerstreuungen durch einen animierten Bildschirm es möglich machten zu essen, wenn auch nur mechanisch, und allemal möglich, im Grunde sogar angenehm, zu trinken – Weißwein, Whisky. (Der Weißwein war nicht immer gekühlt, und der Mann, der Scotch Whisky mit Eiswürfeln vorzog, legte auch keinen gesteigerten Wert mehr auf Eis, denn in die Küche hinunterzugehen und wieder heraufzukommen war lästig.) Eine angenehme Art Hypnose beim Starren auf flüchtige Bildschirmbilder, bei plötzlichen Crescendi und Decrescendi der »Musik«, Signalen für das Bedeutsame – kein Grund, den Mund aufzumachen, auch wenn einer von ihnen in gegenseitigem Einvernehmen, allerdings wortlos, manchmal mit der Fernbedienung eilends zu einem anderen Kanal umschaltete oder eilends stumm schaltete.

Denn sogar die *Vergessenheit der Nacht* braucht Schutz. Der Mann und die Frau können nicht genug auf der Hut sein.

Natürlich versuchte jeder von ihnen zu lesen, für sich. Einige der intensivsten Erlebnisse ihres Lebens hatten sie ja beim ernsthaften Lesen gehabt. Beide stellten jedoch fest, dass Bücher nach dem im späten Winter der tropfenden Dachtraufen und der donnergrollenden Himmel Geschehenen zum Problem geworden waren. Bücher erforderten Konzentration, bewusste Hinwendung. Es war enttäuschend – beunruhigend –, dass beide, der Mann und die Frau, nur noch für kurze Zeit zum *Lesen* fähig waren. Ein Satz war kaum *gelesen*, da war sein Sinn bereits vergessen. Die Frau nahm sich mutig (noch einmal) ein Lieblingsbuch aus ihrem früheren Leben vor, *Jane Eyre*. (Sie hatte genau diese Taschenbuchausgabe mit der Einleitung ihres Anglistikprofessors am Bard College gelesen und emsig mit Anmerkungen versehen.)

Doch die Absätze waren zu lang, zu schwülstig; am Ende eines Absatzes angelangt, musste sie wieder von vorn anfangen; wenn sie ehrlich war, konnte sie es sich nicht erlauben vorwärtszustürmen, sondern musste dieselben betäubenden Worte ein-, zwei-, dreimal wiederlesen. Der Mann merkte, dass er fürs Lesen nicht mehr lange genug so still sitzen konnte, wie er es von früher in Erinnerung hatte. Auch er hielt ein Buch in Ehren, das er noch einmal lesen wollte – John Rawls' *Theorie der Gerechtigkeit*, ebenfalls in der Taschenbuchausgabe und von ihm vor einem halben Leben als Student der Rechte in New Haven ausführlich kommentiert. Doch seine Haut juckte furchtbar und lenkte ihn ab. Seine Kopfhaut juckte, er kratzte sich mit den Nägeln bis aufs Blut. Denn *Lesen*, das heißt streng lineares Fortschreiten der Gedanken und Gedächtnisbemühung; Bücher, das heißt, man muss Seiten umblättern, und Seiten bestehen aus Druckzeilen, die in einer spezifischen unabänderlichen Ordnung absteigen; »Druck« muss vom Gehirn dekodiert werden, was eine Mitwirkung des Denkens erfordert, die strapaziöseste Art von Denken. Vor lauter Missmut riss der Mann Seiten aus der *Theorie der Gerechtigkeit* heraus und zerknüllte sie in der Faust: »Scheiß auf die Gerechtigkeit. Die kann mich mal.« In einem anderen Zimmer wurde die Frau ganz starr vor Angst, hörte es aber nicht.

Der Trost, den sie ersehnten, war in *Büchern* nicht zu finden. Echten Trost bot eine passive und einschläfernde Tätigkeit des Halbbewusstseins, die keine persönliche Beteiligung erforderte – stundenlanges Starren auf einen gläsernen Bildschirm, auf dem sich unablässig die Bilder bewegten, Musik an- und abschwoll, unablässig, ob nun ein denkendes Wesen anwesend war oder nicht.

***

Sich nach Anbruch der Dunkelheit hinauszuwagen, war ebenfalls ein Abenteuer, riskant und (anfangs) erregend. Sich von Scheinwerfern eines Fahrzeugs leiten zu lassen, die geradeaus gerichtet sind und nicht zaudern und zagen. Sodass man, selbst wenn man bestimmte (vertraute, grauenvolle) Straßen und Verkehrswege entlangfahren muss, feststellt, das Gelände hat sich schlicht dadurch verändert, dass es *Nacht* ist und nicht *Tag*, wo du diese (vertrauten, grauenvollen) Straßen und Wege am häufigsten erlebt hast.

Statt zum Beispiel der Northway Mall, einem riesigen Dreckloch, in dessen Nähe sie sich nie (wieder) begeben würden, gab es die Southbridge Mall, eine vierzigminütige Fahrt über relativ unbekannte Straßen. Teile davon waren bis Mitternacht geöffnet, sodass man hier eine Oase festlicher Lichter vorfand, eine schwimmende Insel, auf der eine besondere Art vorstädtischen Nachtlebens pulsierte: Fast-Food-Restaurants, »bessere« Restaurants mit Schanklizenz, ein glitzerndes CinemaxX, das stolze zwölf Kinosäle vorzuweisen hatte.

Das Versprechen der Southbridge Mall war das Erlebnis von etwas »Neuem« – sogar Markengeschäfte und Läden von Handelsketten erschienen in der unbekannten Umgebung zu Recht als »neu«. Ein in mehreren Etagen plätschernder Springbrunnen im Zentrum und eine Architektur, die sich deutlich von der Architektur der Northway Mall unterschied (obgleich vom selben Architekturbüro entworfen) – hier war ein neuer Planet, der sich behutsam erkunden ließ und seine Gefahren nicht auf den ersten Blick offenbarte, bis sie bei ihrem dritten Besuch, in dem grellen Neonlicht genötigt, Brillen mit getönten Gläsern zu tragen, sich eigentlich einen Film im CinemaxX ansehen wollten, auf der unteren Ebene der Mall jedoch eine Reihe knallbunter Fast-Food-Restaurants neben einer Videospielhalle erblickten, in der es vor männlichen Teenagern wimmelte, sodass sie, verstört und mit Spuren von Migränetränen an den Wangen, stolpernd flohen.

***

Wochen, Monate. Einhundertzweiundachtzig Tage, einhundertdreiundachtzig …

Von ihnen unbemerkt hatte der Sommer seinen (tödlichen) Zenit überschritten. Von nun an wurden die Tage kürzer, die Nächte länger. Von nun an fiel das Atmen leichter.

Die Schwerkraft war jetzt auf ihrer Seite. Die Schwerkraft drückte sie sacht nach unten.

Ein Tag, an dem alles geschehen konnte. Zum Beispiel konnte die Frau auf die Idee kommen, die Wäsche zu machen. Die Spülmaschine (vollgepackt mit Tellern, das Besteck notdürftig vorgespült) laufen zu lassen. Das Haus zu putzen. Zumindest Teile des Hauses, die, in gegenseitigem Einvernehmen, nicht tabu waren. Sie zerrte in den frühen Morgenstunden, soll heißen den dunkelsten Nachtstunden, den Staubsauger von einem Zimmer ins nächste, eine erfrischende Betätigung, von Koffein befeuert. Das beruhigende Dröhnen dämpfte die streunenden Gedanken, und unter dem Schutz dieses Dröhnens wiederholte die Frau die Erklärung, die sie vor den Autoritäten abgegeben hatte: »Wir hatten keine Ahnung. Mein Mann und ich …« Sie verfolgte zufrieden, wie Staub und Schmutz in den Staubsaugerbeutel gezogen wurden. Hausarbeit war so leicht, und Schmutz verschwand zusehends! Soll heißen, oberflächlich sichtbarer Schmutz.

Flecken waren eine andere Sache. Flecken im Teppich mochten für ein andermal bleiben.

Es konnte auch sein, dass sich der Mann verwirrt und entnervt vom Fernseher erhob und mit Schraubenzieher, Zange, Klauenhammer und einer Handvoll Nägel kleinere Reparaturen im Haus in Angriff nahm. Der Werkzeugkasten, draußen in der Garage aufbewahrt, war eine seiner schönsten Entdeckungen gewesen. Manchmal, nicht immer, trug der Mann dabei Arbeitshandschuhe. Und auf dem Kopf, tief in die Stirn gezogen, eine Zimmermannsmütze mit dem Aufdruck DUTCH BOY, die er in der Garage gefunden hatte. Denn nach dem, was in dem Zimmer oben geschehen war und was weder der Mann noch die Frau zur Gänze verstanden hatten, verfiel das Haus Stück für Stück wie in einem verspäteten Schock nach einem Erdbeben. Bei Wandlampen funktionierten die Schalter nicht mehr, aus den Spülkästen von Toiletten lief unablässig Wasser. Tropfende Wasserhähne, verklemmte Türen. Lose Kacheln mussten mit Leim oder Nägeln neu befestigt werden. Schlecht schließende Fenster abgedichtet. Von Mottenlarven befallene Teppiche mussten in die Garage gezogen und eingesprüht werden. Der Mann geriet schnell außer Atem, wenn er sich bücken oder knien, die Arm- und Schultermuskeln oder den Nacken belasten musste. Das Rückgrat tat ihm weh, nachdem er den widerspenstigen schweren Wohnzimmerteppich über den Boden hatte schleifen müssen. (Wie alt war der Mann jetzt? Er erinnerte sich dunkel an seinen letzten Geburtstag, könnte fünfundvierzig? – neunundvierzig? – gewesen sein. Wie die Frau, die im Januar einundvierzig geworden war, rechnete der Mann nicht damit, noch einen zu erleben.) Schlafkörnchen fielen ihm in die geröteten und geschwollenen Augen, die sich nicht mehr richtig scharf stellten. Sein Herz schlug ungleichmäßig, ob aus Furcht oder einer Art ekstatischer Freude, dass das Schlimmste geschehen war und daher nicht (noch einmal) geschehen konnte. Trotzdem bereitete es Freude, wenn man etwas reparierte und instand setzte, was sofort zu sehen war und vom zweiten Bewohner des (erschöpften) Hauses honoriert wurde. Vor allem dann, wenn man für die Erledigung der Aufgabe den Klauenhammer brauchte, von dem sich ein rätselhaftes Hochgefühl in die Hand des Mannes übertrug.

Von den Hammerschlägen übertönt, wiederholte der Mann die Erklärung, die er im Ton verblüfften Staunens vor den Behörden abgegeben hatte: »Ich hatte keine Ahnung …«

***

Wie nachtaktive Lebewesen gewöhnten sie sich allmählich an das Dunkel. Es mochte Mitte Herbst gewesen sein, als sie feststellten, dass sie bei *Tageslicht* blind waren, wie die bedauernswerten Maultiere, die jahrelang in Bergwerken unter Tage gearbeitet hatten, es feststellten, als sie wieder ans *Tageslicht* gebracht wurden.

Das Vergehen der Zeit, das sie zuvor gehasst hatten, verschaffte ihnen nun eindeutig Trost. Mit dem Vorankommen des Herbstes, des Winters ging das Versprechen einer länger werdenden *Nacht* einher. Immer mehr wurde der Tag von der *Nacht* in den Hintergrund gedrängt. Das Paar konnte, wenn es das wünschte, das sichere Haus schon zeitiger verlassen – an den dunkelsten Tagen, wenn der Himmel eine dicke Wolkenkruste war, die an Schiefer, an Schluchten stahlgrauen Geschiebes gemahnte, schon um sechs Uhr abends; allerdings war das riskant, denn (womöglich) sahen sie jemanden, eine Person oder Personen oder eine ganze Kategorie von Personen, die sie nicht sehen wollten.

Sie kamen dahinter, dass man bestimmte Geschäfte am besten nachts aufsuchte. Safeway, Target, CVS, Home Depot, Walmart – höhlenartige Räume, in denen sich in den Abendstunden keine langen Schlangen an den Kassen bildeten und nur selten Kinder herumliefen. Nur Erwachsene wie sie mit traurigen Gesichtern und teigiger Haut, die ihre Wagen schoben und sich auf sich selbst konzentrierten.

Wir sind ja die Leichtverwundeten! Wer hätte gedacht, dass wir so viele sind.

Es konnte sein, dass die Frau in den riesigen hell erleuchteten Läden manchmal ihre schicke graurosa Sonnenbrille trug, weil sie von den vielen Artikeln in den zwei Meter hohen Regalen in so vielen konkurrierenden nervenaufreibenden Farben Kopfschmerzen bekam. Und der Mann trug vielleicht seine tiefdunkle Brille, weil seine Augen (noch immer) gerötet und geschwollen waren und nun eher einen Ausdruck von Wut und Ungläubigkeit hatten als von *nächtlicher Vergessenheit.*

Weniger Personal an den Kassen, besonders wenn es auf Ladenschluss (elf Uhr abends) zuging. Es frappierte die Frau, dass manche Angestellte, sah sie aus geringer Entfernung hin, in ihren geschlechtslosen Uniformen steif und reglos dastanden wie Mannequins und erst wenn man auf sie zuging und einen Bewegungssensor auslöste, »aufwachten« und einen mit freundlichem Lächeln und der Firmenfloskel – »*Hallo! Wie geht es Ihnen heute Abend?*« – ansprachen.

Schon in ihrem früheren Leben mochte die Frau die übergroßen Geschäfte nicht und hatte sich die leichte Abneigung dagegen in ihrem derzeitigen Leben bewahrt, zog den kleineren übersichtlicheren Safeway vor, der in mancher Hinsicht dem Lebensmittelladen in ihrem eigenen Viertel glich, in dem sie fünfzehn Jahre lang eingekauft hatte, wiederum aber doch so anders war, dass er das Unbehagen und die Ängstlichkeit, die die Frau in der Öffentlichkeit schnell überkamen, beseitigte oder abschwächte; ihr Lebensgefühl, wie sie es dem Ehemann vermitteln wollte, war *ankerlos treibend.*

(Wollte die Frau ihrem Mann in der Öffentlichkeit leise etwas anvertrauen, benahm er sich oft so, als hätte er ihre Worte nicht gehört, ja als stünde niemand direkt neben ihm und flüsterte ihm ins Ohr. Das war schon so oft vorgefallen, dass die Frau langsam selbst an ihrer Existenz zu zweifeln begann.)

(Oder wurde der Mann einfach schwerhörig? An dem Morgen Ende März, als die Frau aus dem Zimmer oben zu ihm hinuntergeschrien hatte, hatte er sie nicht gleich gehört.)

Ein Nachteil des Lebensmitteleinkaufs am späten Abend war, dass »Frischwaren« bereits welkten und aussortiert waren. »Fangfrischer Fisch« lag mutlos auf geschmolzenem Eis, Fleisch war grau geworden. Sogar Dosensuppen, eine Säule der Mahlzeiten, die das Paar vor dem Fernsehschirm zu sich nahm, waren in den Regalen nur noch spärlich vorhanden, und Baguette, das Lieblingsbrot des Mannes, war offen gesagt altbacken. Wollte man einen Ladenangestellten etwas fragen, war niemand zu sehen.

Die Frau genoss es trotzdem, dass um die Zeit keine Kinder umherjagten. Und keine Teenager zu sehen waren. Die erwachsenen Kunden waren gehetzt, zerstreut und schlecht gekleidet, nicht zu beneiden.

Eine wohltuende Stille! Die Frau holte tief Luft. Kein Grund, sich gegen grobe Zudringlichkeiten zu wappnen.

Außer, ein kleiner Zwischenfall, als die Frau ihren Wagen durch den Gang mit den Cerealien schob, vorbei an Müslipackungen in fröhlichen Farben, vorwiegend hellgelb, beruhigt, dass der Mann, der häufig missmutig und orientierungslos durch die Gänge des Safeway streifte, weil er ihr nicht die Auswahl seiner Lebensmittel überlassen konnte, nicht in der Nähe war, und ins Stolpern geriet, als sie sah oder zu sehen glaubte, wie eine schmale Gestalt in T-Shirt und Jeans kurz vor ihr davonlief und verstohlen um eine Ecke verschwand – »Oh! Warte! Lass mich nicht allein –«, hörte sich die Frau noch rufen, bevor das Blut aus ihrem Kopf wich, ihre Beine alle Kraft verloren und sie mit der weichen Unterseite des Kinns hart auf den Griff des Wagens aufschlug, ein ordentlicher Kinnhaken, der sie die Torheit ihres Benehmens erkennen ließ.

Errötet und verärgert, höllische Schmerzen am Kinn, aber dankbar, dass ihr Mann nicht Zeuge gewesen war.

Im nächsten Gang war keine schmale, schimmernd durchsichtige Gestalt zu sehen, und auch sonst nirgends. Die Frau erholte sich sofort, merklich.

Beeindruckend, wie ein rasch schneller schlagendes Herz am Scheitelpunkt der Tachykardie auf ein Gehirnsignal hin langsamer wird, merklich.

Warum, um alles in der Welt, hattest du nicht zwei? Wenn eins wegfällt, nimmt das andere seine Stelle ein, das hättest du dir doch leicht ausrechnen können, oder? Hieß es nicht immer, du wärst so klug?

Dankbar, dass der Mann es nicht gesehen hatte, es nie erfahren würde. Dankbar.

***

Dann aber, noch schlimmer, bestand die Frau in ihrem Leichtsinn darauf, noch einmal zum Safeway zu fahren, weil es bequem war, weil der Mann sich nicht gar so bitterlich über die Lebensmittel beklagte, die sie Ende Oktober an einem sehr dunklen, sternenlosen Abend, als ein leichter Schwefelgeruch in der Luft lag, für ihn im Safeway gekauft hatten, als das elektrische Licht in dem Lebensmittelladen zitterte und bebte, als wollte es gleich ausfallen, und die Frau ihren Einkaufswagen wieder allein schob, wieder dankbar, dass der (mürrische) Mann woanders nach seiner langjährigen Lieblingssorte Essiggurken suchte, und sich beim Abbiegen aus dem Gang mit den Suppendosen einer entsetzlichen Halloween-Dekoration gegenübersah: einer ausgestopften Vogelscheuche mit geschnitztem grinsendem Kürbiskopf, weitem T-Shirt, Jeans, um den Hals eine schaurig realistische Schlinge – keine plumpe Schlaufe aus Wäscheleine, sondern eine echte Henkersschlinge mit beängstigend vielen Windungen, mindestens zehn, mit einem perfekten Knoten fixiert.

Dieses Mal fiel die Frau in Ohnmacht. Keine Zeit, den Atem anzuhalten, aufzuschreien. Schlug mit dem Kopf an die Kante eines Regals, sank seitlich zu Boden, das Bewusstsein so prompt ausgelöscht, wie ein Licht auf *aus* geschaltet wird.

Als sie wieder zu sich kam, eine Ballung von Gesichtern über ihr, die schrille Stimme des Mannes, der schimpfte – »Das ist meine Frau. Ich kümmere mich um sie« –, sie unter den Achseln anhob und wachrüttelte, Angst im Ausdruck seiner geröteten und geschwollenen Augen, die nur die Frau bemerkt hätte, wenn sie denn hätte sehen können. Kein Grund, die 911 anzurufen, beteuerte der Mann, kein Grund für einen Krankenwagen, absolut nicht, kein Notfall, er würde seine Frau nach Hause bringen, sie hinausführen aus dem Supermarkt, denn zu dem Zeitpunkt war die Frau wieder bei Sinnen oder doch fast, war wieder sie selbst oder doch fast; beschämt, weil sie einen Auflauf verursacht, die Aufmerksamkeit etlicher Kunden, Safeway-Angestellter und mehr Augenzeugen, als sie um diese Tageszeit für möglich gehalten hätte, auf sich gelenkt hatte. Vor Schmerz zusammenzuckend, die rechte Schläfe, der rechte Arm, die Finger der rechten Hand fühlten sich, wo sie daraufgefallen war, zerquetscht an, aber, wirklich, ernsthaft – alles in Ordnung, es ging ihr *gut*.

Der Mann führte die Frau tatsächlich aus dem hell erleuchteten Supermarkt, hielt sie, fest unter den Achseln gepackt, aufrecht; er half ihr ins Auto und ging mit versteinerter Miene in den Markt zurück, entschlossen, ihren fast bis zum Rand mit Lebensmitteln gefüllten Wagen zu holen, der noch am Ende von Gang neun stand, denn er hatte nicht die Absicht, den Einkauf abzubrechen, ihre beiden Wagen stehen zu lassen, auf das zu verzichten, was sie eine Dreiviertelstunde gekostet hatte, verdammte Zeitverschwendung. Linkisch schob er ihren Wagen und seinen eigenen, mit weniger Artikeln gefüllten Wagen zur Kasse. Wiederholte mit lauter Stimme, mit seiner Frau sei alles in Ordnung, sie falle öfter mal in Ohnmacht, sie nehme Blutverdünner oder vielleicht etwas gegen niedrigen Blutdruck oder beides.

Bestimmt hatte der Mann die Vogelscheuche mit dem grinsenden Kürbiskopf und der (fachmännischen) Henkersschlinge um den Hals gesehen, hatte sogar die Windungen gezählt, zehn, alles blitzschnell, hatte es zur

Kenntnis genommen, ohne mit der Wimper zu zucken, hatte verstanden, die Sache in die Hand genommen, die Geschichte in seine Gewalt gebracht, wo sie hingehörte, die Wagen an sich genommen und beide zur Kasse bugsiert, den Einkauf an diesem Donnerstagabend zu Ende geführt, allerdings zum letzten Mal in dem verfluchten Safeway, das stand fest.

Danach kam es dazu, dass sie ihn hasste. Den Ehemann – *ihn*.

Hörte auf, seinen Namen auszusprechen, hörte sogar auf, seinen Namen zu denken, da er (wurde ihr klar) ja schon vor Monaten aufgehört hatte, ihren Namen auszusprechen. Die *Nacht* machte »Namen« sowieso lächerlich. Überflüssiges ist per se lächerlich. Die *Nacht* schluckte, was einen bei *Tageslicht* in Anspruch nimmt – sich individuell abzugrenzen –, deckte es zu, machte es überflüssig und lächerlich. Was scherte sich jemand darum, wer er ist oder wer die anderen sind? Wie der Mann verächtlich zu sagen pflegte, kam es denn auf etwas davon an? Das Fallen, nur darauf kommt es an.

Auf das Fallen kommt es an, auf nichts sonst. Zu dicht über dem Boden, ist das Genick nicht auf der Stelle gebrochen, sondern man stirbt einen langsamen Tod durch Abschnürung. Zu hoch über dem Boden, kann es durch das Eigengewicht des Körpers dazu kommen, dass der Kopf vom Körper abgerissen, dass man enthauptet wird. Springquellen von Blut, bis zur Decke und höher.

(So erstaunliche Belehrung, im Internet! Das hatte man herausgefunden, oder vielmehr Forensiker hatten es.)

Sie hasst ihn, eine Art von humidem Hass, wie wenn ein Samenkorn durch einen Spalt im Pflaster fällt, aber trotzdem auskeimt, sich in bösem *Tropismus* nach oben schiebt, aufwärts, blind, augenlos. Sie hasst ihn, geht nachts hinter ihrem Grundstück umher, dankbar für eine sternenlose Nacht, mondlose Nacht, tastet sich vorwärts. Riecht die dunkle feuchte Erde unter ihren bloßen Füßen, ihr Herz macht einen Sprung vor so etwas wie Hoffnung – sie lebt, soll heißen *sie lebt*, doch die Empfindung lässt bald nach, denn er ruft gereizt nach ihr, spürt sie auf, seine Gefährtin in der *Vergessenheit der Nacht*, er lässt sie nicht vom Haken. Er gehört zu denen, die von einem Groll niemals ablassen, seine Kränkungen sind Beulen und Ballenzehen, mit denen seine (ungelenken) Füße unbedingt weitergehen müssen. Die Frau ist bestürzt, dass der Mann, in seinem früheren Leben so penibel, in seinem postumen Leben die Fußnägel hat wachsen lassen, dick wie Horn, deformiert, sicher schmerzhaft; sie fragt sich, ob sich die (eingewachsenen?) Zehennägel vielleicht gar entzünden, eitern und der Mann daran stirbt; eine langwierige und unangenehme, unwirtschaftliche und boshafte Art zu sterben, so gesehen die Widerlegung seiner früheren Effizienz. Als erklärte er höhnisch: *Dir würde es gefallen, wenn ich mich schneller umbringe, aber ich lasse mir Zeit.*

Aber wenn du sterben willst, nur zu. Niemand hindert dich.

***

Aber so ist es ganz und gar nicht. Innerhalb von zweihundertsiebenunddreißig Tagen ist die Frau zum zweiten Mal erstaunt.

Das Zimmer oben an der Treppe. Der Raum, der nie (wieder) geöffnet werden sollte.

Nachdem auch der letzte Ermittler gegangen war. Nachdem alles, was aus dem Zimmer entfernt werden sollte, entfernt worden war. Eine verworrene Erinnerung an die Notfallsanitäter, die als Erste eingetroffen waren, die ersten Fremden, die ersten Eindringlinge, erschreckend jung, behutsam wie Tänzer, riefen einzelne Worte, Kommandos, stiegen die Treppe hinunter, die zerbrochene schmächtige Gestalt auf der Trage, mit einem Gurt fixiert. Solche Fürsorge, solche Besonnenheit, sie hatten etwas Zärtliches. Hauptsächlich aber erinnert sich die Frau an das Schweigen der jungen Sanitäter, denn Worte, auch gerufene, sind bloße Geräusche und verhallen rasch.

Drückt das Ohr an die Tür. Erhebt sich aus irgendeinem Grund auf die Zehenspitzen, als könnte ihr das beim Hören helfen. Sie hätte nicht sagen können, wie lange sie das Ohr schon an die Tür drückt.

Ja, sie hört – leise Musik auf der anderen Seite der Tür, *seine Musik*. Nie zuvor hatte sie bei *seiner Musik* zugehört, die sie (irgendwie) abstieß. Beinahe hört sie es – ist das Atmen? Das Rätselhafteste aller Geräusche.

Von unten an der Treppe ruft der Mann nach ihr: »Was tust du? Was zum Teufel tust du da?«, er ist nervös, entsetzt. Seine Rede ist verwaschen, denn er hat Whisky getrunken. Hat mehr als genug Barbiturate genommen.

Seine Augen glühen vor Wut und Verblüffung, deswegen ruft sie rasch nach unten: »Es war nicht deine Schuld.«

Sie sieht, wie er vor ihr zurückzuckt. Sieht die Gier seines (männlichen) Schreckens, der unstillbar ist. Mit bebender Stimme äfft er sie nach: »Nein. Es war nicht *deine Schuld.*«

Kommt danach die Treppe herauf und steht keuchend neben ihr. Es ist ihnen untersagt worden, die Tür zu öffnen, den Raum zu betreten, es war nicht nötig, Worte darüber zu verlieren, beide haben es verstanden, und in der Tat hat die Frau nicht einmal daran gedacht, die Tür aufzumachen und das Vertrauen des Mannes zu missbrauchen. Sie hat bloß das Ohr an die Tür gedrückt, tief den Atem angehalten, gelauscht. Zuerst rechnet die Frau damit, dass der keuchende, zitternde Mann sie schlägt, doch er tastet nach ihrer Hand. Es erschüttert sie, der Mann ragt nicht mehr drohend über ihr. Auf Strümpfen ist er nicht mehr hochgewachsen. Mit kaputtem Rücken ist er nicht mehr hochgewachsen. Seine Hand ergreift ihre, das hat sie in letzter Zeit nicht mehr getan, seit Ende des Winters dieses Jahres nicht, sie hätte gedacht, der Mann würde ihr die zerquetschten Finger der Hand brechen wollen, doch nein, er hält sie nur, es ist behutsam, fast schüchtern, wie seine Hand ihre umschließt. So stehen sie schuldlos oben an der Treppe beieinander, praktisch auf einer Höhe. Verzeihen schuldlos einer dem anderen, vermutet sie. Sie haben sonst keinen zum Verzeihen.

Letztes Interview

1.

Du bist allein ins Purple Onion Café gekommen. Kurz nach zwölf, dem Stand der Sonne nach zu urteilen.

Keine Ahnung, warum, warum hier. Warum schwere Wanderstiefel, mit denen sich schlecht rennen ließe, wenn du rennen müsstest. Und dieses *Ticken* in der Luft nah um dich herum wie das Flügelzittern von Insekten, so klein, dass das menschliche Auge sie nicht ausmachen kann.

An einem Tisch im rückwärtigen Teil der (gut besuchten, lebhaften) Terrasse platziert.

Wohin das *Ticken* dir gefolgt ist. Noch lauter.

Keine Ahnung, warum es hier sein muss. Und warum es nach so vielen verschobenen Malen *jetzt* sein muss.

Die Kellnerin kommt auf dich zu und will deine Bestellung aufnehmen. Jung, glänzendes blondes Haar. Bloße Beine. Bloße Füße in Sandalen. Augen streifen dich mit einem Ausdruck von Überraschung. Von weiblichem Hochmut. Diesen Blick hast du in deinem Leben so oft gesehen, dass du beinahe beruhigt bist – *Du bist am richtigen Ort. Es ist die richtige Zeit.*

2.

»Hätten Sie etwas dagegen, dass ich unser Gespräch aufzeichne?« – X hantiert mit seinem iPhone.

Wieso sollte ich etwas dagegen haben. »Natürlich nicht. Sicher, klar.«

»Haben Sie *wieso* gesagt?«

»Was? Nein. Ich sagte *sicher.*«

Du bemühst dich, dir deine Verärgerung nicht anmerken zu lassen. Bemühst dich, zuvorkommend zu erscheinen.

(Blöde Frage, wenn ein Interviewer sich erkundigt, ob es den Interviewten stört, dass das Gespräch aufgezeichnet wird.)

»Manche haben etwas dagegen«, sagt X zu seiner Verteidigung, als hättest du laut gesprochen, »sie lehnen es ab, sich *aufnehmen* zu lassen.«

Das kommentierst du nicht. Aufschießender Zorn, schnell wie aus einer Ader spritzendes Blut. Doch *nein.* Ein Fehler, vor einem Journalisten preiszugeben, was du fühlst.

»Jedenfalls«, beteuert X mit dem feuchten breiten Lächeln, das dir wie ein Desinfektionstupfer übers Hirn streicht, »pflege ich meine Gesprächspartner nicht falsch zu zitieren, ganz gleich ob ich ›mitschneide‹ oder mir auf altmodische Weise Notizen mache.«

X spricht Englisch, als übersetzte er aus einer anderen Sprache. Der deutsch gefärbte Akzent knirscht dir besonders in den Ohren, weil X, wie du weißt, in den Vereinigten Staaten geboren ist.

Wieder sagst du dazu nichts. Es ist bereits 12:34. Vier Minuten des verabredeten Interviews sind um. Du weißt, dein Verleger hat X mitgeteilt, dass er nur eine Stunde für ein Interview haben kann, denn du, so die Ausrede, hast kurz danach einen anderen Termin, dein Gespräch mit ihm muss also pünktlich um halb zwei enden.

Das bewahrt dich davor, als unhöflich zu gelten. Nur als viel beschäftigter Mensch, der praktisch denkt, eigennützig. Trotz deines Rufs als einsiedlerisch lebender Verfasser von »hochpoetischen« Texten.

Doch jetzt hat X sich etwas Neues einfallen lassen, wie er dich verärgern kann. Ein gemeines Licht glimmt in seinen Nageräuglein.

»Ich hatte Sie fragen wollen – ist dies das Café, in dem ein Selbstmordattentat stattgefunden hat?«

»›Selbstmordattentat!‹ Nein.«

Die scharfe Antwort kommt schnell, so reflexartig wie ein Nieser. Nicht viel, und du greifst in die Tasche und kramst ein Papiertaschentuch hervor, mit dem du dir die Augen betupfen kannst.

»Nein? Wirklich? Es war ein Café mit Außenbewirtschaftung, glaube ich. Hier in Santa Luce. Hieß so ähnlich wie ›Purple Onion‹ ...«

Legt dieser entsetzliche Mensch es darauf an, dich zu quälen? Als könnte es in Santa Luce noch ein Restaurant mit einem Namen *wie* »Purple Onion« geben!

Seit seiner (um mehrere Minuten verspäteten) Ankunft sieht X sich ständig in dem belebten Café um. Als wäre er, Dummkopf, in so einem Allerweltscafé tatsächlich in Gefahr. (Die Lunchgäste waren mehrheitlich Frauen. Ein

Volk von gut situierten, sehr fitten, blond gesträhnten »jugendlichen« Frauen, von deren Lachen man Nervenschmerzen bekommt wie von dem Geräusch von Kristall, das manisch, ein Stück nach dem anderen, zerschlagen wird.)

Schwer zu sagen, ob X ernsthaft besorgt ist oder bloß verquer. Sein Gesicht – ungewöhnlich lang und skurril mit hoher gewölbter Stirn und dichten buschigen Augenbrauen – ist ausgesprochen ausdrucksvoll, wie bei einem Schauspieler. Hinter törichtem Benehmen lauert manchmal echte Angst, wie du als genauer Beobachter der menschlichen Psyche weißt, daher bemühst du dich, Geduld mit X zu haben.

Du räumst ein, ja, du hattest gehört, dass es Bombendrohungen gegen das Restaurant gegeben hat, vor einiger Zeit. Die Besitzerin, Nadia, die fröhliche Frau mit den *üppigen Kurven* und der wirren, an ihrem Rücken herabrieselnden Mähne, die X gerade an den Tisch gebracht hatte, beteiligt sich seit Jahren an linken Projekten – Protesten, Streiks, Demonstrationen. Für die Rechte von Schwulen und Lesben, für die Rechte von Immigranten. Gegen Atomwaffen, für sauberes Wasser. Möglicherweise hatte es im Purple Onion einen Anschlagsversuch gegeben, aber – soweit du weißt, wurde keine echte Bombe gezündet …

»Hmm! Sind Sie sich sicher? Ich habe nämlich –«

Du sagst mit zusammengebissenen Zähnen gelassen: »Ich wohne hier, ich würde es wissen.«

»Ah! Verstehe. Natürlich.«

X, der Tausende Meilen gereist ist, um dich zu interviewen, möchte dich nicht gegen sich aufbringen. (Zumindest nicht, bevor das Interview vorbei ist.) Er könnte mit seinem iPhone leicht herausfinden, wer recht hat, du oder er, sagt in begütigendem Ton aber nur, er habe »vage irgendetwas« über einen Highschoolabbrecher in diesem Teil Kaliforniens gehört, der nach der Anleitung auf einer ISIS-Seite im Internet eine Bombe gebaut hätte … Ob die aber tatsächlich gezündet worden sei, weiß X nicht.

»Bei Meldungen von solchen ›Terroristen‹ wird gern aufgebauscht«, du lachst nachsichtig, ein zischendes Lachen, das Lachen der Verachtung und Gleichgültigkeit, der Entschiedenheit.

Zum Zeitpunkt des (mutmaßlichen) Bombenattentats warst du als Gast an der American Academy in Rom. Vielleicht war es auch die American Academy in Berlin. Auf deine Arbeit konzentriert, ohne Zeit für Bombenanschläge, Schulmassaker, Massenmorde in den Vereinigten Staaten, die praktisch an der Tagesordnung waren.

Oben ein hoher Summton ähnlich einem Bohrer beim Zahnarzt, doch du unterlässt es, himmelwärts zu blicken.

Schließlich kommt eine Kellnerin an euren Tisch, nimmt feierlich eure Bestellungen auf, geht wieder. X schiebt behutsam das iPhone in deine Richtung. Entblößt die großen Zähne zu einem Lächeln, das anzüglich aussieht, aber wohl nur ein Verschwörerlächeln sein soll, und sagt mit einem Zwinkern: »Gehen wir gleich dahin, wo's wehtut, mein Freund. Erzählen Sie mir etwas, was Sie noch keinem anderen Interviewer gesagt haben.«

3.

Punkt 12:19, als du im Purple Onion Café zu deinem Interview mit X eintriffst, das um 12:30 beginnen soll.

Es ist *deine Art*, zu Terminen früher zu kommen. Vor allem zu gefürchteten.

X, der international renommierte Interviewer, ist bekanntermaßen ein Unsympath. Er wird dir im Gespräch schöntun und dich in seinem Artikel niedermachen. Du weißt es, musst aber das Gegenteil vorspielen.

X hat einen Namen, aber du verzichtest auf die Verwendung. Genau genommen wirst du X nie namentlich ansprechen.

Du warst in Europa, als das Purple Onion wegen Renovierungsarbeiten ein Dreivierteljahr geschlossen war. Erst vor Kurzem wurde es mit viel Tamtam in der Lokalpresse wiedereröffnet. Außen wurde das Restaurant frisch gestrichen – das Schindeldach sieht neu aus –, neue Steinplatten auf der Terrasse, neue Tische und Stühle. Eine niedrige Immergrünhecke, stellenweise beschädigt, verläuft längs der Terrasse. Du hast kein Interesse daran, ins Innere des Restaurants zu gehen, du leidest an einer milden Klaustrophobie, und innen ist das Purple Onion, wie du dich erinnerst, mit Tischen vollgestellt und laut. Die Stimmen und das Gelächter deiner Spezies erfüllen dein Herz nicht mit Freude. Und dicht an dicht im Beisein von X wäre es besonders unschön.

Hallo, Sir!

Du gibst dir Mühe, nicht zusammenzuzucken, als du von der Betreiberin des Purple Onion, Nadia mit dem tapferen Lächeln, dem knöchellangen Bauernrock, der Strickweste und dem Navajoschmuck, begrüßt wirst, ein bisschen zu überschwänglich. Nadia ist eine gedrungene, herzliche, kräftige Frau von fünfzig mit ergrauendem, ihr lose über die Schultern fallendem Haar und mit einer Haut, die strahlt wie von innen beleuchtet, abgesehen von der Stirn mit dem Geflecht feiner weißer Narben. Eine der Einheimischen, die es gut meinen, wenn sie dir zu deiner Verärgerung: *Mr. ___, ich habe alle Ihre Bücher gelesen!* ins Ohr flüstern.

Und auch noch: *Es ist mir eine Ehre, Sir. Danke, Sir.* In dem Ton mädchenhaft-aufgeregter Verlegenheit, bei dem du dich verlegen windest.

Nadia platziert dich am erbetenen Tisch, an dem du im Purple Onion immer sitzt – in der hintersten Ecke der Terrasse neben einer Mauer mit Glyzinien, die gerade zu blühen beginnen. Aus ihrem Duft schöpfst du ein wenig Trost. In dieser (späten) Phase deines Lebens geht dein Blick oft himmelwärts, voller Staunen über die herzzerreißende Schönheit der Wolken, die aussehen wie aus weißem Marmor gehauen, manchmal ein matter Tagmond, darüber ein blauer Himmel wie gewaschenes Glas. Eine Schönheit, die (im Wortsinn) *außerhalb deiner Fassungskraft* ist.

Du gehörst zu denen, denen es unangenehm ist, wenn man sie *ansieht*; es war schon immer deine Taktik, derjenige zu sein, der *sieht*. Nicht im Mittelpunkt der Aufmerksamkeit zu stehen, ist für dich das Erstrebenswerte in deinen Beziehungen zu anderen, denn du bist einem Dieb nicht unähnlich, einem Dieb, der stiehlt, wann immer er kann und wo immer er kann, häufig aufs Geratewohl und planlos, als Überlebensstrategie.

Und doch wirst du gewissermaßen als »Meister« gefeiert: der Schurke, der sich vor aller Augen versteckt.

Von deinem strategisch günstigen Tisch hast du die Terrasse im Blick, wenn sie sich mit plaudernden Mittagsgästen, überwiegend Frauen, füllt. (Einige kennst du von Gesellschaften, tätest dich aber schwer, ihre Namen zu reproduzieren; wenn sie lächelnd in deine Richtung blicken, wendest du dich rasch ab.) Du beobachtest gern aus diesem Blickwinkel durch die hübschen knotigen Glyzinienranken hindurch Leute, wenn sie sich zu Fuß dem Eingang ins Café nähern; wenn du dich vorbeugst, siehst du einen Teil des Parkplatzes und kannst sie sogar schon noch früher beobachten.

Stimmt hier auf der Terrasse irgendetwas nicht? Dir ist mulmig, du bist unruhig.

Ein warmer Tag, zu zeitig für April. Aber – in welchem Jahr?

So wie wir in Träumen oft nicht wissen, wie alt wir sind und wie wir eigentlich aussehen, ist dieses Restaurant dir fremd geworden, obwohl es dir in allen (offensichtlichen) Aspekten (langweilig) vertraut ist.

Der Himmel hat sich zugezogen und hat jetzt die Farbe von wässriger entrahmter Milch. In Nordkalifornien kann das Wetter um diese Jahreszeit in Küstennähe wechselhaft sein. Plötzlicher Wind vom Pazifik zwanzig Meilen weiter westlich, ein sich verdunkelnder Himmel, innerhalb weniger Minuten heftige Gewitter. Oder trockener Wüstenwind von Osten, der Himmel reißt stückweise auf, und die Sonne regnet einem wie Glasscherben auf den Kopf.

Gelächter an Nachbartischen. Die Menschheit ist offenbar zu dem Schluss gekommen, dass es klüger ist zu lachen, als zu weinen. Die Befunde legen es nahe.

4.

Warten auf das Erscheinen von X. Nur ungern gestehst du es dir ein, du fürchtest dich vor X. Befürchtest, X könnte in dein Inneres schauen, wie andere, die X schon früher interviewt hat und die du achtest – Rushdie, McEwan, Oz, Ondaatje –, es (absurderweise) behauptet haben.

Du siehst nervös auf die Uhr. Schon – 12:26. Empfindest das Vergehen der Minuten als schmerzlichen Verlust.

Hörst beinahe das *Ticken* der Zeit.

Der (berüchtigte) Interviewer, in Berlin wohnhaft, sollte mit Umstieg in Chicago per Flugzeug nach San Francisco kommen; von dort sollte es in einem Mietwagen weitergehen nach Santa Luce, zwanzig Meilen weiter südöstlich, wo du seit über drei Jahrzehnten ein (nicht erklärliches) Vorstadtleben führst.

Darauf kommt X bestimmt zu sprechen. *Zurückgezogen, einsiedlerisch, fast anonym, harmlos. Eine bürgerliche Existenz – beschämend?*

Heute Morgen im Bett war dir zumute, als drückte ein schwerer Gegenstand dich nieder, als läge ein Körper auf dir – als drückte die heiße Haut eines dämonischen Gesichts gegen deines. Als drückten glotzende Augen auf deine.

Nicht leicht, die Augen zu öffnen, dich aus dem Bett zu quälen.

Wenn X verschwände, das wär's. Sich in Luft auflöste.

Du stehst in dem Ruf, nörgelig zu sein, unberechenbar. Obwohl alle, die dich gut kennen, wissen, dass du total berechenbar bist.

»Nur eine Stunde für den *Spiegel*. Ist das zu viel verlangt? Was soll schon passieren?«, hatte dein Verleger in New York City auf dich eingeredet.

Dein Verleger legt großen Wert darauf, dass das Interview stattfindet. Publicity für deine Bücher, die sich einer gewissen kritischen Würdigung erfreuen, kommerziell aber nicht erfolgreich sind. Das Interview soll im *Spiegel* erscheinen, der Anlass ist ein dir zuerkannter angesehener internationaler Literaturpreis, der dir in diesem Jahr in Berlin überreicht werden wird, über den man bis dahin aber noch Stillschweigen bewahrt.

Die neue Ehrung erfüllt dich mit Stolz und Unbehagen. *Lebenswerk*. Wirst du fortan zum postumen Autor?

Das Interview wird als Nachruf erscheinen, denkst du müßig.

Es sei denn, X kommt nicht. Dann bleibt alles, wie es ist.

In letzter Zeit und besonders auffällig in diesem Jahr ertappst du dich oft dabei, dass du hoffst, derjenige, auf den du wartest, käme nicht. Sogar Termine, die für dein Befinden wichtig sind, beim Arzt etwa – insgeheim hoffst du, sie würden abgesagt.

Bist diesen Morgen, vor Stunden, aus dem Schlaf geschreckt. Unwillig, die Augen aufzuschlagen – *Gott, mach, dass heute abgesagt wird.*

Doch jetzt hebst du verblüfft die Augen: Du befindest dich in einem gut besuchten Restaurant, und ein großer, schlaksiger Mann ragt vor dir auf. Schmal sitzendes Wildlederjackett, schwarzes T-Shirt, Jeans. Ledergürtel mit großer Schnalle. Lächerlich! – X, ein Einwohner Berlins, hat sich für den amerikanischen Westen ausstaffiert wie eine Figur in einem Film von Werner Herzog.

Irgendwie hat dieser Mensch es geschafft, auf dem Weg zwischen den Tischen deinem prüfenden Blick zu entgehen. Sich bei der kurvenreichen Besitzerin des Purple Onion zu erkennen gegeben, die ihn sofort, stolz wie der Bug eines Wikingerschiffs, an den Tisch gebracht hat. Ist in dein kostbares Alleinsein hineingeplatzt, wie ein Luftballon zwischen den dicken Knöcheln großer behaarter Hände platzen mag.

»Hal-*lo*! Sorry für die Verspätung, Mann.«

5.

Allein und atemlos auf der Freiterrasse des Purple Onion Cafés. Noch nie zuvor allein in so ein Restaurant gegangen. Hier sitzen bloß Erwachsene – *alte Leute.*

Genau das, wo deine Mom sitzen könnte. Wein trinkend mit ihren Freundinnen. Du wärst der Letzte, den sie hier erwarten würde – *How-ie? Was um alles in der Welt?*

Dieser Blick in den Augen der Frau. Krank, bohrend. Denn obwohl sie es auf keinen Fall wissen kann, *weiß* sie es.

Die Pupillen ihrer Augen schrumpfen auf Stecknagelkopfgröße, und ihr Mund verzieht sich zum perfekten O eines Schreis.

Doch nein, du siehst nicht deine Mom. Jedenfalls noch nicht. Marschierst blindlings auf die Terrasse, ohne abzuwarten, dass die Wirtin dich platziert, weil (machen wir uns nichts vor) du es nicht besser weißt oder vergessen hast, dass es in Restaurants wie dem Purple Onion, dessen Kundschaft nur aus Erwachsenen mit Geld besteht, so Usus ist.

Du stolperst zu einem leeren Tisch im hinteren Teil. Wochen-, ja monatelang hast du die Szene im Kopf durchgespielt, aus irgendeinem Grund aber nicht einkalkuliert, dass da ja auch noch andere sind. Nicht bedacht, dass vielleicht keine Tische frei sind und man dich wegschickt, tickende Einkaufstasche und alles.

Du keuchst, schwitzt. Zitterst aber auch in deinem Hoodie. Herrgott! Allein schon hierherzugehen, zwanzig Minuten zu Fuß von deinem Zuhause in der Cargot Street, hat dich so ausgelaugt, als wärst du durch eine Felsenlandschaft bergauf gekraxelt.

Die Betreiberin ist eine Frau im Alter deiner Mutter, breite Hüften, strähnige Hippiemähne, baumelnder Navajoschmuck, abweisender Mund. Die Frau ist nicht erfreut, dass ein pickeliger Jugendlicher wie du in kakifarbenem Hoodie, mit Baseballcap und schlammverkrusteten Stiefeln es wagt, sich zu einer Zeit, in der so viel los ist, (allein, ohne Erwachsenen) an einen Tisch im Terrassencafé setzt.

Sie gibt dir trotzdem das Okay, sie schickt eine Kellnerin rüber.

Eigentlich sind sie immer leicht rumzukriegen, Frauen wie die. Mutterhängebusen, einfältige Gesichter. Die hier sieht dir anscheinend nicht an, dass du der Sohn deiner Mutter bist.

Ein Trost!

13:11, als eine gut gelaunte Kellnerin mit der Speisekarte auf deinen Tisch zusteuert.

Du rechnest nach: Sollst du etwas zu essen bestellen, oder wäre das rausgeschmissenes Geld? Viel Zeit ist ja nicht. Die Zündung ist für 13:30 eingestellt. Du hast aber seit gestern Abend nichts gegessen. Das hattest du heute Morgen tun wollen, warst aber abgelenkt. Und schon gestern Abend hast du schwer gewürgt an dem, was deine Mutter für dich gekocht hatte, wieder gut gemeint gewesen, sie meint es ja immer gut. Und du hast oben im abgeschlossenen Bad ins Klo gekotzt.

Die Kellnerin ist ein Mädchen mit langem, seidig blondem Haar, in deinem Alter. Du gerätst in Panik bei dem Gedanken, dass ihr vielleicht, nur vielleicht an derselben Highschool wart – doch nein, sie erkennt dich anscheinend nicht.

Loser. Niemand.

Heißes Aas, würden die Jungs die nennen. Nicht deine Freunde, du hast keine Freunde, aber ein *heißes Aas*, so würden sie die nennen, deine männlichen Freunde. Wenn du welche hättest.

An der Highschool hattest du einen Freund. Zumindest einen. Eine Weile.

Schwuchtel. Schwuchteln unerwünscht.

Scheißschwuchteln.

In deiner eingefallenen Brust schlägt und flattert etwas wie eine Fledermaus. Im Internet hast du gelesen, in den staubigen Vorgebirgen von Kalifornien hätten viele Fledermäuse jetzt Tollwut.

Oder die Fledermäuse sterben an einer sehr merkwürdigen Art Läuse. Einem Pilz?

Wie die Natur sich ihr eigenes Grab schaufelt. Man könnte fast meinen, es wäre mit Absicht.

Warmer Tag, aber du hast deinen kakifarbenen Hoodie an. Boyz in the hood. Lässt dich deinen höckerigen kahl rasierten Schädel gut drunter verstecken, der sieht sowieso mistig aus, die schmuddelige *Giants*-Kappe, tief in die Stirn gezogen, drückt dir die Ohren platt.

Die Wanderschuhe fest geschnürt: paramilitärisch. Dicke Profilsohlen. Richtige Wandersocken, Wolle. (Starrend vor Dreck. Altem Dreck. Hinten reingequetscht in deine Sockenschublade.) In einem früheren Leben warst du Wanderer, Bergsteiger, Felskletterer. Der eine Berg im Yosemite – El Capitan. Den Weltrekord gebrochen. Hätte dein Dad deine Mom und dich nicht verlassen. Hätte dein Dad dir das Klettern beigebracht. Aber dann wäre er ja nicht dein *beschissener Dad* gewesen.

Zu groß, zu schwer für den Rucksack. Die Einkaufstasche deiner Mom vom Whole-Foods-Markt hast du unter den Tisch gestellt, neben die Füße. Was da drin ist, ist ganz schön schwer. Viel *Masse*.

Schweiß trieft dir wie kaltes Öl vom Gesicht, das sich anfühlt wie eine Gipsmaske. Die kleinen Insekten wegwischen – Mücken –, die man nicht mal sieht, nur hört.

Ticken.

6.

Du sagst Nadia, das »neue« Purple Onion sehe sehr gut aus.

Außen ist alles neu gemacht worden, neu gestrichen – altes, verwittertes Blau ersetzt durch helles Cremeweiß, über und über bedeckt mit lila Wein und Ranken in einem fiebrig-hippiehaften LSD-Muster, das sich bis hinauf zum Dach schlängelt.

Die Glyzinie, die gerade zu blühen beginnt, rote Geranien in Tontöpfen, Petunien in Blumenampeln – Tische mit Glasplatten, Stühle aus Hanfgeflecht auf der mit Steinplatten belegten Terrasse, die eindrucksvoll glatt aussieht.(Könnte sein, dass der Stein synthetisch ist – gar kein Stein. Die alten Platten waren verfärbt und rissig.)

Viele Gäste. Mittagsbetrieb. Auf der Terrasse sind fast alle Tische besetzt. Gute Idee, sich hier mit einem Interviewer zu verabreden, er muss arbeiten für sein Geld.

Du hattest auf jeden Fall im Freien sitzen wollen. Hattest ein Lokal ohne Alkoholausschank gewollt. Eins in der Nähe deiner Wohnung in der Cargot Street, damit du nicht zu fahren brauchst.

Stimmt schon, du bist in deinen späteren mittleren Jahren (immer) exzentrischer geworden. Inzwischen bist du über diesen Lebensabschnitt hinaus. Bist ein Mensch mit bestimmten Gewohnheiten, festen Abläufen. Anfangs hast du damit experimentiert, Forderungen an andere zu stellen, dann hast du erlebt, wie sie sich diesen Forderungen unterwerfen, wie leicht das über die Bühne zu bringen war. Dein schüchternes Ich hat sich geschämt, dass irgendein Fiesling es so leicht beiseiteschieben konnte, dass ein Fiesling mit *dir* verwechselt werden konnte.

Vor allem Frauen lassen das zu. Wie weit ein Fiesling eine Frau bringen kann, solange er auch noch »vernünftige« Phasen hat, bevor sie kaputtgeht, sich entzieht.

Und jetzt steckst du in deinen Gewohnheiten fest. Erinnerst dich nicht mehr, wie dein Leben vor den Gewohnheiten war. Erinnerst dich nicht mehr, wie *du* warst.

Es ist 12:32. Eine Minute zuvor noch 12:31.

Eine Minute später 12:32.

(Ist das vor dir niemandem aufgefallen? Deine Augen starren glasig, wie gebannt.)

Wenn X, überlegst du, schon seit Monaten ein Interview mit dir führen will, hätte er darauf achten sollen, vor dir zu kommen, schon aus Höflichkeit.

Unfall, Flugzeugabsturz … Gar nicht am Flughafen angekommen.

Vom Himmel gebombt, alle Passagiere samt Besatzung umgekommen.

Mitten in der Luft, in dreißigtausend Fuß Höhe, total – futsch …

Du lächelst. Erschauerst. So schnell kann es gehen – ausgelöscht.

Tick, tick, tick. Das im Innenohr pulsierende Blut.

7.

Gehen wir gleich dahin, wo's wehtut, mein Freund. Erzählen Sie mir etwas, was Sie noch keinem Interviewer gesagt haben.

Das ist allerdings eine Kampfansage. Dein Gehirn ist so leer gefegt wie Straßenpflaster nach der Hochdruckreinigung.

Als er merkt, dass er dich auf dem falschen Fuß erwischt hat, fährt X fast schüchtern fort, wie ein junger Pedant, der mit einer Theorie herausrückt: »Meine Definition ernsthafter Kunst ist eine ›Fantasie, die Höhenflüge unternimmt‹, gebunden an ein Individuum, wie ein Ballon an einen Menschen gebunden sein kann und über ihm fliegt, mit einer Schnur am Zeigefinger gehalten. Ja?«

Du deutest unbestimmt *ja* an. Bleibst aber unverbindlich.

»Beim wahren Künstler ist die Vorstellungskraft immer stärker als er selbst. Soll heißen, als das persönliche Leben dieser Person. Die Vorstellungskraft ist in gewisser Weise unpersönlich. Sie ist transzendent, allumfassend. Im Zweikampf mit dem persönlichen Leben gewinnt die Vorstellungskraft.«

Kann sein. Für deinen Geschmack – fast – zu treffend formuliert. Du gibst dem Interviewer aber nicht die Genugtuung, ihm zuzustimmen. Lächelst stattdessen nur auf die (aufreizende) Art, die Beobachter als *unergründlich, rätselhaft* bezeichnet haben.

»Ein Interviewer hat daher die Aufgabe, zum ›persönlichen Ich‹ – zur *Persona* – vorzudringen und das innere wahre Ich des Künstlers anzusprechen, das, wie wir wissen, mit dem äußerlichen Menschen nichts zu tun hat.«

Mit dem *äußerlichen Menschen.* Was für ein seltsamer Ausdruck, denkst du.

Zum Glück kommt eine gut aussehende junge Kellnerin mit langem, seidig blondem Haar und einem unbeschriebenen Kindergesicht an euren Tisch, um die Bestellung aufzunehmen. X stellt sein iPhone hektisch auf Pause und flucht halblaut.

Gehemmt und feierlich, als sagte ein Schulmädchen Verse auf, die es nicht versteht, leiert die Kellnerin die Tagesgerichte herunter: Grünkohl/Mandelsuppe mit Grünkohl/Grünkohl-Cranberry-Salat/Radicchio-Smoothie »Grüner Kracher …« X ist sichtlich belustigt über den ernsten Vortrag und gibt mit schräg gelegtem Kopf den aufmerksam Lauschenden; als die Kellnerin mit ihrer Litanei fertig ist, bittet X sie, das Ganze noch einmal zu wiederholen.

Das macht dich wütend. Ärgerlich. Du knirschst mit den Zähnen.

Ebenso wenig gefällt dir, dass X seine arroganten Scherze mit der Kellnerin treibt und sie zugleich mit den Augen auszieht, dir einen Blick von der Seite zuwirft, dich zum Komplizen machen will.

Ignorieren, was sonst. Du hast X seit seiner Ankunft sowieso noch nicht einmal direkt angesehen.

Mit einem Interviewer eine Mahlzeit einnehmen ist wie die Henkersmahlzeit einnehmen. Ein peinliches Ritual.

Du überfliegst die Speisekarte des Purple Onion, übergroße, protzige Bögen Pergamentpapier, in Deckel aus lila Hanf gebunden, für den hämischen Journalisten ein gefundenes Fressen, das er in seinem abfälligen Artikel erwähnen kann – *vegetarisch, vegan, Bio, regionaler Anbau, laktosefrei, glutenfrei.* X wird sich über dich lustig machen, indem er sich über die Speisekarte lustig macht, das ist unvermeidlich; doch du sagst der Kellnerin mit strahlendem Lächeln, dass du die *Tagessuppe* nimmst. Mit einem Zwinkern sagt X: *Eh bien, moi aussi!*

Dass das Café keinen Alkoholausschank hat, gefällt X, als er es entdeckt, schon weniger. Kein Wein, nicht einmal Bier. Ein sehr seltsames Café!

Auch kein Fleisch auf der Speisekarte, nicht einmal Meeresfrüchte. Nicht einmal Austern. Und er ist so weit gereist … Für einen Augenblick huscht ein ehrlicher Ausdruck über sein Gesicht, der Ausdruck kindlicher Enttäuschung.

Er schaltet das iPhone wieder ein, setzt das Interview fort. Hält es aggressiv in deine Richtung.

»Sie sagten gerade, mein Freund? – als wir unterbrochen wurden?«

8.

Ich bin nicht Ihr Freund, müssen Sie wissen.

Du erklärst X, was du schon unzählige Male erklärt hast. Du warst zur Zeit des »Vorfalls« nicht in Santa Luce.

Du warst zu der Zeit nicht mehr mit dieser Frau verheiratet.

Du warst kein *abwesender Vater.* Warst überhaupt nie irgendjemandes Vater, betonst du.

Wer dir Vorwürfe machen will, soll einmal gut in den Spiegel schauen.

Wie Jesus sagte: Wer ohne Sünde ist, werfe den ersten Stein.

Ja, merkwürdig, dass du ausgerechnet in Santa Luce leben wolltest. Du hättest doch in jeder beliebigen Großstadt der Welt leben können, bist aber nach Santa Luce gekommen, wo dauernd nichts los ist.

Merkwürdig, exzentrisch. Ja. Aber nicht verwerflich.

Wenn du nicht gewinnen kannst, zieh dich zurück. Die Welt kommt schließlich zu *dir.*

In Santa Luce gibt es »Lokalnachrichten« – aber keine, die mehr als ein paar Meilen über den Umkreis der Stadt hinauswandern. Das hiesige Polizeikommissariat besteht nicht einmal aus einem Dutzend Beamten. Untergebracht ist es in einem eingeschossigen städtischen Gebäude, in dem sich auch die Bibliothek und das Gemeindeamt befinden. Zum Zeitpunkt des (mutmaßlichen) *Anschlags auf das Purple Onion*, auch bekannt als das (mutmaßliche) *Selbstmordattentat*, waren nur vier Vollzeitpolizisten anwesend. Dass Polizeichef Dave Ruggles, achtundfünfzig, seit dreißig Jahren im Dienst, in den vorzeitigen Ruhestand versetzt wird, war für einen anderen Monat vorgesehen.

Niemand war mehr überrascht als die Bewohner der wohlhabenden Gemeinde. Das Entsetzen konnte größer nicht sein. Man wusste (natürlich) von »Selbstmordattentätern« – islamistischen Fanatikern, die in weit entfernten Gegenden mit unaussprechlichen Namen lebten. Man war voller Mitleid, wenn man die rauchenden Trümmer, das Gemetzel, die leblosen Körper in den Nachrichten auf dem Flachbildschirm sah.

Man tat sich nicht leicht, zu einem anderen Kanal umzuschalten, weil man ja wusste, man sollte Anteil nehmen am Leid der Welt. Doch auf den Flachbildschirmen wird dieses Leid bald monoton.

Du warst zu dem Zeitpunkt nicht in Santa Luce. Das weißt du genau.

Unverständlich, dass sich so eine Gewalttat *hier* ereignen konnte. Die Mittagsterrasse des Purple Onion ist der harmloseste aller privilegierten Fleckchen Erde.

Was war das Motiv für den (mutmaßlichen) Anschlag? Das wusste der gestörte Attentäter selbst nicht.

Auf seinem Facebook-Account hatte er gepostet: *Ich bin nicht polittisch, ich hab das für mic gemacht.*

Durch sein dilettantisches Gefummel hat sich der *Selbstmordattentäter* mit seiner zusammengestümperten Bombe selbst in die Luft gesprengt. Drei andere Personen starben bei der Explosion, hieß es. Sieben wurden verletzt, darunter die Besitzerin des Cafés, die noch, wie es hieß, anderen Verwundeten half, obwohl sie selbst stark aus einer Kopfwunde blutete.

Körperteile, Haar, Speisen durcheinandergeworfen wie in einem simplen Küchenmixer. Geborstenes Glas, Metallstücke, Zähne, Zehen. Teile von Schädeln, von Gehirn. Reste eines wütend starrenden Augapfels. Finger ohne Nägel. Hirnmasse, breiig und klebrig, garniert mit Grünkohlstücken, die es über die blutbeschmierten Steinplatten geschleudert hatte.

Die grausigsten Fotos, die in den lokalen Medien nicht veröffentlicht wurden, binnen Kurzem weithin im Internet verbreitet, für Wochen, Monate, Jahre.

Ruggles, der Polizeichef von Santa Luce, kollabierte am Schauplatz der Bluttat. Ein Herzanfall, der beinahe tödlich verlaufen wäre. Von den Notfallsanitätern noch vor Ort mit den anderen Verletzten behandelt.

Nein, lustig ist das nicht. Auch nicht, dass es in sozialen Medien nachgestellt wurde. Ging auf Twitter viral. Grausamkeit der Jugend.

Man kann sich das Chaos, das wilde Durcheinander zum Zeitpunkt der Explosion vorstellen. Sirenen. Rettungsfahrzeuge, abgesperrte Straßen. Polizeihubschrauber aus Nachbargemeinden.

Der (mutmaßliche) *Selbstmordattentäter* war neunzehn Jahre alt, hatte zwei Jahre zuvor die Santa Luce Highschool abgebrochen. Sohn einer alleinerziehenden geschiedenen Frau, die keine Meile vom Purple Onion Café entfernt in der Cargot Street (ein Zufall: denn es ist auch deine Straße) wohnte.

Als er noch an der Highschool war, hatte man den (mutmaßlichen) Selbstmordattentäter in Verdacht, zum Scherz bei hiesigen Schulen, Bibliotheken, Theatern und anderen öffentlichen Einrichtungen angerufen und Bombenanschläge und Schießereien angedroht zu haben. Im Internet hatte er rätselhafte Anspielungen auf ARMAGEDDON gepostet.

Möglicherweise hatte es nicht ganz so stattgefunden wie berichtet. Möglicherweise hatte der junge *Selbstmordattentäter* nur damit »gedroht«, eine Bombe zu zünden. Nach einem bei der Polizei eingegangenen Hinweis fanden die hiesigen Beamten in dem Haus, das der Junge gemeinsam mit seiner Mutter bewohnte, Material zum Bombenbau sowie ein »kleines Arsenal« von Waffen. Viel Aufhebens machten die Medien darum, dass die Mutter des Jungen sich schon lange für die Reglementierung von Waffenbesitz engagierte, (offenbar) aber nicht gemerkt hatte, dass ihr Sohn unter ihrem eigenen Dach Gewehre, Munition und Sprengstoff anhäufte.

Du siehst nur selten fern. Und noch seltener das, was als »Eilmeldung« verbreitet wird. Du erinnerst dich aber, dass du im Lokalsender ein Interview mit der verzweifelten Mutter des (mutmaßlichen) *Selbstmordattentäters* gesehen hast – das einst hübsche Gesicht nun gezeichnet, die Augen blutunterlaufen, die Stimme heiser vom Weinen, verteidigt sich die Frau vor der Kamera: *Wenn Sie einen neunzehn Jahre alten Sohn hätten, der die Highschool ohne Abschluss verlassen hat, arbeitslos ist, zu Hause wohnt, sich in seinem Zimmer einschließt und Videospiele spielt, Sie nicht in sein Zimmer lässt, nicht einmal zum Saubermachen, der nicht mit Ihnen spricht, wenn er Sie sieht, Ihnen nicht in die Augen schaut, brauchten Sie diese Fragen nicht zu stellen. Sie würden es verstehen.*

Bricht in Tränen aus. Ein quälender Anblick. Du schaltest schnell zu einem anderen Kanal um.

Du hast den Mut der Frau bewundert und sie zugleich bedauert. Ihre innerliche Zerrissenheit im Fernsehen zu zeigen. Jede Pore ihrer alternden Haut, jedes geplatzte Äderchen in ihren Augen, jede Runzel und Falte ihres Gesichts – den gierigen Augen Fremder dargeboten. Wärst du nur halb so mutig, so unerschrocken und unvorsichtig, hättest du der Welt nicht über den umständlichen Weg des *Künstlers* entgegenzutreten brauchen, sondern hättest es ohne Umwege getan, frontal.

Du erwägst, das vor X zu bekennen – doch nein. Lieber nicht. So eine offene Äußerung würde als Bumerang zu dir zurückkommen.

»... Künstler ist jemand, der Abstand zwischen sich und seine Umgebung legt. Die Umgebung gerinnt dem Künstler in seiner Wahrnehmung zum *Material.*«

Verdammte Stimme, überlaut in deinen Ohren. Oder aber X beugt sich näher zu dir herüber, als dir lieb wäre.

In Panik denkst du: *Kennt der mich? Sollte ich ihn kennen?*

Vor Interviews hast du immer Angst gehabt. Du hast oft die Befürchtung, das Interview würde von jemandem geführt, der dich aus einem anderen Leben kennt und den du jetzt bloß nicht wiedererkennst.

Von einem, der dich kannte, als du noch nicht du warst, ein *Niemand.* Und keiner, der einmal *niemand* war, wird im Gedächtnis derer, die ihn zu dem Zeitpunkt kannten, jemals *jemand.*

»... wie ein Luftschiff, Ihre Vorstellungskraft – Ihre Seele; segelt und streift durch den Himmel, während Ihr Körper und die der anderen unten zurückbleiben.«

Auf diese hochfliegenden und dabei irgendwie vorwurfsvollen Worte weißt du nichts zu sagen. Dir graut davor, annehmen zu müssen, dass du *durchschaut* worden bist.

Du räumst ein, ja, ein Körnchen Wahrheit könnte in der Beobachtung stecken, aber du seist stets beides gewesen, ein praktischer Mensch und ein Künstler. Sagst ruhig zu X, die übertriebene »Romantisierung« des Künstlers sei ein gängiger Fehler. In Wahrheit seien die meisten Künstler bürgerliche Menschen, denen ihr eigenes Wohl am Herzen liegt, ihre festen Abläufe, ihre Sicherheit, die nächste Mahlzeit, ihr Ansehen in der Gesellschaft, ihre Finanzen … Woraus unausgesprochen folgt, *du gehörst nicht zu den Bürgerlichen.*

X hat nicht zugehört. Er hat mit finsterer Miene auf sein iPhone gesehen. Auf den winzigen Bildschirm. Nervös. Blanke Wut schießt in dir auf, als er murmelt: »Sorry! Entschuldigen Sie bitte, ich glaub, hier geht etwas total schief …«

Als wäre es nicht die Schuld von X, sondern die des Geräts.

Du möchtest bitte noch einmal wiederholen, was du gerade gesagt hast. – »Im gleichen Wortlaut, wenn das geht.«

Im gleichen Wortlaut! Du hast vollkommen vergessen, was du gesagt hast.

»Mann, tut mir leid. Sie sind verärgert, ich verstehe das. Ich mache Ihnen keinen Vorwurf. Sie sind eine Berühmtheit und ein viel beschäftigter Mann, und dieses Interview mit mir ist eine Zumutung …«

X redet sich in Rage, ist zerknirscht. – »Nein. Keineswegs. Ich bin nicht – verärgert …«

»Wir alle kennen Menschen, die *fantasieren*«, sagt X selbstgefällig. »Das ist die erste Rechtfertigungsstrategie des Kindes. Beim Künstler ist das *Fantasieren* ein innerer Zwang. Auch wenn es ihm selbst freiwillig erscheint, geschieht es in Wirklichkeit unfreiwillig. Es ist ein Rückzug, und zwar ein aggressiver Rückzug. Menschen gehen Beziehungen mit Ihnen ein, Sie scheinen Beziehungen zu ihnen einzugehen, sind innerlich aber kein bisschen beteiligt – stimmt's?«

X lacht beleidigend. Du bist zwar verärgert, beteuerst aber, doch, natürlich bist du innerlich beteiligt; du bist an dem Gespräch beteiligt.

»Nun ja, Sie geben sich den Anschein. Vor mir. Im Augenblick. Aber wir beide wissen, dass Sie – im Grunde – innerlich nicht anwesend sind.«

Wieder beteuerst du *töricht*: »Ich – ich bin anwesend. Doch, doch.«

Sogar noch, als X dich anstarrt, sich auf den Ellbogen nach vorn beugt. Zu deinem noch größeren Verdruss hat er den Tisch mit der Glasplatte zum Kippeln gebracht.

Je mehr du lächelst, je mehr du darauf beharrst, je vernünftiger und liebenswürdiger du bist, je hartnäckiger du ihm in die Augen schaust, desto weniger bist du, hier bei X, innerlich anwesend.

Du blickst aus der Vogelperspektive auf euch beide herab. Von vier Metern oberhalb der Terrasse des Purple Onion. Dein Kopf ist nach vorn geneigt, du demonstrierst mit allem, dass du deinem Begleiter zuhörst, der sich ebenfalls nach vorn beugt, die Schultern hochzieht.

Von oben sind die beiden Köpfe kaum zu unterscheiden.

Bei beiden ist das Haar am Scheitel bereits licht, ziehen sich graue Strähnen durch das Dunkel. Es fehlt nicht viel, und eure Köpfe könnten mit Gewalt zusammengefügt, an der Stirn verbunden werden.

Mit einem Mal verblasst dann das Bild. Explodiert in Weiß. Ein ohrenbetäubender Blitz wie eine Nova und trotzdem – geräuschlos.

9.

Wo bist du mit den Gedanken? – Das hat dich noch nie jemand gefragt.

Schon in der Wiege. Im Gitterbett. In Mommys Armen. An Mommys Brust. In Daddys Armen.

Losgelöst treibend. Mich kriegt ihr nicht.

In der Schule, in deiner Bankreihe. In der Kirche, auf der hartem Holzbank.

In großen Sprüngen vorwärts zur Lösung des Problems. Keine Geduld für »Schritte«. Während andere langsam sprachen, jede einzelne Silbe jedes einzelnen Worts artikulierten wie ein vom Wind gebeutelter Seiltänzer.

Obwohl du ganz still an deinem Tisch saßest, mit verschränkten Händen und die Füße darunter nebeneinander wie fest in der Erde steckende Wurzeln.

Doch dein Gehirn summte. Im Höhenflug.

Schneesturm. Wirbelnder, stiebender Schnee wie feuchtweiße Blüten.

Du hast dich davongeschlichen. Geschmeidig dich windend wie ein Aal dir den Weg in die Freiheit gebahnt.

Genau gesagt, du bist du selbst, aber ein Kind. Dieses altjunge Kind. Bahnst dir auf einer Straße den Weg. Einer ungepflasterten Straße, in einem Wald. Der Pfad gabelt sich in zwei Teile, beide gleich undeutlich, niedergetrampeltes Gras und feuchter Boden. Du gehst auf der linken Seite weiter, doch als sich der Pfad wieder gabelt, nimmst du die rechte Abzweigung. Gibt es einen Grund dafür? Einen dir bewussten Grund?

Irgend etwas zieht mich vorwärts. Eine Art Schwerkraft.

10.

Legastheniker war der Begriff. Für die Art und Weise, wie deine Augen Buchstaben durcheinanderwerfen, von vorn nach hinten, und auf den Kopf stellen. Scheiß auf Wörter!

Du schaltest ab, entfernst dich in Gedanken. Wer immer mit dir spricht, du hörst kaum zu, obwohl »du« es bist.

Könnte beides sein, ein Fremder oder »du«.

Wenn du dich in die Luft sprengst, was du nicht (ernsthaft!) vorhast, oder wenn doch, dann als etwas, was du löschen, streichen, rückgängig machen kannst, hauptsächlich als Experiment, um herauszufinden, wie viele Gehirnzellen die Erinnerung daran, wer du bist, bewahren, was zum Teufel hast du dir dabei gedacht, und was sollen deine Freunde denken, wenn sie die Berichte im Netz sehen, auf ihren iPhones, falls du überhaupt Freunde hast. Oder im Fernsehen. Auf allen Kabelkanälen. In jeder beliebigen Szene aus deinem Leben, aus deinem Gedächtnis geklaubt, siehst du dich nur aus einer Entfernung von anderthalb, zwei Metern. Ich war das? Nein.

Nicht dass du dich hassen würdest. Nicht dass du dich lieben würdest. Meistens starrst du ihn, wer immer er ist, nur an, ein Gehirn in einem Schädel in einem Kopf mit »Haar« oben drauf und »Gesicht« vorn dran, und staunst, wie so ein Wesen entstanden ist.

Na ja, »Haar« und »Gesicht« lassen sich entfernen. Schnell!

Nicht bloß du, der Anteil Mensch daran, der ist schwer zu verstehen.

Du fragst dich, ob du schon gestorben bist und ein Teil von dir zurückgeblieben, wie Dunst. Oder wie ein scharfer ranziger Geruch.

Du bahnst dir im Zickzack den Weg durch Unterholz. Es führen viele Wege durchs Unterholz, doch das hier ist deiner. Sieh mal nach unten – du hast die Wanderstiefel an. Das Paar, bei dem die Knöchel geschützt sind, wenn du in felsigem Gelände wanderst.

Du hast es versucht, allein. Macht wenig Spaß. Es ist nicht gut, in einer abgelegenen felsigen Gegend allein zu sein.

Dad! Hey, verflucht … Wo ist der Mistkerl hin?

Du hattest nicht vor, zum (mutmaßlichen) Selbstmordattentäter zu werden. Du wolltest überhaupt nicht erwachsen werden.

11.

Fürs Protokoll: Du warst zum Zeitpunkt des (mutmaßlichen) Bombenanschlags nicht in Santa Luce. Nicht in Kalifornien. Nicht mal in Nordamerika. Du bist dir in Bezug auf die Einzelheiten nicht sicher, nicht einmal, ob er denn überhaupt stattgefunden hat oder was da stattgefunden hat. Dass er stattgefunden hat, ist ja nicht einmal erwiesen. Denn falls ja, was für eine außerordentlich mutige Tat! *Du* bezweifelst, dass du dazu fähig wärst.

Allerdings ist das Purple Onion frisch gestrichen worden. Renoviert. Du erinnerst dich nicht, welche Farbe die Mauern vorher hatten, aber das Cremeweiß ist neu. Die Bodenplatten sehen auch neu aus, künstlich.

Die Glyzinienranken sind ausgewachsen, knorrig. Die Glyzinienranken sind nicht neu.

Wenn es eine Explosion gab, wurde die Terrasse, wie es aussieht, nur teilweise zerstört. Eine Ecke des Restaurants. (Hast du irgendwo gelesen. Oder gehört – ein Gerücht?) Du warst zu der Zeit nicht in Santa Luce, und du gehörst nicht zu denen, die im Internet *fiebrig* nach aufwühlenden Nachrichten suchen.

Du kanntest den (mutmaßlichen) *Selbstmordattentäter* nicht. Kanntest seinen (mutmaßlichen) Vater nicht, der schon vor Jahren aus Santa Luce weggezogen war, einen in der Forschung tätigen Biologen. Die Mutter kanntest du, ja. Kennst du.

Du bist nicht der Vater. *Dich* trifft keine Schuld.

Eine alleinerziehende Mutter, geschieden. Eine entschlossene, mutige, *bürgerschaftlich engagierte Aktivistin.*

Die Sorte, die Pilateskurse belegt. Yoga macht. Sie ist Vegetarierin, nicht Veganerin, glaubt aber voller Inbrunst an Biolebensmittel. Das Regal voller Vitamintabletten – von A (Anissamen) bis Z (Zink). Eins der kleineren Häuser in der Cargot Street. Du bist unzählige Male an dem Haus vorbeigegangen, ohne zu wissen, wer dort wohnt. Der (mutmaßliche) *Selbstmordattentäter* hatte einen ganz gewöhnlichen Namen – Howard, Howie. Als Kind war er wie alle anderen Kinder. Als Säugling wie alle anderen Säuglinge. Die Schädelknochen weich wie bei allen kleinen Kindern. Es hat Jahre gedauert, bis aus ihm der (mutmaßliche) *Selbstmordattentäter* geworden war. Pickliges Gesicht, pickliger Rücken. Die geröteten Pickel auf dem Rücken wie Furunkel. Topologie der Pickel: Pickel, Pustel, Furunkel. Mit den Nägeln gekratzt. Bis es blutete. Ein hässliches Gesicht, Augen zu klein. Nase zu lang. *Hässlich* reimt sich auf *grässlich.* Dein ganzes junges Leben lang haben sie sich gestritten. Hinter geschlossenen Türen die ewige Leier von Erwachsenen. *Warum hast du mich denn geheiratet, wenn du mich hasst? Warum haben wir ein Kind bekommen – jetzt ist es zu spät.*

Dein Dad ist ausgezogen, als du noch ein Kind warst. Zehn, elf. Ein dürrer kleiner Knirps. Du wolltest verstehen: Warum ist es deine Schuld? Dass es deine Schuld war, wusstest du. Ständig geweint.

Beizeiten begreifen, dass Weinen dir nichts bringt außer einer Triefnase, Kopfschmerzen und Übelkeit. Dein Dad sollte unbedingt wiederkommen, deshalb bist du oben geblieben und hast dich versteckt, bis er wiederkommt. *Howie, komm runter – dein Vater ist da …*, schrie deine Mutter betrunken die Treppe herauf.

Verpiss dich, Dad. Danke, aber du kannst mich mal.

Ich hab dich lieb, Junge, das weißt du.

Ja, weiß ich, Dad, aber du kannst mich kreuzweise.

Du mich auch, Junge.

Verpiss dich, Dad!

Lachend. Hinter der Tür, du hattest dich hinter der Tür verbarrikadiert.

Vor Wut auf dich kommt dein Dad die Treppe heraufgestürmt und klopft an die Tür. Verfluchtes verwöhntes Balg.

Noch Jahre später hörst du diese Worte durch die Dielenbretter.

Noch Jahre später wagt niemand, an deine Tür zu klopfen, denn du hast Hinweisschilder angeklebt: KEIN ZUGANG. BETRETEN VERBOTEN.

Ein kleineres Schild, eine Frauengestalt, mit einem in Schwarz gezeichneten *X* durchgestrichen.

Ein Nazi warst du nie. Was immer sie über dich behauptet haben, die Idioten an der Schule haben es missverstanden. Klar, du hast dir Zeug auf den Arm gepinselt. Ein Tattoo sollte ein vierblättriges Kleeblatt sein, aber das Hakenkreuz ist verzwickt. Hammer und Sichel? Du hast lange Ärmel getragen. Am Schorf gezupft. Ein paar Schnitte haben sich entzündet. Mist! – ein Lustschmerz, dieses Kratzen und ewige *Kratzen*.

Enttäuschung stand den Erwachsenen ins Gesicht geschrieben. Den Lehrern, deiner Mom.

(Deinem Dad unter Garantie auch. Nur hast du deinen Dad nicht mehr zu Gesicht gekriegt.)

Ihr haltet mich für eine Enttäuschung? Enttäuschung, die könnt ihr haben.

Ihr meint, ich wär am Arsch? Am Arsch, das könnt ihr haben.

Fasziniert vom Internet. Stunden, Nächte. Jahre. Von dreizehn an bis – wie alt du jetzt auch sein magst – neunzehn? Mit Nackenschmerzen aufgewacht, Kopf auf dem Tisch, als wäre er dir von der Schulter gefallen. Kurzer Blick auf den Desktop. Augapfel platt gedrückt. Leises Summen des Internets wie dein eigener stinkender Atem. Hatte die Idee seit der sechsten Klasse. Jahrelang recherchiert. Monatelang an der Vorrichtung getüftelt.

Sie nie als Bombe betrachtet. Der Fachbegriff – *Sprengvorrichtung*.

Kein Scheißterrorist. Naher Osten, Kopfwindel-ISIS. Auch kein Naziarschloch.

Die Sache ist die, dich gibt's nur einmal. Du bist kein Herdentier. ISIS, Nazis – das sind Herdentiere.

Vor dir selbst bezeichnest du es als Vorrichtung. (Das Wort *Bombe* kommt dir nicht über die Lippen.) Scherst dir den Kopf kahl wie ein Mönch.

Howie? Liebling? Warum um alles in der Welt hast du dir den Kopf …

Dir die Kappe bis unter die Ohren gezwängt. Fest über die Stirn. Bist steifbeinig von deiner Mutter davonstolziert. Was geht's dich an, Mom, verpiss dich.

Dir fallen schon die Haare aus, wie bei deinem Dad. Typisch Mann. Beim Kämmen hast du schon welche im Kamm gehabt. Verdammter Mist, gerade mal neunzehn.

Hin und her überlegt, *wo*. Der Erfolg der Vorrichtung hängt davon ab, wo du sie hochgehen lässt.

Das erste Ziel, das du ins Auge gefasst hattest, war die Santa Luce High. Arschlöcher, die dir das Leben schwer gemacht haben, so viele Jahre. Aber die sind alle schon abgegangen. Sind alle weg. Hocken am Scheißcollege und erinnern sich nicht einmal an dich.

Wer? Der? Dieser Loser?

Das Café mit dem komischen Namen – Purple Onion. Ja.

Verrückter Zufall, wenn deine Mom gerade dort ist. Einige ihrer Freundinnen sind es bestimmt.

Der Bau der Vorrichtung dauert Monate. Die gründlichste Arbeit deines Lebens, und niemand, der sie sich anschauen und bewundern kann. Du hast Chemie im siebten Schuljahr abgewählt. Wenn Mr. Alonso dich jetzt sehen könnte, wäre er verdammt beeindruckt.

Das erste Mal im Purple Onion Café. Dabei bist du oft an dem Laden vorbeigegangen. Etwas heruntergekommen, hinten dran eine Terrasse mit Tischen und hängenden Pflanzen. Die Fassade in mattem Blau gestrichen, das stellenweise schon abblättert. In solchen Läden hockten früher die Hippies herum, heute ein bisschen edler.

Genau überlegt, was du anziehst. Kakifarbenes Hoodie, T-Shirt Jeans, Wanderstiefel. *Giants*-Kappe. Dunkle Brille. Moms Einkaufstasche aus dem Biosupermarkt hängt mit anderen sinnlosen Einkaufstaschen am Türknauf.

Die Art Sprengvorrichtung, die man mit Zeitzünder

einstellt. Nicht die Art, die man vor Ort auslöst, und kein Gürtel, den man sich um die Taille bindet wie so ein Arsch im Fernsehen.

Es dauert etliche Stunden, die an eine Uhr angeschlossene Vorrichtung genau einzustellen. Den alten Aufziehwecker hast du im Haus gefunden, scheint aber zu funktionieren. Zuverlässig. Tickt laut.

Du schwitzt beim Ausrechnen: Wenn du die Zündung auf –> 13:20 einstellst, bleibt dann noch genug Zeit? Andererseits willst du nicht Zeit im Überfluss. Deine Finger sind eiskalt, taub. Du kannst es nicht glauben. *Geschieht das wirklich?* Du musst über dich selbst lachen, was ist das für ein Blödsinn, du vermasselst doch alles, was du tust, Chemie abgewählt, nie zu Prüfungen aufgekreuzt, dass du tatsächlich *eine Bombe gebaut* hast, ist doch ein Witz. Toll!

Im Purple Onion steuerst du die Terrasse an, willst dich von den vielen Leuten, den Frauenstimmen, dem Gelächter wie zerbrechendes Glas nicht ablenken lassen. Sonst achtet kein Aas auf dich, hier aber schon. In deiner Vorstellung war die Szene stumm, traumartig. Nicht so viele andere Leute, und die Gestalten waren trüb und konturlos. Jetzt siehst du, die sind *echt*.

Ruhig bleiben, sagst du dir, als du einen leeren Tisch erspähst. Die Einkaufstasche fest in den Händen haltend, gehst du darauf zu. Erkennst nur, was direkt vor dir ist, so konzentriert, dass es wehtut. Das periphere Sehen ist ausgeschaltet.

Dir fällt zu spät ein, dass du vergessen hast, auf die Servicekraft zu warten. So wird das in einem Restaurant wie diesem eigentlich gehandhabt – man wartet auf die Servicekraft. Wartet, bis man *platziert* wird.

Egal, du setzt dich. In deinem Kopf summt es wie Heuschrecken. Scheint okay zu sein, niemand fordert dich zum Gehen auf. Du siehst nicht besonders gut. Die Augäpfel fühlen sich trocken an. Der Mund, innen ganz trocken. Das Café ist gut besucht, Bedienungen tragen Tabletts, eine leuchtend blonde Kellnerin kommt auf dich zu, als zögerte sie, dir eine Speisekarte zu geben, du nimmst sie ihr linkisch ab, murmelst mit trockenen Lippen: *Danke.*

Starrst auf die Karte. Kannst die Schrift nicht entziffern. Ein Teil der Karte ist mit lila Tinte geschrieben.

Ticken in deinem Kopf. Uhrenticken unter dem Tisch.

Eigentlich glaubst du ja nicht, dass irgendwas passiert. Dass es *passiert.*

Du denkst einfach drum herum, wie Wasser um einen Stein herumfließt. Könnte ein alter Schuh sein, in einen Fluss geworfen, den das Wasser gleichgültig umspült. Obwohl du ziemlich stark schwitzt und das Herz in deiner Brust wie verrückt schlägt und du mit einem ängstlichen Lächeln dasitzt. In einem Film würde dein Gesicht leuchten vor Staunen.

Du lässt den Blick schweifen, willst sehen, wer in deiner Nähe sitzt, wer mit dir sterben wird – in wie vielen Minuten? Zweiundzwanzig? Nein, zwölf.

Klar, du kannst die Einkaufstasche unter dem Tisch stehen lassen. Kannst weggehen. Niemand hält dich auf. Niemand weiß, wer du bist. Niemand wartet auf dich. Du hast keine »Genossen«; du bist ein »einsamer Wolf«. So tun, als gingst du ins Café, um die Toilette aufzusuchen, stattdessen aber weitergehen, raus auf die Straße. Auf der Straße schnell weg. Nicht rennen, schnell gehen. Eine Querstraße entfernt, wenn die Vorrichtung explodiert, niemand wird wissen, dass du es bist. Keine Spuren, du bist dir sicher.

Doch deine Beine sind wie Blei. Die Füße in den Wanderschuhen schwer wie Hufe. Der Herzschlag so hämmernd, dass dir das Blut aus dem Kopf fließt und du riskierst, ohnmächtig zu werden, wenn du aufstehst. Also bleib lieber still sitzen. Du bist hier, du gehst nicht weg. Wofür die ganze Mühe, wenn du jetzt gehst. Du gibst eine umfassende Erklärung ab. Das erste Projekt seit der siebten Klasse, das du wirklich zu Ende geführt hast. Du sperrst die Aussperrer aus. Spottest über die Spötter. Dein Mund ist trocken wie Sand, das Schlucken ein Krampf. Die Eilmeldungen auf CNN, stell dir vor. Santa Luce, die Stadt, in der nichts los ist. Kaum einmal im Fernsehen. Wertpapiere, Wahlen zum Schulausschuss, Reparatur der Kanalisation, ein Referendum, und jetzt, heute Abend – *Eilmeldung. Santa Luce, Kalifornien, von einem ausgeklügelten Sprengsatz erschüttert …*

Du wirst sogar ruhiger. Einmal tief Luft holen. Dad wird es sehen. Du hast daran gedacht, drei von den »Nerven«-Tabletten deiner Mom zu nehmen. An einem Tisch links von dir schnatternde Frauen. Rechts von dir ein Tisch, nur mit zwei Männern besetzt.

Einer interviewt offenbar gerade den anderen. Fingierter ausländischer Akzent, nervig wie sonst was. iPhone auf dem Tisch.

In plötzlich aufschießender Wut denkst du: *Wen zur Hölle interessiert, was ihr zwei meint? Was irgendeiner von euch meint?*

In dem Augenblick begreifst du: *Es wird passieren.* Bist plötzlich so erleichtert, als wäre dir eine Last von den Schultern genommen. Die tickend vergehende Zeit bedeutet, die Zeit läuft ab, und die ablaufende Zeit bedeutet, die Möglichkeiten sind bald erschöpft.

Schaust unter dem kakifarbenen Ärmel auf die Uhr – 13:19.

12.

Du bist allein im Purple Onion Café angekommen. Dem Stand der Sonne am Himmel nach zu urteilen, ist es gerade zwölf durch.

Keine Ahnung, warum, warum hier. »Hätten Sie etwas dagegen, dass ich unser Gespräch aufzeichne?« – Ein Fremder, der dir bekannt vorkommt, legt sein iPhone zwischen sich und dir auf den Tisch.

Das Unerwartete

»Vielen Dank für die Ehre. Ich fühle mich sehr – geehrt.«

Ein feierlicher Moment. Wenn auch, wie die meisten feierlichen Momente, nicht ganz frei von Absurdität.

Man hat dir geraten, den unförmigen Doktorhut abzunehmen, sobald der Moment bei der Feier zur Verleihung der akademischen Grade gekommen ist. Nun senkst du den Kopf, damit dir eine rote Bandschleife mit einem Messingmedaillon, darauf die lateinische Inschrift VINCIT OMNIA VERITAS, um den Hals gehängt werden kann.

Anschließend wird dir noch ein Talar aus königsblauem Samt mit weißen Streifen über den Kopf gezogen und mit einer Schnalle an deinen Schultern fixiert.

Ein rundlicher kleiner Mann, bei dem es sich um den Präsidenten des Colleges handelt, gratuliert dir und schüttelt dir kräftig die Hand. Du bleibst allein auf dem Podium zurück und lächelst töricht.

Applaus. Nicht donnernd, aber freundlich, sogar herzlich – befindest du. Und das ermutigt – bestärkt dich doch. Du rückst das Medaillon zurecht, das schwer auf deinem Brustbein liegt. Schaust hinaus in das Publikum aus erwartungsvollen jungen Gesichtern, blass und durchscheinend wie Seeanemonen, die, wie Seeanemonen, ein wenig zu schwanken scheinen.

»... eine Ehre und ein Vergnügen ... bei diesem feierlichen Anlass ...«

Du bist nicht gestorben. Dir ist von dem Community College in der Nähe deiner alten Heimatstadt im nördlichen New York ein Ehrendoktor für Verdienste um die schöne Literatur verliehen worden. Zum Dank sollst du bei der Entlassungsfeier zu mehreren Hundert schwarz gekleideten Absolventen sprechen, die nach eben niedergegangenen Schauern auf der nicht überdachten Tribüne eines Sportplatzes sitzen.

Es ist ein kühler, farbloser Tag mit Zirruswolken und einem kapriziösen, vom Lake Ontario im Süden herangetragenen Wind. Hoch am Himmel fliegen bedrohlich oft Düsenjäger in Formation vorüber. Du machst einen Witz über die Flugzeuge, bekundest Dankbarkeit dafür, dass sie *auf unserer Seite* sind, doch dein Witz, wenn es denn einer ist, verpufft oder geht im Dröhnen der Jets unter; von der Bühne hinter dir vernimmst du hier und da verbindliches Lachen deiner Gastgeber, in das jedoch nur wenige Absolventen einstimmen. Sie sind die Düsenjäger am Himmel über ihrem College – und ihrem Zuhause – gewiss so gewöhnt, dass sie sie gar nicht mehr hören. Die Absolventen sind ein praktisch denkendes Völkchen und haben Fächer wie Pädagogik, Hotelmanagement, Krankenpflege, Betriebswirtschaft, Ingenieurswesen, Mediengestaltung, Forstwirtschaft und Viehzucht studiert.

Um dich bei dem dumpfen Dröhnen der Jets verständlich zu machen, musst du notgedrungen lauter sprechen. Seit du vor sechsunddreißig Jahren von hier weggegangen bist, vertraust du den Absolventen an, seist du kein einziges Mal in deine Heimatregion eingeladen worden, um eine Auszeichnung zu empfangen, einen Vortrag zu halten, aus einem neuen Buch vorzulesen oder auch nur Bücher zu signieren. Deswegen sei diese Abschlussfeier wirklich ein bedeutsames Ereignis in deinem Leben. Launig sagst du: »Ich bin meinen Gastgebern sehr dankbar dafür, dass sie mich nach sechsunddreißig Jahren eingeladen haben! Ich hoffe, dass sie mich in sechsunddreißig Jahren wieder einladen.«

Doch auch diese Bemerkung verpufft. Deine Zuhörer sehen dich ratlos lächelnd an.

Das soll ein Witz sein? – Oder ist das ernst gemeint?

Humor erwarten die jungen Absolventen bei so einem Anlass wohl eher nicht. Und Humor von der Empfängerin eines Ehrendoktortitels für Verdienste um die schöne Literatur gleich gar nicht.

Verdrossen fährst du mit deiner schriftlich ausgearbeiteten Rede fort. Du hast sie mühsam mit der Hand niedergeschrieben, in einer Schrift, so groß, dass du sie bequem lesen kannst, denn du fühlst dich mit handschriftlichem Material bei solchen Gelegenheiten am wohlsten. Doch die Seiten flattern im Wind und lassen sich nur schlecht entziffern.

Ein Blatt wird dir unter den Fingern weggerissen und flattert vom Podium – du reckst dich verzweifelt danach, doch es wird über die Bühne geweht, zwischen Fußpaare, bis ein Herr in schwarzem Hut und akademischer Kleidung, einer der Würdenträger des Colleges, es aufhebt und dir lächelnd zurückreicht.

Wie peinlich! Inzwischen weißt du nicht mehr, an welcher Stelle du gerade warst – hast vergessen, was du gerade gesagt hast.

Und sprichst die Zuhörer daher direkt an. *Vom Herzen her.*

Anfangs stockst und stammelst du noch. Ohne Manuskript zu reden ist, wie vor Zuschauern von einem hohen Sprungbrett zu springen – man schreitet unter den Augen der nach oben glotzenden Menge zur Vorderkante des Bretts. Einmal dort angelangt, kann man nicht mehr zurück.

Du bekommst schlecht Luft. Adrenalin strömt durch deine Adern. Nach anfänglichem Gestammel sprichst du nach und nach flüssiger. Dann voller Verve. Du hast keine Ahnung, was du sagst – was du sagen willst. Deine Zuhörer sind gefesselt und erregt.

Direkt vor dir auf der Tribüne sitzen die Absolventen des Colleges in ihren tristen dunklen Gewändern und Doktorhüten; hinter ihnen und an den Seiten sitzen Gäste – Angehörige, Freunde, Besucher aus der Stadt. Sie alle blicken dich schweigend an, als verblüffte sie der Ausdruck echter Emotion mitten zwischen den vorbereiteten Ansprachen von Mitgliedern der Leitung des Colleges, Treuhändern, ein, zwei Kongressabgeordneten aus der Stadt. Du hattest dich allgemein zum Wert einer Collegeausbildung äußern wollen, erzählst stattdessen aber von deiner Kindheit in der neun Meilen entfernten Kleinstadt Yewville. Sprichst von der Dankbarkeit, die du deinen Lehrern gegenüber empfindest, von denen einige, obwohl längst im Ruhestand, noch immer in der Gegend leben. Sprichst von deiner Familie, von denen der größte Teil bereits gestorben ist. Sprichst über die wunderschöne Hügellandschaft im Westen des Bundesstaats New York, die kahlen Gletscherformationen, die vorherrschenden Winde dieser rauen Landschaft südlich des Lake Ontario. Du sprichst von der Stadtbücherei in Yewville, in der du in deiner Jugend so viele Stunden verbracht hast.

Wir sind den Menschen dankbar, die unser Leben mitgestaltet haben. Den Menschen, denen wir unser Leben verdanken.

Du wischst dir über die Augen. Dir ist, als würdest du in Tränen ausbrechen. Die Zuhörer sind jetzt ganz still. Es behagt ihnen nicht, unter solchen Umständen einer echten Gefühlsregung ausgesetzt zu sein. Ebenso wenig behagt es dir, so aus der Rolle zu fallen, denn du bist eigentlich ein sehr *maßvoller* Mensch.

Schon bald beendest du deine Rede. Deine Stimme wird brüchig, du hast das Gefühl, um Entschuldigung bitten zu müssen.

Für einen Augenblick tritt Stille ein – eine verlegene Stille. Dann ein Beifallssturm.

Vor allem die Collegeabsolventen reagieren mit Wärme und Begeisterung. Da und dort erheben sich Einzelne von ihrem Platz und applaudieren. Einen benommenen Moment lang denkst du: *Kenne ich die? Sind das meine Freunde?* Aber es ist ja Jahrzehnte später, es sind nicht deine Klassenkameraden.

Halbe, ganze Reihen sind jetzt auf den Beinen – Emotionen rollen auf dich zu wie die Wellen des Lake Ontario, die der Wind Jahrzehnte früher auf dich zutrieb.

Von Dankbarkeit bewegt, denkst du: *Bin ich endlich zu Hause? Ist es hier, wo ich hingehöre?*

***

»Oh, mein Gott. *Nein.*«

Bist du unter deinem akademischen Talar halb nackt?

Du entdeckst es nach der Zeremonie. Nachdem du mit den Honoratioren des Colleges zu den herzerfrischenden Rhythmen von »Pomp and Circumstance« von der Bühne marschiert bist.

In einem Gebäude neben dem Sportplatz ziehst du dich um, willst den Talar zu den anderen auf dem Kleiderständer hängen und merkst entsetzt, dass du unter dem Gewand nicht vollständig bekleidet bist – nicht ganz nackt natürlich, aber nicht vollständig bekleidet … Wie kann das sein? Hattest du dich so unachtsam auf die Feier vorbereitet, den dir vom College zur Verfügung gestellten Talar übergeworfen, ohne zu merken, dass du nichts darunter anhattest? Du warst allein in deinem Hotelzimmer, abgelenkt von deinen Überlegungen zu der bevorstehenden Ansprache. Niemand da, der einen prüfenden Blick auf dich hätte werfen können, bevor du das Zimmer verlassen hast.

Die Fallstricke des Alleinlebens. Gut möglich, dass du allein stirbst, und gut möglich, dass du dich zum Narren machst, allein.

Und so bist du, unter dem akademischen Talar halb nackt, zu der Feier aufgebrochen.

Bestimmt hat der Wind auf der Bühne den Saum deines Gewands angehoben und deine bleichen Beine und Gott weiß was noch entblößt … Kein Wunder, dass die jungen Absolventen hingerissen waren von deinem Auftritt. Kein Wunder, dass sie die Augen nicht abwenden konnten, Mühe hatten, nicht über dich zu lachen, dich bemitleideten, kein Wunder, dass sie so ungestüm klatschten, als der qualvolle Auftritt zum Ende kam.

***

Nach dem auf die Feier folgenden Mittagessen bringt dich ein Mietwagen in die neun Meilen entfernte Kleinstadt, in der du geboren wurdest. Wegzukommen, was für eine Befreiung! Diese Schmach wird wohl ewig in dir schwelen.

Bei Tisch hast du die Glückwünsche der Honoratioren des Colleges entgegengenommen, die behaupteten, noch nie zuvor eine so begeisterte Reaktion von Absolventen auf eine Abschlussrede erlebt zu haben. *Wunderbar, wie Sie eine Beziehung zu unseren Absolventen hergestellt haben! Hier geboren, hier zur Schule gegangen, Zeit und Ort so eindringlich heraufbeschworen, dass wir alle Tränen in den Augen hatten …*

Sie saßen hinter dir auf dem Rednerpodium und hatten nicht gesehen, wie der Wind dein Gewand anhob. Hatten keinen Blick auf deinen bloßen weißen Körper darunter werfen können. Vielleicht hatten sie deinen stockend vorgetragenen »authentischen« Worten nur mit halbem Ohr zugehört. Doch die von ihnen bekundete Dankbarkeit klingt aufrichtig. *Du* bist es, die sich wie eine Heuchlerin vorkommt.

Kaum aber sitzt du allein im Fond des Mietwagens, der nach Yewville unterwegs ist, verblasst beides, Demütigung und Erfolg. Die vertraute Landschaft deiner Vergangenheit zieht an dir vorbei wie ein Traum, Wehmut hat dich in ihrem Bann.

Eigentlich hattest du auf der Fahrt arbeiten wollen. Solche freien Minuten sind dir kostbar, du traust dich nicht, sie zu vergeuden. Doch das Notizbuch auf deinem Schoß bleibt unangerührt bis auf einen Satz, den du erst wiederfindest, nachdem du von Yewville wieder nach Hause zurückgekehrt bist, ohne dich zu erinnern, dass du ihn niedergeschrieben hast.

Es hat sich so wenig verändert, dass sie versucht ist zu glauben, auch sie hätte sich nicht verändert.

Ackerland, sanfte Hügel bis zum Horizont. Gletscher: Drumlins, wannenförmige Mulden in der Erde, flache Hügel, bedeckt mit Laub abwerfenden Bäumen. Die raue Landschaft sieht aus wie mit einer großen Maurerkelle abgekratzt; das Gegenstück dazu die ähnlich aufgerauten Wolken über dir, die den Himmel nun fast ganz bedecken. Vom Lake Ontario weht ein auffrischender Wind heran, in der Ferne, nur eben sichtbar, ein blasses dunstiges Blau.

Dann eine lange Abfahrt. Vor dir liegt der Yewville River, schmal und in der Sonne funkelnd wie schuppige Schlangenhaut. Vor dir liegt das Yewville Valley, berühmt für seine Hunderte Hektar großen Obstplantagen: Pfirsiche, Birnen, Äpfel. Eine zweispurige schmiedeeiserne Brücke, kaum verändert, seit du sie zuletzt gesehen hast. Eine asphaltierte Landesstraße, früher zwei-, jetzt dreispurig. Bauernhäuser, Obstgärten. Weiden, darauf Holsteiner, Pferde. Straßennamen, an die du jahrzehntelang nicht gedacht hast und die an dein Herz rühren wie Traumbilder.

Als du Kind warst, konntest du nicht ahnen, dass die Namen dieser ländlichen Straßen bloß die Namen von Menschen waren, die in einem längst vergangenen Jahrhundert hier Land erwarben: Adams Road, Eimer Road, Skedd Road, McDermitt, Cadden, Dunway … Keiner der heute Lebenden erinnert sich an die Landbesitzer, nach denen diese Straßen benannt wurden, und bestimmt wachsen Kinder im Yewville Valley heute genauso auf wie du, ohne Fragen zu stellen.

Als du auf der asphaltierten Landesstraße in die Stadt Yewville hineinfährst, siehst du die Silhouette des alten Wasserturms über der Stadt. Auch er ist jetzt mit Graffiti beschmiert, mit primitiven roten Initialen, kryptischen Zeichen, den bekannten Ruhmreden – der Schriftzug *Jahrgang 2018* über den Schriftzug *Jahrgang 2017* gesprüht. Absolventen der vierjährigen Highschool stiegen traditionell auf der außen herumführenden Wendeltreppe auf den Turm hinauf, setzten sich über den Warnhinweis LEBENSGEFAHR! NICHT BESTEIGEN hinweg und hinterließen mit Sprühfarbe Namen, Initialen, Abschlussjahr auf der metallischen Außenhaut. Alle paar Jahre werden die alten verblassenden Graffiti von dem Wasserturm entfernt, und eine neue Generation erklimmt die Leiter und meldet ihre Ansprüche an.

Der 2018er-Jahrgang! Du willst gar nicht daran denken, in welchem Jahr du die Highschool abgeschlossen hast. Vor langer Zeit im vorigen Jahrhundert …

In deinem Abschlussjahr war einer der Jungen aus Stufe zwölf (betrunken) auf den Wasserturm gestiegen, abgestürzt und zu Tode gekommen. Befreundet warst du mit ihm nicht – sein Name hat sich jedoch unauslöschlich in dein Gedächtnis eingeprägt: Jamie Haas.

Nutzlose Erinnerungen, dennoch kostbar. Du weißt praktisch noch alle Namen aller deiner Klassenkameraden von der Grundschule bis zum Abschluss der Highschool.

Wie viele deiner Schulkameraden mögen weggezogen sein? Wie wenige mögen noch in Yewville wohnen, und wie wenige von diesen mögen sich noch an dich erinnern und am Nachmittag zu deinem Vortrag in der Bibliothek kommen? Darüber willst du nicht nachdenken.

Dort wirst du heute zum zweiten Mal geehrt, als Yewvilles »bedeutendste literarische Persönlichkeit«. Deines Wissens hat es in Yewville niemals einen anderen Schriftsteller gegeben, ob literarisch oder anderweitig tätig.

Bei der Fahrt durch die Main Street steigen Erinnerungen daran auf, wie du als Kind mit deiner Mutter und deiner Großmutter in diesen Geschäften eingekauft hast. Regelmäßig wiederkehrende Betätigungen prägen sich dem Gehirn eines Kindes wohl besonders tief ein, und das Einkaufen war von allen Betätigungen im Leben deiner Familie die häufigste. Lebensmittel einholen, einmal die Woche in einem Laden namens Loblaw's. Kleidung einkaufen, Schuhe. Du hast deine Mutter, manchmal deine Großmutter, ab und zu Mutter und Großmutter in dieser Straße begleitet. Das Abenteuer der Schaufenster! (Die Doppelbilder in einer Auslage hatten es dir angetan: hinter der Scheibe Waren, im Glas gespiegelt eine leuchtende Ansicht der Straße hinter einem schemenhaften Abbild deines Gesichts.) Durch die Gänge des ersten Warenhauses von Yewville, Schuyler Brothers. Das Gefühl einer warmen Erwachsenenhand, die deine fest umschloss.

Lass mich nicht los! Niemals.

Enttäuscht stellst du fest, dass das Warenhaus mit der onyxschwarz glänzenden Fassade verschwunden ist und an seiner Stelle nun ein Bürogebäude mit langweiliger Stuckfassade steht. Was für ein Verlust! Du erinnerst dich noch lebhaft an das Innere des prächtigen alten Warenhauses: hohe Decken aus gehämmertem Zinn, Messinglampen, marmorne Bodenfliesen in dunklem Altrosa … Mit zunehmender Erregung erinnerst du dich an die funkelnden Lichterketten zu Weihnachten, an Tannenzweige, leuchtend rote Beeren, an eine fast unerträglich gespannte Atmosphäre, die verhieß: *Was hier geschieht, ist wichtig. Und du bist wichtig, weil du hier bist.*

Weiter hinten in der Main Street ist Sears, Roebuck, wie du siehst, ebenfalls verschwunden. Flanagan's Shoes: nicht mehr da, ersetzt durch ein Nagelstudio. An der Stelle des einstigen Restaurants Brewer befindet sich jetzt der Main Street Grill, und wo früher South Main

Books war, liegen jetzt Schilder mit der Aufschrift ZU VERMIETEN/ZU VERKAUFEN im eingestaubten leeren Schaufenster. Das Palace Theater existiert aber noch, ist allerdings heruntergekommen und macht Reklame für einen Ausverkauf nach einem Brandschaden. Das Empire Building, ein abweisendes zwölfgeschossiges Geschäftshaus, in dem es stets kränklich-süß roch wie nach Äther und wo du jahrelang Behandlungen beim Zahnarzt und bei anderen Ärzten über dich hast ergehen lassen, steht am entfernten Straßenende wie das Totem einer vergangenen Ära.

Die Männer in den weißen Kitteln, die du gefürchtet und zugleich zu besänftigen gehofft hast – alle verschwunden. Ungefährlich.

Die Brücke an der Mohigan Street. Und unter der Brücke ein Fußweg am Fluss, der von der Stadt nicht mehr instand gehalten wurde und aufriss und zerfiel. Rostige Tragbalken, in Baulücken zerbröselnder Beton. Das Mädchen – schmächtig, verängstigt – wie hieß es? – in der sechsten Klasse – ärmlich gekleidet, verfilztes Haar, von Jungs verfolgt, schrie es, sie sollten es in Ruhe lassen. Ein Mädchen mit kräuseligen Locken, feuchten dunklen Augen, ein Mädchen, das du manchmal zur Schule gebracht hast, dessen Namen du aber vergessen hast.

Olive? Olivia? Ein ausgefallener Name ... Doch nein, du hast ihn vergessen.

So vieles, was man in Yewville vergessen kann.

Man kam aber dahinter, fällt dir ein, dass Yewville, keine zwölf Meilen von Niagara Falls entfernt, von gefährlichen Abfällen dieser schwer geprüften Stadt verunreinigt war. Du warst zu der Zeit schon an der Highschool. Schlagzeilen in der Lokalzeitung. Windabwärts von Niagara Falls gelegen, war Yewville gefährdet durch Giftstoffe, die von der Luft herangetragen wurden, und durch Flüssigkeiten, die in die lokale Wasserversorgung einsickerten. Bleivergiftungen bei sehr kleinen Kindern, unnatürlich viele Krebserkrankungen, darunter auch Leukämie, in der Allgemeinbevölkerung. Du erinnerst dich, dass Angestellte beider Städte und Sachverständige – Wissenschaftler, Professoren – im Auftrag der (berüchtigten) Chemiefabriken an den Niagarafällen aussagten, die meisten Krebserkrankungen seien wahrscheinlich auf Rauchen, Passivrauchen und auf Fernsehen zurückzuführen, teilweise auch darauf, dass die Betroffenen in einem Viertel wohnten, das vom Stromversorgungsnetz durchschnitten wurde.

In den letzten Jahren sind die Institutionen der staatlichen Ordnung geschwächt, ihre Budgets von einem konservativen Kongress gekürzt worden. Die Auflagen für die Chemiefabriken in Niagara Falls in puncto Abfallentsorgung sind nun bestimmt weniger streng. Schon bald werden die alten Schadstoffe abermals im Norden von New York ankommen, der sich noch nicht einmal von der ursprünglichen Verunreinigung erholt hat.

Dennoch erinnerst du dich an glückliche Zeiten. Das kindliche Gehirn hat etwas Robustes, es beharrt steif und fest darauf, dass es das Glück gibt.

Sonntägliche Ausfahrten an der Klippe oberhalb des Lake Ontario, Picknicks mit der Familie am Kiesstrand. (Deine Eltern, seit Langem tot, waren damals noch jung!

Jünger, als du heute bist.) Nach der Schule hast du deine Großmutter in der Amsterdam Street besucht. Butternusskekse, Kürbiskuchen mit Schlagsahne. Im Winter heiße Schokolade mit geschmolzenen Marshmallows. Büchereibücher mit steifen Deckeln, die deine Großmutter las und die du neugierig und fasziniert beäugt hast: *Was liest ein Erwachsener?* Doch du erinnerst dich nicht. Wie in einem Traum, in dem die Augen die Schrift nicht verarbeiten, entsinnst du dich keines einzigen Titels außer – war es *Anna Karenina*? Offenbar entfaltete sich das Leben in Yewville ohne Störung wie ein Möbiusband, das sich fast unmerklich langsam bewegt und in dem sich die langen Sommer bis zum Horizont erstreckten.

Jetzt vergeht dein Leben beängstigend schnell. Und mit jedem Jahr schneller.

Die Zukunft: ein Spiegel, der dir nichts zurückwirft.

Spontan bittest du den Fahrer, einen kleinen Umweg zu machen, an deiner alten Mittelschule – der DeWitt Clinton – vorbei. (Als Kind hast du nicht einmal gewusst, wer DeWitt Clinton war. Ein Politiker aus dem Bundesstaat New York, der den Bau des Eriekanals vorantrieb.) In der Amsterdam Street, wenige Querstraßen von dort entfernt, wo deine Großmutter wohnte – wo sie die obere Hälfte eines grau verschindelten Holzhauses gemietet hatte, um für die drei Jahre, die du in diese Schule gingst, in der Nähe zu sein. Beim Passieren des Hauses, in dem deine Großmutter Jahrzehnte zuvor lebte, empfindest du ein Gefühl tiefen Verlusts, jedoch auch Freude – denn einmal wurdest du geliebt und geschätzt.

Die einzige Liebe, auf die es ankommt, ist grenzenlose,

bedingungslose und unverdiente Liebe – eine Liebe, die du als Kind mit jeder Faser deines Seins aufgesaugt hast, ohne recht von deinem Glück zu wissen.

Du stellst dir vor, wie du den Fahrer jetzt bittest, am Straßenrand zu halten. An der Tür klopfst und die Treppe hinaufläufst, von der deine Großmutter dir zuruft: *Liebling, ich habe dich gar nicht erwartet. Was für eine schöne Überraschung …*

Die alte Schule ist renoviert worden. Beigegelber Backstein, Stuckverzierungen. Bis auf den breiten ungleichmäßigen Rasen davor ähnelt das Gebäude einer Fabrik, in der Kleinteile hergestellt werden. Du wartest darauf, dass sich ein Gefühl einstellt, erinnerst dich aber nicht mehr, durch welche Tür du die Schule betreten hast – wer deine besten Freunde waren, mit wem du den Schulweg gegangen bist. Abigail?

Lorraine? Nicht Olive – oder war es Olivia …

Wieder in der Main Street, muss der Fahrer abermals einen Umweg machen und eine Fußgängerzone umfahren. Derlei ist für Yewville eine Innovation – eine Straße ohne Fahrzeuge. Verkrüppelte Bäume, immergrüne Sträucher in Töpfen, pastellfarbene Sitzbänke, ein kleiner (trockener) Springbrunnen. Die Fußgängerzone ist nur einen Häuserblock lang und ähnelt einem Bühnenbild aus billigem Material. Einige Geschäfte scheinen geschlossen zu sein. In den Fenstern Schilder ZU VERMIETEN. Nicht viele Kaufinteressierte – nicht viele Fußgänger. Sind das Obdachlose? Eine aggressiv wirkende Frau in einem übergroßen Mantel und mit einer über den kahlen Schädel gezogenen Strickmütze, neben sich den mit ihrer Habe beladenen Wagen eines Einkaufsmarkts. Für einen Augenblick hast du panische Angst – ist das eine Frau, die du kennst oder die dich kennt? Eine ehemalige Mitschülerin, eine Nachbarin?

Eine Verwandte?

Doch nein. Die meisten deiner Verwandten sind tot. Es ist komisch, wenn einem bewusst wird, dass man mit niemandem mehr *verwandt* ist.

Der Fahrer des Mietwagens hat das Autoradio mehrmals lauter gedreht. Heisere Hip-Hop-Musik, gerade noch hörbar, stört die Konzentration während der Fahrt. Du würdest den Fahrer gern bitten, das Radio leiser zu stellen oder, noch besser, ganz auszuschalten, zögerst aber, ihn zu verärgern, zumindest, bis du sicher auf dem Rückweg zum Flughafen in Buffalo bist.

Es ist die imposante alte Stadtbücherei von Yewville, zu der man dich gebracht hat, um einen Vortrag zu halten und Bücher zu signieren. Die Leiterin der Bibliothek, mit der du korrespondiert hast, hat freundlicherweise von *Ihren vielen Fans in Yewville* gesprochen.

Doch als du aus der Limousine aussteigst, überkommt dich Entsetzen, eine Verzweiflung wie ein Schwindelanfall. Ja, die Stadtbücherei von Yewville ist praktisch unverändert – ein würdevoller Sandsteinbau im neogriechischen Stil einer untergegangenen Epoche. Doch was ist Yewville für dich ohne deine Mutter, deinen Vater, deine Großmutter? Ihr Geist ist hier, ist in der feuchtschweren Luft noch zu spüren, sie selbst aber, das lässt sich nicht leugnen, sind *tot*. Und was ist Yewville für dich ohne Abigail, Lorraine, Beth, deine engsten Freundinnen? Ohne den Jungen, den du (insgeheim) mochtest, den einen Freund, den du im Mathematikkurs hattest, wie hieß er nur? – Roland Kidd? Vor zehn Jahren hast du erfahren, dass Roland an einer schrecklichen Nervenkrankheit litt, durch die seine Beine gelähmt waren. Dass er gestorben war ... Oder war das ein anderer Junge? Peter Amo, der in der Highschool zu schüchtern war, dich anzurufen – mit seinem von Akne gesprenkelten Gesicht zu schüchtern, irgendein Mädchen anzurufen.

Du sagst dem Fahrer Bescheid: Du wirst ungefähr eine Stunde in der Bibliothek sein. Dann kommst du zurück, und er fährt dich wie geplant nach Buffalo zum Flughafen. Dein einer Koffer liegt im Kofferraum des Wagens. Dein Flug geht um 18:46, und du hast nicht die Absicht, ihn zu verpassen.

Eine zweite Nacht hier! – bloß nicht.

Du wendest dich mit einem Lächeln an den Fahrer, nie das Lächeln vergessen, bei dir eher ein starres Grinsen, denn das ist dein Schutz, das Angstlächeln, mit dem du der Welt gegenüberzutreten gelernt hast, während du zugleich – jetzt – denkst, warum so viele Menschen aus deinem Leben verschwunden sind. Vor allem in Yewville, wo (anders als in deinem Wunschdenken) die Zeit nicht stehen geblieben ist, sondern im selben immer schneller werdenden Tempo vergeht wie überall. Du kannst dir nicht vorstellen, was für ein Leben diejenigen hatten, die du hier kanntest. Was aus ihnen geworden sein mag. Wohin sie entschwunden sind. Die Lehrer, die dich gelobt und dir Großes verheißen haben, als sprächen sie (wehmütig, in hohem Ton) von sich selbst. Sie nahmen dich auf ihren angeknacksten, geschwächten Schwingen auf ihre Höhenflüge mit. Zeigten dir einen lichten Weg mit den erhobenen Fackeln ihrer Hoffnung, nun erloschen, die Fackeln am Wegesrand weggeworfen. Jedes einzelne dieser Leben, jede einzelne dieser Personen, ihre Eigenheiten, Sprechweisen, ihr Lächeln, alles dahin; ausgelöscht, unwirklich, nicht mehr unmittelbar zu erleben. Unmittelbar zu erleben ist der wellblechgraue Himmel, der dir in den Augen wehtut, und die Flugzeuge in V-Formation hoch oben, die grelle Radiomusik, die der Fahrer hören wird, sobald du ihn allein lässt. Unmittelbar ist, dass deine Hand von einem Fremden geschüttelt wird – so häufig in diesen Tagen, ein Fremder – und deine verbindliche roboterhafte Replik: »Oh, ja. Vielen Dank! Es ist mir eine Ehre …«

Doch die Pläne wurden geändert, erfährst du. Dein Vortrag in der Stadtbücherei Yewville wurde abgesagt.

Tatsächlich, über dem am Haupteingang zur Bibliothek angebrachten Plakat mit der Ankündigung deines Besuchs klebt ein gelber Streifen mit der knappen schwarzen Aufschrift FÄLLT AUS. Die zwei L verdecken dein Gesicht auf dem vor Jahren aufgenommenen körnigen Foto.

Du bist zu verblüfft, um dich zu ärgern oder gekränkt oder gar erleichtert zu sein. Fragst schon nach dem Grund – warum wurde der Vortrag abgesagt? –, während du noch denkst, lieber nicht daran rühren. Lieber nicht wissen.

Die Bibliothek sah sich anscheinend genötigt, die Veranstaltung mit dir abzusagen, weil man mehr Besucher erwartete, als man gefahrlos im Haus unterbringen kann. Es fallen die Begriffe *Brandschutz* und *Brandschutzinspektor*, im Tone der Endgültigkeit gesprochen. Du lauschst ungläubig. Zu viele Besucher? Ausgerechnet in Yewville?

Die Leiterin der Bibliothek, die dir so liebenswürdige Briefe geschrieben hatte, ist nicht da, um es dir zu erklären. Eine Bibliotheksmitarbeiterin ist an ihrer Stelle gekommen. Mit säuerlicher Miene teilt die Frau dir mit, ein paar Interessenten seien doch gekommen, sodass du in einem hinteren Raum Bücher für sie signieren kannst. »Wenn Sie sich dem gewachsen fühlen. Wir hätten Verständnis, wenn Sie nach Ihrer Reise erschöpft wären.«

Du protestierst, du bist keineswegs erschöpft. Du bist heute nur neun Meilen gefahren. Bist nach Yewville gekommen, anstatt nach der Verleihungsfeier gleich nach Hause zurückzukehren, weil du dich auf den Besuch gefreut hattest und man dir versichert hatte, es gebe hier Leser deiner Bücher, die dich unbedingt kennenlernen wollten.

Du hörst dich bockig an, wie ein gekränktes Kind! Deine Stimme klingt näselnd, als ahmtest du den Akzent nach, der im westlichen New York gesprochen wird – du hörst ihn seit deiner Ankunft am Vortag ständig.

Die Angestellte hört höflich zu. Sie stellt sich als »Marian Beattie« vor – als könnte dieser Name dir etwas sagen. Sie ist mittleren Alters, gedrungen, etwas ungepflegt mit einem teigigen, dir seltsam bekannt vorkommenden Gesicht. Der Hosenanzug in einem skurrilen Cranberryrot spannt an ihrem Körper und ist aus einem Material so synthetisch wie Vinyl; die geschwollenen Füße stecken in Socken, die wie ein Verband aussehen, und in vorn offenen Sandalen. Die Augen hinter der Bifokalbrille sind verschwommen vor Feuchtigkeit und einer Art boshafter Fröhlichkeit. Ihre Ausstrahlung ist die von angegrauter, nicht gewaschener Kleidung mit Flecken unter den Armen.

Wie enttäuscht du bist! Du hast, wird dir klar, dem Besuch in Yewville offenbar mit so etwas wie – *Hoffnung?* entgegengesehen. Denn es war hier, wo, vor langer Zeit, das trügerische Gefühl in dir geweckt wurde.

Marian Beattie, die schon bald kurzatmig keucht und schnauft und Mühe hat, mit ihren bandagierten Füßen zu gehen, führt dich ins Innere der Bibliothek. Dort hat man seit deiner Kindheit vieles mit einem Blick fürs Praktische und Zweckdienliche umgestaltet. Die Decken sind nicht mehr von majestätischer Höhe, der Boden ist erkennbar nicht aus Marmor, sondern aus preiswerten Fliesen in Marmoroptik. Statt der Kronleuchter, an die du dich erinnerst, gibt es jetzt hässliche Neonröhren, deren Licht flackert und ständig zu erlöschen droht.

»Auf den Raum mit unserem Computerkatalog sind wir besonders stolz«, teilt Marian Beattie dir mit.

Der ehemalige Leseraum, einer der Glücksorte deines Lebens, wurde in einen Computersaal umgewandelt. Drei lange Tische, an jedem sechs Rechner, du rechnest schnell nach – achtzehn Rechner für die relativ kleine Stadtbücherei von Yewville. Vor denen sitzen einige wenige Erwachsene, überwiegend ältere Männer mit traurigen erschlafften Gesichtern und hochaufgeschossene schlaksige Teenager, und lassen Webseiten auf dem Bildschirm durchlaufen. Niemand blickt zu dir in der Tür herüber.

In diesem Raum, erinnerst du dich, standen in deckenhohen Regalen die als *Klassiker* bezeichneten Bücher – großformatig, illustriert, gingen sie anders als die meisten anderen Bibliotheksbücher nicht in die Ausleihe, sondern durften nur in der Bibliothek gelesen werden, an einem der langen glänzenden Lesetische oder in einem Ledersessel in der Ecke des Raums. In kindlicher Naivität hattest du dir Dantes *Göttliche Komödie*, die *Ilias* und die *Odyssee* von Homer vorgenommen, sogar Platons *Republik*. Und Platons große *Dialoge*. Du lächelst beim Gedanken daran, wie wenig du von diesen gewichtigen Werken verstanden haben dürftest, als du mit den kleinen Fingern und den schwachen Muskeln eines Kindes eine Mauer aus Stein erklimmen wolltest. Nun sind die Regale mit den *Klassikern* nicht mehr da, vermutlich in einen anderen Bereich der Bibliothek gewandert.

Mit herablassendem Lächeln bringt Miss Beattie dich zu einem kleinen Raum an der Rückseite der Bibliothek, in dem sich »Fans« versammelt haben – kein Dutzend Personen auf Klappstühlen, die man offenbar hastig aufgestellt hat. Es sind in der Hauptsache ältere Personen, eine davon im Rollstuhl, förmlich in Tweedjackett, den Kopf mit einem Ausdruck gespannten Interesses zur Seite geneigt. Viele haben Bücher bei sich, vermutlich deine. In der ersten Reihe sitzt eine Frau mittleren Alters mit kräuseligem Haar, die sich, die Hände auf die Knie gestützt, weit nach vorn beugt und dich so konzentriert ansieht, dass ihr Gesicht von feinen weißen Falten durchzogen ist.

In näselndem Ton stellt Miss Beattie dich vor und sagt, dich brauche man nicht vorzustellen. Vereinzelt wird geklatscht.

Es gibt hier kein Podium, keinen Platz zum Stehen außer ungünstig an der Stirnseite des Raumes. Du fühlst dich hier noch unwohler als bei der Abschlussfeier am Vormittag auf der Bühne mit den Hunderten Zuhörern dir gegenüber.

Zaghaft begrüßt du dein Publikum. Deine Bescheidenheit ist nicht geheuchelt. Du bist über die Maßen gehemmt. Sie sind nicht zu übersehen, die Blicke, die sich auf dich heften oder, noch schlimmer, nach unten wandern zu deinen Füßen, nach oben zu deinem Gesicht, als du stammelst, du fühlest dich »sehr geehrt« – es sei »aufregend«, nach sechsunddreißig Jahren wieder in deiner Heimatstadt zu sein.

Auf eine Erklärung dazu, warum du überhaupt in der Nähe von Yewville bist, verzichtest du. Die Aufmerksamkeit darauf zu lenken, dass dir von einem Community College die Ehrendoktorwürde für deine Verdienste um die schöne Literatur verliehen worden ist, würde überheblich und armselig zugleich wirken, und mit den verwendeten offiziellen Begriffen würdest du nur Verwirrung stiften.

Ein Plakat im Flur gibt an, dass die Stadtbücherei von Yewville an diesem Nachmittag ein »Literaturgespräch mit der meistverkauften Autorin der Stadt« ausrichten sollte – (nicht der »bedeutendsten Schriftstellerin« übrigens), weshalb im Publikum gleich mehrere Hände auf einmal nach oben gehen. Du wirst gefragt, woher du deine Einfälle beziehst und wie alt du warst, als du deine erste Geschichte veröffentlicht hast. Machen Sie für einen Roman erst einen Entwurf, oder schreiben Sie »einfach drauflos«? Du wirst gefragt, ob du gleich in den Computer tippst oder mit der Hand schreibst. Ob du überarbeitest. Woran du merkst, dass du mit deinen Überarbeitungen fertig bist. Welchen Rat du Schreibanfängern geben kannst. Was du raten kannst, um einen Agenten zu finden. Welches der beste Rat war, den du einmal bekommen hast. Wie dein Zeitplan am Vormittag aussieht. Ob du manchmal unter »Schreibblockaden« leidest. Wie du »Schreibblockaden« überwindest. Ob du Kinder hast. Es bereust, dass du keine Kinder hast.

Eine korpulente Frau in einem zeltartigen ärmellosen Kleid, die zu spät gekommen ist, sitzt in einem Sessel neben der Tür und keucht. Sie hebt einen Arm, von dem ein zitternder schlaffer Hautlappen herabhängt, und möchte von dir wissen, was für Tipps du Dichtern geben kannst, die »gerade erst anfangen« – und: »Haben Sie Kinder?«

Als du antwortest, du habest keine, lächelt sie dir mitleidig zu, wie es die anderen auch schon getan haben. »Oh! Das ist sehr schade. Bereuen Sie das?«

Du erklärst höflich, es hinge von den Kindern ab, die du hättest haben können, ob du es bereust, sie nicht bekommen zu haben; aber da du nicht weißt, wer sie gewesen wären, sei es unmöglich, die Frage zu beantworten.

Eine geschickte Antwort, glaubst du. Dein kleines Publikum jedoch schaut verdutzt, unzufrieden.

»Keiner von uns weiß, wie unsere Kinder werden, ehe

wir sie bekommen haben«, gibt die korpulente Frau vernünftigerweise zurück. »Aber wir haben sie trotzdem bekommen. Und jetzt haben wir Enkelkinder.«

Dies findet gemurmelte Zustimmung. »Ja! Jetzt haben wir Enkelkinder.«

Ein Mann mit einem buschigen Bart, der dir zugelächelt hat, verkündet, er habe eine Tasche voller Bücher mit, die du signieren sollst – »Für nächstes Weihnachten«. Die Tasche ist aus Jute und hat Ölflecken. Die Buchumschläge sind dir völlig unbekannt. Einige Bücher sind schon sehr alt und riechen muffig.

Die jüngste Zuhörerin im Raum ist ein Teenager mit schrecklich ernstem länglichem Gesicht. Sie sitzt von Anfang an mit einem über einem Notizbuch gezückten Stift da, hat aber noch kein Wort geschrieben. Jetzt hebt sie die Hand und fragt, wie man »an eine Veröffentlichung kommt«, zieht bei deiner Antwort aber ein finsteres Gesicht, als argwöhnte sie, dass du es nicht weißt.

»Ja, und was ist mit einem Agenten? Wie kommt man an einen guten Agenten?«

Deine Lippen bewegen sich stumm. Deine Stimme hallt aus einer Ecke des Raumes wider, vermischt mit dem leiser werdenden Gedröhn von Düsenjägern am Himmel.

»Ja, aber ich meine einen *guten Agenten*. Nicht einen x-beliebigen.«

Bald darauf klappt der skeptische Teenager das Notizbuch zu und geht hinaus.

Eine Zuhörerin mit runzligem Gesicht fragt strahlend: »Finden Sie, dass Ihr Leben das wert war? All diese Bücher!«

Da wird dir klar, alle im Raum sind ja bereits älter – nein: *alt.* Die meisten – alle? – sind (ehemalige) Klassenkameraden von dir, deren Namen du noch wissen müsstest, aber vergessen hast.

Nicht aus der Highschool, sondern von früher – aus der Mittelschule, der Grundschule. Ihre Gesichter sind mit der Zeit undeutlich geworden. Einige sehen aus, als begännen sie zu zergehen, zu zerfallen. Schon die Luft im Raum ist ja sepiabraun, zähflüssig. Die Augen allerdings leuchten, sind wach.

»Sind Sie stolz darauf, dass Sie Ihre Vergangenheit hier in Yewville ausbeuten?«

»Schämen Sie sich dafür, dass Sie Ihre Vergangenheit hier in Yewville ausbeuten?«

»Halten Sie sich für unterschätzt?«

»Halten Sie sich für überschätzt?«

»Sie würden es nicht wieder genauso machen, oder?«

»Sie *könnten* es nicht wieder genauso machen, oder?«

Diese unverschämten Fragen treffen auf gedämpftes Lachen, auf Kichern. Marian Beattie lacht herzhaft.

Eine Frau mit glattem haarlosem Gesicht, ein Tuch mit Paisleymuster um den kahlen Kopf geschlungen, stellt sich angriffslustig als »Lizzie Heardon« vor – (eine frühere Freundin? Siebte Klasse? – Du erinnerst dich schwach) –, stolz, ihr ganzes Leben lang Kindergärtnerin gewesen zu sein. Nie auch nur ein Wort geschrieben – nie auch nur ein Buch veröffentlicht –, aber viel Freude an ihrem Beruf gehabt und keinen Augenblick bereut.

Eine andere Frau – (ist das Abigail? So verändert,

dass du dir nicht anmerken lassen willst, sie zu kennen) – spricht vom Heiraten, vom Kinderkriegen, von der schweren Arbeit als Ehefrau, Mutter, Hausfrau, Pflegerin der Betagten und Gebrechlichen in ihrer Familie und in der Familie ihres Mannes, davon, wie schwer sie gearbeitet hat, geschuftet, nie ein Wort geschrieben, nie ein Buch veröffentlicht, nie auch nur Zeit gehabt, ein verdammtes Buch zu lesen, noch schwerer gearbeitet, älter geworden, alt geworden, gestorben (1999). Allerdings hat sie Enkelkinder. Ist (noch) nicht *vergessen.*

Und da ist Olive. Olivia? Eine der geschrumpften Frauen, der Körper kaum mehr als der eines Kindes. Auch sie ist haarlos, trägt aber eine kecke Strickmütze. Zaghaft lächelst du ihr zu. Zaghaft fragst du: »Haben Sie mir je verziehen?«

Du warst weggerannt und hattest sie am Fluss allein gelassen. Ja – sie war es, das Mädchen damals. Die johlenden Jungs, höhnisches Gelächter.

Jemand hatte Betonstücke geworfen. Ein verrostetes Rohr. *Du* bist weggerannt – in panischer Angst.

Doch Olive oder Olivia sagt lachend: »Oh, nein, das war nicht ich. Sie erinnern sich falsch. Bei allem, was Sie schreiben, erinnern Sie sich *falsch.* Sie waren diejenige, der die Jungen nachgerannt sind und die sie auch gekriegt haben – Sie waren es, die geweint hat und wegkriechen wollte, und die haben Sie ausgelacht.«

»Ich – ich war nicht …«

»Doch, doch, Sie waren das. *Sie.* Deswegen schreiben Sie solche Lügen – verändern, wie es gewesen ist, weil Sie sonst nichts daran ändern konnten.«

»Das ist – nicht wahr. Das ist – das stimmt – einfach – nicht ...«

Du bist sprachlos, empört. Wütend. Deine Augen füllen sich mit Tränen. Olive oder Olivia schüttelt sich auf ihrem Stuhl vor Lachen. Selbstgefällig, unerträglich arrogant. *Sie. Sie. Sie. Sie.*

Zum Glück sind die anderen abgelenkt, weil Fotos von Enkelkindern herumgereicht werden. Laute Bekundungen von Freude, von Stolz. Es fällt niemandem ein, *dich* einzubeziehen.

Äußerst belustigt wischt Miss Beattie sich die Augen. Lachtränen haben sich in den fettigen Falten ihres Gesichts gesammelt. Sie bittet dich um einen »Gefallen« – Widmungen in die Bücher der Bibliothek zu schreiben, »für unsere Spezialsammlung«. Sie hat aber nur fünf deiner zahlreichen Werke mit, veröffentlicht vor langer Zeit im vorigen Jahrhundert.

»Mehr haben Sie nicht?«, fragst du verblüfft.

»*Mehr*? Wie viele Bücher hat Jane Austen denn geschrieben? Gerade mal fünf oder sechs, nicht? Und sie ist unsterblich.« Es klingt abfällig, wie Miss Beattie es zu dir sagt.

Zum Beweis holt sie einen Zettelkatalog: »Sehen Sie? Unter Ihrem Namen sind nur fünf Bücher aufgeführt. Hier sind die Katalogzettel.« Du betrachtest die Karten mit den Eselsohren, auf denen dein korrektes Geburtsdatum angegeben ist, aber auch ein Sterbedatum – 1979. Du protestierst, das ist falsch. Du bist ja nicht *tot*.

Miss Beattie lacht. Ein Schreibfehler, ist doch klar!

Du bist gekränkt. Aufgebracht. Würdest Miss Beattie

den Kasten am liebsten aus den Händen reißen und das lächerliche Sterbedatum durchstreichen, doch sie schiebt ihn wieder in den Katalogschrank hinein. (Dieses Möbel, eine Besonderheit der alten Bibliothek, durch den Onlinekatalog längst aufs Altenteil gesetzt, hat man in den rückwärtigen Teil des Gebäudes verbannt.)

Mit schelmischer Miene sagt Miss Beattie: »Inzwischen sollten Sie mich aber mal erkennen. Wollen Sie wirklich so tun, als wüssten Sie nicht, wer ich bin?«

»Wer Sie – *sind*?«

»Ja freilich!«

»Ich – ich …«

Marian Beattie betrachtet dich skeptisch grinsend aus nächster Nähe. Kein Zweifel, diese ärgerliche Frau hat keine Achtung vor dir – hält dich für eine Betrügerin, für unaufrichtig –, du hast keine Ahnung, warum. Ihr markanter Duft zwickt dich in der Nase, der intime Geruch ihres fülligen Körpers, die schmutzige Kleidung, das fettige Haar. Kein ganz und gar unangenehmer Geruch und irgendwie vertraut, wie das Innere deines Wäschekorbs.

»Schauen Sie! Schauen Sie genau hin.« Miss Beattie kommt dir mit dem Gesicht noch näher.

Du möchtest nichts lieber, als Abstand zwischen dich und diese willensstarke Frau legen, die so plump vertraulich mit dir spricht. Mit ihren eins fünfundsechzig ist sie nur wenig kleiner als du, wiegt aber gut und gern siebzig Pfund mehr; sie hält dich wie in einem Bann, blickt dir spöttisch in die Augen.

Die Frau, die du werden solltest, die nicht aus Yewville fortgegangen ist.

Ist Marian Beattie – irgendwie – du?

Du willst protestieren: Du siehst kein bisschen aus wie Marian Beattie!

Die Frau bemüht sich noch immer um einen unbeschwerten, lockeren Ton, du spürst aber nun die untergründige Bitterkeit, *sie* sei nicht mit einem *feinen Stipendium* aus Yewville fortgegangen so wie du – »Ich habe meine Familie, die mich brauchte, nicht im Stich gelassen. Ich habe in Elmira einen Abschluss in Bibliothekswissenschaft gemacht und bin dann sofort wiedergekommen. Für mich war das gut genug.«

Wie darauf reagieren? – ein Vorwurf, überdeckt von einem Eigenlob.

Es ist wahr, du hattest einmal erwogen, Bibliothekarin zu werden und in Yewville zu bleiben. Oder Lehrerin. Es ist auch wahr, du hast ein *feines Stipendium* erhalten, das dich wie auf weit ausgebreiteten Flügeln davongetragen hat – auf den *mächtigen hautartigen Schwingen* von Miltons Satan, glaubtest du. »Aber – ich bin nicht Sie. Sie sind nicht – *Sie sind nicht ich.*«

Deine Erwiderung auf Marian Beattie ist dürftig, fast unhörbar. Denn du weißt im Grunde nicht, wie du auf sie reagieren sollst.

Du freust dich für sie, dass sie mit ihrem Leben in Yewville sehr zufrieden ist oder es zu sein scheint, verstehst aber, dass man dir verübelt, nicht geblieben zu sein. Sie klagt an – *Sie sind ich, wie ich eigentlich sein sollte. Sie haben mich zerstört.* Verbittert berichtet sie dir von deinen vielen Klassenkameraden, die zu früh gestorben sind: bei Autounfällen und anderen Unglücken umkamen,

Leberzirrhose hatten, an einer Überdosis Opium starben, an Emphysemen, Schlaganfällen, Herzinfarkten, Krebs – »allen möglichen Arten von Krebs« – und durch Selbstmord – »allen mögliche Arten von Selbstmord«.

Du wirst von Reue übermannt. Von Mitgefühl. Von Schuldgefühlen, auch das. Weißt aber absolut nicht, was du sagen sollst.

Wenn es dir nicht gelungen wäre, Yewville zu verlassen, wenn du als Schriftstellerin gescheitert wärst, wie hätte das das Leben von Marian Beattie und den anderen verändern sollen? Du möchtest es gern erklären, doch Marian Beattie ist nicht dazu aufgelegt, dir zuzuhören. Nun ist sie empört. »Wir beklagen uns ja nicht. Keineswegs. Wir sind Patrioten. Wir sind keine Verräter, wir stellen unsere Regierung nicht infrage. Schreiben keine feinen Bücher, die kein Mensch liest. Schauen nicht herab auf das ›gemeine Volk‹.«

Du würdest dich ja entschuldigen, aber Marian Beattie ist an einer Entschuldigung von dir nicht interessiert. Beleidigt führt sie dich zu dem »Empfang« zu deinen Ehren: auf einem Kartentisch eine Bowleschüssel, gefüllt mit einer benzinfarbenen Flüssigkeit, daneben Papierbecher, Teller mit orangem Käse und Ritz-Crackern, ein paar Schälchen Erdnüsse. »Mischen Sie sich bitte unter Ihre Fans. Einige sind von weither angereist.«

Dankbar für die Möglichkeit, dich nützlich zu machen, nimmst du dir die Bücher zum Signieren vor. Der Großteil deiner Zuhörer ist gegangen, nur ein paar Unentwegte sind noch da und grinsen dich an. Fotos werden mit iPhones gemacht. Die meisten Bücher, siehst du, sind schon Jahre alt, Taschenbücher mit eingerissenen Umschlägen. Da offenbar niemand eine Hardcoverausgabe deines neuesten Romans gekauft hat, fragst du dich verwundert, ob er eigentlich schon veröffentlicht ist oder auch nur geschrieben. Du weißt noch, wie mühsam es war, diesen Roman zu schreiben, wie du dich *gequält* hast … So eine Tortur könntest du nicht noch einmal durchmachen, sondern würdest lieber nicht mehr leben.

Als Katalogzettel, da wäre ich leicht auszurangieren!

Einen schwungvollen Schnörkel auf die Titelseite von Büchern setzen. Sogar deine Unterschrift wird bereits unleserlich. Trotzdem wirst du zum Schluss noch mit ein paar Fragen bombardiert, die dich umschwirren wie Mücken. Wann wussten Sie, dass Sie Schriftstellerin werden wollen. Was bedauern Sie in Ihrem Leben am meisten. Welches Ihrer Bücher ist Ihnen das liebste. Welches mögen Sie am wenigsten. Würden Sie alles wieder genauso machen, wenn Sie die Möglichkeit hätten. Oder würden Sie sich für ein anderes Leben entscheiden.

Würden Sie in Yewville bleiben, anstatt fortzugehen, wie Sie es mit achtzehn getan haben. Und wenn – wo sähen Sie sich in diesem Augenblick.

Wortlos schüttelst du bei dieser letzten Frage den Kopf. In der Tat, das ist ein Rätsel!

Denn mit Sicherheit würdest du nicht *hier* sitzen und Bücher signieren. Obwohl du durchaus hier *sein* könntest, in der Stadtbücherei, als langjährige Benutzerin.

»Entschuldigen Sie bitte …«

Die anderen beiseitedrängend, kommt ein Herr im Rollstuhl angefahren und begrüßt dich.

Er ist anscheinend missgestaltet oder entstellt, das Rückgrat gekrümmt, die eine Schulter steht höher als die andere, Hals und Kopf sind schräg nach vorn gezogen.

Auf dem Schoß, auf kraftlosen Oberschenkeln liegt eine große Reisetasche, gefüllt mit Büchern, schwer und sperrig wie Steinbrocken.

Du siehst erleichtert, dass dieser Mann, obwohl stark gehandicapt, noch relativ jung wirkt mit seinem dichten Schopf grauweißen Haars, der rosigen Gesichtshaut und den ernsten hellen Augen. Er ist frisch rasiert und gepflegt. Seine Kleidung ist von guter Qualität, wenn auch schon etwas abgetragen. Liebevoll blickt er dich an: »Erinnerst du dich an mich? Rollo.«

Rollo? *Roland?*

Natürlich erinnerst du dich: Roland Kidd. Dein Freund aus dem Mathematikkurs. Achte, neunte Klasse. Ein groß gewachsener Junge mit einem schlaffen Körper, einem überraschend lieben Lächeln und einem leicht schielenden (linken) Auge. Roland oder Rollo erzählt dir, er habe praktisch alles gelesen, was du geschrieben hast, habe deinen Lebensweg über Jahrzehnte verfolgt. In der Reisetasche befinde sich ein kleiner Teil deiner Bücher, die er aus seiner Hausbibliothek mitgebracht hat. »Ich habe nie geheiratet, weißt du. Beinahe hätte ich – ich war mehr als einmal verlobt –, aber im Grunde genommen habe ich für ein Mädchen oder eine Frau nie so empfunden, wie ich für dich empfunden habe. Ich wollte dir über die Jahre viele Male schreiben, wollte erklären, wie wichtig du für mich bist, wie begeistert ich alles lese, was du schreibst … Ich suche nach mir selbst in deinen erfundenen Geschichten, ich geb's zu, und ein paarmal habe ich, glaub ich, Porträts von mir gefunden, nicht durchweg schmeichelnd, aber – na ja, es schmeichelt ja schon, wenn man in Prosa ›unsterblich‹ gemacht wird. Zumindest habe ich genug von mir selbst in deinen Büchern wiedergefunden, um weiterzulesen und weiterzuhoffen.«

Du staunst, als du diese überspannten Worte hörst. Schreckst nicht ungläubig zurück, denn Rollo Kidd spricht mit großer Aufrichtigkeit in einem tiefen Bariton wie ein Rundfunksprecher. Vor seinem Charisma streicht Marian Beattie beschämt die Segel, und das Grinsen auf ihrem Gesicht erstirbt.

Du möchtest Rollo Kidd fragen, was er damit sagen will – »suche mich selbst« in deinen erfundenen Geschichten. Traust dich nicht, Rollo Kidd zu fragen, was er mit »für ein Mädchen oder eine Frau nie so empfunden, wie ich für dich empfunden habe« sagen will.

Es drängt Rollo, dir von seinem Haus in der Ridgemont Avenue zu erzählen, wo er in fast allen Zimmern Bücherwände bis zur Decke hat: »Viele davon von dir, meine Liebe. Hardcover und Paperback. Ich sammle auch andere zeitgenössische amerikanische Schriftsteller, aber du bist der Mittelpunkt meiner Sammlung. Würdest du mir die Ehre erweisen, ein paar Bücher zu signieren, eine Widmung hineinzuschreiben? Mit Datum? Danke!«

Bemerkenswerterweise hat Rollo siebzehn deiner Bücher mitgebracht – alles Hardcover. Du bist erregt, ein bisschen geblendet, als leuchtete dir aus einem dunklen Abgrund ein grelles Licht ins Gesicht.

Mitten im Chaos Bücher zu signieren, hat dich immer

ein bisschen getröstet, genauso wie auf den Knien Böden zu schrubben – in gewisser Weise ein sinnloses Tun, nur dass das Tun eben doch nicht ohne Sinn ist. Und als du jetzt Rollo Kidds Bücher signierst, sorgsam in Plastikhüllen eingeschlagen, steigert sich deine Erleichterung faktisch zum Vergnügen.

Rollo wartet unterdessen mit dem Rollstuhl in deiner Nähe. Er spricht von seiner »Anhänglichkeit« – seiner »langjährigen Bindung« an dich, der Einzigen aus seiner Klasse, die er respektiert hat, außerdem eine der ganz wenigen, die aus Yewville fortgegangen sind. Er gesteht, dass er dir mehrmals c/o an deinen Verleger geschrieben hat, allerdings nie eine Antwort bekommen hat, was er darauf zurückführte, dass der Verleger seine Briefe nicht weitergeleitet hat.

Kann das stimmen? Du bekommst nur selten Post von Lesern, in letzter Zeit noch weniger als früher, hast dir darüber aber nie groß Gedanken gemacht; es ist immer wieder einmal vorgekommen, dass sich jemand bei dir darüber beklagt hat, dass Post nicht an dich weitergeleitet worden ist. Möglicherweise hat dieser Abgrund auch Rollo Kidds Briefe verschluckt. Es gibt dir einen Stich vor Bedauern, denn (vielleicht) hättest du Rollo auf seine Briefe geantwortet. Immerhin hast du sogar schon in der Zeit vor den E-Mails in einer Aufwallung von Offenheit Fremden manchmal handschriftlich geantwortet.

Rollo bedankt sich überschwänglich für das Signieren seiner Bücher. Tränen stehen ihm in den Augen. (Du siehst, ja – Rollos linkes Auge hat tatsächlich eine leichte Fehlstellung, doch mit dem Kranz dichter Wimpern sind seine Augen ziemlich schön. Du fragst dich, ob du dich das früher, als Mädchen, schon wahrzunehmen getraut hast.)

»Jetzt hoffe ich, meine Liebe, dass du mich vielleicht zu Hause besuchst. Wo ich eine vollständige Sammlung deiner Werke habe. Nicht nur die Hardcover, sondern Taschenbücher und andere Nachdrucke, außerdem viele – etliche Hundert – Zeitungen, Literaturzeitschriften und Anthologien, in denen deine Arbeiten erschienen sind. Ich würde bezweifeln, dass du selbst einen kompletten Satz besitzt. Es könnte sein – meine Liebe –, dass du dich in meiner Sammlung bei mir zu Hause siehst, wie du dich noch nie gesehen hast.«

Meine Liebe. Auch diese Worte sind eine Liebkosung, sind hypnotisierend. Schon sehr lange hast du diese Worte nicht mehr gehört.

»Es ist nur ein kurzer Fußweg bis zu meinem Haus. Zehn, fünfzehn Minuten. Es wäre mir eine große Ehre! Die Krönung meines Lebens, wirklich – zu sehen, dass *du* – in meinem Haus – vor den Regalen mit deinen Büchern stehst … Natürlich kannst du auch gern hier übernachten statt in dem schicken Hotel, das deine Gastgeber am College dir bestimmt besorgt haben. Mein Haus steht am Ende der Ridgemont Avenue mit Blick auf die Schlucht und den Fluss. Erinnerst du dich an die alten Feldsteinhäuser, die wir in unserer Kindheit so bewundert haben? Sie waren wie aus dem Märchen, mit Türmchen und Rondells, Schieferdächern und schmiedeeisernen Zäunen, erbaut Anfang des 20. Jahrhunderts. *Du* erinnerst dich.«

Das tust du. Zunächst nur schemenhaft, dann deutlicher. Die Ridgemont war eine der wenigen renommierten Straßen in Yewville, in direkter Nachbarschaft zum Ridgemont Park. In deinem einsamen Leben nach dem Fortgehen aus Yewville hast du öfter eine eidetische Übung gemacht, bist die Ridgemont Avenue abgeschritten und hast dir die markanten alten Häuser eines nach dem anderen vor Augen gerufen. Jetzt geht es dir auf, dass es kleine Villen waren, errichtet mit Anleihen bei englischer Architektur – vorwiegend dem Tudorstil. Es gab aber auch andere Stile, etwa bei dem großen viereckigen Steinhaus, das von der Straße zurückgesetzt auf einem Rasen mit hohen Ulmen stand – vermutlich ist es das Haus, in dem Rollo Kidd lebt. Wie um alles in der Welt konnte er das erwerben? Denn wenn du dich recht entsinnst, waren die Kidds nicht wohlhabender als deine eigene Familie.

»Ich muss zugeben, dass ich das Haus wegen der zahlreichen Bücherwände gekauft habe – in der Hoffnung, *dich* dort unterzubringen. Ich habe hier ein Unternehmen gegründet – mit Immobilien dilettiert –, ausdrücklich mit dem Ziel, ein bisschen Geld zu verdienen und ein Haus in der Ridgemont Avenue zu kaufen. Denn ich hoffte, dass du mich eines Tages, solltest du je nach Yewville zurückkehren, in diesem Haus besuchst. Und den Schrein siehst, den ich für dich errichtet habe, freilich ohne zu erwarten, dass du in diesem Leben wirklich einmal zu mir kommst.«

In diesem Leben. Rollos Äußerungen sind so überspannt, dass du ihm nicht glauben magst. Im Gegensatz zu seiner äußeren Erscheinung steckt in dem Mann aber so viel echtes Gefühl, so viel jugendfrische Kraft ... (Hat Rollo Parkinson? Er macht sich nicht die Mühe, den Tremor in seiner linken Hand zu verbergen.)

Du dankst ihm für die Einladung, sagst aber, dass du zu deinem Auto zurückmusst, das gemietet ist und dich nach Buffalo zum Flughafen bringen soll. Ja, die vorige Nacht hast du in einem Hotel verbracht, jetzt aber fährst du zu dir nach Hause in einen anderen Staat.

»Du hast anderswo ein ›Zuhause‹, in das du zurück möchtest? Wirklich?«, sagt Rollo und entblößt beim Lachen schimmernde Zähne.

Gleich musst du mit ihm mitlachen. Ja, wirklich! – Es klingt albern, dass dein *Zuhause* nicht hier in Yewville ist.

Verblüffend, wie vertraut dieser würdevolle ältere Mann dir vorkommt. Je länger du ihn so aus der Nähe ansiehst, desto mehr ähnelt er dem Jungen, den du kanntest, als ihr, du und er, zwölf, dreizehn Jahre alt wart. Als wärt ihr gemeinsam aufgewachsen und nicht Hunderte – oder sind es Tausende? – Meilen voneinander entfernt.

Rollo ist in mancher Hinsicht jetzt wirklich anziehender, als er es als pummeliger Jugendlicher war. Er trägt ein elegantes Sportsakko und ein cremefarbenes, am Hals offenes Hemd. Die abgemagerten Beine stecken in einer Hose mit scharfer Bügelfalte. Und an den Füßen, die willenlos sind wie Holzklötze, schwarze Seidensocken und glänzende schwarze Lederschuhe.

Tut mir sehr leid. Du erklärst Rollo Kidd, dass du sein Haus nicht besichtigen kannst. Mit echtem Bedauern, es geht einfach nicht. Ein andermal vielleicht ...

Du verabschiedest dich liebenswürdig von den »Fans«, die in geringer Zahl noch am Kartentisch sitzen und Punsch aus Papiertassen nippen. Eine aus der Runde, die behauptet hatte, deine alte Freundin Lizzie Heardon zu sein, starrt dich mit einem Ausdruck starker Abneigung an. Du aber bist hochgestimmt. Rollo Kidds Gegenwart hat dich gestärkt, sogar kindlich stolz gemacht, und so lässt du Marian Beattie nicht einfach stehen, wie du es am liebsten tätest, sondern beißt die Zähne zusammen und dankst der gehässigen Frau, *der Frau, die du hättest sein sollen*, für ihre freundliche Begrüßung in der Bibliothek.

»Ich hoffe, in sechsunddreißig Jahren bekomme ich wieder eine Einladung«, sagst du fröhlich.

Ohne einen Blick zurück verlässt du die Bibliothek – Rollo Kidd fährt dir im Rollstuhl hinterher. Dieser Mann ist nicht ängstlich, wenn er etwas will, sondern geht energisch und entschlossen vor. Während du die Stufen am Eingang hinabsteigst, rollt er so rasch die parallel verlaufende Rampe hinab, dass sein seidiges, dichtes grauweißes Haar im Wind weht.

»Bitte nimm die Einladung an, meine Liebe. Du wirst staunen, wenn du mein Haus siehst – ein Schrein für *dich*. Ich übertreibe nicht! Versprochen, ich erwarte nicht mehr, als dass du ein paar deiner in limitierter Auflage erschienenen Bücher signierst. Die bewahre ich unter Verschluss auf, in einem eigens dafür angefertigten abschließbaren Bücherschrank …«

Am Bordstein wartet der imposante schwarze Mietwagen auf dich. Doch du bleibst noch stehen, möchtest Rollo Kidd gegenüber nicht grob sein. Dir will schier das

Herz bersten bei der wehmütigen Gewissheit, dass Rollo Kidd dein Seelenverwandter hätte sein sollen und dass ihr, weil irgendetwas in eurer Jugend schiefgegangen ist, euch verpasst habt. Sogar jetzt noch denkst du: *Du kannst zurückkommen. Noch einmal neu anfangen. Er ist der eine Mensch auf der Welt, der dich gernhat.*

Du gehst neben Rollo her, der kameradschaftlich an deiner Seite mitrollt. Erstaunlich, wie kameradschaftlich ihr zwei seid, wie vertraut miteinander; dass du Rollo in seinem Rollstuhl überragst, kommt dir ebenfalls vertraut vor. Die Beherztheit, mit der Rollo seine Einschränkung ignoriert, findet deinen Beifall. Oberarme, Schultern und Rücken sind kräftig und muskulös geworden von der Anstrengung, sich in einem nicht motorisierten Rollstuhl fortzubewegen; und auch die Schiefhaltung des Kopfes ist eine eigenschöpferische Leistung des Mannes, keine mit der Parkinsonerkrankung einhergehende Beeinträchtigung, sondern so etwas wie eine machohafte extreme Wachsamkeit. Dieser Mann ist nicht duldsam, schüchtern, ausgemustert; er ist forsch, kämpferisch. Dies ist ein Mann, der sich nicht leicht von etwas abbringen lässt. Einer, der weiß, was er will. Er traut sich, deine Hand zu ergreifen, die in seine Nähe gewandert ist, und wird sie nicht ohne Weiteres wieder hergeben.

Rollo Kidd, entsinnst du dich, wurde in seiner Jugend von den Lehrern bewundert. Er war in allen Jahrgangsstufen stets Schülersprecher – in der achten Klasse Vizepräsident des Schülerparlaments, in der neunten Präsident. Rollo war dein (kollegialer) Rivale in Englisch, Naturwissenschaften, Mathematik; in Naturwissenschaften und Mathematik erhielt er die besseren Noten, in Englisch jedoch standest (wie immer) du an der Spitze.

»Geh wenigstens mit mir spazieren, meine Liebe. Der Ridgemont Park ist nur eine Querstraße entfernt. Und vom Rand des Parks sind es bloß fünf Minuten bis zu mir nach Hause. Die Bücherwände siehst du durch die Fenster schon vom Weg zum Haus – die Rücken deiner eigenen Bücher, die auf dich warten. Hinter allen Fenstern! Als schauten sie zu dir hinaus. Warte nur, sieh selbst – ich habe es geschickt angeordnet – sehr sehenswert ...«

Du ziehst sacht an deiner Hand, um sie aus Rollos Hand zu lösen, aber nicht so selbstbewusst, dass Rollo losgelassen hätte. Und wegreißen willst du sie natürlich auch nicht, das wäre unhöflich. Vielleicht gehst du ja für ein paar Minuten mit ihm in den Park, aber nicht weiter, und sicher nicht bis zur Ridgemont Avenue. Dein Auto wartet am Bordstein vor der Bibliothek auf dich, und du hast nach wie vor die Absicht, dorthin zurückzugehen.

»Nur noch ein kleines Stück, meine Liebe! Du wirst nicht enttäuscht sein, versprochen.«

Nur ihr zwei. Rollo Kidd, der sich in seinem Rollstuhl fortbewegt. Du zu Fuß. Deine (kühle, schmale) Hand in Rollos (warmer, kräftiger) Hand.

Es ist ein kalter, strahlender Tag. Der Himmel zeigt sich wolkenverhangen, Licht kommt von allen Seiten, nirgends sind Schatten. In der Ferne, fast unhörbar, ein Geräusch wie Donner oder Düsenflugzeuge. Hinter dir und Roland Kidd in seinem Rollstuhl folgt unaufdringlich, außerhalb eurer Sichtweite, langsam die glänzende schwarze Limousine, hält das Tempo.

Dank

Mein tief empfundener Dank geht an die Herausgeber der Zeitschriften, in denen die Erzählungen dieser Sammlung ursprünglich erschienen sind, darunter der *New Yorker* (»Sünder in den Händen eines zornigen Gottes«, »Hospiz und Honigmond«, »Wo bist du?«); *Harper's* (»Das Unerwartete«); *Salmagundi* (»Der Riss«); *Lincoln Center Review* (»Das [andere] Du«); *Ellery Queen* (»Die Freundinnen«); *Idaho Review* (»Der blutige Kopf«); *Boulevard* (»Mairead«); *Conjunctions* (»Warten auf Kizer«, »Vergessenheit der Nacht«); *Yale Review* (»Unter Wasser«); *The Strand* (»Letztes Interview«).

»Attentat« erschien in *Cutting Edge: New Crime and Mystery Stories by Women*, ed. Joyce Carol Oates (2019). »Der Ort des Glücks« erschien in der Anthologie *Speaking of Work: A Story of Love, Suspense and Paperclips*, ed. Bernard Schwartz (2017).

Und wie immer danke ich ganz herzlich meinem Lektor und Freund Daniel Halpern.

nicht den Paaren, und wurde dazu auch nie aufgefordert, obwohl mich einige dort bemerkt haben müssen, aber ich hatte schon in der Schule nie zu irgendeiner solchen Gruppe gehört, also war es wohl jetzt zu spät dafür.

Mehr noch als die Samstagabende fürchtete ich die Samstagnachmittage davor. Schon beim Tee fingen meine Eltern mit ihren humorvoll gemeinten Bemerkungen an, die sich auf meine äußere Erscheinung oder den Wandel bezogen, den diese bald durchmachen würde. Sowie ich dann an den Schrank ging, in dem das Schuhputzzeug war, ertönte aus dem Wohnzimmer das Wort »Bordellschleicher«, und zwar so unabänderlich, wie zum Samstagnachmittagstee der kalte Schinkensalat auf den Tisch kam und danach die Ergebnisse des Fußballtotos geprüft wurden. Mit ihren Scherzen wollten meine Eltern nur die Atmosphäre gereizter Enttäuschung entkrampfen, die nach der Prüfung der Totoergebnisse immer Einzug hielt, aber bei mir entkrampften sie damit nichts.

Da die öffentlichen Verkehrsmittel unser Dorf nach neun Uhr abends links liegenließen, fuhr ich an diesen Samstagabenden mit dem Auto meines Vaters ins Städtchen. Im Lauf des Winters, in dem ich sechsundzwanzig wurde, setzte sich in mir die Überzeugung fest, daß meine Eltern mir heimlich mit dem Bus dorthin folgten und dann, um vor mir wieder zu Hause zu sein, ein Taxi nahmen, das sie sich gar nicht leisten konnten, nur um mit eigenen Augen zu sehen, was ich in der Zeit so trieb, in der ich mich eigentlich hätte amüsieren sollen. Mein allgemeines Unbehagen, meine ohnehin schon große Gehemmtheit wurde noch dadurch vergrößert, daß ich dauernd über die Schulter guckte und um Straßenecken spähte, jeden Moment darauf gefaßt, sie zu sehen, angezogen wie für ein Dorffest, um unter den jungen Leuten nicht so aufzufallen, die von Woche zu Woche jünger zu werden schienen. Meine einzige Entschuldigung für diese Paranoia war, daß meine Eltern sich zunehmend dafür interessierten, was ich getan hatte und wo ich gewesen war. Hatte ich mit jemandem gesprochen? »Jemand« hieß natürlich eine Frau. Hatte ich mich gut amüsiert? Das sollte ich doch unbedingt versuchen, denn ich sei nur einmal jung. (Meine Eltern waren nicht so grausam, anzudeuten, daß dieses »einmal« schon vorbei und vertan war, wovon ich selbst allerdings überzeugt war.) Sie hätten mich nicht so früh zurück erwartet. Ob ich es nächste Woche nicht zur Abwechslung einmal in Warwick versuchen wollte? Hatte ich schon einmal an Stratford-upon-Avon gedacht? Natürlich sei das nicht so weltstädtisch, außer im Sommer, aber man treffe dort bessere Gesellschaft an. Und der Verein der Landjugend? Gewiß, ich sei kein Jungbauer, aber ein paar erlesene Außenstehende würden sie bestimmt zu ihren Tanzveranstaltungen zulassen, und es scheine doch ein fröhliches Häuflein zu sein, wenn man danach urteile, wie sie sich zum Erntefest immer herausputzten. Einmal sang meine Mutter mir einen ganzen Monat lang das Hohelied der Krankenpflegeberufe und ließ ganz zufällig die Lokalzeitung auf meinem Bett liegen, in der ein großer Ball zugunsten des Roten Kreuzes angekündigt wurde, und das war mit einem roten Sternchen markiert.

Ich schloß mich weder den Jungkonservativen noch der Landjugend mitsamt ihren Lustbarkeiten an, und ich legte mich auch nicht beim Roten Kreuz auf die Bahre. Eine Zeitlang fand ich mich noch jeden Samstagabend Punkt halb acht abwechselnd in Banbury oder Leamington Spa ein, aber ich blieb jetzt immer länger in Vaters Auto sitzen, löste Kreuzworträtsel und sah den jungen Leuten zu, die unverdrossen von Kneipe zu Disco und wieder zurück pilgerten. Erst mit achtundzwanzig brauchte ich die leutseligen Bemerkungen meiner Eltern über meine Vorbereitungen auf den Samstagabend endlich nicht mehr zu ertragen, denn ich traf keine mehr.

Der Vorbereitungsunterricht fand im Gemeinschaftszentrum einer Wohnsiedlung statt. Sechs Abende sollten es sein, jede zweite Woche dienstags. Wer eine dieser Stunden versäumte, mußte womöglich den ganzen Kurs wiederholen. Meine Jungfürsorgerin hatte mich gewarnt, es werde so ähnlich sein wie ein Kurzlehrgang in Pannenhilfe, mit dem einzigen Unterschied, daß es bei uns um die Stufen der kindlichen Entwicklung gehe.

Wir waren zwölf, fünf Ehepaare und zwei Alleinstehende, also sieben Einheiten, die sich mit möglichst großem Abstand voneinander auf den Stühlen plaziert hatten, die ringsum an den Wänden eines großen, unzulänglich geheizten Saals mit schlechter Akustik standen. Wir warteten stumm wie die Kinder am ersten Schultag; einige von uns hatten feuchte Hände, anderen zitterten die Knie, und allen schien die Gabe abhanden gekommen zu sein, zu lächeln, ohne schwachsinnig zu wirken. Die einen hatten sich betont salopp gekleidet, andere sich betont feingemacht, je nach ihrer persönlichen Vorstellung davon, was ideale

Eltern diesen Winter trugen. Der Mann, der mir am nächsten saß und etwas zuviel und zu laut redete, hatte bereits gebeichtet, daß nur drei steife Whiskys ihn heute durch diese Tür gebracht hätten, und er wolle frohen Herzens all sein Managertalent und seinen BMW noch obendrein für eine höhere Spermienzahl eintauschen.

Unsere Lehrerin hieß Margery. Meine Jungfürsorgerin hatte gesagt, Margery werde mir Spaß machen; ich hatte mich noch gewundert, warum sie »Spaß machen« und nicht »gefallen« sagte, doch kaum hatte die erste Unterrichtsstunde begonnen, wunderte ich mich nicht mehr.

Margery hatte von der Rückbank ihres Fiat Uno ein kleines Kissen aus grüngelbem Samt mitgebracht, auf das ein großes »M« gestickt war. Das Kissen in der einen Hand, baute sie sich vor uns auf, zupfte ein imaginäres Fädchen vom Ärmel ihrer Strickjacke und befahl uns Bittstellern, in der Saalmitte einen Kreis zu bilden, in den sie dann trat. Während wir so im Kreis standen, verlegen von einem Fuß auf den anderen traten und unser schwachsinnigstes Lächeln aufsetzten, schleuderte sie plötzlich das Kissen quer durch den Kreis und ließ ihren Namen – »Margery!« – von den vier Saalwänden widerhallen, daß es klang, als explodierte eine Autobombe in einer belebten Einkaufsstraße. Vierundzwanzig Arme streckten sich, das Kissen zu fangen, aber alle vergebens, und die Frau, der es zugeworfen worden war, mußte es vom staubigen Boden aufheben, worauf sie uns allen schüchtern mitteilte, daß sie Anthea heiße, und das Kissen zu Margery zurückwarf. Anthea hatte, wie wir später entdeckten, bereits Erfahrung mit Begegnungsgruppen und kannte sich aus.

Nachdem wir alle unsere Namen preisgegeben hatten und um so geschickter das Kissen fingen, je mehr wir uns an das Geschehen gewöhnten (und je besser Margery offenbar auch zielte), eröffnete sie uns, daß wir seit langem die lahmste und verklemmteste Gruppe seien, mit der sie es zu tun habe, und wenn wir nicht bald aufhörten, uns selbst zu bemitleiden, und nicht innerhalb der nächsten vierzig Minuten wesentlich mehr Schwung und Begeisterung an den Tag legten, dann werde sie entweder den ganzen Kurs abblasen oder ihn zu einer Handarbeitsstunde umfunktionieren. Uns allen war klar, daß Margery dies jeder Gruppe zu Kursbeginn sagte, und ich begreife jetzt, daß sie es mit der Absicht tat, uns einander näherzubringen, denn die Abneigung, die wir inzwischen alle für sie hegten, war fast mit Händen zu greifen und schmiedete uns zusammen.

Keiner von uns, erklärte sie mit funkelndem Blick in die Runde, solle mit der Vorstellung von hier weggehen, daß wir das Kind unserer Wahl schon so gut wie in der Tasche hätten. Wir müßten uns das Elternsein erst noch verdienen. Eine Adoption habe mehr mit Geben zu tun als mit Bekommen, und ihre Aufgabe sei nicht nur, dafür zu sorgen, daß ein jeder von uns auch wirklich genug geben könne, sondern auch sicherzustellen, daß unser Angebot die Annahme lohne.

»Mauerblümchen verschwenden hier nur meine Zeit. Ich sehe mit einem Blick, daß mindestens acht von Ihnen sich noch immer in ihren gemütlichen Schneckenhäuschen verkrochen halten, und dabei sind wir schon seit zehn Minuten am Werk. Sie beten, daß ich mir nicht ausgerechnet Sie vorknöpfe, aber das werde ich. Sie hoffen, daß ich mich bald hinsetze und den Mund halte und Ihnen ein paar schöne beruhigende Statistiken vorführe oder besser noch ein Video von *The Sound of Music* zeige. Ohne mich. Wenn – ich sage *wenn* – Sie je ein Kind ins Haus bekommen, ist es mit ziemlicher Sicherheit eines, auf dem schwer herumgetrampelt wurde. Und bevor dieser Kurs zu Ende ist, soll jeder von Ihnen die Gelegenheit gehabt haben, wenigstens einmal zu erleben, wie sich das anfühlt. So, und wenn jetzt noch ein Ehepaar nebeneinander steht, sollten Sie das schleunigst ändern. Wir haben hier zwei Alleinstehende und gleich viele M und W. Suchen Sie sich jetzt jeder einen Partner vom anderen Geschlecht, aber einen, den Sie noch nie im Leben gesehen haben, und dann setzen Sie sich paarweise auf den Boden.«

Die alleinstehende Frau und ich erwählten einander, und die Ehepaare setzten sich nach den Regeln eines Whistturniers in Bewegung, das heißt, die Männer gingen einen Platz nach links, die Frauen nach rechts. Meine Partnerin trug eine Art Turban auf dem Kopf und betupfte sich dauernd den Hals mit einem duftenden Taschentuch. Margery betrachtete sichtlich unzufrieden die sechs Paare. »Sehr phantasielos, diese Zusammenstellung«, meinte sie. »Also, und wenn ich jetzt das Zauberwort ›Geben‹ sage, entscheiden Sie sich schnell, wer von Ihnen zuerst redet und wer zuhört, und der Redner tut dann genau das – reden – und zwar nicht übers Wetter, nicht über Ihre Lieblingsspeisen oder Ihre politischen Ansichten. Über Ihre Kindheit. Ihre eigene. Alles, woran Sie sich erinnern. Angefangen vom ersten ausgegangenen Milchzahn bis zur Entdeckung des ersten Schamhaars. Sie haben drei Minuten Zeit. Anschließend haben die Zuhörer jeweils drei Minuten Zeit, uns alle mit dem Gehörten zu fesseln. Ich kann es jedenfalls kaum erwarten. Also: GEBEN!«

»Mit dem Reden werden Sie anfangen müssen«, sagte meine Partnerin. »Immer wenn ich in so eine Verlegenheit gebracht werde, erstarre ich zu Eis.«

Schon brüllte Margery: »Na los! Sie hatten Zeit genug, sich zu entscheiden. Jetzt lassen Sie mal was hören!«

»Sehen Sie, das meine ich«, sagte die Turbandame. »Ich könnte jetzt wirklich nicht.«

Also gab ich eine redigierte Fassung meiner Kindheit zum besten, ganz langsam; und alles, was recht ist, aber sie konnte es den anderen hinterher ziemlich zutreffend weitererzählen. Als ich ihr das sagte, wurde sie ganz rot vor Freude.

So ging dieser Kurs weiter. Margery schien ihre Methoden bei einem Panzerkommandanten gelernt zu haben, aber zu ihren Gunsten soll auch erwähnt werden, daß sie sich nie mehr so unbeliebt machte wie an diesem ersten Abend. Sie erzählte uns etwas von Marksteinen, davon, wie ein Kind zwischen sechs und neun Monaten unterschiedslos »Mama« und »Papa« gebrauche, mit achtzehn Monaten aber schon »ich« und »mein« sagen könne. Wir lernten, daß ein typisches Sechsjähriges sehr aktiv sei, dasselbe Kind jedoch, wenn man Glück habe, mit sieben Jahren wieder ruhiger werde. Acht Jahre seien das mitteilsame Alter, in dem es alle Welt mit Rätseln in den Wahnsinn treibe, und Neunjährige würden in rascher Folge zwischen Gefühlsextremen hin und her gerissen, liebten es aber auch, vorauszuplanen. Zehnjährige seien, wie ich mit Freude vernahm, entspannt und gelassen und diskutierten gern über weltbewegende Probleme.

Wir erfuhren etwas über das Entstehen beziehungsweise Ausbleiben von Bindungen. Und wie die Trennung von den leiblichen Eltern bei manchen Kindern dazu führe, daß sie sehr reif für ihr Alter wirkten, während andere auf die Stufe des Kleinkindes zurückfielen. Auch die drei Stadien der Trennung: zuerst Protest, dann Verzweiflung, schließlich Loslösung. »Manchmal haben Sie ein Kind von neun oder zehn Jahren vor sich, das emotional auf der Stufe eines Zwei- oder Dreijährigen stehengeblieben ist, weil es in diesen ersten drei Jahren womöglich dem Lieblingsspiel der Fürsorgeämter zum Opfer gefallen ist – Schwarzer Peter – und bis zu sechs verschiedenen Pflegefamilien hintereinander angedient wurde. Nun können zwar die meisten Menschen den Gedanken, daß ein Kind emotional zurückgeblieben ist, *als Gedanken* akzeptieren, aber stellen Sie einen gesunden, robust aussehenden Zehnjährigen vor sie hin, der das Bett näßt, in die Hose macht, heult, beißt und kreischt, im nächsten Augenblick wie ein Irrer lacht – also im Grunde noch einmal das durchlebt, was ihm mit zwei Jahren widerfahren ist –, und sie rasten aus.«

»Das sind doch alles nur Worte«, flüsterte die Turbandame mir an diesem ersten Abend hinter vorgehaltener Hand zu. »Wir könnten mehr praktische Hilfe brauchen. Die können von verstörten kleinen Bettnässern reden, bis sie schwarz werden, aber solange es einem nicht wirklich passiert, weiß man ja doch nicht, wie es ist. Sie leben allein, ja?«

Ich nickte und hoffte, daß sie nicht nachbohren würde. Margery könnte uns hören und Blut sehen wollen.

»Ich habe mir gedacht, daß Sie alleinstehend sind. Nichts für ungut. Sind Sie nervös? Ich ja. Aber das ist von denen alles so geplant. Sie werden ein Kind nicht mal von weitem zu sehen kriegen, bevor die nicht ein Nervenwrack aus Ihnen gemacht haben. Und dabei sollen wir noch imstande sein, uns unter ihren Blicken normal zu verhalten. Ich bin schon nahe daran, mich vor dem Supermarkt aus einem Kinderwagen zu bedienen, nur um das nicht alles durchmachen zu müssen. Sie finde ich ja sehr mutig. Die werden nämlich alles über Ihr Sexualleben wissen wollen, bis ins kleinste Detail. Das meine würde ja auf eine Briefmarke passen, und da wäre dann noch Platz für ein Vaterunser drauf. Die beste Rednerin der Welt ist sie ja nicht, oder? Ich kann mich kaum konzentrieren. Meinen Sie, wir müßten uns notieren, was sie sagt?«

»Das Kind, das keine starken Gefühle zeigt, mag auf kurze Sicht leichter im Umgang sein, aber auf lange Sicht heißt es aufgepaßt! Es gebraucht das einzige bißchen Macht, das es hat, nämlich die, sich nichts anmerken zu lassen. Das ist schwierig für ein Kind, und es wendet ungeheure Energien dafür auf, daß ihm keiner etwas anmerkt, Energien, die besser in den Umgang mit den Gefühlen selbst fließen würden.«

Es waren damals »nur Worte«, ich muß es zugeben, aber Worte, an die ich später noch sehr oft denken mußte, und ich glaube, so ist es uns allen ergangen.

An einem späteren Abend wurde uns ein erfahrenes Pflegeelternpaar vorgestellt. Man sah gleich, daß der Mann sich vor seinem Auftritt nicht einmal gekämmt hatte, und er trug einen Pullover mit Löchern an den Ellbogen. Seine Schuhabsätze waren schiefgelaufen, sein Gesicht hatte einen weltmüden Ausdruck, und er bestritt fast den ganzen Abend damit, daß er sich ein Stückchen tote Haut vom Daumen knabberte. Sollte uns das ermutigen oder abschrecken? Seine Frau war ein wenig ansehnlicher, aber auch ihr Gesicht erzählte von einem Leben stets am Rande der Tränen.

Im Gegensatz dazu waren der Manager mit der niedrigen Spermienzahl und seine Frau immer hergerichtet wie für eine Cocktailparty. Alle zehn Minuten suchten diese kinderlos gebliebenen Herrschaften miteinander Körperkontakt und lächelten sich an. Einmal habe ich die Zeiten zwischen diesen Augenblicken der Rückversicherung gestoppt, und es waren nie weniger als neun oder mehr als elf Minuten. Ein einziges Mal wurde diese Routine durchbrochen, als der Wecker an der teuren Armbanduhr des Mannes lospiepte und dieser Moment der Verlegenheit durch ein zusätzliches Händchenfassen überspielt werden mußte, während der Mann sich entschuldigte, er habe einen Anruf zu erledigen. Schon wich das Lächeln aus dem Gesicht der Frau, und ihr gehobenes Kinn bekundete ihre Absicht, sich nun an seiner Statt erst recht auf das Gespräch zu konzentrieren.

Unser erster Abend hatte mit Gruppenspielen begonnen, und es verging kein Abend, an dem nicht irgend etwas in dieser Art ablief. Oft waren es Rollenspiele. Wie würden wir unser frisch erworbenes Kind einem alten Bekannten vorstellen, der uns zu seiner Überraschung Hand in Hand spazierengehen sähe? Bei diesem Test schnitt ich besonders schlecht ab, obwohl ich wie alle anderen darüber belehrt worden war, daß gerade ein emotional zu kurz gekommenes Kind vielleicht den unablässigen Körperkontakt suchte, um sich zu vergewissern, daß sein neuer Vater oder die neue Mutter noch da sei. Wie wollten wir das Kind in einer Schule anmelden, deren Leiter besonders ausgeprägte Vorurteile gegenüber Heimkindern habe? Der Manager sah darin offenbar kein Problem; er werde diesem Wichser schon heimleuchten. Wie wollten wir die wahre Einstellung des Kindes zu seiner Adoption herausfinden? Wie wollten wir feststellen, ob es auch richtig vorbereitet worden war, seine wirkliche Vorgeschichte kannte und sich mit der Notwendigkeit der Adoption abgefunden hatte? Ich nahm an, daß die Kinder ebenso vorbereitet wurden wie wir, hoffentlich aber nicht von Margery.

»Das Kind wird sich abwechselnd machtlos oder mächtig fühlen, manchmal von einer Minute auf die andere. Es wird sich in der ersten Zeit auf Sie und Ihr trautes Heim wahrscheinlich noch nicht ganz einlassen und die Verbindung mit seiner letzten Bleibe aufrechterhalten wollen. Ein Fuß in beiden Lagern. Hätte man Sie selbst alle sechs Monate weitergereicht und wäre jedesmal, wenn die Musik abbrach, ein neuer Menschenfreund auf Sie losgelassen worden, würden Sie sich wahrscheinlich auch rückversichern wollen. Manche Kinder manipulieren sogar ihre eigenen Gefühle, um eine Adoption zum Scheitern zu bringen. Aus einer Familie wegzugehen, das kennen sie schon, und damit kommen sie zurecht. Aber daß etwas von Dauer sein könnte, macht ihnen zu große Angst. Das wäre ein

Schritt ins Unbekannte, damit haben sie keine Erfahrung. Es ist ja auch schwer, an irgendeine Stabilität im Leben zu glauben, wenn man in der Schule gerade erst gehört hat, daß sogar die Erde, auf der wir stehen, das Stabilste also, was es weit und breit gibt, worauf alles ruht, daß auch sie sich mit ungeheurer Geschwindigkeit um eine unsichtbare Achse dreht; und als ob das nicht schon genug wäre, kreist sie auch noch um die Sonne und wirbelt obendrein mit dem ganzen Sonnensystem durch den Weltraum! So sieht das ein Kind; und so müssen Sie denken lernen, wenn Sie brauchbare Eltern sein wollen.« Die Turbandame bekam ganz glasige Augen; man sah ihr deutlich an, wie ihr langsam Bedenken kamen, wenn man zur Adoption eines Kindes womöglich die Mechanismen des Sonnensystems begreifen mußte, aber Margery polterte schon weiter. »Ganz schön hart, nicht wahr, wenn es bisher Ihre größte Sorge war, ob Sie genug Geld in die Parkuhr gesteckt haben.«

Sie war wirklich ein Drachen. Ich werde ihr immer dankbar sein.

6
Picknick

Der Mann hatte Sandwichs mit Dosenlachs und Gurke und eine Flasche Orangensaft mit Eisstückchen mitgebracht. Er war so rund im Gesicht wie am Körper, klein, mit kurzen Beinen, und trug einen hellbraunen Mantel und braune Schuhe; er sah aus wie ein Teddybär. Er hatte James aufgefordert, ihm zu sagen, wenn ihn etwas bedrücke, und James hatte die Gurke von den Sandwichs geklaubt und den Kopf geschüttelt. Der Mann hatte sich ein paarmal geräuspert und etwas über das Wetter gesagt, über den Sportplatz, neben dem sie mit einem Meter Abstand zwischen sich auf einer feuchten Holzbank saßen, und über den asphaltierten Tennisplatz, auf dem zwei dicke Frauen mittleren Alters, wegen der Kälte in dicke Trainingsanzüge und Kopftücher gepackt, so etwas Ähnliches wie Tennis spielten.

Der Mann hatte eine Anzeige im *Guardian* gelesen, in der stand, daß James (unter anderen Kindern) zur Adoption freigegeben sei und auch ein alleinstehender Mann für ihn in Frage komme. Und so saßen sie nun hier zusammen, er und James, verzehrten das Picknick, das der Teddybär mitgebracht hatte, und lernten einander kennen. Die Hände des Mannes hatten gezittert, während er den Orangensaft einschenkte und dabei sagte: »Wenn du einverstanden bist, würde ich dir gern ein richtiges Zuhause geben und für dich sorgen. Ich finde, es ist an der Zeit, daß dein Leben ein bißchen leichter und ein bißchen glücklicher wird.« Und James hatte genickt, nicht um zu bestätigen, daß der Mann gewiß in der Lage sein würde, sein Leben glücklicher zu machen, sondern aus Höflichkeit, denn James hatte sich überlegt, daß Höflichkeit unter den gegebenen Umständen die beste Taktik war.

Der Mann hatte weitergeredet und gesagt, wenn James einverstanden sei, würden sie das als eine Art Partnerschaft ansehen, und dann war er noch weiter gegangen und hatte hinzugefügt: »Ich wünsche mir einen Sohn, James, und du brauchst einen ...« Viel, viel später sollte der Mann gesagt bekommen, wie sehr es für ihn gesprochen habe, daß er gerade in diesem Moment gestockt und gerade diesen Satz unvollendet gelassen hatte. »Was ich sagen will, du brauchst jemanden, einen Menschen, dem etwas an dir liegt.«

James stand an einem der zerborstenen Fenster der Herrentoilette und beobachtete, wie der Mann, den er auf der Bank zurückgelassen hatte, das Tischdeckchen zusammenfaltete, in das die Sandwichs eingewickelt gewesen waren. Die Toilettenwände waren mit Graffiti übersät – säuberlich geschriebene, aber verzweifelte Bitten um orale und anale Penetration, eindeutige Zeichnungen, hingekritzelte Angebote für Erquickung, Erregung, Gesellschaft, mit Befriedigungsgarantie in Großbuchstaben, Offerten für Nervenkitzel, Unterwürfigkeit oder Dominanz, Liebe und Treue. Als der Mann auf der Bank den Reißverschluß der Ledertasche zuzog, in der er ihr Picknick mitgebracht hatte, und sich auf der Bank zurücklehnte, um zu der wäßrigen Sonne emporzublinzeln, wandte James sich von dem zerborstenen Fenster ab und stieß mit dem Fuß nacheinander die vier Kabinentüren auf. Die Toilettenschüsseln waren alle entweder zerbrochen oder rissig. Alle waren fleckig, und an den Kabinenwänden, in die kleine Löcher gebohrt waren, prangten weitere Graffiti.

Der Mann hatte gesagt: »Eine Partnerschaft kann nur klappen, wenn auch du sie möchtest, James. Für die Probezeit, in der wir uns kennenlernen wollen, sollst du wissen, daß du es mir jederzeit sagen darfst, wenn du das Gefühl hast, daß nichts daraus wird.« Und wieder hatte James zustimmend genickt, denn ihm war von vielen Leuten schon viele Male gesagt worden, daß nichts jemals klappen könne, wenn er es nicht wolle, und damit habe er, James, die Macht, seine Zukunft selbst zu beeinflussen. Diese Leute hatten ihm vorgehalten, daß in all den Fällen, in denen ein Pflegeverhältnis gescheitert war, oft gewaltsam, mit emotionalen Verletzungen für alle Beteiligten, nicht immer nur er das unschuldige Opfer gewesen war. Er solle also achtgeben. »Diese Sache könnte wirklich etwas Dauerhaftes sein. Ein Vater, wie du ihn dir immer gewünscht hast. Wir haben ihn gründlich durchleuchtet, sind mit dem Staubkamm über ihn gegangen, und er ist ein echter Glücksfall ... ein Juwel, viel zu gut für so einen schwierigen kleinen Scheißer wie dich. Aber wir sind gerade zu Großmut aufgelegt, also geh schon hin. Und sieh um Himmels willen zu, daß es klappt!«

James sah auf seine Armbanduhr und trat wieder ans Fenster. Ihre »gründlichen Überprüfungen«, ihren lässigen Umgang mit dem Staubkamm kannte er schon. Der Mann auf der Bank saß noch genauso da wie vorhin, nur daß er jetzt die Augen geschlossen hatte. James beschloß, noch ein wenig zu warten und dem Mann noch etwas Zeit zu geben, nur zur Sicherheit.

Er erinnerte sich, wie er bibbernd unter einer Decke gelegen hatte, weil er vor lauter Bauchschmerzen seine Sachen verdreckt hatte, und man hatte sie zum Waschen weggebracht; er erinnerte sich, wie er auf einer Matratze auf dem Boden lag und eine Welt betrachtete, die auf die Seite gekippt war. Auf dem Boden waren noch viel mehr kleine Matratzen, auf denen zuvor andere Kinder gelegen hatten. Und er hatte die Schuhe einer Pflegerin zwischen diesen leeren Matratzen hin und her gehen sehen, während sie eine Zigarette nach der anderen rauchte. Er erinnerte sich, daß eine Polizistin ihn auf den Arm genommen hatte, erinnerte sich an die Worte: »Eltern, die ihre Kinder aussetzen, würde ich kastrieren. Ich sorge dafür, daß du die Decke wiederbekommst.« Andere Gesichter waren gekommen und gegangen, meist lächelnde Gesichter, aber keines darunter, das er erkannt hätte. Man hatte ihm andere Sachen zum Anziehen gebracht und ihm Spielzeug hingelegt. Er hatte viele Beine in schwarzen Strümpfen und glänzenden schwarzen Schuhen kommen und gehen und vorsichtig um ihn herumtreten sehen, aber alle diese Schuhe hatten flache Absätze, und keines der Beine glich den Beinen, die er kannte. Später waren andere Gesichter gekommen. Ein Teppichboden, auf dem andere Kinder um ihn herumkrabbelten. Er hatte in einer Badewanne gesessen, und sie hatten warmes Wasser über ihn gespritzt. Ein Bett. Ein Zimmer. Ein Fenster. Eine Frau, die erste von vielen, alle entweder mit kurzen Fingernägeln oder mit Haaren, die ihre Gesichter nicht verbargen.

Nachdem der Sekundenzeiger an James' Uhr dreimal das Zifferblatt umrundet hatte, verließ er die Toilette und kehrte zu dem Mann zurück, der gern sein Adoptivvater werden wollte.

»Ich dachte schon fast, du hättest – wie sagt man heute? – ›die Mücke gemacht‹?«

James nickte.

»Hast du aber nicht.«

James schüttelte den Kopf.

»Wie sieht's da drinnen aus? Ziemlich dreckig vermutlich. Ich dachte nicht, daß du noch was essen wolltest, darum habe ich ...« Der Mann zeigte auf die Tasche unter der Bank. »Viel hast du ja nicht gegessen. Kommt das daher, daß du so nervös bist wie ich?«

James wandte den Kopf und sah dem Mann zum erstenmal voll ins Gesicht, dann bewegte er den Kopf langsam hin und her und setzte sein betörendstes Lächeln auf. Der Mann schaute lange in das lächelnde Gesicht, bis James es endlich wieder von ihm abwandte.

Da sagte der Mann nur: »Aha.«

Wieder saßen sie schweigend da und sahen den beiden dicken Frauen zu, die auf dem Platz ihren orangefarbenen Tennisbällen nachrannten. Schließlich sagte der Mann: »Ich denke wohl, das war's, ja? Ich habe mich für dich entschieden, aber damit es eine gleichberechtigte Partnerschaft wird, muß auch ich der einzige Mensch sein, für den du dich entscheiden würdest.«

Als sie in Richtung Kinderheim zurückgingen, sagte der Mann: »Ich erwarte von dir, daß du dich um mich kümmerst, wenn ich einmal alt und gebrechlich bin. Dir ist doch klar, daß ich das alles nur aus diesem Grund tue, oder?«

James nickte wieder, aus Höflichkeit.

Dann fragte der Mann: »Was hat dich so lange auf der Toilette aufgehalten? Ist dir etwas nicht bekommen?«

James schüttelte den Kopf.

»Also, warum bist du so lange weggeblieben?«

»Können Sie sich das nicht denken?«

Diesmal war es der Teddybär, der den Kopf schüttelte, und der Junge rannte ihm voraus und sprang in die Luft, um eine imaginäre Motte zu fangen.

7
Lynn

Ich wurde gebeten, etwas darüber zu schreiben, welche Vorstellungen ich von guten Eltern habe und wie sich meine Elternrolle von der meiner eigenen Eltern unterscheiden würde. Das Wichtigste ist in meinen Augen, dem Kind das Gefühl zu geben, daß es erwünscht ist, und ihm zu helfen, eine eigenständige Persönlichkeit zu werden. Und ich wage zu behaupten, daß dies in mancher Hinsicht vielleicht eher in einer Eins-zu-eins-Situation zu erreichen ist, bei einem alleinerziehenden Elternteil.

Morgens um Viertel nach acht bringe ich Edward sein Frühstück, drücke ihm ein paar zusätzliche Kissen in den Rücken und warte ab, während er seine allmorgendlichen Grimassen schneidet, um sein Mißvergnügen darüber zu demonstrieren, daß er schon wieder eine Nacht überlebt hat. Ich betrachte wie immer die tief zerfurchte Haut, deren Farbe an eine alte Zeitung erinnert, die zu lange auf dem Speisekammerregal gelegen hat, fliegenbraun von Mitessern und jetzt zum Platzen gespannt, um mir etwas mitzuteilen; und wie immer frage ich mich, ob es unser beider Lebensqualität verbessern könnte, wenn ich ihn einmal kräftig mit einem Luffaschwamm abschrubbte, oder ob die Nähe, die das mit sich brächte, nur einen neuen Zusammenbruch zur Folge haben würde. Dann warte ich wie immer, bis die noch beweglichen Finger des alten Mannes den Löffel ergreifen und ihn mit Frühstücksflocken überladen, bevor ich mich zurückziehe, um mich zu waschen, zu rasieren und fertig anzuziehen.

Um halb neun hole ich das größtenteils ungegessene Frühstück wieder ab und rasiere den bebenden Eddy. Der ozonfreundliche Rasierschaum verdeckt alle seine Grimassen, die wie Zeitungsmeldungen sind, ganze Leitartikel über Euthanasie, oder wütende Leserbriefe zum Thema Menschenwürde, gezeichnet mit »E. H., Poststelle Readby«. Vaters Augen nehmen die Nähe seines Sohnes nicht wahr, mag ich noch so sehr an ihm herumschaben. Der Kopf des alten Mannes fällt kraftlos mal nach vorn, mal zur Seite, als wollte er sich jeden Moment ganz lösen und davonrollen. Im Geiste sehe ich diesen Kopf die Treppe hinunterhüpfen, Stufe um Stufe, und auf die Straße hinausrollen bis hin zum Friedhof, wo er mit leeren Augen wartet, daß der restliche Körper hinterherkommt.

Diese Augen sind der Hauptgrund dafür, daß ich ihm jeden Abend vorsichtig die enge Wendeltreppe hinunterhelfe und ihn vor den Kamin setze. Wenn sie schon kein Licht mehr von innen haben, so sehe ich wenigstens die Flammen sich darin spiegeln und kann mir eine Zeitlang einbilden, daß sein Verstand noch arbeitet.

Punkt acht Uhr neunundreißig schließe ich die Ladentür auf und stelle mich hinter die Panzerglasscheibe. Bisher hat mich noch niemand mit einer Pistole bedroht oder den Geldschrank aufzusprengen versucht. Die Tage, an denen Rente und Kindergeld ausbezahlt werden, sind die geschäftigsten, und der Mittwoch, wenn die Vertreter kommen und mir Dinge aufzuschwatzen versuchen, die ich nicht haben will und nie verkaufen könnte. Mutter war eine eifrige Strickerin und unterstellte das wohl auch allen anderen Leuten. Wir haben noch immer Riesenvorräte an roter, weißer und blauer Wolle, die sie zur Feier des Britain-Festivals eingekauft hatte.

Meine Belegschaft besteht aus drei, vier Frauen aus dem Dorf, die ich bei Bedarf rufen kann, und einer jüngeren Frau namens Lynn, die regelmäßig bei mir teilzeitbeschäftigt ist. Lynn lebt von ihrem Mann getrennt, hat vier kleine Kinder und ist zudem eine gute Freundin. In den letzten anderthalb Jahren hat sie mir nicht nur dadurch geholfen, daß sie meinen Vater hütete, wenn ich einmal wegmußte, sondern war mir auch eine große moralische Stütze, die ich zugegebenermaßen brauchte.

Neun Uhr fünfunddreißig. Man sieht einen üppig gefüllten, korallenrosa Overall mit der Handbremse eines zehn Jahre alten Ford Escort kämpfen, dann über die Straße getänzelt kommen und den Laden betreten, zur Begrüßung beide Arme hochwerfen, mich auf die Wange küssen und mich dann eine Weile knuffen und kitzeln. Dieses allmorgendliche Ritual dauert gewöhnlich drei bis vier Minuten, je nach Größe des Publikums, das auf Bedienung wartet. Je größer das Publikum, desto länger die Vorstellung.

»Hab gerade einen Heiratsantrag vom Bäcker gekriegt. Wenn du Kinder hast, Graham, kannst du nicht einfach dasitzen und warten, daß die Raben sie füttern. Wer zum Sonntagslunch noch nie Wunderbrot mit Bohnen in Tomatensoße kosten durfte, hat nicht gelebt. Dummerweise ist mir heute nicht nach Eheglück, und so bleibe ich eben, was ich bin, und lasse das Angebot sausen. Man kann über die Reaktionen der Leute nur staunen, wenn sie erst rauskriegen, daß du dich allein durchschlägst. Unheilbare Rückfalltäter wollen dich vom Fleck weg heiraten, geistesgestörte Heiratsschwindler schreiben dir Briefe – einmal hat mir einer sogar einen schmuddeligen Fünfer geschickt, eingewickelt in einen fettfleckigen Brief voller Rechtschreibfehler, und versprochen, er würde meine Kinder alle auf die besten Privatschulen schicken und mir Doppelglasfenster einbauen lassen.«

Um neun Uhr vierzig setzt die alleinerziehende vierfache Mutter, korallenrosa überquellend, sich kichernd auf den Stuhl hinter dem Schalter und beginnt ihren Fünfstundendienst, der darin besteht, Postanweisungen und Sozialhilfeschecks auszuzahlen, Fernsehgebührenmarken zu verkaufen und zu allen Fragen, die an ihr Ohr dringen, guten Rat zu erteilen.

»Staatsknete kommt in vielen Verkleidungen daher. Es kommt nur darauf an, mit Karte und Kompaß durch das bürokratische Labyrinth hindurchzufinden. Wer dabei nicht schon verhungert, kommt dann vielleicht an den vergrabenen Schatz heran. Hier, du Schlaumeier, zähl deine magere Rente nach. Ich für meinen Teil kümmere mich nicht um Geld. Es ist anerkanntermaßen die Wurzel fast aller Übel. Ist das eine Wärmflasche, was du da unter dem Mantel trägst, Elsie Needham, oder hat dieser Kerl, der sich dein Mann nennt, noch immer nichts von Safer Sex gehört?«

Elsie Needham beißt nicht an, sie wirft mir unter ihrem flachsfarbenen Pony hervor nur einen mitleidigen Blick zu, während sie aus dem Laden geht. Lynn kann sich ihre Ungezogenheiten leisten, weil sie gescheit und selbstsicher ist, aber Elsie kann sich mit anderem trösten. Ihr Mann ist zwar arbeitslos, aber nicht über alle Berge; er wartet zu Hause in der Bancroft Road Nr. 34, dem Gemeindehaus am Ortsrand, und steht ihr mehrmals täglich gern zur Verfügung.

Ich erinnere mich an Colin Needham von der Schule her; da war er der Junge, dessen Hosen ewig zu kurz und zu eng waren, der auf den Spitznamen »Champion das Wunderpferd« hörte, dem, trotz der Löcher in seinen Klamotten, trotz der schlecht gestopften Socken, trotz seiner schmutzigen Hemdkragen, im Schulbus immer ein Platz in der hinteren Sitzreihe freigehalten wurde. Colin Needham war der einzige Junge in seiner Klasse, der nie Pickel hatte.

Mit Ende Zwanzig war ich eine Zeitlang mit der damals noch unverheirateten Elsie Bartlett gegangen. Es war nicht Liebe auf den ersten Blick gewesen, denn gesehen hatte ich sie in der Schule schon oft genug, meist mit angetrocknetem Fruchteis um den Mund herum und offenen Schuhbändern. Nein, es war für uns beide nur praktisch, weil weder sie noch ich jemand anderen hatte. Unsere kurze Romanze hatte lediglich aus vielen Stunden bestanden, die wir schweigend vor einem kleinen oder großen Bildschirm verbrachten, oder aus ebenso schweigsamen gemeinsamen Spaziergängen. Nach sechs Wochen hatte Elsie endlich den Mund aufgemacht, aber nur um die Sache zu beenden. »Es scheint, daß wir uns nicht viel zu sagen haben«, hatte sie gemeint, und da hatte ich ihr recht geben müssen.

Jetzt überquert Elsie langsam die Straße und zählt das Geld nach, das sie soeben für ihren Sozialhilfescheck bekommen hat; dann betritt sie die Telefonzelle und wirft einen Blick auf die Nummer, die sie sich auf dem Handrükken notiert hat, abgeschrieben von einem Zettel in unserem Schaufenster. Ich beobachte sie. Sie fingert nervös an ihrem flachsfarbenen Pony herum, während sie in den Apparat spricht. Bei dem Gespräch dürfte es um einen gebrauchten Kinderwagen gehen. Elsie und Colin Needham haben einander etwas zu sagen; sie haben ihre Kompensationen, dreieinhalb nach letzter Zählung. Und sie sind noch jung.

Am Ende des Tages, wenn Lynn und ich allein sind und gegenseitig unsere Zahlen überprüfen, bringe ich das Thema Adoption zur Sprache und erfahre ihren Zuspruch.

»Natürlich wirst du scheitern. Knurrig sein und den Haushalt vernachlässigen und am Sporttag den Jungen ohne Turnschuhe in die Schule schicken. Mit Kindern hast du eine Neuntagewoche. Du brauchst ja auch nur täglich zwei Stunden früher aufzustehen, als du's gewöhnt bist, darfst das Bad mit kaltem Wasser scheuern, Eier kochen und den Tag mit dem breitesten Grinsen beginnen, das dein Mund hergibt, immer in der Hoffnung, daß es vorhält. Die kleinen Plackereien treten in Bataillonstärke an, um dich entweder vor sich herzutreiben oder dich unter ihren Stiefeln zu zermalmen, das kannst du dir aussuchen. Es ist wichtig, den Blick nach außen zu richten, Graham, nicht nach innen, obwohl du letzteres anscheinend bequemer findest. Es ist wichtig, ruhig und gelassen zu sein, was du bist, präsentabel zu sein, was du auch bist, und vor allem interessant zu sein. Du hast hier neun Postanweisungen über zwanzig Pfund notiert. Ich komme auf elf. Also, wovon sprach ich gerade?«

»Daß ich ruhig, präsentabel und interessant sein soll.«

»Richtig! Und Geld verdienen mußt du natürlich auch.

Und dich daran gewöhnen, daß deine Gefühle zu kurz kommen. Kinder zehren von dir; wenn nicht, hast du noch mehr Probleme. Und von wem kannst du zehren? Wenigstens kommt bei dir ja niemand abends um sechs fix und fertig nach Hause, stolpert schon in der Diele über Kinderspielzeug und meckert, was du für eine schlechte Mutter wärst. Das ist einer der Gründe, warum ich so gern mein eigener Zirkusdirektor bin. Und daß ich die Wohnung nicht mit einem anderen Weib teilen muß. Einmal hatte ich so eine, die saß den ganzen Tag mit gekreuzten Beinen auf dem Boden und spielte fröhliches Verhungern, um sich dann nachts unter Getöse irgendwas in der Küche zu brutzeln. Hätte mich ja nicht weiter gestört, aber nie hat sie auch nur eine Tasse abgewaschen. Hat gemeint, sie könnte morgens nicht funktionieren vor lauter Schuldgefühlen. Außerdem kaufe ich mir mein Müsli gern von selbstverdientem Geld; das ist ganz was anderes, als mit widerwillig herausgerücktem Haushalts- oder Unterhaltsgeld loszuziehen oder mit der Sozialhilfe. He! – Hier bin ich aber auch nicht einverstanden, ich finde nur zwanzig Fernsehgebührenmarken, du hast aber einundzwanzig notiert. Der Knatsch um den Unterhalt ist den ganzen Nervenverschleiß nicht wert. Hab ich mal vor Gericht gehört, wo die Richter alle nur zu flüstern pflegen, und du sitzt immer ganz weit hinten im Saal, damit du sie nicht ansteckst; arme Leute schleppen ja so viele Krankheitskeime mit sich herum. Also, was willst du sonst noch wissen? Einen Säugling werden sie dir ja wohl nicht anvertrauen, oder? Nein, das wäre affig. Du darfst dich glücklich schätzen, Graham. Säuglinge sind keine guten Stubengenossen. Vor allem gehen sie den Nachbarn auf die Nerven. Und vergiß den Quatsch, daß sie so einen schönen neugeborenen Geruch abgeben, dem Erwachsene einfach nicht widerstehen können. Vergiß das mit den mütterlichen Instinkten; was die eigenen Kinder in die Windeln machen, ist nicht viel schöner als das von anderen. Wahr ist nur, daß es vom ersten Hahnenschrei bis zum Frühstück das ganze Haus einstänkert. Ach ja, da wir gerade bei deinen mütterlichen Instinkten sind, du weißt doch, daß du für Edward auch noch eine andere Möglichkeit hättest. Ich glaube nicht, daß du je daran gedacht hast, aber es gibt sie. Könnte dir allerdings alle Chancen auf eine Adoption vermasseln, wenn du gerade deinen alten Vater in einem Altersheim deponiert hättest, so einem wie in Memmerly, wo man sie morgens mit dem Schlauch abspritzt und dann zum Trockenwerden übers Gelände jagt. Aber andererseits schadet es dir vielleicht auch nicht. Mit allzu großer Sentimentalität sind wahrscheinlich auch nicht viele Pluspunkte zu sammeln, wenn's um die Kinderaufzucht geht. Und soviel du weißt, hat Edward dich genauso satt wie du ihn. War's das jetzt? Kann ich wieder heim zu meinen kleinen Waisen?«

»Ich habe ihn nicht satt, Lynn. Das ist ja auch so ein Problem. Ich hab ihn weder satt noch sonst etwas. Es ist gar nicht so eine arge Mühsal, ihn zu versorgen.«

»Ein großes Vergnügen aber auch nicht.«

»Wäre jemand, dem es Vergnügen macht, seinen alten Vater zu füttern und sauberzuhalten, nicht eher ein bißchen verdächtig?«

»Und ob! Warum macht es dir dann also solche Bauchschmerzen, daß du nichts für ihn fühlst?«

Beim dritten Besuch der Jungfürsorgerin zeigte ich ihr die Sehenswürdigkeiten unseres Dorfes und die Schule, auf die ich gegangen war und auf die wohl auch das Kind gehen müßte, das ich vielleicht einmal adoptieren würde.

»James Lennards? Wohl kaum. Er ist jetzt zehn. Bis Sie ihn bekommen, ist er elf. Falls Sie ihn bekommen.«

»Oh! ... Dann sehen wir uns vielleicht lieber mal die nächstgelegene Gesamtschule an. Acht Kilometer weit draußen. Die Dorfkinder fahren mit dem Bus hin.«

»Sparen wir uns das. Mir tun die Füße weh. Sie haben mir ja schon eine gewisse Vorstellung vermittelt. Mit elf muß er sowieso die Schule wechseln. Wenn das Adoptionsverfahren seinen üblichen schwerfälligen Gang geht, wird er erst mal ein halbes Jahr auf die Gesamtschule gehen müssen, die seinem Heim am nächsten ist, dann wird er da wieder herausgerissen und darf an der Ihren noch mal von vorn anfangen. So ein Blödsinn! Taugt doch nur dazu, ihn zu vergrätzen, stimmt's?«

»Stimmt!«

»Wissen Sie, wenn alles gut läuft und Sie keine Tintenkleckse ins Diktatheft machen oder kopfüber in den Wassergraben stürzen, wär's vielleicht besser für Sie, ihn fürs erste nur in Pflege zu nehmen – Pflegestelle mit dem Ziel der Adoption –, dann kommt er irgendwann im Lauf der Sommerferien zu Ihnen, sagen wir im August – ich rede jetzt ins Unreine ...«

»Klingt aber gut.«

»Dann würde er im September auf der hiesigen Gesamtschule anfangen, und bis die Adoption gelaufen ist, hat er sich schon eingelebt.«

»Richtig!«

»Nun freuen Sie sich nicht gleich zu früh, Gray. Da kann noch alles mögliche schiefgehen. Sie können immer noch irgendwo ein Hindernis reißen, und am Anfang steht erst mal eine ganze Serie von Wochenendbesuchen, in deren Verlauf ihr euch spektakulär an die Gurgel gehen könntet. Aber vielleicht wäre das etwas, worauf man hinarbeiten sollte.«

»Vielleicht.«

»Ich werde es mal vorschlagen. Das muß den Dienstweg gehen. Jedenfalls wäre es vernünftig, aber so arbeiten die Sozialdienste normalerweise nicht – oder staatliche Behörden überhaupt. Wir werden ja sehen. Aber das ist es eigentlich nicht, worüber ich mit Ihnen reden will.«

Worüber sie eigentlich mit mir reden wollte, war dasselbe, worüber auch Lynn schon eigentlich mit mir hatte reden wollen, und der Vorschlag, den sie mir machen zu müssen glaubte, war derselbe, den auch Lynn schon gemacht hatte.

»Woher wissen Sie eigentlich, daß es Edward bei Ihnen besser geht als vielleicht woanders?«

»Aha, das magische ›woanders‹!«

»Weiß er überhaupt, wo er ist?«

»Das kann ich Ihnen nicht sagen.«

»Reagiert er irgendwie auf Sie persönlich?«

»Er reagiert, so gut er kann.«

»Ja? Sind Sie sicher? Stimmt es nicht, daß Ihre Freundin Lynn ihn viel besser dazu bringt, dieses oder jenes zu tun?«

»Er hat nie besonders mit Männern gekonnt.«

»Und schon gar nicht mit diesem Mann. Sein Schlaganfall

war doch die endgültige Zurückweisung, sein letztes Wort an Sie, oder? Soweit Sie zurückdenken können, haben Sie immer versucht, mit ihm klarzukommen, stimmt's etwa nicht? Eine emotionale Beziehung aufzubauen. Und er hat Sie an allen Ecken und Enden abblitzen lassen, nicht? Ihre Eltern hatten einander, und niemand, nicht einmal Sie, durfte ihnen irgendwie dazwischenkommen. Nun waren auf einmal nur noch er und Sie da, und er hatte eine Heidenangst, daß Sie ihm zu dicht auf die Pelle rücken könnten. Sie ließen sogar alle Anzeichen dafür erkennen, daß Sie ihn richtig *liebten*! Hören Sie mal! Ihren eigenen Vater, um Gottes willen! Da waren nun wirklich drastische Maßnahmen gefordert.«

8

Fotos

Im Bungalow hatte der Teddybär sich für einen großen orangeroten Sitzsack entschieden. Der wurde nur selten benutzt und reagierte geräuschvoll auf sein Gewicht und ließ sich Zeit, sich den Formen des Mannes anzupassen, der tiefer und tiefer hineinsank. Nachdem dieser Anpassungsprozeß vollendet war, sah James deutlich, daß der Mann es nicht gewöhnt war, die Knie so dicht unterm Kinn zu haben, und sein Bemühen um Lässigkeit auch schon bereute.

Der Mann hatte (weil er dazu aufgefordert worden war, vermutete James) ein Fotoalbum mitgebracht, drei Kästchen Dias und einen kleinen Diabetrachter. Das alles sollte James sich ansehen. Und der Mann sollte sich inzwischen James' Lebensberichtsheft ansehen, das ihm von Tanktop-Bernie überreicht worden war.

»Ich dachte, das wäre für Sie beide die beste Möglichkeit, einander kennenzulernen. Während Sie sich ansehen, was wir von James' Vergangenheit wissen, kann er sich anschauen, was Sie über die Ihre zusammengetragen haben. Wie Sie wissen, redet James nicht gern über sein Lebensberichtsheft, aber unter gelindem Druck hat er eingewilligt, daß Sie es sich ansehen dürfen und Sie und ich darüber sprechen.«

Der Mann starrte mit leerem Blick das Ding auf seinem Schoß an, das gar kein Heft war, sondern eine Loseblattsammlung mit sehr wenigen Blättern, während Tanktop-Bernie etwas von seiner Verantwortung für James als dessen Hauptbetreuer redete. Bernie glaube James besser zu kennen als jeder andere, zumindest nicht schlechter, und wenn James auch nicht immer einsehe, daß alles, was Bernie unternehme, zu seinem Besten sei, arbeite Bernie doch nun schon lange genug in der Jugendfürsorge, um zu wissen, daß eine Beziehung nur dann gutgehen könne, wenn jede Seite über die andere alles wisse, was es zu wissen gebe, das Gute ebenso wie das Schlechte.

Der Mann klappte den Ordner auf und begann sich dessen Inhalt anzusehen. Das erste Blatt war leer, abgesehen von den beiden Worten: »Keine Geburtsurkunde«. Die nächsten sieben Seiten, eine für jedes Jahr, das James in der Obhut der Jugendfürsorge verbracht hatte, enthielten Fotos von Pflegefamilien und Mitarbeitern der Fürsorge. Auf ein paar weitere Seiten waren Landkarten geklebt, die zeigten, wo James geboren und wo er schon überall gewesen war – Kindertagesstätten, Kinderheime, kurzfristige Pflegestellen und andere, die eigentlich für länger hatten sein sollen, jedoch, wie das derzeitige Modewort dafür hieß, »geplatzt« waren.

Diese Blätter waren schön ordentlich angelegt, fast wie eine Schulaufgabe; die Fotos und Landkarten waren mit Großbuchstaben überschrieben, die zuerst mit Bleistift vorgezeichnet, dann mit schwarzem Filzstift nachgezogen worden waren. Die nächste Seite jedoch, auf der das wenige stand, was man über James' Stammbaum wußte, verriet Anzeichen von Individualität und starken Gefühlsregungen. Der schwarze Filzstift hatte die schön mit Bleistift vorgezeichneten Überschriften zornig übermalt, was die Wörter viel größer machte, und die Worte selbst, »Meine erste Familie«, waren mehrmals unterstrichen.

Mitten auf dem Blatt, von einem Rahmen eingeschlossen, den der Bleistiftzeichner wohl als akkurates Rechteck beabsichtigt, der schwarze Filzstift dann aber zu einer Art Sarg gemacht hatte, standen die Worte: »James Lennards, geboren am 12. 3. 81??«. Darüber, nicht mit Filzstift nachgezogen, sondern in Bleistift belassen: »Mutter: Mary Connolly, geboren ?? Vater: John Lennards, geboren ??«. Eine senkrechte Linie über dem Wort »Mutter« führte zu den Namen ihrer Eltern, James' Großeltern mütterlicherseits, ebenfalls »Connolly«, aber mit Fragezeichen anstelle der Vornamen. Warum hatten diese Großeltern keine Vornamen, und warum hatten sie James nicht zu sich genommen?

Auf keiner Seite des Lebensberichtshefts fanden sich Fotos von James Lennards' Mutter, und das einzige Bild von seinem leiblichen Vater war aus einer Zeitung ausgeschnitten, fleckig, vergilbt und an den Rändern eingerissen, die eingerissenen Stellen mit Klebefilm verstärkt, damit sie nicht noch weiter einrissen. Trotz der Flecken war es augenscheinlich das Foto eines ungemein gutaussehenden Mannes. Statt einer vertikalen Linie befand sich über dem Namen John Lennards ein akkurater Kreis aus Fragezeichen, in dem das Wort »Waise« stand.

Die untere Hälfte dieses Blatts ähnelte der oberen, außer daß da die Namen von Pflegeeltern und ihren Kindern standen, leiblichen wie adoptierten oder auch solchen, die ebenfalls nur in Pflege waren. Das waren Leute, die versucht hatten, James ein Zuhause zu geben; ihre Namen, Geburtsdaten und Berufe waren in der Reihenfolge aufgeführt, in der er bei der jeweiligen Familie gewesen war, dahinter das Datum, wann er hingekommen war, sowie das Datum seines Weggangs.

Von Tanktop-Bernie unverhüllt und von James verstohlen beobachtet, sah der Teddybär sich jedes einzelne Blatt eingehend an. Anscheinend wurden Kommentare von ihm erwartet, aber was immer er anzumerken haben mochte, er behielt es für sich. Endlich sagte er: »Das ist ja eigentlich nur ein Schmierheft, oder?« Worauf Bernie antwortete: »Ja, so könnte man es auch nennen. Aus naheliegenden Gründen bezeichnen wir das, was die Kinder – mit unserer Hilfe – da über sich zusammentragen, natürlich nicht als ›Schmierheft‹, aber aufgebaut ist es schon nach diesem Prinzip, denn kein Lebensberichtsheft kann je die ganze Geschichte erzählen. Es hängt davon ab, wieviel man in Erfahrung bringt, und wenn man es dann auch noch mit einem Kandidaten zu tun hat, der so mauert wie unser Jimbo hier, sind einem gewissermaßen die Hände gebunden.«

Der Teddybär sagte: »Na ja, dafür habe ich nur ein Fotoalbum, das kann man nicht einmal als Schmierheft bezeichnen«, was James als Stichwort dafür nahm, jetzt Interesse daran zu zeigen.

Das Album enthielt eingeklebte Fotos von dem Mann und seinen Eltern. Auf vielen davon stand die Dreiergruppe neben einem lindgrünen Morris Minor in verschiedenen Parkbuchten, oder sie guckten aus den Wagenfenstern heraus. Auf den Farbdias waren dieselben drei Leute zu sehen. James sah sich zuerst die Fotos und dann die Dias an und fand auf keinem jemals eine weitere Person. Unter jedem Foto oder Dia standen in ordentlichen Druckbuchstaben die Namen der dargestellten Personen und der Orte, an denen die Aufnahmen gemacht worden waren. *Mutter, Vater und ich, 7 Jahre. Forellenfarm Bibery.* Die beiden nicht mehr ganz jungen Eltern hielten fast immer Händchen oder hatten die Arme umeinander gelegt, und das Kind stand fast immer ein kleines Stückchen abseits. Wer hatte die Bilder gemacht? James wußte, daß er jetzt ein wenig Interesse an dem Mann und seiner Vorgeschichte zeigen sollte, und entschloß sich zu fragen: »Wer hat das hier geknipst?«

Der Mann erhob sich schwerfällig von dem Sitzsack, nahm den Diabetrachter und sah hindurch. »Das ist mit einem Selbstauslöser gemacht, glaube ich. Manchmal haben wir auch Passanten gebeten, uns zu knipsen. Mein Vater legte großen Wert darauf, daß wir auf jedem Foto immer alle drei zu sehen waren und nie einer fehlte. Er sei abergläubisch, meinte er.«

James nickte und sagte: »Wie wenn man einem den Tod wünscht.«

»Ja. So was Ähnliches wahrscheinlich.«

Nachdem James Interesse gezeigt und sogar ein Gespräch angefangen hatte, wandte er seine Aufmerksamkeit wieder dem Diabetrachter und den Bildern zu.

»Es sind schlechte Aufnahmen, und ziemlich langweilig. Du brauchst sie dir nicht alle anzusehen.«

James lächelte und sagte: »Das hier ist überbelichtet. Da seht ihr alle drei aus wie Gespenster.«

Beruhigt von James' Lächeln, lächelte jetzt auch der Teddybär, und Tanktop-Bernie lächelte, weil er sie beide lächeln sah. Das lief ja wie geschmiert. Der Mann sagte: »Wir waren und sind immer noch eine ganz gewöhnliche Familie, Jamie. Zum Gespenstersein braucht man wahrscheinlich einiges an Begabung und Initiative.«

Darauf war es ein paar Minuten still, während James sich weiter mit dem Diabetrachter beschäftigte. Dann meinte er: »Sie waren vielleicht mal eine ganz gewöhnliche Familie, aber jetzt nicht mehr.«

Lag darin eine versteckte Andeutung? Der Mann sah zu Tanktop-Bernie hinüber, der ihm aber keinerlei Anhaltspunkt lieferte, wie er darauf antworten solle. »Nein, du hast recht. Und wenn es mir gelingen sollte, dich in Pflege und sogar zur Adoption zu bekommen, wären wir sogar eine sehr ungewöhnliche Familie.«

»Und auch wenn es Ihnen nicht gelingt, ist es schon ungewöhnlich, daß Sie's versucht haben. Es gibt doch nicht so viele ledige Männer, die ein Kind adoptieren wollen, oder?«

»Das nicht.«

»Haben Sie immer im selben Haus gewohnt?«

»Leider ja.«

»Und sind immer in dieselbe Schule gegangen?«

»Zwei. Grundschule und Realschule.«

»Ich war bisher schon auf sechs Schulen. Eigentlich hatte ich gedacht, daß Sie sicher ein Stipendium für ein Internat oder so bekommen haben.«

»Nein. Wie gesagt, keine Begabung.«

»Was haben Sie denn so alles gemacht, als Sie so alt waren wie ich?«

Der Mann schien verlegen. Vielleicht war er nie zehn Jahre alt gewesen. Teddybären hatten bekanntlich kein Alter. Endlich sagte er: »Wahrscheinlich habe ich immer nur den Kopf eingezogen, um mir keinen Ärger einzuhandeln. Nichts Aufregendes jedenfalls.«

»Ist das, was Sie da gelesen haben, denn aufregend?«

James zeigte dabei auf das Lebensberichtsheft. Der Mann dachte eine Weile nach. Das schien eine seiner speziellen Eigenschaften zu sein, erst nachzudenken, bevor er redete. Dann sagte er: »Eher verwirrend als aufregend.«

»Verwirrt, so nennt man mich ja auch. Oder gestört.«

»Und was sagst du selbst?«

James gab darauf keine Antwort. Statt dessen steckte er ein Dia, das er vorher auf die Seite gelegt hatte, in den Betrachter und reichte ihn zu dem Mann hinüber. »Das sind Sie, als Sie so alt waren wie ich. Sie sitzen auf einer Bank und sehen aus wie ein richtiger Rabauke.«

Der Mann hob den Betrachter ans Auge und hielt ihn dort sehr lange. James und Bernard warteten, daß er etwas sagte, doch der Mann verharrte lange, viel zu lange in derselben Stellung und sah das Farbdia in dem Betrachter an. Endlich hustete Bernard und fragte mit ausgestreckter Hand, ob er das Bild von dem Mann auch einmal sehen dürfe, als er zehn Jahre alt war und irgendwo auf einer Bank saß.

Als der Mann den Betrachter vom Auge nahm, liefen ihm Tränen übers Gesicht.

»Da war ich mit meinem Vater allein in Ferien. Das einzige Mal, daß er und ich je für längere Zeit allein waren. Das einzige Mal, daß er und ich uns jemals richtig nah waren. Entschuldigung. Ich hatte dieses Bild ganz vergessen... Tut mir wirklich sehr leid.«

9
Junge Hüpfer

Es gab noch ein anderes Dia, das Gegenstück zu dem von mir als Rabauke am Strand von Westward Ho. Es zeigte Edward in bauschiger Hose und einem komischen Hut, und ich hatte es aufgenommen. Wir hatten uns nicht mit dem Selbstauslöser aufgehalten, sondern uns gegenseitig fotografiert. An dem Abend, als ich von meinem Besuch im Bungalow zurückkam, dankte ich Lynn dafür, daß sie auf ihn aufgepaßt hatte, dann holte ich ihn herunter und setzte ihn wie gewohnt ans Feuer. Ich schob das Dia in den Betrachter und hielt ihm diesen vor sein rechtes Auge, denn soviel ich weiß, ist sein rechtes Auge besser als das linke. Ich ließ ihm Zeit, das erste Bild in Ruhe zu betrachten, dann zeigte ich ihm das von mir.

Ich weiß nicht, was ich erwartete oder ob ich überhaupt etwas erwartete. Das war auch besser so, denn was kam, waren die Worte »Blue Grass«, gleich mehrmals, und eine Geste, die hieß, daß er Durst hatte. Ich machte ihm einen Kakao und versuchte ihm dann zu erklären, warum ich ihm die Bilder gezeigt hatte.

»Mutter war in Schottland, wenn du dich erinnerst, und sah nach ihrer kranken Großtante, die ihr vielleicht einmal ein paar hundert Pfund vermachen würde. Am Ende bekam sie ein versilbertes Teeservice mit lauter Disteln darauf.« Dann wartete ich ab und sah ihm zu, wie er mit der guten Seite seines Mundes den Kakao aufschlürfte.

Ich habe vorhin gelogen. Ich hatte doch etwas erwartet. Ich hatte erwartet, daß er mich entweder richtig ansehen oder den Kopf ganz von mir wegdrehen würde. Aber nichts dergleichen geschah. Er starrte nur weiter ins Feuer und schlürfte seinen Kakao. Ich wartete etwa drei Minuten lang, ob er den Kopf noch drehen würde, bevor ich fortfuhr. Was sind schon drei Minuten nach fast dreißig Jahren?

»Du warst hinter dem Schalter nie glücklich, nein? Kopfrechnen war dir ein Greuel, und dann hast du immer vergessen, was die Leute verlangt hatten. Wenn Mutter da war, hattest du die Aufgabe, Sachen anzuschleppen, mit den Kunden zu schwatzen und unerwünschte Vertreter abzuwimmeln. Dein Spruch war immer, Mutter sei das Gehirn und du der starke Arm, außerdem noch ein bißchen zuständig für die Außenkontakte. Was ist aus den Innenkontakten geworden, Dad?«

Von meinem Platz aus konnte ich nur seine Augen sehen, sah die Flammen sich darin spiegeln und hätte mir, wenn ich gewollt hätte, irgendeine Reaktion einbilden und damit anfangen können, was ich wollte. Aber ich hatte irgendwie keine Lust mehr, beide Rollen zugleich zu spielen.

»Zehnjährige sollten eigentlich keine Briefmarken verkaufen und Formulare ausfüllen müssen, den ganzen Tag hinter einem Schalter stehen und große Geldsummen auszahlen, aber niemand hat uns beim Jugendschutz angezeigt oder uns etwas von Kinderarbeit erzählt. Dann hast du mich eines Tages um die gewohnte Zeit geweckt, nur daß du weder die Post hereingenommen noch den Laden ausgefegt hattest, weil eine Miss Johnson als Urlaubsvertretung gekommen war.

Als ich nach unten kam, hattest du eine Straßenkarte vor dir liegen, und unsere Koffer waren gepackt. Daß wir beide ohne Mutter in Urlaub fahren könnten, der Gedanke war mir nie gekommen. Auch dir nicht bis zu diesem Morgen. Aber mir war schon aufgefallen, wie unglücklich du immer aussahst, wenn du neben mir hinter dem Schalter standest und die Kunden beobachtetest, wie sie mir beim Addieren und Subtrahieren auf die Finger guckten, und während die Witze über meine denkbare Zukunft als Schatzkanzler fader und fader wurden.

Wir hatten nichts gebucht, und es war Hochsommer. Das sei dir egal, hast du gesagt; wenn es sein müßte, könnten wir im Auto schlafen. Und du hast Mutter nicht angerufen, um ihr zu sagen, was wir vorhatten, bis wir in Barnstaple angekommen waren. Als du dann aus der Telefonzelle kamst, hast du übers ganze Gesicht gelächelt und gesagt: ›Wir hatten Glück. Sie war beschäftigt, und wir brauchten ihr nur eine Nachricht zu hinterlassen.‹

Eine ganze Woche lang warst du ein völlig anderer Mensch, fast als wärst du zum erstenmal in deinem Leben glücklich, und du kannst dir nicht vorstellen, was für ein schönes Gefühl das für mich war. Wir haben im Auto auf der ganzen Fahrt gesungen. Wir haben in Wirtshausgärten gesessen, du mit einem verknoteten Taschentuch auf dem Kopf, und du hast mit mir geredet, hast mir Dinge aus deiner Kindheit erzählt, von denen ich noch nie gehört hatte, und Ausdrücke benutzt, die ich nie mehr vergessen habe. ›Unschuldig wie ein frisch gelegtes Ei, und eine Fluchtchance wie ein Schaf auf dem Hinterhof des Schlachters‹ – das sollst du gewesen sein, an deinem ersten Schultag.

Du hast mir erzählt, wie du zwischen den Kriegen herumgereist bist, um Arbeit zu finden, mit dem Fahrrad von einer erhofften Arbeitsstelle zur nächsten gefahren, deinen einzigen Anzug zusammengerollt in der Satteltasche. Von den Pensionen, in denen du abgestiegen bist, wo nachts die Flöhe aus der Matratze kamen und jeder sich für drei Pence Quecksilberblau kaufen mußte, eine starke Salbe, die ihr euch an die Fußknöchel geschmiert habt, um die nächtliche Invasion abzuwehren – Pensionen, in denen sie, um Heizkosten zu sparen, nur einmal jährlich im März die Fenster geöffnet haben, um die hustenden Flöhe ins Freie zu lassen.

Du hast mir von deiner Zeit als Dealer in Bilston erzählt, da warst du nämlich Apothekergehilfe und hast den Leuten für zwei Pence Laudanum verkauft, um ihnen über die Bankfeiertage hinwegzuhelfen. Von den Stammkundinnen hast du erzählt, alten Frauen, die aussahen wie gestutzte Eichen und an allen Krankheiten der Welt zu leiden vorgaben, hast du gesagt, und dann haben sie trotzdem noch Jahre um Jahre gelebt, bis sie endlich aus schierer Altersschwäche starben. Du hast mir von den schmierigen Zettelchen erzählt, die Straßenkinder dir über die Theke schoben – für zwei Pence Grossmith-Gesichtspuder, für zwei Pence Parmaveilchen (in der Flasche) und für einen Penny Rouge. ›Da wird heute abend jemand ausgehen, um die Miete für die nächste Woche zu verdienen.‹

Ich erinnere mich noch an die Namen der Leute, von denen du erzählt hast, den ›Typen‹, die deine Kunden waren, manche opiumsüchtig, andere nur arme Luder mit starker Verstopfung. Mr. Bullworthy, der Flickschuster; Ira

Bodfish, der Kesselflicker; Shem Allit, der Stellmacher; Noah Cooknell, Myrtle Amos, Ronald Blythman. Du hast mir erzählt, wieviel Zentner Epsomer Bittersalz du in einem Jahr verkauft hast, wieviel Jalape, Aloe und Hieracium, alles in Tütchen zu einem oder zwei Pence. Wie sie an Markttagen in Dreierreihen vor der Theke standen und auf ihre Abführmittel warteten. Ein und demselben Kunden hast du Epsom- und Glaubersalz, Natron, Weinstein, Weinsäure, Leinöl, Terpentin, Gurkengewürz, Curkuma, Essig und vergällten Spiritus verkauft, alles auf einmal. Du konntest von Glück sagen, wenn du mal zehn Minuten Zeit hattest, um ein Sandwich zu essen oder selbst mal auf die Toilette zu gehen. Du hast gesagt: ›Das beste Abführmittel der Welt ist ein Krieg. Der löst jede Verstopfung.‹

In diesen Ferien hast du Unterhaltungen mit wildfremden Leuten angefangen, dann hast du mir einen Arm um die Schulter gelegt, mich an dich gezogen und zu ihnen gesagt: ›Das ist mein Sohn. Wir sind von zu Hause ausgerissen.‹ Und dann hast du gelacht. Wir haben viel gelacht in dieser Woche. Ich glaube, das kam von dem Gefühl, daß wir etwas Heimliches und ein wenig Unartiges taten. Daher mein Rabaukengesicht auf diesem Foto, das ich dir vorhin gezeigt habe. Ich kam mir wichtig vor, gewünscht, fast gebraucht. Du hast mich um meine Meinung zu diesem und jenem gefragt und dir meine Antworten richtig angehört.

Bei jeder Karussellfahrt auf dem Rummelplatz bist du mitgefahren. Inzwischen hattest du an einer Losbude einen Cowboyhut gewonnen, und den hattest du dir aufgesetzt. ›Ihr jungen Hüpfer‹, das wurde dein neues Lieblingswort. ›Zu meiner Zeit hätte ein junger Hüpfer wie du jetzt schon längst kein Geld mehr. Die Bank ist geöffnet, falls du einen nicht rückzahlbaren zinslosen Kredit beantragen möchtest.‹

Wir hatten in einem kleinen Hotel ein Zweibettzimmer mit Blick aufs Meer gefunden. Wir standen früh auf und gingen, müde und sonnenverbrannt, früh zu Bett und haben dann noch geredet, bis wir einschliefen. Jeden Abend habe ich einen Gutenachtkuß bekommen, und dann hast du dich auf den Rücken gelegt und an die Decke gesehen und geredet, und ich habe nur zugehört und dich angesehen.

Du hast mir von den Männern erzählt, die du beim Militär kennengelernt hattest, und sie mir so genau beschrieben, daß ich sie mir vorstellen konnte. Vor diesem Urlaub hatte ich dich noch nie Leute so lebendig beschreiben hören. ›Len kam aus Tyneside. Ein kleiner Kerl mit roten Haaren – so ein blondes Rot –, der hatte ein ganz komisch geformtes Muttermal an der Hüfte, genau hier‹, und du hast mir gezeigt, wo das Muttermal war, du hast dich an Len erinnert und mich daran teilhaben lassen. Das hatte ich mir immer gewünscht, teilzuhaben. ›Wenn er etwas ausgefressen hatte, hat er behauptet, er sei im Zivilleben so arm gewesen, daß ihm sein Grips durch die Löcher in seinen Schuhen ausgelaufen sei. Oder er meinte, er sei schon dumm geboren und habe dieses Erbe kräftig vermehrt, und dann stand er da und grinste einen an wie frisch aus der Klapsmühle entlaufen.‹ Du wußtest soviel davon zu erzählen, wie das gewesen war, diese Nähe zu anderen Männern, die Freundschaften und Kränkungen, die Schinderei und die Angst. Du hast gesagt: ›Und dann war da Bill, ein Riesenkerl, über einsneunzig groß und behaart von Kopf bis Fuß wie ein Grizzlybär, der fing immer an zu stottern, wenn der Sergeant in seine Nähe kam. Das war eine andere Welt, für uns die einzige Welt überhaupt. Wenn wir an zu Hause dachten, ist uns das nur an die Nieren gegangen, und das hat dann alle anderen auch gleich niedergedrückt, was hatte es also für einen Sinn? Wir mußten so zu leben versuchen, als ob das unser Zuhause wäre, eine andere Art von Zuhause, so als ob wir eine große Familie wären – Brüder und Vettern – manchmal auch Mann und Frau. Wir waren auf manche Weise so eng zusammengeworfen. So ist das nun mal, wenn du nicht weißt, ob deine Zeit auf Erden begrenzt ist oder nicht. Du nimmst, was du kriegen kannst, nur um irgendwie Anschluß zu haben, egal, was für welchen. Menschen passen sich Krisensituationen auf die unglaublichste Weise an, und wenn so eine Krisensituation Jahre anhält, können sie sich bald kaum noch erinnern, was sie früher einmal waren. Ich hätte damals so gut wie alles getan, was meine Chancen verbesserte, am Leben zu bleiben.‹

Ich wollte dich fragen, warum du an diese Männer, die du beim Militär kennengelernt hattest, nie geschrieben und auch nie versucht hast, einen von ihnen wiederzusehen, aber aus irgendeinem Grund habe ich dich nicht gefragt. Vielleicht spürte ich, daß der Grund in dem lag, was du mir erzählt hattest, und daß ich eines Tages wissen würde, was dieser Grund war.

Jeden Morgen wurde ich gefragt: ›Und was machen wir jungen Hüpfer heute? Na los! Ich hab mich nicht vier Jahre lang gegen Corporal Turners Schweißfüße gewehrt, damit du jetzt hier im Bett liegst wie König Knallprotz.‹

In einem Kitschladen fanden wir eine Muschel, ›wahrscheinlich aus Westindien‹, hast du gemeint, ›hat nie an einem britischen Strand gelegen. Macht aber nichts, wir nehmen sie mit als Erinnerung an den Spaß, den wir hatten, als wir uns mal so richtig kennenlernten.‹ Und wir saßen nebeneinander auf dem Kiesstrand von Westward Ho und ließen die Muschel hin und her gehen, versuchten in ihren Tiefen das ferne Karibische Meer zu hören, während das richtige Meer direkt vor uns lag und die Kieselsteine aufschlürfte und wieder ausspuckte und das Rauschen in der Muschel ganz und gar übertönte.

Es war die schönste Zeit meines Lebens. Ich war so glücklich wie noch nie.

Als die Woche vorbei war, sind wir wieder hierher zurückgekommen, aber wir waren noch nicht ganz zu Hause, da war die ganze schöne Nähe, die wir in diesen Ferien gefunden hatten, wieder weg, als wäre sie dir vor deiner Frau, meiner Mutter, peinlich gewesen, fehl am Platz; sie hatte sich nicht gerade darüber gefreut, daß wir ohne sie weggefahren waren.

Und ein paar Tage später habe ich dich zu ihr sagen hören, du hättest nicht viel Spaß dabei gehabt. Schlechtes Essen und klumpige Matratzen, hast du gesagt. ›Urlaub war das für mich nicht‹, hast du gesagt, ›den ganzen Tag den Jungen zu beschäftigen. Du weißt ja, wie schwer es ist, ihn zu unterhalten. Aber er hatte im Laden hart gearbeitet, und ich hatte das Gefühl, mal etwas für ihn tun zu müssen.‹

Ich war damals zehn Jahre alt. Es hat noch einmal zehn Jahre gedauert, bis ich begriff, warum du es für notwendig hieltest, so über unseren Urlaub zu reden, zehn Jahre mit sehr gemischten Gefühlen. Ziemlich albern, wenn man darüber nachdenkt. So ein kleiner Anlaß für so einen großen Groll. Es waren doch nur sieben Tage, die wir miteinander verbracht hatten.

Jetzt wird davon geredet, daß ich dich abschieben soll, Vater – in ein Heim stecken. Die Leute sagen, wenn ich deine Gefühle für mich richtig einschätze, wäre es dir selbst wahrscheinlich auch lieber, woanders zu sein. Wenn du überhaupt etwas fühlen kannst – und ich weiß es nicht, Dad, ich weiß es einfach nicht –, aber wenn du kannst, dann muß dieses Gefühl, mir dankbar sein zu müssen, für dich doch sehr schmerzlich sein. Nur kann ich das ja gar nicht richtig wissen, oder? Das ist nicht so einfach wie zehn Briefmarken zu einem Packen Briefumschläge zu addieren und das Ganze von einer Invaliditätsrente abzuziehen. Aber das mit dem Heim, das habe ich durchgerechnet. Angenommen, der Staat übernimmt die Kosten nicht, dann würden deine Rente und Mutters drei Bausparverträge sie gerade für drei Jahre decken. Danach, wer weiß? Lynn wird es sicher wissen. Aber sorg dich nicht. In deinem Alter läßt man niemanden auf der Rückbank eines Morris Minor schlafen, es sei denn, er will das.

Es wurde gesagt, das Geld sei gut angelegt, für dich wie für mich, und ich wünschte, es wäre dir irgendwie möglich, mich deine Meinung zu diesem Thema wissen zu lassen. Sieh mal, ich möchte mein eigenes Leben führen – mit meinem eigenen Sohn. Heute habe ich alles verpfuscht und muß wahrscheinlich noch einmal von vorn anfangen, aber ich entdecke allmählich, daß ich wirklich ein geduldiger und ausdauernder Mensch bin. Es kam nur daher, daß Jamie mir dieses Farbdia gezeigt hat und ich es nach all den Jahren wiedersah. Und daß er mich auf mein Gesicht aufmerksam machte. ›Wie ein Rabauke.‹

Ich habe dir noch nicht viel von Jamie erzählt, nicht? Es war nicht so, daß ich genommen habe, was ich kriegen konnte, nur um irgendwie Anschluß zu haben. Wir waren nicht in einer Krisensituation zusammengeworfen. Ich habe ihn mir ausgesucht. Er ist sehr gescheit, glaube ich. Und wenn ich heute nicht so auf dem falschen Fuß erwischt worden wäre, glaube ich, es hätte klappen können. Eigentlich traurig. Sehr traurig. Ich wäre so gern mit ihm in Urlaub gefahren, hätte ihm gern zugesehen, wie er sich amüsierte, hätte gern mit ihm Pläne geschmiedet oder wäre gern einfach mit ihm losgefahren, ›ausgerissen‹, nicht weil er schwer gearbeitet hatte, verstehst du, sondern weil ich ihn liebte. Weil ich für ihn sorgen und ihn beschützen wollte. Vor allem vor Kränkungen und Einsamkeit. Verstehst du etwas von dem, was ich sage, Vater?«

»Wir haben etwas zu bereden.«

»Das dachte ich mir schon.«

»Was halten Sie vom Lebensberichtsheft des Jungen?«

»Sollten wir nicht lieber über das reden, weswegen Sie eigentlich hergekommen sind?«

»Wenn Sie wollen. Ich dachte, wir fangen mit Ihrer Reaktion auf die Begegnung an. Hatten Sie schon Zeit, etwas darüber zu schreiben?«

Ich gab der Jungfürsorgerin ein paar Blätter zum Lesen. Wir hatten vereinbart, daß ich nicht nur für die Adoptionskommission etwas über mich schreiben würde, sondern auch ein Tagebuch über meine Gedanken und Gefühle während des Fortgangs oder Nichtfortgangs der Dinge.

»Haben Sie das nachträglich bearbeitet, oder ist es so, wie Sie es hingeschrieben haben, als Sie nach Hause kamen?«

»Wie ich es geschrieben habe.«

»Da steht nicht viel über das Lebensberichtsheft des armen Jungen. Ich habe es gesehen. Eigentlich hätte ich gedacht, das würde bei Ihnen alle möglichen Fragen auslösen.«

»Ich habe es unter den gegebenen Umständen für nicht mehr relevant gehalten.«

»Was für gegebene Umstände? Haben Sie es sich anders überlegt? Machen Sie einen Rückzieher? Wollten Sie das sagen? Wenn ja, genügt ein einziges Wort, und ich löse mich in ein bleifreies Rauchwölkchen auf.«

Endlich kamen wir an den Punkt, an dem das Gespräch, wie wir beide wußten, eigentlich hätte beginnen sollen.

»Ich habe geweint.«

»Ja, ich weiß.«

»Ich weiß, daß Sie es wissen. Sie wissen ja alles. Sie wissen, daß ich vor dem Kind, das ich zu adoptieren gehofft hatte, geheult habe wie ein Schloßhund.«

»Stimmt.«

»Also würden Sie bitte – statt hierherzukommen und mit mir Wortgeplänkel zu führen – dürfte ich Sie bitten, sich für mich bei Jamie zu entschuldigen, und bei seinem Hauptbetreuer?«

»Bernard.«

»Ja, Bernard. Und erklären Sie ihnen – was Sie eben so erklären, wenn der prospektive Adoptivvater schon das erste Hindernis reißt.«

»Das erste war's wohl kaum. Und bevor Sie sich jetzt allzu gemütlich in Ihrem Selbstmitleid einrichten: Sie haben ja gar nicht gerissen, Sie sind nur sehr vielsagend und vorteilhaft gestolpert.«

Die Jungfürsorgerin ging schon in meiner Küche umher, als gehörte sie ihr, und machte Tee, den ich ihr nicht angeboten hatte. Als sie merkte, daß ich ihr zusah, wie sie von den Keksen die mit der Schokolade herauspickte und die anderen liegen ließ, hielt sie in ihren hausfraulichen Vorbereitungen inne, um aufgeregt mit dem Hintern zu wackeln und dazu ein entsprechendes Gesicht zu schneiden.

»Wissen Sie, was?«

»Bin ganz Ohr.«

»Das merke ich. Ein bißchen wie Clark Gable ohne den Schnauzer. Also, Ihre weltmüde Rührung beim Wiedersehen mit sich selbst, zehn Jahre alt, in Badehose und mit einem Gesicht wie Just William, hatte zweierlei Wirkung – oder eigentlich dieselbe Wirkung auf zwei überaus wichtige Personen in diesem Alltagsdrama, in dem wir uns alle so bemühen, unsere Füße richtig zu setzen. Erstens ist James richtig auf Sie abgefahren und erzählt schon allen Leuten, daß er bei Ihnen leben wird. Zweitens hat Bernard mit dem Schlafzimmerblick eine total verkehrte Wendung gemacht...«

»Sie meinen eine totale Kehrtwendung?«

»...und steht jetzt hundertprozentig hinter uns. Ich zitiere: ›Grahams eigene Bedürfnisse scheinen sich mit denen von James fast genau zu ergänzen.‹ Also los, nun feiern Sie schon. Versuchen Sie fürs erste mal ein bißchen mit Ihren roten Ohren zu wackeln.«

Ich starrte sie mit großen Augen an und wußte nicht, was ich sagen sollte. Ich hatte schon festgestellt, daß es ein Fehler war, ihr verbal auch nur den kleinsten Vorsprung zu lassen, aber für den Augenblick hatte ich einen Frosch im Hals. In der Zwischenzeit verschlang sie schon einmal zwei große Kekse, bevor sie mit dem Tee ernst machte, und sagte dann: »Sie haben doch nicht wirklich geglaubt, daß ein paar dicke Tränchen über Ihren Daddy, der Sie nicht genug geliebt hat, Sie schon aus dem Rennen werfen, Gray, oder doch?«

Drei Wochen später erlitt mein Vater einen neuen Schlaganfall, diesmal glücklicherweise beim Frühstück, als ich noch bei ihm war, so daß ich auf der Stelle Hilfe herbeirufen konnte. Er blies gerade in seinen Tee, als er zur Seite kippte, aber wie ich schon erwähnt habe, ist der Tee nie zu heiß, so daß er sich nicht verbrühte; es war nur der Schlag selbst, der ihn schädigte. Wenn er allein gewesen wäre, nehme ich an, hätte er eine geraume Weile hilflos am Boden gelegen und wäre dort gestorben, so aber traf schon nach vierzig Minuten der Rettungswagen ein, der Doktor nach zwanzig Minuten, und man sagte mir, ich hätte damit zu rechnen, daß er für die absehbare Zukunft im Krankenhaus bleiben müsse.

10
Wenig Licht

Es herrschte übereinstimmend die Meinung, Sonntag wäre der beste Tag. Er sollte am späteren Vormittag zum Lunch kommen und nach dem Tee wieder ins Heim zurückkehren. Es war gewitzelt worden, er müsse zuerst einmal die Kochkünste des Mannes ausprobieren, bevor etwas Endgültiges entschieden werde. Tanktop-Bernie sollte ihn hinbringen und abholen und würde die Zwischenzeit für einen Besuch bei alten Freunden in Leamington Spa nutzen.

James hatte Bernie helfen dürfen, den Wagen zu waschen, Öl, Batteriesäure, Scheibenwaschanlage und Reifendruck zu prüfen, und er hatte einen Blick in Bernards Straßenatlas tun dürfen. »Da fahren wir hin«, hatte Bernard gesagt und mit dem Finger auf den Namen des Dorfs gezeigt. »Das sind die Cotswolds. Der weniger schöne Teil.« Und James hatte seinen interessierten Gesichtsausdruck aufgesetzt und gesagt: »Vale of the Red Horse«, worauf Bernard überrascht aufgeschaut und gefragt hatte, woher er das wisse, und James hatte lässig den Zeigefinger neben den von Bernard gelegt und ihm das Wort auf der Karte gezeigt.

Der von Menschen angelegte Wald mit den zu groß geratenen Weihnachtsbäumen, wo sie am Ende einer alten Landebahn ihre Zelte aufgebaut hatten, war für eine Aufnahme in den Straßenatlas wohl nicht bedeutend genug. Ein Wald eben, etwa in der Mitte Englands und nirgendwo in Küstennähe, aber James erinnerte sich. Er wußte, wohin

Tanktop-Bernie mit ihm fuhr und was er dort vorfinden würde, erinnerte sich an den Marsch hinter Leggo, Fang und Pimple her den Berg hinunter und durchs Dorf, erinnerte sich an das Schaufenster der Poststelle mit den Kärtchen, auf denen gebrauchte Plattenspieler, Kleider, Fahrräder und Kinderwagen angeboten wurden, erinnerte sich an die Streifen von verblaßtem rotem und grünem Krepppapier, die sich zwischen Reißzwecken spannten und kringelten, die Strickmuster mit den Hochglanzfotos von Männern, Frauen und Kindern, mal einzeln, mal in Familien vereint, alle in stolzer Pose mit herausgestreckter Brust, alle in pastellfarbenen Wollsachen und mit selbstzufriedenen Gesichtern. Er hatte vermutet, daß in der Poststelle und dem angrenzenden Haus mit den spitzengehäkelten Vorhängen eine alte Frau mit einem Heer von Katzen wohnte, die sich nur noch mit Hilfe eines Gehgestells fortbewegen konnte.

Bernard hatte zu ihm gesagt, er solle Mr. Holt nicht immer als »der Mann« bezeichnen. »Du kannst einen Menschen, der durch Hölle und Hochwasser geht, um dich zu adoptieren, nicht dauernd ›der Mann‹ nennen, höchstens, wenn du's mit irischem Akzent sagst, und das könnte ein bißchen anstrengend werden. Er ist zu alt, um dir ein großer Bruder zu sein, und ›Onkel‹ klingt so, als müßtest du jeden Moment damit rechnen, seine Hand auf deinem Knie wiederzufinden. Wenn du also ›Dad‹ nicht über die Lippen bringst, dann laß dir mal ganz schnell was anderes einfallen, und egal was du schließlich sagst, vergiß nicht, so ein schönes Lächeln aufzusetzen, wenn du ihn fragst, ob ihm das recht ist. Hast du mich verstanden? Es ist wichtig, daß ihr auf dem richtigen Fuß startet. Stell es dir als einen Dreibein-Wettlauf vor.«

Als der Wagen auf der anderen Straßenseite neben einem Telefonhäuschen anhielt, sah Tanktop-Bernie zu dem Laden und dem angebauten Haus hinüber und meinte: »Erinnert mich an Dickens. Die großen Erwartungen im Raritätenladen. Du solltest *Planet der Schildkröten* mal beiseite legen und eine Weile Dickens lesen.« Der Wagen blieb stehen, wo er stand, bis James über die Straße war, an die Tür des Hauses mit den winzigen Fenstern geklopft hatte und von dem Mann, der dann zum Auto herüberwinkte, eingelassen worden war. Dann seufzte Tanktop-Bernie: »Es hieße nicht Fürsorge, wenn wir uns nicht für sie sorgten«, und fuhr weiter zu seinen Freunden in Leamington Spa.

Das erste, was James auffiel, war die Düsternis und die Tatsache, daß ein Teil des Hauses ein wenig unter Straßenniveau zu liegen schien, als wären entweder die Fundamente eingesunken oder die Straße später höhergelegt worden. Zu groß durfte ein Mensch nicht sein, wenn er hier wohnen wollte, weil die Decken so niedrig und die Zimmer so klein waren.

Wie er in diesen Zimmern umherging, sich wand und drehte, um nicht an das Mobiliar zu stoßen, als bewegte er sich durch ein Puppenlabyrinth, kamen ihm die Bilder, Geräusche und Gerüche anderer Häuser, in denen er schon gewesen war, wieder sehr stark in Erinnerung. Eine Zeitlang war er in einem Haus gewesen, das nach Möbelpolitur mit Rosenduft roch, ein widerlich süßer, wachsiger Geruch, zu dem die Farben der Tapeten und Vorhänge paßten, in einem Zimmer pfirsich-, in einem zweiten mandarinen-, im dritten aprikosenfarben. In einem anderen Haus, in dem es vor allem nach kaltem Tabakrauch roch, waren die Möbel, Teppiche und Wände alle beige gewesen. Sogar die Badezimmereinrichtung war in verschiedenen Schattierungen von Beige gehalten, und die Pflegeeltern hatten vorwiegend Beige getragen, so daß man oft nur ihre Gesichter und Hände sah. Das war das Haus gewesen, wo Jimmy sich als Dekorateur betätigt und den Wänden mit der eigenen Scheiße zu einer dunkleren Farbe verholfen hatte, damit wenigstens er wußte, wer wer und was was war. In den größeren Kinderheimen, wo die Gerüche sich immer aus Kochdünsten, Desinfektionsmitteln und kaltem Schweiß zusammensetzten, waren die Farben selten uniform gewesen.

Hier waren die Wände weiß, oder zumindest einmal weiß gewesen. Im Wohnzimmerkamin konnte man richtiges Feuer machen, wenn man wollte, und es hatte auch eindeutig schon Feuer darin gebrannt, was vielleicht die Farbe der Wände erklärte. An diesen Wänden hingen viele Bilder und Uhren, die Bilder zum Teil von der Art, wie man sie bei Boots kaufen konnte, andere waren Vergrößerungen der Fotos, die er schon im sogenannten Lebensberichtsheft des Mannes gesehen hatte, Fotos von Vater und Mutter des Mannes neben einem Morris Minor in irgendwelchen Parkbuchten. Auch die Uhren waren groß an Zahl, und die meisten gingen nicht. In so einem Haus war er noch nie gewesen.

Die Möbel sahen solide und schwer aus, ungefähr wie die in den Trödelläden, nichts Modernes darunter. Die Polstermöbel waren entweder schokoladenbraun oder von der gleichen Farbe wie die Hose und Strickjacke des Mannes, der Farbe eines Teddybärs, da und dort verziert mit rosa Häkeldeckchen und kleinen Kissen mit gestrickten rosa Bezügen. Aber der Geruch im Haus paßte überhaupt nicht zum Rosa der Kissenbezüge. Der Geruch in diesem Haus war viel schwerer zu beschreiben, ein Gemisch aus zwei Gerüchen, der erste nach Krankenhaus, der zweite nach etwas, wofür James kein Wort hatte; es gab nur ein Gefühl, woran ihn der Geruch erinnerte, und dieses Gefühl war Enttäuschung gewesen.

Die Treppe war schmal und steil und wand sich rechtsherum von unten nach oben, beziehungsweise linksherum beim Hinuntergehen. Das Hinuntergehen war gefährlicher, da auf der einen Seite gar kein Geländer war und auf der anderen nur ein dickes Tau, das mit Eisenhaken an der Wand befestigt war.

»Auf dieser Treppe mußt du achtgeben, bis du dich daran gewöhnt hast.«

Der Mann, der nicht mehr »der Mann« genannt werden sollte, redete unentwegt, während er James durchs Haus führte. Er öffnete Türen und streckte den Arm aus wie ein Platzanweiser im Kino, wenn neue Zuschauer hereinkamen. Er öffnete sogar Schubladen und Schränke und erklärte, was darin war.

»Scheren, Schnur, Klebeband, Ersatzsicherungen und Tüten für den Abfalleimer. Und hier haben wir Tischdekken, Gummihandschuhe, eine Betriebsanleitung für den Boiler, Kerzen und – warum, das weiß sie nur selbst – eine tote Fliege.«

Er machte auch sonst noch Witze, angestrengte Witze, und kicherte nervös. Der Mann, der zuerst in dem Sitzsack ertrunken war, dann bei der Erinnerung an einen Urlaub mit seinem Vater geweint hatte, trat in seinem eigenen Haus nicht selbstsicherer auf als im Bungalow oder damals auf der Parkbank. Seine Unsicherheit irritierte James zuerst, denn er fand, daß jemand, der für ihn die Verantwortung übernehmen wollte, etwas mehr Selbstbewußtsein haben und intelligent genug sein sollte, um zu wissen, daß James, wenn er sich erst entschieden hatte und wußte, wohin er wollte, wenigstens eine Zeitlang dafür sorgen würde, daß es auch klappte.

Ganz oben im Haus wurde er von dem Mann, der ihn dabei genau beobachtete, ob er Zeichen des Gefallens erkennen ließ, in ein Zimmer geführt, in dem die schräge Decke auf der einen Seite bis zum Fußboden hinunterreichte. Auch hier waren die Wände weiß, neu und strahlend weiß, und die Tagesdecke auf dem Bett und die Vorhänge waren ebenfalls neu, so neu, daß an der Unterseite der Tagesdecke versehentlich sogar noch ein Preisschildchen drangeblieben war. Die Tagesdecke und alle Möbel in diesem Zimmer waren blutrot, eine Farbe, die James sich aus den Fingern gesogen hatte, als er vor ein paar Wochen von dem Mann gebeten worden war, ihm seine Lieblingsfarbe zu nennen.

James wartete, ließ dem Mann Zeit, zu sagen, was offensichtlich war, daß dieses Zimmer nämlich James' Zimmer sein sollte, wenn die »Pflege mit dem Ziel der Adoption« durchging. Dann vollführte er einige wohlkalkulierte, aber untypische Handlungen. Zuerst machte er einen raschen Schritt zu dem Mann hin, legte ihm den Arm um die Taille und zog ihn einmal kurz an sich, womit er den Augenblick der ersten körperlichen Berührung schnell hinter sich brachte und den Mann vorübergehend sprachlos machte. Dann ging er im Zimmer umher, um alles einmal anzufassen und mit wiederholt geäußertem »Herrlich!« und »Prima!« großes Gefallen zu demonstrieren. Zuletzt streifte er seine Turnschuhe ab, warf sich rücklings auf das Bett, hüpfte darauf auf und nieder, setzte sein betörendstes filmpreiswürdiges Lächeln auf und wartete, bis der Mann, der jetzt ebenfalls lächelte, aber gleichzeitig weinte, seine Gefühle wieder in den Griff bekam und das blutrote Tuch wegzog, unter dem ein blutrotes Mountainbike zum Vorschein kam, das James schon am Kleiderschrank hatte lehnen sehen und längst an seiner Form als das erkannt hatte, was es war.

James spürte instinktiv, daß dieses erste Geschenk wohl in ehrfürchtigem Schweigen in Augenschein genommen werden wollte. Daß er seine Aufmerksamkeit ganz dem Fahrrad widmen und dem Mann seinen Rücken zugekehrt lassen sollte, um in seinem Schweigen die Rührung zum Ausdruck zu bringen, die zu empfinden hier wohl angemessen war. Dann konnte er dem Mann gestatten, sich ihm zu nähern und ihm eine Hand auf die Schulter zu legen, konnte es, wenn er sich kurz auf etwas anderes konzentrierte, sogar zulassen, daß der Mann diese Schulter drückte. Es geschah dann auch alles so, wie er es sich ausgerechnet hatte, denn er hatte schon gewußt, was er hier vorfinden würde.

Nach ein paar Sekunden des Schweigens sagte der Mann: »Wird teuflisch sein, das Fahrrad wieder hinunterzubringen. Beim Rauftragen bin ich schon fast die ganze Treppe runtergestürzt. Ich fand es nur angebracht, es dir in deinem Zimmer zu zeigen.«

Zum Lunch gingen sie in die Küche. Was sie dort redeten, bezog sich aufs Essen. Der Mann verriet ihm seine Methode, Bratkartoffeln so hinzukriegen, daß sie außen knusprig und innen weich waren. Er sprach von den Wunderlichkeiten seines Backofens, seiner Vorliebe für gedünstetes anstelle von gekochtem Gemüse, von den Kräutern, die er verwendete, und welche davon ihm den Salzkonsum einschränken halfen. Er fragte James nach seinen Vorlieben und Abneigungen in bezug auf Speisen und notierte sich die Antworten. Schließlich solle dieser Tag ihnen doch die Möglichkeit geben, einander kennenzulernen, und manche Leute meinten, der Mensch sei, was er esse. Nach dem Lunch fragte James, ob er den Rasen mähen dürfe, und tat dies, während der Mann abwusch.

Es folgte ein Spaziergang durchs Dorf, bei dem er eine kompakte Geschichtslektion bekam und erfuhr, daß das Dorf gegen Ende des achtzehnten Jahrhunderts eine Bäckerei und eine kommunale Mälzerei besessen und mit Kohle gehandelt habe. Jetzt besaß und tat es nichts dergleichen mehr, war aber dennoch größer geworden und wuchs noch weiter. Er bekam eine kleine Sozialsiedlung aus häßlichen, grauverputzten Häusern gezeigt, denen private Bauherren einige Bungalows in verschiedenen Formen, Farben und Materialien angefügt hatten; Glas und Beton, Holz und vielfarbige Ziegel hatten anstelle der teureren, am Ort vorhandenen Steine reichlich Verwendung gefunden.

Es folgten die Wahrzeichen, die für James von größerer Bedeutung waren. Die Schule, auf die Graham gegangen war. Die Kirche, der Friedhof und die hohen Lärchen drum herum – der Mann selbst ging gewöhnlich nicht in die Kirche, außer zu Weihnachten und Ostern, wolle das aber gern ändern, wenn James ein Kirchgänger sei. Er bekam den Sportplatz gezeigt, auf dem zu Zeiten, als das Dorf sich noch mit einer Fußballmannschaft brüsten konnte, Spiele ausgetragen und ganz gelegentlich auch gewonnen worden waren und wo jetzt noch jedes Jahr die Blumenausstellung stattfand, wenn auch in letzter Zeit immer halbherziger. Seit es Tiefkühltruhen und Drive-in-Supermärkte gab und die Schrebergärten verkauft worden waren, um Platz für weitere Altersruhesitze zu machen, ähnelte dieser ehemalige Wettstreit um die besten Früchte, Gemüse und Blumen, die in der Gegend angeboten wurden, mehr und mehr einem Flohmarkt.

Sie begegneten auf diesem Spaziergang nur wenigen anderen Dorfbewohnern, und der Mann stellte denen, die sie trafen, James nicht vor, sondern grüßte nur mit einer Handbewegung oder einem leise gemurmelten »Guten Tag«. James nahm an, daß der Mann sich rückversicherte. Wenn aus der »Pflege mit dem Ziel der Adoption« nichts werden sollte, wäre es weniger peinlich, wenn die Dorfbewohner James erst gar nicht kennengelernt hätten.

Der Tee war eine größere Angelegenheit. Der Tisch im vorderen Zimmer war gedeckt wie für eine Party. Der Mann, der angeblich auf sein Gewicht achten mußte, saß James gegenüber, das Gesicht eingerahmt von einem dreistöckigen Kuchenständer auf der einen Seite, einem zweistöckigen Ständer auf der anderen, auf dem in Frischhaltefolie gewickelte dreieckige Sandwichs lagen. Auf keinem dieser Sandwichs seien Gurken oder Dosenlachs, bekam James versichert. Obendrein gab es blutroten Pudding, Obstsalat und Trifle mit einer rosa Substanz obendrauf, die mit vielen bunten Partikeln bestreut war. James fragte sich nur, wo die Papierhüte blieben.

»Fällt dir jetzt, nachdem du das Haus gesehen hast, noch etwas ein, was du mich gern fragen möchtest?«

James dachte ein paar Sekunden nach, während er ein Bröckchen Schweinefett von seinem Sandwich klaubte und es geziert auf den Tellerrand legte. »Zwei Zimmer habe ich noch nicht gesehen. Wo Sie schlafen und wo Ihr Vater schläft.« Der Mann wischte sich mit einer Papierserviette langsam den Mund ab und griff über den Tisch nach der Teekanne. »Wann lerne ich Ihren Vater kennen?«

Der Tee wurde eingeschenkt, Milch dazugegeben und eine Süßstofftablette aus einem Plastikdöschen hineingetan, das der Mann aus der Tasche genommen hatte. James erkannte die Gesten und Krücken, auf die Erwachsene gern zurückgriffen, wenn sie sich in die Enge getrieben fühlten.

»Er ist leider nicht hier.«

»Was ist mit ihm?« Der Mann reichte James einen Teller mit in Scheiben geschnittener Fleischpastete. James schüttelte den Kopf.

»Er ist kränker geworden und mußte irgendwohin, wo er richtig ärztlich versorgt werden kann.«

»Sie meinen, ins Krankenhaus?«

»Ja.«

»Muß er im Bett liegen?«

»Nicht immer.«

»Dann kann er also herumgehen?«

»Ja, wenn man ihm hilft.«

»Er ist doch nicht meinetwegen ins Krankenhaus gebracht worden, oder?«

»Nein, natürlich nicht. Er wäre da auf jeden Fall hingekommen.« Der Mann blickte auf das Tischtuch hinunter, wo sein Daumennagel Striche um einen Klecks Chutney zog. Allem Anschein nach hatte ihn der Appetit verlassen. Nach einer kleinen Weile fuhr er fort: »Wenn ich mir meinen invaliden Vater vom Hals geschafft hätte, um einen Sohn adoptieren zu können, James, dann würde man mich wahrscheinlich nie für würdig befinden. Nein, er hat einfach einen zweiten Schlaganfall bekommen, einen sehr schlimmen. Er ist ins Krankenhaus gebracht worden, und dort wurde entschieden, daß er da bleiben muß. Du bist ein sehr intelligenter junger Mann, Jamie, und deine Besorgnis ehrt dich, aber ich lasse nicht zu, daß du dir meines Vaters wegen Schuldgefühle einredest.«

»Würden die mich auch hierherkommen lassen, wenn er nicht weg wäre?«

»Bisher wissen wir ja noch nicht, ob sie dich überhaupt hierherkommen lassen, oder?«

»Das ist keine Antwort.«

»Ich kenne die Antwort nicht. Möglicherweise nicht. Andererseits hast du ja in den letzten Jahren ziemlich drastisch gezeigt, daß Mutterfiguren nicht unbedingt dein Fall sind, und die geeigneten ledigen Männer, die sich um eine Adoption bewerben, kann man an nur einem Fuß abzählen. Du brauchst ja nur mal hierher über den Tisch zu gucken, dann siehst du, daß die schon das Faß auskratzen, sonst hätten sie mich nie soweit kommen lassen.«

James nickte zustimmend und lächelte über den Witz, der es ja wohl sein sollte, und der Mann drehte sich im Sitzen zur Anrichte um und holte aus der Schublade zwei Papierhüte hervor. Er hielt sie James zur Auswahl hin. James zögerte.

»Die sind dir wohl zu kindisch, was?«

James nickte wieder, und der Mann stülpte einen der Hüte über den Kuchenständer und setzte sich selbst den anderen auf. »Für mich nicht. Weißt du, die Bücher und die Fürsorger sagen alle, daß dieses Stadium, in dem wir beide uns jetzt befinden, sozusagen die Flitterwochen sind. Hast du davon schon gehört?«

James nickte.

»Dann sollten wir sie genießen, meinst du nicht? Später soll es ja noch schwierig genug werden. Hast du übrigens schon darüber nachgedacht, wie du mich nennen möchtest?«

James schüttelte den Kopf.

»Ich finde, ›Graham‹ wäre eigentlich ganz nett. Wenn du dich das traust.«

Als Tanktop-Bernie kam, um James abzuholen, wurde er zu Tee, Sandwichs und Kuchen gedrängt, denn es war ja soviel übriggeblieben. Lächelnd nahm er den von James verschmähten Papierhut vom Kuchenständer und setzte ihn sich auf den Kopf, während der Platzanweiser ihm das Haus zeigte, das Zimmer, das James' Zimmer werden sollte, und James' neues Mountainbike, worauf Bernard mit dem Finger drohte und etwas von »unartig« murmelte.

James räumte den Tisch ab und tat die Teller ins Spülbekken. Derweil fragte Bernard, ob er einmal den Garten sehen dürfe, und nachdem er sich lobend darüber geäußert hatte, wie schön der Rasen gemäht sei, führte er den Gastgeber ein Stück den Gartenweg hinauf, um mit ihm zu reden.

»Hat James sich nach Ihrem Vater erkundigt?«

»Ja.«

»Dachte ich mir. Und dann hat er Ihnen wohl gesagt, daß er's nicht über sich bringen würde, in die Schuhe eines Toten zu schlüpfen, bevor die nicht ein bißchen abgekühlt sind?«

»So ähnlich. Obwohl mein Vater ja noch gar nicht tot ist.«

»Manchmal hat man so ein Kind vor sich, das regelrecht Amok läuft, das stiehlt und flucht und lügt und systematisch anderer Leute Sachen kaputtmacht oder das an den unmöglichsten Orten die Hosen runterläßt, nur um irgendwie einen Blumentopf zu gewinnen oder vielleicht mal in den Arm genommen zu werden. Und Sie denken: ›Was ist das nur für ein durch und durch gestörtes, gottloses kleines Ungeheuer!‹ Aber ich wette mit Ihnen hundert zu eins, daß dieses Kind einen überaus komplizierten Moralkodex in Angelegenheiten hat, über die Sie und ich nicht einmal nachdenken würden.«

James, der schon einmal mit dem Abwasch begonnen hatte, sah durchs Fenster zu, wie die beiden Männer hinten im Garten einen Kreis nach dem anderen drehten.

»Wir haben herausbekommen, wo seine Großeltern mütterlicherseits wohnen. Ich habe ihnen geschrieben. Bisher noch keine Antwort. Kann natürlich sein, daß sie gar nicht antworten werden. Vielleicht wollen sie es einfach nicht wissen.«

»Schwer zu glauben.«

»Schwerer für Sie als für mich.«

»Wenn sie nun der Adoption widersprechen? Wenn sie ihn selbst zu sich nehmen wollen?«

»Über diese Brücke wollen wir gehen, wenn wir hinkommen.«

»Sie meinen, es war voreilig von mir, ihm dieses Mountainbike zu schenken?«

»Ein bißchen vielleicht. Debbie hat Ihnen gesagt, daß meine Einstellung ...?«

»Sich geändert hat, sagt sie.«

»Konkreter geworden ist. Positiver. Ich will keine Hoffnungen wecken, aber ich glaube, Sie sollten sich für den Adoptionsausschuß fit machen. Das heißt, an Ihrem sozialen Netz arbeiten und Ihre Referenzen auffahren.«

11

Familiengeschichten

»Was soll mit meinem sozialen Netz sein?« fragte ich die Jungfürsorgerin.

»Gute Frage! Darüber zerbreche ich mir auch schon den Kopf. Bei wem gedenken Sie Dampf abzulassen, wenn unser Jüngelchen sich aufspielt und Sie zu dem Schluß kommen, daß die ganze Geschichte ein schrecklicher Fehler war?«

»Ersteres kann passieren, letzteres nicht.«

»Wer kümmert sich um ihn, wenn Sie mal krank sind oder fortmüssen?«

»Kommt nie vor.«

»Wenn, Gray, wenn. Die Frage wird bestimmt gestellt.«

»Lynn.«

»Haben Sie die schon gefragt?«

»Brauche ich nicht. Sie hat sich um Dad gekümmert, sie wird sich um Jamie kümmern. Wir sind Freunde. Sie hat ein großes Herz.«

»Und wer noch außer Lynn?«

»Wenn man Lynn hat, braucht man sonst niemanden mehr. Sie würde das sogar übelnehmen.«

»Na schön. Das ist also Ihr soziales Netz. Hoffentlich reicht das. Und Ihre Referenzen?«

»Bernard hat das auch schon erwähnt. Wozu brauchen Sie die? Sie kennen mich. Sie wissen alles über mich. Sie begutachten mich schon lange genug.«

»Wenn wir zu dem Schluß kommen – das heißt wir von

der Fürsorge – praktisch also Bernie und sein Chef, ich und meiner – noch praktischer Bernie und ich – wenn wir also zu dem Schluß kommen, daß Sie und der kleine Lennards ein gutes Gespann bilden, dann müssen Sie vor den Adoptionsausschuß, der zwar unsere Empfehlung vorliegen hat, aber nicht unbedingt daran gebunden ist. Sind Sie soweit mitgekommen? Und der Ausschuß wird Sie nach Referenzen fragen und Namen hören wollen.«

»Anwälte ... Priester ... so etwas? Ärzte?« Ich nahm an, unser Hausarzt würde das schon machen. Er hatte mir ja durchaus zugetraut, für Dad zu sorgen.

»Himmel, nein! Sie bewerben sich nicht um ein Paßfoto. Richtige Leute. Richtige gewöhnliche Leute, die Sie schon von klein auf kennen. Wie hieß noch das Mädchen, mit dem Sie mal gegangen sind?«

»Elsie.«

»Und die jetzt verheiratet ist, wie Sie sagen. Eine verheiratete Frau, mit der Sie einmal beinahe intim gewesen wären – das ist doch eine ideale Referenz. Wenn ich darüber nachdenke, sollten Sie auch schon gewisse Erfahrung im Umgang mit Kindern haben. Fragen Sie Elsie mal, ob Sie bei ihr Babysitter spielen dürfen. Man kann nie wissen, wozu das gut ist.«

Es war keine Frage, die ich im Laden stellen konnte, wo vielleicht andere Leute drum herum standen, also beschloß ich, Elsie und Colin Needham in ihrer Wohnung im Gemeindehaus zu besuchen.

Colin öffnete mir die Tür. Er war unrasiert und barfuß und trug nur einen gürtellosen kurzen Morgenmantel über einer sehr kurzen Unterhose, auf die eine Fotomontage von Cape Canaveral und dem amerikanischen Star-Wars-Programm gedruckt war.

Da ich eine Freundschaft anknüpfen und nicht für eine politische Partei sammeln wollte, hatte ich beschlossen, an die Hintertür zu gehen, nicht nach vorn, und wurde durch eine Küche geführt, in der es nach abgestandenem Essen, angebrannter Milch und benutzten Windeln roch und in der jede freie Fläche mit beschmutzten Töpfen und Pfannen und offenen Schachteln oder hohen Wäschestapeln bedeckt war.

»Sie ist weg, um sich einen Kinderwagen anzusehen. Es ist doch nichts mit der Sozialhilfe, oder?«

Ich beobachtete, wie Colins nackte Füße gekonnt um die Bauklötze und die kleinen Spielsachen herumtraten, die den billigen, fleckigen Teppich bedeckten. Er bewegte sich schnell, hob hier etwas auf, um es dort an ebenso unpassender Stelle wieder abzulegen. Einen Moment lang hatte ich so ähnliche Gewissensbisse, wie die Mitglieder der königlichen Familie sie bei den seltenen Gelegenheiten haben mögen, wenn sie unangemeldet bei normalen Sterblichen hereinschneien oder eine überraschende Betriebsbesichtigung machen und die Arbeiter beim Schlafen oder Kreuzworträtsellösen erwischen.

»Nein, mit der Sozialhilfe ist alles in Ordnung. Es geht um nichts Amtliches.«

Colin stellte das Aufheben und Weglegen ein und lehnte sich an den Kamin, eine Hand an dem knappen grauen Frotteemantel, um ihn zusammenzuhalten. Unter dem Eßtisch bemühten sich drei Knirpse, rosa Plastikdreiecke durch gelbe Plastikovale zu stecken.

»Eigentlich wollte ich mit euch beiden sprechen.« Es erschien mir etwas verfrüht, gleich mit dem Ansinnen herauszuplatzen, daß die Needhams mir eine Referenz geben sollten. Ich beschloß, die Sache hintenherum anzugehen. »Über Kinder.«

Colin deutete mit dem freien Arm auf die Gruppe zwischen den Tischbeinen. »Kauf zwei, und du kriegst eines gratis dazu. Wo die herkommen, gibt's noch mehr davon. Das eine in Grün, das gehört nach nebenan.«

»Ich bemühe mich zur Zeit, eines zu adoptieren. Ich dachte, davon hättet ihr vielleicht schon gehört.«

Colin schüttelte langsam den Kopf, dann nahm er, ohne mich aus den Augen zu lassen, einen Spielzeug-Kipplaster von einem Lampenschirm und stellte ihn neben die Menage auf den Tisch. Endlich meinte er: »Nee, das wüßte ich noch, wenn ich es schon gehört hätte. Ziemlich gewagt, nicht?« Wieder machte er eine Geste, diesmal, um mir einen Stuhl anzubieten, offenbar seinen höchstpersönlichen, einen hochlehnigen Dreh- und Kippstuhl.

»Wieso findest du das gewagt?« Ich nahm einen offenen Farbkasten von der Sitzfläche des Stuhls, klappte ihn zu, setzte mich und behielt den Kasten auf dem Schoß.

»Weil du noch immer unverheiratet bist und hier im Dorf wohnst. Sieht ein bißchen komisch aus, wie? Nichts für ungut; ich sage nur, was ich denke. Wußte nicht mal, daß die so was bei alleinstehenden Männern erlauben.«

»Doch, seit einigen Jahren ist das zulässig. Man wird natürlich auf Herz und Nieren geprüft. Die sind sehr gründlich.«

»Das will ich auch hoffen. Müssen sie einfach. Himmel,

die Zeitungen sind doch heutzutage voll davon. Kannst du es fassen, was manche Leute mit Kindern anstellen? Kleinkindern sogar! Da sind ja auch nicht bloß die reichen Politiker am Werk. Und von wegen behext! Damit entschuldigen diese Perverslinge bloß ihre Ferkeleien. Ich würde die Saukerle alle miteinander kastrieren, aber sofort, und auf die Narkose würde ich dabei auch noch verzichten.«

Die Kinder unterm Tisch, von alledem unberührt, hatten vor den intellektuellen Ansprüchen des Formenerkennens kapituliert und sich ein Kartenspiel vorgenommen. Ich betrachtete das Bild auf dem Deckel des Farbkastens: zwei gesunde, fröhliche Kinder auf einer Schaukel. Ihre Frisuren und Kleidung entstammten den vierziger Jahren; sie hätten auch neben ihren Eltern am Radio sitzen und »Spezialagent Dick Barton« hören können, wovon Mutter immer gehofft hatte, die BBC würde es einmal wiederholen. Colin sagte: »Na ja, aber worüber wolltest du denn nun mit uns reden?«

»Eigentlich nichts Wichtiges. Ich wollte euch nur wissen lassen, was sich tut, damit ihr euch nicht wundert, wenn die Adoption durchgeht und ich plötzlich ein Kind im Haus habe.«

Ich hörte meine Worte und wußte, daß es die falschen waren, und wenn ich jetzt wieder ging, ohne gesagt zu haben, wozu ich eigentlich hergekommen war, würde es hinterher nur noch schwieriger sein, deswegen noch einmal herzukommen. Ich muß recht lange einfach so dagesessen und den Farbkasten angestarrt haben, ohne mehr zu sehen als verschwommene Grundfarben, und die ganze Zeit wußte ich, daß ich jetzt hätte aufstehen sollen, im Grunde sogar von mir erwartet wurde, daß ich mich verabschiedete und ging, statt einfach zu bleiben, wo ich war, gefangen in der Zeit, mich suhlend in der Enttäuschung und ähnlich trüben Zukunftsaussichten. Ich blickte durch die nebligen Farben auf dem Kasten hinunter in das Ende eines langen Tunnels, wo statt der Kinder von 1940 ein rundlicher Mann im hellbraunen Mantel mit einem zehnjährigen Jungen auf einer feuchten Bank saß, Sandwichs aß und zwei dicken Damen beim Tennis zusah. Der Mann hatte den Jungen gefragt, ob ihn etwas bedrücke, und der Junge hatte die Gurken von den Sandwichs geklaubt und den Kopf geschüttelt, was sowohl ein Kommentar zum durchweichten Zustand der Sandwichs als auch ein Zeichen dafür sein konnte, daß ihn nichts bedrückte, ja es konnte sogar heißen, daß er nicht die Gewohnheit habe, mit prospektiven Adoptivvätern schon beim ersten Besuch über seine Probleme zu sprechen. Der Mann hatte gesagt: »Wenn du einverstanden bist, würde ich dir gern ein richtiges Zuhause geben und für dich sorgen«, aber das Kopfnicken des Jungen hatte nicht bedeutet: »Ja, danke, das fände ich schön«, sondern einfach: »Sprich nur weiter. Ich höre zu.«

»Sag mal, geht's dir nicht gut?« Ich merkte, daß diese Worte ganz aus der Nähe kamen, und sah, als ich den Kopf wandte, zwei muskulöse Knie und darüber das besorgte Gesicht von Champion dem Wunderpferd, wie es immer ausgesehen hatte, wenn er zum Quartalsdiktat ins Klassenzimmer gekommen war. Colin Needham saß neben mir in der Hocke.

»Sie muß jetzt jeden Moment kommen. Ich weiß, daß sie bestimmt gern mit dir reden möchte. Sie ist jetzt viel selbstbewußter als damals, als du und sie ...«

Er hockte ganz dicht vor mir, deutlich in Sorge um mich; sein gürtelloser Morgenmantel war aufgegangen. »Sie kommt gleich wieder. Sie bleibt nie lange weg«, sagte er. Seine knappe Unterwäsche konnte nur unzulänglich verbergen, was er mir da zeigte – den Grund, falls es eines Grundes bedurfte, warum Elsie meine Unterhaltung unzureichend gefunden hatte. Es sah aus, als stünde Cape Canaveral unmittelbar vor seinem bisher spektakulärsten Raketenstart. Allein die Vorfreude auf die Rückkehr seiner Frau hatte in Colin Needhams Körper Lust erregt, und das mußte in seinem Leben schon so oft vorgekommen sein, daß er es nicht einmal mehr merkte, denn sein Gesicht drückte unverändert Sorge um die Gesundheit seines Gastes aus.

Ich wandte den Blick zu den Kindern unter dem Tisch. Colin fragte: »Bist du sicher, daß du wirklich kein eigenes willst? Diese Bande da unten hat mich richtig verändert. Na, du weißt doch noch, daß ich früher so ein bißchen übermütig war. Ein eigenes ist immer am besten, Graham. Zu wissen, daß man so was produziert hat, da geht nichts drüber. Sieh dir mal diesen Jeff an.« Er stand auf, griff unter den Tisch, hob ein kleines Kind im hellblauen Spielanzug hoch und reichte ihn mir herüber. Ich stand ebenfalls auf. Ein dicker Wurm von Rotz hing zwischen Nase und Mund des Kleinen, der die Unterlippe schmollend nach unten zog und die Augen zusammenkniff, als ich näher heranging.

Ich nahm ihn. Er war schwerer, als ich gedacht hatte, und atmete geräuschvoll und japsend durch den offenen Mund. Der kleine Körper zappelte und wand sich in meinen Armen, zog sich dann zusammen und machte sich schwer, um mir zu entkommen und wieder zu Boden zu gleiten.

Und ich fand das schön. Es war das Kind anderer Leute, und ich wünschte es mir. Und wie ich es mir wünschte! Keine großen Rehaugen, kein »Hilf mir, ich bin so klein und schwach« im Gesicht, kein »Nimm mich und sorge für mich, und ich werde deine Tugenden mehren und alle deine Fehler auslöschen«, nur ein unansehnliches Knäuel zappelndes Menschsein, und das einzige, woran ich denken konnte, war das tief in mir bohrende Bedürfnis, mich seiner anzunehmen.

»Du bist an Hosenmätze wie unsern Jeff wohl nicht gewöhnt, wie?« Ich schüttelte den Kopf und versuchte dabei zu vermeiden, daß der Hosenmatz mir mit den Fäusten ins Gesicht schlug. »Na, was ist das für ein Gefühl?«

»Schwierig.«

»Ich hab nie verstanden, warum die Leute kleine Kinder immer auf den Arm nehmen müssen, aber wenn du erst selbst eins hast, kannst du's verstehen. Das ist das Leben da drin, meinst du nicht? Ein Kind auf dem Arm, dem du das Leben gegeben hast, Graham. Da geht nichts drüber!«

Der schmollende Mund an meinem Ohr ließ plötzlich einen so lauten Wutschrei los, daß ich im ersten Augenblick dachte, mir bleibe das Herz stehen.

»Hör dir das an! Kann ein richtiger kleiner Teufel sein, wenn er's darauf anlegt. Und so voller Leben. Halt mal die Klappe, Jeff! Ich erkläre dem Mann gerade was übers Elternsein.«

Ich ließ Jeff sanft auf den Boden hinunter, und der Lärm hörte so plötzlich auf, wie er angefangen hatte.

»Na sieh mal, das war jetzt der erste Fehler, den du gemacht hast. Gib ihnen nach, wenn sie losbrüllen, und das nächste Mal wissen sie, was sie zu tun haben.« Ich glaube, ich muß ziemlich verlegen dreingeschaut haben, denn Colin schlug jetzt einen aufmunternden Ton an. »Ich sag dir noch was, woran ich meinen Spaß habe. Wir könnten's jetzt gleich machen, ich könnte dir's zeigen, aber unsere zwei waren erst gestern abend dran, und zuviel Wasser tut ihnen nicht gut. Wenn man sie im Bad spielen sieht! Gibt einem ein richtig komisches Gefühl. Unsere Tina, was die für Füßchen hat! So was Vollkommenes hab ich noch nie gesehen. Bei anderer Leute Kindern funktioniert das aber nicht. Es müssen schon die eigenen sein.«

Fast einsneunzig groß, breit, muskelbepackt und verschwitzt, dazu einen Tagesbart wie Stahlwolle im Gesicht. Wer hätte gedacht, daß Champion das Wunderpferd derart weich sein könnte! *»Haben Sie als Kind je mit Puppen gespielt? Vielleicht mit einem Teddybär? Durften Sie je ein Hündchen haben?«* Ich sah wieder Margery im Gemeindezentrum und in voller Fahrt. *»Das ist alles gut dokumentiert. Jungen können ebenso wie Mädchen ihr Bedürfnis befriedigen, ein Kind zu gebären und dafür zu sorgen. Das ist ein wichtiges Entwicklungsstadium. Probleme gibt's erst, wenn so ein tolpatschiger Erwachsener dem kleinen Jungen bewußt macht, was er da tut, bevor der ein gesichertes Identitätsbewußtsein hat und ins nächste Stadium eingetreten ist. Da steht der kleine George mit seinem fast unbezähmbaren Verlangen, zärtlich und liebevoll zu sein, vielleicht sogar dieses hilflose kleine Ding zu säugen, und dann sagen Sie ihm, daß sein unbezähmbares Verlangen in Wirklichkeit nie befriedigt werden kann; Sie sagen dem kleinen George, daß er widernatürlich ist, falsch gepolt, ein Betriebsunfall,* *obwohl er das alles gar nicht ist. Und kaum ist George zwölf Jahre alt, meldet er sich zum* SAS, *nur um Ihnen zu beweisen, daß er kein Weichling ist. Wahrscheinlich wird er nie dahinterkommen, daß sein unflätiger Sergeant einmal dasselbe infantile Bedürfnis hatte, Puppen an- und auszuziehen.«*

»Du hältst nichts vom Heiraten, wie?«

»Ich glaube kaum, daß ich jetzt noch eine kennenlerne.«

»Hast dich aber auch nie besonders umgeguckt, wie? Jetzt ist es natürlich zu spät, aber vor fünfzehn Jahren oder so, wenn ich da gewußt hätte, daß du interessiert bist, hättest du mit mir kommen können. Du kamst mir immer ein bißchen ... na, du weißt schon ...«

Ich nickte, denn ich wußte nur zu gut, was er meinte.

»Richtig schade, eigentlich. Meinst du, das war vielleicht nur Schüchternheit, was ich immer ein bißchen für Überheblichkeit gehalten habe?«

»Hauptsächlich Schüchternheit.«

»Für mich war's ja wohl ein Glück. Na, du weißt schon, oder? Wo du dich ja selbst mal für sie interessiert hast ... früher mal.«

»Rein platonisch.«

»Ja, das sagt sie auch. Sie findet, du bist ein richtiger Gentleman. Wie alt soll das Kind denn sein, das du adoptieren wirst?«

»Zehn. Vielleicht elf.«

»O Gott, Mann, in dem Alter sind sie unausstehlich. Und dann noch von einem anderen. Du mußt verrückt sein.«

»Für ein jüngeres Kind käme ich nicht in Betracht. Und es gibt keine Garantie dafür, daß ich überhaupt akzeptiert werde, aber ich will's versuchen. Weswegen ich nun eigentlich hergekommen bin, das sind die Referenzen.« Ich wartete ab. Es war klar, daß Colin nicht verstand, worum es ging. »Von Leuten, die mich schon lange kennen, am besten von Leuten, die Erfahrung mit Kindern haben.« Ich beschloß, jetzt auch aufs Ganze zu gehen. »Außerdem soll ich versuchen, selbst Erfahrungen zu sammeln. Mit Babysitten. Aushilfe in einem Jugendclub. Irgendwas in der Art. Ich meine, wenn du und Elsie …« Ich sah unter den Tisch, wo die kleinen Kartenbrüder gerade eine Abart von Poker mit Haken und Ösen zu spielen schienen. »Wenn ihr mal einen Babysitter …«

»Wir gehen nicht viel weg. Haben nicht das Geld dafür. Und wenn, dann kommt Schwiegermama ganz gern her und sieht nach den Kindern. Und meine Mutter hat sich erst neulich beschwert, daß wir sie so selten kommen lassen.«

»Ihr scheint ja eine richtige Warteliste zu haben.«

»Ja, so was Ähnliches.«

»Und die Referenz?«

»Frag mal Elsie. Sie kennt dich besser als ich – und überhaupt wollen die doch wahrscheinlich nur hören, daß du an Frauen nicht völlig uninteressiert bist. Ich bin auch immer noch nicht so gut im Schreiben, wenn's um was Amtliches geht.«

An der Hintertür schauderte Colin ob der kalten Luft draußen, dann sagte er: »Sie wird es richtig bedauern, daß sie dich verpaßt hat. Ich weiß, daß sie sicher gern mit dir gesprochen hätte. Sie hat sich nämlich auch sehr verändert.«

»Vielleicht habe ich es ja zu eilig, ich weiß es nicht.« Ich wartete und hoffte auf Widerspruch. Aber sie sah mich durch den Spalt zwischen Tür und Rahmen schweigend an. »Wissen Sie, wir hatten eine kleine Auseinandersetzung. Ich habe das Gefühl, er mag es nicht, wenn ich in seiner Vergangenheit herumstochere, nicht einmal unter seiner Aufsicht.«

»Und die Aufsicht verweigert er jetzt, indem er um die Ecke im Auto sitzt, stimmt's?«

»Stimmt. Es ist immer schwer zu entscheiden, wie man sich richtig verhält, nicht wahr?«

»Immer.« Die Frau dachte kurz nach, bevor sie die Sicherheitskette löste und die Tür gerade so weit aufhielt, daß ich eintreten konnte. »Hat er schon in Ihrer herumgestochert?«

»Wie?«

»In Ihrer Vergangenheit. Kommen Sie schon rein.« Ich ging hinein, und sie folgte mir. »Hat James sich damit mal näher befaßt?«

Das Zimmer war düster und unaufgeräumt, überall lagen Kleidungsstücke herum, und es roch dumpfig.

»Das ist ein Teil des Problems. In meiner Vergangenheit lohnt sich's kaum herumzugraben. Im Vergleich zu seiner war sie sehr langweilig. Immer dasselbe Zuhause, dieselbe Schule, einziges Kind, einigermaßen bequem eingerichtet.« Die Frau wies auf einen Sessel, und ich setzte mich. Sie war dick und hatte kräftige graue Strähnen im Haar, aber sie konnte noch keine Sechzig sein und mußte die Arbeit im Kinderheim schon früh aufgegeben haben. Ich fragte mich, was sie wohl jetzt mit ihrer Zeit anfing, und hatte den Verdacht, daß es nicht besonders viel war.

»Und Ihre Frau? Kann sie ihm nicht ein bißchen Zerstreuung bieten? Ein paar Skelette klappern lassen?«

»Ich bin nicht verheiratet.«

»Verwitwet, geschieden?«

»Ich war nie verheiratet.«

Es entstand eine lange Pause, in der die Frau sich in ihrem Sessel zurücklehnte und mich ansah. Ich fühlte mich natürlich unbehaglich, bemühte mich aber, es nicht zu zeigen.

»Und die haben Sie tatsächlich schon an sein Lebensberichtsheft rangelassen?«

»Ja, und das Ganze sieht ziemlich hoffnungsvoll aus. Darum möchte ich nicht jetzt noch Fehler machen.«

Ihre streng sachliche Miene wurde ein wenig weicher. Sie schien sich aufrichtig für mich zu freuen. »Glückwunsch. Schön für Sie. Da muß sich ja in den letzten zwei Jahren einiges bewegt haben. James hatte nur noch seinen Vater, ja? Hm, steckt wohl eine gewisse Logik dahinter, auch wenn das eigentliche Problem dadurch nur vertagt wird. Die müssen Sie durch die Hölle gejagt haben.«

»Eigentlich nicht. Bisher waren alle sehr hilfsbereit.«

Hilfreich waren sie unter anderem dadurch gewesen, daß sie diese Frau für mich ausfindig gemacht hatten – und natürlich nicht nur diese Frau. Auch ehemalige Pflegeeltern, die James nicht alle wohlwollten, Lehrer an verschiedenen Schulen, von denen man dasselbe sagen konnte, viele der Namen in seinem Lebensberichtsheft, nicht aber die Großeltern mütterlicherseits, die es noch immer vorzogen, auf Briefe nicht zu antworten. Tanktop-Bernie hatte mir mit eindringlichen Worten klargemacht, ich solle mir eine Adoption nicht als einen Neubeginn vorstellen, und wenn ich noch so sehr versucht sei, es sei weit von der Wirklichkeit entfernt. »Sie können nicht sagen: ›Das ist jetzt Tag eins. Hier fangen wir an.‹ Der Junge bringt Gepäck mit. Das können Sie nicht ignorieren.« Ich müsse mit so vielen Personen aus James' Lebensberichtsheft sprechen, wie wir ausfindig machen könnten, sofern sie bereit seien, mich zu empfangen. »Auch so«, hatte Bernie gemeint, »werden Sie davon noch vieles herausfiltern. Sie werden sich nur das merken, was Sie sich merken wollen.«

Diese Frau war in einem früheren Heim James' Hauptbetreuerin gewesen. »Was meinten Sie vorhin mit ›Problem vertagt‹?« fragte ich.

»Nichts. Nur meine veraltete Amateurpsychologie. Schon daß Sie solo sind, dürfte Ihnen doch bei James genügend Pluspunkte eintragen, oder? Lediger Mann adoptiert verkorksten Zehnjährigen.«

»Gerade mein Ledigsein könnte es aber auch schwerer für ihn machen. Wenn andere Kinder Witze über mich reißen, was ich wohl für einer bin.«

»Blödsinn. Das steckt der weg wie nichts. So was läuft an ihm ab wie Wasser von der Ente, falls er sich nicht sehr verändert hat, seit ich ihn kannte – womöglich zu einem Rührmichnichtan geworden ist. In der Jugendfürsorge hat es schon komischere Sachen gegeben.«

»Er ist sehr sensibel.«

»Klar ist er das. Wenn etwas für ihn dabei herausspringt. Sind wir denn nicht alle so? Nein, da machen Sie sich grundlos Sorgen. Wenn James ein richtiges Zuhause für sich ergattern kann, bei einem reifen Mann, der ihn verhätschelt, und ohne eine Frau, die alles nur komplizierter macht, dann ist er doch fein heraus. So was hat er sich immer gewünscht. Davon hat er sogar richtig phantasiert.«

»Die Frau im Kinderheim meinte, Sie hätten sich einmal sehr gut mit ihm verstanden.«

»Ich war so ungefähr das einzige weibliche Wesen, das er auf Armeslänge an sich heranließ.«

»Woran kann das gelegen haben?«

»Hat er jemals von seiner Mutter gesprochen?«

»Nein. Und man hat mir dringend geraten, vorerst nicht danach zu fragen.«

»Nie, wenn Sie mich fragen. Frauen sind für James nicht einfach Nervensägen, wie sie es für viele vorpubertäre Jungen sind; sie sind ihm zuwider, das Böse an sich. Vielleicht haben Sie noch nichts davon gemerkt, aber es ist schon vorgekommen, daß er sich übergeben mußte, nur weil es nach Gesichtspuder roch. Immer wenn im Fernsehen eine halbwegs ansehnliche junge Frau zu sehen war, fing er an, sich die Arme aufzukratzen, bis sie bluteten. Jetzt verstehen Sie vielleicht, was ich mit ›Problem vertagt‹ gemeint habe.«

Ich begann zu zweifeln, ob Lynn in diesem Fall noch als soziales Netz in Frage kam. Aber immerhin konnte es sein, daß die Frau aus irgendeinem persönlichen Grund ein bißchen übertrieb. Ich fragte: »Warum hat er Sie denn nicht als widerlich und als das Böse an sich angesehen?«

»Hat er ja, anfangs. Obwohl ich schon angejahrt und dick und das genaue Gegenteil von den Püppchen war, bei denen er sich immer kratzen mußte. Ein Glück nur, daß damals niemand fotografiert hat, als ich fast eine Stunde lang auf ihm gesessen habe. Er lag eingeklemmt auf dem Boden und brüllte sich die Seele aus dem Leib, während ich ihm meine Titten ums Gesicht baumeln ließ. Gespuckt und gebissen hat er, mit seinem Schädel auf dem Boden herumgehämmert, mir die Haare büschelweise ausgerissen. Ich glaube, wenn ich so ein aufgedonnerter Typ gewesen wäre, hätte er sich umgebracht.« Sie hielt inne, sah mich an, faßte einen Entschluß und sagte: »Man hat Ihnen doch gesagt, daß er das schon zweimal versucht hat?«

Ich nickte.

»Sagen Sie ihm, ich bin schwer gekränkt, daß er nicht mal aus dem Auto gestiegen ist, um mich wiederzusehen, nach allem, was wir miteinander durchgemacht haben. Wir haben uns zeitweise gut verstanden, bis er dann verlegt wurde. Er will Ihnen also gestatten, für seinen leiblichen Vater einzuspringen, so? Da müssen Sie wirklich etwas sehr Besonderes sein. Ich nehme an, sein Vater ist noch im Gefängnis?«

»Ja. Bevor – und falls – die Sache endgültig wird, wollen wir ihn besuchen.«

Die Frau seufzte schwer, lehnte sich in ihrem Sessel zurück und sah mich nachdenklich an. »Sie armes Schwein! Das gehört wohl zu den Bedingungen für die Adoption. Dieser ganze ›Offenheits‹-Quark, auf den sie sich heute soviel einbilden! Wenn leibliche Eltern das Schicksal ihrer Kinder im Auge behalten wollen, sollen sie sich verdammt noch mal von vornherein ordentlich um sie kümmern, oder besser, sie gar nicht erst in die Welt setzen.«

»So ist das nicht. Ich möchte ihn selbst gern kennenlernen, und Jamie will ihn unbedingt sehen.«

»Das denke ich mir. War vermutlich seine Idee.«

»Das schon, aber die Fürsorgerin ist auch dafür.«

»Und wie alt ist die? Vierzehn?«

Ich hatte nicht die Absicht, mich gegenüber meiner

Jungfürsorgerin illoyal zu verhalten, und sagte: »Nein, sie ist sehr reif in ihren Ansichten.«

»Hören Sie mal, mein Freund, ich will ja nicht unhöflich sein, aber Sie sollten jetzt lieber gehen. Wir verschwenden nur beide unsere Zeit, und mir hängt das langsam zum Hals heraus; es läuft doch alles nach dem bekannten Schema ab. Sie haben keinen Boden unter den Füßen und lassen sich von einem Zehnjährigen dazu mißbrauchen, seinen Vater wiederzusehen. Sie werden ihn nie zur Adoption bekommen, und glauben Sie mir, Sie können froh darum sein. Sowie die beiden sich wiedersehen, und sei es durch Gitterstäbe, sind Sie abgemeldet.«

»Haben Sie den Vater je kennengelernt?«

»Brauchte ich nicht. Soviel ich weiß, hat er irgendeine wilde Vergangenheit – als Söldner oder so, ich weiß es nicht genau –, und das hat ihn ins Kittchen gebracht. Ich halte mich nur an das, was ich von unserm Sonnenschein da draußen weiß, falls der noch da draußen ist. Um Gottes willen, Mann, wachen Sie auf! Was glauben Sie wohl, warum er nicht gemütlich mit uns hier drinnen sitzt?«

Ich kam mir allmählich vor wie ein Kind, das etwas ausgefressen hat und von seiner Schulleiterin die Leviten gelesen bekommt, und fühlte, wie meine Unterlippe sich verzog.

»Wie gesagt, wir hatten eine Auseinandersetzung.«

»Weil es Ihnen geglückt war, mich zu finden?«

»Hm, im Grunde ja. Ich hatte gedacht, er würde sich freuen, Sie wiederzusehen.«

»Und? Hat er sich gefreut ... im Grunde?«

Ich schüttelte den Kopf. Hilflos mußte ich meine Sechs

entgegennehmen, nachsitzen und zur Strafe tausendmal schreiben: »Ich muß schneller denken.«

»So eine Überraschung! Und da haben Sie gesagt, er muß ja nicht mit hereinkommen und die alte Hexe Maureen wiedersehen, wenn das seinen Seelenfrieden stört?«

»Man muß behutsam mit ihm umgehen.«

»O ja, natürlich! Wer weiß denn auch, was ich hier womöglich über ihn erzähle? Sie sind diesem Spiel doch einfach nicht gewachsen, oder? Ist er Ihnen nicht immer etliche Züge voraus?«

»Wir sprechen von einem zehnjährigen Kind.«

»Schön, also nur für den Fall, daß dieses ›Kind‹ nicht mehr im Wagen sitzt, wo Sie ihn zurückgelassen haben, finden Sie um die Ecke ein Telefonhäuschen. Man ruft üblicherweise die Polizei an, wenn einem ein Kind, das man in seiner Obhut hatte, abgehauen ist, und die freuen sich nicht, wenn man damit zu lange wartet.« Die Frau erhob sich schnell und führte mich zur Tür. Ich sollte entlassen werden, diesmal mit einer Verwarnung davonkommen. »Danke fürs Reinschauen, und nun bringen Sie entweder Ihre Nummer auf die Reihe und hören auf zu glauben, daß ihm die Sonne aus dem Hintern scheint, oder überlassen Sie ihn der Fürsorge und den sogenannten Profis. Er mag ja so ausgekocht sein wie ein Suppenknochen, aber er verdient jemanden, der mehr Schmalz zwischen den Ohren hat.«

Auf der Treppe merkte ich zu meiner Überraschung, daß ich wieder einmal den Tränen sehr nah war, nicht weil diese Frau mich so offensichtlich verachtete, sondern weil mir die ganze Zeit, während ich ihr zuhörte, immer wieder Fetzen von Gesprächen mit James durch den Kopf gegangen waren wie von einer Schallplatte. Und diese sagten mir, daß die Frau über den Jungen, der mein Sohn werden sollte, sehr viel mehr wußte als ich. Sie konnte keinen Grund gehabt haben, das alles nur zu erfinden oder irgendeinen Groll gegen Jamie zu hegen. Sie mochte in ihrer Art noch so ruppig gewesen sein, aber der Ausdruck ihrer Augen verriet, daß sie ihn einmal sehr gern gehabt haben mußte.

»Was immer geschieht, fürchten Sie sich nicht vor James' Vorleben«, hatte Bernard gesagt. »Es kann Ihnen nur dadurch weh tun, daß es ihm weh tut, und sehr wahrscheinlich wird das dann der Fall sein, wenn Sie es zu ignorieren versuchen und hoffen, daß es sich irgendwann verflüchtigt. Zerren Sie es hervor, sehen Sie es sich an, holen Sie es in die Gegenwart, und dann tun Sie es zurück in die Vergangenheit, wo es hingehört. Solange Sie das nicht gemacht haben, Sie beide gemeinsam, kann James nicht mit sich selbst ins reine kommen, seinen eigenen Wert nicht erfahren, ja nicht einmal sicher sein, daß er überhaupt existiert.«

Ich ging zum Wagen zurück und sah mich unterwegs nach dem Telefonhäuschen um, denn inzwischen war ich überzeugt, daß die Frau in jeder Beziehung recht hatte und Jamie wahrscheinlich abgehauen war. Plötzlich wurde mir klar, daß manches von dem, was ich fühlte, Angst war, Angst vor der Verantwortung, die ich da übernahm, Angst, daß ich weder geduldig noch ausdauernd genug sein könnte, um die Sache hinzukriegen. Warum mir etwas vormachen? Ein einzelgängerisches Leben, in einem Dorfpostamt mit Briefmarkenzählen, Formularausfüllen und Buchführen zugebracht, konnte in keiner Weise eine tragfähige Grundlage für das sein, was vor mir lag. Eine Hälfte in mir wünschte sich fast, daß Jamie abgehauen war. Erst dann, dachte ich, erst wenn man ihn zurückgeholt hätte, erst wenn mein Denken wieder klarer wäre, würde ich die richtigen Fragen zu stellen wissen.

Es war dann so, daß die Frau recht und unrecht zugleich behielt. Unrecht insofern, als er noch im Auto saß, genauso, wie ich ihn zurückgelassen hatte, aber auch recht, weil er es einfach dadurch, daß er nicht abgehauen war, wieder einmal geschafft hatte, mir um ein paar Züge voraus zu bleiben.

Ich setzte den Wagen in Bewegung und fuhr ohne ein Wort los, denn ich hoffte, das Schweigen zwischen uns werde Jamie zusetzen und ihn zwingen, mich zu fragen, was die Frau gesagt habe. Vielleicht war das überhaupt die richtige Methode, mit ihm umzugehen; ich durfte nur reagieren und nicht drängen, mußte mein jämmerlich schlechtes Blatt dicht vor der Brust halten und das Bieten ihm überlassen.

Nach zehn Kilometern war das Schweigen auf dem Platz neben mir so unerträglich geworden, daß wieder einmal ich es war, der das erste Wort sprach.

»Ich hatte schon halb damit gerechnet, daß du nicht mehr auf mich warten würdest.«

»War's so schlimm?«

»Was?«

»Was sie über mich erzählt hat.«

»Nein. Nicht schlimm. Sie hat dich in guter... na ja, sie mag dich. Es hat sie nur gekränkt, daß du sie nicht sehen wolltest.«

»Und da hat sie die Giftspritze ausgepackt und meinem guten Namen den Rest gegeben.«

»Sie hat mir in dem einen oder anderen Punkt den Kopf zurechtgerückt.«

»Nanu, war der so verdreht?« Ich fühlte, wie meine Hände am Lenkrad zu schwitzen begannen. Bei all seiner Ruhe und scheinbaren Gelassenheit war das der gefährlichste Ton, den er mir gegenüber je angeschlagen hatte.

»Ich habe mir in den Kopf gesetzt, soviel wie möglich über dich in Erfahrung zu bringen, falls du das meinst.«

Ich beugte mich nach vorn und spielte mit der Senderwahl des Autoradios, um mich möglichst unerschüttert und gelassen zu geben. Dadurch sah ich nicht rechtzeitig die Ampel wechseln, beschleunigte zu stark und zu plötzlich und mußte dann hart bremsen, so daß der Wagen ein paar Meter weit über die Straße hoppelte wie ein Känguruh. Jamie flog mit einem selbstzufriedenen Grinsen im Gesicht auf seinem Sitz hin und her, und als ich den Wagen endlich wieder einigermaßen unter Kontrolle hatte, ließ auch ich meine Pokermaske fallen und schloß mich seiner Heiterkeit an.

Es vergingen ein paar Minuten, bis ich wieder auf meine Begegnung mit der Frau zurückkam, und meine erste Frage fiel mit einem Wechsel im Radioprogramm zusammen, wo ein ohrenfreundliches Streichquartett einem kreischenden Sopran weichen mußte, der die Tonleiter rauf und runter kollerte. Mein erster Impuls war, das Radio auszuschalten, aber dann fand ich, daß meine Befragung dadurch allzu kalkuliert wirken könnte.

»Wie kommt es, daß du diese Frau irgendwie gern hattest, wenn Frauen an sich doch eigentlich nicht dein Fall sind?«

»Vielleicht, weil sie so 'ne Art Lesbe ist.«

»Wie bitte?«

»Lesbe. Homo. Schwul. Hatte sie etwa keine Lederklamotten an und sah aus, als wenn sie eine Woche lang nicht geschlafen hätte?«

»Nein. Sie sah vielleicht ein bißchen vergammelt aus, aber...«

»Na bitte, da hast du's.« Sein Ton war plötzlich schärfer geworden, seine Stimme höher, fast als wäre er am Erstikken. Und als ich einmal rasch den Blick von der Straße wandte, um ihn anzusehen, saß dieser coole, beherrschte, entspannte Zehnjährige, der sich bis vor einem Augenblick noch feixend gegen die Rückenlehne gelümmelt hatte, auf einmal ganz verkrampft nach vorn gebeugt und kratzte sich an den Oberschenkeln und in den Kniekehlen. »Keine richtige Frau, darum.«

»Was ist denn eine richtige Frau?«

Diese Frage, die mit einem tollkühnen Versuch der Sopranistin zusammenfiel, Glas zerspringen zu lassen, löste ein noch verzweifelteres, noch heftigeres Kratzen und einen ebenso plötzlichen und ebenso lauten Wutausbruch bei James aus.

»Titten und Seide und Löckchen. Stinkiges Make-up. Und Beine, die sofort auseinanderfliegen, wenn du nur schon mit dem kleinen Finger drankommst!« Zusammen mit diesen gebrüllten Worten sprühte Spucke in meine Richtung.

Ich schaltete das Radio aus, lenkte an den Straßenrand und hielt an. An seinen Beinen lief ein bißchen Blut herunter. Er hatte das Fenster hinuntergekurbelt, den Kopf soweit wie möglich von mir weggedreht, und starrte in den Straßengraben, in den jemand einen aufgeplatzten Müllsack geworfen hatte.

»Du hättest das Radio ausmachen können, wenn dich das aufregte.«

»Mich regt nichts auf. Es ist dein Radio.«

Ich wartete. Ich wußte, daß ich jetzt behutsam vorgehen mußte, aber zugleich durfte dieser Augenblick nicht ungenutzt verstreichen oder zugekleistert werden, wenn wir jemals weiterkommen sollten. Endlich sagte ich: »Heißt das, ich muß von jetzt an wissen, welche Themen dich auf die Palme bringen, und sie zu meiden versuchen?«

Sekunden vergingen. Dann antwortete James. »Haben sie dir nicht gesagt, wie es ist, Vaterersatz zu sein?«

»Okay. Eins zu null für dich. Auch wenn es ein bißchen gedauert hat. Und wenn ich nun Hilfe brauche?«

»Wer braucht die nicht?«

»Was war eigentlich schlimmer, meine Fragen oder die Frau im Radio?«

»Beides.«

»Also, wenn wir eins von beiden jetzt mal abschalten, kannst du die Haut an deinen Beinen zur Hälfte behalten. Oder an einem bleibt sie dran, das andere wickeln wir dann in Verbände. Du mußt einsehen, daß diese Fragen sein müssen, Jamie, denn wenn ich nicht weiß, warum dich etwas verletzt, kann ich nicht vermeiden, dich ungewollt damit zu verletzen. Das siehst du doch ein, ja?«

»Hat sie dir erzählt, wie sie sich mal auf mich gesetzt hat?«

»Ja.«

»Dann brauchst du ja wohl sonst nichts mehr zu wissen.«

»Einspruch. Auf unbegabte Sopranistinnen können wir verzichten, aber ich muß mehr über dich wissen, sehr viel mehr, wenn wir beide gute Freunde werden sollen.«

»Sollen wir das?«

»Unter anderem.«

»Was zum Beispiel noch?«

»Das liegt zum Teil bei dir.«

»Wie ein Liebespaar? Die wollen doch immer alles voneinander wissen, oder?«

»Das schon, aber nicht wie so ein Liebespaar. Jetzt fängst du schon wieder mit deinen Spielchen an. Du weißt genau, worauf ich hinauswill.«

»Ach, du meinst das Spiel mit dem Glas Wasser? Das spielen sie im Heim immer mit den Kleinen.« Er redete jetzt im Ton eines Kindermädchens. »Hier, liebe Kinder, habe ich einen ganzen Krug voll Liebe und Güte. Und wenn ich etwas davon in dieses Glas hier gieße, das Martin sein soll, habe ich immer noch etwas übrig für Mr. und Mrs. Jenkins. Aber als Martin bei der alten Mrs. Arschgeige war, hat er 'ne Folie über sein Glas geklebt, so daß die alte Schachtel nichts mehr von ihrer tollen Liebe und Güte in ihn hineingießen konnte. War das nicht ganz unartig von ihm? Und darum traut er jetzt keinem mehr. Martin ist innen ganz ausgetrocknet. Darum spielt er in der Morgenandacht Taschenbillard, zeigt auf der High Street seinen Piepmatz und macht der Katze einen Knoten in den Schwanz, wenn er sich langweilt. Kommt bloß daher, daß er geglaubt hat, der Krug ist randvoll mit Liebe und Güte. Und dabei war's nur blödes H_2O!«

»Wer ist Martin?«

»Ein Junge, den ich kenne.«

Ich wartete, bis er sich nach diesem Auftritt wieder etwas abgeregt hatte. Die Versuchung, das Auto wieder in Bewegung zu setzen und die Diskussion auf ein andermal zu vertagen, war groß, zumal ich selbst kaum noch wußte, worüber wir überhaupt diskutierten. Ich war ziemlich müde und mehr als nur ein bißchen unsicher, aber ich entschied mich für einen letzten Versuch, das auszusprechen, was ich für die Grundregeln hielt.

»Laß mal die Spielchen. Ich versuche dir nur eines klarzumachen, nämlich daß wir, wenn unsere Beziehung einmal funktionieren soll, schließlich so etwas wie Liebe füreinander empfinden sollten. Ich selbst rechne damit. Und wahrscheinlich rechnen alle, die mit uns zu tun haben, auch damit. So, und wie steht es nun mit dir? Womit rechnest du?«

»Wäre das so eine Liebe wie zwischen dir und deinem Vater, damals in der Woche, die ihr Urlaub gemacht habt? Meinst du so etwas?«

Wenn man den kratzigen Zwischenfall mit der Sopranistin danebenhält, verlief unser erstes volles Wochenende miteinander, das schon kurz darauf stattfand, viel glatter, als man vernünftigerweise hätte erwarten können. James kam am späten Freitagnachmittag und verbrachte fast den ganzen Vormittag bei mir und Mrs. Linford im Laden, saß auf einem hohen Schemel neben dem Postschalter und beobachtete die Gesichter der Kunden, die so gern gewußt hätten, wer er war, sich aber nicht entscheiden konnten, wie sie die Frage anbringen sollten. Wir schließen an Samstagen pünktlich um eins, und von halb zwölf bis eins spielte er sogar den Portier, indem er den Kunden die Tür aufhielt und sie huldvoll anlächelte. Beim Lunch wies er mich darauf hin, daß mindestens zwei der Annoncen im Schaufenster überholt seien, besonders der Spendenaufruf für die Hungersnot im Sudan.

Nachmittags besuchten wir ein Automuseum, und am frühen Abend sahen wir uns gemeinsam einen gewaltstrotzenden Videofilm an, der bei Kindern unter zehn angeblich sehr beliebt war. Der Videorekorder war eine neue Errungenschaft. Lynn hatte mir klargemacht, daß der Besitz eines Videorekorders den Unterschied zwischen einem aufgeschlossenen Vater der Neunziger und einem viktorianischen Patriarchen ausmachte.

Am Sonntag schliefen wir lange, arbeiteten ein bißchen im Garten und fuhren nachmittags zur Forellenfarm Bibery. Am Spätnachmittag fuhr Jamie ein paarmal mit seinem Fahrrad ums Dorf und schaute in viertelstündigen Abständen zum Wohnzimmerfenster herein, um sich zu vergewissern, daß ich noch da war, wo er mich zurückgelassen hatte.

Alles in allem war es ein sehr befriedigendes Wochenende.

12

Schatzsuche

Er war wie gewöhnlich am späten Freitagnachmittag abgeholt worden, und im Auto hatte der Mann, der Graham genannt werden wollte, ihm gesagt, die Poststelle sei an diesem Wochenende unterbesetzt, weshalb er, der Mann, gleich morgens hinter seinem Schalter stehen und den ganzen Vormittag dort bleiben müsse. James werde also, sosehr der Mann es auch bedaure, am Samstagmorgen nicht mit einer Tasse Tee geweckt und müsse sich sein Frühstück selbst machen. James machte gern sein Frühstück selbst, was beide wußten, und so war das kein Unglück. »Wenn du irgend etwas, was du brauchst, nicht findest, komm ruhig in den Laden und frag mich«, hatte Graham gesagt.

Er erwachte am Samstagmorgen in dem Zimmer mit den blutroten Möbeln und der schrägen Decke, vollauf damit zufrieden, daß ihm kein Tee gebracht worden war und er etwas viel Kostbareres genießen konnte, nämlich Zeit für sich selbst. Nachdem er noch ein Weilchen im Bett gelegen hatte, stand er auf, nicht weil er dazu angehalten oder ermuntert worden wäre, sondern weil er, James, jetzt aufzustehen wünschte. Dann ging er in dem neuen Pyjama, den er am Abend zuvor unter seinem Kissen gefunden hatte, in dem Haus umher, das bald sein Haus wäre, beginnend auf der Etage gleich unter der seinen. Niemand würde ihn stören; es war ja niemand im Haus. Sein Frühstück würde er sich machen, wann es ihm gefiel – innerhalb vernünftiger

Grenzen, denn wenn er sich nicht irgendwann im Laden blicken ließ, um nach etwas zu fragen, wovon er schon ganz genau wußte, wo es war, würde man womöglich denken, er sei die Treppe hinuntergefallen oder habe einen Kessel kochendes Wasser über sich geschüttet oder irgendeinen anderen tödlichen Unfall erlitten.

Zuerst horchte er an der Tür, von der er wußte, daß sie ins Zimmer des alten Mannes führte, dann drehte er langsam den Knauf und ging hinein.

Das Doppelbett war abgezogen. An der Wand gegenüber dem Bett stand ein großer Einbauschrank. James öffnete die Türen. Rechts und links waren Kleiderstangen, dazwischen von oben bis unten zwei Reihen schmaler Schubladen und darüber ein durchgehendes Fach für Bettwäsche. Die eine Seite war leer, abgesehen von einem schwarzen Spitzenhandschuh, der zusammengeknüllt und verstaubt in einer Ecke lag, so daß James ihn zuerst für eine Maus hielt, die sich dort versteckte. Auf der anderen Seite befanden sich die Sachen des alten Mannes. Auf gepolsterten Bügeln hingen zwei Anzüge, drei Sportsakkos, Hosen aus Kord oder Kammgarn und viele Hemden, manche mit langen Ärmeln, manche mit kurzen, manche weiß, manche gestreift, manche kariert, manche buntgemustert. Die schmalen Schubladen auf dieser Seite enthielten Unterhemden und weite Unterhosen, Taschentücher, auf die ein »E« gestickt war, Krawatten, ordentlich gestopfte Socken und kleine Netzsäckchen mit Lavendelblüten. Die Schubladen auf der anderen Seite waren säuberlich mit geblümtem Papier ausgelegt, aber leer. Es waren nicht einmal Lavendelsäckchen darin.

Die Frisierkommode stand an derselben Wand. Darauf ein Spiegel und zwei Fotorahmen, in denen sich Atelieraufnahmen von dem Mann und der Frau befanden, die sonst immer in Parkbuchten geknipst worden waren, sowie noch ein dritter mit einem Hochzeitsfoto von demselben Mann und derselben Frau. Kein Foto von dem Mann, der Graham hieß, nicht als Kind, nicht als Jugendlicher, nicht als Mann. Die obere linke Schublade war leer; in der oberen rechten Schublade befanden sich Manschettenknöpfe, verschiedene Tuben Salbe, Pillenfläschchen, ein Thermometer, eine Dose Fußpuder und ein Elastikverband. Die Schublade dazwischen war mit demselben geblümten Papier ausgelegt, aber leer. Die Schublade darunter enthielt ordentlich zusammengelegte, handgestrickte Pullover und Strickjacken und drei lange Unterhosen, die zuviel Platz brauchten, um in die Wäscheschublade im Kleiderschrank zu passen. Und die Schublade unter dieser war verschlossen.

James ging in die Küche hinunter und suchte, bis er einen Hammer und einen Schraubenzieher fand, mit denen er die Schublade aufstemmte. In ihr fand er, eingewickelt in Seidenpapier, ein Khakischiffchen mit dem Abzeichen der Königlichen Feldzeugtruppe, eine Kampfanzugjacke und ein Koppel. James erkannte jederzeit eine Militäruniform, auch wenn ihm diese hier ein wenig veraltet vorkam. In der Jacke war eine Muschel versteckt. Er hielt sie sich ans Ohr und hörte tief in ihrem Innern das Meer rauschen. Dann tat er die Muschel an ihren Platz zurück und schloß die Schublade. Sein Einbruch hatte keine erkennbaren Spuren hinterlassen, und es war unwahrscheinlich, daß der Mann, der darum gebeten hatte, Graham genannt zu werden, je entdecken würde, daß sie nicht mehr verschlossen war. Wenn James richtig vermutete, wußte Graham nicht einmal, daß die Schublade je verschlossen gewesen war. Die Sachen der Mutter waren weggeschafft worden, aber die des Vaters waren noch da. Demnach war dies noch immer das Zimmer von Grahams Vater und hatte als solches respektiert zu werden.

Er setzte sich aufs Bett und sah zum Fenster hinaus auf den Spielplatz und den Hügel dahinter. Nach einer Weile ließ er sich langsam mit dem Rücken auf die etwas fleckige Matratze sinken, legte sich so, wie er glaubte, daß der alte Mann gelegen hatte, und sah sich aus dieser Perspektive im Zimmer um, lauschte den Geräuschen, die von draußen kamen, und denen, die das Haus selbst machte. Dann stand er auf, stellte sich auf die Matratze und hüpfte darauf herum wie auf einem Trampolin. Danach verließ er das Zimmer, um seinen Erkundungsgang fortzusetzen.

Halb erwartete er, Grahams Zimmer verschlossen vorzufinden, obwohl er selbst nicht wußte, warum er das erwartete. Er hatte sich geirrt. Der Kleiderschrank hier war einer von der großen, häßlichen Sorte, mit Spiegeltür. James stellte sich in seinem neuen Pyjama davor, das gespiegelte Bett hinter sich, und betrachtete das gespiegelte Zimmer und sich selbst in diesem Zimmer, bevor er sich dessen Inhalt vornahm. Er ging zum Bett und zog die Decke zurück, unter der hellblaue aufgerauhte Laken zum Vorschein kamen. Er legte die Hand auf das untere Laken, um zu prüfen, ob es noch warm war. Es war noch warm. Er faßte unters Kissen und fand ein hellblaues Taschentuch, das er sich zuerst an Mund und Nase preßte und dann auf dem

Laken ausbreitete, dann kniete er sich hin und legte seine rechte Wange darauf. Schließlich faltete er das Taschentuch wieder zusammen und steckte es in die Tasche seines neuen Schlafanzugs.

Er brachte das Bett wieder in Ordnung und hielt einen Moment inne, um zum Fenster hinaus in den Garten und auf den Rasen zu blicken, den er heute wieder mähen würde. Dann ging er zum Kleiderschrank zurück, öffnete die Tür und durchsuchte die Taschen eines jeden Kleidungsstücks, das darin hing. James klaubte Fusseln aus allen Taschen, nicht nur von den Sachen, die im Schrank hingen, sondern auch von denen, die nur über Stuhllehnen gelegt worden waren, und untersuchte diese Fusseln wie einer, der am Tatort eines Verbrechens der Polizei bei ihren Ermittlungen half. In der Innentasche eines Jacketts entdeckte er außer Fusseln auch noch einen kleinen Schlüssel.

Oben auf dem Kleiderschrank lagen drei Koffer. James stieg auf einen Stuhl, um sie herunterzuholen. Zwei waren leer. Der dritte enthielt Jungenkleidung – ein graues Schulhemd, kurze Hose, schwarze Turnschuhe, eine Badehose, eine Aertex-Unterhose, die James vor dem Spiegel anprobierte, und eine Schulmütze, in deren zerrissenem Futter der Name »Graham Holt« stand, mit Markierstift geschrieben. Er setzte sich die Mütze verkehrt herum auf. Unter den Jungenkleidern fand er, eingeschlagen in Seidenpapier, Babysachen – handgestrickte Jäckchen mit Bändern, Schühchen so groß wie Streichholzschachteln und eine Babymütze mit gestickten Häschen auf den Ohrenklappen. Darunter kamen als nächstes Sachen für einen Dreijährigen zum Vorschein – ein Spielanzug aus blauer und weißer Baumwolle, mit einem Schiffsanker auf dem Lätzchen, ein kleiner Mantel und ein Paar Söckchen. James steckte eines der Söckchen zu dem Taschentuch in seine Pyjamatasche.

Auf der Kommode lag eine alte Haarbürste, die James sich fest gegen die Wange drückte und eine Weile so hielt, aber ansonsten hatten die Kommode und das Nachttischschränkchen wenig Interessantes zu bieten. Unter der Kommode lugte allerdings ein Aktenköfferchen aus Pappe hervor, das verschlossen war, doch der kleine Schlüssel öffnete es. Das Köfferchen enthielt Kopien von Briefen an Behörden, die den Wunsch des Absenders nach Adoption eines Jungen betrafen, sowie eine Sammlung alter Scheckhefte, eine quittierte Rechnung von einem Bestattungsunternehmen und einige Blätter liniertes Papier von einem Notizblock, auf denen immer wieder die Worte »Mein Name ist Graham John Holt. Ich bin 36 Jahre alt und ledig« standen. Zwischen diesen Blättern befand sich ein kleinerer, zusammengeknüllter Zettel. James glättete ihn und las:

BENÖTIGT
Brot
Milch
Teebeutel
ein Sohn
Lunch (Schinken oder Fleischpastete)
Zucker
Chinakohl

Die Kirchturmuhr schlug die halbe Stunde. Halb zehn, Zeit, um ans Frühstück zu denken, wenn er nicht wollte, daß sich jemand zu sorgen anfing. James tat den Schlüssel wieder in die Tasche, aus der er ihn genommen hatte. Dann ging er schnell noch einmal ins Zimmer des alten Mannes und holte die Muschel aus ihrem Versteck in der Kampfanzugjacke, bevor er wieder in sein eigenes Zimmer unterm Dach ging, wo er noch eine Weile vor den mitgebrachten Sachen sitzen blieb – Taschentuch, Söckchen und Muschel –, die er auf dem Bett ausgebreitet hatte. Er würde später entscheiden, wo er sie verstecken wollte.

»Du bist also der Gärtner. Ich hab den Rasen noch nie so schön gemäht gesehen.« Die dicke Frau in Rosa umarmte und küßte den Mann, der Graham hieß, dann verzog sie die glänzenden Lippen zu einem leeren Lächeln und sagte: »Ich bin nur aus Neugier gekommen. Wollte Jamie mal kennenlernen.«

Draußen gafften vier Kinder aus den Fenstern eines alten Autos. Die Augenbrauen der Frau sahen aus, als wären sie eigens auf ihr Gesicht gemalt worden, um Erstaunen zu mimen. Sie streckte James eine große, dicke Hand entgegen, zog die Nase kraus und sah ihn unter dem Mop wasserstoffblonder Locken hervor kokett an. »Hast du dich schon ein bißchen hier eingewöhnt?«

James nickte und rückte von der Frau ab, um sich ans Fenster zu stellen, wo er etwas Luft bekam.

»Ein komisches Kaff ist das hier. Du kannst hier schon zwanzig Jahre wohnen, dann kapieren die vielleicht, daß du hier nicht auf Urlaub bist.« Sie tätschelte Grahams Schenkel, als dieser sich neben sie aufs Sofa setzte. James fragte sich, warum diese beiden Dicken, die ihn da vom Sofa aus angrinsten, nicht längst geheiratet und sich die Kinder geteilt hatten, die auf den beschlagenen Autofenstern jetzt Käsekästchen spielten.

»Dieser Mann hier, er ist von den Eingeborenen der einzige, der mir nicht das Gefühl gibt, nur eine Stadtpflanze zu sein. Unser Graham ist schon in Ordnung, doch, das ist er. Paß nur gut auf ihn auf, Jamie. Willst du wirklich Jamie genannt werden? Für mich siehst du eher aus wie ein ausgekochter Jim oder Jimmy.«

Der Mann, der darum gebeten hatte, Graham genannt zu werden, sagte: »Es muß Jamie oder James sein, Lynn. Auf etwas anderes hört er nicht.«

»James. Das klingt ja vornehm. Guck dir mal die Bande da draußen an, wie die jetzt wieder mitleidheischend in die Welt stieren. Das sind Cora, Giles, Jasper und Ludo, und von denen weiß keiner, wie ein Fischbesteck aussieht.«

Graham fragte James später, was er von dieser Frau halte, und James antwortete, er habe keine Meinung über sie. Das war gelogen. James' Meinung über die Frau sah so aus, daß sie ihre Kinder mit den vier forschen Namen nur allzu gern mit diesem ledigen Postmeister geteilt hätte und jetzt eifersüchtig war. James hatte dem Blick, mit dem die Frau ihn angesehen hatte, so einiges entnommen. Das eine war, daß sie zu den Leuten gehörte, die immer ganz furchtbar glücklich taten, obwohl sie das Gegenteil davon waren. Ein zweites war, daß sie zu gern gewußt hätte, ob er sexuell mißbraucht worden war und, wenn ja, auf welche Weise. Und als drittes hatte sie begriffen, daß Graham, ihr bester Freund, nur benutzt wurde und sie sich sehr genau überlegen mußte, wie sie ihm das beibringen wollte.

Sonntag morgen. So würde es von jetzt an immer sein. Jeden Morgen, an dem er in diesem Zimmer mit den blutroten Möbeln und der schrägen Decke aufwachte, würde er mit dem Laken über dem Kopf erst mal liegen bleiben, sein rechtes Ohr fest an die Muschel pressen und den Wellen lauschen, die an das Felsenufer brandeten, während er die Falten in dem Laken über sich studierte. Irgendwo in diesen Falten, wo die hellen Streifen von den Vorhangritzen Licht und Schatten warfen, konnte seine Phantasie ein Gesicht ausmachen. Einen Mund mit heruntergezogenen Winkeln. Eine Nase. Verschleierte Augen, die warteten. Immer warteten.

13
Probe

Den Kindern im Heim wurde jede Woche ein kostenloses Telefongespräch über vier Minuten mit einer Person ihrer Wahl zugestanden. Jamie und ich hatten vereinbart, daß er mich jeden Dienstagabend und ich ihn am Donnerstagabend anrief, um unsere Wochenendpläne festzumachen. Diese Anrufe ließen uns nie vergessen, daß wir uns zwar schon in den Flitterwochen fühlen mochten, offiziell aber erst im Stadium der Fernanbahnung waren.

Als Jamie mich am Dienstag nach unserem ersten gemeinsamen Wochenende anrief, begriff ich erst in den letzten dreißig Sekunden dieses Gesprächs, daß ich eine verschlüsselte Botschaft übermittelt bekam, und wenn ich diese nicht in den allerletzten Sekunden zu entschlüsseln vermochte und schnell auch noch versprach, danach zu handeln, würde ich alle Pluspunkte, die ich schon angesammelt haben mochte, sofort wieder verlieren.

Der Grund für die Verschlüsselung war, daß die Gespräche vom Büro des Kinderheims aus geführt werden mußten, wo dauernd Leute kamen und gingen und besonders rücksichtslose Leute manchmal auch an ihren Schreibtischen saßen und lange Fallberichte schrieben oder Entschuldigungsbriefe an Personen, deren Eigentum in der voraufgegangenen Woche demoliert worden war, und dann wurde jedes Wort des Kindes, das irgendwie nach Habenwollen klang, getreulich notiert und später mit Hänseleien geahndet.

Wenn Jamie nicht solche Sticheleien riskiert hätte, um seine Botschaft anzubringen, hätte ich vielleicht nie erfahren, daß eben nicht nur jeder brave Junge Wohlwollen verdient, sondern daß auch jeder halbwegs brauchbare Ersatzvater im Kofferraum seines Autos »ein echtes Zelt« haben sollte, wie Jamie es ausdrückte – und »echt« hieß: aus Armeebeständen; keinesfalls so ein blaues, gelbes oder rotes Ding aus glänzendem Nylon mit Plastikfenster und einem Bild von Snoopy und dem Roten Baron an der Seite, ein Zelt, wie ich es sicher gekauft hätte, wenn ich meinem ersten Impuls gefolgt und sofort ins nächste Zeltgeschäft gerast wäre, um meinen Kofferraum zu bestücken.

Glücklicherweise schützte mich mein angeborener Hang, mir jederzeit Anleitung zu holen, besonders wenn eine Geldausgabe droht. Da ich ja jetzt meinen Vater nicht mehr zu versorgen hatte, konnte ich die Poststelle getrost einmal in Lynns tüchtigen Händen lassen, Jamie von der Schule abholen, in die er ging, und mit ihm zusammen das Zelt kaufen gehen, das er für das echteste hielt.

Es heißt, wenn ein Mensch stirbt, laufen die Höhepunkte seines Lebens noch einmal vor ihm ab. Ich hoffe sehr, daß einer davon bei mir dieser Zeltkauf sein wird. Ich hatte bis dahin einfach nicht geahnt, daß die Ausgabe einer größeren Geldsumme soviel Freude machen kann.

Zunächst einmal wußte Jamie ganz genau, was benötigt wurde und wo es zu haben war. Nach der Vertrautheit zu urteilen, mit der ihn der jugendliche Verkäufer begrüßte, kann Jamie noch nie woanders beim Schaufensterbummel gesichtet worden sein. »Mike, das ist Graham. Er will mich adoptieren.«

Und Mike gab mir lächelnd die Hand und sagte: »Prima. Hoffentlich klappt's.« Dann, an Jamie gewandt: »Das sind ja gute Neuigkeiten. Freust du dich?«

James nickte weise und verlangte augenblicklich Rabatt, der ebenso augenblicklich zugesagt wurde, worauf der junge Kunde und der fast so junge Verkäufer zu feilschen und herumzualbern anfingen und sich dabei vor Lachen kugelten.

Ja, vor Lachen. Jamie lachte! Mehrere Male. Aus vollem Hals, genüßlich, hemmungslos und tief aus dem Bauch. Ich hatte ihn bis dahin noch nie richtig lachen hören. Und als ich dann noch eingestand, was ohnehin immer offenkundiger wurde, nämlich daß ich mein Lebtag noch nie ein Zelt aufgebaut, ja noch nicht einmal in einem geschlafen hatte, da erstrahlte sein Gesicht, als hätte ich ihm etwas geschenkt, wonach er sich schon lange gesehnt hatte, was ich in gewissem Sinne ja auch tat, indem ich meine Unwissenheit seiner Erfahrung anheimgab. »Ich passe schon auf, daß dich die Ameisen nicht fressen, nicht wahr, Mike, da passe ich schon auf«, meinte er, und wieder lachte er unter Beteiligung des ganzen Körpers und ließ den jungen Verkäufer an unserer Freude teilhaben, und so etwas wie diesen Blick, den er mir eine Sekunde später zuwarf, hatte ich noch nie gesehen. Ich bezweifle überhaupt, daß irgend jemand in den voraufgegangenen vier Jahren je so einen Blick bei ihm gesehen hat. Ich will nicht behaupten, daß der Blick etwas wie Liebe ausdrückte, und er war ja auch nur sehr kurz, aber die Wirkung, die er auf mich hatte, hielt lange an, wenn es denn möglich ist, daß etwas sowohl anhalten als auch erschlagen kann. Jamie ließ mich einen Blick in eine Zukunft tun, in der ich für einen Menschen so total dasein konnte, wie meine Eltern füreinander dagewesen waren, sogar mit der schwachen Hoffnung, etwas dafür wiederzubekommen.

Bis zu diesem Zeitpunkt hätte ich, wenn man mich um meine Meinung übers Zelten gefragt hätte, wahrscheinlich sämtliche Vorurteile von mir gegeben, die unsereiner so hat. Für Jamie standen Zelte, wie ich jetzt weiß, für das Leben seines Vaters oder was er dafür hielt – Heerlager, Expeditionen, Bergbesteigungen und was es sonst noch so an Wildromantischem gibt –, aber für Leute wie mich, die von überheblichen Medien der Gehirnwäsche unterzogen wurden, waren Menschen, die ihre Freizeit in Zelten verbrachten, wahrscheinlich glühende Naturalisten, Kämpfer für das Wegerecht, Vogelkundler und Dachsschützer, Zeitgenossen, die einen Fleischesser angeblich noch drei Speisewagenabteile weiter riechen konnten und mit Sandalen an den nackten Füßen im Schnee herumliefen: lauter ehrenwerte Menschen, zweifellos, die durch ihren Einsatz vielleicht sogar seltene Tierarten vor der Ausrottung bewahrten, Regenwälder aufforsteten und am Ende sogar die Menschheit am Selbstmord durch globale Erwärmung hinderten, aber verschroben, wunderlich und über alle Maßen lächerlich. Nein, Zelten war für mich nichts, was man zur Erholung tat; es war ein masochistisches Unterfangen, das man eben auf sich nahm, weil man einen zehnjährigen Freund hatte, der zufällig ein Sadist war, und weil man ihn glücklich zu machen wünschte. Was trieb man da den lieben langen Tag, nachdem einen die Morgensänger erst aufgeweckt hatten?

In dem Laden mit den echten Zelten hatte Jamie gesagt: »Wenn du Schlafsäcke nicht gewöhnt bist, brauchst du einen doppelten, da hast du mehr Platz drin«, und ich hatte mich in meiner gelinden Paranoia gefragt, ob hier wohl meine Gürtelweite zur Debatte stand. Aber das war nicht der Grund für die Empfehlung, für mich einen Doppel- und für ihn einen Einzelschlafsack zu kaufen; ein halbwegs »echter« Einzelschlafsack sollte ohne weiteres eine Einmetertaille in sich aufnehmen können. Nein, ich bin jetzt überzeugt, daß Jamie von Anfang an die Absicht hatte, zu mir in den Doppelschlafsack zu kriechen.

Es war ein verlängertes Wochenende, Bankfeiertag. Die Poststelle blieb am Montag zu, und Jamie mußte erst am Dienstagmorgen wieder ins Heim zurück. Wir sangen im Auto Beatles-Songs und waren um die Mittagszeit die einzigen, die es in einem Gartenlokal bei Ross-on-Wye mit der Kälte aufnahmen. Ich stellte James harmlose, unverfängliche Fragen nach seinen Vorlieben und Abneigungen, und wir diskutierten ein bißchen über Filme, Politik, Religion und Atommüll. Ich hatte – auf Anweisung – einfachen Proviant mitgebracht: Dinge, die man am offenen Feuer zubereiten konnte, wie Koteletts, Hühnerschlegel, Würstchen und Kartoffeln zum Backen in der Folie; Brot, Butter, Käse, Salat und Obst konnte man kalt essen, und Milch, Diätcola und Teebeutel kauften wir in einem Dorf, bevor wir uns einen Platz zum Zelten suchten. Jamie wählte den Platz aus, an dem wir unser Zelt aufschlugen, und unterwies mich geduldig in meinen Aufgaben, ganz ohne sich über meine Ungeschicklichkeit aufzuregen, wie ich gefürchtet hatte, und in meiner Erleichterung darüber wurde ich ein bißchen lockerer und entsprechend fixer. Wir brachten ohne Schwierigkeiten ein Feuer in Gang, setzten uns davor und grillten Würstchen an Stöcken. Wir hatten uns kaum angestrengt, und doch empfanden wir beide die angenehme Müdigkeit, die von der frischen Luft kommt. Um halb zehn verzogen wir uns jeder in seinen Schlafsack, und es war wirklich gar nicht unbequem, ich hatte sogar reichlich Platz darin. Ich schlief wie ein Kind, und Jamie, der ja ein Kind war, vermutlich auch.

Nachdem wir am ersten Morgen mit der Sonne aufgestanden waren, machten wir Tee, tranken ihn, wuschen uns die Gesichter mit taunassen Handtüchern und hockten uns für unser Geschäft (in meinem Fall ein bißchen linkisch) über eine kleine Grube, die Jamie mit Hilfe eines aus dem Auto geholten Spatens hinter einem Busch gegraben hatte. Anschließend wurde die Hinterlassenschaft mit Erde abgedeckt und für den nächsten Morgen eine neue Grube gegraben. Wir wanderten, kochten, aßen und wanderten noch ein bißchen. Und dann saßen wir – für immer, wie es mir jetzt scheinen will, obwohl es sicher nur ein paar Minuten waren – nebeneinander auf einem umgestürzten Baum und sahen einem Sperber zu, wie er herabschoß, hochstieg, umhersegelte und auf der Stelle schwebte. Was der Vogel aus seiner luftigen Höhe sah, konnten wir nicht wissen, aber uns faszinierte seine Eleganz, dieser plötzliche Wechsel zwischen Ruhe und Bewegung so sehr, daß wir ihn beide nur stumm bewundern konnten.

Wieder das Lagerfeuer, die verräucherten und halbverbrannten Koteletts, die dicken Brotkanten mit Scheibenkäse, der unbeschwerte Ton, die Gespräche am flackernden

Feuer in der Dunkelheit. Um halb elf legten wir uns dann wieder schlafen. Ich weiß nicht, wieviel Uhr es war, als ich davon aufwachte, daß Jamie zu mir in den Doppelschlafsack kroch.

Es war nichts, was mich hätte beunruhigen sollen, es war eigentlich gar nichts. Kein Grund, mich aufzuregen oder Angst zu haben. Es war doch anzunehmen, daß er nur Wärme und Nähe suchte. Vielleicht kam meine Verwirrung daher, daß er bis zu diesem Augenblick weder das eine noch das andere je bei mir gesucht hatte.

Ich erstarrte von Kopf bis Fuß, als er einen Arm über meinen Bauch schob, den Kopf auf meine Brust legte und seinen mageren, zarten Körper an den meinen drückte. Unwillkürlich hielt ich mir eine Hand vors Geschlechtsteil. Würde diese menschliche Wärme, diese nie zuvor erfahrene Nähe eines anderen Körpers, auch nur eines Kinderkörpers, mich sexuell erregen? Obwohl ich schwitzte, wurde mir plötzlich kalt vor Angst – Angst, daß die Umarmung dieses emotional geschädigten Kindes die Neuinszenierung einer Verführung sein könnte, die es in der Vergangenheit erlebt hatte, Angst, wie ich darauf reagieren könnte, ich, der ich so voll Sehnsucht war, voll schmerzendem Verlangen, voll Unsicherheit.

Er sagte nichts, er lag nur da, als wäre es das Natürlichste von der Welt, sein schmutziges Gesicht auf meine Brust gepreßt, Holzrauch im Haar, während sein warmer Atem meine Haut kribbeln ließ. Im Geiste hörte ich Colin Needham: »Das ist das Leben da drin...« Jamies knochiges Ärmchen spannte und entspannte sich um meinen Bauch. Er drückte sich an mich, suchte den Schutz meiner Nähe, zuckte hin und wieder kurz, streifte gelegentlich mit seinen Lippen meine Brustwarze, während sein Atem allmählich langsamer wurde und er einschlief.

Ich sagte mir, daß dieses Kind, das sich da an mich schmiegte, nur Liebe und Wärme suchte, mir auf eine Weise, die ihm völlig natürlich war, Vertrauen und Zuneigung entgegenbrachte. Ich fühlte den fast unbezähmbaren Drang, vor Freude aufzuschreien, ihn aufzuwecken und das alles zu erwidern, ihn zu umarmen, zu liebkosen, zu küssen, ihm all die Fürsorge, Zuneigung, Zärtlichkeit, Hingabe, Liebe und Erleichterung zu zeigen, die in mir wühlten. Die unmittelbare Folge dieses Widerstreits herzbrechender Gefühle – der plötzlich aufwallenden Freude und Erregung, Zufriedenheit und Wonne, gefolgt vom schmerzhaften Bewußtwerden meiner eigenen Verwundbarkeit, dem jähen Absturz in die Angst vor Spott und Zurückweisung, die alle unter Jamies Kopf in dieser Brust kochten und brodelten, bis sie mir die Kehle zuschnürten, mir in den Augen brannten, mich erstickten – die unmittelbare Folge also war, daß ich würgte und röchelte und kaum noch Luft bekam.

Die zweite Folge war vielleicht zu erwarten gewesen, überrumpelte mich aber dennoch. Jamies Kopf auf meiner Brust, sein Arm um meinen Bauch, sein rechtes Bein auf dem meinen riefen bei mir tatsächlich eine Erektion hervor. Wäre Jamie ein sexuell erfahrenes Kind gewesen, das den Nervenkitzel suchte, ich fürchte, ich wäre zu meiner ewigen Schande und Selbstverachtung leicht zu verführen gewesen – mein Hunger nach Liebe und die Überzeugung, mir jede echte Chance darauf verbaut zu haben, hätten es ihm leichtgemacht, mich über eine Grenze zu ziehen, die ich nicht überschreiten durfte, wenn ich je sein Vater zu werden hoffte.

Als der Morgen kam, lag er nur da und sah mich an. Sein Kopf war nicht mehr auf meiner Brust, sondern lag auf gleicher Höhe neben dem meinen. Ich dachte, er werde jetzt etwas sagen, irgend etwas Rätselhaftes, Herausforderndes, Gefährliches, vielleicht mir vorhalten, was ich doch für ein Kind sei, daß ich mich so leicht in die Falle locken ließ, vielleicht sogar mich wissen lassen, daß er meine Erektion sehr wohl bemerkt hatte, und so tun, als hätte sie ihn schockiert.

Ich sah ihn ebenfalls nur an, ohne etwas sagen zu können, und er hielt meinem Blick stand, ohne eine Miene zu verziehen, als wollte er es darauf anlegen, mich niederzustarren, und in Kauf nehmen, daß wir notfalls den ganzen Tag in dieser Position verharrten.

Wie gewöhnlich war ich es, der das Schweigen brach. »War dir kalt?«

Er nickte. Dann sagte er nach einer langen Pause: »Ich hab dir doch versprochen, daß ich dich nicht von den Ameisen auffressen lasse.«

Im Lauf dieses dritten Tages, ob wir im Zelt saßen oder im Wald spazierengingen, sprachen wir beide sehr wenig. Reden erschien unnötig, und Jamie war viel lockerer, wenn ich den Mund hielt und nur sagte, was unbedingt gesagt werden mußte. Mein Berufsalltag bestand weitgehend aus belanglosem Gerede, den größten Teil meines Lebens hatte ich bisher mehr geredet als gehandelt. Diese neue Disziplin würde mir guttun.

Als ich abends dabei war, die Hühnerbeine auf einen improvisierten Spieß zu stecken, kam Jamie mit einer Schramme im Gesicht vom Holzsammeln und erklärte mir, ein Ast sei zurückgeschlagen und habe ihn im Gesicht getroffen. Er setzte sich in die Hocke und kam mir mit dem Gesicht ganz nah, damit ich die Wunde inspizierte. Ich sah sie mir an, tröstete ihn und sagte, wir hätten einen Erste-Hilfe-Kasten im Auto und er solle sich vielleicht eine Salbe zum Desinfizieren darauf tun. Er machte aber keine Anstalten, die Salbe zu holen, sondern blieb, wo er war, sein Gesicht ganz dicht vor meinem, bis ich gar nicht mehr wußte, was ich sagen oder tun sollte.

Nach ein paar Sekunden wurde mir gesagt, was ich tun sollte. Mit einer Stimme, die ich noch nie an ihm gehört hatte, der Stimme eines Dreijährigen, bekam ich gesagt, ich solle das Wehweh wegküssen. Nachdem ich dies einigermaßen verdutzt getan hatte, sollte ich es noch einmal tun, aber diesmal richtig. Ich fragte, was »richtig« sei, und wurde belehrt, daß »richtig« länger bedeute, viel länger.

Wir waren mitten auf freiem Feld, nicht weit von einem Waldrand, keine Menschenseele und kein Haus in Sicht, und ich drückte etwa dreißig Sekunden lang meine Lippen auf die Wange eines Zehnjährigen. Was konnte es Natürlicheres geben? Dann setzte er sich zufrieden neben mich auf den Boden und legte das Gesicht mit der verletzten Seite auf meinen Schoß. Es war nichts weiter als ein winziger Kratzer.

Dann fragte Jamie, noch immer mit Babystimme: »Hast du mich lieb?« Und ich antwortete, ich hätte ihn sehr lieb, viel lieber, als gut für mich sei, und fügte hinzu, unsere Begegnung sei das Beste, was mir je passiert sei, und ich sei sehr glücklich. Er sagte zu alldem nichts, sondern schürte mit einem Stock das Feuer.

Natürlich war ich von Margery, der Dame mit dem Wurfkissen, vorgewarnt worden, daß gestörte Kinder manchmal ins Babyalter regredierten, aber irgendwie kam ich nicht gegen das Gefühl an, daß Jamie das auch wußte und hier nur etwas spielte. Diese Babystimme, mit der er gesprochen hatte, war so völlig anders als die, mit der er so wissend über Lesben, die Labour Party und Atommüll räsonniert hatte. Ich hatte den Verdacht, daß er diese Verhaltensauffälligkeit bewußt aufgesetzt hatte, um zu sehen, wie ich darauf reagierte, vielleicht um sich über mich lustig zu machen, und wenn ich darauf so eingegangen wäre wie bei einem Dreijährigen, wäre ich durch die Prüfung gefallen, und er hätte die Schauspielerei aufgegeben und mich ausgelacht und meine Wandlung zum reifen, selbstbewußten Erwachsenen noch weiter verzögert. Margery hatte es versäumt, ihre angehenden Ersatzeltern davor zu warnen, daß ihre angehenden Adoptivkinder womöglich durch persönliche Beobachtung und Erfahrung genauso viel über das Verhalten gestörter Kinder wußten, wie wir von ihr lernen konnten.

Als es dämmerte, vergaß der Dreijährige seine Wunden und verwandelte sich wieder in einen fröhlichen, welterfahrenen Zehnjährigen, auf dessen Gesicht der Schein unseres Lagerfeuers flackerte, während er sich die gegrillten Hühnerbeine und gebackenen Kartoffeln schmecken ließ, verträumt zu den Sternen aufblickte, Lieder von Prärien und Kojoten sang und mich jetzt unaufgefordert und ganz selbstverständlich beim Vornamen nannte. Ich hatte mir natürlich schon Gedanken darüber gemacht, wie es in dieser Nacht mit dem gemeinsamen oder getrennten Schlafen sein würde, aber als es dann Zeit dafür wurde, bedurfte es keiner Vorwände mehr, keiner Witze über Ameisen oder angeblichen Wärmebedarf, keiner heimlichen Verlegenheit; er fragte nur schlicht und direkt: »Kann ich zu dir rein?«

Und ich antwortete ein wenig zittrig, aber erleichtert: »Warum nicht?«

Wie in der Nacht zuvor legte er den Kopf auf meine Brust, seinen Arm auf meinen Bauch, sein rechtes Bein auf meines. Aber diesmal lag mein rechter Arm um seinen Rükken und zog ihn an mich, meine linke Hand brauchte nicht mehr die Unterhose zuzuhalten, die ich seit drei Tagen nicht mehr gewechselt hatte, sondern ich hatte sie frei, um mir die Nase zu kratzen oder ihm übers Haar zu streichen. Ich gab ihm sogar einen Kuß auf die Stirn. Mein Herzschlag blieb regelmäßig, kein kalter Schweiß trat mir aufs Gesicht, höchstens ein winziges Tränchen netzte die Augen des ledigen Posthalters, und ich schlief so tief und alptraumfrei und zufrieden wie seit Jahren nicht mehr und wurde bei Tagesanbruch von einem Sohn mit einer Kriegsbemalung aus Asche geweckt, von der auch etliche Stäubchen auf dem Tee in dem Zinnkrug schwammen, den er mir reichte.

Als ich hinterher über unser Erlebnis nachdachte, fragte ich mich zuerst, ob Jamie mich auf die Probe stellen wollte, ob er feststellen oder vielleicht sogar mir bei der Feststellung helfen wollte, ob ich in Wahrheit ein verkappter Päderast war, der ihn bei der ersten Gelegenheit mißbrauchen würde. Aber je länger ich dann über die Ereignisse nachdachte, desto fester war ich davon überzeugt, daß er – obwohl das Ganze geplant war, obwohl er, wie gesagt, von vornherein die Absicht gehabt hatte, zu mir in den Doppelschlafsack zu kriechen – mich nicht auf diese Art Probe hatte stellen wollen; nein, er war viel klüger. In meinem tiefsten Innern bin ich jetzt überzeugt, daß dieses Kind, das ich mir zum Sohn erwählt habe, in Wahrheit ein altehrwürdiger Guru in Jungenkleidung ist, der ganz genau wußte, daß es mit unserer Beziehung nur vorangehen konnte, wenn ein bestimmtes Hindernis angegangen und überwunden wurde, das Hindernis meiner sexuellen Unschuld, und dazu mußten diese beiden tödlichen Rivalen, Sexualität und Körperlichkeit, die nichts mit Sexualität zu tun hat, sondern Behagen und Geborgenheit schenkt, ihren Kampf ausfechten. Das zu erkennen hatte Jamie mir geholfen.

Ich werde an der Nase geführt von einem Zehnjährigen, der mehr weiß als ich; der sich an mich schmiegte, weil er wußte, daß es Natürlichkeit zwischen uns nur geben konnte, wenn er das Gefühl haben durfte, mich nach Belieben anfassen zu können, und wenn auch ich das wußte. Eine Erektion kann man schließlich schon hervorrufen, indem man einfach auf dem Rücken liegt und die Hand auf seinen Penis legt. Das muß ich nicht nur wissen, daran muß ich auch glauben.

Außerdem muß ich ein selbstbewußter, reifer Erwachsener sein. Und wie sollen wir das in drei Teufels Namen bewerkstelligen?

14

Schmierentheater

»Wie geht's ihm?«

»Mehr oder weniger unverändert.«

»Mich wird er wohl nicht vermißt haben. Ich muß nur den Fuß in ein Krankenhaus setzen, schon bin ich krank. Ist das der Junge, von dem du gesprochen hast?«

Graham beantwortete die Frage seines Onkels Turpin mit einem Kopfnicken.

»Und das war das Beste, was du finden konntest? Sieht mir ein bißchen nach Nervensäge aus. Guck mal, wie er sich selbst leid tut. Du hast ihm nicht zufällig die Hosen strammgezogen auf dem Weg hierher? Nun schau sich bloß mal einer an, wie dieser kleine Mistkerl versucht, mich niederzustieren und mir dabei noch einen Fluch anzuhexen! Vor dem würde ich mich in acht nehmen, Graham, der macht dir noch Ärger.«

Graham drehte sich um und zwinkerte James zu.

»Und was sagt mein großer Bruder Eddie dazu, daß du dich neuerdings für kleine Jungen interessierst?«

James verstand das Augenzwinkern als »Ich hab's dir ja gesagt«. Es war James gewesen, der auf diesen Besuch gepocht hatte, James, der gesagt hatte, daß Graham immerhin sein Lebensberichtsheft gesehen habe, James aber habe nur einen Haufen Fotos von Parkbuchten und dem Strand von Westward Ho zu sehen bekommen. Wenn Graham sich mit James' Vergangenheit vertraut machen müsse, dann habe

James das gleiche Recht, in Grahams Vergangenheit herumzugraben. Graham müsse doch mehr haben als einen Vater im Krankenhaus; es müsse doch eine ganze Familie geben, und in die solle er, James, eingeführt werden. Und Graham hatte gesagt, von einer Familie könne keine Rede sein, denn seine Mutter sei wie er ein Einzelkind gewesen und der einzige noch lebende Verwandte, den er auf der Welt habe, sei Turpin, ein Bruder seines Vaters, und kein Mensch, der bei rechtem Verstand sei, könne den Wunsch haben, ihn kennenzulernen. Und James hatte gesagt: »Ich aber doch«, und nun waren sie hier.

Er war gewarnt worden; James war gewarnt worden. Graham hatte gesagt: »Nimm alles, was er sagt, nicht ganz so wörtlich, und laß es nicht an dich herankommen. Er ist ein alter Griesgram, der sich für ein Original hält. Wenn er sich nicht aufspielen und grob sein kann, langweilt er sich. Im Grunde ist er sehr einsam, glaube ich, und ein bißchen traurig.«

So trieben sie ihre Spielchen, aber Graham war auf Draht und blieb nichts schuldig. »Hier stehen keine kleinen Jungen zur Debatte, Onkel Turpin. Es geht nur um den einen, und Jamie ist erst nach Dads erstem Schlaganfall auf der Szene erschienen; er konnte also gar keine Meinung dazu äußern.«

»Aha. Du hast also gewartet, bis er gaga war, und dann die böse Tat vollbracht. Jedenfalls hast du dir da einen schönen Finsterling angelacht. Ich glaube, da reicht ein ganzer Sack Bonbons nicht aus, damit der mal die Visage ein bißchen verzieht. Soll ich mal ein Stückchen Schokolade riskieren? Meinst du, er schnappt nicht gleich über vor Aufregung? Und er ist hoffentlich stubenrein! Das Kissen da, auf dem er seinen Hintern wetzt, hat erst letzte Woche Dienstag einen neuen Bezug gekriegt.«

Der Mann war der reine Schmierenkomödiant. Nichts von dem, was er sagte, hatte irgend etwas mit der Wirklichkeit zu tun. Das Kissen hatte keinen neuen Bezug. Nach James' Eindruck war nichts in diesem Zimmer jemals neu gewesen. Das Haus war ein schmales Reihenhaus mit zwei Zimmern oben, zwei unten, das Ganze in einer langen Reihe, wie sie in den Werbespots für Hovis-Brot verherrlicht wurden. Es war so alt und schmutzig wie seine ganze Umgebung. Das Zimmer, in dem sie saßen, war klein und hatte ein kleines Fenster, durch dessen graue Gardinen man nur die Schuppen auf dem Hinterhof sah, die fast den ganzen Himmel verdeckten und nur ein Minimum an grauem Licht ins Zimmer ließen.

Das Wort Schokolade hatte wohl so eine Art Einladung sein sollen, aber James ließ sie einfach in der Luft stehen, da ja das Wort nicht direkt an ihn gerichtet gewesen war. Daraufhin wurde ein sehr kleiner Riegel Schokolade aus einer Schublade geholt, die klemmte und erst mit einem Schraubenzieher aufgestemmt werden mußte, und dann begann Onkel Turpin auch noch ein langes Spielchen mit Schokolade hinhalten, Schokolade wegziehen, bis James, der des Spielchens müde wurde und sich ärgerte, daß er sich überhaupt darauf eingelassen hatte, gar nicht mehr danach griff. Die Schokolade wurde ihm daraufhin mit feuchter Hand auf den Schoß geklatscht und dort festgehalten, während Onkel Turpin ihm schwer atmend ins Gesicht starrte und ihm abschließend die Haare auf dem Kopf verwuschelte.

»Also, ich weiß nicht! Ich hab nur einen Neffen, der mich nie besucht, und wenn er mal kommt, dann mit so einem verdrießlichen dürren Hering im Schlepp. Kein Wunder, daß der so nach dem Futter grapscht. Da fühlt man ja jeden Knochen einzeln.« Onkel Turpin ließ von James ab und wandte seine Aufmerksamkeit wieder Graham zu. »Und wenn wir schon beim Thema Knochen sind, ich konnte zum Begräbnis deiner Mutter nicht kommen. War selbst nicht recht beieinander.«

»Ich hatte auch nicht mit dir gerechnet.«

»Ach, einfach so?«

»Du und sie, ihr wart euch doch nie besonders grün.«

»Ich persönlich konnte die Frau nicht ausstehen, nichts für ungut, aber ich hätte mich vielleicht ein bißchen mehr bemühen können.«

James beschloß, sich in das Gespräch einzumischen. »Was konnten Sie denn an ihr nicht ausstehen?«

»Er spricht ja! Mein Gott, der kann sogar richtig sprechen, nicht nur Laute ausstoßen! Und stellt erwachsenen Leuten auch gleich noch unverschämte Fragen. Junge, Graham, nimm diesen Welpen an die Leine, bevor ich ihm die Schlappohren abbeiße. Mein Wort, ich brauche gleich meine Pillen! So eine ungezogene halbe Portion ist mir mein Lebtag noch nicht untergekommen!« Onkel Turpins Pantoffeln rutschten auf der Stelle herum, während er halbe Pirouetten zu drehen versuchte, abwechselnd auf James zeigte und sich ans Herz griff, mit den Armen fuchtelte und mit den Händen wedelte wie ein Clown. Schmierentheater an einem schlechten Abend.

Graham sagte: »Ich finde die Frage berechtigt. Ich habe

auch nie verstanden, warum ihr, du und Mutter, nicht miteinander ausgekommen seid.«

»Na schön, wenn du es bist, der das wissen will, dann sag ich dir's mal ganz genau. Nicht daß ich für gewöhnlich schlecht über Tote rede, und das vor kleinen Kröten, die nicht mal die Schokolade essen, die man ihnen schenkt.« Wie erschöpft von seinem Bravourauftritt, gestattete Onkel Turpin jetzt dem offenbar einzigen bequemen Sessel im Zimmer, ihn aufzunehmen. Kaum saß er, wirkte er auch schon ruhiger, nicht mehr ganz so irre, und kämmte sich mit gespreizten Fingern das Haar aus dem Gesicht wie ein junger Lebemann, senkte dann die Stimme, um die Bedeutung und den Ernst seiner Worte zu unterstreichen, und erklärte nun endlich, warum er Grahams Mutter nicht leiden konnte.

»Es gibt solche Frauen und solche. Warum man auf die eine Sorte fliegt und um die andere einen großen Bogen macht, hat wahrscheinlich damit zu tun, wie es einem an der Mutterbrust ergangen ist. Oder was man beim ersten Mal erlebt hat, als man einer zwischen die Beine wollte. Deine Mutter erinnerte mich immer sehr an eine Dame aus eigenem Erleben, die ich jetzt, um mir keine Klage wegen übler Nachrede einzuhandeln, einfach mal ›Trauerveilchen‹ nennen will. So niedlich und zart und fein, und so richtig nekkisch, aber das war alles nur Getue von vorn bis hinten, denn wenn ich mich zum Glück nicht seit vierzig Jahren jeden Herbst häuten würde, könnte ich dir noch die Kratznarben zeigen, mit denen Trauerveilchen meinen Rücken dekoriert hat, wenn sie in der Brunst war.«

»Ich verstehe nicht, was das mit Mutter zu tun hat.«

»Dieselbe Geschichte – urteile nie nach dem äußeren Schein. Deine Mutter war so zäh wie ein alter Schuh und dein Vater so weich wie Pudding. Nur daß deine Mutter es klug fand, ein bißchen mit dem Schuhlöffel zu wackeln, während sie den Pudding in den alten Schuh zu zwängen versuchte.«

»Die beiden hingen sehr aneinander.«

»Kann schon sein, wenn du's sagst. Aber ich hatte immer das Gefühl, daß diese ganze Turtelei, die jedem auf den Keks ging, der ihnen dabei zugucken mußte, nur den einen Grund hatte, daß Edward nämlich unter der Oberfläche gar nicht so verknallt war und sie ihm nur eingeredet hat, es wäre ihr sicherer Tod, wenn er mal ohne sie in den Garten ging und auf eigene Faust ein Unkräutchen zupfte. Kontrolle, verstehst du? Das ist doch der ganze Witz an der Ehe, und mit dem Familienleben ist es genauso. Darum hat dein alter Onkel alle Offerten abgewiesen und ist Junggeselle geblieben. Ohne Familie fährst du besser, mein lieber Graham, und warum du dir unbedingt so einen mickrigen Waisenknaben zulegen willst, ist mir unerfindlich. Flennt er?«

Graham warf einen Seitenblick auf James. »Jedenfalls nicht oft, soviel ich weiß.«

»Schade. Ich sehe kleine Jungen so gern flennen. War das Schönste an meiner ganzen Schulzeit, deswegen hab ich auch nie geschwänzt. Deine Großmutter hat mich montags immer mit meinem Verpflegungsgeld für die Woche bis ans Gartentörchen gebracht und gesagt: ›Geh nur, es wird dir schon gefallen dort. Sieh zu, daß du möglichst viele ärgern kannst, und komm dann nicht zu spät nach Hause.‹«

James mußte darüber laut lachen, und das tat unverzüglich seine Wirkung bei Onkel Turpin, denn es bewies, daß seine Bemühungen doch nicht umsonst waren, woraufhin er augenblicklich freundlicher wurde.

»Weißt du, ich sage ja eigentlich immer, daß an kleinen Jungen nicht viel dran ist, aber jetzt eben, das klang mal ganz kurz nach so was Ähnlichem wie Humor. Sorgst du dafür, daß er so dünn bleibt, damit er mal Jockey werden kann? Die brauchen nämlich Humor, weil sie dauernd den andern Gäulen auf den Hintern gucken müssen, jedenfalls die, auf die ich mein Geld setze.« Er erhob sich umständlich, als sollte er im Rathaus vor vollbesetzten Zuschauerbänken sprechen. »Jetzt muß ich euch als nächstes fragen, ob ihr zum Tee bleibt, und ihr habt zu antworten: ›Danke für die freundliche Einladung, aber wir sind in Eile‹, denn wenn ihr was anderes antwortet und ich erst den Schlüssel zur Speisekammer finde, wird's für uns alle furchtbar peinlich.«

Sogar James verstand, daß dies eine Aufforderung zum Bleiben, nicht zum Gehen, war und daß die Speisekammer bestimmt nicht leer sein würde. Bei einem Nachmittagstee, mit dem man Mäuse hätte angeln können, bestehend aus großen Scheiben Brot und Käse und dickem Rosinenkuchen, wurde Onkel Turpin ernster und glaubte mit Graham ein vertrauliches Wort reden zu müssen. »Das hat doch seine Richtigkeit mit dir und dem Bürschchen? Möchte nämlich meinen einzigen Neffen nicht gern in der Zeitung sehen, höchstens wenn er geadelt würde oder so. Du weißt, was ich meine?«

»Ja. Und ich glaube nicht, daß du Grund zur Sorge hast.«

»Mußte mal gesagt werden. Verstehst du hoffentlich. Schließlich gäb's dich nicht, wenn ich nicht gewesen wäre.«

Darauf folgte ein langes Schweigen, und James hatte gerade beschlossen, selbst zu fragen, was damit gemeint war, wenn Graham die Frage nicht stellte, aber da sprach der Alte schon weiter. »Jahrelang hat unser Edward geglaubt, daß Transusi – deine Mutter – keine Kinder haben wollte. Immer eingewilligt und wieder aufgeschoben, eingewilligt und wieder aufgeschoben. Hat er mir erzählt. Die Leute fragten schon, wann sie denn nun mal anfangen wollten, eine Familie zu gründen, und er kriegte allmählich die Panik. ›Hau doch ab, Eddie‹, hab ich zu ihm gesagt, ›fang mit einer anderen von vorn an. Wenn du noch lange wartest, ist es zu spät.‹ Aber er wollte sie nicht sitzenlassen. Also mußte meine Wenigkeit sich was ausdenken.«

»Und was war das, Onkel Turpin?«

»Hab unserer Transusi erzählt, wie er zu mir gesagt hätte, daß er eine Kreuzfahrt in wärmere Gegenden machen will, solo, wenn sie nicht im Lauf des Jahres schwanger wird. Ich hab an alle möglichen Reisebüros geschrieben, daß sie ihm ihre Prospekte schicken, anonym, versteht sich. Sechs Monate später mußte sie dann deinetwegen jeden Morgen kotzen. Ich kann ziemlich überzeugend wirken, wenn ich's darauf anlege.«

»Hat Dad das je erfahren?«

»Von mir jedenfalls nicht.«

James fragte: »Warum meinen Sie, daß er gar nicht so in sie verknallt war?«

Onkel Turpin, der gerade ein Stück Rosinenkuchen zum Mund führen wollte, hielt inne. »Wie?« Dann schob er sich den Kuchen doch noch hinein und ließ sich Zeit mit dem Kauen, während James ihn stumm beobachtete und seinerseits von Graham beobachtet wurde. Endlich sagte Onkel Turpin: »Kleine Kessel.«

»Haben große Ohren. Ich weiß. Meine Ohren sind klein. Aber Sie haben gesagt, Sie hätten das Gefühl gehabt, daß er gar nicht so verknallt in sie war, obwohl sie immer so geturtelt haben.«

Onkel Turpin sagte zu Graham: »Mit dem Gesicht solltest du den Jungen Leichenbestatter werden lassen.«

»Antworte ihm doch bitte.«

»Ach, überhaupt nichts. Ich stänkere nur immer gern ein bißchen herum, du kennst mich doch.«

»Ich möchte es aber auch wissen.«

Ein Schluck Tee spülte bedächtig um Onkel Turpins falsche Zähne. »Sieh mal, dein Vater ist doch deiner Mutter immer nachgerannt wie von einem Gummiband gezogen. Und sie konnte nie die Finger von ihm lassen, mußte ihn immerzu angrapschen.« Ein weiterer bedächtiger Schluck. »Liegt doch auf der Hand, wenn zwei Leute solche Umstände machen, um sich ihre gegenseitige Zuneigung zu beweisen, daß mindestens einer von beiden Theater spielt. Wahrscheinlich aus schlechtem Gewissen.«

»Du meinst, Dad hatte ein schlechtes Gewissen, weil sie ihm endlich gegeben hatte, was er immer hatte haben wollen, nur daß er es jetzt gar nicht mehr wollte?«

»Nun laß dich nicht gleich vom Selbstmitleid unterkriegen, Graham, Junge. Das macht nur dick. Wenn dein Vater dir nicht die Zuneigung gezeigt hat, die er dir nach deiner Meinung hätte zeigen sollen, als du klein warst, heißt das noch nicht, daß er keine empfunden hat.«

»Er hat sie mir nie gezeigt. Oder kaum.«

»Er hatte ein schlechtes Gewissen, weil er nicht wußte, was er mit dir anfangen sollte. Du hast ihm 'ne Scheißangst eingejagt, und dabei war er im eigenen Haus, nicht mal im Schützengraben. Diese Theaterspielerei mit deiner Mutter kann seine Art gewesen sein, dich auf Abstand zu halten, weil er einfach nicht wußte, wie er sich dir gegenüber verhalten sollte.«

»Am besten doch natürlich.«

»Genau das ist für manche das schwerste auf der Welt. Dein Großvater war nicht viel anders. Hat insgesamt kaum zwei Worte zu mir gesagt, bis ich aus dem Haus ging. Und dann waren es genau drei: ›Komm nicht wieder.‹ Aber jetzt hab ich wohl Scheiße gebaut. Wird Zeit, daß du und der Junge euch davonmacht.«

Als sie gingen, faßte Onkel Turpin in der Diele Graham am Arm und hielt ihn zurück. James ging bis vor die Haustür, ließ sie aber einen Spaltbreit offen, damit er weiter hören konnte, was gesagt wurde.

»Solltest du deinem Vater nicht lieber verzeihen, bevor er dir wegstirbt und es zu spät ist?«

»Es hat schon Väter gegeben, die ihre Liebe zeigen konnten. Anderen Söhnen.«

»Weniger, als du glaubst.«

»Ich hoffe jedenfalls, daß ich es kann.«

Darauf folgte ein langes Schweigen, bis der alte Mann wieder sprach. »Ich hab immer gedacht, du wärst nach deiner Mutter geraten«, sagte Onkel Turpin, »obwohl ich sie völlig falsch eingeschätzt hatte. Nicht sie war's, die keine Kinder haben wollte; das war er, das Lügenmaul; er war's, der's nicht über sich brachte, mal richtig das Feuer zu schüren. Hatte was mit seiner Zeit im Krieg zu tun ... ich weiß nicht ... irgend so 'ne leidenschaftliche Geschichte mit einem von den anderen Jungs. Kannst du das fassen, ja? – daß mein eigener Bruder mich so lange hinters Licht führt! Es hat an die acht Jahre gedauert, bis er sich überwinden konnte, sein Ding dahin zu stecken, wo die Natur es haben will. Diese Unzertrennlichkeit – ja, Theater war das schon, hatte aber mit dir nichts zu tun ... Vor dem Jungen konnte ich dir das nicht gut sagen, aber du solltest es mal wissen. Und eigentlich hätte deine Mutter meine Reiseprospekte lesen und sich in die Tropen davonmachen sollen.«

»Möchtest du ihn nicht mal besuchen? Wohnen kannst du bei mir.«

»Nee, das ist nichts für mich. Zusehen, wie mein eigener Bruder Fratzen schneidet und Töne grunzt, das würde ich nicht verkraften, verstehst du? Flennen, das wär' was anderes. Das würde ich mir immer und überall angucken. Na ja, ich werd' mir jedenfalls einen Ruck geben, wenn die alte Tunte beerdigt wird; darauf müssen wir ja wohl nicht mehr lange warten, wie? Du nimmst es mir nicht übel, daß ich dich vorhin gefragt habe, wie's mit dir und dem Jungen steht?«

»Nein.«

»Ich fand, das mußte ich, unter den Umständen. Das siehst du doch ein? Und begreif jetzt auch endlich, warum dein Vater ein bißchen kühl zu dir war. Sie hätte doch über jeden Schritt gewacht, den er mit dir tat. Ich hätte das jedenfalls getan, das weiß ich.«

Während der langen Heimfahrt über die Autobahn sagte James zu Graham, daß er recht gehabt hatte: Wenn Onkel Turpin ein Musterbeispiel für die Art Verwandtschaft sei, die man finden werde, wenn man in der Vergangenheit zu stochern anfing, dann sei es vielleicht doch von Vorteil, nur wenige davon zu haben. Das brachte ihm kaum eine Antwort ein, geschweige denn eine Diskussion. Der Mann, der darum gebeten hatte, Graham genannt zu werden, und der auf Autofahrten oft eher zuviel redete, war auf dieser Fahrt nicht gerade der Redseligste.

Schon möglich, daß der Grund für Grahams Schweigsamkeit in Onkel Turpins Mitteilung zu suchen war, sein Vater sei eine Tunte gewesen. Wenn das aber der Grund war, hielt James es für eine Überreaktion. Die Bezeichnung »Tunte« war in Kinderheimen gang und gäbe, manchmal als Beleidigung gemeint, manchmal auch als salopper Ausdruck der Zuneigung. Und wenn jemand eine Tunte genannt wurde, hieß das nicht unbedingt, daß er eine war. Nach James' Erfahrung wurden Dinge oder Menschen oft etwas genannt, was sie gar nicht waren.

15

Besuche

Es war Sonntag, der bedrückendste Tag für einen Besuch im Krankenhaus. Jamie hatte fast den ganzen Vormittag lang überlegt, welche Blumen aus dem Garten wohl am besten ein Krankenzimmer schmücken würden. Es war ein sonderbarer Anblick, wie er in der Küche vor dem Spülbecken stand und die Stengel beschnitt und das Ganze zu einem Strauß ordnete. Ich hatte ihn gewarnt, daß es nicht viel zu sehen geben würde, nur die Hülle eines alten Mannes, der sich mit niemandem mehr verständigen könne, und er hatte mich daraufhin mit so einem langen, starren Blick angesehen, der keine Opposition duldete. Vielleicht glaubte er ja, wenn er mich zusammen mit meinem Vater sähe, könne ihm das Aufschluß über manche Seiten meines Charakters geben, die er bisher noch nicht durchschaute.

Ich saß an der einen Bettseite, hielt Vaters Hand und spielte das gewohnte Spiel, bei dem ich so tat, als ob er mich hören und verstehen könnte. Ich erzählte ihm von unserm Dorf und den Leuten, die er kannte, während Jamie stumm auf der anderen Seite saß. Ich sagte Vater, wer Jamie war, erklärte ihm, daß er an Wochenenden zur Probe bei mir wohne und ich das Zimmer unterm Dach für ihn hergerichtet habe und daß er im Dorf schon von der alten Mrs. Dikkenson angesprochen worden sei, die ihm gratuliert habe, er sähe genauso aus wie ich.

Ich unterließ es, Vater zu erzählen, wie ich am letzten

Wochenende, während Jamie von dieser unserer dorfeigenen Nachrichtenagentur interviewt wurde, meinerseits die Entdeckung gemacht hatte, daß Jamie die Taschen meiner sämtlichen Kleider im Schrank und alle Schubladen im Haus durchsucht hatte, und zwar nicht nach Geld, denn es fehlte keins, und überhaupt lehnte er, wenn ich ihm Taschengeld anbot, entweder höflich ab oder akzeptierte gnädig genau die Hälfte der vorgeschlagenen Summe. Er hatte auch sonst nichts an sich genommen außer einem Taschentuch (das er sich vielleicht geliehen und ich nur vergessen hatte).

Während ich dann weiter von Mrs. Simmonds erzählte, die für *Friends of the Earth* sammeln gekommen war und es sich – vermutlich aus Verlegenheit wegen des Dorfklatsches über die geplante Adoption – zum erstenmal seit Menschengedenken versagt hatte, über die Schwelle zu treten, während ich Geld holen ging, drehte Edwards Kopf sich aus seiner starren, keine Reaktion verratenden Lage ganz langsam zu Jamie um, fast als hätte er gehört und verstanden, was ich ihm gesagt hatte, und wollte nun selbst den jungen Mann in Augenschein nehmen, dessen Anwesenheit in meinem Haus daran schuld gewesen war, daß Mrs. Simmonds ganz gegen ihre Gewohnheit darauf verzichtet hatte, fünf Minuten mit mir zu plaudern und sich bei dieser Gelegenheit gut umzusehen.

Auch jetzt sagte Jamie nichts, er schaute nur seinerseits Edward mit einem Blick an, den ich nur als mitfühlendes Verstehen beschreiben kann. Vielleicht können die ganz Alten und die ganz Jungen sich doch leichter ineinander einfühlen.

Während ich, mit einem Auge auf der Uhr, überlegte, worüber ich sonst noch reden könnte, trat die Stationspflegerin von hinten an mich heran, so dicht, daß wir uns gegenseitig unsere Schuppen hätten anhängen können, und fragte mit gedämpfter Stimme, ob sie mich sprechen könne, worauf sie mich dann ins Stationszimmer führte.

Die Oberschwester habe sie gebeten, mit mir zu reden. Ich möge mich auf keine gute Nachricht gefaßt machen. Ob ich eine Tasse Tee haben möchte? Ich sagte, ich wolle zuerst die Nachricht hören und dann vielleicht den Tee zum Hinunterspülen haben.

»Also, es geht natürlich um Ihren Vater. Um seinen Zustand, genauer gesagt. Oder noch genauer, um die Prognose.«

Sie nahm dann kurz Urlaub von ihrer Rolle als Zweite Botin und ließ sich über die Bedeutung des Wortes »Prognose« aus. Es werde, sagte sie, in der Medizin sehr häufig gebraucht, doch nach ihrer Erfahrung sei trotz der zahlreichen Klinikserien im Fernsehen seine Bedeutung dem Laienpublikum weitgehend unbekannt.

Nachdem die Bedeutung des Wortes »Prognose« geklärt war, galt ich als hinreichend vorbereitet, um die eigentliche Botschaft aufzunehmen. Siebenundsiebzig Jahre, sagte die Stationspflegerin, das seien sieben mehr, als uns in der Bibel zugemessen würden, und obschon gewisse Leute heutzutage ein sehr hohes Alter erreichten, könne doch niemand, der einmal die Siebzig erreicht habe, sich benachteiligt fühlen, oder? Ich sei ja nun, wie man deutlich sehe, ein liebevoller Sohn, und was sie mir zu sagen habe, werde mich gewiß hart treffen, aber ich müsse doch stolz sein auf das, was ich bisher für meinen Vater habe tun können, denn das sei ja weit mehr, als manche Leute für ihre Eltern täten, und mehr auch, als manch einer überhaupt zu tun gedenke.

Die Stationspflegerin griff in die Schachtel Papiertücher, die sie vor mich hingestellt hatte, nahm eines, um sich die Nase zu putzen, und steckte sich das benutzte Tuch dann in die Brusttasche, was ich doch etwas unhygienisch fand. Also, die Sache sei die... alle Beteiligten seien der Meinung... sie könne mir versichern, daß die Frage von allen Betroffenen, bis ganz hoch oben, mit großem Ernst bedacht worden sei, aber die einhellige Meinung sei eben die, daß mein Vater wohl nie mehr gesund genug würde, um nach Hause zurückzukehren.

Sie wartete auf meinen seelischen Zusammenbruch und nickte schon einmal mit dem Kopf, um ihr Mitgefühl unter Beweis zu stellen. Auch ich wartete, mußte aber gegen den fast unwiderstehlichen Drang ankämpfen, die Stationspflegerin an mich zu reißen und mit ihr im Schwesternzimmer einen Walzer zu tanzen. Da ich mit dem erwarteten Zusammenbruch schon nicht dienen konnte, versuchte ich dann doch wenigstens, die Nachricht mit betroffenem Schweigen entgegenzunehmen.

»Er muß nämlich rund um die Uhr beaufsichtigt werden, entweder hier oder, wenn es ihm wieder etwas besser gehen sollte, in einem Pflegeheim. Nach den Verletzungen, die er sich bei seinem letzten Sturz zugezogen hat, kann man es einfach nicht verantworten, ihn allein zu lassen. Ich wußte, daß es für Sie ein Schlag ins Gesicht sein würde nach allem, was Sie für ihn getan haben.«

Ich nickte stumm.

»Und ich sehe Ihnen an, daß Sie es auch noch nicht ganz verstanden haben, nicht wahr?«

Ich schüttelte den Kopf.

»Aber nach zwei schweren Gehirnschlägen ... sehen Sie, es kann jederzeit zu einem weiteren kommen, und bei einem Mann seines Alters geht es selten dreimal gut.«

Ich nahm mir aus der Schachtel eines der Papiertücher, Herrengröße, und bedeckte damit kurz meine untere Gesichtshälfte, teils damit man meine Riesenerleichterung nicht sah, teils damit die Stationspflegerin der Oberschwester melden konnte, Mr. Holt junior habe die Nachricht mit gebührender Bestürzung aufgenommen.

Als ich wieder ins Krankenzimmer kam, hielt Jamie Edwards Hand und redete mit ihm. Er verstummte, als ich nahte, und ich werde wahrscheinlich nie erfahren, was ihm so alles zu reden eingefallen war.

Auf der Rückfahrt vom Krankenhaus fragte Jamie mich im Auto, woher der blaue Flecken an der Seite von Edwards Gesicht stamme. Ich glaube, er hatte da so eine gewisse Vorstellung aufgrund oberflächlicher Lektüre der Sonntagszeitungen, die in letzter Zeit einiges Aufhebens von Skandalen in Pflegeheimen machten, wo die alten Leute angeblich vom Personal schlecht behandelt und sogar geprügelt wurden. Ich erklärte ihm, daß sich bei alten Leuten die Haut sehr leicht verfärbte und dies einfach die Seite gewesen sein konnte, auf der Edward schlief.

Die Durchsuchung meiner Kleidungsstücke hatte mich ein wenig erschüttert. Nicht daß es eine große Rolle gespielt hätte. Er hatte sich weiter keine Mühe gemacht, seine Spuren zu verwischen. Nur mein Unbehagen, das spielte schon eine Rolle. Wenn doch nichts gestohlen worden war, warum sollte ich mich dann fühlen, als wäre bei mir eingebrochen worden? Es ist dumm, sich besudelt, benutzt, belästigt zu fühlen, wenn der Missetäter jemand ist, dem man gerade näherzukommen versucht.

Jamies Großeltern mütterlicherseits wollten ihn nicht kennenlernen, sie wollten auch nicht, daß er ihre Adresse erfuhr. Auf eventuelle Briefe von ihm würden sie nicht antworten, sollte man ihnen welche zustellen, und überhaupt wäre es ihnen lieber, wenn er erst gar nichts von ihrer Existenz erführe. Ihre Gründe dafür hatten sie wie folgt dargelegt: Ihre Tochter, die Mutter des Jungen, sei tot. Zwar gab es keine Todesmeldung, man hatte auch keine Leiche gefunden, aber für sie war sie tot. Für sie war sie in dem Augenblick gestorben, als sie mit sechzehn Jahren die Geborgenheit ihres Elternhauses verließ. Gewiß, sie hatte ihnen in den ersten sechs Monaten ihrer Abwesenheit zwei Postkarten geschickt und dreimal angerufen, jedesmal wegen Geld – Geld, das sie ihr nicht geschickt hatten, denn Geld zu schicken hätte als Zeichen der Vergebung verstanden werden können –, aber sie hatte ihre Eltern nicht verständigt, als sie schwanger wurde, und auch nicht, als sie ein Kind gebar. In fast elf Jahren hatten sie nichts von ihr gehört, hatten angenommen, daß sie tot war, und sich daran gewöhnt, mit diesem Gedanken zu leben. Sie hatten auch nichts über den Mann erfahren, mit dem sie sich eingelassen hatte, oder über das Kind, das daraus hervorgegangen war, und jetzt wollten sie nichts mehr darüber erfahren, da das Mädchen, das sie vor elf Jahren verlassen hatte, tot war.

Das alles erfuhr ich am Telefon von Tanktop-Bernie, der hinzufügte: »Sie behaupten sogar, sie hätten keine Fotos mehr von ihr. Angeblich haben sie die alle verbrannt. Ich werde ihnen noch mal schreiben, daß ich verstehe, wie sie damals empfunden haben, aber doch überrascht bin, daß sie sich nicht im mindesten für ihren Enkel interessieren. Ihren einzigen Enkel, mein Gott; Mary war ihr einziges Kind. Ich habe sie bereits von der bevorstehenden Adoption in Kenntnis gesetzt und ihnen geschrieben, daß James über seine Mutter Bescheid wissen muß, aber ich glaube kaum, daß ihre Einstellung sich noch ändern wird. Großeltern! Ist so etwas zu glauben? Er braucht doch eine Vergangenheit, muß wissen, woher er kommt! Für Sie mag es bequemer sein, an diesem Punkt anzufangen, aber bilden Sie sich nur ja nicht ein, daß Jimbo je damit zufrieden sein könnte.«

Ich bat ihn, mir die Adresse dieser Großeltern zu geben.

»Ich glaube nicht, daß ich das darf. Mir ist das alles genauso zuwider wie Ihnen, aber ich muß mich an die Regeln halten. Heutzutage hat jeder das Recht, über den Verbleib seiner leiblichen Eltern Bescheid zu wissen, ob die leiblichen Eltern das wollen oder nicht, aber bei Großeltern sieht es ein bißchen anders aus.«

Ich erklärte ihm, daß ich die Adresse nicht für James haben wolle, sondern zum eigenen Gebrauch.

»Knifflig. Meine Güte, wie ich meinen Job manchmal hasse! Wie wollen Sie erklären, woher Sie die haben? Und wer garantiert mir, daß Sie ihm gegenüber nichts verlauten lassen? Der arme Kerl hat schon genug Zurückweisung erfahren. Wie würde ihm dieser Wisch erst zusetzen?«

Ich antwortete Bernard, wenn er schon zur Geheimhaltung verpflichtet sei, hätte er mir erst gar nichts von diesem Brief erzählen dürfen. Wenn er mich belogen und einfach gesagt hätte, er habe die Großeltern nicht ausfindig machen können, wäre die Sache damit erledigt gewesen. Aber wenn er mich nun schon habe wissen lassen, daß sie auf seine Briefe geantwortet hätten, zeige das doch, daß hier Wichtigeres auf dem Spiel stehe als das Berufsethos eines Tanktop-Bernie. Viele Minuten später, nachdem wir die British Telecom um einiges reicher gemacht hatten, einigten wir uns auf ein Possenspiel, das, wie er mir versicherte, sein Gewissen nur mäßig belasten würde.

Dazu sollte ich den Bungalow aufsuchen und dort von Bernard empfangen werden, der zufällig gerade einen sehr dicken Aktenordner mit sich herumschleppte, in dem alles stand, was über Jamie bekannt war. Die Adresse der Großeltern sollte sich ziemlich weit oben befinden. Bernard würde sich dann plötzlich an eine wichtige Sitzung erinnern, an der er teilnehmen müsse, und die Akte mitzunehmen vergessen. Dreißig Minuten später würde er wiederkommen, um sie zu holen, natürlich mit vollständigem Inhalt. Auf Befragung könnte ich dann sagen, er habe mir einige Unterlagen zeigen müssen, die sich auf James bezogen, und dabei habe ich zufällig die Adresse gesehen.

Nicht einmal das Ungeheuer von Loch Ness wäre auf so etwas hereingefallen, aber offenbar ist das Gewissen von Fürsorgern leicht zu beschwichtigen. Nun mußte ich ja auch noch dafür sorgen, daß niemand sonst die Akte in Bernards Abwesenheit zu sehen bekam, also vertrieb ich mir die Zeit damit, sie zu lesen.

Was ich mir in diesem Augenblick am meisten wünschte, war genau das, was Bernard angedeutet hatte, nämlich daß unsere Vater-Sohn-Beziehung erst in dem Moment begonnen hätte, als Jamie zu mir in den Schlafsack kroch, ohne daß einem von uns noch irgendeine Vergangenheit anhing. Kein Onkel Turpin mit seinen Erkenntnissen und Einmischungen, kein Vater auf einer geriatrischen Station, kein Grab neben der Sakristei, das zu besuchen war, keine fast völlig vertanen siebenunddreißig Lebensjahre auf meiner Seite und gewiß nichts von alledem, was ich in dieser Akte über die seine las: Briefe, psychiatrische Gutachten, Berichte der Jugendämter und der Polizei.

Man hatte mir gesagt: »Er ist hochgradig gestört.« Man hatte mir gesagt: »Er ist ein sehr jähzorniger Junge und hat schon versucht, sich etwas anzutun.« Man hatte mir gesagt: »Sie würden mit ihm ein ungemein schwieriges Kind übernehmen, das keinerlei Hemmungen hätte, sich, Ihnen, Ihrem Eigentum oder jedem, der Ihnen nahesteht, Schaden zuzufügen, wenn ihn die Laune packt.« Und ich hatte ihn angesehen, diesen zehnjährigen Jungen mit dem herausfordernden Blick, der leichten Himmelfahrtsnase und den blauen Augen, die so häufig wie tot wirken, aber blitzen und strahlen können, wenn er doch einmal lacht, und alle amtlichen Warnungen der Welt hätten mich nicht davon abhalten können, einmal in meinem Leben etwas Unerhörtes zu tun, etwas ganz und gar untypisch Mutiges. Nichts hatte meine Überzeugung untergraben können, daß ich der eine Mensch war, der das alles ändern konnte, und daß Jamie und ich es mit Liebe und Geduld gemeinsam schaffen würden, uns gegenseitig umzumodeln.

Doch in dieser halben Stunde im Bungalow gab es noch etwas anderes zu begreifen: den himmelweiten Unterschied zwischen mündlichen Warnungen und schriftlichen Fakten. Daten, Uhrzeiten, Tatsachenfeststellungen. »So nennt man mich doch, nicht wahr? Gestört«, hatte der Junge mit den toten Augen gesagt. »Und was sagst du selbst?« hatte der liberale Dicke gefragt, die Knie hochgezogen bis zum Kinn. Aber eine Antwort hatte er nicht bekommen.

Acht Jahre waren laut Kissen-Margery das mitteilsame Alter, das Alter der Witze und Rätsel. Hatte der achtjährige James Lennards ein Vexierrätsel im Kopf gehabt, als er die ausgeklügelten Vorbereitungen dazu traf, sich das Leben zu nehmen? Hatte er, nachdem sie ihm im Krankenhaus Reading den Magen ausgepumpt hatten, als erstes gefragt: »Was sieht aus wie Gemüsesuppe und ist giftig?«

Drei Monate vorher, in einem kalten Oktober, war er ausgerissen und nach vier Tagen in einem Wald bei Chippenham gefunden worden. *Trotz der bitteren Kälte war James nackt, als man ihn fand, und von oben bis unten mit den eigenen Exkrementen beschmiert.*

Im selben Jahr hatte er in sieben verschiedenen Geschäften Ladendiebstähle begangen und anderen beim Einbruch in eine Schule geholfen, bei dem sie Sachschäden in Höhe von 32 000 Pfund angerichtet hatten. Ebenfalls in seinem achten Lebensjahr hatte er sich mit einem Hammer über das Auto seiner Pflegeeltern hergemacht und alle Kleider im Schrank seiner Pflegemutter mit einem Rasiermesser zerfetzt. Erneut in einem großen Kinderheim, hatte er einen Versuch unternommen, der im Bericht als *ein weiterer Hilfeschrei* beschrieben wurde. *Die Schnitte an den Handgelenken, beigebracht mit einem Taschenmesser, sind nicht tief. Dieses Kind wird mit Sicherheit auch weiterhin versuchen, sich etwas anzutun, und es könnte ihm eines Tages gelingen, sich das Leben zu nehmen, sofern sich nicht irgendwo jemand findet, der ihm seinen Kummer erleichtern kann. Und es bald tut!*

Noch ein Bericht, geschrieben sechs Monate später: *Tiefe Depression. Anfälle von Katatonie. In diesem jungen Menschen tobt ein Kampf, der ihm alle Kraft und allen Lebenswillen raubt. Ich halte es nicht für übertrieben zu sagen, daß es ein Kampf auf Leben und Tod ist, und wir können nur abwarten und hoffen. Seine Medikation ist vom Pflegepersonal streng zu überwachen. Diese Anweisung ist strikt zu befolgen.*

War dies dasselbe Kind, das sich im Schlafsack an den dicken Mann geschmiegt hatte, das Kind, das um einen kleinen Kratzer im Gesicht so ein Aufhebens gemacht hatte? Konnte das wirklich derselbe Junge sein, der auf einer Krankenhausstation einem alten Mann, der nichts sagen und hören konnte, die Hand gehalten und leise und mitfühlend mit ihm geredet hatte?

Warum tue ich das? Während sie mich prüfen, ob ich zum Adoptivvater befähigt bin, während die verschiedenen beteiligten Behörden und das beteiligte Kind eigentlich alles erfahren sollen, was es über mich zu erfahren gibt, lege ich mir ein heimliches Doppelleben zu, schleiche mich beim ersten Morgengrauen aus dem Haus und fahre zwei Stunden weit zu einem Vorort von Bristol, um dort zum Schatten zu werden, der stundenlang verlegen in einem geparkten Auto sitzt.

Ich beobachte eine Doppelhaushälfte mit dunkelroter Tür und wunderhübsch gepflegtem Vorgarten. Die Leute, die in diesem Haus wohnen, können mich vielleicht näher an die Person heranbringen, die ich zu finden fürchte, aber finden muß, die Person, in deren Bauch der Junge mit den vielen Vorbesitzern, mein vielfach umgemodelter zehnjähriger Sohn, entstanden ist. Ich möchte etwas darüber erfahren, was in diesen ersten neun Monaten geschah, als er noch in der Herstellung war, und wieviel davon in seinen ersten drei Jahren wieder kaputtgegangen ist und warum. Ich muß wissen, unter welchen Umständen er ohne Fahrzeugbrief und Nummernschild in einer Kindertagesstätte abgestellt wurde, damit die Polizei ihn von dort abschleppte. Sowohl er wie ich benötigen diese Information ganz dringend, wenn wir die sieben Jahre seelischer Folter, die darauf folgten, je verstehen, durchschauen und verarbeiten wollen.

Ich werde jetzt zornig, was gar nicht zu mir paßt. Und das ist nur eine der vielen Veränderungen, die ich durchmache. Ich habe sogar schon daran gedacht, in dieses Haus einzubrechen, das ich beobachte, um mich darin nach einigem von dem umzusehen, was wir brauchen. Ich habe keinerlei Erfahrung mit dieser Art Schnüffelei, bin aber überzeugt, daß zumindest eines, was ich suche, vielleicht noch dringender suche als James, nämlich ein Foto von seiner Mutter, irgendwo hinter diesen Fenstern mit ihren neckischen Wolkenstores zu finden sein wird.

Was mich am meisten irritiert, ist das Alter der beiden Menschen, die ich beobachte. Sie scheinen beide nur wenig älter zu sein als ich, und ich hatte mir grauhaarige Tattergreise vorgestellt. Dieser Schock hat mich dazu gebracht, auf einem Zettel nachzurechnen, und ich bin zu dem Ergebnis gekommen, daß James' leibliche Mutter nicht älter als sechzehn gewesen sein kann, das Alter, in dem sie ihr Elternhaus verließ, oder höchstens siebzehn, als sie ihn zur Welt brachte, denn seine Großeltern mütterlicherseits sind ein ungemein gut erhaltenes Ehepaar von Mitte bis Ende Vierzig. Das macht ihr Desinteresse an James eigentlich noch unverständlicher. Hätten sie selbst sich um seine Adoption beworben, wäre ich sicher, daß die ganze Sache eine Selbstverständlichkeit gewesen und formlos über die Bühne gegangen wäre. Natürlich ist es für einen unerfahrenen Spion schwer zu beurteilen, wie abgerundet Leute seelisch sind, wenn er ihnen nur an ihren Arbeitsplatz folgt.

Beide sind berufstätig. Er verläßt das Haus Punkt Viertel nach sieben, um einen Zug am Bahnhof Templemeads zu erreichen. Sie geht eine halbe Stunde später aus dem Haus, fährt zehn Minuten mit dem Bus und arbeitet dann als Leiterin der Abteilung für die junge Dame in einem großen Kaufhaus. Das herauszubekommen war leicht. Die große Schwierigkeit wird sein, auf irgendeine Weise mit ihnen Kontakt aufzunehmen, was auf meiner Seite einiges an Schauspielkunst und einen glaubhaften Vorwand erfordern wird. Je länger ich hier herumsitze und vergebens über eine passende Geschichte nachgrüble, desto attraktiver erscheint mir die Alternative mit dem Einbruch.

Ich scheine mein ganzes bisheriges Leben entweder mit Beobachten und Warten oder mit Schauspielern verbracht zu haben. Aus dem Schatten neben dem Schrank unter der

Treppe. Oder hinter dem Postschalter, wo ich vorgab aufzuräumen, zu rechnen, zu lesen, während die Kunden sich zusammensuchten, was sie brauchten, oder einfach nur überlegten. In der Schule hinter meinem Pult hervor, wenn ich mich mit dem jeweiligen Gegenstand meines Interesses befaßte, und das war nie Geschichte oder Englisch, sondern immer irgendein Kind in einer anderen Reihe. Ich beobachtete, wie es den Kopf drehte und sich zum Schreiben über sein Pult beugte. Ich zählte, wie oft es zum Lehrer oder zur Tafel hinsah, wie oft es seinen Pultnachbarn ansah, schätzte, wie lange jeder dieser Blicke dauerte, und machte mir Gedanken über den Grund dafür. Ich beobachtete dasselbe Kind auf dem Schulhof und spekulierte, was es wohl täte, wenn es nach Hause käme, und stellte so im Kopf einen Comic-strip von seinem kompletten Tagesablauf zusammen. So etwas ist kein echtes Interesse, wohlgemerkt. Nicht bei einem Kind. Es war für mich nur das einzige Mittel, mir ein Bild davon zu machen, wie *ich* zu sein hatte, zu wissen, was *ich* zu tun hatte. Das Land, das ich bewohne, ist ein Land von Fremden, ein fremdes Land, und die Sprache, die darin gesprochen wird, hat für mich keine Bedeutung.

»Haben Sie in diesem Auto Wohnung bezogen, Sir?«

»Wie bitte?«

»Wir haben eine Meldung bekommen über eine verdächtige Person, deren Beschreibung auf Sie paßt. Eine Anwohnerin hat auf dem Revier angerufen. Ihrem wachsamen Auge werden ja die Schilder hier überall an der Straße nicht entgangen sein: Nachbarschaftsschutz. Gehe ich recht in der Annahme, Sir, daß Sie an drei aufeinanderfolgenden Tagen mehrere Stunden lang hier in diesem Auto gesessen haben?«

»Das könnte schon stimmen, ja.«

»Hat diese Unbeweglichkeit vielleicht einen technischen Grund, Sir?«

»Nein, das Auto ist in Ordnung. Es ist eine Privatangelegenheit, Constable.«

»Hat sie mit einem dieser Häuser zu tun, Sir?«

»Gewissermaßen ja.«

»Aber Sie wohnen nicht hier in der Gegend, Sir?«

»Nein.«

»Unglückliche Liebe oder etwas Ähnliches, Sir?«

»Ganz entfernt ähnlich.«

»Dürfte ich dann vielleicht mal einen kurzen Blick auf Ihren Führerschein werfen? Warwickshire? Da haben Sie aber einen weiten Weg hinter sich. Und sind Sie diesen ganzen weiten Weg von Warwickshire bis hier zu dieser Stelle an jedem der letzten drei Tage gefahren?«

»Ja.«

»Plus zwei Tage in der letzten Woche? Einmal am Dienstag, dann wieder am Donnerstag?«

»Das kann schon stimmen. Ich denke, es war an diesen zwei Tagen.«

»Würden Sie bitte mal aussteigen, Sir?«

Ich versuchte es dem jungen Constable zu erklären, versuchte ihm von Jamie und der geplanten Adoption zu erzählen. Ich verpflichtete den Gesetzeshüter zu strengster Vertraulichkeit. Es sei sehr wichtig, daß die Person, die hier so gewissenhaft die Nachbarn bewache und meine Anwesenheit gemeldet habe, den Grund meines Hierseins nicht erfahre, da sie sonst zweifellos Jamies Großeltern davon in Kenntnis setzen würde.

Ich bin nicht sicher, ob er auch nur ein Wort davon verstand. Mit einem Gesicht wie eine Figur von Enid Blyton durchsuchte der junge Constable mein Auto nach Einbruchswerkzeug oder Ausrüstungen zum Bombenbasteln, fand aber nichts Verdächtigeres als ein Primusöfchen, Zeltheringe und einen Kindercomic, auf dem Jamie gemäßigt pornographische Kritzeleien hinterlassen hatte. Diese nahm er eingehend in Augenschein, drehte den Comic mal so, mal so herum, um sich darüber klarzuwerden, ob das nun wirklich kindliche Phantasien von den Körperteilen Erwachsener waren oder ob die Kritzeleien in Wahrheit Anweisungen für den Bau einer Bombe darstellten.

Auf dem Revier erzählte ich meine Geschichte dann noch einmal einem Wachhabenden mit rötlichblauem Gesicht, der offenkundig Privatunterricht in väterlicher Güte genommen hatte. Könne irgend jemand meine Geschichte bestätigen? Ich nannte ihm die Telefonnummer der Poststelle und hoffte, daß Lynn nicht zu beschäftigt war, um abzunehmen, und wenn sie abnähme, daß sie dann bei den Worten »Hier Polizeirevier Avon, Madam« einmal tief Luft holen und gründlich nachdenken würde, bevor sie antwortete. Sie hatte mich schon gewarnt, daß sie mit ihren Kindern in mein Haus ziehen werde, um den Laden weiterführen zu können, falls diese Detektivarbeit bei mir zur fixen Idee ausartete.

Auf die Bitte, mich zu beschreiben, sagte sie: »Dick ist er. Ihm können Sie weitererzählen, ich hätte ›fett‹ gesagt und daß er vom Rumsitzen in seinem vollgefurzten Auto nur noch fetter wird. Ja, natürlich weiß ich, was er da treibt. Er vergeudet seine Zeit, während er mir hier helfen sollte. Sagen Sie ihm, ich habe zweihundert Paar rostfreie Stricknadeln gekauft und einen ungedeckten Scheck angenommen. Sagen Sie ihm, er soll seinen dicken Arsch wieder hierher bewegen, sonst rufe ich einen Streik aus. Er versucht all seine Courage aufzubieten, um mit irgendwelchen mittelalterlichen Yuppies zu reden, die von ihrem Enkel nichts wissen wollen. Es wundert mich, daß Sie ihn nicht mit den Fingern in deren Schubladen erwischt haben, die Nase in ihrem Fotoalbum.«

Der Wachhabende lachte, bis er husten mußte, dankte ihr freundlich und sagte, wenn sie einmal nach Bristol komme und die Uhrzeit wissen müsse, solle sie bitte ihn fragen. »Ist das eine Marke! Und so eine erfrischende Ausdrucksweise. Sie hat gemeint, ich soll Ihnen den Schrecken Ihres Lebens einjagen und Sie im Überfallwagen mit heulender Sirene zurückbringen.«

Nein, er könne mir auch keinen Rat geben, wie ich mich weiter verhalten solle. Es gebe schließlich Gesetze. Und wenn ich seinen Rat in den Wind schlage und dennoch weitermache, werde er mich auf Verdacht einlochen, so gut er mein Dilemma auch verstehe. Seine Pflicht sei es, auf Beschwerden zu reagieren. Wenn ich mein Auto nicht augenblicklich da wegführe, würde er es abschleppen lassen, und mich auch, allerdings das Auto dahin und mich dorthin. Und den Namen der Person, die mich angezeigt habe, nein, den könne er mir nicht nennen.

Ich fragte, ob er mir denn wenigstens sagen könne, ob die

Anzeige aus dem Haus gekommen sei, für das ich mich interessierte. Ich hatte sie zwar beide zur Arbeit weggehen sehen, aber es konnte ja sein, daß sie noch vorher angerufen hatten. Der Wachhabende sagte, es könne ihn seine Stelle kosten, solche vertraulichen Informationen zu geben, aber ich solle einmal seinen Kopf beobachten, den er daraufhin schüttelte.

Könnte ich vielleicht in Begleitung eines Polizisten zu der Beschwerdeführerin gehen und mich bei ihr entschuldigen?

Der Wachhabende sah mich ein paar Sekunden lang an, um zu beurteilen, wie ernst mir das war, wie verzweifelt mein Anliegen – und wie viele Umstände und Papierkram das für ihn bedeuten würde. »Und was würden Sie den Leuten sagen? Ich denke, Sie wollen nicht, daß jemand erfährt, wen Sie bespitzeln?«

»Ich würde wohl die Wahrheit sagen und das Risiko eingehen müssen. Es wäre doch möglich, daß die Leute mir etwas über die Tochter sagen können, wenn sie schon längere Zeit hier wohnen. Ich kann hier nicht aufgeben, ohne einen letzten Versuch gemacht zu haben.«

»Ich habe nicht die Männer, um sie Ihnen als Vermittler mitzugeben.«

»Bitte. Irgend etwas. Nur um mich einzuführen.«

Und er willigte ein. Wenn ich eine knisternde Zehnpfundnote in die Wohlfahrtskasse auf dem Schreibtisch des Wachhabenden täte, mein Auto in ein Parkhaus brächte und mich pünktlich zur Öffnungszeit in einem bestimmten Pub einfände, würde ich dort von einem hochgewachsenen geheimnisvollen Fremdling namens Constable Hicks angesprochen werden, dessen Eltern in der Parallelstraße zu jener wohnten, die soviel Diskussionsstoff geliefert habe.

Ich wurde unter großer Heiterkeit gewarnt, daß meine zehn Pfund für die Wohlfahrt nur die Spitze eines Eisbergs seien und die Kosten für Alkohol sich als unkalkulierbar erweisen könnten, denn Constable Hicks sei selbst für einen Polizisten groß von Gestalt und leide überdies an einer unter Streifenpolizisten nicht seltenen physischen Besonderheit, nämlich »hohle Beine«.

Wußte der gute Constable Hicks bereits – oder hatte er sich die Mühe gemacht, sich zu erkundigen, bevor er sich mit mir traf –, daß Mary Connolly ihr Elternhaus vor gut elf Jahren verlassen hatte? Sie hatte vorher nichts gesagt, sich nur auf den Weg gemacht und war nie mehr zurückgekommen. Sie hatte ihr Elternhaus mit sechzehn Jahren verlassen, und es hieß, sie habe sich mit einem älteren Mann zusammengetan, nicht soviel älter, Mitte Zwanzig vielleicht, einem Mann, der jetzt wohl in meinem Alter wäre. Niemand wisse, wer er war, aber eine Freundin von Hicks' Mutter, die Mary vom Sehen gekannt habe, wolle sie einmal in Chippenham gesehen haben, hochschwanger und am Arm eines Mannes, bärtig und abgerissen, aber ungemein gutaussehend, von athletischer Gestalt und militärischer Haltung.

Marys Eltern arbeiteten beide (was ich schon wußte), hätten immer gearbeitet und seien beliebt, weil sie für sich blieben, wie alle in dieser Straße, die unter Eingeweihten »Streberstieg« heiße. Die Einstellung der Connollys gegenüber ihrem Enkel wunderte Constable Hicks überhaupt nicht. »Ein zehnjähriger Lümmel aus dem Heim würde so gar nicht zu ihrem Lebensstil passen. Ich weiß nicht, ob sie Mary überhaupt jemals haben wollten, aber sie war ja wenigstens ein Mädchen. Wenn Sie das Haus mal von innen sähen, würden Sie sicher verstehen, was ich meine. Ich war mal drin, nur einmal. Wie es da riecht... schwer zu beschreiben... aber da passen Kinder nicht rein, schon gar keine Jungen. Mary war immer allein, ein Schlüsselkind, sagt meine Mutter, weil sie doch beide arbeiteten. Hübsches Ding, betont weiblich, aber welchen Weg sie mal gehen und wie sie enden würde, wenn keiner, der ihr wichtig war, sich ein bißchen mehr um sie kümmern würde, das sah schon jeder. Kurze Röcke, viel zuviel Make-up, gut entwickelte Oberweite. So war sie mit vierzehn, und ihr teures Parfüm konnte man vom einen Ende der Straße bis zum andern riechen; sie muß darin gebadet haben, sagt meine Mutter.«

Ich selbst hielt mich an Tonic, aber sieben Glas Bier später hatte Constable Hicks eine Idee. »Was ist denn mit den Urgroßeltern des Kleinen? Die wissen sicher über seine Mutter Bescheid. Könnten auch zugänglicher sein. Ältere Leute sind das ja meist, und oft reden sie auch gern. Kann nicht beschwören, daß sie noch leben, aber sie können doch höchstens... na, wieviel?... Ende Sechzig sein, Anfang Siebzig. Ich sag Ihnen mal was, bestellen Sie mir noch ein Bier, dann gehe ich in der Zwischenzeit mal telefonieren. Irgendwer weiß bestimmt, wo die sind.«

16

Blutsverwandte

Wieder fuhren sie nach Norden, diesmal über kurvenreiche Straßen zu einem Dorf in Shropshire. Es war nicht so weit wie zu Onkel Turpin, würde aber länger dauern. Sie wollten James' Urgroßeltern besuchen.

Der Mann namens Graham hatte gesagt: »Sie wissen nichts davon, daß wir kommen. Ich hielt es für das beste, überraschend bei ihnen aufzutauchen. Natürlich kann es sein, daß sie nicht da sind, dann hätten wir unsere Zeit verschwendet.« Die verschwendete Zeit würden mindestens fünf Stunden für Hin- und Rückfahrt sein, was James schon etwas merkwürdig fand, wenn die Zeitverschwendung sich doch durch einen einzigen Anruf hätte vermeiden lassen, aber er sagte nicht, was er dachte. Es gab zu viele Merkwürdigkeiten um diesen Ausflug. Lieber stumm darüber nachgrübeln und abwarten, wohin das Ganze führte.

Die Reise wurde noch länger dadurch, daß sie sich in Droitwich Spa verfuhren. Der Mann namens Graham sprach auf der Fahrt nicht. Er hatte einen ganz roten Hals. Er sagte: »Vielleicht ist es besser, du wartest erst mal im Auto. Kann sein, daß ich einiges erklären muß. Es ist wohl kaum damit getan, daß ich sage: ›Guten Tag, ich bin der Mann, der Ihren Urenkel adoptieren will, den Sie noch nie gesehen haben. Ich dachte, wir sollten mal reinschauen und fragen, wie's so geht.‹ Vielleicht ist da doch etwas mehr erforderlich.«

James fragte, ob seine Urgroßeltern überhaupt von seiner Existenz wüßten, und der Mann namens Graham antwortete, er halte es für möglich, daß sie nichts wüßten, glaube aber zuversichtlich, daß sie überglücklich sein würden, ihn kennenzulernen.

Wie man die Adresse dieser Urgroßeltern herausgefunden hatte, war auch nicht erklärt worden und gehörte ebenfalls zu den Merkwürdigkeiten. James nahm an, daß die Fürsorge sie gefunden hatte, aber wenn, warum hatte man sie dann dem Mann namens Graham mitgeteilt und nicht ihm? Das war doch seine Lebensgeschichte, nicht Grahams. Und wieso Urgroßeltern und nicht Großeltern, die doch sicher leichter zu finden gewesen wären, da bereits bekannt war (und das stand ja auch in seinem Heft – mitsamt den Namen), daß sie in einem Vorort von Bristol wohnten? Und wenn diese Urgroßeltern mit Hilfe der Großeltern gefunden worden waren, warum wurden dann die Großeltern nicht zuerst besucht, zumal es nach Bristol nur anderthalb Stunden waren?

James sollte sowohl die Straßenkarte lesen als auch auf Wegweiser achten, er hatte also Beschäftigung genug auf der langen Fahrt nach Shropshire.

Als sie ankamen, stand der alte Mann im Garten seines Cottages, den Rücken zu dem Törchen, durch das der Mann, der gern Graham genannt werden wollte, jetzt eintrat. Vom Wagen aus konnte James sie zwar reden hören, nicht aber, was sie sagten. Ihr Gespräch schien sich ewig hinzuziehen, bis der Mann sich endlich zum Törchen umwandte, die Hand über die Augen hielt und in James' Richtung sah. Dann kamen die beiden Männer auf ihn zu, der

Mann namens Graham voran. James war sich nicht sicher, ob nun von ihm erwartet wurde, daß er ausstieg und ihnen entgegenging, er beschloß aber zu bleiben, wo er war, bis ihm etwas anderes gesagt wurde. Man behandelte ihn wie eine Marionette. Schön, wenn sie es so haben wollten, dann würde er eben auch eine sein.

Der Mann namens Graham rief: »Jamie, komm doch und sag deinem Urgroßvater guten Tag«, und James gehorchte, ließ sich aber dabei Zeit.

Der alte Mann lächelte, nahm seine Schlägermütze vom Kopf und streckte James eine große Hand hin. James nahm die Hand mit ihrer schlaffen, faltigen Haut und bewegte sie auf und ab.

»Und du bist wirklich Marys kleiner Junge? Ich hab schon zu diesem Herrn hier gesagt, daß ich herumgefragt und herumgefragt habe, was aus dir geworden ist, aber das konnte mir keiner sagen; anscheinend wußte es keiner.« Wer waren diese keinen, die nichts sagen konnten? Vermutlich die Großeltern mütterlicherseits, von denen einer das Kind dieses alten Mannes wäre. Die Merkwürdigkeiten häuften sich. »Ich hab dich zuletzt gesehen, als du noch ein Baby warst; deine Mutter hatte dich mitgebracht. So um die zehn Wochen alt warst du da und ein fürchterlicher Schreihals.« James bezweifelte, daß dies die Wahrheit war. Wenn der alte Mann ihn nur einmal gesehen hatte, reichte das kaum als Beweis aus. Und selbst wenn es stimmte, bedeutete es nichts; James war jetzt kein Schreihals mehr. »Hast deine arme Mama ganz schön auf Trab gehalten, mußte dir dauernd was holen und dich herumschleppen. ›Der wird noch ziemlich anstrengend, wenn du bei jedem Schrei, den er tut, gleich losspringst‹, hab ich zu Mary gesagt. ›Laß ihn doch auch mal ein bißchen warten.‹ Sie war mit siebzehn zu jung, um es besser zu wissen.«

»*Hab mich lieb. Hab Mary lieb.*« Und sie war zu jung gewesen, um ihn warten zu lassen, auch nur einmal kurz. Der alte Mann würde sicher ein Foto von ihr haben, und das würde alle freuen, die in der Vergangenheit vergebens versucht hatten, eines aufzutreiben. Es wäre ein Foto von einem Mädchen, das sieben Jahre älter war als James jetzt. Siebzehn und zehn macht siebenundzwanzig, und das wäre jetzt ihr Alter, gar kein Alter.

Drinnen im Cottage redete der alte Mann immer weiter. Er machte Tee und brachte Kekse und erzählte ihnen, daß er und seine Frau zwei Töchter hätten, Cathleen und Sarah, und diese Töchter hätten wieder je eine Tochter geboren, Christine und Mary, und dann aufgehört. Er sagte zu James: »Und Mary hat dich bekommen vor all den Jahren, und Christine – sie wollten schon die Hoffnung aufgeben, sie und Bill, denn daß sie's zuwenig versucht hätten, daran lag's nicht; sie lieben beide Kinder – aber sie wollten die Hoffnung aufgeben ... Ach ja ... was wollte ich denn nun sagen? ... Ja, und letzten April, da hat Christine gleich Zwillinge zur Welt gebracht, beides Mädchen ... wieder Mädchen; liegt bei uns in der Familie. Du bist in unserer Familie der einzige Junge nach mir. So eine lange Zeit, und ich hab dich nie zu sehen bekommen.« An diesem Punkt begann der alte Mann überraschend zu schluchzen und verließ das Zimmer, und man hörte ihn nach oben gehen.

Sie warteten ein wenig, ob er wiederkäme. Dann sagte der Mann namens Graham: »Ich glaube, ich werde mal nach ihm sehen«, und ging dem alten Mann nach. James nahm sich noch einen Keks, schenkte sich noch eine Tasse Tee ein und wartete.

Einige Zeit später kam der Mann namens Graham allein zurück.

»Die ganze Sache hat ihn sehr aufgeregt. Weißt du, ich habe ihm gesagt, wie lange du schon in Heimen gewesen bist, und die Sache mit deinem Vater.« Posthalter Graham als Unglücksbote: Er kniete vor James' Stuhl nieder und ergriff seine beiden Hände. »Er bringt es einfach nicht fertig, dir das selbst zu sagen, aber er ist ziemlich sicher, daß deine Mutter tot ist. Sie hat sich mit ihren Eltern nicht verstanden – und soweit ich feststellen kann, versteht er sich auch nicht mit ihnen; er hat nur noch Verbindung mit seiner anderen Tochter und deren Familie. Aber er hat deine Mutter sehr gern gehabt, und sie mochte ihre Großeltern auch, besonders ihn. Sie standen sich sehr nah, sagt er. Als Kind war sie oft hier bei ihnen und hat ihnen regelmäßig geschrieben. Als du dann etwa drei Jahre alt gewesen sein mußt, blieben die Briefe plötzlich aus. Er hat noch oft geschrieben, sagt er, aber keine Antwort bekommen, und nach einer Weile kamen seine Briefe dann mit EMPFÄNGER UNBEKANNT zurück. Er ist überzeugt, daß sie sich gemeldet hätte, wenn sie noch am Leben wäre. Er sagt, daß du ihr sehr ähnlich siehst. Deinen Vater hat er nie gesehen. Mary war nur einmal hier, nachdem sie von zu Hause fortgegangen war; da hatte sie dich bei sich, ihn aber nicht; warum, das weiß der alte Herr auch nicht. Ich weiß, daß es noch vieles gibt, was wir wissen müßten, aber er ist ein alter Mann, und wir haben ihm einen ziemlichen Schock versetzt, indem wir hier so plötzlich aufkreuzten. Wir können ihn ja bald noch einmal besuchen. Dann rufe ich aber vorher an. Und er hat mir gesagt, daß du da in dem Sekretär Fotos und noch ein paar persönliche Dinge finden wirst, die deiner Mutter gehörten. Er sagt, du sollst mitnehmen, was du haben möchtest, und für ihn gut darauf aufpassen. Such dir jetzt in Ruhe aus, was du mitnehmen willst, und dann machen wir uns kurzerhand davon. Er heißt übrigens Percy, aber du sagst wahrscheinlich besser ›Urgroßvater‹ zu ihm.«

Im Auto fragte der Posthalter, ob James verstehe, warum sich der alte Mann so aufgeregt habe.

»Schock?«

»Mehr. Du hast ihn sehr an jemanden erinnert, den er sehr liebhatte – deine Mutter; das ist das eine. Aber – ich weiß nicht, ob du das verstehen wirst, Jamie ...«

»Probier's mal.«

»Schuldgefühle. Er fühlt sich schuldig. Als deine Mutter ihm plötzlich nicht mehr schrieb, war das gerade um die Zeit, als seine Frau gestorben war. Er war zum erstenmal in seinem Leben allein. Er hätte so dringend jemanden zum Reden gebraucht – am liebsten deine Mutter, weil sie sich gut verstanden –, aber sie war nicht da und hat auf seine Briefe nicht geantwortet. Das hat er ihr übelgenommen. Und als ich ihm dann sagte, du wärst in einer Kindertagesstätte ausgesetzt worden und dann in ein Heim gekommen, und daß dein Vater dich da weggeholt hat – zum erstenmal, als du vier warst, und dann noch einmal mit sechs –, und wie man dich nach dem zweiten Mal von Pontius zu Pilatus geschickt hat, da hat er gesagt, daß er dir nicht mehr unter die Augen treten kann.«

»Als ich sechs war, haben sie meinen Namen und Dads Namen im Radio durchgegeben, und da sind keine Leute gekommen und haben gesagt, daß sie meine Urgroßeltern sind. Und in den Zeitungen haben wir auch gestanden. Da war auch ein Bild von meinem Vater drin. Das in meinem Lebensberichtsheft. Es war kaputt, aber ich hab's wieder zusammengeklebt.«

»Es kann doch sein ... er hat das vielleicht nicht gehört. Er hat auch vielleicht diese Zeitung nicht gelesen. Jamie ... wenn deine Eltern nicht verheiratet waren – und das wissen wir nicht, weil noch niemand deine Geburtsurkunde gefunden hat –, dann wußte er vielleicht nicht einmal, wie dein Vater hieß, und selbst wenn er das mal gewußt hätte, könnte er es nach sechs Jahren leicht wieder vergessen haben.«

»Du sagst doch, er hat ihr geschrieben.«

»Vielleicht unter Mary Connolly.«

Klang logisch, was der Posthalter sagte. James verhärtete sich gegen ihn mit Herz, Mund und Verstand.

Er hatte aus dem Sekretär des alten Mannes nicht alles genommen, was mit seiner Mutter zu tun hatte. Die Brosche mit den Glitzersteinchen, den Babyschnuller und den Zahnring hatte er dagelassen, auch die Fotos von seiner Mutter als Baby, als kleines Kind, und das, wo sie an einem Strand auf einem Esel ritt, eines, wo sie auf einem Jahrmarkt zwischen ihren Eltern stand und ein Eis lutschte, eines bei einer Weihnachtsfeier; alle diese Erinnerungen an sie hatte er dagelassen.

Mitgenommen hatte er statt dessen das Feuerzeug mit den eingravierten Worten: »Für John. In Liebe. Für immer. Mary.« Und ein paar Fotos hatte er auch mitgenommen.

Eines zeigte ein Baby in seinem Bettchen; er vermutete, daß dieses Kind er selbst war. Auf einem anderen saß ein Kind auf einem Hochstühlchen und hielt lächelnd ein Spielzeug in die Kamera, in der anderen Hand hatte es einen kleinen Kuchen mit einer Kerze; auch dieses Kind war vermutlich er. Dann noch ein Foto von diesem Kind an seinem zweiten Geburtstag, wo es inmitten von buntem Geschenkpapier auf dem Boden saß. Im Gesicht dieses Kindes stand Überraschung, als wäre es selbst soeben ausgepackt worden.

Außer dem Feuerzeug seines Vaters und den Bildern eines kleinen Kindes, das nicht viel mit dem Dreijährigen gemeinsam zu haben schien, der unter einer nach Urin stinkenden Decke gelegen und beobachtet hatte, wie die Welt auf die Seite kippte, hatte James aus der Schublade noch drei Fotos von seiner leiblichen Mutter mitgenommen, und das fand er mehr als genug. Auf dem einen steckte sie als etwa Zehnjährige in einer Schuluniform. Eines stammte aus einem Fotoautomaten. Da sah sie verängstigt aus, und auf der Rückseite stand: »Heute von zu Hause weg. Brrr!« Auf dem dritten saß sie in einer Gruppe von Freunden, unter denen James seinen Vater erkannte, und über die Gesichter der Freunde stand geschrieben: »Für Oma und Opa, alles Liebe, Mary und John.«

James hatte nicht gefunden, was er in dem Sekretär des alten Mannes zu finden gehofft hatte, nicht das, woran er so oft gedacht hatte, das eine, wonach er sich so sehnte. Auf keinem der Bilder wurde Jimmy von einem seiner Eltern im Arm gehalten. Auf keinem strahlten seine Eltern in die Kamera, die sie mit ihrem Sohn fotografierte. Wo er zu sehen war, fehlten sie. Auf allen diesen Bildern war er allein.

Um zwei Uhr morgens stand James am Fenster von Edwards Zimmer und sah, wie draußen an der Autowerkstatt die Reklame für Motoröl sich drehte und, flipp, flipp, flipp, lauter Feuerbälle von sich schleuderte, wenn das Licht der Straßenlaterne von ihr zurückgeworfen wurde. Es war das einzige in diesem Dorf, was sich bewegte.

Er hörte Schritte auf der Treppe und lauschte, wie der Posthalter die Tür des Zimmers ganz oben unterm Dach öffnete, hörte die Schritte zum Bett gehen, zur Tür zurückkehren und dann die Treppe wieder herunterkommen. Er hörte die Türen zu den unteren Zimmern auf- und zugehen und wartete, daß die Schritte wieder die Treppe heraufkamen, wartete, daß sie draußen innehielten.

Schließlich wurde die Tür langsam geöffnet, und die Schritte kamen durch das Zimmer auf ihn zu. Ein Arm legte sich um seine Schulter, und er schüttelte ihn ab. Der Posthalter sagte: »Na schön. Hauptsache, ich weiß wo du bist«, und ging wieder fort und in das Zimmer nebenan.

Aber dieser Mann, der James' Ersatzvater zu werden wünschte, wußte nicht, wo James war, denn James wußte selbst nicht, wo James war.

Sie hatten die übliche Freitagabendfahrt vom Kinderheim gerade wieder hinter sich gebracht und das kleine Haus neben der Poststelle erreicht. Im Wohnzimmer sagte der Posthalter: »Ich habe hier einen Brief für dich. Er ist von deinem Vater.« Sagte nur diese Worte und wartete dann, wie James reagieren würde. Aber James reagierte äußerlich gar nicht. Der Posthalter sagte: »Ich bin ziemlich aufgeregt, und du wahrscheinlich auch. Er hat auch an mich geschrieben. Meinen Brief habe ich gelesen. Es ist ein sehr netter Brief ... er wünscht uns beiden Glück. Dich nennt er darin ›Jimmy‹. Ich dachte immer, so möchtest du nicht genannt werden.«

In dem Schweigen, das darauf folgte, durchlebte James eine seltsame Empfindung, in der er sowohl fühlte, was er fühlte, und sich zugleich bei diesem Fühlen beobachtete. Er fühlte sich, als ob alles, was von seiner Haut umschlossen war, auf einmal nicht mehr da wäre, als ob sich in seinen Beinen keine Knochen mehr befänden. Er sah den Posthalter ein zusammengefaltetes Viereck aus liniertem Papier zu ihm herüberreichen, das auch sein Vater schon in der Hand gehalten hatte und das die ureigensten Worte seines Vaters an ihn enthalten würde, geschrieben in ordentlicher, schräger Schreibschrift, traurige Worte von den warmen Lippen eines unglücklichen Mannes, niedergeschrieben auf Papier, an das sein Vater seine Finger gedrückt hatte, um es zusammenzufalten. Er sah etwas, was er als seine eigene rechte Hand erkannte, nach dem zusammengefalteten Blatt Papier greifen und es sorgsam in die Innentasche seiner Jacke stecken, und er merkte, wie er eine Stuhllehne festhielt, damit sie stillhielt, denn alle Dinge im Zimmer, vor allem die Uhren, schienen sich um ihn zu drehen.

Zu diesen rotierenden Dingen gehörte der Posthalter, der einen besorgten Gesichtsausdruck hatte, und von diesem kreisenden Posthalter – scheinbar aber von weit weg – hörte er immer weitere Worte: »Ich nehme an, du wirst deinen Brief in Ruhe lesen wollen«, und er fühlte, wie sein Kinn sich zur Antwort auf und ab bewegte. Er sah sich seinen rechten Fuß ganz langsam vor den linken stellen, vorsichtig ausprobierend, ob sie beide sein Gewicht trugen, und indem er immer den rechten mit dem linken Fuß abwechselte, erreichte er die Treppe. Dort mühte er sich wie ein alter Mann drei Stufen hinauf, bevor die ferne Stimme wieder sprach. »Gute Idee. Warum ihn nicht in deinem Zimmer lesen?« Er ließ sich die Worte »dein Zimmer« durch den Kopf gehen, versuchte herauszubekommen, was sie bedeuteten, während Bilder von all den Zimmern, in denen er schon geschlafen hatte, ihm durch den Kopf zogen und sich alle miteinander vermischten, die Größe der Fenster sich veränderte und die Farben der Wände miteinander verschmolzen und immer dunkler wurden, bis sie ganz schwarz waren.

Auf der dritten Stufe stehend, drehte er sich um und sah in das Zimmer zurück, aus dem er gerade gekommen war. Er wußte, daß es irgendwo in diesem Haus ein Zimmer gab, das »sein Zimmer« genannt wurde, doch da er sich im Augenblick nicht erinnern konnte, wie es aussah oder wo er es finden könnte, ging er die drei Stufen wieder hinunter und durch den Raum auf die Diele zu, und auf dem Weg tastete er sich an den Möbeln entlang.

Der Posthalter rief einen seiner Namen: »Jamie«, und durchquerte rasch den Raum, um sich vor ihn zu stellen und ihm den Weg zu versperren. Noch mehr Worte. »Bernard hat gesagt, ich soll bei dir sein, wenn du den Brief deines Vaters liest. Ich weiß, er ist privat, aber wenn er dich aufregt, möchte ich in der Nähe sein.«

Jamie starrte den Mann an, der immer weitersprach, aber die Worte verschwammen zu einem Durcheinander und bekamen erst wieder eine Bedeutung, als der Mann zu Ende sprach.

»In diesem Fall will ich dich nur über die Straße bis zum Spielplatz begleiten. Und bevor wir das tun, habe ich noch einen Wunsch an dich. Ich möchte dich an mich drücken, denn ich habe auf einmal ganz große Angst.«

Der Mann kam langsam auf James zu und schlang beide Arme um ihn, drückte ihre beiden Körper aneinander und legte seine Wange auf James' Kopf. Er war nicht allein. Zur gleichen Zeit sah James ein ganzes Spinnennetz von Armen, die weit ausgestreckt waren, um ihn zu umfangen, Arme von Fürsorgern, Pflegeeltern, Freunden, die Arme nahezu aller, die er in den Heimen je gekannt hatte, die ihn alle umschlangen und fest drückten. Man nannte das Hätscheln, Kuscheln oder Knuddeln, und es sollte den Sinn haben, daß man sich nicht mehr so einsam fühlte.

Der Mann öffnete die Tür zur Diele und blieb an den Schrank unter der Treppe gelehnt stehen, bis James an ihm vorbeiging und die Haustür öffnete. Er folgte James über die Straße bis an den Eingang zum Spielplatz, lehnte sich dort an den Zaun und wartete, während James sich von dem Spielplatz abwandte und über den schmalen Graspfad auf die Werkstatt mit ihrer rotierenden Reklame zuging.

James faltete den Brief auseinander und las im Licht der Straßenlaterne und der Reklame, was sein Vater ihm aus dem Gefängnis geschrieben hatte.

Lieber Jimmy,
Sie haben mir gesagt, daß Du wohlauf bist. Sie haben nicht gesagt, »Er ist froh und munter«, wofür ich ei-

gentlich gebetet habe, aber ich denke, »wohlauf« ist auch nicht so schlecht, wenn man bedenkt, was mit Dir alles passiert ist.

Sie haben auch gesagt, daß es jemanden gibt, der Dich adoptieren will, und daß sie den Mann nett finden und ihm trauen und daß Du anscheinend gut mit ihm auskommst. Sie haben mir gesagt, warum sie finden, daß es ein alleinstehender Mann sein soll, und daß eine Adoption am besten für dich wäre. Und weil ich weiß, daß wir uns am Ende gar nicht mehr kennen werden, bis ich soweit bin, daß ich Dir ein richtiger Vater sein kann, habe ich ihnen gesagt, wenn Du sicher bist, daß Du das willst, dann bin ich mit der Adoption einverstanden.

Ich tue das nur, weil ich das Beste für Dich will und weil ich Dir ja bisher nichts geben konnte. In einer idealen Welt, mein lieber Jimmy, wären wir jetzt zusammen, und ich könnte Dich in den Arm nehmen und Deine Hand halten. In einer idealen Welt könnten wir Zukunftspläne schmieden, und ich dürfte Dich wachsen sehen. Keiner würde mich davon abhalten, Dir ein Vater zu sein. Ich schreibe Dir das, weil es für Dich sehr wichtig ist, zu verstehen, daß nichts von dem, was passiert ist, Deine Schuld ist. Dich treffen keinerlei Vorwürfe, Jimmy. Bitte, bitte, denk immer daran. Schuld an allem bin nur ich, denn ich habe es versäumt, meine heiligste Pflicht zu tun und Dir ein guter Vater zu sein. Und Du bist derjenige, der darunter am meisten zu leiden hatte.

Ich werde immer der Mensch sein, der mitgeholfen

hat, Dich in die Welt zu setzen, und ich werde Dich immer mehr als jeden anderen Menschen lieben. Es gibt Zeiten, in denen ich mir wünsche, ich würde nicht immer noch Dein Gesicht so deutlich sehen. Denn wenn ich Dich innerlich vor mir sehe, zerreißt es mich von innen heraus.

Vielleicht kann ja das Foto, das sie mir geschickt haben, damit ich sehe, wie groß und hübsch Du jetzt bist, mir helfen, mich mehr auf die Gegenwart und Zukunft zu konzentrieren.

Es ist wichtig, daß Du lernst und fleißig arbeitest, damit Du Dich durchschlagen kannst. Und wichtig ist auch, daß Du denen, die Dich gern haben, soviel wie möglich von Dir geben kannst. Laß nicht zu, daß alles, was passiert ist, Dich böse und bitter gegenüber Menschen macht. Das ist viel verlangt von einem kleinen Jungen, der alles verloren hat.

Eines Tages, wenn Du alt genug bist, um zu verstehen, was Vergebung ist, werde ich von Dir alle Vergebung brauchen, die Du geben kannst. Ich habe Dich am meisten lieb. Immer, Jimmy. Ehrenwort. Immer.

Dein Vater

Zeit verging. Die Straßenbeleuchtung ging aus. Im Dunkeln ergriff der Mann seine Hand und zog ihn fort von der Werkstatt, bei der er gesessen hatte, den Rücken an die Tür gelehnt. Er antwortete auf keine der Fragen des Mannes, reagierte auch nicht auf die Bitten des Mannes, mit ihm nach Hause zu gehen, räumte diesem Wort nicht einmal einen Platz in seinem Denken ein. Schließlich wandte der Mann

Gewalt an, und James wehrte sich nicht dagegen. Der Mann wandte mehr Gewalt an, als nötig gewesen wäre, mehr, als James ihm überhaupt zugetraut hätte. Wahrscheinlich war es der Zorn des Mannes, der ihm half, James mit solcher Kraft hinter sich her zu ziehen und in ein Haus zu stoßen, das James zuerst gar nicht als das Haus erkannte, in dem er an Wochenenden immer zu Besuch war.

Der Mann sah jetzt sehr alt aus und bebte am ganzen Leib. Er bot ihm etwas zu essen und ein Bad an, dann schaltete er den Fernseher ein und setzte sich schmollend davor. Er erklärte ihm lang und breit, daß er verstehe, wie James zumute sein müsse, entschuldigte sich für seinen Zorn und versuchte einen Witz daraus zu machen, indem er sagte, Zorn sei eine Krankheit, und er wisse, wer ihn damit angesteckt habe. James stellte mit Interesse fest, daß die Worte des Mannes kein unverständliches Durcheinander mehr waren und er verstand, was der Mann sagte, auch wenn das keinerlei Bedeutung hatte. Der Mann redete weiter, abgehackt und zaudernd, etwas von Eifersucht und wie sie einen Menschen krank mache, so daß er sich dann schlecht benehme. Er entschuldigte sich noch einmal und erklärte, daß James ihn jetzt von seiner schlechtesten Seite kennengelernt habe, und da er den Brief an James nicht gelesen habe und nicht wisse, was darin stehe, sei seine Behauptung von vorhin, er wisse, wie James im Innern zumute sei, nur Gerede gewesen, hohle Worte, daß er in Wirklichkeit gar nichts wisse, nichts verstehe, aber doch so gern verstehen wolle. Der Mann sah müde aus, erschöpft, wie ein Teddybär, den jemand über einen nassen Kiesweg geschleift hatte. Er sagte: »Ich kann nur eines aufrichtig sagen, Jamie. Solange du nicht mit mir redest, irgend etwas zu mir sagst, mir irgend etwas mitteilen kannst, glaube ich nicht, daß ich...« Er konnte den Satz nicht zu Ende sprechen. James wartete und beobachtete. Der Mann schaltete den Fernseher aus, blieb aber sitzen und starrte auf den dunklen Bildschirm. Schweigend beobachtete James weiter, wie der Mann im Zimmer umherging, Sachen in Schubladen räumte und Listen aufstellte, die er zum Teil laut vorlas. Listen von Dingen, die benötigt wurden oder zu tun waren – Wäsche, Reinigung, Hausarbeit, unerledigte Korrespondenz. Listen von Dingen, die vordringlich waren, solchen, die warten konnten. Listen von Dingen, die eingekauft werden mußten – Brot, Milch, Teebeutel, Zucker. Bis James endlich sprach, die Aufstellung der Listen unterbrach und sagte: »Ich habe einen Vater.«

Der Mann stellte sein Tun ein und sah James an, stierte ihn an, wollte ihn mit Blicken zwingen, fortzufahren.

»Daß er sich nicht um mich kümmern kann, macht noch keinen anderen zu meinem Vater. In seinem Brief steht nichts davon, daß wir ihn besuchen werden.«

Der Mann wartete, beobachtete James und wartete auf mehr.

Und James sagte: »Du kannst mich nicht adoptieren, bevor ich ihn wiedergesehen habe. Das weißt du, ja?«

Der Mann nickte langsam und sagte: »Ja, mir war klar, daß du das zur Bedingung machen würdest. Ich werde mit der Fürsorgerin und mit Bernard reden. Mal sehen, ob wir sie nicht auf ein bestimmtes Datum festlegen können.«

Jeder sah den anderen stumm an. Der Mann war nicht länger befangen, stellte keine Listen mehr auf oder hantierte herum. Er setzte sich und sagte: »Diese Adoption hat doch mehr für dich zu bedeuten als nur den Besuch bei deinem Vater, oder? Falls nämlich nicht, könnte es sich wahrscheinlich regeln lassen, daß du ihn besuchst, ohne dich deswegen mit mir einlassen zu müssen. Falls du da irgendwelche Bedenken haben solltest.«

James hörte seine eigene Stimme höher und schriller klingen, als er beabsichtigt hatte. »Hast *du* Bedenken? Irgendwelche?«

»Nur ganz kleine, und nur heute abend. Weil ich eifersüchtig bin, wie ich dir schon gesagt habe, und weil ich mich schlecht benehme, wie du schon selbst gemerkt hast. Mangelnde Selbstbeherrschung, Jamie; das kann jedem mal passieren. Bei mir kommt das jetzt daher, daß ich nicht verletzt oder gedemütigt werden möchte; und weil ich nicht will, daß du verletzt wirst.«

»Wie soll ich denn verletzt werden?«

»Wenn du für mich gar nichts empfindest, wird dich nichts verletzen. Wenn du überhaupt kein Gewissen hast, dann nicht. Und warum sollte jemand, der sonst alles verloren hat, noch darum kämpfen, sich ein Gewissen zu bewahren? Andererseits, wenn du dir eines bewahrt hast, vielleicht als Andenken, und du mich nur benutzt, um deinen Vater wiederzusehen, dann würden wir doch beide verletzt, nicht wahr? Du würdest dich selbst hinterher nicht mehr leiden können, und mich würdest du noch weniger leiden können, weil ich immer da wäre und dich daran erinnern würde, was du getan hast, selbst wenn du für mich keine Verwendung mehr hättest. Darum glaube ich, wenn es möglich wäre, ein Wiedersehen zwischen dir und deinem

Vater zu arrangieren, ohne daß dies etwas mit der Adoption zu tun hat, wäre das doch sicher das Beste.«

James nahm den Brief seines Vaters aus der Tasche und legte ihn dem Mann zum Lesen auf den Tisch.

»Willst du wirklich, daß ich ihn lese? Wäre es nicht besser, abzuwarten und ein Weilchen darüber nachzudenken?«

James sagte: »Du mußt etwas von mir wissen, etwas von meinem Vater und was er mir bedeutet. Es ist nur fair, wenn du weißt, warum du nie seine Stelle einnehmen kannst.«

17

Rückhalt

Danach beruhigten sich die Gemüter ein wenig, da wir nun beide wußten, wo wir standen. Soweit die Theorie. In der Praxis hatte diese Ruhe alle Kennzeichen jener Windstille, aus der Weltkriege entstehen.

Es ging weiter, Wochenende um Wochenende. Ich nehme an, er hätte die Sache beenden können, wenn er zu Bernard gesagt hätte, er wolle mich nicht mehr besuchen. Oder ich hätte sie beenden können, wenn ich meinen Adoptionsantrag zurückgezogen hätte. Da wir sie beide weiterlaufen ließen, indem wir nichts taten, um sie zu beenden, muß in uns beiden noch der Wunsch danach vorhanden gewesen sein.

Jamie hatte sich angewöhnt, immer wie eine Motte in Gummistiefeln am Rande meines Gesichtsfelds herumzuflattern. Er sah mich nie direkt an, beäugte mich aber immerzu von der Seite. Wenn er an mir vorbei mußte, machte er einen Bogen. Ob die drei Meter Abstand, die er zwischen uns einhielt, jemals kleiner würden, und wenn ja, wie sollte diese Reduzierung erreicht werden? Er würde älter werden; man hatte mir gesagt, ich müsse ihm das Älterwerden gestatten und dürfe nicht versuchen, ihn für immer und ewig auf dem Stand von zehn Jahren und neun Monaten zu halten. Was wäre, wenn er in fünf Jahren (vorausgesetzt, wir teilten dann noch dieselbe Wohnung) immer noch diesen Abstand zwischen uns bewahrte? Was wäre, wenn er mich mit fünfzehn immer noch zwänge, meine Kreise einzuhalten? Mit fünfzehn würde er selbst noch größere Kreise benötigen. Dann würde er sich Warnsirenen einbauen müssen.

Im Haus, wo Platz Mangelware und Abstand schwer zu halten war, kniete er meist mit dem Rücken zu mir auf der Fensterbank und starrte zu der Autowerkstatt auf der anderen Straßenseite hinüber. Immer wenn ich mich ihm näherte, mich hinter ihn stellte, um zu sehen, was er sah, konnte ich beobachten, wie seine Schultern sich versteiften und der Puls in seiner Halsschlagader zu jagen begann, die Motte ihre Kräfte sammelte, ihre Haut straffte, sich zur Flucht bereitmachte.

Zu den Mahlzeiten nahm dieselbe Motte das Gedeck, das ich neben dem meinen aufgelegt hatte, und trug es ans andere Tischende, zwei Meter weit weg. Ich wußte, daß wir über das alles hätten reden müssen. Wir hätten uns in aller Ruhe hinsetzen sollen, mit soviel Abstand zwischen uns, wie er für sein Wohlbefinden brauchte, und das alles durchsprechen. Von Motte zu Mann.

Besuche machten wir keine mehr, weder bei den Großeltern, die uns sowieso nicht empfangen hätten, noch bei dem alten Percy, der vielleicht sehnsüchtig darauf wartete. Das Wetter eignete sich nicht für Campingausflüge, auch war es wenig wahrscheinlich, daß Jamie jetzt gern campen gegangen wäre. Dafür machten wir Spaziergänge. Er schien an den Spaziergängen Freude zu haben, wenn er zwischen den schnurgeraden Fichtenreihen in unserem häßlich symmetrischen Wald dahinschlurfte. Manchmal hüpfte er sogar, sprang nach Ästen, schritt die Maße einer Lichtung ab und stellte bei sich irgendwelche Berechnungen an, hüpfte auf einem Bein, das andere hinter sich ausgestreckt, tanzte herum wie ein kleines Kind, eine junge Motte, die sich aus ihrer Puppe befreite, ihre Flügel zum Trocknen in der Sonne ausbreitete, bevor sie sich in den Himmel schwang. Aber er war dann nicht bei mir; er war allein oder mit irgendeiner imaginären Person zusammen, und ich folgte nur seiner Spur. Wenn er vorauslief und dann auf mich wartete, tat er immer so, als wartete er gar nicht, sondern hätte zufällig irgend etwas Interessantes gefunden. Und ebenso tat ich, als merkte ich gar nicht, wie er auf mich wartete, wie er mich hintenherum beobachtete, als legte er jedes einzelne Haar von mir, jede Hautpore, jede Wimper, jeden Zahn in meinem Mund auf seine Waagschale und stellte fest, daß sie alle zusammen nicht besonders viel wogen.

Man hatte mir gesagt, wenn irgend etwas an dem Kind, das ich zu adoptieren hoffte, mich vor ein Rätsel stelle, solle ich die Rolle umkehren, mir einbilden, ich sei Jamie und er sei ich. Auf diese Weise könne ich seine Gedanken denken, seine Gefühle fühlen. Die haben gut reden. Mein eigener Vater war nicht jung, nicht stark, kein zu Unrecht eingekerkerter romantischer Held, sondern ein inkontinenter alter Mann im Krankenhaus. Ich konnte nicht die Motte in Gummistiefeln spielen, die fünfzig Meter weit vorauslief und Interesse an einem Baumstamm vortäuschte. Ich war der rundliche kleine Mann, der sich hinter ihm drein auf einem matschigen Weg durch das Brombeergesträuch kämpfte.

In Erfüllung dessen, was ich für meine elterliche Pflicht hielt, brachte ich ihm wenigstens bei, »Danke« zu sagen. Er sagte es widerstrebend und ohne Überzeugung und nie zu mir oder irgendeinem anderen Menschen. Er sagte es zum Fußboden und zur Zimmerdecke. Er dankte dem Stuhl neben ihm oder der Teekanne. Und wenn er irgend etwas gereicht bekommen wollte, bat er einen unbelebten Gegenstand dicht neben mir darum – »Kann ich bitte den Zucker haben?« sagte er zu meiner Untertasse, oder häufiger nur: »Darf ich mir noch Zucker nehmen?« Das kam daher, daß ich ihm zu erklären versucht hatte, wie schlecht Zucker für die Zähne sei und warum man sie immer gut putzen müsse, sogar bissig angemerkt hatte, wenn der hübsche große Junge, von dem sein Vater in seinem Brief geschrieben habe, am Besuchstag anrücken und mit gelben Zähnen lächeln werde, sei doch die ganze Wirkung futsch.

Die Anstrengung, die es Jamie auf Dauer kostete, jeden Blickkontakt zu vermeiden, muß ungeheuer gewesen sein, fast, als hätte er sich vorgenommen, seine Selbstbeherrschung auszutesten. Wenn es schon eine Strapaze für mich war, um wieviel größer muß die Strapaze für ihn gewesen sein? Na bitte! Soeben habe ich unsere Rollen umgekehrt, und genützt hat es mir gar nichts.

Erwarten Sie keine Geschenke von einem Heimkind. So steht es in der ganzen einschlägigen Literatur. Geschenke sind zum Bekommen da. Wie und warum sie erst einmal gegeben werden, ist nicht die Sorge des Kindes, das mit nichts im Heim angekommen ist und es wahrscheinlich mit nichts wieder verlassen wird. Besitztümer sind zum Behalten da, zum Bewachen, sogar zum Verteidigen. Geburtstagskarten kommen oder kommen nicht; geschickt werden sie nie, selbst wenn ein siebenunddreißigjähriger angehender Ersatzvater mit dem Zaunpfahl winkt, selbst wenn derselbe alte Knacker die Dinger nebenan in seinem eigenen Laden verkauft und dem Kind am Tag vor dem großen Ereignis einen Extrabatzen Taschengeld zukommen läßt. Heimkinder schicken keine Karten, um mit ihnen den Fortgang der Zeit festzuhalten, denn damit würden sie sich nur selbst vor Augen führen, wie langsam diese vergeht. Heimkinder haben nicht einmal den Anstand, zu erröten, wenn man ihnen die Geburtstagskarten zeigt, die andere geschickt haben. *»Ach, hattest du Geburtstag oder was?«*

Es mußte irgend etwas an mir geben, was ihn bedrohte. Vielleicht spürte er die Anspannung, unter der ich stand, und begriff sie als etwas anderes, vielleicht sogar als Vorspiel zu einem irgendwie gearteten körperlichen Übergriff. Dabei muß er mit Bestimmtheit gewußt haben, daß ich in keiner Weise eine körperliche Bedrohung für ihn war. Er hätte sich nichts vergeben, wenn er mir ein kleines Stückchen entgegengekommen wäre. Sogar sein eigener Vater hatte Großzügigkeit erlaubt. Woher nahm er nur die Standhaftigkeit, dieses gewaltsame Desinteresse, seine sanfte Feindseligkeit Tag um Tag durchzuhalten?

Es vergingen drei Wochenenden, an denen er nicht ein einziges Mal lächelte und nicht die Spur von seinem wahren Ich durchscheinen ließ, weder das fluchende, zornige, sich selbst verstümmelnde Kind noch den Jungen, der bettelte: »Küß mich noch mal, länger, richtig. Hast du mich lieb?« Auch mir erlaubte er nicht, ich selbst zu sein. Was das auch sein mag. Je länger er bei mir blieb und mich dennoch auf Abstand hielt, als hätte er die allergrößte Angst, daß ich seinem abwesenden Vater Grund zur Eifersucht geben könnte, desto sonderbarer kam ich mir vor, und desto sonderbarer muß ich auf ihn gewirkt haben.

Nahm man einen Zehnjährigen bei der Hand? Oder wartete man, bis einem die Hand hingehalten wurde? Sie würde einem natürlich nicht hingehalten. Jetzt nicht mehr, nachdem die Flitterwochen vorbei waren. Nicht, solange er auf Befehle aus dem Hauptquartier wartete, wartete, bis der strategische Rückzug abgeschlossen war, mich heimlich beobachtete, wie ich in meinen Wetterschuhen herumstapfte, genau wie ich ihn beobachtete, wenn er in seinen Gummistiefeln hin und her schlurfte. »Nein«, sagte ich mir immer wieder, »nein, man nimmt einen Zehnjährigen ganz gewiß nicht bei der Hand, höchstens wenn man zufällig sein leiblicher, biologischer, blutsverwandter Vater ist.« Und ich behielt meine Hände bei mir.

Ich war wie ein abgeschobener Liebhaber, der es nicht über sich brachte, den Knoten durchzuhauen und wegzurennen, ein unerwünschter Bewunderer, der dem Objekt seiner Liebe auf Schritt und Tritt folgte und jedes seiner Worte aufschlürfte, denn es hätte ja eines davon nett gemeint sein können. »Viel Glück zum Geburtstag!« hätte, wenn es gesagt worden wäre, schon genügt.

Es gab Momente, in denen ich drauf und dran war, ihn körperlich zu attackieren, nicht ihn zu schlagen oder zu schütteln, sondern ihn einfach in meine Kreise hineinzuziehen und dort festzuhalten, bis er begriffen hatte, daß es dort nicht gefährlich war. Ich habe noch nie in meinem Leben einer Motte die Flügel ausgerissen. Und mit so etwas hätte ich auf meine alten Tage auch nicht mehr angefangen.

Endlich ging ich in meiner Verzweiflung mit dem Problem zu meiner Jungfürsorgerin. »Was sage ich Ihnen immerzu?« war ihre Antwort. »Behalten Sie die Dinge nicht für sich. Raus damit! Suchen Sie Rat.«

»Das tue ich ja«, sagte ich. »Ich suche Ihren Rat.«

»Verkehrt. Die meiste Zeit Ihres Ersatzvaterdaseins werde ich nicht greifbar sein. Und dann sollte Ihr sozialer Rückhalt funktionieren.«

Den sozialen Rückhalt hatte ich vergessen. Ich wußte, daß ich so etwas brauchte, um Eindruck auf den Adoptionsausschuß zu machen, aber ich hatte nicht einkalkuliert, wirklich auf ihn zurückgreifen zu müssen. Die Jungfürsorgerin meinte: »Das ist Lynn, nicht wahr?«

»Hauptsächlich Lynn.«

»Ausschließlich Lynn, soweit ich das feststellen kann. Ich gehe am besten mit, um mit eigenen Augen zu sehen, wie gut Sie interagieren.«

Natürlich war das ein Fehler. Ich hätte mich dazu nie nötigen lassen dürfen. Das Interagieren mit Lynn hat zweierlei Gestalt, die öffentliche, wenn andere dabei sind, und die private, wenn wir unter uns sind, und ersteres ist sehr viel lauter.

Wir begaben uns also zu Lynn und wurden in ihrem Wohnwagen empfangen, so einem von der stationären Art, neun mal drei Meter, einem Wohnmobil, das nur noch dem Namen nach mobil war. Hätte ich mir die Mühe gemacht, den Wetterbericht zu hören, bevor wir uns auf den Weg machten, so hätte ich den Besuch verschoben. Es goß, und das bedeutete, daß Lynns sämtliche vier Kinder drinnen wären und den engen Raum mit uns teilen würden.

Normalerweise teilten Lynn und drei ihrer Kinder sich vier Wandbetten, von denen die beiden unteren sich auch als kleine Sofas benutzen ließen; das vierte und älteste Kind, der achtjährige Ludo, hatte im Küchenbereich eine eigene Matratze auf dem Fußboden und wurde darum von Lynn als Türvorleger bezeichnet. Jetzt saßen die Jungfürsorgerin und ich auf dem einen Sofa, Lynn auf dem anderen, und die Matratze wurde von den vier Kindern benutzt. »Benutzt« war das richtige Wort – Lynns Kinder benutzten ihre Umgebung. Brett- und Kartenspiele waren nicht ihre Sache: Mensch-ärgere-dich-nicht, Scrabble und Monopoly fesselten nie lange ihre Aufmerksamkeit; sie übten lieber Trampolinspringen, Stabhochsprung oder, wenn's sein mußte, Auf-der-Stelle-Laufen.

Der Regen trommelte auf das Dach und machte einen Lärm wie eine Infanteriekompanie mit voller Ausrüstung auf dem Eilmarsch. Zum Glück – oder Unglück – konnte man Lynn, wenn sie öffentlich interagierte, bei jedem Lärm hören, es hätte schon eine Atombombenexplosion sein müssen.

»Du willst etwas besitzen. Nicht etwas, nein, einen anderen Menschen.« Lynn redete mit mir, aber zu uns beiden. Ihre Wirkung auf die Fürsorgerin hatte mich bis jetzt erstaunt, obwohl ein welterfahrenerer Mensch sie wohl vorhergesehen hätte. Lynn und die Fürsorgerin waren in ihrer Direktheit, ihrer kalkulierten Unkonventionalität und ihrer Bereitschaft zu schockieren vom gleichen Schlag, aber Lynn war die ältere und verstand sich besser darauf. Die beiden Frauen hatten sich auf Anhieb nicht leiden können, und die Fürsorgerin war ganz ungewohnt still geworden.

»Du willst eine Beziehung, aber die willst du ganz nach deinen Bedingungen, und das heißt, du hast eine Heidenangst davor, nicht Herr der Situation zu sein. Aber Jamie ist ein eigenständiger Mensch. Jeder ist das, und du mußt dem Rechnung tragen. Und ich kann dir hier und jetzt schon sagen, wenn du so weitermachst, hast du allen Grund, Angst zu haben. Vor Angst zu bibbern! Dieser Junge ist ein unglückliches Kind. Unglückliche Kinder treiben ihre eigenen Spielchen, von denen du dir gar keine Vorstellung machst, und erfinden die Regeln nach Bedarf. Herr der Situation ist das allerletzte, was du sein wirst. Das könntest du eher bei einer knuddeligen Geschiedenen sein.«

Ich sagte: »Du bist ja noch nicht geschieden.«

»Das kannst du vergessen! Wo sollten wir so ein breites Bett hernehmen? Giles, wenn du das noch mal machst, kriegst du eine gescheuert!« Der sechsjährige Giles hatte den Kopf seines Zwillingsbruders Jasper unterm Arm wie einen Rammbock und rannte dauernd vorwärts und rückwärts, als wollte er damit die Tür zur Speisekammer einrennen.

»Er will was zu essen«, keuchte Jasper unterm Arm seines Bruders hervor.

»Vor dem Abendessen gibt's nichts mehr. Und wenn du schon mal dabei bist, kannst du ihm gleich sagen, ich weiß genau, daß jetzt nur noch fünf Puddingkekse in der Schachtel sind, wo vor dem Lunch noch neun drin waren, und bestell deinem Bruder, ich erwarte, daß die vier fehlenden Kekse in der einen oder anderen Form wieder dahin kommen, wo sie hingehören, aber dalli.«

Bei der Vorstellung, die verzehrten Kekse in ihrer jetzigen Form wieder herzugeben, bekamen drei von Lynns eigenständigen jungen Menschen hysterische Lachanfälle, schnitten johlend Grimassen, gaben alle ihnen bekannten kindlichen Euphemismen für Exkremente zum besten und erfanden neue hinzu, fuchtelten mit den Armen und wurden immer röter im Gesicht, bis Cora, die eine Art Massenwahn wähnte, von dem sie ausgeschlossen war, schreiend zu ihrer Mutter rannte, um sich auf den Arm nehmen zu lassen.

»Du bist intelligent genug, um zu wissen, daß Beziehungen unter Erwachsenen nie gutgehen auf der Grundlage eines Herrschaftsverhältnisses. Und bei Beziehungen zu Kindern ist das genauso, das weißt du auch. Ich habe dich schon öfter mal für längere Zeit so richtig genüßlich trotzen sehen. Warum soll er das nicht dürfen?«

»Ich trotze nie.«

»Verstehe kein Wort!«

Ich schrie: »Ich trotze nie! Wenn ich mal eine Zeitlang schweigsam bin, dann nur, um Ärger zu vermeiden. Das ist eine Art Tarnung.«

»Von wegen Tarnung. Wenn die Milch dabei sauer wird!«

Die Jungfürsorgerin beschloß, ein Wort für mich einzulegen. »Jede Beziehung enthält doch wohl ein Element von Herrschaft?«

»Na klar. Mir wäre bei dieser Geschichte nur wohler, wenn Graham mich davon überzeugen könnte, daß er jemals sein eigener Herr gewesen ist. Das soll keine Kritik sein. Kaum einer ist das ja.«

Cora hatte zu schreien aufgehört und kuschelte sich in

ihre Mutter hinein, doch ihr umherschweifender Blick verriet, daß sie jederzeit wieder zu Taten bereit war. Die drei Jungen saßen inzwischen still auf der Matratze und waren damit beschäftigt, ein flauschiges blaues Kaninchen mit nur einem Auge und einer ungewissen Zahl von Ohren in seine Einzelteile zu zerlegen. Sogar die Infanterie auf dem Dach schien eine Atempause einlegen zu wollen.

Lynn ignorierte den Diskussionsbeitrag der Fürsorgerin und wandte sich direkt an mich: »Was stand in dem Brief, den du von Jamies Vater bekommen hast?«

»Nichts.«

»Und was stand in dem an Jamie?«

»Alles.«

»Also, dein Rivale droht einmal kurz mit seinem Auftritt, und schon kommst du zu Mutti gerannt, setzt dich auf mein Sofa und legst das Kinn auf die Knie.«

Ich fühlte, wie die Jungfürsorgerin neben mir erstarrte. Zweifellos behagte es ihr nicht, sich Lynn als eine Art Mutterersatz für mich vorzustellen, obwohl sie selbst zu Beginn unserer Bekanntschaft einmal gemeint hatte, eine Mutter wäre in meiner Situation ganz praktisch. Vielleicht hatte eine uneingestandene Seite in ihr sich selbst schon diese Lücke füllen sehen. Ich hätte am liebsten zu ihr gesagt: »Hören Sie nur auf die Worte, nicht auf den Ton. Lynn kann sehr weise sein«, aber statt dessen sprach ich direkt zu Lynn. »Von Rivalität kann keine Rede sein, es geht hier nicht um einen Wettbewerb. Es war ein sehr fairer, ehrlicher, liebevoller und über alle Maßen rührender Brief.«

»Und prompt zeigt Jamie dir die kalte Schulter. Während ihr vor diesem Brief nach Herzenslust miteinander Cowboy und Indianer gespielt habt. Ludo, wann war dein Vater das letztemal hier, um zu sehen, wie du dich machst?«

»Welcher Vater?«

»Sei nicht unverschämt. Wir haben Gäste. Du weißt genau, wer dein Vater ist. Der Mann, dem du ins Gesicht gespuckt hast, als du fünf warst. Wann war der zum letztenmal hier?«

»Keine Ahnung.«

»Und wann denkst du, daß er wieder mal herkommt?«

»Hoffentlich nie.«

»Jasper, wenn du in die Hose machst, darfst du morgen stinkend in die Schule gehen. Ich kann sie bei diesem Wetter nirgends zum Trocknen aufhängen.«

Die Jungsfürsorgerin fragte: »Worauf wollten Sie hinaus?«

»Aus den Augen, aus dem Sinn. Wie wollen Sie denn verdammt noch mal erwarten, daß Jamie eine tiefe, befriedigende Beziehung zu unserem Häschen hier aufnimmt, wenn der Junge zärtliche Briefe von seinem Daddy kriegt und Besuche in einem Hochsicherheitsgefängnis in Aussicht gestellt bekommt? Der Mann kann da, wo er ist, für Jamie nichts tun. Sie sind von Gesetzes wegen berechtigt, seine Adoption zu vermitteln. Der Mann hätte nie gefragt werden dürfen.«

»Das steht nicht im Einklang mit den herrschenden Begriffen von offener Adoption.«

»Was soll daran offen sein, den Jungen in Verwirrung zu stürzen und den neuen Eltern das Leben unmöglich zu machen? Wenn Sie von vornherein eine Adoption durch eine Einzelperson angestrebt haben, ist es dann nicht ein bißchen pervers, jetzt plötzlich den Geist von Hamlets Vater auszubuddeln?«

Die Abneigung der beiden Frauen gegeneinander trat immer offener zutage, und ich begann zu schwitzen. Außerdem war es ein Fehler gewesen, Ludo zum Thema abwesender Väter zu konsultieren, denn jetzt fühlten die drei Jungen sich in die Unterhaltung einbezogen und setzten sich zwischen uns. Giles kletterte auf meinen Schoß, nicht um darauf zu sitzen, sondern um stehend auf meinen Knien zu balancieren. Als nächstes grapschte er nach meinem Ohr, um sich festzuhalten, dann landete er mit einem Bauchklatscher mitten im Gewimmel der unter ihm sitzenden Geschwister. Ich erinnerte mich, wie mein Besuch bei den Needhams ebenso unter dem Unstern von Kindern gestanden hatte. Wollte mir da jemand ein Zeichen geben? Aber Jamie war älter als diese alle und unendlich erwachsener.

Die Jungfürsorgerin hatte jetzt beschlossen, Lynn mit Fachjargon zu erschlagen. »Wie dem auch sei, James nähert sich jetzt dem Ende seiner Latenzperiode, und da ist es wichtig, daß er etwas über seine Säuglings- und Kleinkindzeit erfährt und dieses Wissen in seine kontinuierlich hervortretende Selbstidentität inkorporiert. Die Begegnung mit seinem Vater wird das unterstützen.«

»Für wann ist dieser alles entscheidende Gefängnisbesuch also geplant?«

»Das wissen wir noch nicht genau. So etwas ist schwer zu arrangieren.«

»Na bitte, sehen Sie? Alles im Schwebezustand. Kein Wunder, daß der Junge die Rolläden runterläßt.«

Giles' Kunststück hatte bei den anderen Kindern so viel Bewunderung hervorgerufen, daß Cora jetzt vom Schoß ihrer Mutter kletterte, um es nachzumachen. Ihr folgte Jasper, der ungeachtet der morgigen Schmach und Schande tatsächlich in die Hose gemacht hatte. Lynn kannte ihre Kinder, das konnte man wohl sagen.

Die Jungfürsorgerin sah sich in der Defensive und wurde hochnäsig. »Ich bin sicher, wenn James erst seinen Vater gesehen und seine Erlaubnis bekommen hat, Graham liebzuhaben, wird die Lage sich beruhigen.«

Die Vorstellung, daß die Lage zwischen Jamie und mir noch ruhiger würde, als sie jetzt war, bedrückte mich nicht wenig, doch ich wollte mit meinem Gesicht nicht die halbe Flasche Milch für unsern Kaffee in Gefahr bringen, den es zweifellos irgendwann geben würde, wenn Lynn nur erst merkte, daß sie die Platte unter dem Wasserkessel anzustellen vergessen hatte. Zum Glück wurde ich auch durch Cora abgelenkt, die erneut auf meinen Schoß geklettert war und diesmal auf dem linken Knie balancierte, nachdem das rechte vorhin so gewackelt hatte, und mein Haar nach nichtvorhandenen Läusen absuchte.

»Da haben wir einen ledigen Posthalter von Mitte Dreißig und ein verwahrlostes Kind mit sieben Jahren Heimaufenthalt auf dem Buckel, die rasen mit Lichtgeschwindigkeit aufeinander zu, beide schreien ›Hab mich lieb!‹, und beide haben heimlich eine Heidenangst, schon wieder abgewiesen zu werden. Starker Tobak. Viel zu starker Tobak. Dazu jetzt noch der heilige Georg hinter Gittern ...«

»Ein heiliger Georg wohl kaum.«

»Du mußt dich damit abfinden, daß du in einen Wettkampf eingetreten bist. Finde mal heraus, was an diesem Knacki so toll ist, außer seinen Briefen, und leg mal selber einen Zahn zu. Verlang was für dein Geld, gib mal ein bißchen Kontra. Zunächst einmal, was war er von Beruf? Was hat er mit seiner Freiheit gemacht, als er sie noch hatte?«

»Er muß so was wie ein Söldner gewesen sein, glaube ich.«

»Du *glaubst*?«

»Ich weiß es nicht sicher.«

»Dann krieg das raus. Vergewissere dich.« Und an die Fürsorgerin gewandt: »Wofür sitzt er?«

Die Jungfürsorgerin wurde knallrot hinter ihrer riesigen Brille. Plötzlich hatte ich eine Vision von ihr, da war ihr das »Jung« abhanden gekommen. Ich sah sie besiegt von allem, wogegen sie jetzt noch kämpfte – verschlissen, enttäuscht, von ihrer Arbeit aufgerieben. Ich hatte unendliches Mitleid mit ihr und hätte am liebsten ihre Hand ergriffen, aber das ging natürlich nicht an. Inzwischen stampfte Lynn unbeirrt weiter, ein Dinosaurier unter Mäusen.

»Sehen Sie mal, wo heute doch die Kommunen alle ihre Kinderheime schließen – ›Es ist sehr ungewöhnlich, heute noch ein Kind unter zehn Jahren in einem Heim anzutreffen‹, hab ich neulich irgendwo gelesen – wo alle die aus der Fürsorge entlassenen Jugendlichen sich als Obdachlose rumtreiben oder sich in Zellen erhängen, meinen Sie nicht, daß unser Graham da viel bessere Karten haben müßte und etwas nachdrücklicher seine Bedingungen stellen könnte? Ich habe zwar bisher noch nicht rausgekriegt, was seine eigentlichen Bedürfnisse sind, aber immerhin – es tut gut, mal um Rat gefragt zu werden. Hier zu sitzen und zu plaudern ist doch mal was anderes. Ich hab meine eigene Gesellschaft noch nie lange ertragen, jedenfalls nicht unverdünnt.«

Ich sagte jetzt: »Ich werde mal Kaffee machen«, befreite mein Haar aus Coras Fingern und mein Knie von Cora, klaubte Jasper von meinem Unterschenkel und Ludo von meinem Oberschenkel und begab mich langsam in Richtung Küche. Die Fürsorgerin fürchtete, nun selbst das Opfer zu werden, und sah mir flehend nach. Aber sie war nicht in Gefahr. Die Kinder liefen mir nach und trommelten mit dem flauschigen Kaninchen auf meinem Hinterteil herum. »Das ist das Schöne an Graham«, meinte Lynn vergnügt. »Meine Kinder kriegen nie genug von ihm. Ich weiß gar nicht, warum er sich noch mit einem anderen abgeben will.«

Der Anruf aus dem Krankenhaus war kurz und sachlich. Während des Gesprächs bekam ich einen Schluckauf und mußte mich zwingen, nicht dauernd auf meine Hände zu starren, die Edwards Händen nicht unähnlich sind. Ich nehme an, es war eine dieser symbolischen Handlungen, die man vollführt, oder ich wollte mich vergewissern, daß die einzige Familienähnlichkeit, die ich mit ihm hatte, die einzige Erinnerung daran, woher ich kam, noch funktionierte. So macht Gewissen zwanghafte Handleser aus uns allen.

Ich wurde in ein kleines Nebenzimmer geführt, wo man ihn aufgebahrt hatte, damit ich von ihm Abschied nehmen konnte. Er sah nicht viel anders aus als allmorgendlich zu Hause, wenn ich ihm seinen Tee gebracht hatte und am Fenster saß, um ihm zu berichten, was ich draußen sah, nur daß ihm jetzt jemand den Scheitel auf der falschen Seite gezogen und mit Haaröl festgeklebt hatte. Ich glaube, sie hatten ihm auch ein bißchen Make-up auf die Wangen getupft; das hätte ihm sicher nicht gefallen. Im Tod gehören wir uns selbst noch weniger als im Leben. Wenn er zu Hause gestorben wäre, hätte eben ich das alles angestellt, um ihn präsentabel zu machen. Ich wäre es dann gewesen, der ihm die Zähne herausgenommen oder eingesetzt, die Haare in den Nasenlöchern geschnitten und ihm den Scheitel so gezogen hätte, wie er es gewöhnt war. Kein Fremder hätte das alles für meinen durchaus guten Vater tun müssen, der jetzt im Himmel war; es wäre sein Sohn gewesen, hätte sein Sohn sein sollen. Ein Sohn sollte in einer solchen Zeit immer zur Hand sein für den Fall, daß es ein paar letzte Worte zu verzeichnen gibt, mögen sie »Bognor kann mir gestohlen bleiben« lauten oder »Setzt meine Asche in Cornwall bei«.

(Ich merke erst jetzt, welchen Einfluß Lynn auf mich hat, wenn sie jeden bedeutenden Augenblick mit Frivolitäten und schlechten Witzen unterminiert. Ich bin ein durch und durch von anderen geformtes Geschöpf, ein Blatt im Wind.)

Die Schwester gab mir eine Plastiktasche mit seinen Habseligkeiten – Pantoffeln, seine Uhr, das Portemonnaie, in dem er immer sein Kleingeld hatte. Es wirkte alles so alltäglich. Kein letzter Zapfenstreich ertönte, als ich das kleine Zimmer verließ und durch die hallenden Korridore ging, wo Patienten auf Holzbänken aufgereiht saßen oder an defekten Trinkwasserfontänen lehnten. Im Stadtzentrum wehten keine Flaggen auf Halbmast; nur ein Enddreißiger hielt mit seinem Auto an den Ampeln und hatte eine Plastiktüte neben sich auf dem Sitz liegen.

Was macht man mit all seinem Groll, wenn einem der Grund dafür genommen wird, ohne daß der Vulkan ausgebrochen wäre? Was wird aus all dem Sehnen, wenn sein Objekt schnell eingeäschert oder begraben werden muß, bevor es zu stinken anfängt?

Dreimal griff ich zum Telefon, um Bernard anzurufen, er solle Jamie an diesem Wochenende nicht kommen lassen, aber jedesmal sah ich mich außerstande, die Nummer zu wählen. Ich redete mir ein, daß ich Jamie nur sehr ungern wieder ein Wochenende im Heim zumuten wollte, wo er doch jetzt so an die andersartigen Wochenenden gewöhnt war, aber das war die reine Selbsttäuschung; seit dem Brief seines Vaters waren unsere Wochenenden nicht von besonders viel Gemeinsamkeit geprägt gewesen. Ich sagte mir, daß die Worte »Es ist im Moment ungelegen« als Abweisung verstanden werden konnten und Jamie schon zu oft abgewiesen worden war, aber natürlich war ich es, der die Abweisung am meisten fürchtete. Ich sagte mir, wenn ich Jamie als Sohn annehmen wollte, auch wenn er schon einen Vater hatte, würden wir eine Familie sein, und nachdem nun mein eigener Vater tot war, hätte ich nur noch Jamie als Familie, und Tod in einer Familie müsse gemeinsam getragen werden, und da mir dieser Grund ausreichend erschien, unterließ ich den Anruf.

Am Freitagabend erwähnte ich noch nichts. Seit wir es beide akzeptiert hatten, daß ich nie an die Stelle seines Vaters treten könnte, war Jamies Bedürfnis, Abstand zwischen uns zu wahren, deutlich kleiner geworden, aber die

Freitagabende waren noch immer von einer gezwungenen Höflichkeit geprägt. Am Samstagmorgen stand er in der Küche am Spülbecken und sah in den Garten hinaus. Seltsam, wie oft er dort stand oder im Wohnzimmer auf der Fensterbank saß. Ich wußte, daß er gern abwusch – es war kein pubertärer Reinlichkeitszwang, er genoß es nur, die Hände im warmen Wasser zu haben, in den Seifenschaum hinunterzublicken und die Regenbogenmuster auf den Blasen zerplatzen zu sehen. Er bat mich dann immer, ihm noch mehr Sachen zum Abwaschen zu bringen, und ich kam dem nach. Das mit dem Abwasch sei ein sehr gesundes Zeichen, hatte man mir gesagt. Es sei nicht nur ein winzigkleines Zugeständnis an die weibliche Seite seiner Natur, genau den Teil meiner Natur, den er heimlich verlachte, es sei auch ein Anspruchsverhalten, die Kehrseite dieser Fensterbankpose, die hieß: »Ich bin hier gefangen; wenn mich doch einer befreien käme!« Beides zusammen sei Ausdruck seiner ambivalenten Haltung mir gegenüber, die es zu verarbeiten gelte.

Ich sagte: »Mein Vater ist Donnerstag abend gestorben. Ich war gestern im Krankenhaus und habe seine Sachen geholt. Dadurch bin ich heute keine gute Gesellschaft, fürchte ich. Ich wußte nicht, ob ich dich bitten sollte, dieses Wochenende einmal ausfallen zu lassen. Vielleicht hätte ich's tun sollen. Entschuldige.«

Ich stand an der Küchentür, weit genug von ihm weg, um seine Kreise nicht zu stören. Ich hatte mich schon immer gefragt, woran er dachte, wohin seine Gedanken flogen, wenn er seine Hände durch das warme Wasser zog. Ich hatte ihn beobachtet, den Nacken nach vorn gebeugt, die schmalen Schultern in seinem bevorzugten Wochenendhemd, die mageren Hüften in weiten, unförmigen Jeans. Ich betrachtete seine knochigen kleinen Fesseln und Füße, die in meinen viel zu großen Pantoffeln steckten, und dachte daran, wie ich Edwards Pantoffeln aus der Plastiktüte genommen und mich daran erinnert hatte, wie oft ich sie ihm über die Füße gezogen hatte; ich dachte daran, wie ich am Freitagabend, eine Stunde bevor ich mich auf den Weg machte, um Jamie zu holen, auf meinem Bett gelegen hatte, Edwards Pantoffeln neben mir auf dem Kissen, und darüber nachgedacht hatte, wie eine lange, enge emotionale Beziehung zu irgend jemandem wohl sei und welcher von den Männern, die mein Vater so lebendig zu schildern wußte, diese Nähe genossen hatte, die er seinem Sohn nie gab.

Was als ein Lachen beim Anblick dieser winzigen Füße in meinen Pantoffeln begann, ging wie von selbst in ein blubberndes Schluchzen über. Ich trauerte um meinen Vater, oder war es um mich oder uns beide, weil wir beide tot waren? Aus den Tränen wurde Zorn, und ich begann auf und ab zu gehen, mit den Fäusten gegen die Küchenwände zu schlagen, zu fluchen und Gott zu lästern; daraus wurde ein kehliges Heulen, aus dem Heulen ein Ächzen und Jammern, und die Sinnlosigkeit alles dessen vergrößerte nur noch meinen Zorn.

Ich dachte oft über die Einsamkeit meines Vaters nach, seine Schuldgefühle und wie oft und wieviel ich dazu wohl beigetragen hatte. Ich dachte an seine Angst vor Bloßstellung und wozu ihn diese getrieben hatte, an sein Bemühen, aus etwas Schlechtem noch das Beste zu machen, sich einzurichten, ein Leben zweiter Wahl zu führen. Ich erinnerte mich, wie er sich an meine Mutter geklammert hatte, auf die Gefahr hin, ihrer beider Leben zu ruinieren, und mir wurde klar, daß sie nie Mann und Frau gewesen waren, wenn ich sie so im Garten umhergehen sah, sondern eine Mutter mit ihrem schamerfüllten, schuldbewußten Sohn. Kein Wunder, daß sie mich immer auf Abstand gehalten hatten, solange sie ihre eigene sehr spezielle, vielleicht einmalige Beziehung zu bewältigen versuchten, ewig Arm in Arm, Händchen haltend oder aneinander geschmiegt. Ich versuchte mir die Gespräche auszumalen, die sie geführt haben mochten, versuchte mir vorzustellen, mit welchen Worten er ihr seine mangelnde Leidenschaft zu ihr erklärt haben mochte, wie er die verbotene Liebe umschrieben hatte, die er für einen britischen Soldaten empfand.

Er hatte ihr das wohl nicht im Schlafzimmer gesagt; es mußte im Garten gewesen sein, im Freien zwischen den Blumen, die sie gepflanzt hatte. Ich stellte mir vor, wie ihr kleines Gesichtchen zu ihm aufgeschaut hatte, die kleine Hand erhoben gegen die blendende Sonne, mit furchtsamen Augen blinzelnd ob der Mitteilung, daß ein Corporal der Königlichen Artillerie der Grund für ihre nie richtig vollzogene Ehe war. Dann der abgewandte Blick, ihre mühsame Konzentration auf die Astilben, während sie bis zum Hals und den Schultern errötete. Ich sah ihre schmalen Lippen sich zitternd zusammenpressen, als ihr richtig klar wurde, was Soldaten im Krieg so alles miteinander machten, während sie wie die Schafe darauf warteten, zur Schlachtbank getrieben zu werden, willkürlich zusammengewürfelt, zwangsweise in Uniform gesteckt, in lange, verworrene emotionale Beziehungen verstrickt.

Ich blickte zurück in meines Vaters Vergangenheit und sah, wie er am ersten Tag in die Schule geschleppt wurde, *»unschuldig wie ein frisch gelegtes Ei«*, sah ihn mit Tränen auf den Wangen an einem Pult sitzen, sein ganzes Leben vor ihm ausgebreitet auf einem leeren Blatt Papier, noch ehe irgendwelche Listen aufgestellt waren, was benötigt wurde oder erledigt werden mußte, sah ihn hinter einem Apothekertisch Abführmittel verkaufen und die durchgescheuerten Manschetten seines einzigen Anzugs vor dem Chef verstecken. Ich sah ihn in Uniform, sich im Schatten verbergen und nehmen, was er kriegen konnte, nur um irgendwie Anschluß zu haben. Ich war nicht mehr Herr meiner selbst, meine Phantasie schlug Purzelbäume; ich sah meinen Vater heimliche Briefchen tauschen, Liebesbriefe voller Verheißungen und Bitten, Offerten für Erquickung, Erregung, Gesellschaft, Treueschwüre, alle in Mauerritzen gesteckt, in Friedhofsurnen, sogar in hohle Bäume. *Zu meiner Zeit hätten junge Hüpfer wie du ... gelebt wie eine große Familie ... manchmal auch wie Mann und Frau ... Man paßt sich Krisensituationen an, und dann erinnert man sich nicht mehr, was man früher war.*

Ich sah meinen Vater mit Cowboyhut Karussell fahren und rufen: »Wir sind von zu Hause ausgerissen.« Ich sah ihn in dem Nebenzimmer, das Haar an den Kopf geklebt und den Scheitel auf der falschen Seite – der Frauenseite. Ich sah seinen Körper, den ich gewaschen und gepudert hatte wie ein Baby, umgedreht und unter die Bettdecke gesteckt, und wie er passiv und grollend dagelegen hatte, während das alles zu seinem Wohl geschah. Ich sah die eingefallene Brust, den runden Bauch, die spindeldürren Beine, zwischen denen wie ein Damenhandtäschchen sein anscheinend leeres Skrotum herunterhing oder, wenn ich ihn umdrehte, eingeklemmt wurde, bis ich es vorsichtig wieder befreite. Bilder von meinem Vater, phantasierte oder erinnerte, stürmten auf mich ein, bis ich mit meinen Händen auf die Küchenwände einschlug, Händen, die den seinen so ähnlich sahen, meinem einzigen Erbe.

Ich merkte, daß Jamie mich beobachtete. Mir wurde bewußt, daß ich anscheinend immerzu das Wort »Entschuldige« wiederholte, wahrscheinlich weil es nicht nur alles zusammenfaßte, was ich fühlte, sondern weil es auch eine Abbitte für mein Verhalten war. Ich schlug beide Hände vors Gesicht und ließ mich in einen Sessel fallen, kringelte mich zusammen und hielt die Arme schützend über den Kopf, wie um mich vor den Schlägen von Rabauken zu schützen. Immer wieder entschuldigte ich mich dafür, daß ich meinen traurigen, einsamen Vater zu sehr geliebt und es nicht vermocht hatte, mehr als nur eine Woche von seiner Liebe zurückzubekommen.

Nach einer Weile nahm das Kind, dem ich nie den Vater würde ersetzen können, mich bei der Hand und zog mich die Wendeltreppe hinauf in mein Zimmer. Er bugsierte mich ins Bett, weinte mit mir und um mich, schlang seine knochigen Ärmchen um mich und drückte mich an sich. Dann verließ er mich für eine kleine Weile, und als er wiederkam, brachte er eine Muschel, die er mir in die Hand drückte und dann an mein Ohr führte, damit ich dem Meer lauschen konnte.

Es war der Sommer 1976, das Jahr der Hitzewelle. Ich lag mit entblößtem Oberkörper auf dem Friedhof von Idlicote im Gras und versuchte mich von der Sonne bräunen zu lassen. Damals mußte ich dreiundzwanzig Jahre alt gewesen sein. Ich brauchte an diesem Tag nicht hinter dem Postschalter zu stehen: Meine Mutter, ein wenig reizbar von der Hitze, ritt wieder einmal auf ihrem »Graham, du mußt mehr hinauskommen« herum. Ich beschloß, eine Fahrradtour zu machen, nicht mit einem bestimmten Ziel, sondern nur einmal in einem großen Kreis ums Dorf herum und wieder zurück; das erschien mir sicherer, als mich auf ein Fahrziel festzulegen.

Und so lag ich nun auf dem Friedhof Idlicote, labte mich an einer Tüte Chips und einer Flasche Limonade und streckte meinen Brustkasten der Sonne entgegen. Und dann hörte ich diese Stimme, die Stimme eines jungen Mädchens in der Kirche, einen hohen, einsamen, flötengleichen Ton. Es war ein Madrigal oder Kanon, und wie sie mir später erklärte, habe es nur deshalb so schrecklich geklungen, weil sie alle Stimmen auf einmal zu singen versucht habe, die sich doch teilweise überlappten. Für mich war es das Gespenstischste, was ich je gehört hatte.

Ich stand eine ganze Weile halb in, halb außerhalb der Kirche, fest davon überzeugt, daß sie mich nicht sehen könne, sah sie mit großen Schritten im Kirchenschiff umhergehen wie auf einer Bühne und lauschte diesen unvergeßlich schaurigen Tönen. Urplötzlich griff sie in ihre Handtasche und begann mit sachlich-nüchterner Stimme in ein kleines Diktiergerät zu sprechen. »Kirche St. James in Idlicote, am wahrscheinlich heißesten Tag im Jahre des

Herrn 1976. Normannisches Taufbecken, normannischer Eingangsbogen – mitsamt ortsbekanntem Spanner –, alte Fenster, nach innen ausgeschrägt; angelsächsischer Stil oder so ähnlich. Früheste Eintragung im Register von 1556. Wert des Kirchspiels laut Grundbuch acht Pfund. Achtunddreißig Familien – zusammen hundertsiebzig Seelen –, sechsundzwanzig Leibeigene, siebzehn Fronbauern, drei Tagelöhner und ein Karnickel namens Harvey. Entschuldigung, störe ich Ihre Andacht?«

Ich hatte mich inzwischen ganz in die Kirche hineingeschoben, wo ich nun mit offenem Mund stand und sie nur angaffte. »Nein, *Sie* müssen entschuldigen«, sagte ich. »Ich wollte Sie nicht belauschen« – was ich ja nun offensichtlich tat – »es hat mich nur interessiert, was Sie wohl mit all diesen Informationen anstellen.«

Sie sagte mir, sie recherchiere für eine Agentur, im Auftrag irgendeines Menschen, der mehr Geld als Verstand habe, eines fetten Industriellen, der sich in den Kopf gesetzt habe, seine Memoiren zu schreiben, aber nicht die Zeit habe, in das Dorf zu kommen, in dem er seine Kindheit verlebt habe, um seine Erinnerung daran aufzufrischen, wie es dort aussah.

Sie fragte mich, was ich beruflich machte, und ich antwortete, ich sei bei der Post, was unsere Unterhaltung zu beenden schien, denn sie nickte nur und wandte sich wieder den Holzschnitzereien zu. Nach einer Weile muß ich irgendeine Platitüde von mir gegeben haben, daß es draußen sehr heiß, hier drinnen aber schön kühl sei oder so etwas Ähnliches, und sie fragte mich, ob mir ein Grabstein mit dem Namen »Underhill« aufgefallen sei, denn falls ja, werde ihr das die Suche in der Hitze ersparen. Das sei der eigentliche Grund ihres Hierseins, festzustellen, was auf dem Grabstein stehe. Alles übrige sei nur Garnierung, um zu beweisen, daß sie ihr Geld wert sei.

Sie zog ihre Sandalen aus und begann barfuß auf und ab zu gehen, wobei sie feuchte Fußabdrücke auf dem Steinboden hinterließ. Dann sagte sie: »Ich kann mir nicht vorstellen, daß mein Kunde in seinem Opus der Eitelkeit wirklich etwas über angelsächsische Könige oder zwei Stellmacher namens Ordric und Anegrin schreiben will, oder was meinen Sie?« Sie trug einen weiten Baumwollrock; ich denke jedenfalls, daß es Baumwolle war – rot mit aufgedruckten Pferdeköpfen. Ihre Beine und Arme wirkten schlank und kräftig und waren von einem satten Nußbraun. Oben trug sie eine ärmellose weiße Bluse, und ich glaube nicht, daß sie noch etwas darunter anhatte. Jedenfalls hätte sie es nicht nötig gehabt; ihre Figur war einfach perfekt: gerader Rücken und langer Hals mit einem dünnen Goldkettchen plus Medaillon. Glattes dunkelbraunes Haar, aus der Stirn gehalten durch eine Spange von derselben Farbe wie ihr Rock. Alles perfekt, außer ihrer Nase, die sich schälte und rosa im Dunkelbraun des übrigen Gesichts leuchtete. Schwarze Augenbrauen, lange schwarze Wimpern und grünlich-blaue Augen. Ich konnte sie nur anstarren. Sie war das Schönste, was ich je gesehen hatte.

Ich sagte: »Im übrigen heiße ich Graham«, worauf sie lächelte, als wüßte sie, was ich dachte, störte sich aber nicht daran, und sagte: »Im übrigen, aha, und sonst?« Sie gab mir die Hand.

Es war eine schlanke, kühle Hand, und als ich merkte,

daß ich sie am liebsten für immer festgehalten hätte, ließ ich sie ganz schnell los.

Sie sagte: »Ist das nicht lächerlich, wie sich jeder dreht und windet, nur um von einem anderen den Namen zu erfahren? Ich heiße Alice, weil meine Mutter wollte, daß ich zum Ballett ging, aber eingebracht hat es mir nur endlose schlechte Witze über Wunderländer und Spiegel oder ›Alice, wo seid Ihr?‹ Der Name Alice scheint in jedem Menschen den Komiker zu wecken.«

Ich entgegnete, für mich sei das ein grundsolider Name, was sie zu freuen schien.

Wir fanden den Grabstein, das heißt, ich fand ihn, während sie mich aus dem Schatten eines Baumes heraus dirigierte. Dann gingen wir wieder in die Kirche, setzten uns nebeneinander in eine Bank und plauderten nur. Sie war knapp neunzehn und wohnte in Birmingham, wo sie mit einer Schulfreundin eine Wohnung teilte. Sie wolle einmal auf die Universität gehen, wahrscheinlich Durham, und Journalistin werden. Ich fragte, ob ich ihr schreiben dürfe, und sie sagte: »Nein. Kommen Sie uns doch besuchen«, und gab mir ihre Adresse.

Ich mußte es ihr versprechen, und als ich zwei Wochen später hinkam, wollten sie und ihre Freundin gerade zu einer Party gehen. Es sei eine Entscheidung in letzter Minute gewesen, erklärte sie, und es werde mir ganz gewiß Spaß machen. Es war eine Bottle-Party mit sehr vielen Gästen, alle von der Kunstakademie und der Universität Birmingham. Der Lärm machte es unmöglich, zu verstehen, was irgendwer sagte. Ich hielt drei Stunden durch, getragen von der Hoffnung, daß es ihr irgendwann zuviel würde und wir dann allein woandershin gehen könnten, aber immerzu traf sie Leute, die sie kannte, und wurde von ihnen weggeschleppt, bis sie endlich ganz von der Bildfläche verschwand. Ich habe sie nie wiedergesehen. Geschrieben habe ich nicht. Es schien mir nicht viel Sinn zu haben, und ich hätte sowieso nicht gewußt, was ich ihr hätte mitteilen sollen.

Es wäre nie etwas daraus geworden. Sie war einfach ein paar Klassen über mir. Es wäre nie etwas daraus geworden.

18

Warten

Von James' Besuch bei seinem Vater hatten wir noch immer nichts gehört. Was wir dagegen hörten, war das Zauberwort »Strafaussetzung«. Bisher war es nichts weiter als ein Wort, ein Gerücht, eine bloße Möglichkeit, und Geduld war angezeigt. Inzwischen sollte James ganz bei mir wohnen. Pflege mit dem Ziel der Adoption. Er hatte mit Pflegeverhältnissen reichlich Erfahrung. Und eine Adoption würde es nicht geben, bevor er seinen Vater gesehen hatte.

Es gab die üblichen Fragen. Woher kam er? Was war aus seinen Eltern geworden? Warum war er nicht in eine richtige Familie gekommen, und was war dieser Mann in der Poststelle für einer? Bisher hatten die Dorfkinder, die in James' Alter waren, ihn nur hin und wieder an Wochenenden gesehen. Ein paar hatten ihm schon von weitem zugenickt oder ihm zögernd die Hand gegeben, und zwei oder drei hatten sogar schon mal ein Wort an ihn gerichtet, immer in dem Gefühl, daß seine Anwesenheit unter ihnen nur vorübergehend war, daß er ein Sonderling war, fremdartig und ungewöhnlich, und daß diese Eigenschaften bei näherem Kontakt auf sie abfärben könnten.

Aber jetzt sah man ihn alle Tage, und demnächst würde er mit ihnen in dieselbe Schule gehen, vielleicht sogar in dieselbe Klasse, so daß nun einige dieser Eigenschaften, die bisher sonderbar, fremdartig und ungewöhnlich gewesen waren, plötzlich interessant und exotisch wurden, und um ihretwillen übte man Nachsicht mit ihm.

Es waren noch Schulferien, und sie langweilten sich. Sein Akzent war nicht der ihre, doch seine ungewohnten Vokale schienen sie zu amüsieren. Die Dorfkinder machten James klar, daß nur ein Unglücksstern ihn in dieses Kaff gebracht haben könne, wo nie etwas los sei. Sie saßen auf dem Spielplatz und beklagten sich bitter darüber, daß die elterliche Kontrolle, der sie ausgesetzt waren, sie daran hinderte, einmal etwas wirklich Interessantes zu tun, wie per Anhalter nach China reisen oder mit Randreligionen experimentieren. Statt dessen radelten sie die Hauptstraße hinauf und hinunter oder taten sich zu kleinen Grüppchen zusammen, um einander in den Supermarkt zu begleiten und Eis am Stiel zu kaufen. Sogar die saisonalen Tätigkeiten auf den Feldern und Wiesen ringsum, das Ernten und Heumachen, an dem sich früher sogar Kinder hatten beteiligen müssen, die noch viel jünger waren als sie selbst, waren heute das Monopol großer Maschinen, die dafür extra gemietet wurden.

Für sie war James' Anwesenheit eine kleine Abwechslung von der Langeweile der Sommerferien, und sie konkurrierten miteinander um seine Gesellschaft. Für James waren, wenn er sich einmal losmachen und ein paar Augenblicke Alleinsein genießen konnte, die Feldwege und Bäche, die Wiesenpfade und Hecken, wo er spazierenging, im Gras saß oder lag und sich vorsichtig, aber gründlich mit der Natur vertraut machte, indem er die Stille und Wärme in sich aufsog, von grenzenloser Faszination.

Alles in allem war es ein guter August, ein besänftigender, heilsamer August, sowohl für ihn wie für Graham.

Die neue Schule, die für ihn im September begann, war nicht viel anders als andere Schulen auch, fand er, außer daß er jetzt lange Hosen und einen Blazer mit aufgesticktem Motto auf der Brusttasche trug. Er kam in den »Zug B« einer Klasse von zweiunddreißig Schülern, jedoch mit der Aussicht, später, wenn er sich zurechtgefunden habe, eventuell Anschluß an den »Zug A« zu bekommen.

In wenigen Wochen würde der Neuheitswert sich verschlissen haben. Es war der Beginn des Schuljahrs, und die Dorfkinder in seinem Alter waren ebenso neu in der Gesamtschule, die einen viel größeren Einzugsbereich hatte als die dörfliche Grundschule. Der Bus, mit dem sie zur Schule fuhren, hielt an jedem Feldweg, jeder Hofeinfahrt und gesellte sich auf dem Schulhof zu einer ganzen Flotte von Bussen, die aus allen Richtungen kamen und die Produkte anderer Dörfer, anderer Feldwege und Höfe herbeitransportierten.

In der zweiten Woche des Schuljahrs nahm ein Lehrer, den James noch nicht kannte, ihn beiseite und sagte, James solle sich getrost an ihn wenden, wenn er Hilfe brauche oder in Schwierigkeiten gerate. Er selbst, erklärte der Lehrer, sei auch ein Barnardo-Zögling gewesen und habe deswegen ein verständliches Interesse an James' Wohlergehen. »Denk immer daran, ich bin da, wenn du mich brauchst«, sagte dieser Lehrer. »Betrachte mich als eine Art Sicherungsseil, das du, wenn du Glück hast, nie brauchen wirst. Ich weiß nämlich, wie das ist. Ich versuche immer noch in Erfahrung zu bringen, wer meine leiblichen Eltern waren.

Du bist hier gut aufgehoben. Ich denke, du wirst dich sehr gut machen.«

James fand nicht, daß ihre Fälle miteinander vergleichbar waren. James hatte zur Zeit gewissermaßen einen Überfluß an Eltern, an Vätern zumindest, und wußte sehr genau, wer beide waren, der richtige ebenso wie der Ersatz.

19

In der Reihe

Es war ein Tag wie jeder andere. Freitag. Lizzie Hancox, die ihre Rente abholte, war spät dran und wollte gern noch ein bißchen plaudern. Lizzie will immer gern ein bißchen plaudern und bringt dabei die jeweiligen Themen durcheinander. Diesmal hatte es etwas mit biologischer Kriegführung und einer Nachwahl an der Südküste zu tun. Lizzie behauptete, der Kandidat der Konservativen habe nur verloren, weil er Jeremy Anthrax heiße. »Wer will sich schon mit einem Namen einlassen, der klingt wie eine Halskrankheit?« Zweimal Inland, bitte, und hoffentlich waren die seit voriger Woche nicht schon wieder teurer geworden; ob ich mich noch an die Zeit erinnern könne, als das Inlandporto drei Pence betrug und die Briefe immer am nächsten Tag ankamen? Dann kam diese Frau aus Hill Tops – ein Ehepaar im Ruhestand, frisch zugezogen, irgendein Industrieller aus Wolverhampton; sie werden nicht lange bleiben. Die Frau wollte jetzt ihre Sachen aus der Reinigung holen, die aber erst am nächsten Donnerstag kommen würden. Ich hatte ihr die Abholtage genannt, als sie die Sachen brachte; wir stritten uns ein bißchen herum; die Leute brauchen eine Weile, bis sie verstehen, daß man in einem Dorfpostamt keinen Übernachtservice erwarten kann. Hinter ihr in der Reihe stand ein Fremder, ein Mann mit einem Gesicht wie aus der Bibel, große, glühende braune Augen und eingefallene Wangen, irgendein Zedekia oder Nehemia, der in der

Wüste von Heuschrecken gelebt hatte und mal eben vorbeischaute, um König Ahab die Meinung zu sagen, bevor man ihn aus einem Fenster im Obergeschoß stürzte.

Er sah krank aus. »Ich bin Jimmys Vater«, sagte er.

Zum Glück stand niemand mehr hinter ihm. Ich erklärte ihm, daß ich heute allein sei und erst zur Mittagspause den Laden schließen könne, und schlug ihm vor, im Pub auf mich zu warten. Er lächelte und sagte, selbst wenn er Geld habe, werde er nicht immer ohne weiteres bedient, und überhaupt müsse ich ja noch weiter in diesem Dorf leben. Er sagte: »Ich würde ja anbieten, noch einen Spaziergang zu machen und dann wiederzukommen, aber ich bin schon so weit gelaufen und glaube nicht, daß ich noch viel weiter käme.« Dann standen wir nur voreinander und sahen uns an, bis er fragte, ob ich etwas dagegen hätte, wenn er schon mal ins Haus ginge und dort auf mich wartete. Ich hatte natürlich nichts dagegen und hätte selbst daran denken können. Aber mit dem Denken haperte es im Moment bei mir.

Ich schloß den Laden zur Mittagszeit, und als ich ins Haus ging, saß er in einem Sessel und schlief. Er war weiter gelaufen, als gut für ihn war, und sah erschöpft aus. Seine Handgelenke waren kaum dicker als Besenstiele, und ich nahm an, daß es um seine Fußknöchel nicht viel besser stand. Er war entsetzlich mager. Man hatte mir erzählt, daß er ein sehr gutaussehender Mann sei, und das verschwommene Zeitungsbild, das ich gesehen hatte, und das Foto, das James bei dem alten Percy aus dem Sekretär genommen hatte, bestätigten das. Ja, man erkannte sogar jetzt noch, daß er einmal gut ausgesehen haben mußte. Während ich seinen Schlaf beobachtete und mich schon sorgte, er werde vielleicht nicht aufwachen, bevor ich wieder in den Laden mußte, konnte ich feststellen, daß sein Kopf, jetzt nur noch ein fast fleischloser Schädel, einmal nahezu perfekt gewesen war, das Gesicht fast schön zu nennen und der eingeschrumpfte, steckenartige Körper früher einmal wohlproportioniert. Und ich erinnerte mich, einmal irgendwo von den Problemen gelesen zu haben, die gutaussehende Männer in Gefängnissen erwarteten, und hielt mir vor Augen, daß man sich um dieses Gesicht, diesen Körper, den ich hier vor mir sah, gestritten, um ihn gefeilscht und gehandelt hatte wie um den Tabak.

Zehn Minuten später wachte er von selbst auf und bat um ein Glas Wasser. Alles andere als Wasser schlug er aus, und mit dem Wasser nahm er ein paar Pillen. Danach begann er mir Fragen zu meiner Person zu stellen, um sich, wie er sagte, davon zu überzeugen, daß Jimmy bei mir gut aufgehoben sei.

Er sagte, Jimmy solle nicht erfahren, daß er aus dem Gefängnis entlassen sei, und auch nicht, daß er mich besucht habe. Jimmy solle ihn nicht sehen und nie erfahren, woran sein leiblicher Vater gestorben sei. Er sagte: »Ich habe Jimmy in dem Glauben lassen können, daß ich ununterbrochen im Gefängnis war, seit wir uns zuletzt gesehen haben. In Wirklichkeit war ich seitdem schon dreimal wieder draußen. Ich hätte ihn natürlich gern gesehen, es erschien mir nur fairer ihm gegenüber, mich von ihm fernzuhalten, Sie verstehen, was ich meine? Er hat eine seltsame Vorstellung von mir; ich habe ihm ja auch viele seltsame Sachen erzählt – reine Hirngespinste. Er würde mir nie zutrauen, daß ich immer nur ein halbes oder ganzes Jahr einsitzen mußte – so ein gefährlicher Mann wie ich! Wenn Sie die Wahrheit wissen wollen, war meine ganze Verbrecherkarriere eigentlich ein Witz. Aber seien Sie so nett, ihm davon nichts zu sagen. Schließlich wird er ja meine Fehler nicht wiederholen, solange er bei Ihnen ist, oder?«

»Er dachte, Sie waren ein Söldner.«

»Kann sein, daß ich so was gesagt habe.«

»So eine Art politischer Aktivist. Er meint, Sie säßen im Gefängnis, weil Sie irgendwas in die Luft gesprengt haben.«

»Kann sein, daß ich so was erzählt habe. Angedeutet – Sie verstehen?«

Daß John Lennards ehrlich zu mir war, hatte nur den Grund, daß er Ehrlichkeit von mir verlangte. Er hatte beschlossen, in der Zeit, die ihm noch blieb, wenigstens einmal etwas richtig zu machen, nämlich sich zu vergewissern, daß Jimmy in guten Händen war.

»Sie werden wahrscheinlich wissen wollen, wie lange man mir noch zu leben gibt. Wenn man so was hat, sagen sie einem das viel ungehemmter als bei Krankheiten, die mehr Mitleid erregen. Einer von den Saukerlen hat sogar gemeint: ›Jetzt müssen Sie für Ihr Vergnügen bezahlen‹, was unter den Umständen wirklich ein Witz war. Vier bis fünf Monate habe ich noch, gerade lange genug für eine Weltreise. In ein paar Monaten kann ich, wenn ich mich im richtigen Einzugsgebiet befinde, in irgendeinem Hospiz unterschlüpfen. Wenn nicht, werden sie mich mit Tatütata ins Krankenhaus bringen, wo dann alle nach ihrer Schutzkleidung rennen.«

Ich hatte schon Fernsehsendungen gesehen, in denen die Ärzte und Pfleger alle sehr liebevoll mit den Aidsopfern umgingen, aber in einer Gefängnisklinik mochte das ja ein bißchen anders sein. Vielleicht hatte John Lennards' Krankheit auch ein wenig zu seiner vorzeitigen Entlassung beigetragen.

Er selbst glaubte das jedenfalls. »Das heißt nämlich, daß sie eine Todesurkunde weniger auszustellen haben. Wo ist Jimmy überhaupt?«

»In der Schule. Er kommt um halb fünf zurück.«

»Er macht sich gut, ja?«

»Recht gut.«

»Ich überlege, wie ich ihn mal sehen könnte, ohne daß er mich sieht.«

Offenbar wünschte er, daß ich da mit einer Lösung aufwartete. Mein erster Gedanke war natürlich auch, ihm gefällig zu sein, denn für Gefälligkeit bin ich bekannt. Doch dann kam mir der Gedanke, daß dies völlig falsch wäre und Jamie ein Recht darauf hatte, die Wahrheit zu erfahren, mochte sie noch so unangenehm sein. Ich sagte: »Warum soll ich Ihnen helfen, ihn zu hintergehen? Wäre es nicht anständiger, ihm die Wahrheit zu sagen?«

»Anständiger gegenüber wem?«

»Ihm. Sicher auch mir gegenüber, aber ich denke an ihn. An ihn in einem Jahr, wenn Sie tot sind und er sich noch immer fragt, warum er Sie nie sehen durfte. An ihn in fünf Jahren, wenn er noch immer glauben wird, er selbst müsse etwas falsch gemacht oder irgendeine Schlechtigkeit in sich haben, die Sie von ihm ferngehalten hat. Ich sorge mich nur um ihn. Und Sie?«

»Was mache ich denn bitte hier, wenn ich mich nicht um ihn sorge?«

»Sie sorgen sich um das Verhältnis, das Sie einmal zu Ihrem Sohn hatten. Ich glaube, Sie wollen nur Ihr Andenken in ihm bewahren, ohne Rücksicht auf sein künftiges Wohlergehen.«

Ich hörte meine eigenen Worte und konnte kaum glauben, was ich da hörte. So bin ich wirklich nie. Wie schon gesagt, es ist meine zweite Natur, mich immer leiten lassen zu wollen. Jetzt gab es nichts, was mich leiten konnte. Es war Zeit für eine eigene Entscheidung, und ich mußte das Heft in die Hand nehmen.

»Sie wollen also nicht, daß ich ihn sehe?«

»Ich hätte keine Möglichkeit, es zu verhindern. Sie brauchen sich nur im Dorf herumzutreiben, bis der Schulbus kommt, dann sehen Sie ihn auf jeden Fall. Aber Jamie wird Sie auch sehen, und selbst wenn er Sie nicht erkennt, wird er wissen, daß Sie hier fremd sind, und nachdenklich werden. Und wenn Jamie Sie als seinen Vater erkennt, werden entweder Sie oder ich ihm erklären müssen, warum Sie ihn belogen haben. Und die Leute im Dorf würden Fragen stellen und womöglich mit Antworten aufwarten, die es für Jamie noch schwerer machen könnten, hier zu leben.«

»Es ist doch nichts Erbliches. Es ist nicht einmal anstekkend, wenn man nicht...«

»Das wissen Sie und ich. Aber in einem Dorf sind Unwissenheit und Vorurteile weit verbreitet.«

»Dann irgendwo außerhalb des Dorfs. Wenn ich weiß, wo Sie sein werden, kann ich dort warten. Irgendwo öffentlich. Ich verspreche Ihnen, er wird nie erfahren, wer ich bin. Bitte.« Ich schüttelte den Kopf. »Ist es ein schönes Gefühl, alle Trümpfe in der Hand zu haben?«

»Ja« wäre eine ehrliche Antwort gewesen, aber es war nicht der Augenblick für solche Art Ehrlichkeit, also ging ich sparsam mit der Wahrheit um. »Es ist ein ungewohntes Gefühl – derjenige zu sein, der die Entscheidung trifft. Aber Jimmy hat mir gesagt, daß ich Sie nie ersetzen kann, also habe ich wohl nicht gerade das beste Blatt in der Hand.«

»Dann muß ich riskieren, daß er mich erkennt, und mich im Dorf herumtreiben.«

»Wenn Sie so selbstsüchtig wären, das zu tun, würde ich Jamie die Wahrheit sagen. Daß Sie immer mal wieder draußen waren und ihn oft genug hätten besuchen können, sich aber nicht die Mühe gemacht haben. Und es bestände nicht die Gefahr, daß Jamie Sie zufällig auf der Straße erkennen würde, denn es wäre kein Zufall. Ich würde selbst an den Bus gehen, auf Sie zeigen und ihm sagen, wer Sie sind.«

»Woher soll ich wissen, daß Sie es ihm nicht sowieso sagen?«

»Weil Sie es ihm eines Tages, wenn Sie die Zeit für reif halten, selbst sagen werden. Inzwischen holen Sie Ihren Koffer – oder Rucksack oder was Sie sonst an Gepäck haben – von da, wo Sie ihn gelassen haben, und kommen hierher zurück. Sie werden in diesem Haus wohnen, solange Sie möchten oder müssen. Wir werden Jamie sagen, daß Sie wegen Ihrer Krankheit vorzeitig entlassen wurden und sich sofort aufgemacht haben, ihn zu suchen. Wir werden ihm sagen, was das für eine Krankheit ist, mit dem richtigen Namen, denn er muß wissen, daß sein Vater nur noch soundso viele Monate zu leben hat. Die Leute im Dorf müssen nichts erfahren, obwohl sie es vielleicht erraten oder irgendwie herauskriegen werden. Nur der Arzt muß Bescheid wissen, und der ist an seine Schweigepflicht gebunden. Einverstanden?«

Er sah mich an. Dieses verwüstete Gesicht, die eingefallenen Wangen, die riesengroßen Augen sahen mich an. In die großen Augen stiegen Tränen. Dann nickte er. Und dann ging er.

Ich sagte mir: »Er wird nicht wiederkommen. Er hat nicht den Mumm. Er wird sich davonschleichen und irgendwo im verborgenen sterben, und zu gegebener Zeit werde ich es Jamie sagen müssen.« Ich wußte nicht, ob ich mir das wünschte oder nicht. Ich hatte eine Kraft in mir entdeckt, die mich selbst erstaunte, aber ich hatte keine Ahnung, ob diese Kraft über die lange Zeit vorhalten würde, die das Siechen und Sterben dieses Mannes dauerte.

Er kam tatsächlich am Nachmittag mit einem Taxi wieder und brachte einen sehr kleinen Koffer mit. Ich verließ den Postschalter, hängte das GESCHLOSSEN-Schild an die Ladentür und ging der eingeschrumpften Gestalt entgegen, die da aus dem Taxi stieg. Er bezahlte den Fahrer, indem er die Münzen ganz genau abzählte, denn er hatte so wenige davon. Der Fahrer steckte das Geld in die Tasche, sah zu mir, wischte sich die Hände mit einem Lappen ab und spuckte auf die Straße, bevor er weiterfuhr.

Ich hatte Edwards Bett zurechtgemacht, damit er seine paar Sachen auspacken und sich hinlegen konnte. Ich zeigte ihm, wo das Bad war, und fragte, ob es bestimmte Dinge gebe, die er brauchte, und ob Jamie und ich irgendwelche Vorsichtsregeln beachten müßten, um uns nicht anzustekken. Er sagte, er benutze einen Elektrorasierer und werde seine Zahnbürste im Zimmer behalten und sich dort die

Zähne putzen, wenn ich ihm eine Schüssel gäbe, damit er da hineinspucken könne. Sein Zahnfleisch sei schlecht und blute manchmal. Diese Vorsichtsmaßnahme werde verhindern, daß er seine Zahnbürste einmal im Bad vergesse und jemand anders sie versehentlich benutze. Er dankte mir und sagte, er müsse sich jetzt waschen und ein bißchen schlafen, bevor er seinen Sohn sehe. Ich ließ ihm also ein Bad ein und gab ihm einen meiner Schlafanzüge zum Anziehen.

Ich sah ihm noch eine Weile zu, wie er mühsam in Edwards Zimmer umherging und sich an den Möbeln abstützte. Dann bereitete ich mich zum Gehen vor, denn ich hatte das Gefühl, daß er vor den Augen eines anderen nicht einmal seine Oberbekleidung ablegen wollte. Ich sagte ihm, ich müsse wieder in den Laden.

»Wie groß ist er jetzt?« fragte er.

»Ziemlich groß.«

»Er war immer alt für seine Jahre. Ein kleiner alter Mann, das war er schon mit sechs. Viel zu ernst. Hat nie ein richtiges Leben gehabt, konnte nie glücklich sein, und nun wird er bald nach Hause kommen und das hier sehen.«

Ich sagte, ich sei überzeugt, daß Jamie »das hier« sehr viel besser finden werde als nichts, dann ließ ich ihn zum Ausziehen allein.

20
Knoten

Als der Schulbus vor der Kirche hielt, stand Graham schon da und wartete. Das war absolut protokollwidrig. Grundschulkinder wurden nach der Schule von den Eltern abgeholt, aber Elfjährige fanden allein nach Hause, denn vielleicht wollten sie ja noch ein bißchen mit ihren Freunden herumtrödeln.

Graham hatte wieder einmal so eine bekümmerte Miene aufgesetzt. James wußte, daß Graham sich gelegentlich noch miserabel fühlte wegen seines Vaters, der gestorben war, und er hatte dagegen ein Rezept entwickelt.

»Du machst ein Gesicht wie ein verstopftes Huhn«, sagte James, »aber Kopf hoch, ich weiß was Gutes dagegen. Sobald du morgen mit der Arbeit fertig bist, fahren wir dahin, wo wir damals gezeltet haben. Ich hab im Bus die Wettervorhersage gehört, und die ist prima. Kühl, aber trocken soll es sein. Meine Wäsche kann ich heute abend machen, dann ist sie trocken, bis wir wieder nach Hause kommen. Lange Unterhosen, Lagerfeuer, Dampf vor dem Mund und Karnickelragout. Na, ist das was?«

»Dieses Wochenende nicht.«

»Warum nicht?«

»Weil wir Besuch haben.«

Sie bekamen nie Besuch. Es konnte also nur irgend so eine Plage wie Onkel Turpin sein. Oder vielleicht Bernard oder diese Fürsorgerin namens Debbie auf Inspektionstour? Der alte Percy? Man hätte James eigentlich fragen können – oder wenigstens informieren. Das hier war aber nicht einmal eine Information. Wenn jemand unangemeldet gekommen war, hatte er kein Recht dazu und hätte wieder weggeschickt gehört. Jetzt war es James, der ein Gesicht machte wie ein verstopftes Huhn, während Graham nur schuldbewußt dreinblickte, was ja nun wirklich nichts Neues war.

Graham fragte, ob James wissen wolle, wer der Besucher sei, und James antwortete, das interessiere ihn nicht, warf seine Schulbücher auf den Tisch und stürmte türenschlagend nach oben in sein Zimmer.

Kurz danach kam Graham in James' Zimmer, indem er Stückchen für Stückchen den Stuhl wegdrückte, der als eine Art Barrikade vor die Tür gestellt war, und setzte sich auf die Bettkante. James lag auf dem Bauch, das Gesicht in die Kissen gedrückt.

»Ich hatte mir das so schön ausgedacht, und du hast alles vermasselt. Wir hätten alles genauso gemacht wie letztes Mal, und das hätte dich ein bißchen aufgemuntert, so daß du nicht immer nur an deinen Dad denken mußt. Es sollte diesmal wirklich nur für dich sein, nicht für mich, weil ich mich wegen deinem Geburtstag so miserabel gefühlt habe und dir was schenken wollte.«

»Ich weiß. Das war sehr lieb von dir, und ich freue mich und bin dir dankbar. Aber es ist jemand, bei dem du nicht gewollt hättest, daß ich ihn wegschicke. Er ist in Edwards Zimmer und möchte dich sehen. Ich denke, du solltest dir lieber das Gesicht waschen, bevor wir hingehen.«

Die Vorhänge waren zugezogen, und das Zimmer lag im Halbdunkel. Sie standen nah bei der Tür und sahen zu dem großen Doppelbett, auf dem James die Gestalt eines Kindes auszumachen glaubte. Ein paar Augenblicke später sagte Graham: »Wir sind hier, John. Wollen Sie das Licht anhaben? Der Schalter ist rechts neben dem Bett.«

Die plötzliche Helligkeit blendete James. Dann sah er, daß die Gestalt kein Kind war, sondern ein Mann. Er war ein kleiner Mann ohne jedes Fleisch im Gesicht, nur kalkweiße Haut, die sich straff über den Knochen spannte. Ein Gerippe, das noch lebte, das jetzt den Arm hob und ihm eine lange, magere Hand entgegenstreckte. Das Gerippe zog die Haut um den Mund zum Zerreißen straff, um ein Lächeln zuwege zu bringen, bevor es sprach. »Tag, Jimmy. Wen hast du lieb?«

Jimmy ging langsam auf das Bett zu. Die Hand des Mannes blieb ausgestreckt, damit er sie nehmen sollte. Er nahm sie in beide Hände. Die Hand war so zart, daß er glaubte, sie könne jeden Augenblick zerbrechen, wenn er hart zufaßte. Er hatte sie zwischen die seinen nehmen und dann wieder sanft auf die Bettdecke legen wollen, aber dann packte die Hand eine von seinen Händen und hielt sie fest, zu fest.

James fühlte jeden einzelnen Knochen in dieser Hand. Die Knöchel waren spitz, die Fingernägel zu lang, wie bei einer Frau, und er sah darauf hinunter und erwartete schon halb, sie blutrot angemalt zu sehen. Der Puls in der Hand des Mannes pochte gegen die schmirgelpapiertrockene Haut wie der Herzschlag eines kleinen Tiers. Und die großen dunkelbraunen Augen, die ihn ansahen und auf eine Antwort warteten, begannen zu tränen.

»Als wir zuletzt zusammen waren, habe ich gesagt, wenn wir uns das nächste Mal sehen, ist es für immer. Bei uns ist nie etwas für immer, nicht wahr, Jimmy? Alles nur vorübergehend, stimmt's?«

Jimmy antwortete nicht. Er sagte nichts und bewegte den Kopf nicht. Schweißtropfen, die dem Mann auf beiden Seiten vom Gesicht herunterliefen, sammelten sich in der Grube unter seinem Adamsapfel, und weitere Schweißtropfen liefen ihm von seinem fast kahlrasierten Kopf hinter den Ohren den Hals hinunter, durchweichten den Kragen des Schlafanzugs, den Jimmy als einen von Grahams Schlafanzügen erkannte.

»Ich bin hier, weil ich dich sehen wollte, mich vergewissern, daß es dir gutgeht. Du machst mir Ehre, Jimmy. Fast schon ein erwachsener Mann. So groß und hübsch. Graham meint, ich soll dir ehrlich sagen, was mit mir ist... diese Krankheit. Ich muß auch ehrlich sein, damit du Bescheid weißt, ja? Er sagt, wir sollen die letzten Monate zusammen verbringen, um uns kennenzulernen.« Die Unterlippe des Mannes begann zu zittern. »Hab keine Angst. Sieh mich doch nicht so erschrocken an.«

Die Stimme des Mannes war höher geworden. Als er schluckte, entleerte sich die Grube unter dem Adamsapfel, und der Schweiß rann weiter über die hervorstehenden Rippen. Er drehte sein Gesicht von Jimmy weg zum Fenster, dann schluckte er noch einmal und noch einmal, hörte gar nicht mehr auf zu schlucken. Seine Stimme war ganz und gar anders als die von Jimmys Vater – eine gebrochene, hohe, schluchzende Stimme.

»Lieber Gott! Bitte, sag doch, daß du keine Angst vor

mir hast. Ich hab ja selbst solche Angst, daß ich es nicht vor dir verbergen kann. Bitte, Jimmy, sag etwas zu mir. Guck mich nicht so strafend an. Ich wollte nicht, daß du das siehst; ich wußte, daß du mich hassen würdest. Es tut mir so leid. Und ich kann nichts dafür. Ich hab mir das nicht selbst angetan, Junge, das schwöre ich dir. Hoch und heilig.«

Graham faßte Jimmy bei der Schulter und löste seine Hand aus der des Mannes, dann zog er ihn zur Tür und sagte: »Nicht jetzt, John. Er braucht Zeit. Lassen Sie ihm ein bißchen Zeit. Versuchen Sie sich jetzt auszuruhen. Ich komme später wieder.«

Während James vor Graham her die Treppe hinuntergíng, hörte er den Mann ihm nachrufen. Der Mann weinte und bettelte. Mit erstickender Heulstimme fragte er, ob James seinen Brief bekommen habe.

Die Wettervorhersage hatte recht behalten – »Trocken, mit unterdurchschnittlichen Temperaturen und starken Nachtfrösten«. Im Mondlicht sah er den Frost auf den Hecken und an den unteren Ästen der Bäume glitzern. Seine Schritte hinterließen Spuren. Für Straßenverkehr war es schon zu spät und gleichzeitig noch zu früh, so daß es keine Rolle spielte, auf welcher Straßenseite er ging.

Das Gerippe eines alten Mannes, das im Bett eines anderen alten Mannes lag, war nicht das Gerippe von John Lennards, dessen Bild in der Zeitung gewesen war. Das war nicht der Mann, mit dem er die ganzen Jahre lang im Kopf gesprochen hatte. Dieser Mann, wer er auch war, würde bald sterben; er hatte so etwas selbst gesagt, hatte zugegeben, daß er Angst hatte, und geweint und gebettelt. Dieser Mann war nicht sein Vater; sein Vater hatte nie gebettelt.

Bald verließ er die Straße und stieg den Hügel hinauf. Es raschelte in den Hecken und Gräben auf beiden Seiten; kleine Tiere, vermutete er. Egal, was es war, er war größer, und sie würden ihm ausweichen. Der Mond aber begleitete ihn, zog vor ihm her. Er wollte, solange es ging, ohne die Taschenlampe auskommen; er wollte nicht, daß man ihr Licht den Feldweg hinaufwandern sah, zu dem Wald da oben auf dem Hügel.

Der Körper seines Vaters war fest und muskulös gewesen; er hatte sich an ihn geschmiegt, hatte seinem Vater bei Liegestütz und Klappmesser zugesehen. Die Oberarme seines Vaters waren so dick gewesen, daß Jimmy sie mit beiden Händen nicht umspannen konnte, und mit diesen Armen hatte er ein tiefes Loch in die Erde gegraben, damit er und Jimmy darin schlafen konnten. Sein Vater hatte Jimmy in eine Soldatenuniform gesteckt und ihm beigebracht, Knoten zu knüpfen, hatte ihm gesagt, wie wichtig es sei, seinen Körper in Form zu halten, hatte ihm vorgemacht, wie man alles langsam und vorsichtig tun müsse, um sich nicht zu verletzen, und ihm gezeigt, wie man mit feuchtem Holz am besten Feuer machte. Sein Vater hatte Fallen gebaut, um Tiere zum Essen zu fangen. Er war langsam aufgestanden und hatte langsam die Hände über den Kopf gehoben, als die Polizei ihn verhaften kam. Sich langsam zu bewegen bewahrte einen davor, verletzt zu werden.

Jetzt in der pechschwarzen Finsternis, als er sich mit Spaten und Schlafsack, die er sich über die Schulter gehängt hatte, mit bloßen Händen an einem Zaun entlangtastete, um das Tor zu finden, da der Mond sich hinter einer Wolke versteckte, hatte er für einen Augenblick vergessen, was sein Vater ihn gelehrt hatte, und sich zu schnell bewegt, war mit den Händen über einen Stacheldraht gefahren und hatte sich an beiden die Haut aufgerissen. Es tat weh, aber nur ganz kurz, und er sagte sich, es komme daher, daß seine Hände vom Frost ganz taub waren.

Drinnen im Wald war alles Form oder Geräusch. Die Geräusche, die seine Schritte machten, klangen wie knisterndes Feuer. Die Formen waren meist Schwarz vor Grau, manchmal dunkles Grau vor hellerem Grau mit größeren Formen darüber. Die unteren Formen außerhalb des Strahls seiner Taschenlampe und am Rande seines Gesichtsfelds schienen sich manchmal zu bewegen. Es waren nie schnelle Bewegungen, sondern immer langsame, umgreifende Bewegungen, als ob ein Busch oder ein toter Baum, der sich schon in seine Richtung neigte, hinter ihn kommen wollte. Er brauchte seine ganze Konzentration, um nur nach vorn zu blicken, mußte alle Willenskraft aufbieten, um sich nicht umzusehen.

Im Schein der kleinen Taschenlampe ein Loch zwischen den Baumwurzeln zu graben mußte langsam vor sich gehen und kostete Zeit, viel Zeit. Das Loch hätte weiter und viel tiefer sein sollen, doch der Spaten ging nicht tiefer hinein und war nicht der richtige Spaten, um die aufgegrabene Erde aus dem Loch zu schaufeln, so daß er sie mit den Händen hinausscharren mußte. Auch das Abbrechen von Zweigen kostete mehr Zeit, als es sollte, denn er bekam sie mit seinen tauben Händen nicht fest genug zu fassen. Er sammelte zudem noch ein paar heruntergefallene tote Zweige und deckte sie im Schein der Taschenlampe über das Loch, um es zu tarnen und die Kälte abzuhalten. »In die Erde gehen« hatte sein Vater das genannt.

Im Schlafsack, unter den Zweigen und dem Laub, das größte Stück der inzwischen zerbrochenen Muschel am Ohr, um dem Meer zu lauschen, würde er bald einschlafen. Das Graben und Zweigesammeln hatte ihn müde gemacht, aber immerhin hatte er sich genug gemerkt, um sich ein Plätzchen zu schaffen, wo er sicher war und Jimmy schlafen konnte.

Er glitt tiefer hinein in den Schlafsack. »Noch tiefer in die Erde gehen« hatte sein Vater das genannt. An seinen Füßen fühlte er jetzt die Wäscheleine, und im ersten Moment konnte er sich nicht mehr erinnern, wozu er sie mitgenommen hatte. Seine Gedanken wanderten rückwärts, blätterten Bilder um, Seiten ohne Bilder, bis er an die Schautafeln mit den Knoten kam, die an den Wänden des Mansardenzimmers gehangen hatten, in dem er mit seinem Vater gewesen war. Da sah er jetzt den Reffknoten und den Bootsmannsstek, den Palstek mit den zwei Halbschlägen und den Slipstek. Es gab Knoten für jede Gelegenheit. Wenn er regelmäßig übte, würde er immer wissen, wozu sie jeweils gut waren, und sich nie vertun. Das hatte alles mit Selbstvertrauen zu tun, Selbständigkeit und Selbsterhaltung. Er war in dieser Welt auf sich selbst gestellt. Alle waren nur auf ihren Vorteil bedacht. Er mußte wissen, was wichtig war und was Lügen waren. Er durfte nie Schwäche zeigen, sonst würden sie ihn übervorteilen. Sie würden ihn behandeln, wie es ihnen paßte, ihn benutzen, bis sie ihn ausgeblutet hatten, und ihn dann ausspucken. Nie durfte er Schwäche zeigen, nie ihnen vertrauen, nie ihnen den Rücken zukehren. Sie würden ihn mit Schmeichelei und Freundschaft ködern, ihm einzureden versuchen, daß er ihnen wichtig sei, und wenn sie dann hatten, was sie von ihm wollten, würden sie verschwinden, und er wäre auf sich selbst gestellt.

Die Knoten waren wichtig. Sie waren sein Sicherungsseil, ein Symbol dafür, daß er allein zurechtkam.

Er war, wo er zu sein wünschte. Er wollte nicht aufwachen; es gab keinen Grund für ihn, aufwachen zu wollen. Wenn er überhaupt etwas wollte, dann nur Wärme und Schlaf, und er war sich nicht einmal sicher, daß er das wollte. Nichts, das war es, was er wollte. Nichts in ihm, nichts um ihn herum. Nichts haben, nichts sein und vor allem nichts fühlen. Er preßte sich die zerbrochene Muschel fest ans Gesicht, aber das Meer hörte er nicht mehr.

21
Bester

Je lauter ich seinen Namen rief, desto mehr wurde das Wort zu einem undefinierbaren Geräusch. Wenn der Name aus mir herauskam, enthielt er noch alle Sehnsucht, alles Flehen, alle Liebe, zu der ich fähig war, aber bis meine Stimme den bewaldeten Hang erreicht hatte, klang sie nur noch wie der Schrei eines unzulänglichen, unvorsichtigen Tiers, das seinen Schmerz nicht auszudrücken vermochte.

Wenn ich einen ganzen Satz versuchte, wirbelten die Bäume die Wörter in die Luft und ließen sie in beliebiger Reihenfolge wieder herunterfallen. Wenn ich mehr als dieses eine Wort rufen wollte, seinen Namen, mußte ich außerdem stehenbleiben, um tiefer Luft zu holen, und kostbare Zeit vertun. Zusätzliche Zeit zu der, die ich schon vertan hatte, indem ich noch wach im Bett gelegen hatte, bevor ich die Tür zu seinem Zimmer öffnete und feststellte, daß er fort war. Dann die durch Kopflosigkeit verlorene Zeit, als ich nicht wußte, was nun am besten zu tun war, die Suche nach Hinweisen, wohin er abgehauen sein könnte, das Nachsehen in Schränken und Schubladen, das Herumgerenne im Haus, immer auf und ab wie eine Ratte im Käfig, die zweite und dritte Durchsuchung der Zimmer, sogar des Gartens und des Schuppens, das Nachzählen der Küchenmesser und die Entdeckung, daß die gute Taschenlampe fehlte und nur die andere noch da war, die einen Wackelkontakt hatte, die Wut auf sein Organisationstalent, seine

Tüchtigkeit, seine berechnende Kaltblütigkeit sogar bei so etwas.

Und so war ich in den Wald gekommen und hatte nichts bei mir als meine Angst und Wut und die defekte Taschenlampe. Während ich über Wurzeln stolperte, mich durch Holunder und Brennesseln kämpfte, wünschte ich ihm, daß er ebenso fror und müde war und Angst hatte wie ich, und betete, daß er wohlauf war, noch lebte, daß nicht eingetreten war, was ich fürchtete.

Was bei Tageslicht ein ordentlicher, in geraden Reihen angepflanzter Nadelwald war, wurde im Dunkeln zu einem Brombeer- und Schlehdorngestrüpp, zu Torbögen aus Schlinggewächsen, Tunneln aus Ästen und Riesenfarnen. Die Bäume neigten sich in alle Richtungen, einige waren umgestürzt, und ich mußte über sie hinwegsteigen oder sie umgehen, das alles mit einer Taschenlampe, die an- und ausging wie die Blinker eines Autos. Manchmal rutschte der Teppich aus Laub und Zweigen so plötzlich unter mir weg, daß ich ein Stück zurückglitt, manchmal war er so dick, daß ich mit den Füßen darin versank.

Wann war er fortgegangen? Wie lange war das her? Noch zehn Minuten bis vier Uhr. Ich rief im Weiterlaufen, schrie und brüllte seinen Namen in der Hoffnung, er würde mich hören und wissen, daß ich hier nach ihm suchte, würde noch etwas warten, noch zögern, mir noch eine Chance geben. Nur eine Chance, nur ein wenig mehr Zeit. Bitte!

Alle paar Meter flogen Waldtauben, vom aufscheinenden Licht erschreckt, aus den Baumwipfeln auf, was sich anhörte wie eine im Wind knatternde Markise. Ich habe einmal gehört, daß es so etwas wie Nachtsichtigkeit gibt, aber anscheinend besaß ich die nicht, höchstens insofern, als ich ein Dunkel im Dunkeln erkannte, Schatten im Schatten, die sich rings um mich bewegten, während ich rannte oder zu rennen versuchte. Ich lief hierhin, dann dorthin, sah etwas und sah es dann nicht mehr. Einmal arbeitete ich mich zwanzig Meter weit durch ein Unterholz, nur um mir ein Stück weißen Karton genauer anzusehen. Ich machte Umwege wegen eines schwarzglänzenden Stückchens Plastik und einer zerdrückten Bierdose.

Ich erreichte den Gipfel des Hügels und den asphaltierten Wendeplatz am Ende einer alten Landebahn, und dort fiel der Strahl der Taschenlampe, zwischen weggeworfenen Kartons und anderem Unrat, auf die Umrisse eines Schlafsacks, gleich neben dem Asphalt unter ein paar Büschen. Ich war sicher, daß ich ihn gefunden hatte. Unter Freudentränen rannte ich hin; ich fühlte sie auf meinen Wangen, von Wind und Kälte wieder getrocknet, kaum daß sie im Freien waren. Ich kniete neben den Büschen hin, legte mich auf den Bauch, um darunter zu greifen und an dem Schlafsack zu ziehen, schüttelte das eine Ende und fühlte das Gewicht von irgend etwas, was darin war, rief seinen Namen und sagte ihm, er solle mit erhobenen Händen herauskommen, denn jetzt werde er nach Hause getragen. Aber das Etwas in dem Schlafsack rührte sich nicht, reagierte nicht. Ich erstarrte, dann zwang ich mich, den vermeintlichen Schlafsack vorsichtig unter den Büschen hervorzuziehen, rollte ihn auf und sah, daß es kein Schlafsack war, sondern eine kleine Daunendecke, in die ein toter Hund gewickelt war.

»Jamie!«

Ich wußte, daß du das tun würdest – meinen Namen

ändern. Das tun sie alle, wenn sie dich bei sich aufnehmen. »Du gehörst jetzt uns, wir nennen dich Fido.« Ich zitterte, bebte am ganzen Körper. Ich schlang die Arme um mich gegen die Kälte, stampfte mit den Füßen auf den Asphalt, um des Zitterns Herr zu werden, wußte aber, daß es nicht die Kälte war, die mich zittern machte. Wenn er nicht hier war, wo zum Teufel war er? Ich führte Selbstgespräche, entschuldigte mich dafür, daß ich noch mehr Zeit vertan hatte, verfluchte mich dafür, daß ich gedacht hatte, er wäre hierhergekommen, wo es noch kälter war als im Wald selbst, hierher, wo man den Ostwind über den Hügel pfeifen hörte. Was war ich für ein Idiot! Ich – Idiot! Verdammter Idiot! – hörte mich zu Jamie sagen, daß ich ihn finden würde, hörte mich unzusammenhängende Sätze brüllen, ihm zurufen, er solle auf mich warten, ihn anflehen, er solle langsamer laufen, anhalten, Schutz suchen, sich warm halten. »Wärme, Jamie, Wärme! Bitte!«

Ich versuchte mir den Wald als Ganzes vorzustellen, ihn als eine Luftaufnahme bei Tageslicht zu sehen und Jamie irgendwo darauf einzuzeichnen. Aber wo? Wir waren viele Male zusammen durch diesen Wald spaziert. Wo hatte es ihm besonders gefallen? Wo war er vorausgerannt und hatte dann auf mich gewartet?

Und wenn ich falsch spekuliert hatte und er gar nicht in den Wald gegangen war, sondern einfach an der Straße entlang, um sich von irgendeinem Auto mitnehmen zu lassen? Irgend etwas fehlte, ein Hinweis, den ich übersehen hatte; es mußte etwas geben. Ich mußte stehenbleiben, mich konzentrieren und planen, bevor ich noch mehr Zeit vertat. Ich stand vollkommen still, schloß meine Augen vor den Schatten und den Schatten in den Schatten, meine Ohren vor dem Heulen des Ostwinds, der den Gipfel des Hügels abzudekken versuchte, befreite meine Gedanken von aller nutzlosen Angst und Wut und schickte sie bewußt zurück an den Punkt, an dem ich die Tür zu Jamies Zimmer geöffnet und sein Bett leer vorgefunden hatte. Ich beobachtete mich selbst, wie ich mich überhastet anzog, das Haus durchsuchte, hin und her rannte, entdeckte, daß der Schlafsack und eine der Taschenlampen fehlten; wie ich im Garten und im Schuppen nachgesehen hatte, wo das Zelt noch ordentlich zusammengefaltet lag. Was noch? Was hatte ich übersehen? Plötzlich sah ich die Reihe von Haken, die mein Vater nach Mutters Tod im Schuppen angebracht hatte, jeden mit einem Schildchen für das jeweilige Werkzeug, das daran hängen sollte, damit man immer wußte, wo man zu suchen hatte, was man brauchte. Zwei der Haken waren leer gewesen. Welche zwei? Ein Spaten fehlte, ein kleiner Spaten, und noch etwas. Ich versuchte dieses sauber beschriftete Schildchen zu lesen. Was stand darauf?

Er hatte einen Spaten mitgenommen, um damit ein Loch für den Schlafsack zu graben. Wie das Loch, das sein Vater für sie beide gegraben hatte, mußte es sich auf einer ausreichend großen Lichtung befinden, damit er graben konnte, ohne von allzu vielen Wurzeln behindert zu werden. Ich entfernte mich bereits von dem asphaltierten Wendeplatz, als mir einfiel, wie er einmal auf dem untersten Ast eines Baumes gesessen hatte; ich sah ihn herunterspringen, als ich näher kam, sah ihn einen Augenblick mit dem Rücken zu dem Baum stehen und dann mit übergroßen Schritten zur Mitte der Lichtung schreiten. Später hatte er sich darüber beschwert, daß in Büchern immer nur etwas darüber stehe, wie hoch bestimmte Bäume werden könnten, selten aber etwas über ihre Wurzeln, und ich hatte mit einer dieser Zufallsinformationen aufwarten können, die einem oft ohne ersichtlichen Grund im Gedächtnis hängenbleiben, nämlich daß die Wurzeln einer Pappel unter der Erde immer genauso weit reichten, wie der Baum hoch sei, weshalb Gebäudeversicherer immer die Prämien erhöhten, wenn im Garten eine Pappel stehe.

Ich rannte den Hügel wieder hinunter, auf die Mitte des Waldes zu, verlor das Gleichgewicht und fiel hin, kullerte ein Stück weit hinunter, schlitterte über den rutschigen Laubteppich. Ich kämpfte mich durch Brombeergesträuche, die mich an Gesicht und Händen festzuhalten versuchten. Ich fühlte, wie meine Haut aufriß und das darunterliegende Fleisch der kalten Luft begegnete. Einmal glaubte ich etwas hinter mir zu hören und drehte mich so schnell um, daß ich mit dem Gesicht gegen einen niedrigen Ast schlug und ein Schlehendorn mir ins linke Auge stach.

Immer noch seinen Namen rufend, erreichte ich die Lichtung, aber dort war von ihm nichts zu sehen und nichts zu hören, keine Antwort, keine Bewegung. Ich ließ den flackernden Strahl der Taschenlampe über den Boden wandern, aber er beleuchtete immer nur einen sehr kleinen Bereich. Ich ging um die Lichtung herum und richtete den Strahl zur Mitte, dahin, wo er gestanden hatte, um das Gelände zu vermessen. Wenn er wollte, konnte er sich für immer und ewig vor mir verstecken; er war so klein, selbst bei Tageslicht, dieses elfjährige Kind, das sein richtiger Vater groß und hübsch genannt hatte. Er konnte sich hinter mir halten und mich beobachten, sich nur bewegen, wenn ich mich bewegte. Bei unseren schönen gemeinsamen Spaziergängen hatten wir dieses Spiel oft gespielt, und er beherrschte es vollkommen und war oft vor mich hingesprungen und hatte eine Fratze geschnitten, um mich zu erschrecken.

Das Wort auf dem Schildchen. Jetzt hatte ich es. »WÄSCHELEINE«. Er hatte außer dem Spaten ein Seil mitgenommen. Ich schwitzte ja schon von der Anstrengung, aber jetzt brach mir der schiere Angstschweiß aus. Ich versuchte wieder seinen Namen zu rufen, aber nichts als ein heiseres Krächzen kam heraus. Es kostete mich große Überwindung, die Taschenlampe nach oben zu richten und in die Bäume zu leuchten. Ich schloß das linke Auge, das triefte und vielleicht blutete. Die Äste rund um die Lichtung standen kreuz und quer durcheinander und verschmolzen miteinander, als wären sie nur ein einziger riesiger Baum, der um mich herumwuchs und mich einschloß. Ich sah kein Seil, keine Leiche; er hätte den Schlafsack und den Spaten nicht mitgenommen, wenn er die Absicht gehabt hätte, die Wäscheleine für einen solchen Zweck zu benutzen, jedenfalls nicht sofort, nicht als erstes. Ich schluckte, sammelte einen Mundvoll Speichel und sprach so laut und deutlich, wie ich nur konnte. Ich sagte, wo immer er sich versteckt halte, mir sei kalt, aber ich würde nicht ohne ihn fortgehen, sagte ihm ganz ehrlich, daß ich Angst hatte und dieses Spiel nicht länger spielen wollte.

Ich versuchte mit der einen Hand tote Äste wegzuschieben, während ich mit der anderen die Taschenlampe hielt. Ich redete weiter, während ich an Laub und Zweigen zerrte, und hielt von Zeit zu Zeit inne, um auf einen Ton zu lauschen, eine Bewegung. Ich sagte, Partner hätten einander zu helfen, wenn der eine verletzt sei und kaum noch etwas sehen könne. Ich sagte ihm, er müsse sich unbedingt mein Auge ansehen und mir sagen, wie schlimm es verletzt sei, denn wenn ich demnächst nicht mehr lesen könne, sei es vorbei mit unserem Lebensunterhalt. Ich fragte ihn, was er da in drei Teufels Namen für ein Spiel treibe, wenn ich ihn doch brauchte.

Dann fand ich einen kleinen Zweig, der erst vor kurzem von einem Baum abgebrochen worden war; die Bruchstelle war weiß und frisch. An dem nächsten Zweig, den ich aufhob, war Blut; das Blut klebte an meiner Handfläche, und ich richtete die Lampe auf meine Hand und starrte unverwandt darauf, denn ich sah zwei Hände, beide mit hellem Blut beschmiert.

Ich sank auf die Knie und ließ die Taschenlampe fallen, die ausging und aus blieb, während ich nun noch schneller mit beiden Händen herumsuchte. Wieder rief ich nach ihm, fragte ihn, welchen Beweis er denn dafür haben müsse, daß wir einander brauchten. Bei der herrschenden Finsternis, mit meinem verletzten Auge, sah ich jetzt nur noch undeutliche Formen. Meine Finger bekamen das Gewebe eines Schlafsacks zu packen. Meine Hände umfaßten seine Schultern unter dem Gewebe, schüttelten ihn, während ich rief, aber seine Schultern waren schwer und starr und rührten sich nicht.

Der Mann warf den Kopf in den Nacken und heulte zum Mond empor, dann kroch er auf allen vieren umher und suchte die Taschenlampe, die er nicht fand. Statt dessen fanden seine Finger den Reißverschluß des Schlafsacks und öffneten ihn. Unter unzusammenhängendem Kindergebrabbel tastete er nach den Handgelenken des Jungen, versuchte den Puls darin zu fühlen, hob dann die Hände des Jungen an sein Gesicht und preßte seinen Mund auf die verletzten Handflächen, drückte seine Zunge auf die Handgelenke, fand den Puls, fuhr mit der Zungenspitze über die Pulsadern, um sich zu vergewissern, daß sie nicht verletzt waren.

Keine Bewegung, keine Reaktion, kein Schimpfen, kein Lachen. Der Körper des Jungen war wärmer als der des Mannes, doch als der Mann die Taschenlampe fand und ihren Strahl, der an- und ausging wie der Blinker eines Autos, auf das Gesicht des Jungen richtete, waren die Augen tot – offen, aber tot. Die Lampe blinkte; die Augen reagierten nicht, verrieten mit keiner Bewegung, daß der Junge den Mann zu ihm sprechen hörte. Der Mensch tief im Innern des Jungen kannte diese Lampe, wußte, daß sie nichts taugte, und hatte sie liegenlassen.

»Warum er und nicht ich? Ich bin viel mehr dein Vater als er. Ich habe es mir verdient, indem ich dein Freund war. Er ist nur irgendeiner, der krank ist und unsere Hilfe braucht. Wenn er stirbt, können wir von Null anfangen. Mit uns kann es nur noch aufwärts gehen, Jamie, wenn wir erst unter uns sind. Wir können fortziehen, irgendwohin ans Meer.«

Der Mann hatte den Spaten gefunden und begann zu graben, um das Loch zu erweitern, in dem der Junge lag, wobei er Lampe und Spatenstiel zugleich in der rechten Hand hielt, so daß ihr blinkender Lichtstrahl mit jeder Bewegung des Spatens über das Gesicht des Jungen huschte, doch das Gesicht blieb ausdruckslos.

Als das Loch breit genug war, legte der Mann sich hinein, kroch zu dem Jungen in den Schlafsack und drückte ihn an sich, dann legte er den Kopf auf die Brust des Jungen, um seinem Atem zu lauschen. In dieser Stellung verharrte er, bis es hell wurde.

Um sechs Uhr früh spielte die Kirchenuhr unten im Dorf die ersten vier Zeilen eines Kinderlieds, bevor sie sechs klare, gleiche Töne schlug.

Von seinem Atem abgesehen, der nicht mehr so langsam und kaum hörbar war wie noch vor zwei Stunden, war die einzige sichtbare Veränderung an dem Jungen die Spur eingetrockneter Tränen an seinen Wangen. Das linke Augenlid des Mannes war dick geschwollen und das Auge völlig zu.

Der Mann öffnete sein gutes Auge. Das tote Laub und die Zweige über dem Loch waren größtenteils schon abgeräumt. Er stieg vorsichtig aus dem Schlafsack und räumte auch den Rest weg. Dann schälte er den Jungen behutsam aus dem Schlafsack, rollte diesen zusammen, wickelte das Seil darum, das er gefunden hatte, und warf ihn sich über den Rücken.

Er bückte sich, hob den Spaten auf und wartete, daß der Junge aufstand. Langsam, noch immer wie in Trance, erhob sich der Junge und wischte sich mit dem Handrücken über die Wangen.

Der Mann begann zu gehen, wartete am Rand der Lichtung, ob der Junge ihm nachkam, und ging dann weiter mit vorsichtigen Schritten auf den Waldrand zu, und immer noch folgte ihm der Junge.

Sie erreichten den Feldweg, der vom Dorf heraufführte. Zu beiden Seiten löste sich der Nebel über den Feldern auf, der Rauhreif der Nacht war schon zum größten Teil geschmolzen im pfirsichfarbenen Morgenlicht, und nur die Disteln hatten noch weiße Ränder, die aussahen wie Weihnachtsschmuck.

Kurz vor dem Dorf blieb der Mann wieder stehen und wartete auf den Jungen. Als der Junge langsam näher kam, begann der Mann mit ruhiger Stimme zu sprechen und sagte zu dem Jungen, daß er es ablehne, weiterhin zweite Wahl zu sein, daß er nicht die Fehler zu wiederholen gedenke, die er bei seinem eigenen Vater gemacht habe, und wenn aus der Beziehung zwischen ihm und dem Jungen als Vater und Sohn etwas werden solle, dann gehe es um alles oder nichts, und der Junge solle sich bald entscheiden, entweder so oder so.

Der Mann wartete, während das Kind noch einen Augenblick überlegte, bevor es die Hand des Mannes in die seine nahm.

22

Coda

Erstaunlicherweise kam der einzige Widerstand gegen Johns Hiersein bisher von unserem Dorfarzt, der regelrecht ausrastete, als ich ihm sagte, daß er einen neuen Patienten habe und was dessen Krankheit sei. Es war derselbe Arzt, der mich schon seit über zwanzig Jahren kannte und dessen begeistertes Gutachten über mich schon an den Adoptionsausschuß weitergeleitet worden war. Wir standen in der Diele, an derselben Stelle, wo ich mich nach Edwards Zusammenbruch übergeben hatte, aber diesmal war es der Arzt, der ein wenig käsig im Gesicht wirkte. Dann lief er dunkelrot an und schrie, daß ich leichtfertig und verantwortungslos sei, und dann belegte er meinen Gast mit noch ein paar deftigeren Ausdrücken. Er hat sich hinterher entschuldigt und gemeint, es sei die schiere Angst gewesen, denn er habe bis zu diesem Tag noch nie einen Aidspatienten gesehen und einfach einen Schrecken bekommen. Er trägt sogar Gummihandschuhe, wenn er ihm die Temperatur mißt, aber ich denke, er wird uns eines Tages dankbar sein, wenn er begreift, daß sein Charakter an dieser Geschichte ein wenig gewachsen ist.

John ist meist schon wach, wenn Jamie und ich ihm morgens um halb acht eine Tasse Tee und seine ersten Pillen bringen. Abwechselnd setzen wir uns dann ans Fenster und erzählen ihm, was wir draußen sehen. Nach etwa zehn Minuten lasse ich die beiden allein, bis es für Jamie höchste Zeit wird, um halb neun den Schulbus noch zu erreichen. Sie haben einander zu verstehen gelernt, und Jamie kann seinen Vater jetzt respektieren und es auch akzeptieren, daß er zwar nie ein Söldner war und nur einmal eine Nacht lang aus politischen Gründen in einer Polizeizelle verbracht hatte, nämlich mit achtzehn Jahren nach einer Sitzblockade der »Angry Brigade«, jedenfalls waren seine Phantastereien immer irgendeinem Ideal gefolgt, und für Ideale war Jamie jederzeit zu haben.

Ich nehme meinen Lunch mit John in seinem Zimmer ein, und abends helfen wir ihm die Treppe hinunter, damit er am Feuer sitzen kann. Er hat mir inzwischen sehr viel erzählt, und ich sehe erst jetzt so richtig, was für einen blassen Abklatsch von einem Leben ich geführt habe.

Zuerst war es noch so, daß John jedesmal, wenn Jamie nach seiner Mutter fragte, nur die Hände vors Gesicht schlug und den Kopf schüttelte. Jetzt fragt Jamie nicht mehr. John hat mir erzählt, was sich zugetragen hatte, und mir das Versprechen abgenommen, daß ich nach seinem Tod den besten Zeitpunkt abpassen würde, um es seinem Sohn zu sagen. Ich nenne es den »besten« Zeitpunkt, weil ich mir nicht vorstellen kann, daß es für so eine Gutenachtgeschichte je einen richtigen Zeitpunkt geben wird.

Sie war sehr depressiv gewesen. Wochenbettdepression hatte man es zuerst genannt. Und man hatte sie in so einer schrecklichen Mutter-und-Kind-Einrichtung behalten, voller schreiender und kreischender Mütter, die von Zigaretten, Kaffee und Kartoffelchips lebten. Schon bei seiner Geburt war Jamie untergewichtig gewesen, weil sie soviel rauchte. Nach einer gewissen Zeit hatte man sie nach

Hause gelassen, und etwa ein Jahr lang war dann scheinbar alles in Ordnung gewesen. Aber die Depression war wiedergekommen und immer wieder. Sie mußte allerlei Pillen nehmen, habe praktisch davon gelebt, sagte John.

Er hatte damals Arbeit auf einer Baustelle gefunden. Er habe versucht, wenigstens eine Zeitlang ein ehrliches Leben zu führen, sagte er, weil er nicht riskieren wollte, daß er eingebuchtet wurde und den Jungen bei einer Mutter lassen mußte, die nicht in Ordnung war. Eines Tages war er von der Arbeit nach Hause gekommen, und da hatte sie auf dem Boden gelegen wie tot. Jamie war im Schlafzimmer gewesen, dessen Tür abgeschlossen war, und hatte gebrüllt, weil er rauswollte. John hatte den Rettungsdienst gerufen und gewartet. Er hätte nicht gewußt, was er sonst tun sollte.

Die Sanitäter hatten noch einen Herzschlag festgestellt, aber sehr schwach – »auf der Kippe«, hatten sie gemeint. Jamie hatte neben John gestanden und sich an sein Bein geklammert, und als die Sanitäter die Tragbahre hochhoben, um sie wegzubringen, hatte John dem Jungen die Augen zugehalten, und Jamie hatte gebrüllt: »Seh nichts! Seh nichts!« und sich gewehrt und ihm in die Hand gebissen.

John hatte zu den Sanitätern gesagt, er werde nachkommen, aber statt dessen hatte er Jamie ins Auto geladen und war in die entgegengesetzte Richtung gefahren, denn bei seinem Vorstrafenregister und dem Zustand, in dem sich Mary befand, wußte er, daß man ihm Jamie wegnehmen würde. Er hatte für Jamie gesorgt, solange es ging, etwa drei Wochen lang, schätzte er, und dann hatte er ihn, da er ohne Arbeit war und sie nichts zu essen hatten, in einer

Kindertagesstätte abgegeben und eine falsche Adresse hinterlassen.

Er hatte im Krankenhaus anrufen wollen, es aber nie getan. Er hatte mit Mary nichts anzufangen gewußt, ihrem ständigen Geheule, den Wutausbrüchen, ihren Vorwürfen an ihn für Dinge, die er nicht getan hatte. Sie war sehr unreif gewesen, sehr jung für ihre zwanzig Jahre und hatte eigentlich nie richtig gelebt.

Er hatte angenommen, daß sie tot war; sonst hätte sie sich doch, nachdem sie wieder gesund war, auf die Suche nach ihnen begeben. Er fragte mich, ob ich sein Verhalten für selbstsüchtig hielt; das habe ihm immer sehr viel Kopfzerbrechen bereitet. Aber ich müsse bedenken, sagte er, daß ihre Art und ihr Benehmen doch keinen guten Einfluß auf seinen Sohn hätten haben können.

Der Adoptionsausschuß hat grünes Licht für die Adoption gegeben, und nun beginnt das juristische Verfahren. Jamie und ich wissen, daß eine gerichtliche Urkunde noch nicht alle unsere Probleme lösen wird. Wir wissen, daß unser beider Hunger nach einer engen emotionalen Bindung uns zu unrealistischen Erwartungen verführt hat. Wir verstehen jetzt, daß es in jeder menschlichen Beziehung Grenzen gibt und das Bedürfnis, zu besitzen, zu herrschen und immerzu eine Bestätigung zu bekommen – nicht nur, daß wir beide geliebt werden, sondern sehr viel mehr geliebt als jeder andere –, daß alle diese Bedürfnisse ebenso gefährlich sind wie die Angst vor Verletzungen, die dazu führt, daß man sich zuwenig engagiert. Es gibt noch viel zu lernen und sehr viel mehr, woran wir arbeiten müssen. Wir müssen noch eine

Technik entwickeln, wie wir Vater und Sohn sein können. Musiker mögen gelegentlich sehr schön zusammen spielen, aber wenn sie keine gemeinsame Technik entwickeln, werden sie nie allabendlich zwei Konzerte geben können – eine harte Lektion für zwei Menschen, die lieber glauben wollten, sie könnten nahtlos vom Flohwalzer auf Beethovens Fünfte umsteigen, ohne auch nur ihre Instrumente neu zu stimmen.

Ich habe das lernen müssen, nachdem ich zwar ein Bedürfnis entdeckt hatte, aber nichts wußte, ich, ein alleinstehender Mann ohne Erfahrung und ohne sozialen Rückhalt. Und nachdem ich nun alle die Broschüren und Bücher gelesen und Kissen-Margerys Kurs besucht habe und von den verschiedensten Fürsorgern begutachtet und belehrt wurde, habe ich genug gelernt, um zu wissen, daß diese Adoption nie gutgehen kann.

Bisher geht sie gut.

Bernard Mac Laverty im Diogenes Verlag

Cal

Roman. Aus dem Englischen
von Nikolaus Stingl

Die Geschichte von Cal und Marcella, im heutigen Nordirland; sie könnte seine Retterin sein, und als er sie zum Lachen bringt, kann er sein Glück kaum fassen. Von Liebe zu sprechen, das weiß er, erfordert Ehrlichkeit und Aufrichtigkeit, aber das hat Zeit.

»Bernard Mac Lavertys Roman hat in Großbritannien Aufsehen und Anteilnahme hervorgerufen. Der Autor versteht es, die menschlichen Ursachen und Konsequenzen der irischen Malaise ins Blickfeld zu rücken, die in den Medienberichten oft zu kurz kommen. Ein Buch, dem viele Leser zu wünschen sind.«
Die Furche, Wien

»Mit *Cal*, gedreht nach dem Roman von Bernard Mac Laverty, zwingt der junge irische Regisseur Pat O'Connor seine Zuschauer in die Tristesse des nordirischen Bürgerkrieg-Alltags hinein, läßt sie dessen Ausweglosigkeit erleiden. Dieser Film macht frösteln und deprimiert. Aber das ist nicht die Schuld seiner Autoren.«
Der Stern, Hamburg

Lamb der Ausgeflogene

Roman. Deutsch von Hanna Neves

Die Geschichte eines außergewöhnlichen Ausreißerpaars: Bruder Sebastian, mit bürgerlichem Namen Michael Lamb, ist Erzieher in einem katholischen Internat für sogenannte schwererziehbare Kinder in Irland. Der zehnjährige, unter epileptischen Anfällen leidende Owen ist sein Zögling. Zwischen ihnen entwickelt sich eine Art Freundschaft. Lamb rebelliert gegen die Erziehungsmethoden seines Vorgesetzten und flieht zusammen mit Owen nach England. Die Polizei sieht es als Kidnapping…

»Mit diesem Erstlingsroman hat Bernard Mac Laverty ein Werk geschaffen, das deutlich die Kluft zwischen Liebe und Verstand in unserer düsteren Zeit erhellt.«
Die Furche, Wien

»Bernard Mac Laverty hat hier auf knappem Raum in realistischem Stil einer Tragödie Gestalt verliehen, die nach einer filmischen Aufbereitung geradezu verlangt.« *ORF, Wien*

»Colin Gregg machte aus der dramatischen Geschichte ein Stück ausdrucksstarkes Gefühlskino. Van Morrison lieferte die suggestive Musik dazu. So entstand ein Streifen, der unter die Haut geht.«
Sonntagsblick, Zürich

Geheimnisse

Erzählungen. Deutsch von
Hans-Christian Oeser

»Was an den Geschichten zuallererst auffällt, ist ihre Direktheit; ihre vollkommen unmanierierte, ohne Erzähler-Attitüde und Sprachschnörkel auftretende und gerade deshalb um so nachhaltiger beeindruckende Kunstfertigkeit, mit deren Hilfe der Leser beinahe willenlos der Illusionsstrategie des Autors ausgeliefert ist, weil er sich sagen kann: Ja, so muß es gewesen sein.«
Wolfgang Steuhl/Frankfurter Allgemeine Zeitung

»Eine wundervolle Sammlung, über die leisen Töne des Lebens, voller Humor, Klarheit und Finesse.«
The Daily Telegraph, London

»Mac Laverty gehört in die Reihe der großen Geschichtenerzähler, neben Čechov, Joyce und Mansfield.«
The New York Times Book Review

Tanzen hat seine Zeit

Erzählungen. Deutsch
von Hans-Christian Oeser

»Bernard Mac Laverty schildert die Einsamkeit des Menschen und seine Verlassenheit in der Gesellschaft, Existenzen in einer Welt ohne Liebe, und seine Geschichten wären trostlos zu nennen, steckten sie nicht so voller Humor und hintergründigem Witz. Der Autor liebt seine Figuren, denen gemeinsam ist, daß sie das ihnen auferlegte Schicksal in der Gewißheit tragen, es ohnehin nicht ändern zu können. Die Themen sind zwar oft genug bedrückend, aber die Kunst dieses begabten Erzählers besteht darin, das Schwere leicht erscheinen zu lassen, ohne Konflikte zu verharmlosen, ohne ihnen Ernst und Würde zu nehmen. Das wird mit sparsamen Mitteln dargestellt: Bernard Mac Laverty ist ein Künstler des Aussparens.«
Eckart Klessmann/Frankfurter Allgemeine Zeitung

»Feingesponnene, kraftvolle Erzählungen voller Mitgefühl. Mac Lavertys Prosa ist von konzentrierter, bohrender Eindringlichkeit, dabei jedoch atemberaubend schlicht.« *Vogue, London*

Ian McEwan im Diogenes Verlag

Erste Liebe – letzte Riten

Erzählungen. Aus dem Englischen von
Harry Rowohlt

»Die Mehrzahl dieser Geschichten handelt von Jugendlichen und davon, wie sie von der Welt der Erwachsenen verdorben werden. Die Unschuld der Pubertät wird weniger verloren als zerschmettert... Nichts für Zimperliche, aber dieser Stil hat eine lakonische Brillanz, die Bände – andeutet. Nichts wird ausgesprochen, alles wird angetippt.«
Peter Lewis / Daily Mail, London

»Das brillante Debüt des hoffnungsvollsten Autors weit und breit.« *A. Alvarez / The Observer, London*

Der Zementgarten

Roman. Deutsch von
Christian Enzensberger

Ein Kindertraum wird Wirklichkeit: Papa ist tot, Mama stirbt und wird, damit keiner was merkt, einzementiert, und die vier Kinder haben das große Haus in den großen Ferien für sich. Im Laufe des drückend heißen, unwirklichen Sommers kapselt sich die Gemeinschaft mehr und mehr gegen die Außenwelt ab, und keiner merkt, daß etwas faul ist.

»Das ist McEwans Kunst: die sachliche Berichterstattung über Groteskes und Absurdes, die Fähigkeit, aus dem Rahmen Fallendes als Gewöhnliches erscheinen zu lassen durch die Gleichgültigkeit und die Beiläufigkeit des Erzählens.«
The Times Literary Supplement

Verfilmt von Andrew Birkin mit Charlotte Gainsbourg in der Hauptrolle. 1993 ausgezeichnet mit dem Silbernen Bären.

Zwischen den Laken

Erzählungen. Deutsch von Michael Walter
Wulf Teichmann und Christian Enzensberger

»Noch in der erbärmlichsten, entfremdetsten Beziehung finden sich Spuren wirklicher Liebe und des wirklichen menschlichen Bedürfnisses, zu lieben und geliebt zu werden.«
Jörg Drews/Süddeutsche Zeitung, München

»Präzis, zärtlich, komisch, sinnlich – und beunruhigend.« *Myrna Blumberg/The Times, London*

»Diese Erzählungen sind gegenwartsnah, ein wenig Beckett verpflichtet und etwas Nabokov, aber auch H.G. Wells und George Orwell.«
Julian Moynihan/The New York Times Book Review

Der Trost von Fremden

Roman. Deutsch von Michael Walter

Hochsommer, Venedig ist von Touristen überschwemmt. Auch das Liebespaar Colin und Mary, das kein Liebespaar mehr ist, macht hier Urlaub. Sie machen sich sorgfältig zurecht für ihren Dinnerspaziergang durch die Stadt: sie parfümieren sich mit teurem Eau de Cologne, mit peinlicher Sorgfalt wählen sie ihre Garderobe... und dann lauert im Labyrinth der beklemmend engen Gassen ein Minotaurus auf sie. Die Kanäle haben Gegenströmungen, die Lagune ungeahnte Tiefen.

»*Der Trost von Fremden* ist ein irritierendes, atmosphärisch dichtes kleines Meisterwerk.«
Neue Zürcher Zeitung

»Ein exzellenter, tückischer Roman.«
Die Weltwoche, Zürich

Verfilmt von Paul Schrader mit Rupert Everett, Helen Mirren, Natasha Richardson und Christoper Walken.

Ein Kind zur Zeit

Roman. Deutsch von Otto Bayer

Eines Tages wird für Stephen und Julie der schlimmste Alptraum aller Eltern Wirklichkeit: ihre dreijährige Tochter verschwindet spurlos.
Ein Roman über eine Welt, in der Bettler Lizenzen haben und Eltern darüber aufgeklärt werden, daß Kindsein eine Krankheit ist. Aber auch eine subtile Ergründung von Zeit, Zeitlosigkeit, Veränderung und Alter.

»Ein großartiger Roman.« *Frankfurter Rundschau*

Unschuldige

Eine Berliner Liebesgeschichte

Roman. Deutsch von Hans-Christian Oeser

»Leonard Marnham, der junge Londoner Fernmeldetechniker bei der ›Operation Gold‹, verliert in Berlin seine Unschuld – politisch, moralisch, sexuell. Er steigt – faktisch und metaphorisch – hinab in die Unterwelt: in die Eingeweide der Erde, in die verborgenen Reservate des Sexus, in die Labyrinthe der Geheimdienstwelt, in die Innereien des Blutverbrechens.
Unschuldige – Eine Berliner Liebesgeschichte ist auf mehreren Ebenen zu lesen: als Spionage- und Kalte-Kriegs-Story, als Heraufbeschwörung einer politischen Wahnwelt, deren Zusammenbruch wir eben erlebten, als moralisches Puzzle, als panische Blut-Oper, als vertrackte Education sentimentale. Und natürlich auch als eine Art Liebesgeschichte.«
Sigrid Löffler/profil, Wien

Verfilmt unter dem Titel *»...und der Himmel steht still«* von John Schlesinger mit Anthony Hopkins, Isabella Rossellini und Campbell Scott in den Hauptrollen.

Schwarze Hunde

Roman. Deutsch von Hans-Christian Oeser

Überglücklich verliebt und voller Ideale, als der Krieg endlich vorbei ist, gehen June und Bernard Tremaine 1946 auf Hochzeitsreise. Doch inmitten der Naturschönheiten Südfrankreichs holt eine traumatische Wirklichkeit sie ein. June begegnet zwei ungeheuerlichen Hunden von einer Bedrohlichkeit, die ihren Glauben an das Gute erschüttert. Der vernunftbetonte Bernard kann Junes Gefühle nicht verstehen. Ein Riß beginnt zwischen ihnen zu entstehen...

»Eine unvergeßliche Parabel über die Zerbrechlichkeit der Zivilisation.« *Publishers Weekly, New York*

»Ein philosophisches Buch und eine geheimnisvoll spannende Geschichte zugleich, eine metaphysische Versuchsanordnung und ein subtil erzähltes Ehedrama. Ian McEwan ist ein Romancier der obersten Kategorie.«
Georg Hensel/Frankfurter Allgemeine Zeitung

Der Tagträumer

Erzählung. Deutsch von Hans-Christian Oeser

Die gesamte Familie mittels einer Zaubercreme zum Verschwinden zu bringen, das wäre doch was, denkt sich Peter Glück – ein wenig aus Langeweile, ein wenig aus Trotz. Oder aber dem Kater seine Katzenseele entlocken, in ihn hineinschlüpfen, um einen Tag lang das nur scheinbar schläfrige Leben einer Katze zu führen. Und was wäre, wenn Bewegung in die Puppen der Schwester käme und sie ihm ein Bein ausrissen...

»Eine wohlwollende Hommage an die Kindheit, wie Erwachsene sie sehen, in anderen Worten: auch für Kinder bestens geeignet.«
Times Literary Supplement, London

Erich Hackl im Diogenes Verlag

Auroras Anlaß

Erzählung

Eines Tages sah sich Aurora Rodríguez veranlaßt, ihre Tochter zu töten. So beginnt die außergewöhnliche Geschichte der Spanierin Aurora Rodríguez, die auf der Suche nach Selbstverwirklichung an die Schranken gesellschaftlicher Konventionen stößt und ihre Träume von einer besseren Welt von einer anderen, fähigeren Person realisiert sehen möchte: einer Frau, ihrer Tochter Hildegart.

»Bewundernswert ist die artistische Sicherheit, mit der Erich Hackl zu Werke geht, ist die Präzision, mit der dieser Schriftsteller Auroras Abenteuer protokolliert auf eine Weise, die uns, wenn der Aberwitz mit solcher Beiläufigkeit zur Sprache findet, nachhaltig in die größte Spannung versetzt. So daß wir fast nicht glauben mögen, daß sie sich tatsächlich zugetragen hat, diese Geschichte.«
Frankfurter Allgemeine Zeitung

»Kleistisch erzählt.« *Die Weltwoche, Zürich*

»Ein großartiges Debut.« *Le Monde, Paris*

Ausgezeichnet mit dem Aspekte-Literaturpreis 1987

Abschied von Sidonie

Erzählung

Erich Hackl ist einem unerhörten, jahrzehntelang verschwiegenen Fall nachgegangen; in einer knappen, präzisen Sprache erzählt er das bewegende Schicksal des Zigeunermädchens Sidonie Adlersburg, ihr kurzes Glück bei den Pflegeeltern und deren verzweifelte Bemühungen, das Kind vor dem ihm zugedachten Ende zu bewahren.

Abschied von Sidonie ist nicht nur eine Chronik der Gewalt, von ›Trägheit des Herzens‹ und Bestialität des Anstands, sondern auch eine Liebeserklärung an Menschen, die in großen wie in kleinen Zeiten Mitgefühl und Selbstachtung vor falsch verstandene Pflichterfüllung gestellt haben.

»Die Fähigkeit Hackls, aus den zur Meldung geschrumpften Fakten wieder die Wirklichkeit der Ereignisse zu entwickeln, die Präzision und zurückgehaltene Kraft der Sprache lassen an Kleist denken. Aber von Abhängigkeit, von Nachahmung gar kann die Rede nicht sein. Hier hat ein junger Autor den Mut, sich in gutgebauten Sätzen zu äußern, sich nicht quasi-experimentell zu geben, nicht um jeden Preis neu zu sein. Schon das ist eine Neuheit.«
Kyra Stromberg/Süddeutsche Zeitung, München

König Wamba

Ein Märchen. Mit Zeichnungen von Paul Flora

»Das Märchen von Macht, Usurpation, Sanftmut und List erzählt Hackl lakonisch, klar, ohne auf poetischen Stelzen zu schreiten. Er bringt seine Geschichte so rein, deutlich und sicher ins Wort, wie unverfälschte Märchenerzähler das können. Simplizität als Merkmal von Wahrheit – und Genie. Allerhöchstes Lesevergnügen!« *Ute Blaich/Die Zeit, Hamburg*

Sara und Simón

Eine endlose Geschichte

Die Geschichte einer jungen Frau namens Sara Méndez, die 1973 aus Uruguay flieht und in Argentinien den Kampf gegen das Regime fortsetzt. Ihren Sohn Simón muß sie zurücklassen – einen von Tausenden ›Verschwundenen‹.

»Eine der wichtigsten literarischen Innovationen dieses Jahrhunderts. Genau und mit beachtlicher Kenntnis der Verhältnisse beschreibt Hackl die Intrigen der Macht, die Untaten der Folterer und Mörder, die Winkelzüge politischer Repression.«
Süddeutsche Zeitung, München

»Drei Jahre hat Hackl für *Sara und Simón* vor Ort recherchiert, und das Ergebnis ist frei von Verkünderpathos. Ein schlichter, berührender Tatsachenbericht mit dem durch nichts zu übertreffenden Vorzug der Wahrheit.« *News, Wien*

»Hackl versteht es zu schreiben, daß der Leser atemlos bei der Sache bleibt.« *Salzburger Nachrichten*

In fester Umarmung

Geschichten und Berichte

Der Biographie unseres Jahrhunderts auf der Spur – so könnte man diese einfühlsamen Gedenkblätter, hellwachen Tagträume und spöttischen Sittenbilder nennen, in denen Erich Hackl von Aufruhr und Widerstand, Wut und Zärtlichkeit, Würde und Freundschaft erzählt.

Geschichten und Berichte, unter anderem über ein mitteleuropäisches Gelage und über die Winde, die dabei entschlüpfen; über Liebesbriefsteller und ihren zweifelhaften Nutzen; über einen Mörder und sein Gewissen; über Gedichte einer Frau, die immer alles gewußt hat, und über Gedichte einer Frau, die sich nie überschätzt hat; immer wieder über Menschen, denen der Autor zugetan ist – in fester Umarmung.

»Hackl erzählt zügig, in einer faszinierend klaren, transparenten Sprache. Knapper, präziser und schöner lassen sich individuelles Leid und gesellschaftliche Not, Mensch und Welt, nicht in Sätzen vereinen.«
Thomas Rothschild/Freitag, Berlin

Lesley Glaister im Diogenes Verlag

Du sollst Deinen Vater ehren

Roman. Aus dem Englischen von
Renate Orth-Guttmann

Eine Familiensaga feinster englischer Art: voller Humor und Schrecken. Idyllische Kindheitseindrücke sind in der Erinnerung der Erzählerin untrennbar verwoben mit der Bedrohlichkeit der Erwachsenenwelt. Was sich in jenem einsamen Haus an der Ostküste Englands ereignet, ist ebenso unglaublich wie glaubhaft erzählt.

»Kein Wunder, daß die Autorin für diesen Roman den ›Somerset Maugham Award‹ und den ›Betty Trask Award‹ erhielt. Souverän spielt Lesley Glaister auf der Klaviatur der Gefühle, zeichnet in einer flüssigen, knappen Sprache scharf umrissene Figuren. Ein gelungenes Debüt: feiner englischer Humor und eine eigenwillige Poesie.«
Süddeutsche Zeitung, München

»Lesley Glaister hat es in ihrem kleinen, makabren Roman verstanden, das heraufziehende Unheil sparsam und einfühlsam zu schildern; die leeren Träume der jungen Mädchen und die Wahnbilder der verwelkenden Alten, kriechende Kälte und nasse Katzen, mottengraue Erinnerungen und hurtige Abrechnungen im schimmelnden Keller. Alles wird straff, nichts in grellen Tönen erzählt. Ein hervorragender Grusling – den man besser nicht vor dem Schlafen liest.«
Welt am Sonntag, Hamburg

»Ein wahrhaft meisterliches Psychogramm, getragen von einer Sprache, die ebenso ambivalent ist wie die Geschichte: unglaublich leise, erschreckend kraftvoll.« *Buchkultur, Wien*

Gib mir was, sonst kriegste was!

Roman. Aus dem Englischen von
Hans-Christian Oeser

Gib mir was, sonst kriegste was! So bitten die Kinder an Halloween, dem Geisterfest, um Süßigkeiten und drohen sonst mit Streichen. Und tatsächlich tauchen in Lesley Glaisters Geschichte, die in einer englischen Vorstadt spielt, längst gebannt geglaubte Geister, taucht das Verdrängte aus der Vergangenheit wieder auf.

»Lesley Glaister gelingt es, vom Leid der späten und der frühen Jahre so spannend, berührend, komisch und hart und vor allem ohne Scheu vor dem Horror der finalen Vergreisung zu erzählen, daß man ihr Buch schon nach einigen Seiten nicht mehr aus der Hand legen mag. Sie verfügt über einen hinreißend sublimen und widerspenstigen Humor; das ist genau die Tonart, mit der das britische Kino seit vielen Jahren hartnäckig die Vitalität opponierender Komik verteidigt.«
Radio Bremen

»Schwarz wie Sirup, und auf eigentümliche Art ebenso süß.« *Cosmopolitan, London*

»Prall und liebevoll zeichnet Glaister ihre Figuren, atmosphärisch dicht das Milieu.«
Westdeutsche Allgemeine Zeitung, Essen

»Reihenhaus-Intrigen – schön frech und makaber.«
freundin, München

Buddeln bis Australien

Roman. Aus dem Englischen von
Hans-Christian Oeser

Jennifers Welt ist auf den Kopf gestellt: Eines trüben Novembertages teilt man ihr plötzlich mit, daß heute – und nicht im Juni – ihr Geburtstag sei und sie nicht zwölf, sondern dreizehn ist. Die Leute, bei denen sie

wohnt, seien außerdem nicht ihre Eltern, sondern nur ihre Großeltern, und sie selbst heiße eigentlich nicht Jennifer, sondern Jacqueline.
In ihrer Verwirrung flüchtet sich die Heranwachsende in ihren alten Kindertraum, durch die Erde ein Loch nach Australien zu graben. Doch sie gelangt weder nach Australien noch in das ersehnte Wunderland ihrer Kindheit, dafür aber an die Schwelle einer neuen, beängstigenden Welt: der Welt der Erwachsenen. Lesley Glaister zeigt mit ebenso einzigartiger wie beklemmender Eindringlichkeit, wie das schillernd Uneindeutige in der Pubertät und die Begegnung mit dem anderen Geschlecht zum bedrohlichen, ja lebensgefährlichen Abenteuer werden kann.

»Jennifers schwankende Zuneigung, ihre gefährdete Unschuld werden großartig geschildert. Ein außergewöhnlicher Roman, der abermals beweist, wie beeindruckend Lesley Glaister das Häusliche mit dem Bizarren zu verbinden weiß.«
The Independent on Sunday, London

»Ein scharfsinniger, eindringlicher Roman – erstklassig.« *Kirkus Reviews, New York*

»Lesley Glaister erinnert an Hitchcock: ein bizarrer Impuls, ein furchtsames Erschaudern, die Angst vor etwas Schrecklichem, das sich unter den Worten verbirgt.« *Le Monde, Paris*

»Der Roman hält den Leser gefangen bis zum bitteren Ende.« *Publishers Weekly, New York*

Anne Fine im Diogenes Verlag

»Mit faszinierender Leichtigkeit hat Anne Fine ihren Erzählungen ein Spannungsmoment verliehen, das alle witzigen Details zu einem Ganzen macht – ›very fine, Anne!‹« *Reinhard Osteroth/Die Zeit, Hamburg*

Anne Fine wurde in Leicester, England, geboren. Sie studierte Geschichte und Politikwissenschaft und lebte in Kanada und den Vereinigten Staaten. Heute lebt sie mit ihren beiden Töchtern in Edinburgh.

Killjoy
Roman. Aus dem Englischen von Jürgen Bauer und Edith Nerke

Wer dem Teufel glaubt
Roman. Deutsch von Barbara Heller

Mutterglück
Eine schwarze Komödie. Roman. Deutsch von Barbara Heller

Jugendbücher:

Die Steinmenagerie
Roman. Deutsch von Karin Polz

Das Oma-Projekt
Roman. Deutsch von Barbara Heller

Der Neue
Roman. Deutsch von Ursula Kösters-Roth

Mrs. Doubtfire – Das stachelige Kindermädchen
Roman. Deutsch von Ursula Kösters-Roth

Familienkrieg
Roman. Deutsch von Barbara Heller

Das Baby-Projekt
Roman. Deutsch von Barbara Heller

Die Lügenbande
Roman. Deutsch von Ursula Kösters-Roth

Kinderbücher:

Kuh-Lotto
Mit Bildern von Gabriele Kernke. Deutsch von Erica Ruetz

Bills neues Kleid
Mit Bildern von Gabriele Kernke. Deutsch von Barbara Heller

Zaubernebel
Mit Bildern von Gabriele Kernke. Deutsch von Ursula Kösters-Roth

Tagebuch einer Killer-Katze
Mit Bildern von Steve Cox. Deutsch von Barbara Heller

Ein Engel in der Schule
Mit Bildern von Gabriele Kernke. Deutsch von Barbara Heller